EFFET DE VAGUE

SAISON 2

Du même auteur dans la collection

Luv

Effet de Vague – Saison 1

JANA ROUZE

EFFET DE VAGUE

SAISON 2

Luv

Ce livre est dédié à tous les Matthew du monde.
Ce n'est pas la famille où on grandit qui compte,
c'est comment on grandit et ce qu'on devient.
C'est aussi vrai pour l'amour.

« Seul l'amour peut garder quelqu'un vivant. »
Oscar Wilde

TABLE

AVERTISSEMENT DE L'AUTEURE

Toute référence à des événements historiques, des personnes ou des lieux réels est utilisée dans un cadre fictif afin de placer la romance de Matt et Alex dans un contexte culturel. Toute ressemblance avec des personnages vivants ou ayant existé serait purement fortuite.

I

FIND YOU

1

ALEX

Dans la vie, il y a parfois de toutes petites décisions qui ont des conséquences incroyables sur le cours de notre existence. Tout le monde le sait. Ça peut être une rencontre qui débouche sur un coup de foudre ou une belle opportunité professionnelle. Ça peut être quelques secondes d'inattention au volant d'une voiture qui se transforment en des mois d'hôpital et de rééducation.

Ou pire, le choix de tourner dans la mauvaise rue au mauvais moment qui conduit à se retrouver face à un calibre et puis plus rien. Le bang. Le noir total. On ne sait même pas pourquoi mais tout s'arrête. Comment savoir ?

Comment aurais-je pu prévoir, en rencontrant Matt Garrett, que toute ma vie, tout ce qui, aussi loin que je me souvienne, faisait partie de ce que j'aimais, allait voler en éclats ?

Avec une telle violence.

Moi qui avais peur de l'amour depuis ma première histoire sérieuse et qui ne voulais qu'une seule nuit de sexe avec un bel étalon pour me remettre en piste une fois mes études finies, je suis tombée amoureuse pour toujours.

Moi, la spécialiste des crimes contre l'humanité et des armes du terrorisme international, qui ai appris des tas de choses glauques sans broncher pour vivre mon rêve de toujours de travailler un jour à la Cour internationale de justice de La Haye, je me retrouve à vivre *son* histoire – bien réelle, celle-là – comme si c'était à moi qu'elle était arrivée.

Moi, major de ma promotion de droit à force de sueur et de sang, je viens de me faire bannir de la profession par mon Ordre. Autant dire que la Cour internationale machin truc, c'est fini !

Moi, la fille banale sans père, j'apprends que ma mère m'a menti et hérite non seulement d'un père à titre posthume mais aussi de son sang rare alors que j'ignorais même qu'il existait un sang « Bombay ». *Enfoirés !*

Et enfin, et pas des moindres, il faut toujours garder le meilleur pour la fin.

Moi, qui n'ai jamais bougé une oreille et qui rougis dès qu'on me regarde d'un peu trop près, je me retrouve nue en train de jouir dans une armoire métallique sur le Net comme n'importe quelle pute chaudasse sur laquelle n'importe quel mec tordu pourra se branler pour l'éternité. Peut-être même un jour mon fils, si j'en ai un. Alors que c'était un véritable moment d'abandon, si important entre nous, puisque la première fois où, grâce à lui, j'arrivais à crier depuis l'expérience traumatisante avec Patrick Sullivan qui, lui, avait tout bloqué.

Et tout ça à cause de Matt Hayden… *Et merde.*

Je n'arrive même plus à prononcer son nom en entier tant ce qu'il m'a fait est moche. La douleur et l'humiliation sont insoutenables, mais plus encore, c'est la colère que je sens monter. Je suis furieuse contre le Guerrier. Je suis furieuse contre ma mère. Je suis furieuse contre moi aussi. Comment ai-je pu me laisser berner de la sorte ? Ma mère, passe encore, j'étais gosse, mais *lui* ! A-t-on idée de se mettre dans des états pareils pour un homme ? Si beau et talentueux soit-il.

Je me sens violée, lobotomisée.

De toutes les manières possibles.

Ça n'aide pas.

En déboulant dans l'aéroport de Roissy-Charles-de-Gaulle, une première difficulté se présente à moi : je vais devoir choisir *où* aller me planquer car, bien entendu, il est hors de question de rentrer chez moi ou chez ma mère avec cette horrible sextape de moi qui inonde la Toile.

Mon esprit flotte en examinant le tableau annonçant les départs de la journée. Je vois flou, perdue dans mes pensées, et les images trop fortes de mon humiliation m'aveuglent. Je m'apprête à quitter ma mère alors que j'ai toujours rêvé de réunir ma famille. Ce n'est pas logique. Je me rappelle ses albums remplis de photos de son enfance à Chicago. « Windy City » comme elle l'appelle. Maman était si heureuse que cette ville au bord du lac Michigan paraissait magique.

Aussi, quand devant moi, sur le tableau d'affichage des départs, s'inscrit le vol pour Chicago, je sais d'instinct où je vais aller. Mon opinion sur ma mère est en lambeaux, et moi, j'ai plus que jamais besoin de découvrir *qui* je suis.

– Hé Sand !

La voix semble traverser de l'eau avant de parvenir à mes oreilles, mais pour dire la vérité, ça m'agace. Après avoir quitté l'autre enfoiré qui a piétiné mon cœur, ma carrière et ma dignité comme s'il buvait un verre d'eau, j'ai besoin d'être seule avec ce que je ressens. Cette fois, je serai égoïste.

L'engourdissement me protège.

Si quelqu'un venait me taper sur l'épaule pour me dire : « Je te l'avais bien dit », je rétorquerais : « Fichez-moi la paix, je préfère avoir mal. » Tout s'est passé tellement vite lors de cette « soirée de la vérité » où on s'est tout jeté à la figure, son passé et le mien, que je suis encore transie du froid du choc. À vrai dire, je n'en mesure pas encore les conséquences.

Sinon que je laisse derrière moi les gens que j'aime, je n'ai plus de foyer, plus de chemin tracé et plus de certitude, mais bon sang je vais faire avec. Je dois coûte que coûte me prouver, au moins à moi-même, que je peux me relever.

Ne l'a-t-il pas fait, lui aussi, après avoir été torturé ?

Et il n'avait que quinze ans. J'en ai vingt-deux.

– Hé Sand ! répète la voix. Ça va ?

Pas moyen d'y échapper. Je me demande comment j'arrive à pivoter sur mes jambes en coton avec ce poisseux brouillard qui colle toutes mes pensées à cette vidéo tel un papier tue-mouches. Franchement, j'aimerais croire à un cauchemar.

– Karim ? sors-je d'une voix sourde presque inaudible.

Et tout de suite après, j'éclate en sanglots dans ses bras, emplissant mes narines de son odeur de fougères, laissant la chaleur tiède de son corps réchauffer le mien et apaiser mes tremblements. Et c'est là le pire. Car au lieu de m'aider, ce contact tombe pile pour me rappeler que plus aucune étreinte ne sera jamais pareille. Je suis terrifiée. Sans savoir par quoi puisque j'ai déjà tout perdu.

– Hé ! me réconforte mon ami en me serrant contre lui. Pourquoi tu es là, dans cet aéroport, toute seule ?

Lui répondre ne m'intéresse pas plus que ça. Je m'efforce juste de caler les battements de mon cœur au sien afin d'étancher ma soif. J'ai besoin d'un contact masculin. Deux yeux de chat-huant striés d'or fouillent les miens pour y trouver la réponse adéquate, et bizarrement, je ne ressens rien.

Preuve que je n'ai jamais été aussi loin de tout.

Aussi me faut-il un moment pour discerner la question silencieuse qu'il me pose. « Qu'est-ce qu'il t'a fait ? » S'il savait ! C'est moi la coupable, je n'aurais pas dû le pousser à me dévoiler son passé alors qu'il n'était pas prêt. J'aurais dû *attendre*. J'ai agi comme une écervelée en le provoquant. Je le mesure à présent.

Le lion, lui, a réagi par un coup de patte et mes organes sont à l'air.

– Laisse-moi t'aider, souffle-t-il à la place.

Je jette un œil las au tableau des départs et mon esprit se reconnecte à la réalité en voyant le nom qui s'affiche tout en haut, dont l'embarquement a déjà commencé. *New York*. Karim habite New York.

– Tu rentres chez toi, bien sûr...

Le frère de ma colocataire parcourt mon visage.

– Ce n'est pas là que tu vas, n'est-ce pas ? avance-t-il avec prudence. Tu ne pars pas le retrouver...

Sa remarque déclenche en moi un petit rire sarcastique. J'aurais dû. C'était prévu. On devait même y aller aujourd'hui, mais ensemble.

– En fait, c'est le contraire. Je me disais que j'allais mettre le plus possible de miles entre lui et moi pour éviter de recevoir la rupture en face.

Ses sourcils se relèvent comme s'il n'y croyait pas.

– Il t'a quittée ?

Désemparée, je hausse les épaules.

– Si on veut. En gros, je l'ai quitté avant qu'il me quitte.

– Comment sais-tu qu'il allait le faire ?

D'ailleurs, je me demande si je n'aurais pas dû exiger une explication de sa part avant de m'enfuir. J'y ai cru moi à son truc des vagues qui ne se brisent pas entre elles. Je ne sais pas *pourquoi* il est allé jusque-là, ni *quand* il avait prévu de m'en parler, la seule chose que je sais, c'est qu'il n'a pas pu prendre la décision de poster une telle vidéo humiliante et dévastatrice pour ma carrière sur la Toile sans en prendre une autre : celle de me virer.

C'est comme ça.

– Crois-moi, impossible qu'il n'y ait pas songé en faisant ce qu'il m'a fait.

Dans cette lumière matinale qui tombe à travers les voûtes de verre et de béton, ses iris noirs luisent dangereusement en détaillant mon visage, mes seins, mes hanches sans aucune gêne, avant de remonter.

– Que penses-tu de l'Australie alors ? Tu n'as pas peur des kangourous, si ?

Son humour me laisse indifférente.

Je sais ce qu'il tente, et c'est gentil, mais quelque chose s'est éteint en moi en découvrant jusqu'où pouvait aller la cruauté de Matt. Cet homme ne fait pas de sentiment, pas de quartier. *Avec personne.* En voyant Karim si normal et bienveillant, je comprends que, plus que la vidéo elle-même, c'est la preuve que Matt est cruel qui me tue. Mon sacrifice était inutile. Totalement inutile.

Et quelque part, c'est mieux de s'en apercevoir avant qu'il ne soit trop tard. Égoïstement, je veux vivre, avoir une famille, construire quelque chose de beau et de sincère avec un homme normal et gentil.

Quelque chose qui n'appartiendra qu'à moi.

– Chicago, admets-je à voix basse en contemplant le tableau des départs. Je voudrais faire la connaissance de mes grands-parents.

Les mains fraîches de Karim se posent alors sur mes joues.

– Je viens avec toi, décide-t-il en les retirant presque tout de suite. Accorde-moi une minute que j'avertisse mes associés.

Ça ne me plaît pas. En grandissant seule auprès de ma mère, j'avais tendance à penser que je pouvais prendre soin de moi toute seule. Je suis intelligente et débrouillarde. Mais quelque chose a changé depuis cette vidéo de moi nue, je me sens vulnérable comme une enfant. Et cette pensée m'effraie.

– Je… Non… Tu n'es pas obligé…

Pas très convaincant.

Sans m'écouter, son bras s'enroule autour de mes épaules pour me forcer à bouger, mais je me dégage aussitôt. Je ne veux pas être consolée. Je ne le mérite pas. J'ai bien cherché ce qui m'arrive. Matt Garrett n'était pas prêt. Matt Garrett était dangereux. Je l'ai poussé. On apprend ça dans ma spécialité. « Jamais pousser un criminel qui n'est pas prêt à avouer. Jamais affronter seule une situation de crise. » Sauf que je l'ai oublié.

– Viens t'asseoir dans le salon des premières, m'intime-t-il mâchoire crispée, en me guidant par le coude vers le comptoir rouge. Je m'occupe de nos billets.

Je tire sur mon bras.

– Malheur, tu es fou, je n'ai pas les moyens d'un billet en première classe, lui fais-je remarquer spontanément.

Son regard noir me transperce si durement que je ne trouve même pas la force d'ouvrir la bouche.

– Ne sois pas ridicule, Sand. Tu es assez intelligente pour comprendre que tout ce que tu me dis me donne envie de cogner sur des gens ou de défoncer des trucs. Alors ne me tente pas !

Parfois, Karim me surprend. L'expression de dureté qui marquait ses traits en présence de Matt a surgi de nouveau. Comme ça. Envers moi. Ça m'est égal. Même si je croule sous une montagne de problèmes aujourd'hui et d'émotions difficiles à contenir, je refuse de m'inquiéter et d'exploser en plein vol parce qu'un connard cabossé par la vie a décidé de me punir d'avoir levé le voile sur son secret. Je vais rebondir.

Je m'en fous de respirer, Guerrier.

Je veux mourir essoufflée.

2

MATT

Dix minutes que la déflagration a retenti. Et presque autant à supporter le sifflement strident de l'alarme dans tout le bâtiment.

C'est. Quoi. Ce. Bordel ?

Avec mon frère, nous échangeons un regard. Rob est aussi démonté que moi. Jamais on n'a eu affaire à une telle attaque. Manhattan hier soir avec l'empoisonnement de Carroll, et maintenant une explosion à Paris ? Est-ce que je vais encore devoir perdre quelqu'un ?

Tout à coup, mon ventre se noue. *Pas Elle.*

– Alex !

Je ne sais pas pourquoi, mais c'est à *Elle* que je pense en premier. Nonobstant mes craintes de la voir étendue quelque part, blessée ou sans vie, au moment où la sirène arrête de hurler, le vacarme fait place à un silence gêné entre mon frère et moi, tant le spectacle est évident : nos deux portables collés l'un à l'autre sur l'îlot central de la cuisine. Un blanc et un noir.

Trop près pour que ce soit un hasard.

La scène a un effet coup de poing, l'uppercut me coupe le souffle. Pas besoin de faire un dessin, je comprends tout de suite le message. Alex m'a abandonné. Pourtant elle avait *juré* de ne pas le faire. Elle l'a fait. Dès que j'ai eu le dos tourné, elle s'est tirée.

Mais quelle salope !

Le coup de l'abandon, on me l'a déjà fait, chérie !

Je savais qu'elle était jeune. Certes, je le savais. Cependant, je n'avais jamais anticipé à quel point elle pouvait faire n'importe quoi. Ni qu'elle me rangerait si facilement de côté, comme ma mère avant elle. Absurde. Irréfléchi. Je m'attendais à quoi ? Qu'elle me trouve merveilleux ? Pour ça, il m'aurait fallu rester au lit. Là, c'est sûr, elle ne trouvait rien à redire. Finalement, elle est comme les autres. Tout ce qu'elle voulait de moi, c'est passer un bon moment. Du sexe. Rien de plus.

Qu'est-ce que je suis con !

On y est, là. D'un point de vue rationnel, je comprends tout cela… mais la raison n'a rien à voir avec les émotions violentes qui s'agitent en moi. Putain, je n'avais jamais pensé à l'avenir avant Alex, ni à faire remonter toutes ces merdes embarrassantes. Et puis, brusquement, elle a changé quelque chose en moi. Moi qui cultive le secret, j'avais besoin de parler à quelqu'un.

Sa capacité à comprendre ce qui m'était arrivé sans paraître souillée ajoutait du piment à notre histoire. Il n'en était que plus doux de la sentir se blottir toutes les nuits entre mes bras alors qu'elle aurait dû avoir peur du monstre en moi. Mais non, elle se blottissait et une douce chaleur se répandait dans ma poitrine de la voir ainsi s'abandonner, en confiance malgré le peu de sens moral qu'elle pouvait deviner chez moi. Bonne ou mauvaise, c'était la drogue la plus puissante que j'aie jamais goûtée.

Je ne pouvais attendre une seconde de plus.

Il fallait que je me l'attache, physiquement et émotionnellement afin de m'imprimer profondément dans son esprit et son corps pour qu'elle ne pense plus à me quitter. Et surtout, j'allais devoir apprendre à faire confiance à mon tour si je voulais y parvenir.

Ça, c'était le plus dur.

J'ai détesté ça. J'ai regretté mon passé à chaque fois que je la regardais. J'ai répugné chaque parole de ma confession, chaque seconde… Entendons-nous bien, je n'ai aucune illusion sur l'homme que je suis, mais lui avouer que j'avais baisé en regardant d'autres femmes se faire violer m'a donné la gerbe. Je n'osais même pas imaginer ce qu'elle en pensait. Comment aurait-elle pu aimer une ordure pareille ?

Cependant, j'étais sûr de mon instinct. Certain.

Amour ou pas, si la perfection existait pour moi, c'était *Elle*.

Alors je l'ai fait. J'ai avoué et non *admis*. Parce que dans « admettre » j'aurais clairement pu la manipuler. Je fais ça tout le temps, manipuler les gens. Au lieu de quoi, j'ai avoué sans l'orienter dans son jugement. J'ai pris cette décision pour elle. Pour qu'elle me choisisse en toute liberté. Moi. Le vrai moi. Pas le P.-D.G. pété de tunes.

Le Guerrier.

Et le comble, c'est qu'elle était presque arrivée à me contaminer avec ses idées de seconde chance. J'y ai cru. À force de dormir dans mes bras toutes les nuits et de me laisser la prendre comme je voulais, j'ai cru que nous étions dans le même camp. Mais voilà, soutenir ce en quoi l'on croit est une chose, passer à l'acte en est une autre.

Une telle folie ne pouvait pas durer.

– Il se passe quoi, Matt ? me glisse mon frère en me voyant, planté comme un santon, penché sur nos deux portables depuis cinq minutes.

Je voudrais bien le savoir. Sérieux, je ne sais pas ce que j'ai fait en décidant d'être honnête, mais putain, j'aimerais revenir en arrière, lui mentir, la forcer à me suivre par tous les moyens possibles et que mon attirance pour elle ne soit pas aussi forte.

Ce serait moins difficile à avaler.

Robert me dévisage, les lèvres pincées.

– Tu m'expliques ? C'est le portable de société d'Alex, ça, non ?

Là, tout de suite, j'ai envie de l'insulter pour la manière bien à lui qu'il a de m'exaspérer en mettant le doigt où ça fait mal. Ce n'est pas à lui qu'un truc pareil serait arrivé. Robert n'aurait jamais parlé. Il aurait noyé le poisson. Voilà tout.

– C'est quoi le problème ? insiste-t-il. Elle a levé le siège ?

En considérant les marches en bois de l'escalier et le silence qui a précédé l'alerte, je me rends compte que si ce n'était pas le cas, elle aurait fait plus de bruit.

Cette scène ressemble à un cauchemar.

– C'est à peu près ça. Alex m'a quitté.

– Merde. Comme ça ?

Même lui n'y croit pas, mais le seul con de l'histoire, c'est clairement moi. Rob ne perd rien de mon geste qui balaye l'écran de mon portable comme s'il m'avait suggéré lui-même d'y trouver la réponse. Lire son SMS manque de me faire tomber à la renverse.

[Ta grand-mère avait raison : les amants ne peuvent voir
les plaisantes folies qu'ils commettent eux-mêmes.
Je t'aime. Prends soin de toi. Alex]

Ma gorge se serre sous le coup de l'émotion. Je secoue la tête. Aucun être humain ne m'a fait ressentir une chose comparable. Avec toutes les femmes que j'ai connues, on jouait un jeu. On s'apportait du plaisir là où il en fallait, le temps qu'il fallait. Jamais personne n'a prononcé ces mots-là pour moi. Jamais.

Avec Alex, c'est si différent.

– Elle dit quoi ?

– Ouais, laisse-moi juste...

Avant que je puisse réagir, Rob m'a piqué le portable pour lire le message directement tandis que le tintement familier des portes du B-One résonne dans l'appartement.

Sans même lever les yeux, je reconnais le pas lourd et agité de mon homme de sécurité. Zachary Verdi.

Pas trop tôt.

– L'explosion provient du parking, monsieur, nous lance-t-il en nous rejoignant.

– Quels sont les dégâts ? m'enquiers-je en levant la tête.

– La charge était trop légère pour endommager les structures du bâtiment. Compte tenu de l'heure, l'opération n'a fait aucune victime. Heureusement.

Je fronce les sourcils.

– Quelle était la cible alors ? Nos bagnoles ?

À la façon dont il se racle la gorge, je sais que ce qu'il va m'annoncer ne va pas me plaire. Je l'encourage du regard.

– La deudeuche de Mlle Sand, monsieur. La charge était juste suffisante pour cette cible-là.

Non.

– Bon Dieu, Zach ! m'exclamé-je en me dirigeant d'un pas vif vers les ascenseurs.

Je manque de m'évanouir tout simplement en appuyant comme un malade sur le bouton d'appel. Seule la lame glaciale qui me perce la poitrine m'en empêche, et Rob, sur mes talons, n'est guère mieux que moi.

– Monsieur, elle n'a rien, m'arrête Verdi.

Je respire, mais je dois m'appuyer au chambranle, les jambes coupées. Pendant toutes ces années passées avec mon père, je rêvais souvent que ma mère venait me chercher et qu'elle prononçait des paroles rassurantes du style « Ça va aller », « Ça va passer ». Jusqu'à ce que je m'interdise d'y penser. Parce que c'était plus dur d'espérer quelque chose qui n'allait jamais venir. Aujourd'hui, je suis trop grand pour ne pas voir la vérité en face, et c'est exactement ce que mon homme de sécurité s'apprête à m'assener.

– Allez-y, Verdi.

– Mlle Sand avait déjà quitté le bâtiment.

– Quitté comment ? l'interroge Rob à mes côtés.

– Elle était seule, semble comprendre Verdi en me jetant un regard inquiet. Le gardien de l'entrée l'a vue prendre un taxi. Une Mercedes portant le n° 44670.

Partagé entre le choc et le soulagement, je la vois disparaître à l'angle des ascenseurs et quitter l'appartement, en douce.

Je me sens nu.

Moi qui avant voyais toutes sortes de choses dans ses yeux, j'imagine ceux qu'elle avait en quittant la pièce. Était-elle triste ? Dégoûtée ? En colère contre elle-même de s'être laissée embarquer avec un salopard comme moi ? Ou froide et réfléchie ? S'est-elle traitée de lâche ?

Je la croyais plus courageuse.

– Matt ? Elle n'a rien, c'est déjà une bonne nouvelle, tente maladroitement mon frère en posant une main sur mon épaule.

Je ne sens rien. Je ne sens ni sa main, ni le marbre sous mes pieds, ni leur présence autour de moi. Je ne sens que le trou béant qui m'écartèle la poitrine, comme si j'avais perdu toutes mes protections contre la douleur en la perdant *Elle*.

Bien sûr qu'elle a choisi de me laisser seul.

Tout cela était prévisible. Elle peut légitimement souhaiter un homme meilleur pour elle. Pas un déréglé incassable comme moi. Pas quelqu'un qui a tué avec autant de facilité. Parfois, cet aspect-là de moi me fait peur. Même à moi. Mais bordel, même si j'ai pensé un nombre incalculable de fois au moment où elle me quitterait, je n'aurais pas cru ressentir une telle déception, un tel vide.

C'est cette réalité qui me fait le plus mal.

Maintenant, ce n'est plus une crainte contre laquelle je me débattais, une angoisse qui me réveillait la nuit et me poussait à la regarder dormir jusqu'aux premières lumières du jour, c'est *réel*. La souffrance que je ressens en la matérialisant n'était pas dans mes plans. Du tout.

Verdi toussote :

– Dois-je appeler la société de taxis, monsieur ?

Le type d'élancement qui esquinte tout à l'intérieur. Alex est la seule personne à avoir été capable de voir en moi et elle a décidé de me quitter. Preuve que mon père avait raison : l'amour se mérite. Et je ne le mérite pas. *Putain*.

Ça va aller. J'ai passé des années à construire ma carapace, toute ma vie en fait. Je glisse les deux portables direct dans ma poche et je réponds à Verdi :

– Non.

La main de Rob se pose à nouveau sur mon épaule.

– Matt… Je suis à 200 % sûr que tu vas le regretter.

– Ce n'est pas si simple. Je me demande si elle n'a pas eu raison.

Je me frotte le visage en revenant vers la cuisine. Robert semble atterré dans mes pas.

– Malheureux, elle est folle de toi, tu le sais.

– Une femme et un homme peuvent s'attirer, Rob, ce n'est pas pour autant qu'ils se font confiance. Elle a vu qui j'étais, c'est tout.

Le temps n'existe plus, mon esprit se ressent encore de son message. La première personne à me dire « Je t'aime » me fuit en l'écrivant. C'est presque drôle.

– Peut-être, mais elle se comporte comme si tu étais le stagiaire de la BU à qui elle rendrait ses livres avec juste un « Désolée pour le retard ».

– Laisse tomber, mec, c'est voué à l'échec.

Il m'arrête en posant sa main sur mon épaule.

– Alors pourquoi t'écrire qu'elle t'aime ? s'acharne-t-il avec logique.

Mon corps se contracte à l'approche de mes démons et je me dégage. Je dois faire quelque chose pour éteindre mon obsession. Tout de suite !

– Depuis quand es-tu du genre sentimental, frangin ? Le groupe est l'objet d'une attaque sans précédent et j'ai probablement un scandale sanitaire sur les bras. Au cas où tu aurais oublié, je suis un de ces hommes qu'on montre au journal télévisé à la moindre anicroche et que tout le monde méprise. Alors je n'ai pas de temps à perdre avec ces *sottises* de gamine mal dans sa peau. Appelle Paul au Bourget et dis-lui qu'on arrive. Verdi, on y va.

Personne ne bouge.

– Je ne vous ai pas demandé votre avis, là. C'est un ordre !

– Oui, monsieur, se reprend mon homme de sécurité tandis que je me tourne vers mon frère et son air déconfit.

– Je ne veux plus JAMAIS entendre prononcer son nom devant moi, compris ?

Une lueur de pitié déplaisante passe dans ses yeux bleus.

– Tu es un tel connard ! siffle Rob. Tu vas le regretter.

Verdi tapote son oreillette en s'adressant à moi :

– Monsieur, j'ai Gordon en ligne, nous interrompt-il.

Je secoue la tête d'irritation.

– Quoi encore ?

– Une deuxième explosion a eu lieu dans le parking de Manhattan. Pas de dégâts mais la cible est la même. L'Audi TT de Mlle Sand.

Impuissant, je sens les larmes affluer.

– Avertissez ma mère et Lizzie qu'on va devoir à nouveau

assurer leur sécurité. Je ne veux plus qu'un détraqué s'en prenne à elles. C'est trop facile. Un taré veut m'intimider et il s'en prend aux femmes de ma vie.

C'est tout ce que je peux faire.

Depuis que je suis haut comme trois pommes, je sais que pleurer est idiot et inutile. Alors je fais tout mon possible pour me contenir. Je dois être courageux.

Pour certains, le courage exige d'offrir sa vie pour quelque chose de plus grand que soi. Pour d'autres, c'est juste serrer les dents contre la souffrance au jour le jour, le temps qu'elle disparaisse. Je suis quelqu'un de fort. Autant physiquement que mentalement. Je ne cherche pas à justifier ce que j'ai fait. Je l'ai fait. Je ne ressens aucune culpabilité. À quoi bon ?

Je dois faire avec et trouver la force de renoncer. Qu'elle s'en aille, c'est mieux ainsi. Qu'elle sorte de ma vie, putain ! Je laisse la douleur me ravager, ignorant le soupçon de regret qui menace de faire surface. C'est pire que la mort, ça fait encore plus mal.

Franchement, cette fois, j'espère que la douleur va me tuer.

3

KAR

Qu'est-ce qui déconne chez moi ?

Demoiselle amoureuse + rupture douloureuse = aucune baise pour ce soir.

Les stats sont fiables à 200 %. Je dois me casser et m'éloigner d'elle. Ou l'envoyer chier. Ça, ce serait sensé. Sauf que je m'en fous. Ce voyage est casse-gueule mais, cette fois, ça ne sera pas sans moi.

Il est tout aussi hasardeux de se confier à une jolie fille dans les toilettes d'une boîte de nuit, encore davantage quand on a bu. Au milieu de la nuit, dans cette discothèque branchée de Marrakech, à force d'avaler des shots en la regardant danser dans sa robe courte et de réaliser à quel point elle était bien balancée, j'étais tellement ivre que je me suis senti soudain très amoureux d'elle. Cette fille n'a aucun sens de l'humour. J'aurais dû écouter Cameron et aller me coucher avec la blonde aux gros seins.

Je ne sais pas si elle s'en rend compte mais quand elle retient une réplique cinglante ou qu'elle a envie de vous jeter, Sand bat lentement des paupières comme si elle prenait l'indésirable en photo avant de le clasher. On est prévenus. Et si cela avait été le cas dans les toilettes du VIP Room, on aurait vu un homme désespérément bourré se prendre un râteau sur le cliché. Sand n'était pas intéressée. Et moi, je me suis pris une grande claque dans la gueule en la voyant repartir avec Garrett après m'être comporté comme un idiot.

C'est une bonne analogie pour décrire ma relation avec Alex Sand.

La première claque, je l'ai prise quand je l'ai vue pour la première fois s'installer avec ma sœur dans ce tout petit appartement. Elle avait dix-sept ans et moi vingt-trois. Dégourdie, pas farouche, un regard fier à vous coller des frissons dans le bas du dos, mais un fossé nous séparait. L'âge, la culture, la religion et sa réputation de garce glaciale à maman.

Sauf qu'il m'était impossible de ne pas penser à elle avec une force si dévastatrice que je ne savais pas si je devais en rire ou en pleurer. Je me faisais des films pornos dont elle était l'actrice principale alors qu'elle était vierge et certainement à des kilomètres des prouesses que je lui prêtais.

Vierge comme la braise sur la neige.

De quoi attirer mon attention.

Tout ce que j'ai pu me résoudre à faire durant ces cinq putains d'années, c'est d'éviter ma propre sœur afin de ne pas la revoir. Je ne me faisais pas confiance sur ce coup-là et Leila m'aurait tué si j'avais déconné.

La deuxième claque, c'est ma sœur qui me l'a donnée le jour où elle m'a raconté comment sa meilleure amie de dix-sept ans avait failli se faire violer par un connard d'étudiant irlandais qui l'avait droguée à la fête de leur master. Sand n'en a jamais rien su mais j'ai retrouvé le type et il a passé un sale quart d'heure. À cette époque, je savais déjà qu'elle était en mesure de me bouleverser mais… je n'ai pas bougé, convaincu par les confidences de ma sœur que la « garce glaciale » n'avait pas la moindre seconde à accorder à la bagatelle. *Même bonne.*

Il n'y avait pas plus clair comme message. Je devais me casser de là.

La troisième claque a été de la voir avec Garrett dans ces foutus tabloïds de merde. Là, tout s'est accéléré. Soit les choses avaient bigrement évolué, soit ce connard était encore plus doué au lit qu'on ne le disait.

Depuis, j'y pense en boucle.

L'avion a atterri à O'Hare avec dix minutes d'avance et l'attente au tapis des bagages dans la litanie des passagers se précipitant sur leur portable afin d'informer au plus vite leurs proches de leur arrivée me donne l'impression d'avoir fait quelque chose de mal.

Probablement parce que ni elle ni moi n'avons personne à prévenir.

Comment peut-on quitter un homme sans prendre le temps de rassembler quelques affaires ? Au moins un sac léger avec ce qu'il faut pour la nuit. Ça ressemble à une fuite. Je l'aurais bien interrogée durant le vol, mais je ne supportais plus de la voir pleurer pour l'autre con à chaque question de ma part.

Je ne l'aurais pas supporté une seconde de plus.

Alors je lui ai filé un somnifère et elle a fini par s'endormir, épuisée, dans son siège en position couchette, le visage tourné vers moi et sa main dans la mienne.

Et j'ai tenu sa main tout le vol. *Une vraie tafiole !*

J'aurais dû aller draguer l'hôtesse pour compenser la longue nuit de moine que je m'apprêtais à vivre, mais la lumière artificielle de la cabine éclairait son visage pâle, et sa bouche rose gonflée par le chagrin m'obsédait. Au point que j'ai décliné le plateau-repas et le programme de films que me proposait ladite hôtesse. Merde, avec un tel spectacle, je n'étais pas d'humeur à taquiner de la pétasse. Rien que ses lèvres pulpeuses endormies auraient suffi à filer la trique à un saint.

Douce. Innocente. Sexy. En détresse. Le combo parfait.

Bizarrement, l'idée de casser la gueule à Garrett ne m'a même pas traversé. Je ne sais pas ce qu'il lui a fait pour la mettre dans cet état mais elle ne semble pas avoir de séquelles physiques et il m'est déjà arrivé d'en faire autant. Entre les romantiques et les hystériques, je préfère encore le cri des hystériques, surtout en action, avant de les envoyer chier au petit matin. Eh ouais, en bon bad boy certifié conforme, je maîtrise le *walk of shame*, cette très longue marche post-coïtale du lendemain qui fait peur aux mecs ordinaires.

Bref, je devrais le détester, je n'y arrive pas.

– Ça va ? je lui demande en récupérant mon bagage. Tu as ton passeport américain pour l'immigration ?

Un simple hochement de zombie pour toute réponse. À croire qu'elle dort debout ou que l'effet du somnifère n'a pas encore disparu. Mais au moins, elle ne chouine plus. C'est déjà ça.

Vingt minutes de silence plus tard, notre taxi s'arrête dans le très chic quartier de Magnificent Mile devant le Peninsula. Au moment où je confie mon sac multipoches en cuir noir au bagagiste de service qui doit bien faire deux mètres de haut, il me faut au moins une minute pour comprendre ce que Sand raconte en fixant le taxi qui vient de nous déposer :

– « Je suppose que c'est facile d'être vert. » Pourquoi dit-elle ça ? m'interroge-t-elle.

Disant cela, elle me montre du doigt la grenouille verte debout sur ses pattes arrière, les bras croisés sur son poitrail, qui orne la totalité de la portière jaune.

– C'est un taxi hybride. Tu viens ?

Aucun doute, cette soirée va être chiante comme la pluie.

– Ah.

Étourdie ou encore embrumée, elle se contente de me suivre jusqu'à la réception quasi déserte à cette heure avancée de la soirée, en restant en retrait le temps que j'effectue les formalités. La lumière du lieu est tamisée, étudiée pour être flatteuse, des bougies parfumées rendent l'atmosphère légèrement entêtante. Ou alors, c'est moi qui suis devenu claustrophobe en sa présence. La seule chose qui manque ici, c'est un paquet de touristes avec leurs valises afin qu'on puisse se noyer dedans et faire comme si tout était normal.

Et si je la plantais dans la chambre avec un autre somnifère et me tirais vite fait au bar ? Genre « allez salut, à bientôt, hein », avant qu'elle s'endorme comme un loir immunodéficient. Ce ne serait pas la catastrophe, si ?

Un employé de l'hôtel tousse à côté d'elle pour la prévenir de sa présence et lui demande si elle a des bagages, alors que trois bombes sexuelles, grandes et superbes, apprêtées de façon sexy, baissent leurs lunettes de soleil pour la détailler avec un dégoût absolu avant de me faire l'amour avec leur sourire dents blanches bien alignées. Choquée, Sand se contente de me fixer, mi-confuse mi-dégoûtée, à chercher ses mots.

Bienvenue dans la cour des grands, beauté !

– Elles ont raison, marmonne-t-elle alors que je termine avec l'employé de l'accueil et récupère nos clefs. Quel genre de fille se présente dans un palace sans bagage ?

Je ne trouve rien à répondre.

Son regard extraordinaire me pousse quand même à l'attirer amoureusement contre moi pour rejoindre les ascenseurs en passant devant les bombes sexuelles sans un regard. Je sens un corps ferme, une hanche tonique de joggeuse et une taille souple.

Qu'est-ce qu'elle sent bon !

Cette soirée est vraiment chiante.

Une fois dans l'ascenseur, mon BlackBerry sonne. Rien d'anormal à ça mais Sand se tend en me regardant prendre l'appel. Je la stresse ou c'est cet appel qui la stresse ? Elle croit quoi ? Ça fait un bail que j'ai appris la leçon. Je ne suis pas assez con pour répondre à une proie en présence d'une autre proie.

Bon, je réponds :

– Le bar de la plage est déjà ouvert ?

La référence au « bar de la plage », qui en réalité n'existe pas, veut dire que nous allons ouvrir une conversation frère-sœur. Sand doit connaître cette habitude car Leila répond souvent en voyant ma tête s'afficher sur son Smartphone : « Allô, bar de la plage ? » Mais étrangement, entendre le nom de l'appelant la crispe un peu plus au lieu de la détendre. Désarçonné, je lui tends mon portable mais elle bondit en arrière comme si elle avait été électrocutée et secoue la tête énergiquement pour me signifier qu'elle ne veut pas lui parler.

Bordel, mec, qu'est-ce qui se passe ?

Elles sont amies, presque sœurs, jamais une dispute. Je fronce les sourcils. Il est sept heures de plus à Paris. Autrement dit, tôt le lendemain matin de son départ précipité. Que sait Leila ? Et pourquoi m'appelle-t-elle aussi tôt alors qu'en principe elle dort comme une marmotte jusqu'à midi ?

– Kar, il est arrivé quelque chose de terrible, débite ma sœur à toute vitesse. Alex a disparu, personne ne sait où elle est et elle ne répond pas à son portable. Tous les appels sont dirigés vers sa boîte vocale.

Je dévore ses yeux, leur couleur est unique quand elle est triste. Quelque part entre le gris glacier et le bleu ciel. Même bouffis, leur façon de me regarder m'empêche de l'envoyer chier.

– Hum.

– C'est grave, Kar, continue Leila visiblement paniquée. Max est revenu du Japon en catastrophe et nous a montré une vidéo porno sur la Toile qui la montre en train de jouir dans un vestiaire d'hommes, puis en train de plaider pour la première fois dans un tribunal. Tu te rends compte ? Sa carrière est fichue. L'Ordre ne va jamais laisser passer. Margo a appelé sa mère mais Lillian non plus ne sait pas où elle est. On va contacter l'Ordre et la fac ce matin, on est tous terriblement inquiets.

Fils de pute ! C'est donc ça qu'il lui a fait ?

Une sextape sur la Toile comme à une vulgaire pétasse ? Mon irritation contre Garrett revient en force. Même moi je ne fais pas un truc pareil. À la façon dont il m'a répondu à Marrakech quand je lui ai demandé, de Nawashi à Nawashi, si elle était sa « joueuse », j'étais persuadé qu'il avait des sentiments pour elle et ne s'amuserait pas avec elle de cette manière.

Je n'aurais jamais dû la laisser avec lui !

– Je suis sûr qu'elle va bien, réponds-je en essayant de ne pas montrer mon énervement. Laisse-lui le temps de se remettre, elle va vous appeler.

En même temps, je lui jette un regard sceptique. S'en remettre ne va pas être facile. Toute l'existence de Sand est liée à son travail. Issue d'une mère célibataire sans chaleur humaine, fille unique sans réels amis, à part ses colocataires et son copain d'enfance, elle n'a rien trouvé d'autre que de se plonger dans les bouquins pour grandir. C'est d'ailleurs ce qui m'avait incité à la laisser tranquille : sa réputation de garce condescendante et glaciale. C'est simple, « GG » était son nom de code quand j'en parlais à mes potes.

– Kar, je suis très inquiète, souligne Leila. Alex est forte mais pas taillée pour les histoires de cœur. Max pense qu'elle se terre quelque part parce qu'elle a honte. Margo refuse catégoriquement d'appeler Rob. Et moi, j'ai peur qu'elle fasse une bêtise...

En principe, j'apprécie de parler à ma sœur. C'est une fille douce et romantique, le genre de petite sœur rêvée que l'on aurait envie de prendre sous son aile. Sauf que là, je ne suis pas à l'aise tellement l'idée de trahir la confiance de Sand alors qu'elle est mal me dérange. Ce serait me comporter comme un enfoiré.

Elle continue :

– Tu crois que c'est Garrett qui a fait ça ?

Je me laisse aller contre la paroi et jauge son corps raidi, ses doigts qui se contractent autour de ses bras et sa façon de respirer comme si elle était terrifiée. Même si je la connaissais mieux, je ne pourrais pas imaginer ce qu'elle ressent.

La trahison. L'exposition. La violence du Net. Je doute qu'elle y ait été préparée. Soudain, je comprends mieux pourquoi ce mec fait peur à tout le monde. Il n'a aucune limite quand il veut quelque chose.

Pas besoin d'être un enfoiré pour se débarrasser d'une nana qu'on a tirée, Garrett ! On s'arrache et ça suffit.

– Qui d'autre ?

– Mouais, Alex aurait dû te choisir toi, en déduit-elle. Au fait, tu es où ?

Chaque fois que nous discutons de Sand avec ma sœur, je tente de me maîtriser, mais Leila est futée. Elle sait que sa colocataire me plaît.

– À Manhattan. Mon vol a atterri il y a quelques heures mais je suis passé au bureau... Il est tard, je t'appelle demain, sœurette, dis-je avant de raccrocher.

Sand se force à lever les yeux vers moi, comprenant que je viens de mentir à ma sœur pour elle. Elle s'en veut de m'obliger à mentir.

– Quoi ?

Elle baisse les yeux, absolument magnifiques.

– Merci, murmure-t-elle.

Pour arranger les choses, les portes s'ouvrent sur le douzième étage. J'emboîte le pas du bagagiste dans le couloir en rangeant mon portable, la laissant me suivre comme un chiot en peine. Quoiqu'en pensent ma sœur et ses amis, Sand a besoin de cette pause à l'écart et je veux qu'on la laisse tranquille.

J'ai une agence de pub, je travaille toujours en *real time*. Je connais la violence du Net. Aujourd'hui, les consommateurs sont connectés vingt-quatre heures sur vingt-quatre. Ajoutons à ça la malveillance des gens et ce qu'ils sont capables de poster comme commentaires sur les sites pornos, elle a raison de disparaître.

L'employé ouvre la porte de notre suite et s'efface.

La chambre est spacieuse avec un lit assez grand pour y faire dormir quatre personnes. Un énorme écran plat lui fait face où défilent des vues du lac Michigan sur une musique douce. Je frémis en admirant les draps en coton d'Égypte pas encore froissés par la chaleur de nos deux corps et je laisse la sensation se diffuser dans mon esprit. De son côté, Sand fait une drôle de tête lorsque le bagagiste referme la porte sans que je le suive dans le couloir. Elle s'arrête de respirer avant de pousser un gros soupir en fixant le lit. Le coup classique : une seule chambre. C'est ce qu'elle doit penser. Ou redouter.

Fait chier cette soirée !

Comme si j'avais besoin de ça pour vendre ma salade ! Elle peut le prendre comme elle veut, elle et moi dormirons ensemble ce soir.

– Tout l'hôtel est pris par un important séminaire de radiologues, lui dis-je en ouvrant mon bagage sur l'ottomane du dressing.

Et c'est vrai, même si j'ai eu l'idée de tenter le coup avant de l'apprendre. Pas pour la piéger, non. J'ai trop d'ego pour ça. Mais en réfléchissant aux conséquences de ces événements pour elle et aux propos de ma sœur à son sujet, je ne veux pas la laisser seule cette nuit dans son état.

Et puis d'abord, j'ai déjà dormi avec elle dans sa chambre à la Citadelle.

– Rassure-toi, lui dis-je pour débloquer la situation. Je vois bien que tu n'en peux plus. Pour la nuit débridée, j'attendrai.

Elle s'assied sur le bord du lit en regardant ailleurs.

– Tu attendras quoi ? Mon télescope amoureux est cassé et mes hormones sont en congé maladie honteuse.

Elle fait référence à la sextape d'elle sur Internet.

– Qui te dit que je parle de toi, là ?

Merde, il n'y a pas de raison que je m'offre sur un plateau. Elle sait que je sais, puisqu'elle a entendu ma conversation avec Leila. Pire encore, elle se doute que Leila a dû voir la vidéo. Et aussi Margo. Et Max. Et moi, dès que je serai assez tranquille pour le faire. Rien ne sert de mentir, je sais que je le ferai. Parce que je suis un mec et que les mecs font ce genre de chose, mais aussi parce qu'elle me plaît. C'est comme ça. Je la regarderai même plusieurs fois et elle me fera de l'effet.

Mais pas question de me déprécier.

– Je ne sais pas ce que tu penses, Sand, mais sache que je ne suis pas soldé !

En bonne petite fouineuse, son regard s'attarde sur moi, mes abdos, mes épaules, mon entrejambe parfaitement visible dans mon jean de motard et je ne peux pas empêcher un petit sourire de naître sur mes lèvres. En haut. En bas.

Alors beauté ? C'est bon ? T'as compris ?

Aucun doute, elle aime ce qu'elle a sous les yeux.

– Euh… Il est tard, je vais prendre une douche, halète-t-elle, les pupilles dilatées, les lèvres entrouvertes, en piétinant tel un Bambi qui vient de naître.

C'est ça, va prendre une douche. Mens-moi. Aucun problème. T'es juste pas prête à assumer, trésor.

Je la regarde entrer dans la salle de bains avec l'envie puissante de la suivre et de la baiser sauvagement sous l'eau chaude pour lui faire tout oublier et lui montrer combien elle est belle, désirable, et pas humiliée par l'autre con. Mais je n'en fais rien. J'attends sans bouger que la porte se referme avant de rompre le peu de self-control qui me reste et je profite de ce moment de grande solitude pour appeler Cameron.

Mon pote des meilleurs et des pires moments.

– Allô ?

– Kar ! répond celui-ci à la première sonnerie. Leila m'a raconté pour Garrett...

Les détails logistiques pleuvent mais je n'écoute pas.

Cameron déteste Matt Garrett. C'est un fait avéré que je peux comprendre. Garrett a humilié et ruiné Cameron alors que celui-ci tentait un coup hautement risqué pour gagner la confiance de son père. La sanction a été double pour lui. Garrett a fait fortune sur son dos en prenant le contrôle de Toyota Motors, et Victor Brauer n'a pas pris la défense de son fils. Loin de là. L'homme d'affaires s'est juste contenté d'effacer ses dettes avant de le reléguer à des tâches subalternes sous le contrôle du tuteur qu'il lui avait assigné. Situation humiliante dont Cam' n'est sorti qu'à la mort de son paternel l'an passé. Autant d'années à ronger son frein, je comprends que ça fiche en rogne. Arrivé à la fin de son laïus entendu cent fois, je livre le fond de ma pensée sans trop savoir pourquoi je m'en mêle :

– Quand penses-tu lui annoncer que vous avez le même père ? Sand a le droit de savoir qu'elle est ta demi-sœur, tu ne crois pas ?

Peut-être à cause de ma famille qui l'aime bien.

– Alex Sand n'est pas ma sœur.

– Non ? Et le test génétique que tu as découvert dans les papiers de ton père, alors ? Ça vaut des clous ?

– Écoute, mon pote, j'en ai rien à battre de la génétique. Si mon père l'avait considérée comme sa fille, il l'aurait reconnue. Tu connaissais mon père, Kar. Rien ne l'arrêtait. Il n'en avait rien à foutre du qu'en-dira-t-on ou de faire de la peine à ma mère. Alors pourquoi il ne l'a pas fait, selon toi ?

Je hausse les épaules avant de réaliser qu'il ne peut pas me voir.

– Lâcheté.

– Mon père n'avait rien d'un lâche, proteste Cam' en haussant la voix. C'était l'homme le plus courageux et le plus logique que j'aie jamais connu. Et je ne te permets pas de parler de lui ainsi. C'est *mon* père, bordel !

C'est vrai que ce n'est pas logique.

– Et puis d'abord tu es où ? Comment se fait-il que tu sois au courant ?

– Je suis avec elle, à Chicago.

– Putain, Kar…

– Écoute, mec, je ne suis pas ferré, dis-je en jetant un œil prudent à la porte de la salle de bains. Elle n'a plus de boulot et nulle part où se réfugier. C'est la copine de ma sœur, tu voulais que je la laisse dormir dans la rue ?

– Arrête tes conneries, Karim Fahd Kabbani Al Saoud. Ça ne prend pas. Mon père est né dans le caniveau. Celui de Garrett et le tien avaient déjà un compte épargne archi-plein en naissant. Si Alex te fait toujours autant d'effet, saute-la jusqu'à plus soif et après, peut-être que tu me ficheras la paix avec ça.

– Tu me connais, je termine toujours ce que j'ai commencé, vieux !

Je me doutais que ce ne serait pas si simple.

– Je suis taré de dire ça, mais s'il te faut mon accord pour ça, tu l'as !

Je ne vois pas sa tête à l'autre bout du fil, mais je souris à l'écran télé qui diffuse des images du lac Michigan sous la neige. Quand m'a-t-il demandé le mien avant de sortir avec ma sœur, hein ? Ce petit jeu me plaît.

Je décide de le faire bosser encore un peu :

– D'accord, je te ferai signe, grand frère !

– Fais pas chier ! Je ne veux pas d'elle comme sœur.

Et il raccroche, vénère, mais ça lui passera. Je le connais par cœur. Cameron est bourru, rancunier et têtu comme une mule, mais ce n'est pas un connard. Sinon il ne serait pas mon meilleur pote depuis toujours. Je jette un regard à ma montre en me dirigeant vers mon sac et je commence à retirer mes fringues. Il est presque minuit et je n'ai pas fermé l'œil pendant tout le vol. Autant dormir, la soirée est foutue de toute façon. Mais putain, si seulement je savais ce qu'il y a en elle de différent qui me fait m'accrocher.

Bien plus tard, alors que je mate un épisode de *Walking Dead* à la télé et que l'eau a cessé de couler depuis belle lurette, la porte de la salle de bains daigne enfin s'ouvrir. *Super !* Elle a quand même compris qu'il lui faudrait sortir un jour ou l'autre. Ses boucles indisciplinées tombent en cascade sur le peignoir moelleux fourni par l'hôtel. Elle a un certain talent pour le camouflage, on ne voit aucune forme là-dedans. Preuve supplémentaire qu'elle n'est pas disposée à céder quoi que ce soit, la main encore sur la poignée de la porte, elle reluque la peau mate de mes jambes et celle de mes bras repliés sous ma tête avant de s'avancer. Ces yeux ! Son regard me fait l'effet de milliers de petites flammes se promenant sur ma peau, allumant tout mon corps d'un désir incompressible. Je sais ce qu'elle pense.

Est-ce qu'on peut éloigner les sommiers ?

En même temps, ce lit fait plus de deux mètres. On ne risque pas de se toucher. J'accompagne chacun de ses mouvements pour rejoindre l'autre côté du lit. Elle est aussi échevelée que si je me l'étais envoyée. Je détourne les yeux vers la télé lorsqu'elle ouvre la couette de son côté pour entrer dans les draps, évitant sagement de poser son regard sur le léger renflement qui semble tendre mon boxer. Je ne sais pas ce qui m'a pris de l'attendre allongé sur le lit mais il est clair que mes pensées, elles, le savent.

Différents scénarios me passent par la tête.

– Veux-tu que je commande quelque chose à grignoter au room service ?

– Merci non, je…

Et si j'arrêtais de songer aux conséquences ? Le matelas s'affaisse sous moi lorsque je me tourne vers elle, ma tête en appui dans ma main. Si les choses doivent traîner en longueur, pourquoi ne pas m'amuser avec elle ?

– Tu ne vas pas dormir avec ça, la chambré-je en tirant sur l'épais col de son peignoir qui dépasse des draps.

Elle va crever de chaud là-dedans et faire des tas de cauchemars.

– Pourquoi pas ?

– Tu ne préfères pas que ce soit moi qui te fasse transpirer ?

J'ai essayé le ton léger de la plaisanterie qui plaît tant aux filles que je ramène chez moi, mais je sens bien toute son irritation quand elle se recroqueville en boule de son côté et finit par admettre à mi-voix :

– Je n'ai pas de bagage, je te rappelle.

Sans plus de manière, je me dirige vers le dressing et reviens avec un T-shirt propre et un de mes boxers, le haut est suffisamment grand pour que ça la couvre et qu'elle se sente plus à l'aise.

– Enfile ça.

Puis je comprends qu'elle hésite à le faire devant moi. Bon Dieu, je ne la joue pas réglo et notre arrangement démontre peut-être ses limites, mais je n'ai aucune intention de bouger. Je veux la voir. Un instant plus tard, elle se décide à enfiler tant bien que mal mon boxer sous l'épais peignoir avant de le laisser tomber sur le sol pour passer mon T-shirt. Toute cette peau nue... laiteuse... Je m'entends reprendre ma respiration.

Je sais que je devrais détourner les yeux de son dos nu pour ne pas la gêner davantage, mais je ne peux pas m'empêcher de reluquer ses formes. Cinq ans que je fantasme sur ce corps.

J'ai tout imaginé.

Avec sa silhouette frêle, j'ai toujours cru qu'elle en était dépourvue, mais c'est faux. Ses formes sont foutrement sexy et méritent qu'on s'y attarde. Elle est bâtie comme une nageuse. Longues jambes aux cuisses bien galbées, épaules carrées et taille élancée faisant ressortir des hanches aux courbes sensuelles.

Et là, le désir balaye toute ma logique :

– Tu es très sexy, Sand, dans... euh, mon boxer, déglutis-je en tapotant le matelas. Viens par ici.

Elle monte dans le lit, laissant flotter son odeur bien à elle en guise de petit avant-goût, mais j'ai envie de rire à la voir entasser les coussins entre nous. Un, deux, trois... Elle n'en garde même pas un pour sa tête.

– Ce ne sont pas les coussins qui vont m'arrêter, tu sais...

Un truc me rend fou chez cette fille. Douce. Forte. Innocente. Provocante. Sexy. Fière. Sauvage. Frondeuse. Un savant mélange de contradictions.

Je n'ai jamais rien goûté de pareil et je comprends enfin ce qui a retenu Garrett. Je n'ai qu'une envie, la déshabiller et coller ma peau nue contre la sienne jusqu'à ce qu'elle s'endorme dans mes bras.

– Bonne nuit, Karim. Ne m'en veux pas, je suis crevée.

Il me faut un moment pour réagir et éteindre la lumière.

Seigneur, c'est horrible !

4

ALEX

Je me réveille en sursaut dans la chambre silencieuse où flotte un chœur floral de fougère et de mousse de chêne. La porte de la salle de bains grande ouverte laisse entrevoir des éponges abandonnées sur les lavabos, tandis qu'un rai de lumière extérieure m'indique que la matinée est déjà bien avancée. Par chance, les rideaux partiellement tirés de la chambre gardent encore un peu d'intimité à la pièce. J'ai tellement traîné dans les hôtels ces derniers temps qu'il me faut quelques secondes pour me souvenir où je suis et quel jour nous sommes.

Le premier samedi de juin.

Chicago.

Le Peninsula.

Karim.

Et mon nouveau mantra : je ne dois pas craquer.

Puis je réalise que je suis étalée de tout mon long avec l'oreiller de Karim imprégné d'une odeur plus lourde et plus musquée dans les narines. *Son odeur.*

Oh non ! Depuis quand je dors à sa place ?

Ai-je dormi dans ses bras ?

L'amertume me gagne à nouveau. Je me redresse sur mes

coudes pour vérifier que je suis seule. C'est terrible l'humiliation. Quand on la ressent une fois, on n'arrive plus à s'en défaire. À croire qu'on aime se rabaisser, se soumettre, ou être réduit à l'impuissance.

Histoire de dire : « Vous voyez, je ne pouvais rien y faire. Alors pourquoi me reprocher de ne pas avoir fait autrement ? » L'ennui, c'est que l'endroit où est posé le petit-déjeuner continental m'indique clairement où j'ai dormi. Le plateau trône fièrement à *ma* place. Merde. J'ai carrément dû me blottir contre lui car maintenant que j'y pense, je me souviens très nettement de la chaleur de ses cuisses autour des miennes.

Pour éviter les moments gênants, Alex, on repassera !

Où est-il allé au fait ? Et moi ? Par où dois-je commencer maintenant que je suis ici ? Ma naïveté me frappe encore une fois. À aucun moment je n'ai réfléchi à l'endroit où j'allais vivre, à comment payer mes factures ou comment j'allais manger tout simplement.

Tout à ma colère, je me suis éloignée de ma mère qui constitue ma seule source de revenus.

Je n'ai même pas songé à moi lors de cette fichue soirée « action ou vérité » où je l'ai poussé à bout. Si j'ai choisi la vérité, Matt, lui, a choisi l'action. Non content de m'avoir balancé les mensonges de ma mère à la figure, le moment où j'ai découvert cette vidéo fut le plus humiliant de ma vie. Résultat, je n'ai pensé qu'aux milliers de kilomètres à parcourir pour mieux disparaître sans prendre en considération l'aspect pécuniaire de la chose.

Comment vais-je subvenir à mes besoins à présent ?

Dans l'espace dressing, j'avise ma tenue de la veille ainsi que ma lingerie pendue sur un cintre pressing. Ça sent bon le propre. Une bouffée de reconnaissance m'empêche de rougir. Déjà que j'ai l'air défait, il n'aurait plus manqué que je passe pour une souillon en me présentant pour la première fois chez mes grands-parents. Et s'ils me mettaient dehors ? S'ils n'étaient pas là ? Ou pire, s'ils avaient déménagé ?

Je n'ai aucune idée de ce qui m'attend étant donné que je ne les connais pas. Même par ouï-dire. Ma mère ne m'en a jamais parlé tant le sujet « famille » est depuis toujours tabou chez nous. Lasse de me poser toutes ces questions absurdes qui n'ont pour effet que de me stresser davantage, je prends une douche rapide afin d'éliminer la sueur de la nuit et m'habille à la hâte en abandonnant le T-shirt et le boxer prêtés par Karim sur la pile de ses vêtements sales.

À mon retour, la silhouette élancée de mon compagnon de chambre est plantée devant la baie vitrée donnant sur la plus vieille tour de Chicago et le Topshop qui fait l'angle. L'air absorbé par les gens en bas se pavanant du côté ensoleillé, il n'est vraiment pas mal. Chemise, jean et cheveux noirs qui lui tombent dans le cou, profil très masculin, si j'étais moins conne j'arrêterais de résister. Un vrai « Prince du désert », différent du Guerrier mais avec autant de charme. Ça pourrait m'aider à oublier – nombreuses sont les filles qui le font – mais Leila ne me le pardonnerait pas si je me servais de son frère de la sorte.

J'oublie et lance sur un ton léger :

– Pourquoi tous tes amis t'appellent Kar ?

Il sursaute en me découvrant derrière lui.

– Kar signifie « fort » en assyrien, répond-il avec simplicité.

Je hoche la tête faute de savoir quoi dire.

– Tu es prête à y aller aujourd'hui ? ajoute-t-il en me voyant habillée et coiffée.

Nouveau hochement pour confirmer cette fois.

– Et si tu attendais un peu, grommelle-t-il. Tu n'as pas arrêté de sangloter dans mes bras cette nuit. Tu veux que tes grands-parents te voient dans cet état ?

Son regard appuyé, trop longtemps maintenu, en dit long sur notre nuit.

– De toute façon, cette journée s'annonce mal, conclus-je en baissant les yeux.

– Je peux facilement l'améliorer, m'oppose-t-il alors d'une voix rauque.

L'ambiance s'alourdit d'un coup. Au point que l'atmosphère devient suffocante dans cette chambre où il s'est passé trop de choses ou pas assez pour qu'on se détende. Karim s'en rend compte et passe nerveusement la main dans ses cheveux, mais le geste n'est pas aussi sexy que celui du Guerrier, sa nuque pas aussi virile, ses mains pas aussi rassurantes. Rien à voir.

J'ai beau faire mon possible pour l'effacer de ma mémoire, c'est plus fort que moi, c'est à lui que je pense. Tout le temps.

Arrête. Il avait prévu de te jeter de toute façon.

– Écoute, Sand, je…

– Non, tu ferais mieux de rentrer travailler au lieu de t'occuper de moi, lui dis-je, le plus posément possible.

Mais c'est dur.

– Je peux prendre un vol plus tard. Franchement, tu ne connais pas tes grands-parents. Je comprends que tu aies besoin de les rencontrer, mais débouler chez eux sans prévenir en voulant y rester… Tu n'as pas changé d'avis ?

D'avis sur quoi ? Et partager une autre nuit ? Au risque que cette fois, il se passe quelque chose ? Simplement parce que je suis mal ? Ou que je suis vulnérable ? Ce n'est pas ce que je veux. Je me connais, j'ai besoin d'être seule pour gérer. De guerre lasse, je me laisse tomber dans le fauteuil en laissant échapper un soupir interminable. Karim s'assied en face de moi et je ne sais pas du tout ce qu'il pense. Ils ont au moins ce point en commun avec Matt. Pour le reste, rien à voir. Karim est beau mais il n'a jamais rien traversé dans sa vie. Matt, c'était mon Guerrier. Celui qui est resté debout, sans jamais renoncer, ni se décourager.

Si seulement j'avais la moitié de sa force…

– J'essaie de voir le bon côté des choses, déplore-t-il après réflexion.

Un ricanement amer m'échappe :

– C'est quoi le bon côté des choses là-dedans ?

Il secoue la tête avant de se lancer, comme pour éviter de trop réfléchir :

– Ce n'est peut-être pas l'idéal comme début, mais ça pourrait être bien toi et moi. On n'est pas obligés de se mettre en couple, tu sais. On pourrait commencer par être juste… *amis* ?

Je jette un œil par la fenêtre. Il fait beau dehors. Un temps à ne pas se poser de questions, mais il y a une chose que je sais : si je suis amie avec Max, je ne pourrai jamais l'être avec Karim. Quelque chose m'en empêche. Je ne sais pas quoi.

Un truc indéfinissable entre lui et moi.

– On ne peut pas être amis, Kar, et tu le sais très bien.

Sa poitrine se gonfle et s'abaisse dans un soupir interminable.

– Ouais, je savais que tu dirais ça, admet-il.

Quand je pense à lui, je pense sexe. Et c'est pareil pour lui, j'en suis sûre.

– Il y a une station à vélos pas loin. Pédaler dans la ville me fera du bien.

Il ne répond pas tout de suite, se demandant probablement si je ne suis pas en train de l'écarter poliment.

– J'ai rappelé Leila ce matin, commence-t-il à mi-voix. Beaucoup de monde s'inquiète à ton sujet, tu sais. Ce n'est pas parce qu'il y a une sextape de toi sur la Toile que tu dois abandonner ceux qui t'apprécient.

– Que veux-tu que je fasse d'autre ?

– Et si tu commençais par ceux qui ne te jugent pas ? Leila et Margo par exemple. Ensuite Max… et moi.

Mon cœur se pince douloureusement. Voilà où il est allé. Il s'est probablement installé confortablement dans un des salons du bar et l'a regardée tranquillement en prenant son café, à l'abri des regards. Combien de fois ?

– Alors tu l'as visionnée.

Moi, je n'aurais pas regardé.

– Ne m'en veux pas, admet-il sans aucune gêne. J'avais besoin de savoir jusqu'où tu avais été humiliée. Et puis, on ne voit que ton visage, ce n'est pas comme si on voyait tout ! Ça ne m'a pas choqué. C'était même une bonne partie de baise, tu n'as pas à avoir honte. Au contraire. Tu étais super.

Les images de la vidéo me reviennent avec force. Dans toute leur splendeur. Certes, on ne voit que mon visage, mais on le voit en train de *jouir*. J'aimerais pouvoir ne pas en faire tout un plat, *vraiment*. Mais entre ça, les mensonges de ma mère et le fait que je n'aie plus de job ni de perspective d'avenir alors que ce dernier semblait tout tracé, je ne sais pas par où commencer pour en sortir.

– Je dois repartir sur du neuf.

Karim a l'air perplexe.

– Alex, tu…

– Tu quoi ? répliqué-je avec agacement.

– Tu es en train de détruire tout ce qu'il n'a pas détruit chez toi, continue-t-il avec précaution. Pourquoi finir le travail ?

Je suis trop fatiguée pour réfléchir et trouver une réponse cohérente. Toute cette tension que je vis depuis un mois, je suis à bout. Comme Karim fait mine de me prendre dans ses bras, je me lève pour m'éloigner. Je ne veux pas qu'il me réconforte, je veux juste plonger dans le noir, sous des couches et des couches d'humiliation.

À bout de nerfs, je me mets à crier :

– Pourquoi ? Tu te demandes pourquoi ? Tu accepterais, toi, que je te voie jouir en boucle sur l'écran de mon portable chaque fois qu'il m'en prend l'envie ?

Voilà, c'est dit ! Karim fait un pas vers moi mais je m'éloigne.

– Tu pourrais voir ma bite en prime, je m'en foutrais totalement. Dis-moi ce qui s'est passé avec Garrett ? Je veux dire, pour qu'il en arrive là.

Je suis à deux doigts d'éclater de rire telle une hystérique. J'ai moi-même allumé la mèche qui m'a pétée à la figure, ce qui m'oblige à défendre ce salaud sans remords. C'est le comble. À quoi ça sert que je me répète ? Je me réfugie de mon côté du lit, armée d'un coussin serré contre ma poitrine. En rempart. Afin de lui faire comprendre de rester à l'écart. Je suis tellement à vif que s'il me touche, je risque de le frapper.

– Qu'as-tu découvert ? insiste l'inconscient.

Je laisse le silence s'installer en guise de réponse.

– Tu peux me parler, Sand. Regarde-toi, tu as vraiment besoin d'aide…

Non. Si. L'irritation me submerge, je ne peux pas vivre comme ça, percluse de honte à m'apitoyer sur mon sort pendant que *lui* s'en sort bien. Plus que bien même. Si j'ai bien compris, puisque je suis toujours sous le coup de l'ASA[1], je ne dois pas exposer sa vie privée, mais lui a le droit d'exposer la mienne. Ce n'est pas juste.

– Un truc dans son passé, lâché-je à regret comme on dit « ne t'inquiète pas » à quelqu'un en sachant pertinemment que c'est justement ce qui va l'inquiéter.

– Alors, je ne peux pas le blâmer.

Pour le coup, c'est moi qui m'inquiète.

1. L'Absolute Secret Agreement est un contrat de confidentialité sévère aux USA, prévoyant à la fois l'aspect professionnel et personnel. Son étendue est sans limite.

– De quoi tu parles à la fin ? Je croyais que vous ne vous connaissiez pas, et là, tu me donnes l'impression d'en savoir beaucoup sur lui.

– En fait si. Et d'un, j'écoutais aux portes, gamin, quand mon père recevait ses potes. De deux, Garrett ne s'en souvient pas mais je l'ai rencontré une fois.

– Ah bon ? C'était quand ?

Mais alors qu'il a lui-même initié cette conversation, Karim semble nettement moins enclin à en dire plus. Je me penche pour presser sa main.

– S'il te plaît, Kar…

Une ligne dure remplace l'arc formé par ses lèvres.

– OK. Je suis complètement taré de te dire ça, déclare-t-il en venant s'asseoir près de moi. Tu te souviens quand on a comparé nos bobos de gosses avec Leila ? C'était le jour de votre installation et je m'étais blessé au ventre en accrochant votre télé.

J'acquiesce sans savoir où il veut en venir.

– Leila et moi avons été opérés de l'appendicite en même temps. J'avais huit ans et elle six. On était hospitalisés dans la même chambre.

– Et alors ?

– Dans celle d'à côté, il y avait un garçon d'environ dix ans. Son état était plus sérieux que le nôtre. La nuit, les infirmières du service laissaient les portes ouvertes. Une nuit, je l'ai entendu faire un cauchemar, alors je me suis levé. Son visage était tuméfié. Il avait été opéré mais je ne sais pas de quoi.

Mes yeux s'écarquillent.

– C'était Matt ?

Je me sens un peu bizarre en disant ça. Comme si je voulais encore qu'il y ait un espoir, mais cet espoir disparaît en voyant Karim acquiescer.

– Aucun homme digne de ce nom n'aime qu'on le voie comme un chien battu, Sand. C'est une question de fierté masculine. Si tu as fouillé là-dedans, c'est normal qu'il t'ait repoussée violemment. J'aurais fait pareil.

Ce n'est pas ce que j'ai fait mais je peux l'admettre.

– Tu sais si c'était déjà arrivé ?

– J'ai entendu les infirmières parler entre elles. Elles disaient qu'il était anorexique et que ce n'était pas la première fois qu'elles le voyaient dans le service. Ensuite, j'ai entendu mon père le dire à Victor. Vincent battait son fils.

C'est un tel électrochoc !

Une question posée par Matt dès le premier soir à propos de mon engagement au RESO me revient brusquement. Il ne comprenait pas pourquoi j'avais choisi d'aider spécifiquement les femmes battues.

« *Vous auriez pu choisir de lutter contre la faim, le cancer, ou l'illettrisme. Pourquoi avoir fait ce choix en particulier ?* avait-il demandé.

– Vous êtes dingue ! Vous croyez que j'ai été battue ?

– Le risque de maltraitance est plus grand dans une famille monoparentale », avait-il répondu.

Pourquoi n'ai-je pensé qu'à moi ? Lui l'a été. Je me suis concentrée sur moi en le qualifiant secrètement de pervers détraqué, alors que c'était de lui dont il parlait. Ma poitrine se serre en pensant au garçonnet de dix ans dans son lit d'hôpital. Je refuse d'imaginer son beau visage tuméfié. Ça fait trop mal. Bordel, je pourrais facilement frapper Vincent moi-même s'il était devant moi. Le Kivu, c'était déjà horrible, mais penser que ça a commencé en amont… À partir de quel âge a-t-il été battu ? Et comment ai-je fait pour passer à côté ?

Avec mon travail au RESO, j'ai pourtant l'habitude.

« Je n'ai jamais été anorexique. »

« J'ai décidé de ne plus manger. »

« Et j'ai décidé quand m'arrêter de le faire. »

« J'avais mes raisons. »

Maintenant, je comprends à quoi lui servait l'anorexie, à alerter les services sociaux. Mais ça n'a pas marché. Dans un sens, le Kivu a dû le libérer de ce joug terrible, mais pour tomber dans une violence encore plus cruelle. Bon Dieu ! A-t-il connu autre chose que la souffrance dans sa vie ? Révoltée, je regarde autour de nous. Et les nerfs prennent le dessus.

– J'en ai marre des chambres d'hôtel, dis-je en agitant la main vers la déco. Je veux une maison, une famille normale et des gens qui s'aiment.

Puis, je fais demi-tour en récupérant mon sac à la volée. Je dois bouger. Vite. L'avantage de ne pas avoir de bagage, c'est que je n'ai rien à rassembler pour quitter ces lieux. Je suis libre comme l'air.

– Je viens avec toi, décide Karim. Je veux m'assurer que tu as un toit sur la tête avant de rentrer à New York.

***

Lorsque le taxi commandé au chasseur par Karim nous dépose non loin du lac devant la maison de mes grands-parents, je prends un second coup à l'estomac.

– C'est ici ? me demande-t-il, lui-même surpris.

– Je crois bien. En tout cas, c'est la bonne adresse.

La maison en L est impressionnante, bordée d'une grille en fer forgé noir rutilant avec un minuscule jardin à la française sur le devant. Des topiaires et des cyclamens roses. Je n'avais aucune conscience de la richesse de mes grands-parents tant ma mère m'a inculqué la valeur de l'argent. Tout ce que je sais d'eux, je l'ai appris par ma tante Ellen et ça n'est jamais allé plus loin que le fait qu'ils avaient un cabinet d'architecture à Chicago. Le choc.

Kar a le temps de régler le taxi et de venir m'ouvrir la portière avant que j'arrive à comprendre comment ma mère a pu vivre dans un pareil mausolée. Ça ne lui, *ne nous*, ressemble tellement pas ! Je décide néanmoins d'aller jusqu'au bout de mon choix en poussant le portail qui n'est même par fermé à clé.

Quelques secondes plus tard, la porte d'entrée tourne sur ses gonds, découvrant une silhouette féminine presque sèche à force d'être maigre. Son élégance à cette heure de l'après-midi me choque.

– Vous êtes *North Side* ici, déclame-t-elle en étirant toutes les voyelles sans pour autant articuler. Les démarcheurs ne sont pas les bienvenus.

– Euh, non, nous… Je viens voir Mme Joanna Sand.

La femme rejette sa chevelure en arrière, façon Rita Hayworth allongée sur son rocher dans *La Dame de Shanghai* avec vingt ans de plus. Elle en a aussi les sourcils. Mythique.

– Et à qui croyez-vous parler ?

Je prends un nouveau coup au cœur. Est-ce que cette femme fascinante, guindée et revêche est ma grand-mère ? La mère de ma mère, si douce et effacée ?

Comment est-ce possible ?

– Mon nom est Alexiane Joanna Sand.

– Oh !

Le bras de Kar sur ma taille m'indique qu'il s'est rapproché.

– Et lui, qui est-ce ? demande-t-elle en le désignant du doigt de façon peu subtile. Ton fiancé barbaresque ?

Je manque m'étouffer.

– Avec tout le respect que je vous dois, madame, intervient Kar d'une voix aussi calme que limpide, Alexiane a traversé l'océan pour vous trouver, elle mérite votre égard. Quant à moi, mon nom est Karim Fahd Kabbani Al Saoud et, hélas, je ne fais que l'accompagner.

Le silence pèse du plomb après cette mise au point. Quant à moi, je n'arrive pas à détacher mes yeux de ce visage. Je cherche ma mère en elle mais je ne vois rien. Par contre, elle a mes yeux, ou plutôt, j'ai les siens.

– Si ce n'est pas à cause de lui, pourquoi ? poursuit-elle tout aussi sèchement.

J'imagine qu'elle n'a toujours pas digéré l'arrivée de mon bad boy de père dans sa vie parfaite. Victor n'était pas celui qu'elle aurait voulu pour sa fille. Marié, mauvais genre, un fils, mais sérieusement, en quoi cela me concerne ? Elle pense sans doute que je fais la même chose à ma mère dans l'autre sens. Les doigts de Kar se font plus insistants, me suggérant très subtilement de bien réfléchir à la réponse. Mais ai-je le choix ?

– Je pensais être venue au bon endroit pour surmonter quelque chose de douloureux. *Ici.* Dans votre maison.

Le silence s'éternise entre nous alors qu'une voiture passe au ralenti dans la rue résidentielle, si près pourtant des buildings de verre.

– Lillian est au courant ? la nomme-t-elle aussitôt après.

– Non, et j'aimerais qu'elle ne le soit pas.

Deux sourcils parfaitement dessinés se relèvent pour ne plus redescendre. Soit elle est botoxée à mort, soit elle est franchement étonnée.

– Maman n'est pas la personne la mieux placée pour m'aider à gérer la situation, je m'empresse d'ajouter.

Que suis-je en train de faire ?

Un sentiment de culpabilité atroce m'écrase la poitrine. Certes, le soutien de ma mère n'est plus à la hauteur mais elle reste ma mère. Sauf que je veux être du côté de ceux qui ne se laissent pas bousiller, comme cette femme devant moi. C'est la seule chose qui me tienne éveillée depuis que le Guerrier a décidé de flinguer ma carrière.

– Où sont tes bagages ? s'enquiert le double de Rita Hayworth en regardant à mes pieds avant de revenir à mon visage.

– Je n'en ai pas.

Elle s'efface pour me laisser entrer.

– Si tu as eu le courage de traverser l'océan sans bagage, tu auras assez de courage pour traverser n'importe quelle épreuve. Entre.

Trois tasses d'Earl Grey plus tard, Kar s'est enfin résolu à m'abandonner afin d'attraper son vol pour JFK. Non sans m'avoir assuré qu'il reviendrait me voir très vite. Ce qui m'a ravie plus que je ne le pensais, parce qu'à présent il est le seul ami qui me reste. Pour l'instant, je ne veux le voir que comme ça. L'inquiétude transpirait sur son visage lorsque je l'ai raccompagné à la grille :

– Il te faut un nouveau portable. On ne peut pas vivre sans portable aujourd'hui.

La référence a suffi à réveiller ma méfiance. Comme si c'était utile de me rappeler l'usage que Matt a fait du mien. Je ne tiens plus à ce qu'il me trace ou qu'il m'espionne. En admettant que ça le préoccupe encore.

– Quand j'aurai trouvé un job, pas avant.

Assise sur l'édredon rose de mon lit, j'examine ma nouvelle chambre avec encore plus d'attention depuis que Joanna m'a appris que c'était celle de ma mère. Une fenêtre d'angle aux menuiseries blanches terminant par une banquette recouverte de gabardine grise, idéale pour lire en regardant le ciel, mais rien ne me rappelle ma mère dans cette chambre trop girly.

Je n'arrive pas à me défaire non plus du sentiment que ma mère n'a pas été à la hauteur et que me soustraire à la situation en venant ici était la meilleure chose à faire. Quand je vois Joanna, je me dis que rien ne peut achever cette femme, ni la faire douter. Si je veux me vacciner contre les destructeurs au charme irrésistible, les endurants à toute épreuve qui semblent m'attirer, je dois piocher dans la vie de Joanna pour le faire.

Sans trop m'endurcir quand même.

***

Trois jours que je suis ici.

Trois nuits que je passe à chouiner dans mes oreillers. J'en ai marre de craquer, de pleurer sur mon sort dès que personne ne m'observe, je ne sais rien faire d'autre.

À l'école primaire, on apprend que le temps est immuable. Une minute égale toujours soixante secondes et une journée a toujours vingt-quatre heures. C'est faux. Certaines journées semblent durer une éternité alors que d'autres passent en un éclair. De surcroît, la mémoire n'a pas forcément bon goût. Trop de souvenirs me hantent, et, pour être honnête, j'ai beau essayer de me rappeler les mauvais, je ne vois que les bons, les enjolivant même par sadisme.

Guerrier, sois gentil, sors de ma tête !

Joanna trouve que je suis taciturne, comme mon grand-père. Ce n'est pas un compliment. Clive est le stéréotype même du bourgeois intolérant et il passe son temps à m'étudier. J'étouffe.

Ça se commande au Père Noël la gaieté ?

L'entrain, la bonne humeur ?

Jusqu'ici, il me semblait qu'à force de vouloir quelque chose, on finissait par y arriver. Par le travail, l'acharnement, la volonté. Du moins, ai-je toujours raisonné ainsi pendant mes études. Pour quel résultat ? Finalement, c'est assez comique, je suis diplômée, major de ma promotion, mais totalement barrée par mon Ordre. Il y a de quoi hurler de rire. Au dîner hier soir, j'ai dû mentir quand Clive m'a demandé où j'en étais de mon cursus. Pour couper court à toute question embarrassante, j'ai préféré dire que j'avais *raté* mes examens de sortie de l'école de droit.

Super, maintenant je mens et je suis une cloche !

Soixante-douze heures à ruminer dans le même jean, c'est trop pour moi. Aussi, aujourd'hui, ai-je décidé d'être gaie et dépensière. À force de rigoler, je finirai bien par rire, non ? Je dois trouver de quoi m'habiller avant que ma banque s'aperçoive que je n'ai plus de boulot et crie au rouge. Et si j'étais fauchée ? Je veux dire officiellement fauchée. Genre pas un flèche.

Je tire une chaise de bar rouge qui semble devenir la mienne au comptoir des petits-déjeuners et attrape le *Chicago Tribune* abandonné par Clive avant de partir travailler. Je prends rapidement connaissance des dernières nouvelles puisque la presse ne parle plus que de ça – avec un crime non résolu et un scandale sanitaire, le pire a été évité chez MHG Industrie. On attend les résultats de l'enquête – et je passe à autre chose afin de ne pas rechuter.

Je repère la page des petites annonces, l'ouvre et l'étale devant moi en m'emparant du crayon à papier destiné aux courses. J'aime bien la cuisine dans cette maison, c'est le seul endroit où je me sens bien. Sans doute à cause du mur bibliothèque et de tous ces bouquins de recettes en désordre.

Quelle n'a pas été ma surprise de découvrir les talents de cordon-bleu de Joanna ! Cette femme est la reine des glaçages sur cupcake, et ses cookies sont à tomber. Ma mère peut toujours s'accrocher et moi avec.

– Que cherches-tu dans les petites annonces ? me lance-t-elle en ouvrant le tiroir à spatules à un mètre de moi.

– Du boulot.

Elle s'immobilise, surprise. *Aïe.*

– Tu envisages de rester ?

– J'aurais aussi besoin d'acheter des vêtements dans… mon budget.

Après une seconde d'hésitation, elle s'assied en face de moi.

– Honnêtement, je pensais que tu ne resterais que quelques jours, mais ça a l'air plus sérieux. Y a-t-il quelque chose que je devrais savoir ?

La question m'irrite plus encore qu'elle ne me dérange. En fait, son autorité m'insupporte. Quel droit a-t-elle sur moi ? Aucun.

– J'ai vingt-deux ans.

– Tu as vingt-deux ans et tu es chez moi, me rétorque-t-elle, le dos bien droit.

Pas question de répondre pour autant.

Ma vie privée m'appartient et depuis que le Guerrier a cru pouvoir en disposer, plus encore. Je suis prête à la défendre bec et ongles. C'est suffisamment pénible comme ça pour avoir en plus à subir un sermon. La colère est la seule chose qui me tient debout et la seule compagne à qui je rends des comptes aujourd'hui.

D'ailleurs, d'où vient-elle cette colère ?

Contre qui est-elle dirigée ? Lui ou moi ? Faut-il le savoir ? Qu'est-ce que ça change ? J'ai le sentiment qu'on a merdé tous les deux. On ne dégoupille pas le passé de quelqu'un sans conséquence. On ne joue pas non plus avec la carrière des gens. C'est trop sérieux.

Joanna m'étudie de ses yeux bleus.

– Je vais te poser une seule question. As-tu l'intention d'appeler ta mère pour lui dire au moins que tu vas bien ?

Je baisse les miens vers les petites annonces.

– Non.

J'ai trop de colère en moi pour affronter mon ancienne vie. Selon ce que j'apprendrai encore, j'ai peur d'exploser. Je suis venue ici pour renaître après un état de choc et choisir seule ce que je veux devenir. Cucul peut-être, mais pour ça, les Ricains sont géniaux. Les gens ici sont tous à la recherche de quelque chose. Et moi, je défends leur façon positive de voir les choses. Le crissement de la chaise sur le parquet m'indique que Joanna s'est remise à la pâtisserie.

– Je finis ces glaçages et je viens avec toi pour ta garde-robe. Regarde les petites annonces en attendant.

Au moment où j'entoure la première, elle pose sur la feuille de gauche une clef pendue à une bidouille inclassable en forme de matriochka en tissu.

– La voiture de ta mère est toujours dans le garage, m'informe-t-elle d'un ton plat insondable. Nous la faisons réviser régulièrement.

Je lève les yeux, abasourdie.

– Qu'est-ce que c'est comme voiture ?

– Une Mini cabriolet de 92. Elle est vieille mais elle roule, proclame-t-elle familièrement. (Je croirais m'entendre.) Et au cas où tu demanderais, ce porte-clefs est sa réalisation. Ta mère avait un don manuel qu'elle a gâché bêtement en… Enfin, peu importe. Essaie de ne pas faire pareil.

Pour la première fois depuis longtemps, je souris.

5

ALEX

Une semaine de passée ou un siècle ne fait guère de différence.

Dans la salle d'attente du siège de United Continental situé au 101e étage de la tour Willis, anciennement nommée Sears Tower, on n'est plus dans les romances populaires où les personnages principaux n'arrivent pas à faire leur deuil. En remplissant mon C.V. face à la vue panoramique sur le Loop, il s'agit avant tout de trouver du travail *et* un salaire. Si possible pas trop mal payé pour que je puisse songer à m'établir seule un jour et assez prenant pour que je n'aie pas une seconde à moi. Perso, je trouve que ça marche très bien puisque justement, d'après l'annonce, ils recherchent une juriste motivée.

Pourvu qu'ils ne bloquent pas, eux aussi, sur mon âge !

J'ajuste la tenue offerte par Joanna pour l'occasion en faisant les cent pas après avoir rendu mon formulaire, même si elle ne me correspond pas vraiment. Une chose est sûre, en ce qui concerne le style, Joanna a un avis critique sur TOUT.

Rien n'a de secret pour son œil avisé traquant le moindre de mes défauts ou le plus petit avantage à mettre en avant. Bref, en deux temps trois mouvements, elle a trouvé comment transformer la fille bâtie comme une gamine en active élégante de bonne famille. Ça surprend. Encore quelques minutes interminables et la porte s'ouvre enfin dans mon dos.

– Mademoiselle Sand ? Je suis Olivia. M. Van Buren va vous recevoir.

Chaque pas effectué dans le couloir me semble difficile tellement je ne peux ignorer le fait que mon sort se joue au bout de ce boyau. Olivia toque un coup bref à la porte, l'ouvre et s'efface pour m'inviter à entrer avant de la refermer derrière moi. Mon cœur bat plus vite tout à coup. Nous y sommes.

L'homme en chemise blanche assis derrière son bureau ne prend même pas la peine de se lever pour m'accueillir, se contentant d'un vague signe de la main pour me désigner le siège en face de lui.

– Asseyez-vous, dit-il sans me regarder.

Ni bonjour ni poignée de main, le ton est donné. L'estomac noué, je prends place dans le fauteuil aussi confortable qu'un siège d'aéroport.

– Je vais être direct, mademoiselle, commence-t-il, m'accordant enfin son attention. Vos aptitudes semblent convenir au poste que nous avons à pourvoir. Aussi avons-nous eu besoin de vérifier vos antécédents. Personne n'y échappe, si je puis dire.

– Quels antécédents ? En dehors de mes stages, je n'ai jamais travaillé.

Sa main palpe le bureau à la recherche d'un magazine.

– Ce n'est pas tout à fait exact si j'en crois la presse, puisqu'elle fait état de votre embauche chez MHG Industrie.

De sa place, il me montre le magazine ouvert sur ledit article.

– Précision que vous avez omis de mentionner dans votre C.V. Ce qui est fort regrettable, décrète-t-il en abandonnant l'objet du délit dans la corbeille à papier.

Je retiens mon souffle, à deux doigts de m'excuser, me traitant secrètement d'idiote pour avoir oublié les articles parus dans tous les tabloïds. Un détail comparé à ce que je viens de vivre. J'essaie de parler d'un ton neutre et calme.

Mais je suis tout sauf calme.

– En fait, je n'avais pas encore commencé à travailler pour eux quand j'ai décidé de venir m'installer à Chicago pour des raisons personnelles.

Van Buren me fixe droit dans les yeux.

– Ah oui ? Savez-vous que leur filière MHG Log fait partie des sociétés qui comptent à Chicago ? Si vos... *raisons personnelles* vous conduisent chez nous, pourquoi ne pas avoir demandé tout simplement votre transfert ?

Prise au dépourvu, je me contente de le fixer tout bêtement.

– Vous aurez beaucoup de mal à passer sous silence cet... *antécédent*, m'avertit Van Buren, visiblement pas dupe de ma tentative d'explication foireuse.

Un frisson de honte remonte dans mon dos.

– Eu égard au peu de crédibilité que j'accorde aux tabloïds, continue-t-il devant mon silence, j'ai personnellement téléphoné à votre ancien employeur.

Tout à coup, la panique.

Suivi d'un drôle de sentiment incontrôlable comme si le Guerrier allait entrer dans la pièce. Là, maintenant. Toutes les lignes de mon visage semblent tendues vers la porte du bureau.

– Et quelle surprise, quand M. Garrett a tenu à me répondre personnellement, se flatte Van Buren avec un petit rictus satisfait. On disait l'homme d'abord peu facile mais *là*, je n'ai eu aucun problème.

Les questions s'étranglent dans ma gorge, je n'en trouve aucune. D'ailleurs, Van Buren paraît le comprendre puisqu'il pérore sans attendre ma réponse :

– Il m'a assuré de votre rigueur, de vos brillantes qualités professionnelles et de votre honnêteté intellectuelle sans réserve, me traitant de sot si je ne vous offrais pas une chance…

Chaque mot emporte avec lui des petits bouts de colère, ce qui m'agace prodigieusement. Je ne devrais pas me laisser attendrir après ce qu'il m'a fait.

C'est trop facile.

– … Cela étant, il m'a fortement déconseillé de le faire, m'assène alors Van Buren. Vous comprendrez donc que je n'aille pas à l'encontre de son jugement. Je suis désolé.

Salaud.

Ma joie enfantine de courte durée retombe comme un soufflet et bizarrement je m'en veux encore plus de ma faiblesse ridicule. Quel acharnement ! J'ai du mal à interpréter cet horrible mélange de méchanceté suave et de perversion enrobée chez lui. Depuis quand est-il cruel ? Dur, je savais. La vie l'a été avec lui. Mais cruel, non. Matt a été torturé. Il n'est pas cruel. Impossible. La torture rend humain et on en vient à avoir honte d'accorder tant d'importance à soi-même et à ses états d'âme quand on l'a affrontée. Je reste plantée là, engourdie par le choc, n'écoutant que d'une oreille distraite les excuses polies de Van Buren pour me congédier. *Ça*, j'ai l'habitude.

Dans l'ascenseur à grande vitesse, je m'interroge.

Pourquoi Matt a-t-il décidé de pousser le bouchon aussi loin ? Pour m'enfoncer encore plus bas et me montrer à quel point je suis insignifiante ? Ce n'est pas digne de lui. Pour se venger de l'avoir mis à nu ? Possible.

A-t-il alors juré de me détruire complètement sans me laisser la moindre possibilité de me relever ? De sa part, c'est logique. Lui-même s'est relevé seul, sans aucune aide. Et c'est conforme à sa réputation.

Mais il n'a jamais été cruel. Avec personne.

Mon esprit se rebelle comme si j'avais reçu un coup de pied

aux fesses. Je lutte comme je peux pour ne pas m'effondrer dans un endroit aussi fréquenté, mais il n'est pas question de le laisser continuer son travail de sape. Je veux bien assumer mes conneries mais je n'ai rien fait qui mérite sa cruauté.

Merde, je ne l'ai pas trahi.

En arrivant dans le hall d'accueil, j'avise l'espace business vantant le travail à l'ère du digital. Tout y est en accès libre : ordinateurs, tablettes et téléphones portables. Parfait, je sais ce que je dois faire. Lui et moi avons droit à une vie paisible. *Même séparés.* En prenant mon courage à deux mains, je compose le numéro du siège de MHG trouvé sur Google. Mes narines se dilatent pour prendre l'impulsion nécessaire. C'est parti.

L'hôtesse décroche à la deuxième sonnerie :

– MHG Industrie, Linda à votre service. Que puis-je pour vous ?

Courage, ma grande !

– Bonjour Linda. Mon nom est Alexiane Sand. Je souhaiterais être mise en relation avec Matt Garrett, je vous prie.

Silence au bout du fil. La demande ne doit pas être courante.

– Le président ne prend aucun appel, mademoiselle. Pour ça, il a une ligne privée. Je regrette.

L'irritation me gagne de plus belle. Cet appel est *professionnel*, je ne suis pas en train de le relancer ou de vouloir l'enquiquiner. Je refuse de l'appeler sur son portable dont, de toute façon, je ne me souviens pas du numéro. C'est ce qui arrive quand on enregistre les numéros, on ne les mémorise pas.

– Vous lisez les tabloïds, Linda ?

Pas de réponse.

– La fille dont les tabloïds parlent, c'est moi. Et là, votre patron m'empêche clairement de trouver un travail. Alors vous me le passez pour que je tente d'apprendre pourquoi ou j'appelle directement lesdits tabloïds ?

Nouveau silence. Linda a dû partir à la pêche pour savoir quoi faire, puis :

– Je vous passe Debra Dermot. C'est la RP du président.

Une longue attente plus tard, ce n'est pas Debra qui décroche :

– Allô !! tonne une voix familière, aussi tranchante qu'un sabre.

Tout l'oxygène quitte mon corps, mes forces m'abandonnent. Je ferme les yeux pour contenir les larmes que je sens poindre malgré tout.

Saleté d'émotion.

– Matt, je... Je ne pensais pas que...

Pathétique. Ma voix tremble, les mots ont du mal à sortir. Je m'en veux d'être aussi faible en sa présence, mais l'agacement que je lui inspire à présent est évident.

– Tu veux rire là ? tranche-t-il d'une voix dure comme le silex. Qu'est-ce qui te fait croire que tu peux m'appeler et harceler mon personnel ? Le fait qu'on ait couché ensemble ? Tu *travailles* pour moi et tu n'as même pas la correction *professionnelle* de me remettre ta démission en face, comme l'aurait fait n'importe quelle employée ? Finalement, tu es comme toutes ces filles que je baise et que je jette après. Incapable de t'intéresser à autre chose qu'à toi-même. C'est fini. Ne m'appelle plus, compris ?

J'aurais pu probablement me défendre si j'avais seulement pu respirer ou s'il m'avait laissé le temps de me remettre, mais son hostilité manifeste finit de me glacer le dos. Je hoche la tête avant de me souvenir qu'il ne me voit pas.

– À partir de maintenant, tu fais comme si tout ça n'était jamais arrivé. Ça devait se finir ainsi de toute façon. Le reste, c'était juste... *une erreur*, siffle-t-il en raccrochant, laissant planer ce dernier mot entre nous.

Je voulais savoir s'il était cruel ? J'ai la réponse.

C'est pire qu'une rupture. En quelques mots durs et bien choisis, il a réduit en cendres notre relation. Pourquoi je continue à appeler ça une relation ? C'était tout sauf ça pour lui. *Une erreur.*

Ce mot n'est pas innocent. Matt savait précisément en l'employant ce qu'il me faisait – mon père ne m'a pas reconnue, ma mère m'a élevée seule, même mes grands-parents n'ont pas voulu de moi – et même si sa voix laissait entendre un léger doute, il a choisi le mot fatal.

D'abord, ne pas pleurer. Respirer.

Ensuite, n'importe quoi de fort. J'ai besoin de faire un truc fort. Un acte décisif pour me prouver que je suis encore maître de mon existence. Sans même m'en rendre compte, je sors du bâtiment. Je marche pour éviter d'avoir mal. Si je m'arrête, si je m'étudie une seconde, je sais que ce sera douloureux.

Une fois dehors sur le trottoir, j'enquille les rues et les blocs sans trop savoir où je vais. Je ne ralentis pas, je ne me retourne pas. J'ai juste besoin que son dernier coup de patte passe. Parce que ce sera le dernier, je viens de le décider.

Dieu merci, il fait beau. Tout est beau à Chicago. L'âme de la cité, son caractère, son carburant, sa sève, tout est courage ici. La ville parfaite pour trouver la force de se reconstruire. Finalement, j'ai de la chance. Cet épisode de ma vie est terminé. Rien ne pourra jamais être pire. Soudain, je m'aperçois que j'ai ralenti devant une vitrine.

Sears Tattoo.

Le salon de tatouage reste classique mais il propose ses modèles de façon originale, en les groupant par thèmes sur des plaques de verre. C'est joli. Mon regard tombe sur quelque chose : un rouleau sorti des flots, prêt à s'abattre. La force du rouleau est très bien rendue, exprimant à la perfection l'impression d'écrasement à venir. Sans même l'avoir décidé, je pousse la porte.

Un carillon musical désaccordé annonce mon arrivée. J'attends, bercée par la douceur de l'« Intro » de Kygo qui passe à la radio, quand un garçon recouvert de tatouages celtiques sort de l'arrière-boutique, les mains chargées de tubes d'encre colorée.

– Salut ! me lance-t-il avec un regard sceptique à ma tenue.

En gros, il se demande ce que je fiche là et s'attend à me voir rebrousser chemin après quelques excuses pour m'être trompée de porte.

– Vous faites des tatouages sur mesure ?

Au lieu de me répondre, il prend le temps de me détailler de haut en bas comme s'il n'y croyait toujours pas.

– C'est pour toi ?

– Je voudrais que tu me fasses le rouleau avec la sterne marine noire qui s'envole avant que le rouleau ne s'écrase sur elle. Tu pourrais faire ça sur ma clavicule ?

Un signe du menton.

– C'est précis.

– Ouais ! Je sais ce que je veux.

Je veux marquer d'une pierre blanche le jour où j'ai échappé à la Déferlante. Il ne m'écrasera pas.

– T'as une heure trente devant toi ?

En guise de réponse, je m'installe dans l'espèce de fauteuil de dentiste défraîchi qui trône dans son magasin. L'ambiance musicale a beau être douce, j'ai un peu la pétoche quand même en réalisant que je m'apprête à marquer mon corps définitivement.

– J'ai une question. Ça fait mal ?

Le garçon me sourit avec indulgence.

– Tout dépend si tu es douillette, brocarde-t-il. Si tu l'es pas, tu ressentiras comme si je te grattais avec la pointe d'une plume et des vibrations dans le coude à cause de la machine. Le tout, c'est de bien respirer.

Respirer, ça, je peux faire.

***

Trop fière.

J'ai survécu à mon premier mois sans Matt Garrett.

Hélas, comme je l'avais supposé, mes autres entretiens professionnels se sont soldés par un refus poli mais ferme. Toujours pour la même raison : le Guerrier déconseille à chacun de mes employeurs potentiels de m'embaucher tout en louant mes mérites. Envie de le gifler.

Quelle tête de pioche !

Si ça continue ainsi, tout Chicago saura qu'il ne faut pas m'embaucher malgré mes nombreuses qualités. Je ne vois pas bien la raison de sa haine envers moi. Pourquoi un tel acharnement ? Je suis toujours sous le coup d'un ASA et même sans, je ne le trahirais pas. Du moins, c'est l'impression que j'ai à chaque fois que Joanna regarde mon tatouage de son œil acéré. Le tatouage et puis moi.

Avant de poser la sempiternelle question :

– Tu n'as toujours pas trouvé de travail ?

– Non.

Suivie le plus souvent de :

– Tu ne veux toujours pas appeler ta mère ?

– Non.

Ce qui se passe est entre elle et moi. De plus, je doute que Joanna accepte de me parler des raisons qui les ont conduites, elle et ma mère, à se brouiller. Quelque part, ce n'est pas plus mal, elle n'essaie pas de me faire adopter sa version.

Ce dont je lui suis reconnaissante.

6

MATT

– Non !

Je crie en soulevant le rideau rouge, et là, le spectacle se fige sur place.

– Le petit merdeux veut regarder, lâche l'un d'eux en m'apercevant.

Une fille nue, à la peau d'un blanc laiteux, est étendue sur la table, les cuisses écartées, les poings liés aux pieds en bois torsadé par la cordelette du rideau. Je croise son regard suppliant entre ses mèches de cheveux collées sur son doux visage, qui m'implore silencieusement de l'aider.

– File, petit vaurien ! me lance le deuxième homme debout entre ses jambes.

Ils ont bu, je sens l'alcool d'ici, et tous mes membres se mettent à trembler. Il est méchant quand il a bu. Je veux m'approcher, lui sauter à la gorge et libérer la fille, mais c'est impossible. Je n'ai que dix ans et je suis aussi squelettique que la misère du monde. Je n'ai pas de force. Je suis faible. Tout ce que j'ai est dans ma tête. Il n'y a que là que je suis fort.

– Hey, Vince, mais c'est que ça lui plaît à ce petit propre-à-rien, ricane le premier d'une voix pâteuse.

Pas ma faute, c'est la première fois que je vois une femme nue.

Mes pieds sont enfoncés dans le sol aussi sûrement que si on avait déversé du béton brûlant sur mes baskets préférées. Mais alors que je n'arrive pas à détourner le regard de la table, le troisième, un grand blond avec un piercing à la lèvre, tire violemment le rideau rouge, me laissant juste derrière.

– Non !

Je ne sais pas pourquoi j'ai crié. Si c'est pour qu'ils arrêtent ou parce que je ne vois plus rien. Je me bouche les oreilles, mais rien n'y fait. Pas moyen d'y échapper. Ils ne me voient plus, ils ne savent même plus que je suis là. J'attends qu'ils aient fini, pétrifié sur place.

Combien de temps ?

Lorsque le calme revient et que je l'entends pleurnicher, toute seule, je trouve le courage d'ouvrir le rideau. Ils l'ont abandonnée sur la table sans prendre la peine de la détacher. Elle sent mauvais. Ça me dégoûte. Mais je suis incapable de détourner mon regard de ce corps offert à ma vue, même si je sais que je devrais le faire. C'est mal, me dit une petite voix.

Souvent, j'imagine que c'est maman qui parle dans ma tête et me dit quoi faire. Mais il y a quelque chose de beau dans la façon dont la fille me laisse la regarder. Quelque chose de sacré dans ce silence. Ma première femme nue. Ma première érection. Au moins huit centimètres, je suis fier. Elle le comprend et me laisse la déifier alors qu'elle est vulnérable. Je me baisse pour ramasser son T-shirt et lui essuyer délicatement le sang entre ses jambes. Attends, le sang de qui ?

Ma voix me réveille en sursaut :

– ALEX ! NON…

Hagard, il me faut bien une minute pour comprendre que je suis allongé dans ma chambre, au B-One. Ai-je crié fort le nom d'Alex ? J'ai la gorge à vif. Le sang bat dans mes oreilles. Elle est là. Je peux la sentir. Seins fermes, peau douce, chaleur délicate, odeur de doudou.

Non, ça ne se peut pas ! Elle t'a abandonné, crétin.

Je me redresse d'un coup, tous muscles bandés. Le lit est vide, trempé de sueur froide. Pendant un moment, je ne sais plus où je suis… Mon cœur bat trop vite, ma peau est moite. Je n'ai pas rêvé, elle était là. Je vérifie l'heure. Bon sang, je n'ai dormi qu'une heure. Je m'assieds sur le bord du matelas, épaules voûtées, écrasé par un sentiment de fragilité et de solitude. Je frotte mon visage entre les mains, le temps que ça passe.

Merde.

Pourquoi je fais ce stupide cauchemar depuis qu'elle est partie ? C'est la troisième fois cette semaine, et là, je suis allé au bout. Je n'ai pas besoin d'analyser mon rêve pour en comprendre la signification. Malgré tous mes efforts pour oublier cette fille, j'échoue. J'ai beau me noyer sous le taf jusqu'à pas d'heure, le désir d'Alex m'empoisonne au quotidien, et maintenant il envahit mes rêves, faisant remonter en moi toutes ces années pourries qu'elle a déterrées.

À croire que l'essentiel de ma vie doit devenir une pénitence.

Mais quel con !

J'aurais dû mentir, me la fermer et jouer les pourris comme d'habitude pour me donner au moins une chance. Les cheveux trempés de sueur, je regarde fixement le noir de ma chambre vide jusqu'à ce que l'obscurité se dissipe. Seul.

Mille mètres carrés sur deux niveaux et je suis seul. Mon esprit en ébullition a beau s'employer à analyser les différents indices en ma possession, je n'arrive toujours pas à comprendre comment j'en suis arrivé à me débattre dans le vide.

Elle m'a abandonné, comme ma mère avant elle, ça ne devrait pas être si compliqué à comprendre ? J'ai baisé plus de femmes que n'importe quel homme sur cette planète, je leur ai donné tout le plaisir qu'elles recherchaient, mais aucune ne m'aime pour ce que je suis. J'attrape la bouteille de whisky fortement entamée sur le chevet. Elle part s'écraser contre le mur dans un fracas épouvantable.

Putain, ça me soûle.

Je ne peux plus dormir maintenant. Le cœur battant, je récupère nos portables dans les draps. Son téléphone pèse dans ma main, encore tiède de la chaleur du lit. Après ce cauchemar, j'ai besoin de savoir si elle va bien. Aucun nouveau message sur le mien. Des tonnes de « Où es-tu ? » ou de « Rappelle-moi » inquiets sur le sien. Aucun de Kabbani bien sûr. Lui sait où la trouver puisqu'ils étaient ensemble au Peninsula. Une seule chambre, m'a confié Verdi alors que je ne lui demandais rien. Résultat, j'ai cru que j'allais crever quand il me l'a appris.

Qu'est-ce qu'elle fiche avec lui, bordel ?

Il n'y a aucun mystère à démêler ici pourtant. La plus belle femme que j'aie jamais rencontrée a vu l'ordure que j'étais et elle s'est barrée. Point. Je devrais avoir l'habitude. C'est bien la preuve que je suis maudit. Même si je suis en rogne contre elle, je peux admettre qu'elle ait choisi de me quitter.

C'était son droit.

Mais pas avec lui, bordel. Les gens peuvent bien penser ce qu'ils veulent, je n'y peux rien, je ne veux pas qu'un autre mette ses sales pattes sur elle. Ça ne s'explique pas, que je le veuille ou non, je suis jaloux.

Oh et puis ça suffit ! Aux chiottes les émotions !

Pour ça, l'alcool est le meilleur des remèdes. Sauf que me bourrer la gueule seul chez moi à ressasser mes angoisses d'aliéné n'est pas la manière la plus mémorable de fêter l'Independence Day.

Tu parles d'une liberté !

Je dois absolument me reprendre si je ne veux pas finir à l'asile ou dans un centre de désintox. J'enclenche la sono sur mon iPad pour me donner du courage et je me lève en titubant vers la salle de bains, poussé par les jérémiades irlandaises de Gary. Vachement approprié, « Run ». Piétinant au passage mes fringues de la veille. Deux jours que je ne me suis pas lavé. Ma barbe, c'est pire encore, je n'ai pas dû me raser depuis des lustres.

Depuis *Elle* en fait.

Me faire raser par Alex, la voir trembler au départ parce qu'elle ne l'avait jamais fait, puis adopter cette assurance quasi maternelle à s'occuper de mon bien-être me donnaient carrément envie de lui voler sa liberté. Aucune femme n'avait jamais pris soin de moi. Aucune femme ne m'avait jamais regardé comme elle.

Les femmes que je fréquente font tout pour me voir à poil, mais n'ont pas un regard pour moi quand je me rhabille. Est-ce si mal de vouloir être aimé ?

Il me semble qu'on ne doit plus douter de rien lorsqu'on l'est.

Aucune d'entre elles ne songerait à me demander ce qui se passe sous ma peau quand je dors. Aucune ne m'a donné envie de rester au lit juste pour se câliner et ressentir l'impression d'être aimé. Même provisoirement. *Arrête.* Toutes ces conneries de souvenirs que j'essaie d'ignorer, et refuse d'ignorer en même temps, ne servent à rien d'autre qu'à me faire couler. Pour de vrai, je ne me suis jamais vu dans un tel état. Après le Kivu, la souffrance était derrière moi. Pas devant.

Là, elle est PARTOUT.

Seigneur, je fais n'importe quoi.

Fête de l'Indépendance ou pas, j'arrive très tôt au bureau. Et preuve que ça va mal, je ne suis même pas surpris de trouver mon frère Rob dans le sien en dépassant sa porte ouverte alors que l'immeuble est désert. Pas une âme qui vive.

C'est dire la léthargie dans laquelle je suis plongé.

Quand il me voit, son expression passe de la morosité à la surprise :

– T'as quitté ton look de bûcheron pour célébrer ta nouvelle liberté ?

Aucune envie de répondre.

– Est-ce que ça veut dire que tu as baisé ?

Je le dévisage en silence, des éclairs dans les yeux.

– Ça fait un mois aujourd'hui, me rappelle-t-il peu subtilement.

Là, je fais tout mon possible pour ne pas l'insulter.

– Depuis quand es-tu délicat ? répliqué-je à la place.

En même temps, j'aurais dû me douter que Rob évoquerait le sujet. Une fois sorti du business et du football américain, ce mec ne parle que de cul et avec peu de discrétion. Impossible d'ignorer ses performances.

– Ne me fais pas perdre mon temps avec une excuse bidon, s'enferme-t-il. Toi et moi sommes aussi insupportables l'un que l'autre sur ce point. Te voir au régime sec est un cas très sérieux, frère. J'ai peur que ce soit contagieux.

Qu'est-ce que je disais !

Je m'affale dans le fauteuil en face de lui.

– Tu savais que les bites avaient leur propre cerveau, toi ?

Ce qui embrouille ma détermination.

– Ouais, elles pensent seules. Et perso, je trouve ça flippant.

Je dois admettre que l'effet est saisissant.

La première fois que j'ai tenté de le faire, je suis parti gerber dans la salle de bains en laissant Emily sur le carreau, ce qu'elle n'a pas apprécié des masses. La porte de ma salle d'armes s'en souvient encore. J'ai eu beau lui faire livrer des fleurs, je n'ai pas récolté le moindre merci. À mon avis, je ne reverrai plus cette jolie blonde au nez retroussé. *Pas grave.*

La seconde, j'ai fini assis dans mon sofa avec mon verre de Dalmore à regarder Kristen et Sarah s'envoyer en l'air, toutes seules. Je n'ai même pas ôté mon pantalon vu que ma bite faisait de toute façon la gueule. Là aussi, elles n'ont pas apprécié des masses. Mais cette fois, je n'ai pas envoyé de fleurs.

Merde, mec, ça ne peut pas durer !

Je biaise (le verbe est trop proche du précédent mais je m'en tape) :

– D'abord, qu'est-ce que tu fous ici aujourd'hui ? Ton badge va affoler la sécurité. Les nouveaux lecteurs tracent en permanence.

– J'habite aussi dans cette tour, Matt ! Je t'attendais pour t'emmener voir le match des Mets contre les Rangers, vu que ton bureau est le seul endroit où tu vas quand tu sors de chez toi et que je n'ai pas envie de me risquer à « Taréland » pour me faire accueillir par une bouteille vide.

Je me gratte la nuque.

– Arrête tes conneries, je ne bois pas tant que ça.

– Tu crois ? me retourne-t-il en levant un sourcil. Paul a failli avoir des points de suture la dernière fois qu'il s'y est risqué.

Merde, il le pense vraiment. Depuis quand me suis-je remis à boire ? Je sais que Luca les fait discrètement disparaître mais je ne sais pas combien j'en ai bu. Ni combien se sont retrouvées projetées contre les murs. C'est juste que ça soulage d'entendre autre chose que mon cœur se briser en mille morceaux. Pour un mec qui n'en a pas d'ordinaire, je ne suis pas habitué.

Sarcastique, je lance :

– Me conseillerais-tu de noyer ma colère à la septième manche ?

Le sourire aguicheur de mon frère gagne ses yeux.

– Cool pour crier des obscénités, non ? J'offrirai même à ton foie un grand gobelet de coca, me chambre-t-il. Tu me remercieras plus tard.

Faussement décontracté, je remonte ma cheville droite sur mon genou gauche.

– Le coca sans whisky est immonde.

– Bien vrai, mec. Ensuite, barbeuc patriotique dans notre skylounge préféré, continue-t-il en rangeant son bordel épars. Ça évitera à Verdi de se sentir obligé de te coller aux fesses comme une mère poule un jour férié.

Je tressaille quand il évoque le programme mais tente une expression neutre. Mon pouls s'accélère sous la peau de mon poignet, mes couilles douloureuses, en proie à une lutte interne, résistent encore alors qu'elles me hurlent l'inverse.

– Je ne sais pas...

– Allez, quoi ! C'est nase comme réaction. Tu sais bien, il faut varier les saveurs...

Je le dévisage simplement. Dans ce genre de soirée, ni Paul ni Rob ni moi ne sommes jamais rentrés seuls. Même si ça me surprend, le sexe facile ne m'intéresse plus. La sensation ne dure pas comme dans une véritable liaison. C'est trash, excitant, OK. Mais après, il n'y a plus rien. Or, j'ai envie de tellement de choses.

– OK, mais aucune fille pour vous non plus.

L'espace d'un instant Rob paraît sur la défensive. Puis il soupire l'air encore plus fatigué que moi.

– Je trouve ça dommage, mais bon...

Silence. À sa voix en suspens, je sais qu'il va aborder le sujet, malgré mon interdiction, et pourtant je ne l'arrête pas.

– Tu savais qu'Alex avait quitté la France ? Debra m'a dit qu'elle cherchait un job à Chicago, m'aligne-t-il sur un ton faussement monocorde.

Je confirme d'un hochement de tête en regardant dehors. Une chance pour moi qu'il ne voie pas ma culpabilité. *Ça*, ce serait nase.

– Pour tout te dire, elle n'est pas près de trouver un job, avoué-je en laissant mon irritation contre elle prendre le dessus.

Je sais que c'est tordu de ma part d'interférer dans sa vie de la sorte mais je ne peux pas m'en empêcher. La savoir à deux heures de vol, alors que ce connard de Kabbani bosse à quelques blocs d'ici et peut la rejoindre tous les week-ends et pas moi, est devenu un véritable supplice. Tant qu'à faire, je préférerais qu'elle retourne en France. Loin de lui.

– Salaud ! Tu gagnes trop de fric pour penser qu'elle a besoin de gagner sa croûte ?

Je savais qu'on y viendrait.

Pour mes frères comme pour le reste du monde je n'ai aucun sentiment. Je suis dur et sans cœur. Rob n'est pas non plus du genre sentimental mais personne ne le juge sans cœur, lui. Soudain, il se frappe le front comme pris d'une illumination.

– C'est une blague ? Il n'y a rien qui t'échappe ? Tu lui fais payer ce que maman t'a fait parce qu'elle t'a quitté. C'est injuste. Elle n'est plus avec toi, mec.

Je le dévisage le regard vide.

Mais tout mon corps est réactif, comme si chaque fibre de mon être lui criait de se taire, mais son regard glisse sur moi. Il ne voit pas à quel point j'ai perpétuellement envie de me foutre des claques, à quel point je n'y peux rien.

– Matt, si Alex décide de s'envoyer en l'air à deux heures de chez toi, tu n'y peux rien. Elle l'a probablement déjà fait, du reste. Un petit coup pour oublier, toutes les filles font ça et on en profite alors…

C'est bon, j'ai mon compte, là !

Ça aussi, c'est nase ! Les yeux injectés de sang, je me rue dans mon bureau, laissant mon frère médusé dans le sien. J'ai envie d'exploser tout ce qui se trouve sur mon passage. Au lieu de quoi, je prends mon téléphone portable sur ma table de travail et, tout à ma frustration, je lui écris pour lui montrer sa connerie.

Elle pouvait me jeter son dégoût à la figure, j'aurais compris. Je pouvais même admettre qu'elle me haïsse pour l'avoir privée de sa liberté. Sauf qu'elle ne l'a pas fait. Eh bien merde ! Elle a eu sa chance.

J'obtiens toujours ce que je veux, bébé.

[Quel silence assourdissant, dis donc.
Tu es fière de toi ?]

Et, en principe, je ne fais pas dans la douceur. Elle a dû s'en rendre compte, non ? J'envoie, guettant l'arrivée du message sur son mobile toujours allumé à côté du mien. Absurde. Totalement débile. Pourquoi je fais un truc pareil ? Puisque j'ai les deux portables et elle aucun, c'est comme si je discutais avec un fantôme. Je ne fais qu'entretenir l'illusion qu'elle est encore là.

Quand soudain, sous la bulle bleue, en tout petits caractères, le « Distribué » se change en « Lu », et rien sur le mien. Étrange. C'est quoi ce bordel ? Avec le logiciel espion placé par Sully, je devrais avoir le double de mon message, mais aussi… *les autres*. Toute cette flopée de SMS anxieux lui demandant des nouvelles. Jusqu'ici, je n'y avais pas pensé étant donné que je les lisais sur son mobile, mais… Est-ce que Sully a mis le logiciel espion hors circuit après son départ afin que je ne sois pas dérangé ? Ce serait logique.

Ahuri, je déverrouille son iPhone.

Autre anomalie, je n'ai pas « lu » le message, juste envoyé. Est-il possible qu'elle lise sa messagerie instantanée à partir d'un ordinateur ? Techniquement, ça l'est. Mais le fait-elle ? Merde, si elle les lit, pourquoi ne rassure-t-elle pas ses amis ? Moi, je comprends, je lui ai interdit de m'appeler, mais eux ? Et si elle ne lit pas, qui le fait à sa place ?

Ça n'a pas de sens.

Une heure plus tard, incapable de travailler, j'erre jusqu'au bureau de Rob. Tout ce que j'ai obtenu en appelant Sully c'est : « Non monsieur, je n'ai pas touché au logiciel sans votre ordre, mais je m'en occupe. Vous aurez le journal d'activité de Sand sur votre bureau dès demain. »

– Bon, on y va ? J'ai besoin de crier des insultes, dis-je en poussant la porte.

– Une minute, je vérifie un truc, me répond mon frère absorbé par son écran. Merde, tu as vu les menaces de mobilisation ? C'est du sérieux. Si les riverains restent opposés à la privatisation de ton futur aérodrome, cela va freiner le processus de cession dans son ensemble.

Je me gratte la nuque, comme à chaque fois qu'un truc m'emmerde.

– Ouais, c'est chiant. J'ai appelé Gus du consortium pour accélérer la cession des parts avant qu'ils décident de ne pas vendre à un acteur local.

– C'est le risque, confirme Rob en éteignant son ordi.

– On reparlera de ça plus tard. Tu viens ? J'accepte de boire du coca américain, mais s'il y en a un qui moufte, je te jure que je n'éviterai pas la bagarre.

Furax contre moi-même, j'éteins mon mobile. Ça m'évitera de lui en envoyer un autre pour lui dire ce que je pense. Autant ne pas se mentir, mon passé, c'est moi. Même si je rêvais de devenir meilleur pour Alex, je ne peux pas défaire mon passé et, *Elle*, elle ne l'a pas accepté. Elle mentait.

La seconde chance n'existe pas. Point barre.

Le base-ball est le jeu autour duquel toute l'Amérique se retrouve. Que ce soit pour les Mets, les Yankees ou les Cyclones. Quelques heures plus tard, la *box score* donne la victoire aux Mets par 6 à 5 et nous quittons le Citi Field en regardant Niese renverser un seau de chewing-gums avant de disparaître dans le tunnel.

Encore quelques minutes pour rejoindre l'Hudson Terrace et nous nous installons tous les trois à notre table préférée. La piste de danse est blindée de nanas à moitié à poil payées pour se trémousser sur « Stolen Dance ». Pas que j'ai quoi que ce soit contre, mais le spectacle est navrant.

Mes frères ont l'air de l'apprécier, alors je me la ferme et me concentre sur le whisky. Une heure plus tard, mes tempes bourdonnent depuis suffisamment longtemps pour que je sois à deux doigts de les planter là, eux et leur putain de feu d'artifice de la liberté, pour me casser chez moi à bouquiner tranquille avec un verre de Dalmore.

Guerre et Paix de Tolstoï.

Excellent pour devenir fataliste.

– Regarde ! s'enflamme d'un coup Rob en me désignant du menton un point derrière moi. C'est Margo, en rouge, là-bas !

Mon sang s'échauffe dans la nanoseconde à l'idée qu'Alex puisse être avec elle. Je prends une profonde inspiration avant de me retourner à 180 degrés contre le dossier du canapé. Tout en rouge, la colocataire d'Alex est confortablement installée sur les genoux d'un garçon blond à l'allure délurée.

Le mec porte un piercing snakebite, quand même ! Elle trinque en riant avec une fille plus jeune et tout aussi blonde qui ne devrait pas avoir l'âge de boire sur le sol américain. Tous trois pointent leur verre vers l'*Intrepid* amarré au pear 86, déclenchant les rires admiratifs du couple plus âgé qui les accompagne.

OK. C'est une sortie en famille et Alex n'en est pas. Le gars blond est son frère et l'homme en costard beige doit être Xavier Matheson de chez VFM. Mon cœur se pince de dépit, mais l'arrivée intempestive de Rob à leur table me distrait.

Paul et moi observons mon frère entrer dans une sorte de conversation animée avec Margo qui l'a pris à l'écart. Rien qu'à la façon dont Rob hoche la tête, un truc ne va pas. J'interroge Paul :

– Tu sais s'il l'a revue ?

– Clairement non. Margo ne le prend même plus au téléphone. Tu connais l'artiste ! Aucune fille ne lui a jamais dit non. Alors une fille qui le bloque d'emblée sur son portable et les réseaux… J'imagine qu'il veut une explication.

Juste à ce moment-là, la gifle décochée par Margo atteint la joue de mon frère provoquant l'émoi et la curiosité des autres tables. Et accessoirement, l'intervention de son paternel pour la retenir de lui en coller une seconde.

Pétard, la fille est féroce !

Je ne peux m'empêcher de rire en reprenant mon verre sur la table basse.

– Eh bien, je croyais être le seul à avoir merdé ! Je crois qu'on est deux.

Pas de commentaire. Je lève la tête vers Paul. Il ne rit pas.

– Quoi ?

– Ne te réjouis pas trop vite, sourcille celui-ci, me désignant d'un doigt la furie en rouge qui, tel un missile armé, arrive droit sur moi avec son cocktail patriotique à la main.

Oh, bordel de Dieu !

J'ai juste le temps de me lever que le liquide bleu m'atteint en pleine poitrine. Je suis incapable de réprimer l'insulte :

– Quelle connasse !

Un putain d'enfer embrase mes sens, je bondis sur place. Prêt à enjamber la table basse et les bouteilles qui s'y trouvent, mais Paul s'interpose entre nous, espérant visiblement qu'elle limite là les dégâts. Mais non…

La voix de l'autre conne ricoche sur mon visage :

– Espèce de SALAUD de milliardaire à la con ! T'en as rien à foutre du travail des autres, hein ? Elle a bossé comme une dingue pendant cinq ans ! Tu ne l'as pas vue, toi, affalée par terre avec ses bouquins des nuits durant ! T'as pas vu la lumière sous sa porte à 5 heures du mat' et ses cernes au petit-déjeuner ! Tu ne lui as pas mouché le nez quand elle avait peur de ne pas y arriver ! Estime-toi heureux que je ne te casse pas le pénis, hurle-t-elle en anglais devant les tables voisines consternées. Elle est trop gentille ! Moi, je t'aurais déjà épinglé au tribunal, termine-t-elle avant d'être arrachée de notre table par son frère et son père.

Pour de bon ? Il faut deux mecs costauds pour la soulever tellement elle est pleine de rage. Elle crie, balaye des coups de pied dans l'air.

– Gary Matheson, se présente poliment le piercing blond. Le frère de Tomb Raider. Enchanté.

Son père, lui, ne prend même pas la peine de me saluer alors que je suis en affaires avec lui et que s'il ne m'a jamais rencontré, il sait au moins qui je suis.

– L'impulsivité, c'est de famille, s'excuse-t-il auprès d'un Rob tout rouge qui se frotte encore la joue en regardant, les yeux écarquillés, la diablesse se débattre comme si elle était la première nana qu'il voyait.

Première fois que je vois mon frère rougir.

Et pour moi, rien. Nada. Alors que je viens de me faire copieusement arroser et insulter sur ma virilité. *Merde*. Qu'est-ce qui se passe ? Après leur départ, Rob revient s'asseoir en face de moi en me regardant en chien de faïence.

Je ne l'ai jamais vu aussi déboussolé.

– Quel est le problème ?

Sans daigner me répondre, il dégaine son portable en le calant sur sa cuisse et m'ignore en plaçant ses écouteurs dans les oreilles, pendant que je remercie Rebecca, notre hôtesse, qui s'est précipitée avec des serviettes.

Bon Dieu ! J'empeste la vodka de l'autre conne.

– Tu connais *Shadow Lake* ? demande-t-il en retirant ses *earphones*.

Je n'ai aucune raison de mentir.

– C'est ma playlist opéra et mon pseudo pour les joueuses. Parfois, c'est mieux qu'elles ne sachent pas qui je suis. Ça évite les tentations d'aller vendre leur histoire à la presse. Il y a tellement de timbrées prêtes à faire n'importe quoi pour un peu de fric !

Rob hoche la tête pour dire qu'il a compris.

– À part elles, qui le connaît ?

Intrigué, je tourne la tête vers Paul.

– Personne. Pourquoi ?

– Civilité est bien le surnom cochon que tu avais donné à Alex, n'est-ce pas ? continue Rob, sûr de lui.

– Ouais. Tu sais qu'elle jure des fois ? Pas cochon, hélas… Seulement quand elle est en colère contre moi. De vrais gros jurons, c'est très mignon.

– Imbécile ! me bouscule sèchement mon frère, envoyant mon verre valdinguer sur les lattes de teck.

Son agressivité soudaine m'embrouille. D'habitude, dès qu'il s'agit de cul, Rob part au quart de tour. Je sonde Paul, aussi surpris que moi.

Puis je ramasse mon verre vide et le pose sur la table.

– Bon. Maintenant, tu t'expliques ou je te botte le cul ?

– Margo vient de me dire que l'Ordre avait placé Alex devant un ultimatum, s'exécute-t-il. Porter plainte contre l'auteur d'une vidéo volée pour se défendre ou renoncer à prêter serment. Elle a choisi de te protéger. *Toi*, connard.

L'incrédulité me cloue sur place.

– Quoi ? Mais de quoi ?

Rob me tend son portable à bout de bras, comme si c'était un flingue chargé prêt à me dégommer.

– Je te conseille d'écouter ça avec des écouteurs, grince-t-il, les dents serrées.

Un affreux pressentiment me tiraille le ventre en découvrant la fenêtre ouverte sur un site pornographique. *X Vidéos*. Je glisse les écouteurs dans mes oreilles et prends connaissance du fichier, en ramenant le curseur sur la gauche.

À son point de départ.

« Quand la justice compte les coups à la roulette russe »

—

Première partie : Alex en Ange de Noël Victoria's Secret sur fond musical de « Russian Roulette ».

– Respire… Ahan. Je sais que je dois réussir ce test… Regarde-moi, Guerrier. Si tu joues, c'est jusqu'au bout… J'ai une faim de louve et un appétit d'ogresse… Raaah…

Deuxième partie : un gros plan sur son visage en train de jouir.

– 178, 179, 180… Aghhhhhhh… Ouiiiiiiii… Ouiiiiiiii… Ouiiiiiiiiiiiii…

Troisième partie : Alex au tribunal correctionnel avec, en arrière-plan, la présidente et les deux autres magistrats en robe solennelle.

– L'élève avocate que je suis a un devoir de conscience…

Quatrième partie : un retour à la première vidéo.

– Appuie juste sur la gâchette, Guerrier… Raaah… Ahan… Baaang !!!!

Et le bruit de la balle à nouveau : Baaang !!!!

—

Bordel de Dieu !

C'est tout ce que j'arrive à penser quand l'écran se fige sur la dernière image. Puis tout s'éclaire immédiatement. Je suis choqué, bien sûr, mais ça change tout. Il semblerait que je n'arrive plus à bouger. Partagé que je suis entre la fureur qui menace d'exploser et l'espoir horriblement malsain qui s'allume en moi.

Alex m'a quitté à cause de *ça* et non à cause de mon passé. Elle pense que j'en suis l'auteur. Et malgré tout, elle a trouvé assez d'amour en elle pour me protéger, *moi*. Et se sacrifier, *Elle*.

J'ai du mal à l'admettre.

Personne n'avait jamais pris ma défense. Jamais. Ni ma mère. Ni mon père. Ni mon oncle. Personne. Et soudain j'ai envie de rire. Elle y croit vraiment à sa putain de seconde chance. Il me faut bien une minute pour recouvrer mon calme en dépit du cyclone intérieur qui me ravage la poitrine.

Primo, éviter d'en coller une à mon frère.

– Espèce de taré. Tu as maté jusqu'au bout.

Vu la position du curseur, il ne peut le nier.

– Calme-toi, frangin ! pâlit-il. Il fallait bien que je me rende compte…

Comprenant que je ne rigole pas, Rob se met debout par précaution. Après la joie et le soulagement, ma colère atteint des sommets. Je sais que ce sont des conneries comparées au reste, mais personne n'avait vu jouir Alex à part moi. On dit souvent que l'homme le plus important dans la vie d'une femme est son premier, mais pour un homme, c'est plutôt celui qui ne laissera jamais exister le prochain. Et je suis tout à fait d'accord avec ça.

Puis, c'est au tour de Paul de blêmir :

– Merde, Matt, tu as fait une sextape avec Alex ? en déduit-il comme s'il pensait tout de suite aux conséquences. Debra va péter un câb…

Qu'il ait le culot de m'accuser de ça me donne envie de vomir. D'accord, je suis un connard, mais même en remettant en cause la loyauté d'Alex, je n'aurais pas fait ça. Je tape du poing sur la table à en faire sauter les verres et alerter les tables autour, mais on n'est plus à un scandale près, hein ?

– Épargne-moi tes conneries, Paul ! Ou je repeins ce boxon en rouge.

L'auteur de cette putain d'horreur va regretter d'être né.

– Paul est *avocat*, m'oppose Rob à bonne distance. Il défend les intérêts de la boîte. Dis-lui ou je le fais.

Rob a raison, je ne dois pas faire n'importe quoi. Je lance un regard noir à Paul et j'attends que mes nerfs retombent. Sérieux, j'ai du mal à respirer.

– C'est un montage de trois vidéos dans lesquelles je n'apparais pas. La première est coquine, du genre à ne pas te donner envie d'aller travailler. La deuxième est… hum, intime. Genre : « Viens, mais dépêche-toi parce qu'on risque de se faire attraper. » Dieu merci, on ne voit que son visage, c'est assez humiliant comme ça.

Un moment de silence précède la voix de Rob :

– On a compris. Du sexe, merveilleux et torride dans un vestiaire. Bizarre qu'on ne te voie pas à l'action, non ?

L'argument m'atteint en plein cœur lorsque je réalise l'enchaînement qu'Alex a pu en déduire. Primo, elle pense que je l'ai filmée dans son intimité, comme Patrick. Deuzio, elle pense que j'ai diffusé cette sextape sur la Toile. Donc, pour elle, je suis pire.

Merde. Pas bon ça.

– Bon et alors ? proteste Paul à ma droite. On ne radie pas les avocates parce qu'elles s'envoient en l'air dans un vestiaire, sinon les barreaux seraient tous gays.

Je garde les yeux rivés sur la table, tant la suite indique clairement qu'on a voulu la plomber et me faire porter le chapeau. C'est un acte dirigé, mais contre qui ? Elle ou moi ? Alex n'a pas d'ennemi, moi par contre…

– Attends, ce n'est pas fini, lui signifie Rob d'une voix pleine de reproches, la troisième vidéo montre Alex *à l'intérieur* du tribunal. On voit très nettement les magistrates en robe siéger derrière elle.

Le visage de Paul a perdu toute sa substance.

– Bordel, Matt ! Le tribunal en robe sur un site pornographique est une atteinte *grave*. Si Alex ne démontre pas que la vidéo a été volée à des fins malveillantes, elle est foutue.

Même moi je l'avais compris, mais je n'écoute plus. Qu'Alex ait choisi de se sacrifier malgré tout en croyant me protéger est… *incompréhensible*.

Pourquoi faire ça ?

Quelque chose se déverrouille en moi. Peut-être m'aime-t-elle comme elle l'a écrit ? J'avale ma salive car, toute ma vie, j'ai attendu de savoir ce que ça faisait d'être aimé. Rob consent à se rasseoir, me sortant de ma rêverie.

– D'après Margo, personne ne sait où elle est, poursuit-il. Marg a juste reçu un texto destiné à la mère d'Alex à 5 heures du mat'. Probablement envoyé dans la confusion avant qu'elle abandonne son portable dans ta cuisine.

À quoi joue Kabbani, bon Dieu ? Pourquoi laisse-t-il sa sœur se faire du mouron sans lui dire où est Alex ?

– Elle disait quoi ?

– C'est plus une énigme que les filles ne pigent pas : « Dis-moi, maman, Victor, ça se met au frigo en attendant qu'on passe à table ou à la poubelle ? »

Je ne peux réprimer un sourire. C'est bien elle, de vouloir dédramatiser la situation pour les autres alors qu'elle est flippée au point de se tromper de destinataire.

– Victor Brauer est le père biologique d'Alexiane. En clair, Alex est la demi-sœur de Cameron.

Grand blanc autour de la table.

– Merde, c'est moche, lâche Paul. Cam' n'est pas trop porté sur l'indulgence depuis que son père s'est pendu. Il ne faut pas oublier que c'est lui qui l'a trouvé. Je doute qu'il lui fasse une place.

– Elle sait que son père s'est pendu ? grimace Rob, préoccupé.

– Je ne pense pas. Enfin, je… Je n'ai pas osé le lui dire.

– Quand l'a-t-elle découvert ?

Je me gratte le cou en repensant à cette maudite soirée de la vérité. La dernière que nous avons passée ensemble. Après avoir découvert les saloperies de mon passé, je peux comprendre qu'elle ait eu du mal à raisonner. Mais si elle m'avait fait confiance, elle m'aurait au moins posé la question.

Pour elle, j'en suis l'auteur.

– Tu te souviens quand on a su qu'Alex et moi étions tous les deux de sang « Bombay » ? Tu m'as conseillé de faire une recherche de paternité pour m'assurer qu'il n'y avait aucun risque de consanguinité entre nous. C'est un peu brutal, mais… Alex a trouvé les mails de Sully dans mon portable. *Ce soir-là.*

Je devrais n'en avoir rien à foutre de sa confiance puisque moi-même j'en suis incapable mais, bizarrement, ce n'est pas le cas.

– Eh bien… Je comprends mieux son départ, souffle Rob qui n'en revient pas.

Je me tais. S'ils savaient… Ni lui ni Paul n'imagine ce qu'il y a entre Alex et moi. Ni à quel point Alex a levé le voile des ténèbres qui m'enveloppent. Et c'est très bien ainsi. Je me lève et jette quelques dollars sur la table.

– Je rentre. Rob, on se voit lundi matin pour la réunion. Paul, à plus.

En vérité, je veux me balader. C'est ce que font les gens normaux pour réfléchir. Marcher le long de la promenade qui borde l'Hudson jusque chez moi avec mes écouteurs dans les oreilles m'aide à aérer mon esprit. « Terrible Love » me semble un bon choix de chanson. Moi non plus je ne sais pas quoi dire, ni comment je me sens. S'allongerait-elle encore avec moi ou me hait-elle ?

La ville a beau grouiller de monde, le jour de l'Indépendance, personne n'est pressé et pour une fois, moi non plus. Au pied de la tour MHG, je coupe le son et balaye l'écran.

– Sully ? Où êtes-vous ?

Le feu d'artifice bat son plein derrière lui.

– Williamsburg Bridge, monsieur, crachote son portable.

Impossible de se parler, les gerbes sonores couvrent tout.

– C'est bon. Je vous envoie un mail.

Avant de monter dans l'ascenseur du B-One, je tape sur mon téléphone :

[Hello ??? Tu m'as vraiment quitté ?
On dirait le début d'une mauvaise blague.
« Terrible Love ». The National ou Birdy.
Tu préfères quoi ?]

Cette fois le « Distribué » ne se change pas en « Lu ».

Allez réponds, bébé ! Fais pas ta chieuse.

7

ALEX

– Independence Day des Sand !

La voix stridente de Joanna m'appelle depuis le bas de l'escalier.

Mon esprit rebelle prend le temps de contempler la chambre de jeune fille de ma mère autour de moi. Ma vie semble tellement échapper à mon contrôle ces derniers temps que m'astreindre à suivre un programme fait partie des rares choses encore en mon pouvoir. Donc…

En plus d'un jogging quotidien sur Ohio Beach, je me suis inscrite dans une salle de kick boxing féminin avec la volonté farouche de devenir plus endurante tout en me défoulant. Pour la première fois de mon existence, la course ne suffisait pas à me libérer du stress. L'entraînement est incroyable. En frappant les boucliers au lieu de frapper bêtement dans le vide, non seulement j'apprends à me défendre seule, mais j'évacue ma colère et arrive enfin à me vider la tête.

Un vrai défi.

– Alexiane ! insiste Joanna d'une voix pressante. C'est la première que tu passes avec nous et tu vas nous mettre en retard.

Mon regard s'accroche encore un peu à mon écran. Impossible d'en apprendre plus sur mon géniteur avec le site de Cambridge.

L'université délivre des tas d'informations mais rien de personnel sur les anciens cantabrigiens.

– Une seconde !

Au moment où je vais éteindre l'ordi prêté par Clive, le chiffre 1 s'inscrit sur Jabber. Encore un message groupé envoyé par Margo. Même si c'est stupide, je ne peux résister à me replonger dans ma vie d'avant. Alors, je joue bêtement à la voyeuse avec ma messagerie instantanée.

[Quel silence assourdissant, dis donc.
Tu es fière de toi ?]

J'ai un mouvement de recul. *Matthew.*

Le choc m'oblige à prendre une profonde respiration. Pourquoi venir me relancer après m'avoir si durement rembarrée ? Est-ce qu'il cherche à me rendre folle ? La pièce tourne autour de moi. Puis je me souviens que je ne dois plus me faire avoir. Je dirais même que je n'ai plus le droit à l'erreur.

C'est bon, la Déferlante, j'ai déjà donné.

– Xiiiiane ! L'Independence Day, voyons !

Je fusille la porte du regard.

– J'arrive, je suis partie !

Arrivée au bas de l'escalier, j'avise mon grand-père. Clive revêt sa veste en lin vert sapin dans le vestibule. L'homme est grand, au front dégagé, avec un nez court qui, étrangement, amincit sa bouche déjà fine.

– Vous n'êtes pas obligés d'y aller avec moi, dis-je d'un ton maussade. Je n'ai pas trop la tête à fêter l'Indépendance là…

Et surtout, je me refuse à juger la mienne. Clive m'ignore et me fait signe de nouer sa cravate. Il est tellement grand que je dois monter sur la dernière marche de l'escalier pour être à la bonne hauteur sans me tordre le cou.

– Nos amis sont des gens charmants, proclame-t-il pendant que je m'exécute, leur maison est à deux pas d'ici. Si tu ne te sens pas bien, tu pourras toujours rentrer après dîner.

Je tapote sur le nœud pour l'avertir que j'ai terminé. La culpabilité me tord le ventre. Joanna et Clive veulent que je m'intègre dans leur vie comme si j'en avais toujours fait partie. Et moi, j'ai toujours voulu une famille.

– D'accord. Je suis sûre que ça va être génial.

Selon Clive-l'Architecte, la maison de nos hôtes est faite de briques rouges alliant les principes de l'architecture de Chicago aux formes propres à l'ère victorienne. Maintenant que je connais un peu mieux la ville, j'apprécie cette rue paisible constituée uniquement de maisons mitoyennes au beau milieu des buildings de verre. Tout en cheminant sur le trottoir bordé d'arbres, je tente de suivre ses explications avisées sur l'habile composition de la Gold Coast, mais mon esprit est ailleurs. Je me contente des grandes lignes.

Pour moi, le plus beau monument de Chicago reste le lac.

– Taale et Tessie ont un fils guère plus âgé que toi, m'annonce Joanna avec une lueur d'espoir dans l'œil qui ne trompe pas.

Aïe. Je ne suis pas prête.

– Ah oui ? réponds-je par politesse.

– Hélas, je ne suis pas sûre qu'il fasse un bon parti.

Ouf !

– Le pauvre est divorcé.

Aïe. Parfois, son intolérance bourgeoise me fait marrer.

– Ce n'est pas si grave…

– Ce le serait moins s'il n'avait pas aussi un enfant.

Devant son expression catastrophée, je ne résiste pas à la taquiner :

– Un enfant handicapé ?

– Grands dieux, non ! Théodor est tout à fait normal.

Totalement perchée.

Leur porte cochère est accessible par un petit jardin avec fontaine. Quelques minutes plus tard, je fais la connaissance de Théodor qui, Dieu merci, est tout à fait coincé. C'est-à-dire parfaitement normal du haut de ses cinq ans dans un environnement si peu chaleureux. Il m'examine juste de haut en bas avec un petit sourire secret depuis qu'il est entré dans le salon bleu de ses grands-parents.

Je lui tends la main :

– Salut Théodor.

Le gamin en profite pour me tirer dans le couloir.

– Tu t'appelles comment ?

– Alexiane. Alex pour les bogosses comme toi.

Je le reluque gentiment alors qu'il m'entraîne vers le jardin où se prépare le fameux barbecue patriotique. Un petit rouquin aux cheveux bouclés avec de grands yeux profonds qui donnent le sentiment d'avoir affaire à un enfant plus âgé, mais un teint pâle à faire peur. Comme s'il était fatigué ou sortait d'une mauvaise grippe. Une fois arrivés dehors, il se plante devant moi avec son gant de base-ball et une batte plutôt disproportionnée pour un môme de cet âge.

– T'as un bogosse, toi ? me décoche-t-il sans aucun scrupule.

J'esquisse un sourire doux-amer.

– J'en avais un.

Il récupère deux casquettes dans un coffre en teck patiné par les intempéries.

– Il était beau comment ? fait-il en m'en tendant une.

Je fixe les trois lettres SOX entremêlées sur le dessus et le vide dans ma poitrine s'agrandit. Même si ça m'énerve d'être encore sous son emprise après ce qu'il m'a fait, on n'efface pas un Guerrier comme Matthew aussi facilement.

– Beau comme un super-héros.

– Je ne suis pas si petit, se vexe-t-il en positionnant celle des CUBS le plus virilement possible sur sa chevelure flamboyante. Tu lances ?

J'ai compris. Les équipes sont faites.

– Je ne sais pas jouer au base-ball, Théodor. J'ai grandi en France, le pays du football.

– *L'Angleterre* est le pays du football, me corrige-t-il d'un ton chevronné. Pas la France.

Sa voix haut perchée m'interdit de le contredire.

– Vas-y, Frenchie ! Fais-moi un pivot.

Enfin un défi ! Ça manquait. En un éclair, je vire mes ballerines et remonte ma jupe haut sur les cuisses pour une meilleure liberté de mouvement. Je fléchis les genoux en sortant les fesses dans l'attitude parfaite du lanceur telle que je me l'imagine. Ça a l'air bien puisque Théodor m'encourage en me lançant le gant.

– Allez Arrieta, *wind up* ! Vise le *catcher* derrière moi.

Comment lui dire que je ne capte rien à ce qu'il raconte ?

– Arrieta ?

– C'est mon lanceur préféré, m'annonce-t-il en faisant frétiller sa batte au-dessus de son épaule. Il porte le prénom de mon papa.

À ce moment-là, une voix masculine morte de rire résonne dans mon dos :

– Alex Sand ! Quelle joie de vous revoir… *en position.*

Je me retourne, aussi surprise qu'embarrassée à rentrer mes fesses le plus rapidement possible. Je viens de trouver le prénom d'Arrieta. Jake.

Comme Jake Eirik Lund, dit le « Le Renard ».

Le Viking norvégien rencontré dans l'immeuble MHG de Paris

la veille de ma plaidoirie. Qu'est-ce qu'il fiche ici ? D'après Luca, le majordome de Matt, il habitait New York. *Et merde…* Le « cambrioleur de banques » me regarde, tête penchée sur le côté, avec une curiosité amusée non feinte.

À peine est-il surpris.

– Je fais le *catcher*, décide-t-il au bout d'un instant, me voyant complètement muette.

Au moins n'a-t-il pas fait de remarque sur ma présence ici. Plusieurs mauvais lancers plus tard, Théodor essoufflé et marbré de rouge mais vainqueur a préféré rentrer dans la maison pour se reposer à l'écart des invités. Après l'avoir accompagné, Jake revient avec deux bières fraîches.

– Votre grand-mère vient de me dire que vous cherchiez du travail, me glisse-t-il en m'en proposant une.

Ma main se crispe sur la bouteille. Joanna et Clive croient que j'ai raté mon examen du barreau. Le Viking sait que c'est faux puisqu'il m'a vue dans l'ascenseur avec le dossier de Jonathan et a tout de suite compris que je plaidais en contre. Que lui a dit Jake ? Pitié ! Non, je ne me sens pas la force de fournir une explication. Si je parle, je m'effondre.

Et je viens à peine de m'arrêter de pleurer.

– En effet, je… J'ai passé quelques entretiens, réponds-je à mi-voix.

– Chez qui ?

– United Continental, DDPublishing, Victory, Draft…

Jake hoche la tête et change légèrement de place pour empêcher les autres convives de suivre notre conversation. Du moins, je crois.

– Fini les tribunaux ? siffle-t-il en passant tout près de moi.

L'hébétude m'empêche de trouver les mots.

– Ne craignez rien, me souffle-t-il en se penchant un peu plus.

Ils croient tous que je vous drague.

Cette remarque destinée à me rassurer produit tout l'inverse. A-t-il vu la vidéo ? Combien de fois devrai-je me poser cette question devant un homme ?

Quelle image auront-ils de moi ensuite ?

Celle d'une chaudasse facile à culbuter. Je ne suis pas préparée, ni armée pour faire face aux regards lubriques. Je secoue la tête pour empêcher les larmes de monter. Je peux faire semblant d'assumer, mais ça s'arrête là.

– Vous pouvez m'aider ?

Son embarras à me répondre me confirme qu'il l'a vue et ne sait pas trop comment s'en sortir. *Magnifique*. Il doit croire que je lui fais des avances ou qu'il pourra me demander autre chose s'il m'aide. Autant m'habituer, je dois me concentrer sur ma détermination à trouver un job.

Un pas après l'autre, Sand !

– Je veux dire à trouver du travail, crois-je bon de clarifier sans avoir le courage de le regarder en face.

Une partie de moi redoute que le Guerrier m'empêche de travailler pour le restant de mes jours, une autre, minoritaire, envisage la possibilité que tout cela ne soit qu'un malentendu et que tout finira bien par s'arranger.

– Bien sûr.

Le sourire du Viking fait naître un minuscule espoir.

– Parmi ces entreprises, laquelle auriez-vous choisie ? me questionne-t-il.

– DDP. J'ai grandi au milieu des bouquins, je devrais m'en sortir.

– L'édition ? s'étonne honnêtement Jake. C'est très loin du droit…

Je n'ai pas le choix. Si je veux me reconstruire sans aigreur ni remords après avoir consacré autant d'années à étudier ce qui m'a été arraché, je dois repartir de quelque chose de complètement différent. Sur du neuf.

– BloomPub est une agence de publicité créative lancée par Tarquin Stew, bifurque-t-il sans me demander mon avis.

Moi, dans une agence de pub ?

– C'est un très bon ami. Je peux vous présenter. Lundi après-midi ?

Je n'y ai jamais pensé mais pourquoi pas ? C'est gai une agence de pub, non ? Et c'est aussi éloigné du droit que l'édition.

Je ne réponds pas tout de suite.

– Vous ne me devrez rien, vous savez, semble-t-il comprendre. Cette vidéo, ce n'est pas vous.

Parfois, je voudrais qu'on me fasse cadeau d'une autre vie. Évidemment que ce n'est pas moi. Mais le pire, c'est qu'il se sente obligé de le dire alors qu'il ne me connaît pas. Jusqu'au jour où il n'évitera plus le sujet sans se soucier de m'humilier. Aucune envie de vivre ça.

Je cherche mes clefs dans mon sac.

– Excusez-moi. Je vais saluer vos parents et Théodor.

Le Viking blond m'immobilise par le coude, un peu surpris :

– Vous partez ?

– Je ne me sens pas bien.

– Désolé, je ne voulais pas vous blesser. Je suis célibataire et… Mon Dieu, je vais régulièrement sur ces sites, avoue-t-il un peu gêné. Ça ne veut pas dire que je vous juge… mal.

Quelle situation bizarre ! Cet homme m'a vue jouir sans m'avoir vue nue. En sentant sa peau sur la mienne, je réalise que rien ne se produit. Pas de fourmillement. Aucun frisson. Ce qui me fait réaliser que plus aucun contact ne sera jamais pareil. Je ne peux pas lutter contre tout à la fois. Je me mets à rire.

À rire comme une folle.

– Alexiane ? Tu te sens bien ?

Brusquement, le regard de Jake passe de moi à Joanna dont

le regard bleu acier dérive sur ma bouteille de bière. Super, elle doit se demander si j'ai bu.

– C'est moi le coupable, intervient à point nommé le Viking. Je lui ai sorti une de mes blagues pourries et elle a le bon goût d'en rire.

Après son départ vers un autre groupe d'invités, je tente de m'excuser :

– Je suis désolée.

– Vous avez l'air au bout du rouleau, conclut-il. Venez avec moi.

– Où ça ?

Le Viking attrape ma main et fait signe à son fils, à présent assis avec sa console de jeux sur un sofa, de nous rejoindre.

– Au Millenium Park. Ils donnent toujours un phénoménal concert le jour de l'Indépendance. J'ignore qui est au programme ce soir mais ça fera l'affaire.

L'enfant vient se blottir contre sa cuisse en s'accrochant avec ses petits doigts.

– Théo, va chercher ton pull dans ta chambre. Tu sais qu'il ne faut pas que tu prennes froid.

– Oui Pa.

Quelque chose chez cet enfant chétif et pâlichon me redonne des forces. Peut-être parce que lui ne verra pas la vidéo et que son regard sur moi sera sincère ?

***

C'est le grand jour.

Enfin, j'espère le premier de ma renaissance. Lundi à 17 heures pile, le Water Taxi se range devant la silhouette massive de Jake, le long de l'esplanade de Michigan Avenue. Notre point de rendez-vous pour nous rendre chez BloomPub. Quelques pas ensemble à discuter de notre concert d'hier soir avec Théo gigotant sur les épaules de son père, et nous atteignons l'angle d'Ohio et de Rush.

Finalement, plus je la découvre, plus j'aime la jeunesse de cette ville, ses statues colorées à tous les coins de rue et son architecture audacieuse. L'immeuble de Bloom est fait des fameuses briques rouges, mais sa façade est percée de larges baies vitrées bordées d'aluminium noir, créant de l'intérieur une impression d'espace et de modernité. Le bureau de Tarquin Stew est au second étage et donne directement sur le Self Park, au coin de la rue. Néanmoins, je m'interdis toute spéculation hâtive, ignorant quelle sera la réaction de M. Stew face à mon C.V., plus juridique que créatif.

Tout en marchant, Jake m'a appris qu'il était son témoin de mariage avec Gisèle, son ex-femme. Bizarrement, il n'y avait aucune gêne entre nous pour aborder ce sujet si personnel, ni la mucoviscidose astreignante de Théo. Les médicaments, les soins pluri-quotidiens et l'effort de recherche qu'il suit de près, permettant de faire progresser les traitements et de retarder la dégradation des poumons de son fils. En définitive, Jake est avenant, simple et pas secret. Il parle ouvertement de sa vie, de sa famille et des difficultés qu'il rencontre comme tout un chacun. Ce qui est assez reposant après le cas Matt Garrett.

Devant la porte du bureau de Stew, je croise les doigts sans trop savoir comment je vais aborder le point épineux de mes antécédents.

– Entrez ! tonne une voix masculine rocailleuse.

L'homme en chemise bleue et cravate fine a la trentaine bien sonnée et comme Jake des yeux marron. Son bureau empeste le tabac. Les deux hommes se congratulent avant de se tourner vers moi.

– Tarq, voici Alex Sand dont je t'ai parlé. Alex, Tarquin Stew.

– Enchantée, monsieur Stew.

D'emblée, sa poignée de main me donne l'impression de serrer un poisson mort alors qu'en un seul va-et-vient rapide, ses yeux glissent sur moi de haut en bas. A-t-il vu la vidéo ? Comment vais-je pouvoir travailler avec lui s'il l'a vue ?

Arrête d'être parano, Sand !

– Prenez un siège, Alex.

Du regard, il me désigne un canapé gris à l'écart. Je choisis de m'asseoir dans l'angle. Mauvaise idée. Stew vient se placer à côté de moi tandis que Jake opte pour le fauteuil d'en face.

– Jake m'a dit que vous étiez juriste de formation, que vous aviez été embauchée par MHG Industrie mais que je ne devais pas chercher à les appeler. Pouvez-vous me confirmer ce dernier point ?

D'une certaine façon, cet homme mal dégrossi me met mal à l'aise.

– C'est préférable, en effet, admets-je en baissant les yeux vers le tapis.

– Un problème de cœur ?

Son expression narquoise m'indique qu'il a vu les tabloïds et qu'il en a tiré des conclusions hautement masculines. Un con. En avisant son alliance, je plains sa femme, vraiment.

– C'est terminé, dis-je sans trop savoir ce que je voulais affirmer.

À mon grand soulagement, Tarquin retourne s'asseoir à son bureau.

– Voici ce que je vous propose. J'ai besoin d'une assistante pour un créatif indépendant. En gros, vous serez ses yeux, sa bouche et ses oreilles aux réunions et vous lui rendrez compte par mails de l'avancement de nos projets.

J'écarquille les yeux.

– Vous voulez dire que je ne le verrai pas ?

– Non, mais vous verrez son travail. Ryan a un book impressionnant.

Déjà que je ne suis pas formée, qui me formera ? Je n'ose poser la question de peur qu'il change d'avis.

– Un stage rémunéré 1 800 dollars par mois devrait convenir. Ce n'est pas beaucoup, mais ici les plages sont gratuites et vous n'êtes pas réellement qualifiée, souligne-t-il à juste titre. Ça vous va ?

Comme je m'y attendais, je suis soulagée et ne me fais pas prier pour quitter son bureau enfumé. Sur le trottoir, l'air me semble tout à coup plus vif.

J'enfile ma veste.

– Je vous invite à dîner pour fêter ça ? me propose Jake.

Même si la panique me dicte de rentrer et de me documenter sur le travail d'une agence de pub, je ne peux décemment pas le décevoir.

– Avec plaisir ! Et merci encore.

– Vous connaissez Morton's sur Wacker Place ? On y mange les meilleurs steaks de Chicago, fait Jake avec enthousiasme.

Vingt minutes plus tard, installés confortablement dans une banquette du fameux steakhouse, nous commandons nos repas : un Double Cut Filet pour Jake et une soupe à l'oignon pour moi, le tout agrémenté d'un délicieux vin californien.

Au premier verre, j'ose engager la conversation sur lui :

– Vous avez toujours vécu à Chicago ?

– *Jeg kommer fra Norge*, baragouine-t-il la bouche pleine.

– Quoi ?

J'attends qu'il ait fini d'avaler.

– Je suis né à Gjøvik. Mes parents sont venus s'installer ici à leur retraite. À cause du climat. Ils voulaient un lac pour se rappeler Mjøsa et ne pas avoir trop chaud. Le lac Michigan s'est imposé. *Skål !* dit-il en soulevant son verre de vin.

J'imagine que ça veut dire « trinquons ».

– Vous travaillez où ? Ou plutôt, devrais-je dire, quelle banque cambriolez-vous en ce moment ?

Le Viking blond éclate de rire.

– Vous vous rappelez l'ascenseur. C'était un peu idiot, non ?

– J'avoue que ça m'a scotchée. Vous, en tenue casual, dans cet éclatant immeuble MHG et m'entendre dire que vous étiez cambrioleur… J'ai cru que vous alliez partir avec l'argenterie de Garrett.

– Je n'ai pas encore volé Matt, ricane-t-il. Il est coriace.

J'interromps la progression de ma cuillère.

– Matt ? Peu de gens l'appellent par son prénom. Vous le connaissez intimement ?

– J'ai bossé pour lui comme trader quand il a monté sa boîte.

– Oh.

– À l'époque, on n'était que dix mecs dans un vieux gymnase de Brooklyn qu'il avait déniché par hasard en marchant. Matt marchait beaucoup avant qu'il soit obligé de se protéger. Il faisait tout à pied.

Je souris intérieurement en imaginant le tableau.

– J'ignorais qu'il avait commencé dans un gymnase.

– Ouais, l'endroit avait servi de club de boxe à la grande époque. Quand il y avait trop de tension sur un trade, on montait sur le ring dans la salle et on boxait. Ça crée des liens.

– Il bossait déjà avec ses frères ?

– Nan, mais il avait un pote avec qui il partageait une piaule. Moi, je venais de sortir de Stanford et j'étais très curieux de voir à l'œuvre le stagiaire qui avait plumé Cameron.

– Vous connaissez aussi Cameron ?

– Le mec est arrogant, non ? se contente-t-il de répondre avec un sourire.

Je ris en pensant à Margo.

– Ouais ! Un pigeon.

– Vous trouvez les pigeons arrogants ? Pauvres bestiaux.

Même si je sais à présent que Cameron est mon demi-frère, je ne lui fais pas confiance. Quelque chose me dérange chez lui sans savoir quoi exactement. Je crois aussi que c'est réciproque. Il ne m'aime pas.

Un pli soucieux barre soudain le front de Jake.

– La Cour en robe solennelle sur un site porno, c'est pas rien ! déclare-t-il à brûle-pourpoint. L'Ordre vous a exclue, n'est-ce pas ?

Mes épaules se soulèvent de dépit.

– D'une certaine façon, c'est pire. Ils m'ont laissé le choix. Porter plainte pour vol d'images ou partir. J'ai choisi de partir.

Son expression prend un air plus grave encore.

– Eh bien…

Le silence revient, s'éternise. Je porte une nouvelle cuillère de soupe à mes lèvres en feignant d'ignorer Jake car il n'a toujours pas attaqué sa viande. Je sens bien qu'il m'observe mais je ne sais pas à quoi il pense. Que mon cas est grave ? Désespéré ? Quand soudain, le BlackBerry de Jake se met à vibrer sur la table. En voyant le nom qui s'affiche à l'écran, j'ai une impulsion de recul.

Cameron Brauer.

– Cam' ! Alors ? Que disent vos petits actionnaires ? s'exclame Jake en décrochant.

Je suis tellement perdue que je suis incapable d'aligner un mot de plus pendant tout le repas. La pluie commence à tomber au moment où Jake prend congé devant la maison de mes grands-parents. Comme il est tard, j'entre sur la pointe des pieds dans la maison silencieuse.

– Tu es rentrée ? me surprend la voix éraillée de Joanna provenant du salon.

Elle écoutait la télé au casque et… buvait un verre de whisky, si j'en crois ce qu'elle tient à la main. *Non !* Du whisky ?

– Jake vient de me raccompagner. Nous avons dîné chez Morton's…

Joanna se redresse pour passer ma tenue en revue avant de dire :

– Jake a l'air de t'apprécier mais n'oublie pas qu'il a une vie compliquée.

Qu'est-ce qu'elle croit ?

– C'est juste un ami. D'ailleurs, j'ai trouvé un boulot grâce à lui.

Joanna fronce les sourcils.

– Et toi, tu es une fille bien élevée, jolie, célibataire et introduite dans les cercles d'influence. Ça compte. Je veux que tu trouves un homme qui puisse garantir ta sécurité. Ne te galvaude pas avec lui. Par ailleurs, tu as maigri, me reproche-t-elle en ignorant l'info. Je te prépare un lait de poule ?

Du lait de poule en juillet ?

– Euh… Non. Je monte me coucher.

– Ton copain a laissé un message pour toi.

– Matthew ? sors-je le cœur tambourinant.

Trop vite. Son regard en tapinois me cloue sur place.

– Pas celui-là, devine-t-elle avec un petit pli amer. Karim Fahd Kabbani Al Saoud. Comme tu n'as pas de portable, il a téléphoné ici et tient à te faire savoir qu'il vient ce week-end, oblique-t-elle. Tu savais que sa famille était liée à la famille royale saoudienne ?

– Vaguement.

Ma déception prouve à quel point la situation s'aggrave.

À présent, j'ai un boulot, un toit sur la tête et une voiture. Tout ne va pas si mal que ça. Je pourrais me réjouir. Excepté cette douleur crasse que je trimballe sans cesse comme cette victoire que les porteurs de torche prétendent relayer sans fin.

En gros, j'ai beau avoir parcouru des milliers de kilomètres, j'essaie d'abattre la forêt pour un rendement nul. Archi-nul. Fiasco total. Impossible de me le sortir de la tête. Une fois dans ma chambre, j'ouvre ma messagerie instantanée.

[Hello ??? Tu m'as vraiment quitté ?
On dirait le début d'une mauvaise blague.
« Terrible Love ». The National ou Birdy.
Tu préfères quoi ?]

Si je ne réponds pas, je télécharge quand même les deux chansons sur Deezer, je m'affale sur mon lit et j'écoute Birdy en boucle pour m'endormir.

« It's quiet company… And I can't fall asleep without a little help. »[2]

Il me faut un manuel de survie.

2. « C'est une compagnie silencieuse. Et je ne peux m'endormir sans un peu d'aide. »

8

MATT

La salle de conférences du 20e étage comporte deux murs de fenêtres qui donnent, l'un sur le fleuve, l'autre sur le 9/11 Mémorial toujours très animé le matin. Juste derrière moi, recouvrant tout le mur restant, une monumentale fresque d'acier offerte par ma mère, portant très judicieusement le nom de *Cendres*. Ce matin, il pleuvait lorsque je suis arrivé, ce qui rendait la sculpture encore plus lugubre. Mais à présent que l'averse a laissé la place à une belle lumière blanche, son aspect change, la restituant plus fascinante.

Selon ma mère, tout peut surgir des cendres.

Je souris en empoignant les accoudoirs de mon fauteuil, le cœur pas totalement délivré mais étonnamment plus léger ce matin. Tout bonnement parce que je peux de nouveau m'autoriser à penser à *Elle*. C'est bien son genre de croire en moi malgré tout ce qu'elle a vu. Si j'étais un tant soit peu capable de confiance, je l'aurais su, et toute cette souffrance aurait pu être évitée. Seulement voilà, la confiance est pour moi ce que le soupçon est aux gens normaux : un acide.

Autour de la table, les chuchotements s'alourdissent. Les managers des divisions concernées prennent des notes tout en suivant la conférence de Rob sur le prochain lancement de MHG Synthesis.

Très naturellement, je guette leurs réactions. Puis ma montre. Et ma montre encore.

Facile de déterminer ce qu'ils pensent. Malgré l'attaque sans précédent dont nous avons été l'objet, Bio Wyeth, Astral Corp et le canadien Lantcare sont dorénavant propriété du groupe MHG. Rob, Paul et moi avons tenu le même jugement : le meilleur message à envoyer à celui qui a tenté de nous arrêter était de mettre les bouchées doubles. Ce qui est chose faite.

Je sens ma gorge se serrer au souvenir du message trouvé sur l'iPad incrusté dans ma tête de lit lorsque je suis rentré chez moi. *Chez moi, putain !* Dans MA chambre. Entre 11 h 45 et minuit une, alors que j'étais à Paris avec Alexiane, un mec en cagoule et survêtement noirs s'est assis sur mon lit, ici à Manhattan, déjouant toutes les procédures de sécurité, sauf les caméras.

Fou de rage, déjà esquinté par le départ d'Alex et le décès de Carroll, j'ai demandé à Luca de brûler les draps dès le lendemain.

Je m'en souviens comme si c'était hier.

Le malheur ne t'atteint pas, ne t'affaiblit pas.
Seul le bonheur le peut. Un jour viendra
où je prendrai tout ce qui te reste.

Encore un timbré.

La missive était accompagnée de deux vidéos montrant des explosions mineures détruisant seulement deux cibles matérielles : les deux voitures d'Alex. Encore un pervers qui a dû se branler sur sa photo en lisant la presse à potins. Il est arrivé la même chose avec ma sœur l'an passé. Le mec avait même badigeonné la photo de l'adolescente de sperme avant de l'abandonner dans la cour de son lycée. Deux mois d'enquête, de test ADN à la con, et ça n'a rien donné.

On toque à la porte.

– Entrez ! fais-je un peu trop sèchement.

Elle s'ouvre un instant sur l'effervescence de l'étage qui contraste avec le silence studieux de notre salle. *Barbara*. Le tailleur gris de mon assistante se dépêche de faire le tour de la table pour venir déposer un post-it à ma main droite.

Elle s'attarde debout derrière moi, ce qu'elle fait toujours lorsqu'elle pense obtenir une réponse. Je prends connaissance du message, un peu surpris.

Et lui fais signe d'approcher :

– Maintenant ?

– Quand vous serez prêt, chuchote-t-elle en se penchant vers moi, m'envoyant sans le vouloir son parfum fleuri d'iris et de jasmin à la figure.

J'aime bien Barbara. C'est une jolie brunette de trente ans, célibataire et sans enfant, avec une voix calme, qui n'a jamais eu un geste déplacé à mon endroit ni une parole maladroite.

Celle d'avant n'arrêtait pas de me frôler à la moindre occasion. Barbara, elle, sait être proche tout en restant à distance.

– Dites-lui que j'arrive.

Au moment où je rabats le couvercle argenté de mon MacBook Pro, les chuchotements cessent et les visages se tournent vers moi. Je fais signe à Rob que je vais le couper, mais il s'est déjà appuyé contre le mur d'écrans.

– Mesdames, messieurs, encore quelques jours et je me rendrai personnellement à Toronto avec Debra pour le lancement de MHG Synthesis. Maintenant, excusez-moi, je dois vous quitter.

Debra sur ma droite a un petit rire étranglé, sachant pertinemment qu'elle va tout se taper avec les journalistes en plus d'avoir à me gérer, mais je m'en moque. Qu'elle fasse son boulot, je fais le mien.

– Rob, tu prends la suite, dis-je en me levant.

Mon frère opine du chef. Message reçu. Là-dessus, je marche vers la porte et regagne l'espace du directoire, tout de suite suivi par le chino noir de mon responsable informatique et stratégie. *Sully*.

– Qu'est-ce qui est si urgent ? fais-je un brin irrité d'avoir été interrompu.

L'Afghan s'immobilise devant mon bureau le temps que je confie mes documents à Barbara, mais rien ne trahit son expression. Si je ne savais pas pour l'avoir sorti de sa cellule afghane qu'il est actuellement le meilleur hacker de la planète, cet homme aux cheveux noir corbeau pourrait tout aussi bien être père de famille ou serial killer. Sans blague.

Je le précède dans le bureau.

– Refermez la porte.

– J'ai terminé, dit-il une fois celle-ci close derrière lui.

Je prends le temps de m'installer dans mon fauteuil et l'invite à en faire de même dans le siège devant moi, mais il préfère rester debout.

– Vous avez supprimé la vidéo ?

– Pour l'instant.

Je sors mon ordinateur de sa veille et tape le titre sur Google. Le moteur de recherche m'indique qu'elle a été supprimée. Je relève la tête, perplexe.

– Je vous écoute.

– Le droit à l'oubli n'existe pas sur le Net, monsieur. C'est violent et agressif. J'ai effacé les liens actuels mais il se peut que la vidéo de Sand soit relayée par les internautes. Il suffit de poster un commentaire et elle surgira sur un autre site, même si le compte est fermé.

Contrarié, je me renverse dans mon siège.

– Sait-on qui a posté le premier lien ?

L'Afghan danse d'un pied sur l'autre mais son visage ne traduit rien.

– Oui, monsieur.

– Qui ?

– Vous.

Tout l'oxygène quitte mes poumons.

– JE VOUS DEMANDE PARDON ?

Cette fois, Sully consent à s'asseoir, ses petits yeux froids dans les miens, dénués de toute réserve protocolaire. Du jamais vu entre un employé et moi.

D'homme à homme, il m'explique :

– Le montage a été créé de toutes pièces sur votre iPhone à partir des vidéos que vous aviez dans votre fichier « Civilité ». La première vous a été envoyée par Sand elle-même. Vous avez obtenu la seconde contre un transfert bancaire à un certain John Carson. Un million de dollars.

Ça, au moins, c'est vrai.

Je hais ce type. J'ai failli le tuer de mes mains lorsqu'il est venu me montrer la vidéo intime prise dans le vestiaire du Fuji Speedway. Qu'il ait pu voir Alex si vulnérable en train de crier pour la première fois de sa vie, mon sang s'est mis à bouillir. C'était *notre* moment. Un moment *spécial*. Je n'en revenais pas qu'un mec comme Carson, père de famille, responsable de labo et de l'emploi de plusieurs personnes, s'abaisse à ce petit jeu-là.

– Et la troisième ?

– Celle du tribunal est sur YouTube, monsieur. Libre d'accès. Elle a été postée par un étudiant qui n'a rien à voir avec Sand. Les commentaires le prouvent.

Je hoche la tête.

– Poursuivez.

– L'auteur du montage a utilisé Fly.

Lèvres pincées, je sors mon mobile de ma poche intérieure et le pose sur mon bureau. *À sa disposition.*

– Je n'ai pas cette application sur mon portable, lui dis-je d'une voix blanche.

En lâchant ces mots, je m'adresse à lui comme si je dégoupillais une grenade. Aucun de mes employés n'a jamais remis ma parole en doute.

Va-t-il le faire ?

– Je sais, monsieur. L'auteur l'a téléchargée le 2 juin sur votre ancien portable pour la supprimer juste après. Ce qui explique que vous n'ayez rien vu.

Mon ventre se pince amèrement à l'idée que *quelqu'un*, encore une fois, m'a fait le coup de la trahison, mais je suis tellement rodé et endurci que je ne sais plus si je ressens ou si j'imagine les choses.

– Quel portable ?

– Celui que Verdi a retrouvé dans la salle de conférences le 3 juin.

En même temps, ce détail me revient. C'était le jour de la plaidoirie d'Alex. Paul était dans mon bureau à me parler d'elle quand on a réalisé qu'elle s'était rendue seule au tribunal, et c'est lui qui a dû l'appeler. Natalie m'avait alors fourni un nouvel iPhone de la société car il m'était impossible de savoir où j'avais perdu le précédent. J'essaie de parler avec calme :

– Vous êtes en train de me dire que l'auteur de cette merde a eu accès à *ma* salle de conférences ? Dans *mon* bâtiment ?

– Et aussi à votre combinaison de verrouillage.

Mes doigts se crispent sur le corps de mon stylo plume Liberty.

– Putain, lâché-je en réalisant qu'il ne blague pas.

Pas besoin d'en dire plus. Qui a accès à ma combinaison de verrouillage à part moi ? Personne. Quelqu'un a voulu me faire accuser du truc. Mais qui ? D'ailleurs, Sully ne dit pas un mot. Rien qu'à sa façon de me regarder, je sais qu'il est sûr de ce qu'il dit. Et il sait que je sais. Cette situation est complètement barrée.

– Un proche donc.

– Oui, monsieur.

Ça va mal se passer, je le sens.

– Reprenez, dis-je le plus calme possible.

Je n'ai aucune idée de ce qu'il va m'apprendre ou de la façon dont je vais réagir mais je ne vois pas *comment* ça pourrait bien se passer. Je déteste la trahison.

Surtout d'un proche.

– Fly est une application bien foutue qui permet d'éditer un petit reportage directement à l'écran et d'exporter celui-ci sur les réseaux sociaux ou Internet, m'apprend-il. Sa fonctionnalité permet de synchroniser jusqu'à quatre rushs captés en même temps et aussi d'ajouter une musique de fond.

Mon cerveau tourne à toute vitesse.

– L'auteur de la vidéo est donc féru d'informatique.

– Pas forcément, monsieur. Il faut chercher qui emploie Fly.

Qui parmi mes proches a eu le culot de me trahir ? *Qui, bordel ?*

– Vous pensez à qui ?

Impossible qu'il n'ait pas une idée mais il sait comment manœuvrer avec moi. Sully sait qu'il doit m'apporter autre chose que des suppositions. Il n'aurait pas pris le risque.

– Un journaliste, déclare-t-il. Cette application est utilisée par les reporters ou les journalistes qui ont besoin de publier vite.

J'appuie sur l'interphone :

– Barbara ? Je veux ma journée du 2 juin sur mon bureau. Et dites à Verdi de nous rejoindre. Merci.

Le silence pèse des tonnes dans la pièce.

– Puis-je parler avant l'arrivée de Verdi, monsieur ? toussote

Sully, soudain mal à l'aise.

Je plisse les yeux sans le quitter du regard. Pourquoi cette précaution ? Verdi n'a pas ma combinaison. Et pourquoi ferait-il un truc pareil ? Il est bien payé, dispose d'un appartement juste au-dessous du mien, s'éclate avec mes bagnoles, s'entraîne avec moi tous les jours, et il appréciait Alex.

– Allez-y.

Cette fois, je lis autre chose dans les siens.

Chose extrêmement rare. Je sais, pour l'avoir sorti de l'enfer de Bagram, que Sully a perdu femme et enfant en Afghanistan, mais jamais, jamais, je ne lui ai vu cette lueur féroce presque imperceptible à remarquer.

C'est juste une fraction de seconde.

– J'ai examiné le portable de Sand, continue-t-il.

C'est cette même lueur froide qu'on a quand on touche à vos proches. Je l'ai déjà vue au Kivu. Ces mères avaient la même. Elles étaient prêtes à tuer pour leurs enfants. Je savais que si je ne le faisais pas, elles l'auraient fait. Elles auraient tué à ma place et ç'aurait été un carnage. Une boucherie sans nom d'où personne ne serait ressorti vivant. Pas même moi.

Ma voix est froide :

– Comment avez-vous fait ? Il est en ma possession.

– Monsieur, si je puis me permettre, ce n'est pas une difficulté pour moi, se permet-il en retenant un petit sourire.

– C'est vous qui lisez mes messages ?

Il les a lus.

– Sand lit vos messages, monsieur, finasse-t-il un brin gêné. Elle n'en a effacé aucun. Elle se sert d'un IP fixe dans l'Illinois enregistré au nom de Clive Sand que je n'aie eu aucun mal à pénétrer. La latitude et la longitude indiquent Chicago. J'ai aussi son adresse : 1433 Astor Street.

Et il me file l'adresse sans que je la lui demande. Futé Sully.

– Vous l'avez vue ?

– J'ai allumé sa caméra, monsieur.

J'attends un instant, pas certain de ce que je ressens. C'est tout ce que j'arrive à penser quand il s'agit d'elle. À ma prochaine dose, à son côté tendre qui cède à mon côté dur, et tous mes instincts me supplient de la conquérir à nouveau et de la faire mienne. Je veux qu'elle m'aime, même si je n'ai plus d'illusions sur moi-même. Je la désire sans aucun autre motif que celui de tout lui prendre. Son corps, son esprit, sa loyauté, je veux tout cela. Sans aucune culpabilité. J'ai besoin qu'elle me regarde comme si j'étais la personne la plus importante de sa vie. Et je le suis. Je suis exactement *celui* dont elle a besoin.

Je veux être toute sa vie.

– Comment est-elle ?

– Elle s'est mise au kick boxing.

– QUOI ?

Surpris, j'écarquille les yeux.

– Dans une salle de bonne réputation, allonge rapidement Sully. Le Muay Thai Club dans Portage Park, monsieur. Elle y va deux fois par semaine.

Je laisse passer une seconde.

– Seule ?

– Oui, monsieur.

Quand brusquement je réalise que Sully l'a espionnée dans ses moindres faits et gestes, sans me demander mon avis. Je le fusille du regard.

– Vous avez été correct ?

L'Afghan rougit.

– Je sais ce qu'elle représente, monsieur.

Je m'accorde encore un moment, le temps d'analyser ses derniers mots. Les images d'elle passent et repassent devant mes yeux. *Saloperie de perfection !* Si c'est possible de bander sur des souvenirs, je viens d'y arriver. Même si elle me croit coupable dur comme fer, je suis décidé.

– Qu'avez-vous trouvé, Sully ?

– Vos deux portables n'étaient plus couplés depuis le 2 juin à 13h57. Ce qui explique qu'elle a reçu des messages dont vous n'avez pas eu connaissance.

Un toc à la porte nous interrompt au plus mauvais moment.

– Entrez, Verdi ! dis-je pressé d'avoir la suite.

Mon homme de sécurité pénètre dans la pièce et je fais signe à Sully de continuer.

– Comme je le disais, reprend celui-ci, j'ai voulu savoir ce qui s'était passé juste avant que le renvoi d'activité cesse de fonctionner entre vos deux portables. J'ai donc demandé à Natalie l'agenda de Sand et j'ai noté le rendez-vous qu'elle a eu juste avant. Il s'agit d'un jeune garçon du nom de Jonathan Begle dont le casier fait état d'une condamnation le lendemain.

Au lieu de continuer, le regard prudent de Sully passe de l'un à l'autre.

– C'est un client de mon père qu'Alex a défendu contre une banque, dis-je en cherchant où il veut en venir. Je n'en sais pas plus.

– Je l'ai rencontré, intervient alors Verdi. J'ignore si Mlle Sand était au courant lorsqu'elle l'a défendu mais c'est un hacker.

– Un hacker *très* prometteur, renchérit Sully visiblement bien renseigné par ses propres réseaux.

Je retiens mon souffle.

– Bon Dieu, vous êtes en train de me dire qu'avec tout le mal qu'elle s'est donné, le gamin l'a piégée ?

– Non, monsieur, réfute tout de suite Verdi. M. Begle m'a avoué que le portable de Mlle Sand avait chuté sur le sol à la suite d'un accrochage avec un individu qui l'a blessée au genou. Begle lui a alors proposé de le réparer. Le garçon n'a pas mis longtemps à repérer votre logiciel espion, siffle-t-il à l'intention de Sully avec, si je ne me trompe, une petite pointe de rivalité, et il l'a mis hors d'état de nuire.

Sully se contente de l'ignorer :

– Voilà où je veux en venir, reprend à son tour Sully en dépliant des papiers sur mon bureau. D'après le journal d'activité de Sand, le 4 juin à 4 h 46, elle a reçu la vidéo sur son portable et l'a consultée sur le site de PornHub.

– Qui la lui a envoyée ?

– Un certain Maxime Elio Sega directement de Tokyo. J'ai retrouvé le texte d'accompagnement, dit-il en me glissant une copie sous les yeux.

[Alex, je suis désolé mais tu dois prendre connaissance
de cette vidéo.
Je déjeune avec mon chef de service et son épouse
qui est aussi membre de ton Ordre et elle me montre
cette horreur.
Selon elle, ton dossier a été rejeté.
Je prends le premier avion. Max.]

Je commence à comprendre.

– Autre chose, monsieur, rajoute Verdi. Jonathan a eu l'idée de hacker les caméras de vidéosurveillance. Juste pour s'assurer que Mlle Sand allait bien. Il semble y être très attaché.

– On ne voit rien sur vos caméras, réplique Sully, piqué au vif. Je les ai déjà consultées.

– Pas les nôtres, lui retourne tranquillement Verdi, plutôt satisfait de son avantage. Jonathan a hacké les 1106 caméras nationales de la sécurité parisienne.

Au moment où je vais pour leur dire d'arrêter leur petit jeu, beau joueur, Sully hoche la tête pour saluer la performance. Tant mieux. Sérieux, je n'ai aucune intention de jouer au gardien d'enfants pour savoir qui a droit au bac à sable en ce moment. Surtout entre ces deux-là. J'ai besoin des deux.

– Bon et alors ? dis-je un peu énervé qu'il me fasse poireauter.

– Nous avons un profil, annonce fièrement Verdi. Aucun visage, le gars est habitué à tromper les caméras, mais on a sa moto et des godasses tatouées. Une MV-Agusta F3 800 AGO et le nom du tatoueur qui tient l'aiguille à Londres.

– À Londres ? répété-je en rassemblant mes pensées.

Je n'ai pas de bureau à Londres et aucune action de société, même minoritaire.

– Oui, monsieur, au magasin Selfridges de Londres plus exactement. Le type s'appelle Oliver…

Un nouveau toc à la porte coupe notre échange.

– Entrez !

Barbara me tend mon agenda ouvert à la page du 2 juin. Je suppose que je devrais être assez serein puisque je sais que je n'ai rencontré aucun journaliste. Tout simplement parce que je n'accorde aucune interview. Jamais. Debra Dermot s'en charge à ma place, dans son bureau. En revanche, la mention du déjeuner inscrit au jour même me fait pâlir. *Tricia.*

Bordel de merde !

Je prends une décharge de mille mégavolts en plusieurs vagues. Alors, c'est vraiment ma faute. Tout d'abord, parce que j'ai déjeuné dans mon bureau avec mon ancienne petite amie – la fille que j'ai envoyée à l'hôpital après l'avoir surprise avec mon père dans ma chambre – pour évoquer justement Alex.

Ensuite, parce que… Et merde, mon père a payé une école de journalisme à Tricia.

Adieu reconquête facile. Genre, je me pointe et tu me pardonnes.

Je vois très bien ce que ça donnerait.

Entière comme elle est, Alex ne l'entendra pas comme ça et elle aura raison. Elle serait parfaitement justifiée de me haïr.

Ma gorge se teinte d'un goût de fiel :

– Ce sera tout, messieurs. Faites-moi le point sur ces images et ce qu'on peut en tirer. Cherchez du côté du tatoueur à Londres pour savoir s'il reconnaît les chaussures, à supposer qu'on ait de la chance et qu'elles soient uniques, elles ne doivent pas être données. On se voit plus tard.

Livide, je fais défiler mes contacts jusqu'à la lettre « T ».

T comme Tricia.

9

MATT

J'ai souvent pensé que la seule façon de s'exonérer de ses fautes est de ne pas exister. Par exemple, on n'a pas besoin de pardonner à Dieu parce qu'il n'existe pas. Et c'est mieux ainsi. S'il existait, on ne pourrait que le maudire pour toutes les horreurs qu'il a laissé commettre. Pour Adelphe, la rédemption est une grâce gratuite. Les rues du paradis sont remplies de putains d'épaves qui, sans aucun mérite de leur part, se retrouvent pardonnées et libres.

Bien sûr, ce scénario délicieux ne s'appliquera pas à moi.

Alex ne me pardonnera pas. Et alors ? Qui a dit que ça allait m'arrêter ? Je lui ai déjà volé sa liberté une fois, non ?

Et puis d'abord, est-ce que j'ai déjà suivi les règles !

C'est parti. Je regarde fixement les yeux émeraude en face de moi dans la lumière du jour qui éclaire la salle à manger de mon bureau en cette belle journée de mercredi. Des yeux magnifiques, mais aucune profondeur, aucune pureté d'âme. Même si je devine que Tricia est anxieuse, ses iris ne reflètent aucune émotion. Et certainement pas ce voile sous les prunelles d'Alex qui me donne envie de la protéger.

– Si j'ai bien compris ce que tu m'as dit, Tricia, ton geste était amical et désintéressé…

Sa chevelure blonde est savamment décoiffée comme si elle sortait du lit et son rouge à lèvres a filé. Le coup classique. Tout ça n'est que mise en scène. C'est ce qu'elle essaiera de faire croire en sortant d'ici, mais je m'en tape. Elle peut essayer de vendre sa salade à qui elle veut, je n'ai personne dans ma vie que ça pourrait gêner si je décidais de la culbuter sur le canapé.

Ça n'arrivera pas.

– Matthew, quand tu me regardes comme ça, j'ai l'impression d'être une criminelle, minaude-t-elle avec coquetterie.

Déjà fait, Déjà dépassé, pétasse ! Ton petit manège ne m'atteint pas.

– Tu veux peut-être que je te remercie ?

– Non. Enfin… Oui.

Je l'observe se dandiner sur son siège, elle semble hésiter, soupçonneuse. Je ne pense pas qu'elle se doute de ce qu'elle a en face. *Tu te demandes où je veux en venir, pas vrai ?* Eh ouais, je suis calme. Trop calme. Le calme avant la tempête.

En fait non. Je *suis* la tempête.

– Explique-moi en quoi je devrais le faire, veux-tu ?

– Écoute, Matthew, enchaîne-t-elle, déstabilisée, il est hors de question de m'excuser d'éprouver des sentiments pour toi.

Je fais tout mon possible pour ne pas l'insulter.

– Comment pourrais-tu en éprouver, tu ne me connais pas !

Après un temps d'arrêt, elle tente *autre chose* et fait coulisser son pied déchaussé contre ma jambe. Ses pupilles sont dilatées, le message on ne peut plus clair. Jusque-là, je n'avais jamais réfléchi au nombre de muscles à contracter pour empêcher une jambe de bouger. C'est chose faite. Je peux à présent tous les dénombrer. Je devrais me casser.

– Et si nous parlions d'autre chose ? susurre-t-elle avec un petit sourire aguicheur.

– Comme quoi par exemple ?

Mon visage reste impassible mais je brûle de l'intérieur. À présent, j'ai la confirmation que j'attendais, mais je ne suis pas libéré pour autant. Je sais que je devrais prendre ce prétexte pour la virer de ma vie mais je ne peux pas.

Tricia est une maniaque qui souffre de dépression chronique depuis que je l'ai agressée, alternant les phases de vie normale et celles d'hospitalisation.

Putain de culpabilité de merde.

C'est plus lourd qu'un poids, pire qu'un boulet à la cheville. Si j'avais été embarqué à bord du *Titanic*, celui-ci aurait coulé avant d'atteindre la sortie du port. J'aurais aimé qu'elle me dise : « Je peux faire quelque chose ? » ou « Désolée, je me suis laissée emporter », n'importe quoi d'autre aurait été suffisant. Mais non. Pas une once de remords.

Comment ai-je pu aimer cette personne ?

Jusqu'à en perdre la tête et commettre l'irréparable : la frapper, aller me dénoncer et me retrouver embarqué pour le Kivu où, pour le coup, je me suis vraiment perdu. Quelle connerie ! Finalement mon père m'a rendu service.

J'aurais été malheureux toute ma vie.

– Bébé ?

Je sors de mes divagations, je déteste qu'elle m'appelle ainsi.

– Tu as mon attention, lui dis-je plus cérémonieusement.

– Je te demandais des nouvelles de Sarah, Kristen, Beverly et Emily…

Son ton de téléphone rose m'intrigue.

– Tu cherches quoi ? À savoir si je les ai revues ? Si j'ai recueilli leurs gémissements ? Ou tu te fais du souci pour moi ?

Les lèvres entrouvertes comme si elle avait du mal à respirer, les joues rosies, je suis sûr qu'elle fait cette tête-là quand elle jouit.

– Bébé, tu es un homme teeellement viril…

Inévitablement je la compare à Alex, au regard reconnaissant qu'elle avait pour moi au moment de jouir comme si elle n'avait reçu plus beau cadeau de sa vie. C'est trop douloureux d'imaginer une seconde renoncer à toutes ces sensations.

Tout ce que je veux, c'est être aimé. Un jour, une heure, peu importe, je ne suis pas difficile, mais avec sincérité, bon sang. Au moins *une fois*.

Est-ce trop demander ?

– Ça aide de le savoir, tu crois ?

– Tu ne peux le nier, bébé. Avec moi, tu es libre. Mais elle ? Tu crois qu'elle aurait accepté tes besoins ?

Je la fusille du regard. Que sait-elle de mes besoins ? Je ne l'ai jamais baisée alors que j'étais prêt à devenir exclusif pour Alex. Aucune femme ne m'a autant comblé, autant troublé, apaisé. Et je ne parle pas d'orgasmes à répétition ou d'alchimie bidon entre deux corps qui se découvrent avant de s'éloigner. Non. Alex est la seule femme dont le corps m'a aimé jusqu'à mettre mon âme à nu. Comme si elle effaçait tout. Tout ce que j'avais fait avant elle. Toutes les rencontres vides de sens que j'ai tirées et jetées. Toutes mes conneries dégueulasses.

Sans *Elle*, je resterai à tout jamais un salopard.

– Tu sais, je suis intéressante moi aussi, aventurière et… drôle aussi.

Doux Jésus. Qu'est-ce qu'elle me fait ?

– Drôle ? *Toi* ? Tu ne m'as jamais fait rire, putain !

Cette conversation tourne mal.

– Comme tu es dur avec moi, se lamente-t-elle, l'œil faussement humide.

– Justement non, je ne le suis pas, fais-je sarcastique.

Pourquoi cette soudaine tentative de séduction alors qu'elle a exactement ce qu'elle voulait ? Éliminer Alex du circuit. Est-ce que tout ça était devenu trop dangereux pour elle ? Je ne dois pas la frapper. J'en ai envie mais je ne veux plus être cet homme-là. Jamais.

Je me lève d'un bond avant que ça dérape.

– J'ai du boulot, lui dis-je en me positionnant tout de suite derrière sa chaise, je vais te raccompagner.

– Tu passeras voir les travaux à l'appartement ? ronronne-t-elle en repliant docilement sa serviette.

L'appartement ? Dans sa bouche ce mot a toujours eu une consonance irritante. Encore plus aujourd'hui. Qu'est-ce qu'elle imagine ? Moi, j'ai besoin d'espace, de kilomètres de vue au bord de l'eau, de la marina et ses bateaux au pied de chez moi, de piste pour courir sans aucun balisage. Pas de la 5th Avenue et des marquises chatoyantes avec tout le tralala.

– C'est *ton* appartement, crois-je bien de rectifier pour la première fois. Pas le mien. Je n'y habite pas et n'y habiterai jamais. Tu le sais.

– Mais c'est toi qui l'as acheté, bébé, roucoule-t-elle en lissant sa robe sur ses hanches. Je ne l'oublie pas, tu te souviens ?

Je sais très bien ce dont elle veut que je me souvienne. Ce qui me donne encore plus de regrets, mais que devais-je faire ? La laisser à la rue ? J'ai frappé cette fille. Pas une petite gifle, non. Bon Dieu, mais où avais-je la tête ? Jamais je ne ferai du mal à Alex. Jamais je ne lèverai le petit doigt sur elle. Plutôt me tuer.

Pourquoi Tricia a-t-elle cet effet sur moi ? Est-ce que je suis un homme violent ? Qui frappe une femme à part un homme violent ?

Cette angoisse me hante depuis l'enfance. Mon père est violent, possessif, autoritaire et cavaleur. Il a brisé plus d'une femme en se servant d'elles. En bien des points, je lui ressemble.

Je raccompagne Tricia au seuil de mon bureau en tentant d'ignorer la pression dans ma poitrine et toute la tristesse au fond de moi de ne pas avoir l'amour d'Alex, de ne jamais avoir eu celui de mes parents.

Comme elle se touche les fesses en marchant devant moi, je ne peux m'empêcher de remarquer son cul haut, parfaitement moulé. Ça ne me fait aucun effet. J'ai vu des milliers de culs se déhancher de la sorte, ses gestes sont voluptueux, étudiés pour accrocher le reg… *Attends !*

D'un coup, j'ai l'impression d'avoir été percuté par un camion. Il me faut un moment pour reconnaître la robe qu'elle porte. La robe taupe d'Alex. Celle qu'elle avait au dîner chez mon père. Pas le même modèle, non. *La* robe. Je la reconnais au petit fil décousu à l'emmanchure que j'ai craquée en la lui retirant dans la serre.

Comment cette robe a-t-elle atterri sur son dos ?

Furieux, je claque la porte de mon bureau qu'elle venait d'ouvrir sur le couloir tout en la poussant contre le mur et je me mets à aboyer :

– Que les choses soient claires, Tricia ! Baise avec mon père si tu veux, j'en ai plus rien à foutre, mais à partir de maintenant, si tu touches à un cheveu d'Alex, de près ou de loin, tu perds tout ! Le fric, ma protection, ton job. TOUT. Dis-moi que tu as compris !

Un éclat fauve s'allume dans son regard vert.

– Parfaitement, mais pourquoi le ferais-je à présent ? Tu ne peux pas te disculper, n'est-ce pas ? Je sais comment elle est. J'ai eu le temps de me faire une idée très précise d'elle. Ce n'est pas une des petites écervelées que tu as l'habitude de tringler dans ta salle d'armes et qui n'en veulent qu'à ta fortune. Alex Sand n'en a rien à foutre de ton putain de fric. Elle ne te pardonnera jamais d'avoir flingué sa carrière. Autant que tu le saches, tu ne la récupéreras jamais !

Je prends un coup à l'estomac et la relâche sous l'effet du choc.

– Peut-être qu'elle te laissera la sauter, une fois. Par faiblesse. Mais tu n'en obtiendras pas plus, renchérit-elle. C'est fini pour toi, Matthew.

Un sanglot plein de douleur m'échappe et je m'en veux aussitôt de lui montrer ma faiblesse. Elle a raison. Alex n'est pas du genre à ramper pour l'argent ou des cadeaux et après tout ce que je lui ai fait, je ne comprendrais même pas qu'elle puisse s'asseoir à côté de moi. Je ne peux pas la perdre.

J'ai trop besoin d'elle.

– Tu sais comment sont les femmes ? Toutes rancunières. Sauf moi, termine-t-elle en remettant de l'ordre dans sa tenue. Toi et moi sommes faits l'un pour l'autre, bébé. Parce que nous sommes aussi mauvais l'un que l'autre. Et tu le sais.

Elle ne cille même pas en affirmant cela.

Je ne sais pas ce qui me retient de lui arracher cette robe, si ce n'est que ça lui ferait trop plaisir de sortir de mon bureau dévêtue. Sur quoi, elle sort dans le couloir, me laissant stupéfait sur le seuil de mon bureau, devant le regard attristé de Barbara.

– Monsieur ?

– Une minute, Barbara.

Je ne peux m'empêcher de la regarder s'éloigner jusqu'à ce qu'elle se retourne et rie en me voyant la reluquer.

– Votre rendez-vous de 14 heures est annoncé par l'accueil, insiste mon assistante, agacée par mon engourdissement. Ils sont dans l'ascenseur…

Je ne réponds pas.

Ce que Tricia m'a dit sur Alex me taraude. Parce que c'est vrai. Alex n'a rien à voir avec ces filles qui cherchent la fortune facile et la position enviable d'un mec qui a déjà réussi. De plus, tout m'accuse, je me sais condamné d'avance.

Dans ce cas, pourquoi Alex me pardonnerait-elle ?

Putain, ça ne va pas être simple.

***

Quand les choses se compliquent, il y a un désir naturel de ne pas savoir.

D'ignorer ce qui fait mal. Parfois même – ce qui est assez comique – jusqu'à l'extase. Je m'attendais à ce que la douleur s'endorme après avoir découvert les raisons de son départ, mais non. Une semaine après, la douleur se renforce et devient familière. Comment faire pour éviter qu'Alex me repousse ? Je doute même qu'elle m'écoute jusqu'au bout. Si je ne voulais que du sexe, ce serait simple. Biblique. J'irais la voir et il suffirait que je sois en elle, *une fois*, pour lui rappeler tout ce que nous avons partagé. À chaque fois qu'elle était en colère contre moi, le sexe a tout arrangé.

Mais je veux plus que ça.

Comme le connard que je suis, je veux tout. C'est bien là le problème. Je ne sais plus quoi penser, ni comment je vais l'aborder. Et pendant que je réfléchis à la manœuvre pour y parvenir, Kabbani œuvre habilement dans l'ombre.

D'humeur maussade, je regarde le dossier ouvert sur mon bureau et n'ai aucune envie de travailler. Tout était plus simple avant Alex. Je maîtrisais tout dans les moindres détails. J'ai un certain talent pour ça. Or, là, j'ai l'impression que le sol n'est plus d'aplomb. Le voyant d'appel s'allume sur mon bureau.

J'enfonce la touche :

– Oui, Barbara…

– Monsieur, vous avez Tarquin Stew en ligne qui demande à vous parler.

– Qui ? Connais pas.

– Le P.-D.G. de BloomPub, monsieur. C'est une agence de publicité à Chicago. Il dit avoir embauché Mlle Sand. J'ai essayé de l'orienter vers Debra selon vos ordres, mais il insiste pour vous parler personnellement. Dois-je le refouler ?

N'interviens pas, connard.

Je dois résister de toutes mes forces pour chasser mon naturel. D'un autre côté, si on considère qu'Alex se destinait à travailler dans les prisons, quelque part je suis assez soulagé et satisfait de la situation. Une agence de pub est toujours mieux que de la savoir entourée d'individus pas très clairs.

Aussi fais-je un effort pour ne pas m'en mêler :

– J'aimerais voir ça, Barbara. Refoulez-le !

Soudain je me ravise :

– Attendez ! À partir de maintenant, toute demande concernant Mlle Sand doit passer par moi. Et si elle appelle, basculez l'appel sur mon portable.

Comme si elle allait appeler après la façon dont tu l'as rembarrée. *Tu rêves, mec.*

– Bien, monsieur.

Je retire mon doigt de l'interphone et attrape mon mobile. L'écran affiche deux appels manqués de ma mère. Encore. Je rappellerai plus tard. Là, tout de suite, je sélectionne un autre favori. Un effort, je veux bien, mais m'endormir non.

– Sully ?

– Monsieur ?

– On n'a toujours pas de numéro de portable pour Alex ?

– Non, monsieur. Elle n'a pas racheté de téléphone mobile.

Mes mâchoires se crispent d'irritation. Et si elle avait besoin de joindre quelqu'un en urgence ? Je suis à deux doigts de lui en envoyer un, mais après ce que j'ai fait avec le précédent, elle le jetterait direct à la poubelle.

Qu'est-ce que c'est compliqué les bonnes femmes !

Au bureau avec elles, tout est simple et même agréable, elles sont futées et malignes, mais là... je ne connais pas les règles. Surtout qu'Alex ne bosse plus pour moi. Ma voix faussement calme ne trompe personne mais je m'en fiche.

– BloomPub. Je veux tout. Les bilans. Les comptes de résultat. Les capitaux propres. Le fichier clients. Et la liste complète du personnel mise à jour. Faites-moi aussi un profilage de son P.-D.G. Je veux savoir s'il a déjà été accusé de harcèlement sur une employée. Bref, s'il est clean ou pas. Merci.

– Je m'en occupe tout de suite, monsieur.

Deux coups à la porte et Rob fait irruption sans attendre ma réponse. Son sourire s'accentue imperceptiblement en voyant le mien.

– Es-tu plus riche de quelques dollars ? lance-t-il d'une voix nonchalante.

– Je suis *toujours* plus riche de quelques dollars. Où en est le calcul du coefficient pour MHG Synthesis ?

– Ça roule. Au fait, je viens de croiser Jun dans le bureau de Phil. Tu ne m'avais pas dit que tu l'avais fait venir.

Je fronce les sourcils pour me reconcentrer sur ce qu'il me demande.

– Jun est notre meilleur ingénieur en biologie. Je lui ai confié une démarche d'observation des nouveaux labos le temps de l'installation. Ensuite, il retourne à Tokyo. On a besoin de lui là-bas.

Robert hoche la tête alors que mon portable vibre sur le bois noir de mon bureau, pourvu de toute la technologie dernier cri. Je m'apprête à laisser ma boîte vocale prendre le message quand j'avise l'identité de l'appelant sur ma console numérique. Je fais signe à Rob que je vais prendre l'appel.

– Comment allez-vous, Adelphe ?

Pour moi, cet homme est un héros. Une sorte de mentor religieux, même si je ne crois pas en Dieu. Il m'a servi de père tout court lorsque j'étais au Kivu, allant même jusqu'à partager mes soirées alcooliques au bourbon local, devisant toute la nuit sur Shakespeare, notre passion commune.

Un jour, il m'a appelé, la mort dans l'âme, en m'annonçant qu'il était rappelé à Rome pour former de jeunes séminaristes. Quitter le cœur de l'action lui paraissait tout simplement impensable. Alors, j'ai créé le Fil rouge pour lui permettre de rester. Depuis, la fondation s'occupe de l'éducation et de la santé dans le monde et, même si ça ne rachète pas mes fautes et que je n'ai rien de généreux, ça rend ma mère fière. La pauvre, si elle savait.

Sa voix trahit son émotion :

– Matt, mon garçon, j'espère que tu as un instant à m'accorder ?

– J'ai toujours du temps pour vous, Adelphe. Qu'est-ce qui vous amène ?

En principe, j'entends son sourire sur la ligne. Pas cette fois.

– Eh bien, une journaliste est venue jusqu'ici. Elle veut faire un article sur la façon dont la fondation aide les fillettes après les violences. Je me doute de ta réponse mais...

Je marche jusqu'à ma fenêtre, la vue sur le 9/11 Mémorial. Les deux immenses bassins, là où culminaient les tours jumelles. Je me souviens de la grue qui soulevait inlassablement les nouvelles barres de métal. Alex aurait été parfaite pour le Fil rouge. Non seulement elle est compétente, mais elle est bien meilleure que moi. Je n'ai pas renoncé à la convaincre, mais c'est trop tôt. Elle aurait l'impression que je m'y sens obligé parce que j'ai flingué sa carrière.

Des cendres, il doit jaillir quelque chose.

– Uniquement la fondation ?

– Je ne parlerai jamais d'Ancalagon, fils. Tu le sais.

Je prends un moment, pas sûr de devoir prendre le risque de rouvrir les hostilités avec mon père. Notre équilibre est déjà précaire.

Malgré tout, je m'entends dire :

– Quel journal ?

– Un instant… Elle m'a laissé sa carte… Ah, voilà. Louisa Frank du *HuffPost*.

Même si les journalistes ne sont pas ma tasse de thé, je connais la renommée de cette professionnelle. C'est une Palestinienne dont la beauté est à couper le souffle selon ses confrères masculins. De plus, elle bosse dur et ses papiers sont toujours bien documentés. Comme toujours sur le sujet, mes réponses restent brèves :

– Mon service de presse prendra contact avec elle.

J'échange encore deux politesses avec lui avant de raccrocher. En revenant à mon bureau, je m'aperçois que Rob m'examine avec attention. Merde, j'avais oublié le haut-parleur. Je remets le masque sur mon visage.

– Qui est Ancalagon, Matt ?

Évidemment, il fallait qu'il relève.

– Essaie de passer une nuit autrement qu'avec ta bite et tu le sauras.

– Arrête d'être condescendant et réponds, connard !

Je pousse un soupir devant son expression que je connais bien.

– Tu n'as jamais lu Tolkien quand tu étais petit ? C'est un de ses dragons. En sindarin, Ancalagon veut dire « mâchoires impétueuses ».

Mon frère arque un sourcil intéressé vers ses attributs.

– Mâchoires impétueuses… Wow, frissonne-t-il. Tu as de drôles de codes secrets avec ton directeur de conscience, frangin. Ça a un rapport avec l'usage de la chaussette ?

Et voilà, ce mec ne pense qu'au cul, je ne peux retenir un rire bref.

– T'es vraiment con parfois ! Tu sais ça ?

Mais au moins, j'ai détourné son attention. Je m'installe à nouveau dans mon fauteuil et laisse le silence s'instaurer en faisant mine de travailler. Enfin, j'essaie.

Tout le monde sait que j'assure mon propre marketing. Alors pourquoi le nouvel employeur d'Alex m'a-t-il appelé ?

– Allez, dis-moi que tu ne penses pas à elle, là !

Silence. À l'exception des touches sur mon clavier.

– Au fait, Jun m'a demandé des nouvelles d'Alex, ajoute mon frère de façon sibylline.

Je relève la tête, surpris. J'avais oublié qu'il la connaissait. Alex et Jun se sont vus quoi ? Dix minutes dans mon bureau de Tokyo. Le temps d'une prise de sang mais il se souvient d'elle, bien sûr. Assez pour demander si elle est dans les parages et vouloir s'envoyer en l'air avec elle. Ou alors, c'est moi qui vois des mâles en rut partout autour d'elle. Je soupire :

– Je me disais que j'aurais dû l'enfermer quelque part.

L'enfoiré en face de moi se marre de plus belle.

– Bien, la séquestration, s'esclaffe-t-il. Paul va adorer.

– C'est rassis mais j'y ai pensé. Je te jure…

L'enfermer dans un endroit, rien que pour moi, où personne ne pourrait l'atteindre, où je me ferais aimer d'elle. Je retiens mon souffle en pensant que je l'ai peut-être perdue pour toujours et que je ne sais absolument pas quoi faire. Je pince les lèvres pour contenir ma frustration et je change de sujet.

– Tu as eu des nouvelles de Margo ?

Cette fois, Rob ne rit plus.

– Non. Elle m'a clairement fait savoir l'autre soir que je ne devais plus l'approcher si je tenais à garder mes attributs virils pour la future mère de mes enfants. Comme je rigolais, Gary, son frère, a tenu à me dire que tout chez sa sœur était excessif mais vrai, termine-t-il dans un frisson.

Je m'appuie contre le dossier de mon siège.

– Désolé, frère. Tu es accro à cette fille ?

– C'est pas ça. J'en ai baisé d'autres depuis, mais elle… Comment dire ? Elle constitue une sorte de défi pour moi. Il faut que je me la fasse.

Nous nous secouons tous les deux.

– Au fait, Sully a trouvé l'auteur de la vidéo ? enchaîne Rob de façon plus prosaïque.

– Pas besoin. C'est moi.

Ça fera l'affaire.

Je ne peux pas accuser Tricia sans preuve. Encore moins quand tout m'accuse moi. Je la connais, sous prétexte de se défendre, elle serait trop contente de démontrer au monde entier que j'en suis l'auteur. C'est vrai. Je suis un patron entouré de sécurité. Comment expliquer que mon portable a été utilisé sans révéler par qui et comment ? Résultat des courses, je perdrais définitivement Alex, l'humilierais un peu plus, et gagnerais l'image minable de celui qui n'assume pas ses actes par-dessus le marché. Donc, pour le moment, je n'ai pas le choix.

La porte claque violemment derrière lui.

J'attrape mon portable.

10

ALEX

Le dernier message du Guerrier me tombe dessus comme une gueule de bois.

[J'ignorais tout de la vidéo, Civilité.
J'ai cru que tu m'avais condamné.
Dis-moi ce que je peux faire. C'est sincère.
Profites-en pour être exigeante,
ça n'arrive pas tous les jours. G]

Sous le choc, je vois flou et les lettres à l'écran m'aveuglent. Honnêtement, dans mes rêves les plus fous, j'avais imaginé deux scénarios. Le premier, je n'entendrais plus jamais parler de lui. Le second, il allait me poursuivre le restant de mes jours avec son ASA diabolique digne de la Tchéka[3] et une armée d'avocats. Au choix. Mais jamais je n'avais envisagé qu'il penserait une seconde seulement que je l'avais condamné pour son passé. Comme je suis trop hébétée pour répondre, un autre arrive dans la foulée :

3. Police politique russe connue pour combattre les ennemis du régime.

[Arrête de flirter avec moi par ton silence.
Ça ne prend pas, bébé.]

Je souris.

Un sourire niais, j'en suis sûre. J'ai dû toucher le fond car je ne peux m'empêcher de me sentir étrangement bien. Soulagée du poids énorme qui a quitté ma poitrine. Délivrée et légère de retrouver cette pointe de mordant et d'humour si caractéristique chez lui, qui dit que rien n'est grave.

Avant d'atterrir et de me demander si je dois le croire…

Soyons honnête, je sais que je devrais l'envoyer promener mais je ne sais même plus pourquoi. Il y a tant de raisons. L'amour, ce devrait être simple, une évidence qui s'impose et dicte de ne pas réfléchir. Or si je dois retenir une chose de notre histoire, c'est que ça ne l'est pas quand on ne se fait pas confiance.

C'est la confiance qui pousse l'enfant à se relever.

C'est la confiance qui le décide à marcher.

Je doute que le Guerrier ait évolué sur ce point, et moi je suis un très mauvais culbuto pour me relever sans cesse. Autant ne pas se mentir, je n'ai pas sa force.

Un toc se fait entendre à la porte de ma chambre.

– Alexiane, tu es prête ? me demande Joanna en l'ouvrant.

Prise d'une pudeur stupide, je rabats le couvercle du laptop de Clive. Je me poserai des questions plus tard. En tout cas, il a compris pourquoi je l'avais quitté, c'est déjà ça. Je veux qu'il soit en paix.

– Tu n'as pas oublié l'inauguration de la nouvelle salle mécène ? me lance ma grand-mère déjà sur son trente-et-un.

Si, justement. Clive a déclaré forfait et Joanna déteste sortir seule.

– Cinq minutes, réponds-je d'un ton las. Je m'habille en vitesse.

Les sourcils blonds parfaitement épilés se relèvent d'étonnement.

– Tu n'as besoin que de cinq minutes ?

Je n'ai jamais vu une femme capable de scanner chaque détail en un mouvement d'œil. D'un geste, elle m'indique la tenue qu'elle a déposée sur le lit. Une combi-pantalon en satin vermillon, très découpée à la taille, avec un large V en guise de bretelles pour dénuder mes épaules.

Je ne vais pas passer inaperçue dans un accoutrement pareil.

– Pas plus, fais-je avec le plus d'assurance possible.

– Bon, eh bien… Je t'attends en bas, abandonne-t-elle en refermant la porte.

Soudain, je comprends son incrédulité. Après ma séance sportive de kick boxing, j'ai pris un bain chaud parfumé pour détendre mon corps des coups portés en traître par Walter, visant soi-disant à améliorer mes prises de décision.

Ce coach est un monstre de muscles et de souplesse au regard doux et trompeur. En gros, je le vois venir, mais je n'arrive pas encore à parer ses coups. Pas étonnant que je me sois endormie dans la baignoire. Résultat, je suis encore en peignoir avec les cheveux mouillés. Avant de m'y mettre, j'ouvre à nouveau le couvercle au moment où le ping signalant l'arrivée d'un nouveau message se fait entendre. *Quatre mots.*

[On peut se voir ?]

Plus tard, Alex !

Puis, sur un coup de tête immature, je laisse la colère l'emporter :

[Non]

Mais je le regrette juste après.

En amour, on ne choisit pas grand-chose. Ni les gens qu'on

aime, ni ceux qui nous blessent parce que *justement* on les aime. Quand on a la chance d'être aimé, on ne doute de rien, j'imagine. C'est fort et autorise toutes les audaces. Mais quand on aime sans retour, on a que des doutes. Aussi, je ne vois pas comment on pourrait s'en sortir ensemble sans se faire confiance. Sans confiance, aucune relation n'est possible. On ne fera que se blesser un peu plus.

Et *ça*, ce n'est plus envisageable. Plus maintenant…

Dans Michigan Avenue, la circulation s'avère difficile.

Après avoir abandonné son coupé Mercedes au valet du parking le plus proche, Joanna a glissé son bras autour du mien pour rejoindre les marches du Art Institute et nous avons instinctivement calé nos pas l'une sur l'autre. Chose assez amusante quand on considère que je n'ai jamais mis les pieds dans un musée avec ma mère, ni marché à ses côtés dans une grande ville.

– Un cocktail est offert par les mécènes devant la Chagall Windows, m'annonce une Joanna pétillante, une fois pénétrée la grande salle d'accueil. Tu es partante pour une p'tite coupe ?

J'acquiesce en me faufilant derrière elle au milieu des invités, tenant à peine l'équilibre sur mes talons de dix centimètres. Une excentricité de Joanna qui a déclaré que mes jambes le valaient bien ! À l'extrémité du bâtiment, les trois fenêtres bleues peintes directement sur le verre par Chagall explosent de lumière. L'ensemble, d'une beauté à couper le souffle, m'oblige à prendre appui contre une colonne centrale. Quel choc !

– Alexiane ? C'est vous ? me lance alors une voix familière dans mon dos.

Je me suis figée sur place pour mieux l'entendre. Nous ne nous sommes parlé qu'une seule fois mais je reconnaîtrais cette voix féminine entre mille.

La mère de Matt.

– Eléonor. Que faites-vous à Chicago ?

– Et vous ? me retourne-t-elle, incrédule.

Apparemment, le choc est pour nous deux.

– Ma famille est de Chicago. Clive et Joanna Sand sont mes grands-parents, crois-je bon de préciser sans trop savoir pourquoi.

Tandis qu'elle examine avec attention ma tenue, je ne peux m'empêcher de chercher autour d'elle.

– Matthew n'est pas ici, m'accorde-t-elle d'un ton plat inhabituel.

Je tente de masquer ma déception :

– Non, je voulais dire… vous. Que faites-vous, *vous*, à Chicago ?

À sa moue pincée, je vois bien qu'elle trouve la situation ironique.

– Soyons sérieuses une minute, vous êtes une gentille fille et vous trouverez certainement un bon parti, mais un homme comme mon fils… avec ses responsabilités et ses obligations… Mon fils a bâti un empire, Alexiane, termine-t-elle très sérieusement.

Quelque chose m'irrite dans le ton qui me met d'emblée sur la défensive. Ce n'est plus la femme aimable et confiante que j'ai rencontrée à Paris. Ou alors, c'est parce que devant lui, elle ne pouvait pas livrer ses craintes.

– Son argent ne m'intéresse pas, dis-je pour la rassurer.

– Même ! Vous rêvez si vous croyez qu'il a besoin de quelqu'un comme vous pour l'assister. Vous n'êtes que de passage, jeune fille. Moi, je suis un élément permanent de sa vie.

L'estocade me fait reculer d'un pas. Pourquoi se compare-t-elle à moi ? Mais j'ai pris trop de coups ces derniers temps pour ne pas me défendre. Au moment où je vais pour objecter que je ne harcèle pas son fils le moins du monde, un froissement de taffetas sur le côté attire notre attention.

La jupe de Joanna.

– Alors, alors, Alexiane, chantonne cette dernière, tout sourire, en me tendant une coupe de champagne. Je suis désolée de te décevoir mais je ne compte pas me transformer en bonne à tout faire ce soir.

Surprise, Eléonor fait volte-face vers ma grand-mère en se plaquant un sourire mondain sur le visage tandis que Joanna m'évalue d'un regard critique.

Salutations et présentations sont échangées rapidement.

– Dis-moi comment tu trouves ce champagne, me presse Joanna en me collant la coupe entre les doigts pour me forcer à boire.

Je fais de mon mieux mais je suis soudain hypertendue. Est-ce qu'Eléonor a vu la vidéo ? Si c'est le cas, alors son attitude devient légitime. En effet, je doute qu'une mère apprécie de voir son fils, capitaine d'industrie respecté et mondialement connu, avec une fille délurée. Normal. Je pourrais salir son nom et sa réputation. On ne le voit pas sur la vidéo. Étrangement, Eléonor ne me trahit pas, passant même sous silence ma brève relation avec son fils comme si elle n'avait jamais existé. Comment je fais pour être soulagée alors qu'elle me fait comprendre ce que je suis ? À cause de Matt ? Parce qu'il est sauf ?

Ça m'énerve, je ne devrais pas réagir ainsi.

– Si vous venez à Manhattan, Alexiane, j'espère avoir le plaisir de votre visite à ma galerie, reprend-elle plus affable. L'Artbavar est dans SoHo, 6th Avenue. Nous sommes ouverts du mardi au samedi de 12 heures à 18 heures. Vous trouverez facilement.

Je la remercie du bout des dents mais pas question de me jeter dans la fosse aux lions. Que ferais-je si j'apercevais l'homme que j'aime avec une autre ? La jalousie que j'avais mise de côté en le quittant refait surface d'un coup. Je ne dois pas y penser. Tout ça ne sert plus à rien à présent. Un homme comme Matt est forcément passé à autre chose. L'ignorer fait moins mal.

À côté de moi, Joanna la regarde s'éloigner.

– Elle ne t'aime pas, admet-elle à ma grande surprise.

Nos regards bleus se croisent d'une façon plus intime qu'ils ne l'ont jamais fait. Et c'est *là*, à cet instant précis, qu'elle devient ma grand-mère. J'aimerais me jeter dans ses bras, je n'ose pas. Nous n'avons aucun geste tendre l'une pour l'autre d'ordinaire. Nous apprenons à nous connaître mais le lien que je sens se construire est d'une force époustouflante.

N'est-ce pas drôle ? Drôle à pleurer.

11

KAR

L'avion a atterri à O'Hare il y a à peine quelques minutes.

Sanglé à l'arrière du taxi qui file à fond de train sur l'I90 en direction de Chicago sans se soucier des limitations de vitesse pourtant claires ou des décibels de sa radio, je sors mon BlackBerry pour mieux ignorer le malaise qui me tiraille le ventre. Même si on est samedi, la traversée relève du cauchemar. Tout en passant mon appel, je ne résiste pas à tapoter l'épaule du chauffeur pour lui demander de baisser le son.

Qu'il ne s'étonne pas si je le touche.

– Kar ! répond sans préambule la voix de mon meilleur pote. Peux-tu dire à ta sœur d'arrêter de me casser les couilles avec la mienne ? Depuis que j'ai fait la connerie de lui dire qu'on avait le même père, Leila me tanne pour que je parte à sa recherche. Je te préviens, je vais lui balancer que tu sais où elle se cache. Ça ne peut plus durer, mec.

Ma sœur et son esprit romantique de la famille, ça ne m'étonne pas. Je ris en jetant un coup d'œil par la fenêtre, heureux du week-end qui s'annonce après ma semaine de boulot dans l'humidité suffocante de Manhattan. Ici, au moins, les vents des grandes plaines du Midwest rendent les nuits plus fraîches. Le soleil est encore haut sur la rive ouest du lac Michigan, mais la journée promet d'être belle.

Et avec un peu de chance... intéressante ?

– Justement. Je suis à Chicago et j'ai besoin d'un coup de main.

– Encore ? Mais en quoi ça me regarde ? grogne Cameron d'un ton bourru.

Résiste, mon gars. Je ne te laisserai aucun répit.

– C'est ta sœur, mec. Même toi, tu l'admets à présent que Garrett s'en est pris à elle. Cette situation avec Leila et Margo a assez duré. Je ne veux plus mentir à ma sœur et à mes parents plus longtemps, et tu vas m'aider parce que je te le demande.

Soulagé qu'il ne proteste pas, je lui expose mon idée.

Une heure plus tard, devant la maison des grands-parents de Sand, une décharge d'adrénaline me secoue en la voyant franchir la grille pour me rejoindre de l'autre côté de la rue. Un mois que je ne l'avais pas vue. Elle a changé. Plus balancée car plus musclée, ses cheveux ont bénéficié d'une jolie coupe plongeante aux épaules, elle est encore plus sexy, putain. J'écrase ma cigarette sous ma botte de biker et la prends dans mes bras.

– Salut, ronronne-t-elle contre ma poitrine.

L'ennui, c'est qu'à la tenir ainsi, je peux aussi sentir à quel point son corps accepte le mien à présent, même à travers ses vêtements. Ce dernier mois, j'ai passé tant d'heures à chatter avec elle sur Facebook qu'on s'est rapprochés sans le vouloir et qu'elle ne peut guère me cacher ce qu'elle ressent.

– Il a repris contact, c'est ça ?

Sans rompre notre emboîtement, son regard s'attarde dans le mien avec plus de certitude aussi. Je me rappelle encore toutes les fois où elle évitait le sujet, comme si quelque chose risquait de la brûler. Ce n'est plus le cas. Seulement je ne sais pas à quoi l'attribuer. Est-elle passée à autre chose ou suis-je devenu son ami ? Et dans ce dernier cas est-ce un bien ou un mal pour moi ?

– On a échangé des textos, m'avoue-t-elle doucement. Enfin, j'ai répondu une fois et il n'a pas insisté.

Je n'arrive pas à savoir si c'est une bonne ou une mauvaise chose avec Garrett. Ce type est totalement imprévisible, c'est d'ailleurs ce qui fait sa force.

– Alors, où va-t-on ?

– Surprise ! se dandine-t-elle en quittant mes bras pour prendre ma main.

Tout en trottinant vers le métro aérien communément appelé le « L », son regard se déploie dans les allées ombragées jusqu'à ce qu'on atteigne la station.

– J'ai quelque chose pour toi, m'annonce-t-elle en gravissant les marches.

– Ah oui ?

Je la laisse présenter sa *Ventra Card* à l'automate pour franchir le tourniquet tandis que j'insère mon ticket derrière elle et attends qu'elle se retourne.

– *Downtown !* On va dans le Loop, m'indique-t-elle mystérieusement.

Je la charrie en reprenant sa main :

– Tu ne veux pas me dire ce qu'est mon *cadeau* ?

L'allusion sexuelle est à peine déguisée mais elle ne relève pas.

Une fois dans le wagon, elle me tire par la main vers une banquette libre avant de sortir deux carnets à souche de son sac de hippie.

– Ta dam ! Toi et moi allons jouer aux parfaits touristes ce week-end, proclame-t-elle fièrement en agitant en l'air deux City Pass alors que la rame effectue un virage qui la fait tanguer contre mon épaule. Ça fait cinq semaines que je suis dans cette ville et je n'ai toujours rien visité. J'ai décidé que ça allait changer. Tu es d'accord ?

J'acquiesce de bon cœur en glissant mon bras autour de ses épaules pour l'inciter à se rapprocher de moi, et là, elle pousse le soupir le plus érotique qui soit. Je me retiens de bouger, m'efforce à déglutir. Bien sûr, j'ai envie de me la faire. Quel homme ne l'aurait pas avec un corps pareil ?

Bien sûr je pourrais la soumettre de son plein gré et l'utiliser comme cela dans un moment de faiblesse, rien que pour enterrer ma frustration, seulement voilà, je suis exigeant quand la marchandise est de qualité. Ses baisers doivent être une bénédiction, une véritable louange, j'en suis sûr, je veux les avoir sur ma peau. À moi. Pas qu'elle pense à l'autre connard en faisant ça. Question d'ego, merde !

Pour cela, je dois gommer sa résistance.

Quatre heures de supplice plus tard, le silence se fait autour de la table dans la cafétéria du John Hancock Center où nous avons commandé thés parfumés et brownies pour nous poser après notre troisième attraction. Les 360 mètres de haut du building offrant une vue imprenable sur le lac à perte de vue.

– Ces selfies du Skydeck de verre sont délirants, déclare Alex en faisant défiler les clichés dans mon portable. On dirait qu'on vole, accrochés l'un à l'autre comme des noyés. Tu me les enverras ?

J'ai pris ces photos par surprise dans des moments où je la sentais heureuse et détendue avec un réel plaisir, mais ce n'est pas innocent. Ce sont ces mêmes photos qui vont m'aider à passer à l'offensive. Garrett a eu sa chance avec elle. Il pouvait venir s'expliquer mais il ne l'a pas fait.

Le temps est écoulé, mec !

– Je les mets sur Facebook, si tu veux.

Les yeux bleu ciel d'Alex marquent une hésitation mais elle accepte et repose mon BlackBerry devant moi afin de déguster son thé. La culpabilité me fait baisser les miens en dépiautant mon brownie.

– Comment ça se passe au boulot ? lui dis-je pour distraire mon malaise.

– Ça va, fait-elle laconique.

– Tu as fini par savoir qui est ce mystérieux créatif avec qui tu travailles ? lui demandé-je intrigué par le fait qu'elle ne connaisse pas la personne avec qui elle bosse alors que constituer un binôme qui fonctionne entre un créatif et son assistante est le premier souci d'une agence de pub.

– Il s'appelle Ryan, m'apprend Alex avec un petit mouvement d'épaules. J'ai vu son avatar dans la messagerie de l'agence mais rien de significatif.

Sous le choc, je m'adosse à mon siège.

– Attends ! Ryan est couvert de prix internationaux. Sa contribution est une belle opération pour Stew. Ce mec intervient sur les plus gros budgets : BHV, Rover Discovery, Coppertone, Mauboussin…

À quoi joue Stew avec elle ? Je ne dis rien pour ne pas la vexer mais Sand est une débutante, pas le genre de fille qu'on octroie à une star.

– C'est ce qu'on m'a dit, reconnaît-elle simplement. On travaille à distance et c'est assez bizarre comme impression. Comme c'est une star, les autres créatifs ne s'occupent pas de moi. Du tout.

Une autre aurait vu tout ce qu'elle avait à tirer d'une aubaine pareille, pas elle. Je l'observe porter sa tasse à ses lèvres. Désintéressée, elle s'adapte. Ça ne m'étonne pas que Garrett ait été séduit. Il y a une simplicité touchante chez elle.

C'est le moment de mettre mon plan à exécution.

– Samedi prochain, c'est l'anniversaire de Leila, lui rappelé-je subtilement.

À la rapidité avec laquelle elle hoche la tête, je sais qu'elle y pensait mais je vois bien qu'elle pense encore à la vidéo et qu'elle a honte, même vis-à-vis de ses copines.

– Vous avez prévu de le fêter à la Citadelle ? se rattrape-t-elle.

Je me perds dans la contemplation de son visage en répondant :

– Pas cette fois.

– Ah bon ? s'étonne-t-elle.

Elle a raison. Chaque anniversaire de Leila donne lieu à une fête que ma mère organise dans notre maison familiale de Marrakech. Sauf cette année. Tout ça parce qu'il me fallait un prétexte pour les réunir à nouveau, et ma mère adore Alex, donc… Je repousse l'assiette de brownies sur le côté et ne peux m'empêcher de sourire intérieurement en lui détaillant ce que je lui ai préparé :

– Cameron a décidé de lui offrir un séjour à Vegas entre filles. Bellagio Palace, limousine et chauffeur attitré. Cocktails roses à gogo, concert Tame Impala au Brooklyn Bowl, robes en lamé… Un vrai programme de filles.

La lueur qui enflamme subitement son regard alimenterait le feu du désir de n'importe quel homme bien portant.

– Waouh ! Tame Impala est le groupe préféré de Leila. Elle va adorer.

Je grimace pour la forme et par souci de crédibilité.

– Tu parles ! Des chevelus loufoques, oui. Ma sœur est tout excitée d'apercevoir rien que le sommet de leurs crânes d'Australiens pas très propres.

Joueuse et détendue, elle me tape sur le bras.

– Tu rigoles, ils sont gééééniaux ! Moi, la voix de Kevin m'apaise.

Sur quoi, tout émoustillée, elle se met à chanter le refrain de « Let it Happen ». Incroyablement faux, du reste. J'en rate une respiration. Ma sœur m'avait déjà vanté les talents délirants de Sand pour le karaoké mais je ne l'avais jamais vue comme ça. Sa voix prend une tonalité rauque et suppliante à réveiller n'importe quelle verge consentante pendant que son regard implore et s'offre, tout à la fois.

Une diva désaccordée.

Bordel de moi, je suis foutu…

– Alors, toi aussi tu es fan ? me moqué-je alors que j'ai encore du mal à respirer. Eh bien justement, je suis chargé de transmettre l'invitation.

Il lui faut plusieurs minutes pour comprendre à quoi je fais allusion.

– Je travaille lundi, Kar.

– Où est le problème ? Tu pourrais y faire un saut juste le week-end. Les filles seraient soulagées de voir que tu vas bien, tu sais.

Elle va dire oui. Je le lis dans ses yeux.

– Et toi ?

Je souris qu'elle demande mais secoue la tête pour dire non.

– Je serais de trop. Cameron a prévu de rejoindre Leila pour survoler le Grand Canyon. Rafting, descente en boudins… La totale, quoi !

Ses sourcils se relèvent.

– Ça a l'air sérieux entre eux, dis-moi, s'exclame-t-elle en rougissant.

Je lui souris encore.

– Ouais.

– C'est ton meilleur ami. Ça ne te fait pas drôle ?

Et comment.

– Un peu. D'un autre côté, je sais qu'il ne déconnera pas. Si un jour ma sœur le lasse, il la quittera avec respect. Alors, tu dis oui ?

– À une condition. On fait tout comme avant et personne ne parle de… tu sais quoi.

Je me penche par-dessus la table, espiègle.

– Tu me demandes de bâillonner ma propre sœur ?

La tension sexuelle entre nous rend l'air électrique. Comme je suis grand, mon visage n'est qu'à quelques centimètres du sien. Dans ses yeux, je lis qu'elle se souvient que je suis moi aussi un Nawashi. Prêt à lui montrer ce qu'elle veut, à lui faire voir tout ce qu'un mec comme moi peut lui donner. Elle y pense. Mon pouls s'emballe sous ce regard qui ne cache rien.

– La décision t'appartient, Sand…

Elle est si réactive.

– Depuis quand es-tu Nawashi ? recule-t-elle.

Je soupire, reculant à mon tour.

– J'ai commencé au même âge que Garrett. À quinze ans.

Visiblement, elle est surprise que j'en sache autant sur son compte, mais ce qu'elle ignore, c'est que tout se sait dans notre communauté. Les joueuses sont bavardes. Surtout quand il s'agit d'un mec milliardaire avec un énorme dragon tribal noir dans le dos.

– Tu étais mineur, toi aussi, s'émeut-elle. Qui t'a initié ?

– Un vieux fauconnier de mon père.

Après cette conversation, je suis à bout de souffle tellement je me sens prêt à perdre mon équilibre. Je dois me forcer à respirer avant d'oser lui demander :

– Il t'a attachée, Barbie Girl ?

– Ne m'appelle pas comme ça, se vexe-t-elle.

– Et pourquoi pas ? Tu ne connais pas cette chanson du groupe Aqua ? Parfois je me dis que tu devrais être comme ça. Une poupée rock'n'roll, sans le glamour en rose qui ne t'irait pas. On s'embrasserait, on se toucherait et on batifolerait comme dans la chanson.

Elle carre les épaules mais ne répond rien et se contente de laisser son regard dériver vers le lac, l'horizon. Elle pense à lui. Elle a ce voile sur le visage à chaque fois qu'elle s'y autorise et ça me tue qu'il ait pu la marquer à ce point.

– Non, je ne peux pas faire ça, conclut-elle pour finir.

Elle a oublié à quel point il l'a blessée ?

– Ces scrupules semblent un peu dépassés, non ?

Sand lève le menton pour me fixer durement.

– Tu me prends pour qui ?

Je lui réponds en la narguant :

– OK, prends-le comme ça si tu veux, Barbie Girl. Shedd Muséum ou planétarium ? lui proposé-je pour masquer mon irritation.

Elle roule des yeux.

– Pourquoi tu n'utilises pas mon prénom ? Tu appelles toutes les filles par leur nom de famille ou par des surnoms ?

– Uniquement les chieuses, dis-je dans un grand éclat de rire.

Aussitôt, sa chaise racle le sol carrelé. Un soupir m'échappe en la regardant s'éloigner vers les toilettes. Elle ne le sait pas, mais son nom de famille s'est imposé le jour où j'ai réalisé qu'elle était différente. Je profite de son absence pour poster les différents selfies sur Facebook en prenant soin d'activer la confidentialité « Public » afin que Garrett puisse les voir.

C'est sa dernière chance.

12

ALEX

Parfois, je déteste les lundis matin, parfois je les aime. Allez savoir pourquoi. C'est à n'y rien comprendre.

– Salut, Alex ! Tu as passé un bon week-end ? m'accueille Kara à mon arrivée au bureau.

Cette apostrophe vitaminée ne me surprend pas. Kara est la seule assistante avec qui j'ai pu nouer une relation amicale depuis mon arrivée chez BloomPub. Cette rouquine pétillante aux mèches courtes savamment éclatées cherche toujours le moindre prétexte pour discuter et faire la fête.

C'est ce qui fait son charme et la rend attachante.

– J'ai enfin mis les pieds dans le Smart Bar dont tu m'as parlé.

– Seule ou avec ton chéri publicitaire qui appelle tout le temps ? s'engouffre t elle en faisant rouler son fauteuil en arrière.

C'est le problème avec Kara, aucun potin ne lui échappe. Une vraie pipelette de bureau. Elle sait tout sur tout le monde et a le don pour traquer les appels personnels. Assise dans le box voisin du mien avec un grand gobelet de café posé devant elle, je suis sûre qu'elle n'a pas encore commencé sa journée.

– Ce n'est pas mon chéri.

Elle suit mon regard vers son café.

– Pas de conclusion hâtive, objecte-t-elle en se redressant. Je bosse sur un nouveau concept de gobelet écolo pour *Starbucks*. D'ailleurs, dis-moi ce que tu penses du gobelet télescopique en carton réutilisable ?

Je cligne des paupières.

– Le carton pliable est étanche, tu es sûre ?

Elle pense à ses merveilleux sacs, là ? Cette fille a une vraie collection d'accessoires qui doit engloutir tout ce qu'elle gagne ici et davantage encore. Je souris intérieurement. Leila fait la même chose avec les chaussures. Son placard croule sous les godasses déjantées. C'est simple, en dehors de la salle de bains, je ne crois pas l'avoir vue à plat une seule fois.

D'ailleurs ça me donne une idée de cadeau pour son anniversaire.

Deux semaines après mes débuts dans la publicité, la routine se met en place lentement. Comme tous les matins, j'allume mon ordi avec l'intention de passer en revue ma messagerie tandis que Kara chipote en agitant un doigt moralisateur en l'air pour me faire la leçon :

– Cette remarque négative me laisse penser que tu n'as pas ta place dans la pub, très chère, et si Stew t'entend, il le pensera aussi, me prévient-elle.

Je ne peux m'empêcher de rire.

Elle est jalouse parce que Ryan m'a fait livrer un iPad Pro tout neuf gravé à mon nom pour mieux le suivre partout et à tout moment. Y compris à la maison. Si fin et si léger qu'au début j'avais peur de le briser. C'est génial ! Je peux à présent écouter ma musique et lire toute la PAL en retard de ma bibliothèque.

Chose qui m'était impossible sans téléphone.

Je crois revivre. Depuis, tous les soirs, je m'allonge sur la banquette grise située sous la fenêtre de ma chambre, je choisis un titre et je rattrape mon retard lecture en écoutant mes morceaux préférés. À l'exception d'un seul : « The Scientist ». Cette chanson me rappelle trop de choses, j'ai préféré la supprimer.

Mais trêve d'amusement, je me reconcentre et prends connaissance du dernier mail de Ryan.

[De : Ryan
À : Alex
Objet : Nouvelle campagne Chupa Chups.
Bonjour Alex,
Vous trouverez sur votre bureau un échantillonnage de sucettes que la marque s'apprête à distribuer dans la rue pour en tester l'accueil auprès d'un large public. Les nouveaux parfums sont très spéciaux et visent à capturer une clientèle plus mature. Ainsi, certains goûts devraient vous surprendre. Le produit étant typiquement féminin, j'aimerais recueillir votre avis pour un slogan crash test. Pouvez-vous vous mettre à sucer ?
Bon courage.
Ryan]

J'en reste toute con sur mon siège, les bras le long du corps.

Première fois qu'il me demande mon avis. Et quel avis ! Ryan serait-il coquin ? Stupéfaite, je me retourne vers Kara qui n'en a pas perdu une miette.

Évidemment.

– Quoi ? demande-t-elle faussement innocente.

– La rock star de la pub me demande mon avis.

– T'emballe pas, chérie. Il a dû baiser hier soir et adore toutes les femmes de la terre ce matin. À la minute même où tu le lui donneras, il aura oublié.

– Ah, c'est pour ça qu'il me demande de sucer alors !

Kara fait un bond sur ses pieds, trahissant un vif intérêt pour la chose.

– Qui ça ? Lui ? Fais voir ! proclame-t-elle.

Tout en plongeant sur mon écran, elle m'a repoussée vers la boîte en carton recyclé posée sur le côté du bureau. Je découvre alors son contenu en ôtant le couvercle : tout un échantillon de sucettes colorées enrobées dans les traditionnels films acidulés de la marque. En revanche, ce qui ne l'est pas, ce sont les arômes.

Cannabis. Opium. Poppers. San Pedro. Colle d'écolier.

En gros, la gamme souhaite proposer à sa jeune clientèle d'adolescents cinq façons de planer sans danger et en toute légalité.

– Merde ! Tu crois qu'il y a de la drogue là-dedans ? m'exclamé-je à mi-voix.

C'est légal ça ? La police est au courant ? Ça coûte cher le trafic de drogue aux States. Les Ricains ne sont pas avares en années d'enfermement.

– Il est gonflé le mec, conclut la rouquine en posant sa fesse à côté de la boîte pour mieux piocher dedans.

Comme moi, Kara en glisse une dans sa bouche et nous nous regardons dans un silence contemplatif. Chacune étudiant les variations de l'autre. A-t-elle changé de couleur ? Ses iris sont-ils dilatés ?

– C'est de la banane séchée, proclame-t-elle au bout d'une minute de succion intense, mais merde… Ça a vraiment le goût de la beuh. La vache…

Ni ayant jamais goûté je veux bien la croire. Je regarde la composition de la mienne inscrite sur le papier. Apparemment, je n'ai pas fait le meilleur choix.

– Tu savais, toi, que la noix de muscade avait des effets psychédéliques en plus d'être aphrodisiaque ?

– Ouais, c'est la drogue du pauvre, m'apprend Kara. Enfin, c'est ce qu'ils disent dans *Malcolm X*. La noix de muscade a trèèèès mauvaise réputation.

Pauvre noix de muscade. Je la préfère dans les quiches de ma mère. Au moment où je vais pour goûter celle aromatisée au poppers, Kara me tape violemment sur les doigts.

– Malheureuse ! Touche pas à ça ! C'est la drogue des messieurs qui aiment les messieurs, m'informe-t-elle en grande scientiste. Même qu'il faut en prendre pendant… Bon, t'as compris, ça dilate leur machin.

Je pouffe.

– C'est une blague ! Ils veulent vraiment commercialiser ça ?

– C'est juste des arômes, fait valoir la rouquine tout émoustillée. Inutile de t'affoler, tout est naturel. D'après moi, ce n'est pas ton avis qu'il souhaite. La rock star te teste. Pas plus. Je te laisse bosser là-dessus, moi je retourne à mon café.

Foutu pour foutu, je suce le reste de la boîte !

J'y passe deux heures. Rien. Nada. Rien ne me vient à part la nausée. Envie de vomir. Tout ce qui me reste pour m'en sortir, c'est l'humour.

[De : Alex
À : Ryan
Objet : Brossage de dents !
Cher Ryan,
Je n'ai plus de papilles. Tout d'abord, nous sommes bien d'accord : pour pouvoir vendre un produit, ce dernier doit être LÉGAL. En vanter les mérites auprès des consommateurs, c'est le vendre.
Nous en sommes donc les complices prohibés. J'espère pour vous que les sucettes incriminées sont aromatisées d'interdiction mais sans aucune molécule illicite. Désolée, mes neurones sont aussi secs que mes papilles à la banane séchée façon « beuh ». Celle-ci

est ma préférée. (À cause de la banane.) J'avoue ne pas avoir testé les poppers vespasiennes. Après tout, je suis une femme. Je vous laisse… sucer convivial ?
Alex]

J'évite de rajouter que je plane un peu pour m'autoriser cette familiarité, je crois qu'il le sait. Alors que j'essaie encore une fois d'imaginer à quoi ressemble ce mystérieux Ryan, un nouveau mail de sa part me parvient.

Eh bien, c'est du rapide, mon gars !

[De : Ryan
À : Alex
Objet : Sucer convivial. Ça me va !
J'aime assez l'idée. Connaissez-vous Will Dries ? C'est le fondateur de Marvin Global, auteur de nombreux livres sur la publicité. C'est lui qui accueille ses clients par un « Vous avez du succès, nous avons le vôtre. »
C'est tout à fait sa came, Alex.
Ryan]

Il est sérieux, là ?

Abasourdie, je tape « Will Dries » sur Google dans l'espoir qu'après le coup des sucettes prohibées, Ryan me fasse encore marcher pour me tester, quand, tout à coup, une voix cinglante claque dans mon dos :

– Alex ! Ça fait cinq minutes que je vous appelle. Vous rêvassez ou vous bossez ?

Prise en faute par Tarquin Stew.

C'est la troisième fois qu'il se montre désagréable. J'ai peur que ça devienne une habitude. Je le remettrais bien à sa place pour la frayeur qu'il m'a faite, mais j'ai besoin de ce boulot et pas le temps d'en chercher un autre. Je fais tourner mon fauteuil à roulettes pour lui faire face.

– Oui, monsieur Stew ?

– La direction a décidé que vous aviez besoin de vous former. En conséquence, vous vous rendrez au centre de formation de Marvin Global à New York. Ils auraient une place vacante. Vous connaissez quelqu'un chez nous ?

La direction ? C'est pas lui ?

– Non, monsieur.

Un grognement incompréhensible en guise d'explication, comme à chaque fois qu'il est énervé. Ça n'incite pas à poser des questions. Stew est le genre de patron autocratique à penser : « Vous n'avez pas besoin de savoir, tout est dans ma tête. »

Super, pour le travail en équipe.

– Vous partez vendredi. Passez à la compta récupérer vos billets d'avion, grogne-t-il encore.

– Ce vendredi ? fais-je un peu prise de court.

Pile pour le week-end de Leila. Ce con va tout faire foirer.

– Apparemment, il serait urgent de vous remettre à niveau, crache-t-il dans un sarcasme malfaisant.

– Je resterai combien de temps ?

Son regard me déshabille de haut en bas pour finir sur mes ballerines pailletées qu'il fixe jusqu'à ce que je me sente suffisamment mal pour les planquer sous mon siège. À cet instant, je maudis les tables de travail transparentes.

– La journée. Pourquoi ? Vous comptiez vous rendre à une soirée, Cendrillon ?

À Vegas, connard.

Là-dessus, il tourne les talons sans attendre ma réponse. Kara et moi échangeons un regard étonné.

– Il est nerveux depuis quelques jours, compatit-elle. Il se murmure des choses…

– Quelles choses ?

Elle hausse les épaules.

– BloomPub se serait vu retirer le droit d'utiliser certains logiciels graphiques du jour au lendemain, articule-t-elle à voix basse. Le groupe qui contrôle la boîte n'est pas content parce que, de facto, certains clients l'ont su et ont préféré partir. En gros, Tarquin a la tête sur le billot.

Pas question de m'apitoyer sur son sort.

Une heure plus tard, Karim est ravi des derniers changements quand je lui annonce la nouvelle planquée dans la salle des photocopies.

– Tu as noté le numéro de Peggy ? me presse-t-il pour la troisième fois.

Je regarde le post-it collé sur ma pile de feuillets.

– Oui, je l'ai. Je passe à la compta récupérer ma réservation et je téléphone à ta copine chez American Airlines pour changer mon billet retour par un New York-Vegas en vol de nuit.

Je m'efforce de répondre avec désinvolture mais l'idée de me trouver seule dans cette grande ville inconnue m'excite et me fait peur en même temps. Je ne connais pas New York, donc je suis ravie, mais pour être honnête, la proximité de Matt me file les jetons. J'ai trop envie de le voir mais j'ai peur que ça me détruise pour de bon si je découvre qu'il s'en sort mieux que moi. Ce qui est certain.

– Bon, alors, on se voit vendredi, enchaîne Kar. Je te présenterai à Liam et Marcus, mes associés. Tu verras, l'Australien est un peu bizarre, le Canadien a son propre vocabulaire, mais ce sont de bons gars.

En vérité, je l'écoute, mais je ne suis pas assez détendue pour bavarder. Je fixe intensément la porte en écoutant tous les bruits de pas et les murmures étouffés dans le couloir. Il vaut mieux que Stew ne me trouve pas en train de téléphoner en cachette. Quelque chose me dit qu'il serait ravi que je dégage.

– Tu es sûr que ça ne t'ennuie pas de déjeuner avec moi ?

– Basilic. Les épinards broyés, ça fait fade.

Basilic ?

– Tu parles à qui, là ?

– À Madline, répond-il sans façon, sans arrêter de griffonner de grands coups de crayon sur un papier d'après ce que j'entends.

– C'est qui ?

– Une fille qui bosse avec moi sur la campagne *Juice-it.*

Mes épaules se détendent à moitié.

– Tu connais Will Dries ? dis-je en jetant un regard à la porte.

Plus aucun coup de crayon.

– Qui ne connaît pas Will Dries, Barbie Girl ? Ce mec est millionnaire aujourd'hui. Il dîne avec Obama. Il a créé Marvin Global en mémoire de son père Marvin Dries, ouvrier chez Ford, mort derrière sa ligne de montage. C'est lui qui possède BloomPub en vérité. Pourquoi ?

Je dois m'appuyer contre la photocopieuse.

– Pour rien.

– Quand même, Stew exagère ! relève Kar en reprenant ses coups de crayon. Où as-tu vu qu'on avait l'idée de déplacer une stagiaire de Chicago à New York pour une seule journée ? C'est pas rentable son plan.

Génial, le vendredi !

Deux heures de vol aux aurores et six de nuit.

13

MATT

Ça n'a mené à rien.

[On peut se voir ?]

[Non]

Ah, tu le prends comme ça !

Un peu tard pour goûter à ton instinct de conservation, non ?

Comme si elle m'avait demandé mon avis avant d'entrer dans ma vie, elle ! Je fais défiler pour la énième fois depuis ce matin les selfies qu'a dégottés Sully sur le Facebook de l'autre enfoiré. Mon iPhone étant parti tout seul s'écraser contre le mur de mon bureau, Barbara a dû m'en procurer un autre. Puis un autre. Et encore un. Et à nouveau un autre.

Ouais, je sais, là aussi, je persévère.

Je ne connais pas un homme sur cette terre ayant eu autant de portables que moi depuis cette fille. Soit pour les perdre, soit pour les fracasser contre n'importe quelle surface verticale ces derniers temps. C'est toujours mieux que les bouteilles de whisky. Par contre, côté engourdissement du cerveau, c'est nul.

Même si ça soulage dans l'instant, ça ne dure pas. J'ai failli me pointer à l'agence de l'autre gland pour lui mettre mon poing dans la gueule. Et allez ! Mon doigt balaye l'écran de haut en bas, je dois être maso.

Le Skydeck de verre de Chicago. 3 clichés ✓
Le Navy Pear ambiance fête foraine. 4 clichés ✓
La risette des orques blanches du Shedd. Un seul ✓
Elle, riant aux éclats sur un vélo *Go with Blue*. Un seul ✓
Et pour couronner le tout, une piste de danse, avec lui et ses bras de gorille affamé partout sur elle. 2 clichés ✓

C'est bon, cette enclume ne m'a rien épargné. *Connard.*

Respire, Garrett, tu ne vas pas fracasser ton téléphone chez ta mère.

Avant que ça arrive, je m'applique à le ranger soigneusement dans la poche intérieure de ma veste avec ma cravate et je m'autorise une petite crise de liberté. Dans mes moments de grande rébellion libertaire, je me demande ce que j'ai pu lui trouver. Pas que ça aide énormément, mais ça occupe.

1. Elle n'est pas le genre de beauté fatale que j'ai l'habitude de fréquenter.
2. Elle n'évolue pas dans le même monde que moi. Le sien, c'est plutôt les étudiants bohèmes ou les prisons, tout ce que je déteste. Le mien, c'est la finance et les requins, je doute que ça la branche.
3. Elle se désintéresse complètement de mes affaires et du fric que je gagne alors que j'attends un minimum d'admiration de la part d'une femme.
4. Elle me tient tête même quand elle a tort.

5. Elle est trop imprévisible pour ne pas mettre en péril mon entreprise, et les gens qui bossent pour moi par la même occasion.

À part son regard sur moi et le fait qu'elle soit la seule à me connaître, qu'est-ce qui a bien pu m'attirer chez elle ? Pour m'amuser, j'aime les prêtes à tout au corps de rêve, mais pour tout le reste, j'apprécie les élégantes calmes et posées. Alex n'est rien de tout ça, et pourtant elle m'a littéralement envoûté alors que je suis l'indifférence incarnée en général. *Totalement absurde.*

Je n'ai pas encore compris la moitié de ce qui m'arrive.

Le cœur lourd de frustration, je contemple l'Hudson à l'heure où les oiseaux de nuit migrent vers Tribeca comme s'ils allaient m'apporter la réponse. La maison de ma mère est située dans ce quartier, véritable oasis nichée au cœur de la ville. Enfin, « maison »… Il s'agit plutôt d'un bâtiment historique de briques rouges que Lars et elle ont transformé en résidence privée de dix pièces.

Le toit terrasse a été aménagé en jardin suspendu très bucolique, offrant une jolie vue sur le fleuve et faisant oublier la vie active de la Grosse Pomme. Lars dit que c'est son refuge quand il quitte l'hôpital.

C'est ici que je me suis réfugié avec mon verre de whisky après notre sempiternel dîner familial. Je n'en pouvais plus de les voir tous heureux. Le cliquetis fragile d'une tasse de porcelaine m'oblige à sortir de mes pensées.

– J'étais sûre de te trouver là, lance la voix de ma mère dans mon dos.

Je la regarde s'installer dans l'un des canapés extérieurs. Elle fait sa pause « Oiseau blanc » : tisane, cafetan de cachemire et crème hydratante. Autrement dit, tout le monde est parti se coucher. Rob a dû se tirer en douce et je ferais bien d'en faire autant.

– J'ai accompagné mon Chagall au Art Institute la semaine

dernière, m'informe-t-elle tout en posant son infusion sur la table en bois flotté.

Chicago ?

– Tu ne m'avais pas dit que tu devais t'y rendre…

– Je t'ai laissé trois messages pourtant. Que tu n'as pas dû écouter, évidemment…

Voyant que je ne réagis pas à son reproche, elle soupire en tournant sa cuillère dans sa tasse avant d'ouvrir la bouche à nouveau :

– J'y ai vu Alexiane et sa grand-mère lors du cocktail offert par les mécènes. Tu savais que sa famille était de Chicago ?

Encore une fois, je me contente de hocher la tête, sans plus.

– C'est la fille de Victor, n'est-ce pas ?

Un tiraillement maintenant familier me parcourt le ventre.

– Je croyais que tu n'aimais pas parler du passé ? lui fais-je remarquer.

Ses lèvres se pincent en saisissant mon poignet.

– Ne sois pas désagréable, me presse-t-elle gentiment. Je ne parle pas du passé, je parle de *toi*. Je n'avais pas réalisé qui elle était lorsque tu me l'as présentée à l'Institut du monde arabe mais, déjà, elle m'avait semblé très jeune pour que tu la laisses porter ce collier si important pour toi.

Je la dévisage, interloqué. Blonde, la peau légèrement hâlée par son dernier week-end dans les Hamptons, des yeux bleu saphir bordés de violet comme les miens, le temps n'a pas de prise sur elle.

– Pourquoi l'avoir refusé en ce cas ? j'ose lui demander, me remémorant la réponse qu'Alex m'a faite en quittant la soirée, comme quoi m'a mère y aurait vu une tentative d'acheter son amour, ce qui m'avait fortement blessé.

Mais au lieu de me répondre, Eléonor porte la tasse à ses lèvres et prend une gorgée, certainement pour se donner le temps de réfléchir. Je suis sûr que la réponse exacte est qu'elle ne veut rien qui vienne de moi.

Seulement elle ne le dira pas.

– Ce n'est pas une fille pour toi, tu le sais, biaise-t-elle. Elle ne te sera d'aucune aide pour tes affaires, elle n'a aucune habitude des cercles d'influence.

Mon regard reste rivé sur ma mère.

Même si c'était vrai, comment ose-t-elle me donner son avis ? Dois-je lui rappeler qu'elle m'a fermé sa porte ? À deux reprises. En m'abandonnant à ma naissance et à quinze ans quand je suis arrivé à Brooklyn. Alex, elle, m'a au moins laissé une chance. Elle a fait l'effort de chercher à me connaître. Enfin, elle me l'avait accordée avant que Tricia s'en mêle. Après quelques gorgées en silence, ma mère me parle mais c'est à peine si je l'entends…

Jusqu'à ce qu'elle me tende son portable en disant :

– Je lui ai volé une photo pendant qu'elle admirait mon Chagall. Regarde, elle s'est fait tatouer et se la joue bad girl à présent.

Je suis aussi fasciné qu'irrité par ce que je vois.

Mais bordel ! C'est quoi ce tatouage ?

Cette peau vierge n'était que pour moi. Je n'en vois qu'une partie qui dépasse de sa bretelle. Pas suffisamment pour distinguer de quoi il s'agit, ni en comprendre le sens. Sinon, rien à voir avec les selfies pleins de bonne humeur de l'autre con. Cette fois, son visage est creusé, empli d'une tristesse profondément dévastatrice.

Je ferme les yeux en inspirant profondément mais elle insiste :

– Elle se fout éperdument des normes sociales, tu vois ?

Agacé, je lui rends son mobile et repousse l'argument avec une lampée de Dalmore. Puis mon sentiment change. Alex a toujours été surprenante. Depuis le départ, elle sait mieux que nulle autre me prendre au dépourvu, au moment où je m'y attends le moins… et finalement ce n'est pas si désagréable.

Et son tatouage la rend encore plus unique.

– Tu ne peux pas comprendre. Je me fous des normes sociales ou qu'elle ne soit pas parfaite. À mes yeux, c'est la perfection incarnée.

Les traits de ma mère se figent comme si je l'avais insultée.

– Ne sois pas grossier, Matthew. Tu n'es pas obligé de me repousser parce que j'ai décidé de prendre un nouveau départ. J'étais jeune…

Comment peut-elle me dire un truc pareil ?

– Vous avez fait plus que ça, Mère, lui rappelé-je vertement, emporté par ma soif de la blesser. Vous m'avez abandonné avec *lui* alors que vous *saviez* qu'il était violent.

Silence. Cette conversation, nous l'avons eue mille fois. Stérile et inutilement blessante, j'en conviens. Ce n'est pas un sentiment négatif mais amer. Je peux comprendre qu'elle ait fui mon père, pas qu'elle m'ait laissé avec lui. Sur ces entrefaites, ma mère disparaît à l'intérieur, me laissant seul avec pour tout champ de vision mes démons, mais aucun regret. Jusqu'à ce qu'une tornade en pyjama rose à pois me sorte de mes pensées en me sautant au cou par-derrière.

– Tu t'es encore disputé avec maman, glousse-t-elle dans mon cou.

– Lizzie ! Qu'est-ce que tu fais là ? Tu n'as pas classe demain ?

– Si, mais j'attendais qu'elle s'en aille pour te parler, déclare-t-elle en sautant sur mes genoux et en entourant mon cou de ses bras pour me faire un câlin.

Ma sœur est une foldingue de seize ans mais son corps est celui d'une femme à présent et elle est la seule à ne pas s'en apercevoir. Je la repousse sur le canapé pour l'asseoir à côté de moi.

– Tiens-toi tranquille, Lizzie. Tu n'as pas de petit copain ?

Elle déteste que je lui pose cette question.

– J'attends l'heureux élu, m'annonce-t-elle avec sérieux. Tu me montres les photos que tu n'as pas cessé de regarder en douce pendant le dîner ?

Je lui tends l'écran après l'avoir déverrouillé et la laisse voir ce qui me ronge pendant que je la contemple de profil.

– C'est elle ? demande-t-elle sans me regarder.

– Ouais. C'est Alex.

Ma relation avec Lizzie n'a rien de factice. Elle est le seul membre de ma famille qui me considère avec un regard neuf. Elle ne voit pas le P.-D.G. qui aveugle ma mère, ni mes millions qui obligent à la réserve la plupart des gens qui me côtoient, ni le Nawashi comme souvent le regard envieux de mes frères les trahit. Du haut de ses seize ans, elle sait que je ne suis pas un saint. Mais elle a confiance. Une confiance inconditionnelle très agréable.

Du coup, avec elle, je me sens moins minable.

Ses cheveux châtain foncé sont tressés et rabattus sagement sur une seule épaule ; elle en triture les pointes nerveusement sans s'en rendre compte, comme elle le fait à son bureau quand elle travaille ses évaluations.

Preuve chez elle d'une grande attention.

– C'est qui à côté d'elle ? demande-t-elle en battant des cils.

J'espère ne pas me tromper.

– Karim Kabbani. Un de ses amis… proches comme tu peux voir.

Ses lèvres s'incurvent vers le haut.

– Ils ne sont pas ensemble, me surprend ma sœur sans lâcher l'écran des yeux.

Elle cherche à me rassurer mais je demande quand même :

– Vraiment ?

– Non. Elle est comme moi. Elle ne regarde pas dans les yeux quand elle rit. Plusieurs garçons me font rire, vois-tu, mais je ne regarde dans les yeux que les garçons qui me plaisent.

– Ah bon ?

– Ouais. Parce que quand je ris je suis faible et je ne veux pas le montrer à ceux auxquels je n'ouvre pas la porte.

Je la regarde, sidéré, avec l'impression soudaine d'avoir raté quelque chose.

J'étais tellement occupé ces dernières années par mes affaires, tellement enfermé sur moi-même à utiliser le sexe pour combler ce manque affectif de l'enfance, que je ne l'ai pas vue grandir.

Ma petite sœur.

***

Retard est la bête noire des Japonais.

Le vendredi, dernier jour de la semaine, commence très tôt pour moi. Dès 4 heures du matin, 5 heures du soir à Tokyo, seul créneau possible pour ma téléconférence avec mes managers. Mon but est le rachat d'une entreprise familiale. Point délicat. L'entreprise au Japon est vue comme une seconde famille.

Ce qui rend l'OPA difficile.

S'ensuit une réunion Skype avec les managers de Lantcare à Toronto. Puis un appel au sénateur Cory Booker pour le projet d'acquisition de notre nouvel aérodrome. Le tout bouclé en moins de cinq heures.

Le business est une affaire de conquête quotidienne qui n'a plus aucun secret pour moi. Milton Friedman, Nobel d'économie à la pensée conservatrice, disait que si on sait bien gérer le domaine du business, on sait gérer tous les autres. J'aimerais que ce soit vrai. L'ennui avec Alex, c'est que j'ai toujours peur d'y aller trop fort. Le signal lumineux s'allume sur mon bureau, me sortant de mes élucubrations. J'enfonce la touche :

– Oui, Barbara.

– Monsieur, Louisa Frank du *HuffPost* attend depuis une heure.

Je fixe un nouveau rendez-vous avec Debra ou je la fais entrer directement ? (Elle souffle en aparté.) « Précieuse n'a pas l'air contente. »

– Précieuse ?

– Vous ne parlez pas l'arabe[4] ?

Je grogne en jetant un œil à ma montre :

– Que fait Debra, bon Dieu ?

– Debra est encore à Black Mesa[5], monsieur.

– Black Mesa ?

Qu'est-ce qu'il lui prend à parler en code aujourd'hui ?

– Robert a donné ce nom au nouveau centre de recherche, monsieur. Sa façon de prétendre que les laboratoires sont implantés dans le désert, j'imagine, se permet Barbara en refaisant l'accent brooklynite de mon cadet.

Putain. Fait chier, cet adolescent attardé !

Pour lui, tout ce qui est au nord de la ligne 7 du métro est hors de sa « zone de confort ». J'aurais pu installer les nouveaux labos à Puerto Rico, ce serait pareil.

Je râle sans cacher mon irritation :

– Venez me sauver dans dix minutes avant que je l'étrangle.

Barbara pouffe dans le micro avant de relâcher la touche.

– Comptez sur moi, monsieur.

Et merde… Exactement ce que je voulais éviter.

À ma grande surprise, tout s'éclaire en voyant débouler la journaliste en question dans mon bureau. La superbe Palestinienne pourrait prétendre animer n'importe quelle émission télévisée sans être ridicule, mais elle semble furieuse.

---

4. « Louisa » en arabe se traduit « Louis d'or » : précieuse.

5. Jeu de tir vidéo apprécié des garçons. Quand une des expériences tourne mal, le joueur doit vendre chèrement sa peau pour faire face aux créatures qui envahissent les laboratoires… Bref.

Genre la reine refoulée en son palais.

OK, je vais la calmer tout de suite.

– Prenez un siège, mademoiselle Frank, dis-je en me levant de mon fauteuil pour la saluer. Cet entretien n'était pas prévu, je n'ai que dix minutes.

– Madame Frank, me corrige-t-elle immédiatement.

Robe d'un violet pétard, talons haut perchés, cheveux noir brillant détachés sans complexe. Précieuse ne manque pas d'assurance.

Je me rassois en l'invitant d'un geste à en faire autant.

– Dois-je comprendre que je ne perds pas au change ? ironise-t-elle une fois installée en face de moi. Une heure d'attente contre une interview exclusive du talentueux P.-D.G. de MHG Industrie…

Quelque chose me dit que je devrais remettre ce rendez-vous à plus tard avec Debra. Soit cette fille a été formée à l'Intifada dans son pays, soit elle s'est juré de me lyncher dans les pages du *Post*.

Je ne sais pas.

– Je dirais plutôt les aléas de Manhattan. Ma RP est coincée dans le Bronx avec plusieurs de vos confrères. Commencez, je vous prie.

Méfiant, j'ouvre la fonction « dictaphone » de mon portable pendant qu'elle en fait autant avec le sien. Simple réflexe de précaution.

Elle s'éclaircit la gorge avant de lancer :

– Votre réputation n'est plus à faire, monsieur Garrett. Vous êtes un financier et un homme d'affaires influent. La légende dit que vous avez fait fortune alors que vous n'étiez que stagiaire.

Ces salamalecs gratuits m'irritent.

– Allez au fait, madame Frank.

– J'y viens. Vous avez créé une fondation portant le nom de « Fil rouge ». Ce fonds possède 191 millions de dollars d'actifs et emploie 567 personnes.

Elle marque une pause, semblant hésiter sur la façon de procéder.

– Poursuivez.

– À trente ans, vous êtes toujours célibataire, lâche-t-elle, mal à l'aise. Ce qui porte à croire qu'il n'y a pas qu'en affaires que vous n'avez pas de cœur. Dans ce cas, pour quelle raison dépenser votre argent à aider des jeunes filles victimes de violences sexuelles ?

Parce que je suis un salaud.

– Ce n'est pas une question de cœur mais de serrure séparant deux pièces opposées d'un même appartement. D'un côté, vous avez un homme parti de rien. De l'autre, des jeunes filles offensées qui ne le verront jamais.

– Vous voulez qu'elles vous voient ?

– Je veux qu'elles sachent que j'existe.

– Donc, vous choisissez d'ouvrir la porte.

– Ouvrir la porte est la seule façon de prendre soin de tout l'appartement. Vous n'êtes pas d'accord ?

Elle me gratifie d'un petit sourire satisfait.

Allez, dépêche-toi.

– J'ai fait quelques recherches. Vous avez bénéficié du programme d'aide pour les moins nantis à Harvard. Or, votre père est avocat à la Cour suprême du Royaume-Uni et votre mère galeriste renommée à New York. Comment est-ce possible ? L'aide financière n'est pas accordée sur le mérite mais sur les revenus.

Je lui offre un visage lisse.

– Par ailleurs, je n'ai retrouvé aucun prêt étudiant, enchaîne-t-elle devant mon mutisme. Qui a payé pour vos études ?

Je la regarde bien en face.

– Veuillez continuer.

Mal à l'aise de ce refus, elle croise et décroise ses jambes à plusieurs reprises.

– D'accord. Je me suis rendue dans l'église de Kembe. Le père Adelphe m'a fait visiter vos dispensaires. À mon retour, je me suis posé deux questions. Pourquoi ces gens que vous aidez ouvertement n'ont-ils jamais reçu votre visite ?

Ça, ma jolie, il ne vaut mieux pas que tu le saches.

– J'aime la discrétion. Poursuivez.

Son regard erre jusqu'à la sculpture derrière moi.

– Pourquoi n'aider que les filles et pas l'ensemble de la population ?

Je fais pivoter mon fauteuil vers la sculpture pour la regarder moi aussi.

– Impressionnant, n'est-ce pas ? L'œuvre est d'Adir Cherras. Son nom est *Cendres*. Vous voyez, chez vous comme ici, tout renaît des cendres…

Elle m'accorde enfin son attention mais ne fait aucun commentaire.

– Reprenons. Votre deuxième question est amusante. Récemment, une de mes collaboratrices a soulevé la même objection. Je lui ai fait la réponse suivante : « Qui voulez-vous aider ? La fille violée ou son bourreau ? » Savez-vous ce qu'elle a répondu ?

– La fille violée, répond-elle sûre d'elle.

Ah, Alex, c'est ça que tu veux ?

– Non. Les deux. Je me suis dit qu'elle avait peut-être raison. Parfois, une femme perçoit mieux les choses. C'est pourquoi elles nous sont indispensables.

Cette fois, Précieuse me sourit, apparemment ravie.

– Puis-je vous citer ?

– Je vais même vous donner son nom, dis-je avec une drôle de chaleur dans la poitrine. Il s'agit d'Alexiane Sand. Une jeune femme remarquable qui aurait sa place au Fil rouge. Vous pouvez me citer. J'espère la convaincre de nous rejoindre en lisant vos lignes. Nous l'attendons.

En la voyant noter avidement l'info dans son calepin, je suis soudain nerveux. Je viens ni plus ni moins de jeter Alex dans la fosse aux lions. Qu'importe, je la veux à mes côtés. Sans m'attarder, je boucle cette corvée et la raccompagne à la porte de mon bureau, soulagé d'en être débarrassé.

La porte à peine fermée s'ouvre à nouveau dans mon dos.

– Matt ? On sort déjeuner avec Paul. Tu viens ? me lance Rob sur le seuil.

Oh ! Retour de l'artiste. L'irritation me revient comme un flash.

– Qu'est-ce que vous avez foutu avec Debra ce matin ? J'ai dû recevoir une journaliste.

L'enfoiré lève les mains en l'air en signe de défense.

– Eh, ne me fais pas mal, je suis innocent ! plaide-t-il. C'est *ta* faute.

– Tu te fous de moi ? En quoi est-ce *ma* faute ?

– C'est toi qui as eu l'idée d'installer le nouveau centre de recherche dans cette espèce de cour des Miracles. Debra a retrouvé sa voiture avec les quatre pneus crevés. J'ai proposé de la ramener mais elle m'a rétorqué qu'elle n'était pas prête à abandonner la carcasse de son Audi flambant neuve aux charognards.

– Et alors ?

– Alors, j'ai attendu la dépanneuse. Je n'allais pas la laisser seule, hein ?

Vingt minutes plus tard, nous nous installons chez Gallagher's, notre steakhouse préféré, à notre table habituelle près de la cave à viandes. Ça fait un peu sanguinaire d'apercevoir toute cette bidoche à travers les portes vitrées, mais j'aime l'intimité de ce coin retiré de la salle. Loin de l'agitation des clients peu enclins à s'aventurer jusque-là. Nous commandons nos côtes de bœuf juteuses à même l'assiette pour un moment gourmand de carnivore. Et juste pour le fun, tomates et mozzarella tranchées à part. Paul nous sert de pinot noir.

– Alors, il paraît que tu as accordé une interview à une journaliste ? raille-t-il. Debra a failli avoir ses règles quand elle l'a appris.

L'anecdote à mes dépens l'amuse, bien sûr.

– Je ne sais pas ce qui m'a pris, mais je lui ai balancé le nom d'Alex.

C'est faux. Je sais exactement pourquoi je l'ai fait. L'attention de mes frères se concentre sur mon visage.

– Beau travail ! Tu ne crois pas qu'elle a assez de mal à se faire oublier ? me reproche Paul en dépliant sa serviette.

Soudain, Rob me file un coup de coude :

– Je crois que ce qui vient d'entrer est à toi, frérot.

Avant même de l'apercevoir, je sens qu'elle est là.

14

MATT

Enfin, je la vois.

Alex avec trois hommes jeunes dont l'un d'eux n'est autre que Karim Kabbani en veste noire sur T-shirt blanc col en V et jean noir. Elle tire une chaise haute au bar et s'assoit au milieu d'eux. Deux sur un angle gauche, deux à droite. De là où elle est, elle ne peut pas nous voir. Moi, en revanche, oui.

Jupe plissée nude qu'elle porte avec des talons très sexy, nouvelle coupe de cheveux aux épaules, elle rayonne d'une élégance nouvelle. Elle est transformée, plus femme, et bien trop attirante. Apparemment, c'est elle qui anime la conversation et eux qui lèvent des sourcils, charmés. Comment fait-elle pour ne pas sentir ma présence ? Se lever et venir me rejoindre ?

Lève-toi, allez, bébé !

Je jette un coup d'œil à mes frères autour de la table.

– Quoi ?

– Va la voir, me presse nonchalamment Rob.

– Idem, souffle Paul.

J'écarte mes couverts au-dessus de ma viande, perplexe.

– Et quoi ? Vous voulez aussi que j'aille saluer son copain et que je la laisse avec lui comme si je cautionnais le fait qu'on ne soit plus ensemble ?

Rob me regarde brièvement avant de fixer Alex.

– Il est temps que vous ayez une conversation, préconise-t-il, ou alors ce mec va finir par l'avoir.

Je soupire intérieurement, avec la sensation qu'une fissure vient de s'ouvrir en moi et que cette fissure s'étend si rapidement qu'elle va finir par me fendre en deux si cette situation s'éternise.

– C'est prévu. Quand j'irai la voir, ce sera en tête à tête. Et, bon Dieu, sans aucune possibilité de fuite pour elle. Je veux qu'elle écoute ce que j'ai à lui dire.

– Tu veux dire que tu vas l'enlever et la séquestrer ? rigole Paul tout en dégustant sa viande. Je suis ton avocat, préviens-moi. La prise d'otage, en théorie, ça coûte cher.

– C'est malin ! Tu ne connais pas Alex. Elle fuit ce qu'elle ne comprend pas. En ce moment, c'est un oiseau craintif à approcher avec délicatesse. Si je rate mon coup, il n'y en aura pas d'autre. Elle part toujours à la fin.

D'abord, parce qu'elle ne m'accordera pas une autre « seconde chance », ensuite, parce que je ne m'humilierai pas deux fois. Merde ! Faut pas pousser quand même ! Je reprends une grande gorgée de vin pour tromper le feu dans mes poumons qui me brûle la poitrine depuis que je l'ai en face de moi.

Quelques mètres à peine nous séparent.

Je pourrais la toucher, la sentir, retrouver son odeur, mais je ne bouge pas, me contentant de sourire pour enfermer ma frustration. Je sais. Ça paraît absurde pour un mec habitué à tout obtenir rapidement, mais quelque chose me dit que c'est ainsi qu'il faut agir. J'ai un plan.

– Regarde-la, m'intime Rob la bouche pleine. Ce mec a envie de se la faire, ça crève les yeux, mais ce n'est pas son copain. Elle n'est pas plus amicale avec lui qu'avec les deux autres.

Je m'étais fait la même remarque tout en détestant y avoir pensé. Kabbani est subtil mais pas tant que ça. Il la touche sans en avoir l'air et au moindre prétexte. Sans qu'elle s'en rende compte, il marque son territoire.

Devant moi en plus.

– Il t'a vu, confirme Robert au moment où l'autre enfoiré me glisse un coup d'œil et lui caresse la joue sans qu'Alex recule.

Ce qui me met d'humeur massacrante, disons-le tout net ! Cependant je ne bronche pas. Je ne suis pas con. L'enfoiré le fait exprès dans l'espoir de me voir péter un câble. Certaines images sont plus dures que d'autres, mais je suis prêt à toutes les encaisser si c'est pour arriver à mes fins. Preuve que j'ai évolué avec Alex. Je me sens désormais de taille à pratiquer la confiance à petites doses et à bon escient, sachant que la perdre, *Elle*, serait immensément plus difficile et source de désagréments. Mais putain, je ne suis pas d'accord avec ça !

– Mais quel con ! Tu savais qu'elle était à New York, réalise soudain Rob en arquant un sourcil dans ma direction. J'aurais dû m'en douter.

Je les regarde. Tous les deux attendent que je commente.

Que puis-je leur révéler ? Pour simplifier, il y a selon moi deux catégories de personnes : les confiantes a priori et les méfiantes a priori. En général, je fais partie de la seconde. Même avec mes frères. Peu habitué à être en sécurité avec les autres, j'ai toujours du mal quand il s'agit de moi.

– Elle est venue faire une formation chez Dries, admets-je de mauvaise grâce. En revanche, j'ignorais qu'elle viendrait déjeuner ici.

Robert suspend son geste pour m'étudier.

– Ton pote Wilmot ? le nomme-t-il en se resservant à boire.

– Ouais. Elle bosse dans une boîte du groupe.

– Quelle coïncidence ! dégoise Paul dans son coin.

Vingt minutes plus tard, les trois hommes éclatent de rire en la regardant gesticuler. Elle mime quelque chose. Un concert ? Une groupie ? Je tente de ravaler mon énervement en jetant un regard à mes frères.

Putain, aucune OPA ne m'a semblé aussi longue.

– Pourquoi diable est-on trois mecs seuls autour de cette table, hein ? Vous êtes devenus eunuques ou quoi ?

– Moi qui croyais être subtil en n'amenant personne, se défend Rob.

– On peut trouver sur place si tu veux, me décroche Paul sans rire avec un signe discret vers le groupe de filles attablées à notre gauche qui semblent vouloir nous faire l'amour avec les yeux depuis une plombe.

Rob leur sourit et me donne une tape dans le dos, genre « laisse passer ».

– L'un de vous sait pourquoi vos pères se sont camphrés ? bifurque-t-il avec l'évidente intention de me distraire. Trois super potes qui se brouillent d'un coup, ça sent l'embrouille de nana, ça.

Incrédule, je me tourne vers Paul. *Aucune idée.*

– C'est leur histoire, répond ce dernier en me consultant du regard.

Je hoche la tête pour marquer mon accord et nous reprenons notre repas sur d'autres sujets plus terre à terre comme le boulot et ces fichus riverains qui n'en finissent pas de bloquer notre projet d'aérodrome privé.

– Qu'a dit Booker ? me demande Paul à ce sujet.

Le sénateur du coin a promis d'intervenir, mais je sais que je ne dois compter que sur moi-même.

– Il m'a tenu un discours de pommade électorale. Je n'aime pas l'idée d'avoir à lui renvoyer l'ascenseur. Je fais des affaires, pas de la politique.

La mâchoire de Paul se crispe un bref instant.

– On devrait peut-être changer notre fusil d'épaule et rester à LaGuardia et Teterboro, me suggère Rob fort à propos.

Ce serait logique et certainement plus rentable, mais…

– Non. Et d'un, ce n'est pas pratique d'être dispatché sur deux aéroports. Et de deux, je ne veux plus prendre de risque avec la sécurité. On met tout au même endroit et on gère nous-mêmes. Je vais rencontrer l'association de riverains.

Pour tenter de contenir mon obsession, je garde les yeux rivés à la nappe. Si je ne les regarde pas, il arrêtera peut-être de la toucher. Chaque seconde est un supplice, le bruit de la salle aspire toutes mes pensées. Au bout de quelques minutes, Paul fait un geste du menton en direction de la porte.

– Elle s'en va, m'informe-t-il.

Le silence se fait autour de notre table. Nous regardons Alex quitter le bar, seule, laissant les trois hommes prendre leur café. Soudain en proie à un besoin désespéré de chaleur, je me dis que je devrais au moins essayer de réparer les torts que je lui ai faits. Sauf qu'après son départ, Kabbani porte deux doigts à son front pour me saluer, ce qui vaut aux deux autres de se retourner pour me regarder. À leurs mines impressionnées, je sais qu'ils m'ont reconnu. Tant mieux. On va pouvoir s'amuser. Alors qu'ils échangent quelques paroles dont je me doute de la teneur, je me lève pour les rejoindre.

Confiant et sûr de lui, Kabbani me tend la main.

– Garrett !

Je prends le temps de saluer ses associés avant lui.

– Monsieur Langlois. Monsieur Anderson. Ravi de vous rencontrer, dis-je en serrant la main qu'ils me tendent par réflexe.

Marcus Langlois et Liam Anderson ont fondé LabelK avec Karim Kabbani à parts égales, même si le K du label laisse penser le contraire.

– Vous êtes toujours aussi sûr de vous, là ? me provoque le Saoudien à la fois surpris et vexé de me voir aussi bien renseigné.

Je fais de mon mieux pour ignorer le nœud de dégoût dans mon estomac en serrant la sienne. Sa question à double sens ne m'a pas échappé.

– Je ne suis sûr de rien, Kabbani. C'est beaucoup plus amusant comme ça. Surtout avec *Elle*. Mais c'est vrai que vous ne savez pas.

Il encaisse le coup. S'il me dit qu'il l'a baisée, là, devant ses copains, je ne suis pas sûr de le laisser en vie. Son visage s'empourpre, rien… Il ne l'a pas fait.

– Vous êtes toujours un monstre d'insolence, Garrett, réplique-t-il à la place, plein de hargne. À cause de vous, il ne se passe pas *un jour* sans qu'elle se sente trahie. Y compris par sa propre mère. Comment voulez-vous qu'elle vous pardonne ?

Je souris intérieurement de sa remarque.

– Vous n'avez aucune idée de l'absurdité de ce que vous dites, Kabbani. Quand une personne vous trahit, on porte tous les deux le poids de la souffrance. En revanche, accorder son pardon n'est porté que par un seul. Alex est assez généreuse pour ça. Pas moi.

Je soutiens son regard pour appuyer le message.

– Comment savez-vous qu'elle vous pardonnera ? fait-il avec perplexité.

– C'est un don. Elle le fera.

J'ai éructé chaque mot, mais au moins je suis parvenu à rester poli.

***

Plus tard au B-One.

– Dries ? Alors, comment ça s'est passé ?

Will Dries est le seul pote que je me suis fait en arrivant à

Brooklyn. Son père venait de mourir d'un accident du travail sur une chaîne de Ford et moi j'avais exclu le mien de ma vie. Ce sont des détails qui rapprochent deux adolescents en mal de vivre.

– Je n'arrive pas à comprendre ce que tu lui trouves, s'exaspère-t-il. Je t'ai vu avec tellement de créatures bien plus canon qu'elle. Tu sais que j'aime avoir une longueur d'avance, Matt, déclare le publicitaire en lui qui n'est jamais très loin. Explique-moi.

– Ça ne s'explique pas, mon vieux. C'est évident.

C'est sa mère qui m'a accueilli quand la mienne, paniquée de me voir surgir dans sa vie, m'a claqué la porte au nez. Comme si je pouvais réussir à obtenir son amour ! Quel crétin ! Je devrais savoir que je suis condamné à ça. Malgré le peu de ressources dont elle disposait, Maddie Dries m'a logé et nourri comme si j'étais son propre fils, m'évitant à coup sûr de finir dans la rue avec les gangs des quartiers. Ce genre de chose ne s'oublie pas.

– Tu essaies de me dire que la nature te récompense enfin ? plaisante Dries. J'adore le concept, tu le sais. Je le vends mais j'y crois pas.

Le soir où Will lançait sa boîte, je lançais aussi la mienne dans un vieux gymnase de Brooklyn que nous avions déniché. C'est ce soir-là que Maddie a choisi pour faire son attaque et nous quitter, comme si elle avait terminé son travail avec nous parce que nous avions le pied à l'étrier. Nous l'avons enterrée deux jours plus tard à Green-Wood, à côté de son époux, et pris la plus énorme cuite de notre vie. Au point d'en oublier qu'elle était morte au réveil. Il nous a fallu trois jours encore pour dessoûler et aller fleurir sa tombe. C'était le jour de Noël.

Depuis, on s'y rend toujours à cette date, chacun avec notre bouteille de whisky. Du Dalmore pour moi. Du Jameson pour Wilmot.

– En tout cas, avec tes conneries, je perds des clients, maronnet-il. Qu'est-ce qui t'a pris de retirer les droits d'exploitation de tes logiciels à Stew ?

– Je les lui rendrai quand tu l'auras récupérée à New York. C'est à prendre ou à laisser. Au fait, remercie Ryan de m'avoir laissé son siège…

– Tu n'es qu'un trou du cul, Matt. J'espère qu'au moins tu t'amuses.

Je ris en repensant aux sucettes d'Alex. J'avais bien imaginé lui faire tester des « Magnum-Jésus » mais ç'aurait été trop évident. Elle aurait capté.

– Un trou du cul à qui tu ne peux rien refuser, Wilmot.

Et je raccroche en rentrant dans mon dressing.

Je n'ai jamais compris comment fonctionnent les familles où l'enfant est roi. Probablement parce que j'ai grandi dans une famille qui se souciait très peu des siens. Mon frère Paul et moi étions livrés à nous-mêmes. Par exemple, avec papa, nous ne prenions jamais l'avion ensemble. L'avion était réservé aux déplacements professionnels. De rares fois l'Eurostar, pour nous rendre chez mes grands-parents à Durham, dans le nord-est de l'Angleterre.

Chaque voyage était un vrai déménagement. Nos chambres étaient sens dessus dessous des semaines à l'avance à cause des préparatifs. Paul avait toujours des tonnes de jeux vidéo à emporter. Moi, c'était les bouquins. Je n'ai jamais pu voyager sans un livre. Encore aujourd'hui, j'ai besoin de sentir l'odeur d'un vieux volume sous ma main, même si je n'ai pas le temps de l'ouvrir. J'ai beaucoup voyagé pour mes affaires, mais je n'ai jamais retrouvé cette excitation des départs.

Je m'y suis fait.

Aussi, lorsque je me retrouve à préparer moi-même mon bagage dans mon dressing, je suis surpris de ressentir ce petit frisson d'impatience qui titille mon âme d'enfant. Je remonte mon jean sur mes cuisses et boucle ma ceinture. Chose encore plus insolite, j'ai donné congé à Verdi et commandé un taxi. Mais, juste avant qu'il n'arrive, je m'arrête dans mon bureau, devant la grande bibliothèque. Mes doigts courent sur les volumes avant d'en choisir un.

Five hundred and twenty-five copies of the first édition of
The Little Prince
have been autographed by the author,
of which five hundred are for sale.
Copy n° 403.

L'odeur familière va-t-elle demeurer ?

15

ALEX

Pour moi, New York est un iceberg inversé.

Tout ce qui est caché est en hauteur. Seul le quotidien est en surface. Des ponts partout, des échafaudages, des travaux, des gratte-ciel écrasants permettant à peine d'entrevoir le ciel, et du bruit. Beaucoup de bruit rendant l'ambiance des rues oppressante, mais personne ici n'y prête attention. Il n'y a que les New-Yorkais pour s'isoler dans la cacophonie comme s'ils étaient seuls au monde.

J'aurais voulu plus de temps pour les connaître.

Le centre de formation de Marvin Global n'étant qu'à quelques blocs au nord du siège social du Guerrier, toute la journée, j'ai tenté de rassembler assez d'énergie pour ne pas y penser. *Échec total.* J'avais un mal fou à me concentrer.

Depuis toute petite, je déteste dormir dans mes fringues et il n'est pas question d'arriver à Vegas dans ma tenue de travail choisie par Joanna. Une fois le stage terminé, il me restait juste assez de temps pour foncer chez Victoria's Secret dénicher une tenue plus confortable : pantalon de yoga, tunique à cagoule et mini-UGG. Le tout dans un sac souple au logo de ma marque préférée à garder fièrement avec moi pendant le vol de nuit. Ça va me porter chance, je le sens.

Dans le Taxicab qui me conduit à JFK, mes yeux rouges et larmoyants luttent comme ils peuvent pour rester ouverts. Quarante jours sans dormir normalement m'ont rendue irascible ou indifférente à l'environnement. « This Is What You Came For » dans les oreilles, je bats la mesure pour mieux ignorer la conduite brutale de mon chauffeur et je m'en remets à Dieu. Et ça marche. Quelques minutes plus tard, la Ford jaune se fraye un chemin parmi la longue file de ses confrères devant les terminaux des départs.

– Terminal 8, s'il vous plaît, je lance au chauffeur.

– American Airlines. Vous allez où, beauté ?

– Vegas ! je m'exclame tout excitée.

Après un embarquement particulièrement long, je trouve mon siège : 31F.

Super ! Un hublot pile au dernier rang.

Comme toujours dans la queue ça va secouer et moi j'ai le mal de l'air. Je jette un œil furtif autour de moi. Des familles munies de coussins gonflables, des sacs à dos, des écouteurs... Les racks se remplissent à vue d'œil.

J'ai compris, le Boeing 737 est bondé.

Je considère les deux sièges vides à côté du mien, j'espère ne pas tomber sur un voisin qui a peur en avion, sinon je risque de paniquer avec lui. Avec un peu de chance, j'aurai un gentil couple bien sympa qui ne fera pas attention à moi. Pas trop amoureux quand même. Sinon, pour le coup, je risque de déprimer.

Avec ma jupe plissée en mousseline poudre et mes escarpins Manolo, j'ai l'air d'une extraterrestre en classe éco. Je me précipite vers les toilettes. Car bien sûr, il est plus facile de se changer dans un endroit aussi exigu quand on est encore au sol. Quelques gesticulations grotesques plus tard, je profite que les sièges d'à côté soient encore libres pour plier mes vêtements. Je me déleste de mes escarpins, récupère mon iPad, et referme le compartiment au-dessus du rang.

En m'installant à ma place, je décide de lire sur ma tablette, avec ma musique, afin de mieux ignorer le stress prédécollage. Sauf que la journée ayant débuté aux aurores, je pique du nez dès la première page.

– Dois-je mettre vos chaussures dans le compartiment ? me hèle soudain une voix grave masculine. Mon billet indique le 31E.

Agacée d'être dérangée dans ma bulle léthargique, je coule un regard noir à mes Manolo sur le 31E avant de lever les yeux vers l'intrus.

– C'est bon, vous n'avez qu'à… Oh, merde !

Dieu tout-puissant ! Matthew !

Ma bouche s'ouvre à s'en décrocher. Est-ce que j'ai la berlue ? La privation de sommeil me joue sûrement des tours. C'était quoi la question déjà ?

– Votre jet est cassé ? sors-je sans trop savoir comment.

Lui reste inébranlable, comme recouvert d'une couche de titane. *Et muet.*

Un truc cloche. Ce bonhomme m'aborde comme s'il ne m'avait jamais vue avant. Au plus est-il poli, ce qui lui ressemble tout à fait, mais ce n'est pas normal DU TOUT. Matt Garrett en classe éco, c'est impossible, non ?

Aucun milliardaire ne voyage en éco.

Surtout lui qui ne supporte personne dans son jet. Alors quoi ? Un sosie ? Un fantôme ? Ça existe des sosies aussi parfaits ? Merde alors. Avec le peu de santé mentale qui me reste, mes cours me reviennent en mémoire : la privation du sommeil est un des moyens utilisés pour torturer les prisonniers. C'est bien connu, elle provoque des hallucinations. Des vraies.

Fantastique ! Je deviens officiellement cinglée.

Toujours sous l'effet du choc, je m'aventure à l'observer

pendant qu'il range son sac bandoulière dans le rack. Un look simple – jean brut de vrai mec-chaussures montantes ouvertes-lunettes noires –, comme s'il savait qu'il n'a pas besoin d'en faire des tonnes, mais rien qu'à sa tignasse épaisse ébouriffée qui crie sur tous les toits : « T'es mignonne, mais je viens de baiser comme un fou, là ! », je sais que c'est lui. Seigneur, il est super canon avec sa barbe en plus !

– Vous préférez que je descende votre bagage ? propose-t-il en pointant mes Manolo.

Je ne sais pas pourquoi je m'embrase en reluquant des chaussures. Peut-être parce que je me rappelle que ce bonhomme embrasse un sexe comme il embrasse une bouche et que j'imagine sans peine l'effet que pourrait me faire cette barbe entre mes cuisses. Je ne vais pas voyager avec ce type pendant six heures, si ?

Si c'est le cas, je jure de recourir aux somnifères.

– Alors ?

– Euh… Glissez-les dans le compartiment, merci.

Super ! Maintenant, je parle à un fantôme.

Je suis dans de beaux draps, tiens. Je me mords la lèvre en guignant discrètement vers le léger renflement de sa braguette, le temps qu'il range mes chaussures dans le coffre à bagages, ses petits mouvements de bassin… Et paf, me voilà happée, entortillée dans mes souvenirs les plus fous de ce corps incroyablement parfait. Ce n'est pas ma faute s'il est aussi bien monté de ce côté-là.

Je m'efforce de contrôler l'expression de mon visage lorsqu'il s'assied dans le siège… *du milieu*, laissant libre celui du couloir. Alors que l'embarquement est terminé et qu'il est clair que plus personne ne viendra revendiquer le 31D.

Évidemment, il n'aurait pas pu faire l'inverse.

Matt Garrett et ses grandes jambes coincées en classe éco.

Incroyable. Je me filerais bien un coup de coude.

– Vous permettez ?

Avant que je comprenne ce qu'il raconte, son torse parfait passe au-dessus du mien pour relever le volet du hublot. Fébrile, je me ratatine dans mon siège. Je sais, c'est ridicule, mais le simple fait qu'il effleure mes seins suffit à faire grimper ma température et durcir mes tétons. Je ne vais pas tenir.

Même l'odeur de son shampoing de luxe ajoute à ma confusion. Je suis sûre qu'il a pris une douche et même qu'il s'est masturbé sous la douche avant de venir, comme à son habitude. Pourquoi changer les bonnes choses, hein ? Je suis à deux doigts d'appeler l'hôtesse pour lui demander de me pincer.

Et comme si ça ne suffisait pas, il se soulève d'une main sur l'accoudoir commun afin de régler la ventilation, projetant par la même occasion son merveilleux bassin vers l'avant, imitant à la perfection l'acte sexuel.

Pitié. J'en ai des suées dans la nuque.

– Vous voulez un peu d'air ? m'offre-t-il d'un ton innocent.

Qu'est-ce qu'il me demande exactement ? S'il me fait de l'effet ? La dernière fois qu'il m'a demandé si j'avais besoin d'air, il avait déjà piétiné toute ma biographie. Il plaisantait là, non ?

– Froid, s'il vous plaît, réponds-je par politesse.

En même temps, je doute qu'il y ait l'option chauffage dans cet avion !

– Vous devriez éteindre, me conseille-t-il une fois sanglé dans son siège.

Il va se moquer de moi encore longtemps ? Mes joues s'embrasent d'irritation.

– Éteindre quoi ? Ma colère ?

– Plutôt votre iPad, rétorque-t-il avec humour. Pour le décollage. L'hôtesse vient de faire l'annonce, souligne-t-il avec ce calme olympien qui m'énerve et me fait défaut. Vous n'avez pas entendu ? Vous sembliez ailleurs, je crois…

En rogne, je m'exécute. Pitié, faites que ça passe vite ou qu'on s'écrase. Traverser la totalité du continent d'Est en Ouest dans l'attente qu'il s'excuse est au-dessus de mes forces. Depuis le premier jour, il m'avait avertie :

Peut-être vous attendez-vous à des excuses ?
Je n'ai pas envie de m'excuser.

Ben voyons ! Un autre homme que Matt Garrett aurait tenté de se justifier ou déployé des trésors d'excuses hypocrites. PAS LUI. Suis-je bête ! Un Guerrier ne suit jamais le mouvement. Il *est* le mouvement. Autant ne pas se leurrer, cette petite touche le rend irrésistible au lit, mais *là*… ça m'énerve.

Je pourrais presque devenir violente.

Tandis que l'avion s'ébranle sur la piste, je ne peux m'empêcher de lorgner le tressautement nerveux de sa cuisse musclée contre la mienne. Je m'interdis de remonter vers sa braguette. Je me l'interdis. Je m'étire le cou… *Arrrrgh !*

Fiasco total.

Pourquoi suis-je aussi dépendante de ce corps ? Ce n'est pas comme s'il était le seul à être naturellement athlétique et bien proportionné ! Franchement ! Des mecs comme ça, on en voit tous les jours dans les salles de sport. Si au moins je pouvais croire ce que je raconte. Un tout petit peu. En lui jetant un rapide coup d'œil, je constate qu'il me dévisage avec prudence.

– Quoi ? aboyé-je d'humeur massacrante.

– Rien.

Moi qui ai la pétoche en avion, je n'ai jamais autant ignoré un décollage.

Quinze minutes de silence plombé plus tard, le Boeing a trouvé son couloir aérien et les hôtesses commencent à slalomer dans les rangées alors que mon compagnon de voyage s'applique à m'ignorer en gardant les yeux fermés, ses phalanges écartées sur ses cuisses bougeant imperceptiblement. *Exprès*, j'en suis sûre. Ça me rend dingue. Suis-je réellement coincée ici à me liquéfier sans pouvoir recueillir la moindre explication sur son comportement ?

Je vais hurler, je le jure.

– Agneau ou Morue ?

Hein ?

Le fou rire me prend. Perturbée par sa présence, j'avais ignoré jusqu'au bruit des chariots annonçant le repas. À présent, l'hôtesse s'adresse à nous comme si nous étions un gentil couple tout en me donnant l'impression de n'avoir d'yeux que pour lui. Je suis à deux doigts de lui remonter la bouche. La pauvre, elle bave.

Si elle répète le menu en me regardant comme si j'étais l'agneau, je jure que je lui fais avaler son plateau. La morue, je ne veux même pas y penser !

– Rien, merci, sifflé-je sèchement.

Elle s'en fout et toussote poliment pour attirer l'attention de l'autre Canon qui somnole toujours à ma gauche, son épaule avoisinant la mienne. Alors qu'il pourrait s'étaler *de l'autre côté*.

– Et vous, monsieur ? se décide-t-elle en lui touchant doucement la cuisse.

Si elle ne lève pas sa main de là, je vais lui arracher les yeux.

– Vous ne voyez pas ? Il dort, revendiqué-je avec une irritation non dissimulée qui me vaut un regard pathétique de la pauvre fille.

C'est le moment où le Guerrier sort la tête de son siège.

– Comment est l'agneau ? lui demande-t-il avec un sourire aguicheur étudié.

Hé ! Il se fout de ma gueule ?

Voir rosir cette pauvre fille comme s'il la déshabillait du regard me donne l'envie de m'éloigner en quatrième vitesse. Sauf que je ne peux pas. Je me mords la langue de dépit en réalisant que je ne peux même pas ambitionner m'enfuir nulle part. J'irais où de toute façon dans un avion ?

– Tendre, monsieur, susurre l'autre énamourée.

– Deux *little lamb* alors, s'il vous plaît.

Halte ! C'était mon surnom lors du vol pour Tokyo ça ? Pourquoi deux ?

Arrrgh. En définitive, j'aurais mieux fait de commander moi-même mon repas. Pour faire diversion, j'ouvre ma tablette. Il en fait de même et l'hôtesse dépose nos plateaux avant de remonter l'allée avec son chariot… ou de dégouliner sur la moquette. *Bon vent !*

– Dans quoi travaillez-vous ? s'intéresse-t-il tout en retirant les emballages alu de ses plats préparés.

Là, c'est sûr, il le fait exprès.

– La publicité, réponds-je avec aigreur en le fusillant du regard.

Est-ce qu'il a décidé de me rendre folle ? Il est là pour finir le travail ou quoi ? Un mot de plus sur ma reconversion forcée et je jure que je lui retourne son *little lamb* sur la tête.

Pour une raison que j'ignore, le mec qui m'a humiliée dans tout Chicago en m'empêchant de travailler a *aussi* décidé de prendre le même vol que moi alors qu'il dispose de son propre jet. Il n'a donc aucun remords ?

– Vous vous rendez à Vegas pour le travail ? me glisse-t-il tout en libérant les couverts en plastique de leur sachet.

Je devrais hurler, l'insulter, le conspuer, mais l'idée que Matt Garrett, Top Ten de *Forbes*, puisse manger à la cantine éco d'American Airlines me donne envie de glousser jusqu'à l'année prochaine. L'énergie me revient.

Je sais, c'est moche de me servir de ça, mais…

Chacun ses armes, Guerrier !

– Du tout. Nous allons fêter l'anniversaire d'une copine entre filles. Vous voyez, soirée Cendrillon, jouer les groupies de boys band, boire des shots jusqu'à plus soif, fumer des joints, draguer les adonis du coin… Bref, Vegas quoi !

Yes ! Je suis un génie.

Le Guerrier a beau faire des efforts incommensurables et être connu pour être hyper méga entraîné dans l'art de la maîtrise, je jurerais voir une lueur violette enflammer ses beaux yeux saphir. Mon ego danse sur place. Si seulement il pouvait arrêter ce petit jeu qui me déstabilise et m'empêche de lui balancer le chapelet d'insultes que j'ai sur le cœur. Minute ! À moins qu'il le fasse exprès pour me désamorcer ?

Bordel, il le fait exprès.

– Vous pensez pouvoir vous débrouiller toute seule ? siffle-t-il dans un sarcasme incontrôlé.

On peut être deux à jouer à ce jeu-là, Guerrier !

– Et vous ? Vous vous en sortez comment tout seul ?

Le rose lui vient aux joues. Touché.

– Pas de vouvoiement, Alex, craque-t-il enfin. Je te vouvoie parce que je te respecte. Tu me vouvoies parce que tu me repousses. Ce n'est pas une option. Aucun retour en arrière n'est possible.

Trop facile, mon gars !

– Je vais quand même en faire un ! J'ai connu un célibataire assez franc autrefois. Il osait dire à sa copine que le mariage était une *barbarie*. Bizarrement, au lieu de s'en offusquer, elle trouvait sa franchise rassurante. La pauvre. Elle avait affaire à un poisson rouge.

Regard noir à vous givrer sur place.

– Alors, c'est comme ça que tu veux le jouer ? Après tes putains de rats qui se prennent des chocs électriques dans les testicules, maintenant, je suis un poisson ?

Son fameux regard saphir s'embrase d'insolence violette. Bon Dieu, ce regard définit à lui seul le mot « sexy ». Je déglutis.

– Tu sais ce qu'on dit du poisson rouge, Guerrier ? Un tour de bocal et il oublie tout ce qu'il a fait avant. C'est ça que tu appelles le respect ? Moi, j'appelle ça un connard.

Il n'a pas l'air content du tout de se faire insulter mais je m'en moque.

– Regarde-moi bien, Civilité. Est-ce que je te donne l'impression de vouloir tout effacer ? C'est moi qui dirai *quand* ce sera terminé. Pas toi ! Et surtout pas pour de mauvaises raisons. Si tu couches avec quelqu'un, je te le ferai oublier. Ce n'est pas un problème. Mais tu me le dis *maintenant*. Tu couches avec quelqu'un ?

Je manque m'étouffer.

– Je rêve, là ? En quoi ça te regarde à présent ?

– Je ne couche avec personne. Et toi ? me défie-t-il, vibrant d'impatience.

Désarçonnée par la violence de son regard et l'honnêteté de son aveu, je me force à déglutir. Ça fait presque deux mois qu'on est séparés. Il n'a vraiment couché avec personne ?

– Non, je... Oh et puis qu'importe puisque je suis une err...

– NON ! me coupe-t-il comme s'il s'en voulait. C'est la façon dont je me suis comporté avec toi quand tu es partie qui était une *erreur*. J'aurais dû savoir que tu ne me condamnerais pas pour mon passé même si tu avais toutes les raisons de le faire. Si je t'avais fait confiance comme un mec normal, j'aurais su, mais...

Je le dévisage, surprise par l'expression contrite rarissime qu'il affiche alors.

– Je ne sais pas très bien me fier aux autres, termine-t-il tout penaud.

Soudain, j'ai besoin d'en avoir le cœur net.

– Qui est l'auteur de la vidéo, alors ?

J'attends, mais il y a quelque chose dans ses yeux, une ombre cachée sous la surface, une fêlure de fauve blessé ou trahi, qui fait que, d'un coup, je n'ai plus envie de connaître la réponse à ma question. Parce que je suis en train de refaire la même erreur en le poussant à bout. Je ne sais pas si mon imagination me joue des tours mais quand il dit :

– Je ne peux pas répondre à cette question.

Je le crois.

À cet instant précis, je n'arrive plus à être en colère contre lui. Il souffre de ne pas être comme tout le monde et c'est épuisant de rester en colère. Est-ce que c'est aussi grave de ne pas être avocate ? Est-ce que cela conditionnera ma vie ?

Non. Je veux vivre et tourner la page.

– D'accord.

Son visage s'éclaire.

– Vrai ?

Je hoche la tête.

– Ça n'arrivera plus, m'assure-t-il visiblement soulagé tout en versant mon eau minérale dans mon verre. Je ne laisserai personne te faire du mal. Tu as ma parole.

– Je sais, réponds-je en détournant les yeux vers le hublot.

Il fait noir dehors, aussi c'est mon visage que je vois. Comme je ne bouge pas, il tend la main pour dégager l'encolure de ma tunique sur mon épaule gauche. Surprise par ce geste familier, je tourne la tête et je comprends alors ce qu'il regarde. Mon tatouage. Comment a-t-il fait pour le savoir ?

– La Déferlante, murmure-t-il, ému. L'oiseau qui s'échappe, c'est toi ?

La sterne marine qui passe au travers du rouleau me souffle

la réponse :

– J'ai survécu, admets-je sans le regarder.

Ses lèvres douces et tièdes déposent alors un baiser sur l'oiseau qui me met K.-O. Les papillons qui gagnent mon ventre n'ont rien à voir avec la colère qui m'animait ces dernières semaines. Je revis.

– Parce que tu es forte, me taquine-t-il en replaçant l'étoffe délicatement dessus. Tu penses toujours que la « seconde chance » existe ?

Je me contente d'opiner du chef, me sentant soudain très triste. Comment pourrais-je lui dire le contraire ? À lui ? Après ce qu'il a vécu ? Le lui refuser serait de la cruauté. Je ne veux pas lui faire mal. Il a assez souffert.

– Aujourd'hui, la question qui se pose n'est pas le pardon, souffle-t-il. Nous nous sommes fait du mal *tous les deux*. Tu peux passer ton temps à te demander si tu vas me pardonner et je peux en faire autant.

C'est alors que je comprends qu'il a, *lui aussi*, souffert dans son coin – à cause de moi – et cette découverte me stupéfie. Il tient donc à moi ?

– La question qui se pose est de savoir si nous pouvons nous passer l'un de l'autre, termine-t-il d'un ton cartésien presque professionnel. Je crois que toi et moi connaissons à présent la réponse.

Nous ne nous parlons plus pendant tout le reste du repas.

Pour moi, la nourriture a un goût de carton, mes pensées partent dans tous les sens, jubilent, retombent. Mon attirance pour lui est plus forte que tout, mais est-ce suffisant ? Ce que nous venons de vivre montre que ce n'est pas aussi simple.

Une fois nos plateaux débarrassés, les lumières s'éteignent dans la cabine. Seuls les écrans TV incrustés dans les sièges restent allumés. Sauf les nôtres. Ne sachant trop quoi faire, j'extirpe mon iPad de la pochette devant moi pour relire les notes prises durant ma formation et le dernier échange d'e-mails avec Ryan :

[Bonjour Ryan. Merci pour cette formation. Je ne serai pas disponible ce week-end. Je pars ce soir à Vegas rejoindre une amie. Alex]

[Adressez-moi vos notes lundi, j'y jetterai un coup d'œil. Ryan]

– Comment est ton travail ? demande le Guerrier par-dessus mon épaule.

– Bien. C'est intéressant.

– Et ton patron ? ajoute-t-il avec une pointe de dureté.

– Je ne travaille pas avec lui. Mon *vrai* patron est sympa.

– Tant mieux alors.

Quand il est protecteur et abrupt comme ça, je sais trop bien comment opère la Magie-Matt-Garrett sur moi. Je n'ai jamais été protégée par aucun homme. Alors, je fonds. J'aurais aimé un père comme lui.

– Je vais dormir, dis-je en sentant les larmes monter.

– Je me joins à toi.

Même si je m'en doutais, l'entendre me coupe le souffle. Deux mois de séparation et nous allons dormir ensemble à nouveau. Tout remonte en deux mots. *Dormir ensemble.* Sans trop me poser de questions, je déchire l'emballage plastique de la couverture fournie par la compagnie et, là, je m'aperçois que ma vessie va me poser un petit problème. Je profite qu'il retire ses chaussures pour l'enjamber sans le déranger, en me retenant au siège devant lui.

Plantage total.

Dans un mouvement de pure galanterie pour me laisser passer, le Guerrier s'est mis debout. Ce qui a eu pour effet, dans cet espace réduit, de coller ses parties génitales à mon cul, me coinçant entre lui et le dossier du 30E.

Au secours, sortez-moi de là !

Quelque chose le retient de bouger, soulève sa poitrine.

– Tu portes toujours mon bracelet, dit-il d'une voix teintée de ravissement et de surprise, les yeux braqués sur l'infini argenté qui barre mon articulation.

Je ne sais pas pourquoi, ce bracelet de pacotille offert à Tokyo n'a jamais pu quitter mon poignet. *Mais bien sûr, Alex…*

– Ne dis rien, élague-t-il le souffle entrecoupé, comme si lui aussi avait peur de prononcer le mot « impossible » pour définir notre avenir. Ça me fait plaisir.

Le mot est faible. On dirait que je viens de lui annoncer l'arrivée de Noël et de la neige en même temps. Brusquement, j'ai envie de me jeter à son cou, de tout effacer, de braver la tempête et de l'aimer jusqu'à ma mort, quel que soit ce qu'il m'a fait. C'est l'homme que je désire. L'évidence. Une décharge d'émotions de plusieurs vagues me traverse. Je me réfugie direct dans ses bras, les miens autour de sa taille, prise par un élan, une bouffée d'amour.

C'est tout ce que je pouvais faire.

– Je t'aime, Matt Hayden Garrett, gémis-je contre son cœur, en le sentant tout de suite se raidir. Je t'aime tellement…

Il me serre fort. Pas grave s'il ne supporte pas que je lui dise. Tout ce que je sais, c'est que je ne peux pas l'abandonner. *Pas moi.* Je sens les larmes rouler sur mes joues, les vannes s'ouvrir mais je m'en moque. Sa respiration me porte.

– Mon bébé…

Quoi qu'il dise, il est ému, je le sens. Et pendant un instant, il me laisse me vider de toutes mes émotions, avant de laisser retomber la pression de ses bras.

– Tu veux que je t'accompagne ? propose-t-il d'une voix anormalement rauque tout en se décalant vers l'allée centrale.

– Non, ce n'est pas la peine.

Une fois la porte verrouillée, je m'assieds sur les toilettes. Tout tourne autour de moi, ma peau est brûlante. L'endroit trop éclairé décuple mon malaise. Bon sang, si je m'attendais à ça ! Six heures en éco pour être avec moi ? Incroyable.

Lorsque je retourne au rang 31, il est debout dans l'allée à m'attendre.

Lui aussi s'est changé pour la nuit en revêtant un bas de survêtement et un T-shirt manches courtes. Je prends soudain conscience de son tatouage à l'encolure. L'encre noire agissant toujours sur moi comme un puissant aphrodisiaque. Je m'efforce de contrôler le tremblement de mes jambes alors qu'il me tend une petite bouteille d'eau minérale.

– Tiens, ils n'ont pas de Volvic citron ici, me taquine-t-il pour masquer la tension qui l'agite lui aussi.

L'entendre évoquer mes goûts familiers me trouble un peu plus.

– Merci, je... Je prends le hublot.

Je me faufile jusqu'au fond de la rangée, me rendant compte qu'il a pris soin de couper les buses d'air. Il relève les accoudoirs amovibles et étale les deux couvertures sur nous. Le vol étant de nuit, toutes les lumières sont éteintes, lucarnes fermées. Ne sachant trop comment me comporter, je me roule en boule sur le côté en remontant mes jambes contre le fuselage froid pour lui laisser de la place. Sa voix me parvient avec une pointe de reproche :

– Sympa cette chose moulante que tu portes mais peut-être pourrais-tu ne pas pousser tes fesses vers moi, putain !

Je me mords la lèvre en me sentant rougir, ravie.

– À moins que tu m'en veuilles tellement que tu as décidé de m'achever.

– D... Désolée, mens-je, feignant de trouver ma place pour me tortiller davantage.

Je le sens s'agiter dans mon dos, souffler, râler, s'ajuster. J'ai envie de rire.

– Les aléas de la classe éco, j'imagine, rouscaille-t-il en se mordant la lèvre.

Comme ses jambes sont grandes, il est obligé de les étendre sous les miennes, ce qui revient à coller ses cuisses taillées dans le marbre sous mes fesses.

Aux anges, j'adopte un ton faussement compatissant :

– C'est mieux là ? J'ai l'impression d'être assise sur tes genoux.

Il est si proche que je peux sentir son cœur battre contre mon dos.

– Ouais ben, j'espère que, toi, tu n'y vois pas d'inconvénient parce que je ne peux pas faire autrement.

Au point où on en est, il étend aussi son bras gauche sur ma hanche et passe le droit autour de moi pour me rapprocher. Et comme à chaque fois qu'il me touche, il déclenche ce truc sous ma peau. Des fourmis. On ne va pas y arriver.

– Je ne suis pas sûre de parvenir à dormir, lui dis-je avec sincérité.

– Moi non plus. Cet avion est le plus lent du monde, ronchonne-t-il de mauvais poil.

Cette fois, je pouffe de rire sans pouvoir m'en empêcher :

– Allez, ça fait combien de temps ?

Le Guerrier se fige comme si j'avais appuyé sur un point sensible. Qu'ai-je dit ?

– Flagrant délit de jalousie, Civilité. Pour quelqu'un qui ne veut pas me dire si elle couche avec quelqu'un, c'est la deuxième fois ce soir.

Une petite seconde, il pense réellement que je l'ai trompé et il est quand même venu me chercher ? Mon cœur bat si fort que je me sens presque mal.

– Je voulais dire « combien de temps tu n'as pas voyagé en éco », Guerrier.

Son bras me ramène contre lui et il enfouit son nez dans mon cou.

– Je peux te dire un truc ?

J'acquiesce mais j'ai tellement peur de ce qu'il peut dire.

– J'ai détesté la façon dont tu es partie, Civilité. Je ne veux plus qu'on en parle parce que je pourrais dire des trucs moches pour te blesser… et toi aussi. Alors on en parle plus, OK ?

Sa déclaration tombe à la fois comme un aveu de faiblesse et un avertissement mais il a raison. J'aurais dû l'avertir au lieu de m'enfuir et lui laisser une chance de s'expliquer. Je lui signifie mon accord en me blottissant dans ses bras. Au bout d'un instant, il fait passer son pouce sur ma lèvre inférieure, avant de l'insérer carrément dans ma bouche. C'est une invitation à le sucer.

– Je me contenterai de toucher ça, ajoute-t-il d'un ton séducteur.

Pourquoi a-t-il autant d'effet sur moi ? Lui et pas un autre ? Ce doigt dans ma bouche est attirant, ma langue part timidement à la rencontre de sa chair, la taquine tandis que son genou vient se loger judicieusement contre mon sexe. Tous mes instincts me supplient de retrouver le sel de sa peau, s'enhardissent.

– Tu as la chair de poule, murmure-t-il. Tu veux que j'arrête ?

Non. Sûrement non. C'est juste mon corps qui répond instantanément quand le sien se plaque contre le mien. Avoir son goût dans la bouche me donne la sensation de m'accrocher à une bouée de sauvetage, de le conquérir à nouveau. Je mordille sa pulpe, puis lèche la petite morsure, en écoutant ses gémissements étouffés, sa queue durcit dans mon dos.

– Mon bébé… Touche-toi pour moi. Je ne veux pas le faire, moi.

Pourquoi ? Moi, je veux que tu me touches.

Par-dessous la couverture, les doigts de sa main libre sinuent sur la courbe de ma hanche, ma cuisse jusqu'à mon genou, et mon corps vibre d'adrénaline. Même à travers le tissu, j'en ai la chair de poule. Tout ce que je sais, c'est que je ne veux plus me battre. La vie ne devrait pas être une bataille.

Affreusement gênée, je glisse ma main sous la ceinture large de mon pantalon de yoga. Je me tortille en sentant que je mouille déjà. De ma vie, je n'ai jamais autant perdu la tête qu'avec lui. Un jour, j'arriverai à ne plus rougir.

– Tu te masturbes en pensant à moi ?

– J'ai établi une grande complicité avec mon canard, avoué-je, ravie d'être dans le noir quand même.

Sa jambe vient frotter entre mes cuisses, s'adaptant au plus subtil mouvement de ma part, de la façon la plus érotique qui soit.

– Et tu obtiens ce que tu veux ? me chambre-t-il sur un ton séducteur.

Cet homme a une approche de l'intimité sexuelle tellement exempte d'hypocrisie que j'adore et je déteste le laisser faire de moi ce qu'il veut.

Sauf que l'idée d'un autre que lui me déprimerait.

– Non.

– C'est ce que nous allons voir.

Sa respiration s'accélère, la mienne halète déjà.

– Commence par ton clitoris. Uniquement avec le pouce, en cercles.

Mon Dieu, il me guide. Je ne le crois pas ! Il va réellement m'apprendre à me masturber ? C'est bien de lui, une telle assurance. Je fais une tentative maladroite tout en essayant d'avoir l'air décontracté, mais bien sûr, c'est raté. Tout ce que j'obtiens est un petit cri de douleur. Il me force à joindre les genoux.

– Tu es trop pressée, bébé. Concentre-toi sur ton petit paradis en serrant les cuisses. Pour stimuler, compris ? Allez, vas-y !

C'est étrange. Parler sexe avec lui, le laisser prendre les rênes me donnent l'impression d'être revenue à l'air libre. Je le retrouve. Compréhensif, exigeant, directif, et tellement *tellement* expert. Impossible de renoncer à un truc pareil.

– Appuie ta paume très fort contre ton pubis. Tu vas sentir une petite contraction.

Cette fois, j'ai un petit sursaut. *Ouiiii.*

– C'est bon ?

J'étouffe un couinement ridicule.

– Index et majeur en V maintenant, ordonne-t-il en véritable tyran. Je veux t'entendre mouiller, Civilité.

Ces mots… Je peux à peine respirer. Je bouge ma main, et mes hanches se meuvent toutes seules, tout en luttant pour me calmer, ce qui n'est pas logique du tout, il faut bien l'admettre. Peine perdue. Je le sens grandir contre mes fesses. Il est dur. Une barre d'acier. Je me frotte à lui comme un petit animal prêt à s'accoupler.

Le Guerrier jure et m'oblige à ployer le cou en arrière.

– Nom de Dieu, Alex… On est en plein vol. Si tu continues, je vais te prendre, là, tout de suite, quitte à ce qu'on se fasse arrêter à Vegas et que je doive appeler un avocat pour nous sortir de taule, me prévient-il avant de capturer ma bouche avec une voracité dépourvue de douceur.

C'est trop, le désir bondit.

Mon corps fait volte-face et grimpe à califourchon sur ses genoux.

– Bordel de Dieu, jure-t-il de plus belle et un peu trop fort.

À travers une sorte de brouillard pré-orgasmique, je sors une jambe de mon pantalon, le repoussant de toutes mes forces pour m'en débarrasser, et je me plaque contre lui, cuisses écartées. Mes seins s'écrasent contre son torse. Tout mon corps crie « Prends-moi, connard ».

– Stop, putain, laisse-moi nous couvrir.

Le Guerrier agrippe fermement les bords de la couverture pour l'empêcher de tomber et presse ses lèvres sur les miennes. Possessif, il m'embrasse avec passion tandis que, désespérée, je plonge ma main à tâtons dans son boxer pour le libérer. Une odeur caractéristique typiquement masculine s'élève sous la couverture. Son membre palpite tout de suite dans ma paume.

Seigneur, il est énorme !

– Prends ma queue en toi, suffoque-t-il. Je vais te bâillonner avec ma main.

J'en frissonne de la tête aux pieds. En un mouvement, il me soulève par les fesses et m'empale sur lui, les muscles raidis de ses cuisses supportant tout mon poids. Ouiiiiii, mes ongles s'enfoncent dans sa chair. Le prendre en moi, l'enfourcher, le posséder, c'est cela que je veux. Je veux le pouvoir sur l'homme qui m'a humiliée. Ma revanche. Le voir à ma merci. Je ferme les paupières, animée par ce besoin furieux de jouir, je deviens violente, agressive, ondulant sur son sexe érigé pour *me* satisfaire.

– Doucement, bon Dieu ! Tu me serres comme un poing, c'est déloyal, je… je ne vais pas… pouvoir…

De toute ma vie, je n'ai jamais joué à un jeu pareil. Un rodéo effréné, une cavalcade endiablée au fond d'un Boeing blindé de monde, ni ressenti une telle fureur dévastatrice à être remplie. Je ne me reconnais plus. J'ai faim de lui. J'ai soif de représailles. Sous les couvertures, mon amant me couve d'un regard brûlant, me regardant voler en éclats après deux mois de vide absolu, tout en maintenant notre seule protection qui s'évertue à glisser dans mon dos chaque fois que je m'abaisse pour le prendre plus profondément. Mon vagin se met à palpiter, l'enserrant davantage.

Il grogne sans pouvoir s'en empêcher.

– Je vais jouir, putain, ahane-t-il entre ses dents, son corps puissant possédé par le désir d'éjaculer. Tu es tellement étroite, je vais jouir *très fort*.

L'onde de choc nous traverse des pieds à la tête en même temps, déclenchant un râle incontrôlable dans sa paume, son corps puissant tremblant contre le mien. Je n'ai plus aucune prise sur la situation. Tout mon être se met à trembler, trembler, trembler… à n'en plus finir, comme si, enfin, mon corps se libérait de cette faim dévorante. Je jure que je ne me suis jamais donné un orgasme aussi éblouissant, et si j'en crois les jets puissants dont il m'a gratifiée jusqu'à la dernière goutte, lui non plus.

– Bordel ! Putain ! grogne le Guerrier en reprenant ses esprits. C'est encore meilleur… J'ai perdu la tête. On ne s'est pas protégés, Alex !

La panique dans sa voix m'oblige à entrouvrir les yeux pour l'observer.

– Je prends la pilule.

Sa main sur ma nuque m'oblige à ployer en arrière, sa propre tête appuyant avec force dans le dossier de son siège pour mieux m'examiner.

– Depuis quand ?

– Quinze jours. J'ai consulté un gynécologue à Chicago.

Nos regards se verrouillent l'un à l'autre, absorbant le choc de cette révélation, la douleur qui traverse le sien me stupéfie parce que je l'entends avant même qu'il le prononce :

– Pas de mensonge avec moi, Alex. Si tu as quelque chose à m'avouer, c'est tout de suite.

La magie de l'instant vient de se briser. Alors qu'il est encore en moi, pantelante et moite de son désir.

– Pas de mensonge, Matt. Je n'ai couché avec personne à part toi.

Mais alors que lui semble rassuré, mes yeux voient flou. Pour Matthew, c'est de la confiance que naît la trahison. Pour moi, c'est de la défiance.

On ne va pas s'en sortir.

16

MATT

Le choc avec le sol la réveille en sursaut.

Et mon bref moment de zénitude prend fin avec ce vol. J'aurais pu offrir le tour du monde dans mon jet à Alex, j'aurais pu lui donner tout le confort de mon lit et la laisser me dire et me redire qu'elle m'aimait jusqu'à ce que j'arrive à y croire, et pourtant, il lui faut bien une minute entière pour se rendre compte de la situation.

On vient d'atterrir à McCarran.

Dans quelques minutes nous allons nous séparer à nouveau. Les hublots sont tous relevés à présent, le poids de sa tête quitte mon épaule, elle se redresse, se frotte les yeux, et masse sa nuque endolorie en poussant un petit gémissement plaintif pas du tout stressé. Rien que ça suffit à faire affluer tout le sang de mon corps à la zone sous ma ceinture. J'ai peur de ce qu'elle va dire.

– Salut, marmonne-t-elle de cette voix encore ensommeillée qui me fait toujours bander. Tu as pu dormir ?

Je la dévisage sans répondre.

Je ne suis qu'un sale égoïste. Parce que je veux qu'elle m'aime sans pouvoir lui offrir la même chose. Si j'étais un type bien, je me serais détourné la première fois où je l'ai vue, parce que je savais à quel point ce serait compliqué. Au lieu de quoi, je viens de faire 3 600 kilomètres en classe éco dans un avion bondé de familles, de pleurs d'enfants qui ont mal aux oreilles, s'ennuient ou cassent les pieds de leurs parents juste pour les faire chier, afin de tenter de nous réconcilier. À ce rythme-là, je doute avoir un jour l'intention de lui rendre sa liberté. Je suis plus que disposé à reconnaître que je n'en ai pas fini avec elle, mais ça ne règle rien. Comment cela pourrait-il fonctionner ? Je suis incapable d'offrir ce que je veux lui prendre.

– Pas très longtemps, réponds-je en lui tendant le jus d'orange que j'ai gardé pour elle.

Je n'aime pas l'idée de la laisser seule à Vegas. Encore moins celle qu'elle aille faire la fête avec ses copines. Trois célibataires dans la ville des péchés.

Autant se balader avec un écriteau « Je suis en chasse » sur les nibards. Surtout dans ce putain de pantalon de yoga. *Bordel.* Chaque fois qu'un mec a le malheur de regarder son cul, j'ai envie de lui éclater la gueule. C'est normal, ça ?

Parfois, ma violence me fait peur.

– Rentre avec moi, lui dis-je sans y croire.

Je ne sais pas ce qui se passe.

À la seconde où j'ai été en elle la nuit dernière, je me suis senti chez moi, apaisé comme si elle ne m'avait jamais quitté. Puis, il y a eu ce truc nouveau qui s'est incrusté dans mon foutu subconscient et que je suis incapable d'évacuer.

Quelque chose qui s'est imposé avec son absence.

La douleur. Pas celle que j'ai déjà connue au Kivu ou dans mon enfance. Non. Une douleur indescriptible plus sournoise, étouffante. C'est idiot. À une époque, la solitude de mon appartement donnait corps à mon univers, j'étais d'une stabilité incarnée. Aujourd'hui, c'est en l'imaginant à mes côtés que j'y parviens.

Est-ce que je suis censé l'attendre deux mois de plus ? L'attendre un jour de plus est définitivement trop long.

– Tu es sérieux ? me fustige-t-elle.

Un silence affreux en guise de réponse.

– C'est l'anniversaire de Leila, Matt. Je ne l'ai pas vue depuis des lustres et après ce que je leur ai fait, je me dois de les rassurer.

Pas mon problème.

Mon regard caresse sa chevelure en désordre qui la rend encore plus sensuelle pendant qu'elle rajuste son soutien-gorge noir sous sa tunique. Je ferme les yeux et la chaleur envahit ma poitrine. Elle m'aime. Du moins, c'est ce qu'elle a dit il y a quelques heures à peine. C'est peut-être vrai puisqu'elle s'est sacrifiée pour moi.

Mais comment est-ce possible ?

« Dis à Papa que tu l'aimes, dis-le, Matty… C'est ce que font les bons garçons.

Dis à Papa que tu l'aimes et Papa t'aimera.

Tu es un petit garçon très spécial, Matty.

Tu es vraiment le fils de ton père, on a le même sang… »

Personne ne m'aime.

Comme un con, j'étais incapable de dire ce que je ressentais, avalant l'air comme si j'avalais une grosse boule de coton. Ma tête était tout occupée à lutter. À ce moment-là, tout ce que je voulais, c'était lutter et survivre.

Lutter contre la souffrance et grandir *vite*.

Ça faisait tellement mal ce qui se passait ensuite. Les coups avec la ceinture ou tout ce qu'il trouvait et qui pouvait faire l'affaire, avec une telle violence que ma peau brûlait, les chutes dans l'escalier, mon corps meurtri quand je regagnais mon lit en appelant ma mère. Jusqu'à ce que je ne sente plus rien.

Aimer, ça fait juste trop mal.

Alors pourquoi en ai-je autant besoin ?

– Comment vas-tu regagner ton hôtel ? demandé-je en lui masquant mon trouble.

Je ne veux pas qu'elle me voie. Je n'ai pas besoin de sa pitié, ni de sa peine pour moi. Je suis grand aujourd'hui et puissant.

– Margo et Leila viennent me chercher en limousine. Et toi ?

Son regard fouille le mien.

– Chuck m'attend sur le tarmac.

Je dois me méfier, elle a toujours lu si facilement en moi.

Guère plus tard, le couloir s'est éclairci et nous pouvons enfin sortir de l'avion. Pas trop tôt ! Tout ce bruit, ce manque d'espace, ces familles unies me mettent mal à l'aise. Une fois dans le terminal, je ne sais pas lequel d'entre nous est le plus mal. Je ne suis pas certain de m'habituer à la voir me quitter un jour.

Même pour quelques heures.

Je l'attrape par la taille, l'attire contre moi et lui incline la tête pour effleurer ses lèvres des miennes. Son frisson de plaisir au moment où je me retire me fait sourire intérieurement. Je peux tout lui faire. Cette attirance incroyable entre nous et le fait qu'elle dise m'aimer m'en donnent le droit et c'est le plus beau cadeau qu'on m'ait jamais fait.

– Merci, mon cœur. Je t'appelle lundi.

Je ne dois pas lui montrer que j'ai besoin d'elle. Ça, c'est pour moi.

Trop intime pour être dévoilé.

– Je travaille lundi, s'excuse-t-elle mal à l'aise. Stew est comment dire ? Pas très enclin au temps personnel. Je risque ma place.

Je serre les dents, me persuadant qu'il n'y en a plus pour très longtemps avant que Stew craque. S'il veut récupérer ses logiciels, il va devoir la transférer à Dries. Restera plus qu'à gérer le cas Ryan. Le mec avait l'air sympa au téléphone. Je devrais le rencontrer pour le remercier d'avoir joué le jeu.

– Tu finis à quelle heure ? fais-je d'un ton neutre qui ne trahit rien.

– 17 heures mais je vais dans une salle de sport après.

Compréhensif, je hoche la tête.

– Alors appelle-moi. J'ai laissé des consignes pour qu'on te bascule directement sur ma ligne. En attendant, sois raisonnable. J'ai besoin de te savoir en sécurité.

Mais au lieu de s'éloigner elle plonge ses mains dans mes cheveux pour mieux me retenir. Ses mains se déplacent vers ma nuque et un putain de frisson gagne le creux de mes reins. Elle gagne en confiance avec moi et j'adore ça.

– Matthew, murmure-t-elle en caressant mon visage des yeux.

– Oui ?

– Est-ce que ça veut dire qu'on est à nouveau ensemble ?

Saloperie d'addiction.

– Tu sais ce qu'il faut faire pour ça. Viens avec moi à New York. Une juriste brillante, avec des notions de marketing publicitaire qui plus est, a toute sa place dans mon entreprise. Pour moi, c'est le seul moyen d'être ensemble.

Alex fixe un point dans le vide, semblant réfléchir à ma proposition.

– J'ai ma famille à Chicago maintenant...

– Et j'ai un jet qui t'y amènerait aussi souvent que tu le souhaites.

– Et on se ferait confiance ? m'objecte-t-elle, tel un gargouillis informe entre ses lèvres. Tu m'aimes, toi aussi ?

Putain de merde, elle me terrifie, là.

J'ignore délibérément le nœud glacial qui me tord les entrailles pour m'écarter, il faut que je parte d'ici avant que cette conversation tourne mal.

Mais elle s'accroche à mon bras.

– Ne me repousse pas avec ta froideur, s'il te plaît, me supplie-t-elle.

Aucune relation amicale, amoureuse ou professionnelle n'est possible sans confiance. On va forcément se blesser.

Je dégage mon bras sans pouvoir réprimer un éclat de rire narquois.

– C'est un peu tard pour t'en soucier, chérie ! Il y a quelques heures, tu m'as laissé te baiser au milieu de 157 passagers avec presque autant de téléphones portables. Ce n'est pas la peine de te raconter des histoires. Quand on fait ça avec un mec, c'est qu'on a confiance ! Le reste, l'amour, ne m'intéresse pas !

C'est faux. Je veux lui prendre son amour. Je veux tout d'elle. Mais je ne peux rien lui donner dans ce domaine. Je n'ai pas le droit de le lui dire sans la suivre sur ce chemin. Impuissant, je tourne mes paumes vers le ciel. Je ne peux pas la voir ainsi, son expression me tue, ni qu'elle me brise le cœur à nouveau alors que le minimum serait qu'elle m'accorde un moment de calme après ce qu'elle me demande. C'est trop pour moi. Impossible. Inimaginable même. Mais non, son regard me dit qu'elle ne comprend pas.

Alors je tourne les talons.

De retour dans mon jet, assez énervé contre moi-même de l'avoir laissée m'entamer de la sorte, j'ôte mes fringues sales et j'encaisse une douche glaciale pour me calmer, le temps que Raphaël obtienne le prévol dans ce putain d'aéroport de merde. Je dois retrouver mon équilibre.

Mon corps vibre de colère. Je ne me souviens pas de la dernière fois où j'ai autant ramé pour récupérer une fille. *Chiante*, en plus. Cela fait trente ans que je vis sans faire confiance à personne. En quoi est-ce un handicap ? Au contraire, je suis la stabilité incarnée. *Tout le monde ne peut pas en dire autant, chérie !*

Une fois revêtu des affaires propres, je m'adosse au fauteuil de mon espace travail et je relance d'une secousse sur le trackpad mon MacBook Pro tout en décrochant le téléphone du jet pour appeler Sully. Il est 6 heures du mat' ici et à peine 9 heures à New York. Malgré l'heure matinale pour un samedi matin, il répond aussitôt :

– Monsieur Garrett.

Le carillon de l'ascenseur m'indique qu'il vient d'arriver au bureau.

– Alex est à Vegas pour le week-end, lui annoncé-je, mon poing se crispant sur le combiné à cette idée. Un week-end de filles pour un anniversaire.

Je n'ai pas besoin d'en dire plus.

– Entendu, monsieur. Je m'en occupe.

– Ensuite, je veux une recherche sur Chicago. Elle s'est rendue récemment chez un gynécologue. Vous pouvez éliminer les femmes. À mon avis, elle a choisi un homme, dis-je en essayant d'ignorer la tension que je sens poindre dans mes veines. Je veux son dossier médical sur mon bureau lundi matin.

– Ce sera fait, affirme-t-il.

Machinalement, j'ouvre le mail confirmant la commande des pièces pour la réparation de la deudeuche d'Alex et je lui demande :

– Qu'a donné l'enquête sur les chaussures tatouées du poseur de bombes ?

– On progresse par élimination, monsieur. La liste des clients de ce tatoueur est longue, d'autant qu'il est récemment passé sur les plateaux télé, mais Verdi a découvert un truc grâce au gamin qu'a défendu Sand. Le gosse a eu l'idée de hacker les caméras de surveillance implantées devant la boutique de Londres. Ça prend du temps mais on va comparer les images avec celles de Paris.

Un éclair de génie traverse alors mon esprit.

– Le gosse est toujours avec vous ?

– Verdi a gardé le contact, répond platement l'Afghan.

– Dites à Barbara d'aménager un rendez-vous dans mon bureau

la semaine prochaine. Son déplacement est à ma charge, bien entendu. Et s'il a besoin d'une lettre pour motiver son absence auprès de son école, faites-la-lui.

– Je m'en occupe, monsieur.

Je raccroche tout en continuant à checker mes mails quand une adresse attire mon attention. Cela faisait longtemps que mon père ne m'avait pas écrit. J'ouvre par curiosité, sachant déjà que je n'y apporterai aucune réponse.

[De : Vincent Garrett
À : Matt Garrett
Objet : Contentieux.
Matthew,
Tricia m'apprend que tu as retiré ta caution bancaire à son agence et qu'elle se trouve devoir en trouver une autre sous peine de perdre ses concours financiers chez Lazard. Peux-tu me donner les raisons de cette décision ? Elle parle d'une vidéo que tu essaies de lui faire endosser pour sauver tes fesses. Dois-je te rappeler combien sa famille s'est montrée conciliante par le passé ?
Vincent Garrett
Advocate at the Court
Law Society of England and Wales]

J'en étais sûr ! Tricia a tôt fait de me faire passer pour l'auteur de cette horreur. Sauf que mon père peut penser ce qu'il veut. Ce baratin pathétique ne m'atteint pas. Son opinion non plus. Alex n'ira nulle part.

Elle est à moi.

17

ALEX

McCarran doit être l'aéroport le plus encombré des USA.

L'attente au tapis des bagages a pris un temps fou et la file pour atteindre la sortie est beaucoup trop longue pour que je n'aie pas le temps de gamberger à l'homme qui m'a plantée comme une cloche en plein terminal après s'être coltiné un voyage de six heures en classe économique pour mieux me coincer. Il ne m'aime pas. Bon. Au moins ça, c'est fait. *Check !* Seul mon cul l'intéresse. Peut-être mon cerveau aussi. Putain de connard arrogant égoïste brut de décoffrage à faire vibrer les petites culottes !

Arrête tout de suite, Alex !

Rejoins tes copines, monte dans cette limo et amuse-toi.

T'es à Vegas, merde !

C'est pas quand je finirai mes jours avec un horrible chat acariâtre que je viendrai m'éclater ici. Si j'en crois les films sur le sujet, d'abord ma tête va enfler comme une pastèque, il va me pousser des griffes de panthère et j'ai toutes les chances de découvrir un bon gros tigre sexy dans ma salle de bains. Et quand je vais enfin hurler à l'aide, mon cri sera celui du raton laveur.

Bref, la tendance ici est de repousser toute limite. Ça me va. Tellement je suis prête à essayer n'importe quel programme pour oublier le *very bad trip* que je viens de vivre depuis deux mois.

Ma sex face sur les sites pornos.

Le père inconnu surgi du passé.

Ma biographie désintégrée.

Mon espoir d'être aimée en retour anéanti.

Merde. Parfois, je souhaiterais avoir un master 2 en psychologie pour l'obliger à sortir de son mutisme ou une tronçonneuse pour le découper avant qu'il ouvre la bouche, c'est selon. Tout en tirant nerveusement ma valise derrière moi, je lève les yeux vers l'affichage digital des températures. 24 degrés à 6 heures du mat' ?

Je n'ose imaginer la chaleur qu'il fera à midi.

Une fois passé les portes, je trouve Margo et Leila plantées près des machines à sous. Minute ! Je rêve ! Il y a des centaines de machines à sous prises d'assaut dès l'aéroport ? Comment font tous ces gens ? L'argent est gratuit ici ?

Leur visage s'allume dès qu'elles me voient.

– La voilà ! hurle une Leila bondissante en fonçant vers moi.

Elles fondent sur moi et me sautent dessus à l'unisson en poussant des petits cris de hyène. Ce qui vaut aux gens autour de s'écarter par précaution et à l'agent de sécurité de rappliquer pour voir ce qui se passe.

– Je pourrais te tuer sur place, m'enguirlande Margo, ses sanglots dans la voix entraînant les miens. Mais qu'est-ce que c'est bon, espèce d'andouille sadique et stupide !

– Ouais, elle m'a répété cent fois ce qu'elle voulait te faire et c'était vraiment moche, glousse Leila pendant que je les serre toutes les deux jusqu'à les étouffer.

Je dois attendre que la boule brûlante quitte ma gorge.

– De grâce, pas de sermon, dis-je au moment où elles me relâchent.

Mais autant s'adresser à un troupeau d'ânes bâtés ignorants.

– Ah non ! Tu nous dis tout ou on s'occupe direct de la chirurgie esthétique du clan Garrett, vitupère Margo d'un doigt sur ma poitrine.

– La chirurgie esthétique ?

Leila attrape ma valise en riant.

– Tu n'es pas au courant ? se marre-t-elle. Margo a failli vomir son cocktail patriotique sur Garrett le 4 juillet. Juste après qu'elle lui a balancé le reste du verre à la figure et qu'elle a claqué magistralement Rob devant une de ses ex, comme par hasard installée à la table d'à côté.

– Quoi ? Oh mon Dieu... Tu n'as pas osé ?

Elle l'a fait.

– J'ai entendu la « Salope » qui est en moi, se contente-t-elle d'opiner tout en se mettant à marcher d'un pas décidé. Tu devrais essayer parfois, chaton. Ça soulage.

Un fou rire incoercible me prend en pensant à la tête qu'il a dû faire. C'est sûr, le Top Ten de *Forbes* n'est pas habitué.

– Tu as revu Rob ? je lui demande avec une pointe d'admiration dans la voix.

Le crotale blond passe devant nous en dressant théâtralement son majeur en guise de réponse. OK. Pas la peine de poser la question. Il est mort. Et dire que Matt avait cru bon de me prévenir de l'effet Rob Crawford...

– Ce connard a les mauvais gènes, claque l'intéressée une fois dehors, sifflant dans la foulée un chauffeur adossé à une berline blanche six portes démesurée.

– C'est pour nous, ça ? fais-je complètement abasourdie lorsque l'engin vient se ranger devant nous.

– Les limousines à Vegas sont plus grandes que partout ailleurs, se contente de répondre Leila en s'engouffrant à l'intérieur.

Heureusement, le trajet jusqu'au célèbre Strip ne dure que

cinq minutes. Cinq minutes d'inquisition où il me faut rendre des comptes au nom de l'amitié.

– Tu es sûre qu'il dit la vérité pour la vidéo ? me questionne Margo alors que nous quittons notre salon roulant digne d'Elvis.

– Matt a peut-être tous les défauts de la terre, Marg, mais il ne ment pas. S'il dit que ce n'est pas lui, c'est que ce n'est pas lui, fais-je valoir, trop distraite par le luxe de notre hôtel pour guetter sa réaction.

En montant dans l'ascenseur, la blonde y va de son commentaire :

– Mouais ! C'est un mec et tous les mecs mentent quand ils se font choper.

– Justement je ne l'ai pas « chopé » en train de poster ma vidéo sur le Net. Tu as prêté serment. Dois-je te rappeler le principe de la présomption d'innocence ?

Elle me décoche un regard de pitié.

– Toi aussi tu aurais dû prêter serment, je te rappelle. C'est comme les ourlets de tes jeans, Alex. Tu t'attaques à Garrett alors que tu as encore l'espoir de grandir. C'est totalement nul. Grandis un peu avant, chaton.

Margo et ses métaphores, ça m'avait manqué.

– Quel rapport entre Matt et mes ourlets ?

– Lui n'en fait pas. Garrett sait ce qu'il lui faut comme fille.

– Parce que je suis la fille qu'il lui faut, d'après toi ?

Sa remarque a éveillé ma curiosité. J'essaie de comprendre. Matt ne m'aime pas. Comment pourrais-je être celle qu'il lui faut en ce cas ?

Et qu'est-ce que ça veut dire sinon ? Que je suis la fille qu'il lui faut pour une relation sans amour ? Juste parce qu'il ne m'aime pas ? Pourquoi ? Tout le monde a besoin d'être aimé, non ? Grandir sans mère, un père maltraitant, l'explication est là, j'en suis sûre. Mais laquelle ? Qu'est-ce que c'est énervant de le déchiffrer.

– Puisqu'il revient vers toi alors qu'il a plutôt la réputation de larguer facile, ouais, continue Margo sur sa lancée. Cette fille, c'est toi. Et n'y vois pas de la romance, mon chou. Tu risquerais de te prendre la porte en sortant.

Je stoppe net ma respiration, vexée comme un pou.

– Waouh, merci Margo ! Je vais faire gaffe aux portes.

– Allez, ne joue pas les prudes ! Ce mec est un pur produit sexe. Tu me connais, je suis pas contre. Les mecs qui ont peur de l'engagement sont même souvent bien plus intéressants parce qu'au moins ils se donnent du mal, mais…

– Mais quoi ? dis-je en réalisant en même temps qu'elle n'attendait que ça pour continuer sa diatribe paternaliste.

– Mais c'est un taré qui sabote toutes ses relations de peur qu'on l'abandonne, lâche-t-elle en se plantant devant moi. Rob me l'avait dit à Marrakech mais j'ai cru qu'il me faisait l'article, alors j'ai fermé ma gueule.

Je cherche Leila du regard pour obtenir un peu de soutien. Elle détourne les yeux. OK, elle pense pareil. Mais alors que je pensais la coupe pleine, Margo en remet une couche :

– Tu savais que ses maîtresses signent toutes un contrat de confidentialité avant d'écarter les cuisses ? C'est Paul qui me l'a dit. Délicat, non ? Et si elles font des histoires ou qu'elles essaient d'en profiter pour leur carrière, il les vire. Le mec déteste la mauvaise publicité pour son entreprise.

– Bon Dieu, Margo ! intervient Leila le visage empourpré.

Le ping des portes d'ascenseur me tombe dessus comme une boule de feu, alors que je jurerais sentir les parois se resserrer, ne sachant trop quoi penser de tout ça. Il est normal qu'il se protège, non ? Il est normal qu'il ait peur de l'abandon, non ?

Pour moi, Matt Garrett est blessant parce que blessé. Pas plus.

– Tu saurais comment gérer Matt Garrett, toi ? tenté-je dans un dernier ressaut.

Tandis que Leila nous précède, trop contente de s'esquiver, Margo me fixe comme si elle regardait un chien qui vient de se faire écraser, réfléchit, puis me fait signe de sortir dans le couloir avant de répondre.

– En fait, c'est simple. Pour gérer un salaud, il faut être une salope, proclame-t-elle très sérieusement. Si tu veux essayer quand même, alors écoute la salope qui est en toi. On en a toute une planquée quelque part. Si ça ne marche pas, au moins, ça lui fera les pieds. Et si ça marche et qu'il est accro… Eh bien tant mieux pour toi. Achète un stock de lubrifiant. Tu en auras besoin.

Je suis tellement hébétée que, même si ça me contrarie de l'entendre traiter Matt de salaud, je la suis dans le couloir sans protester. Margo n'a jamais eu le moindre problème avec les bad boys, tout simplement parce qu'à force de « s'amuser » avec eux, elle sait comment ils fonctionnent et a toujours eu l'intelligence de ne pas tomber amoureuse. Quant à Leila, elle ne s'aventurerait jamais avec un bad boy, même si elle en rêve.

Donc, je suis la seule à me sentir mal barrée.

– You hou !!! s'exclame Leila, déverrouillant la porte de notre suite pour mieux clore le chapitre. Vegas est la destination n° 1 pour faire la fête, notre meilleure copine n'est là que pour une nuit, alors pas question de faire les choses à moitié.

– Ouais, nos salopes vont sauvagement s'éclater ce soir, pouffe Margo en me poussant en avant.

La suite Salone réservée par Cameron incarne le luxe et l'opulence mais n'a rien de gigantesque. Rien à voir avec ce à quoi je m'attendais de sa part et c'est tant mieux. Une seule chambre, mais spacieuse, avec vue sur les fontaines du Bellagio et deux lits doubles. Sympa pour être à l'aise et proche en même temps.

– Qu'en penses-tu, Alex ? Cam' a décidé que mon anniversaire serait une dernière extravagance avant que la vie d'adulte nous rattrape.

Ce qui me fait penser :

– Attends, j'ai un truc pour toi.

Je traverse la suite jusqu'à notre chambre et fouille dans mon bagage pour trouver le cadeau que je lui ai réservé.

– Tiens. Bon anniversaire, dis-je en l'embrassant sur la joue.

Un peu gênée, j'entreprends de ranger mes affaires dans la penderie, la laissant essayer les sandales en velours grenat que j'ai dénichées pour elle en sortant du boulot, tandis qu'assise sur le lit, Leila fait mine de me gifler.

– Elles sont sublimes, Alex ! Et bien moins flippantes que le cadeau de Margo, décrète-t-elle en virant à l'écarlate. Merci.

Je referme la commode d'un coup de hanche.

– Laisse-moi deviner. Un nouveau sex toy ? Des œufs vibromasseurs ? Une culotte chauffante ?

– Un machin qui fait tout, y compris froid dans le dos, rougit Leila. Je l'ai fourré au fond de ma valise en espérant ne plus jamais le revoir.

Pour la première fois depuis des semaines, l'air me paraît plus frais. En retrouvant mes copines, je respire. Rien n'a changé, ce qui est à la fois déconcertant, idiot, et rassurant.

– Qu'a dit ta mère de ton installation à Chicago ? revendique Leila.

Je prends le temps de refermer la penderie. Aussi loin que je me souvienne, ma mère a toujours été au courant de mes projets et Leila le sait. Je m'oblige à sourire en me demandant ce qu'elle sait de mon nouvel arbre généalogique.

– Je n'ai pas jugé bon de l'avertir.

Leila garde un silence réservé qui ne me donne aucune indication. Du living, la voix de Margo nous parvient en bruit de fond, toujours au téléphone.

– Elle parle à Gary ?

– Mouais, confirme Leila. Gary s'est fait embaucher par le bureau new-yorkais d'Associated Press. Margo est folle de joie mais il lui manque.

Parfois, j'envie sa vie, sa famille chaleureuse et la complicité sans faille que Margo a avec son père. Ça ne veut pas dire que tout est rose chez eux. C'est juste qu'ils communiquent. Que feraient Margo et Leila si elles apprenaient que leur mère leur ment sur l'autre parent ? C'est le moment.

– Apparemment, ma mère a eu beaucoup de mal à m'annoncer que mon père biologique était un homme marié, je lâche, un peu aigre.

Après tout, je n'ai que vingt-deux ans !

– Enfin, Alex, en vouloir à ta mère ne réglera rien.

Je ravale la culpabilité que je sens poindre en moi.

– C'est moi que tu juges ? Penser à mon enfance et me dire que tout était faux me plonge dans la pire des confusions, Leila. Et, comble de l'ironie, sans Matt qui a pris la peine de se renseigner sur ma famille, je n'aurais jamais rien su de toute ma vie. C'est ça le plus étrange. En principe, c'est désagréable de sentir qu'on empiète sur ta vie privée, mais, là, je ne peux pas lui en vouloir. En fait, je devrais même lui dire merci.

– Je ne sais pas, Alex. Peut-être a-t-elle agi au mieux pour toi ?

Ce que j'entends me donne envie de hurler. Mentir à un enfant sur des choses aussi graves sous prétexte que c'est pour son bien, c'est comme le laisser pleurer pour lui apprendre à dormir ou le jeter à l'eau pour qu'il apprenne à nager.

Inacceptable.

– D'ailleurs, il y a encore une bricole que je tiens à te dire…

Elle me coupe aussitôt :

– Toi et Cam' avez le même père. Cam' me l'a dit. Et alors ? Moi, je trouve ça génial. Lui n'avait pas de sœur et toi pas de frère. Votre père est mort. Vous pouvez très bien reconstruire des liens familiaux tous les deux.

Trop stupéfaite, j'ignore la tornade blonde qui traverse la chambre en courant et plonge sur l'autre lit en criant :

– Bon, les filles ! Précepte n° 1 de la soirée : on évite le chelou pas bien malin, tendance pervers, avec au moins trois corps en décomposition dans son garage. Tout le monde est d'accord ?

– Précepte n° 2, shopping ! clame Leila tout excitée. Et interdiction de ramasser les cale-portes des portiques de sécurité, Alex.

– Précepte n° 3, interdiction d'ouvrir le rideau de la cabine lingerie en chuchotant « Je te vois » comme un aliéné, lui retourné-je en riant.

En un rien de temps, nous nous sommes faites au rythme effréné de la ville des péchés. Après avoir écumé les boutiques dans une chaleur étouffante – j'avais raison, il fait bien 40 degrés en dehors des galeries climatisées – nous avons passé la soirée à chanter et danser sur place dans l'obscurité assourdissante du Brooklyn Bowl au son du groupe préféré de Leila.

Et malgré l'immensité de la salle, nous sommes parvenues – Dieu sait comment – à nous faire deux copines du coin. Amber et Brandy. Deux filles fantastiques et très drôles aussi. Le genre à pouvoir lever n'importe quel gars sans se prendre le chou. Le courant est tout de suite passé.

– J'ai faim, grogne une Margo toute rouge sur le parking en cherchant notre limo pourtant facile à repérer mais présentement absente.

– Où est Roger ? dis-je à Leila qui se saisit déjà de son mobile pour appeler le chauffeur français choisi par Cameron.

– Aucune idée, répond-elle, les sourcils froncés au quatrième essai. Je tombe directement sur sa boîte vocale. Ce qui veut dire que son portable est coupé ou… déchargé.

Je croise le regard soudain sérieux de Margo.

– Il y a un turkish kebab pour les petites fringales à deux pas d'ici, annonce alors Brandy, espérant probablement nous faire patienter.

– Les portions sont gigantesques et le prix fantastique, renchérit Amber mimant l'eau à la bouche que cela lui inspire.

Nous nous y rendons à pied en laissant un énième message à Roger pour lui dire où nous trouver au cas où il voudrait bien décrocher.

Le petit snack est très clean, l'accueil fort sympathique et les sandwiches en question ne dégoulinent pas de gras en donnant l'impression d'avoir ingurgité un litre d'huile à la première bouchée. Margo, Leila et nos deux nouvelles copines se laissent tenter par les différentes versions proposées.

– Gosh ! Le végétarien est au top, grogne Margo de façon indécente.

– Mmm… La sauce du bœuf est au poil, apprécie à son tour Leila.

N'étant pas folle de viande pimentée, je préfère m'abstenir, me contentant d'une canette de coca bien sucré et d'un wrap tomate salade.

– Qu'avez-vous prévu pour la suite ? sonde Brandy en picorant ses frites de patate douce.

Sans être rabat-joie, je voudrais dormir un peu avant le vol retour sur Chicago. Contrairement à elles, je n'ai qu'une nuit à Vegas et je bosse lundi.

Je consulte ma montre :

– Il est presque 1 heure du matin, fais-je valoir. On pourrait faire un tour au casino et utiliser la Players Card offerte par Cameron ?

J'évite de dire que mes pieds souffrent le martyre avec mes talons de dix centimètres, mais je n'ai pas dû parler assez fort pour être entendue.

– Amber et moi devons prendre notre travail. Pourquoi ne pas venir avec nous ? propose Brandy. Notre voiture est juste là, dit-elle en désignant une Dodge blanche qui a l'air d'en avoir vu d'autres.

– Quel travail ?

– Nous dansons toutes les deux au Lucerne.

Échange de regards entre nous trois. D'instinct, nous pensons la même chose : les deux blondes sculpturales dont nous venons de faire la connaissance ont plutôt un look sain très sportif. Rien à voir avec des effeuilleuses enivrantes.

Toutefois, notre étonnement ne leur échappe pas.

– Le Lucerne est un club de showgirls dans le top ten des clubs privés de Las Vegas, précise Brandy avec un sérieux décalé.

– Oh, mon Dieu ! V... Vous êtes danseuses exotiques ? bégaie Leila.

Leila ne bégaie que lorsqu'elle est surexcitée. C'est-à-dire devant un homme qui lui plaît, une paire de chaussures déjantée, mais rarement pour son anniversaire. C'est dire son euphorie.

– La fille que vous voyez là est championne de pole dance, s'exclame fièrement Brandy en désignant Amber. Quand elle est accrochée à la barre, cette nana donne l'impression de marcher dans le vide. Je vous jure.

– Nous avons pris quelques cours, déclare Margo visiblement tentée elle aussi.

Le visage d'Amber s'illumine.

– C'est super ! Venez avec nous alors, le spectacle devrait vous plaire. Les femmes sont en sécurité au Lucerne. Le patron est très à cheval là-dessus. Si un connard dépasse les limites, il est dehors en moins de temps qu'il lui faut pour finir sa pensée. Vous ne risquez rien, promis.

Je me penche vers Margo et lui glisse à l'oreille :

– Marg, je ne suis pas tout à fait sûre de vouloir plonger dans la ville natale de la honte ce soir. Surtout après ma vidéo intime sur le Net.

– Petite nature, va ! À quoi tu t'attendais en venant à Vegas ?

Aucune idée. En revanche, je n'ai aucune envie de gâcher l'anniversaire de Leila. Après tout, il n'y a rien de mal à voir des filles danser contre une barre verticale, non ? C'est ainsi que dix minutes plus tard :

– Vous avez un problème avec la nudité ?

C'est ce que nous demande le physionomiste de l'entrée.

– Non, répond tranquillement Margo.

– Allez-y, grogne-t-il en se décalant pour nous laisser la place.

Le Lucerne est petit, intime et faiblement éclairé. La salle principale a un décor élégant très cosy, avec bar anglais à l'ancienne et scène entourée de nombreux espaces VIP offrant différents points de vue. Chose plus déroutante après cette première question, les clients sont tous en tuxedo noir et portent un masque.

Noir également.

Je m'arrête, surprise, presque gênée de ne porter qu'une simple robe à paillettes, quand le mouvement d'un bras féminin passant devant moi me sort de ma réflexion. Un sac en satin rouge pompier attend que je l'accepte.

– Tiens. Ici, le loup est obligatoire, m'annonce Amber avec malice.

Je dresse un inventaire mental des dames en positionnant les plumes brillantes couleur rubis sur mon visage. Les danseuses sont jeunes – plutôt vingt ans que trente –, et très belles, comme nos deux comparses. Une sélection haut de gamme, pas du tout dans le genre blond chirurgicalement amélioré.

Mais aucune ne porte de masque.

– Le masque est uniquement pour les clients ?

– C'est ça. Pour eux, la nuit est facteur de fantaisie, me répond Amber avec une œillade coquine tout en nous conduisant à travers les canapés.

Brusquement, je repense à ce que disait Matt : « *Le loup permet de voir et de se cacher en même temps* », et bizarrement, le poids disparaît de ma poitrine. Personne ne me connaît ici. Plus de vidéo. Plus de sites pornos.

Avec le loup, je suis libre, comme neuve.

De plus, l'endroit est assez chic et n'a rien à voir avec les gigantesques clubs de nuit dont j'ai pu voir les publicités dans les revues de l'hôtel. Les murs sont tendus de velours rouge piqué en losanges. La déco est digne de l'époque victorienne.

Le club tout entier dégage une lueur rouge tandis que, sur l'estrade, au centre, dix barres verticales métalliques lumineuses se dressent tels des tubes de néon verts ou bleus vers un ciel étoilé.

– La vache ! fais-je en découvrant la scène de près.

– Waouh ! Une forêt de pole dance, murmure Margo à son tour, estomaquée. Jamais vu un truc pareil.

Pour elle aussi, l'effet est décapant. C'est dire.

– Vous avez vu ? La clientèle masculine est assez jeune, proclame Leila, davantage concentrée sur la salle que sur la partie show.

– La clientèle présente une part équitable de couples légitimes, croit bon de nous assurer Amber.

Sans un mot de plus, nous regagnons notre zone. Deux canapés noirs et une table sous un grand lustre de cristal rouge qui doit peser une tonne.

J'espère que ce machin est bien arrimé.

– Helloooo ? L'argent fait tourner le monde, lâche Margo en détaillant la carte des boissons posée sur la table basse. Ça ne peut pas être plus vrai qu'ici. Aucun cocktail n'est à moins de 100 dollars. On restera sobres ou on finira ruinées, les emmerdeuses !

– J'opte pour ruinée au premier verre, dis-je en riant. Mon banquier va bloquer ma carte au second de toute façon.

– T'es trop bête, pouffe Leila. Banco pour ruinée de A à Z !

– Les gens payent cher pour venir ici, nous glisse malicieusement Brandy debout devant nous, mais on s'amuse bien. Vous verrez.

– Désolée, mais on doit vous abandonner, annonce à son tour Amber avec un mouvement d'épaules pour s'excuser. Le boulot.

Une heure plus tard, je me dis que les deux cocktails que je me suis autorisés étaient une bonne idée même s'ils ont grevé mon budget. Je n'ai jamais autant ri, ni eu l'esprit aussi débarrassé de tout ce qui est gênant.

Comme si tout était derrière moi une fois pour toutes. Boire pour le plaisir dans un club sexy surveillé ne peut pas faire de mal, finalement.

J'aurais dû essayer avant.

Je suis tellement bien que je me pelotonne dans le sofa pour admirer Amber et Brandy dans leur dernier numéro. Avant elles, on a eu droit à un spectacle de danseurs masculins faisant du strip-tease pour chauffer la salle, mais ce n'était rien comparé à elles deux. Elles hypnotisent carrément leur public, moi compris.

Margo me lance un regard noir.

– Quoi ?

– C'est immonde ta façon de lécher la chantilly sur ce verre, se moque-t-elle en faisant le geste de me débarbouiller.

– J'ai faim, réponds-je en mâchouillant la paille de mon Speak-Easy. Il y a autant de sucre dans ce cocktail que dans le mug rose *Call me Sugar* de notre ancienne cuisine. Tu te souviens ?

– Je vois ça, ricane Margo en tirant sournoisement sur la sienne.

– Tu sais quoi ? J'aurais dû essayer le Speak-Easy à la fac. Depuis que je bois ce truc, je comprends toutes les langues étrangères.

Margo lève les sourcils, me scrutant bizarrement.

– T'es bourrée, mon chou. Voilà ce que c'est de pas manger consistant. Rien à midi, salade ce soir…

– Nan ! Tu vois le garçon tout mignon avec sa barbe sexy là-bas ? Il parle le turc. Eh bien je comprends. Il s'appelle Engin et il m'a filé son numéro tout à l'heure quand j'ai voulu monter à l'étage pour aller aux toilettes. C'est cool, non ? Je vais pouvoir rajouter turc à mon C.V.

Je ris, fière d'avoir ramené le premier numéro alors que d'habitude c'est Margo qui les collectionne quand on sort. Et là, c'est moi !

– Turc, ça vaut bien un effort, proclame Leila en grimaçant et en se levant. Je reviens, nous annonce-t-elle sans plus d'explication.

La quantité d'alcool qui coule à Vegas en une journée est pratiquement insondable. Heureusement que le prix nous arrête, sinon… Les cocktails de Tony sont tellement gourmands qu'ils glissent avec aisance sur ma langue sans aucune brûlure. On ne sent pas l'alcool, ce qui me plaît encore plus. Plus que les Cosmos chargés de vodka qu'enchaîne Margo. Cette fille pourrait avaler des pierres !

Deux ombres noires s'immobilisent devant notre table tandis qu'une serveuse en combi-short riquiqui pose délicatement trois shots transparents devant nous.

– Bonsoir, mesdemoiselles. Vous acceptez de la compagnie ?

La voix masculine qui s'adresse à nous est aussi sucrée que les rouleaux de réglisse qu'on déroulait à l'école pour les manger par petits bouts.

Intriguée, je relève la tête.

Il vient d'où celui-là ?

À la façon qu'il a de fixer ma bouche, je sais d'emblée que j'ai l'allure d'une fille à qui on n'a pas appris à se servir d'une cuillère. M'en moque ! S'il voulait qu'on mange proprement, Tony mettrait des cuillères dans ses cocktails à la chantilly. Margo s'adresse aux deux tuxedos noirs :

– Pour quelle raison vous ferions-nous cette faveur ? lui rabat-elle d'un ton plat qui se fait désirer.

Malgré leurs loups noirs, je croise le regard vert du plus grand posé sur moi. Après ma démonstration crème fouettée, je devrais me sentir mal à l'aise, rougir, ou piquer du nez. Eh bien, pas du tout ! Je vais même jusqu'à lui rendre son sourire tellement le sien est suffisant d'arrogance.

Ce mec ne doute de rien, il mérite une leçon !

– Pour le « bonus », crochète l'homme à côté de lui. Regarde autour de toi, trésor. Il y a bien trop de serveuses dans cette salle pour la taille du club.

– Pauvre chaton, glousse Margo en sirotant son Cosmo. Tu as peur qu'elles viennent toutes sur tes genoux ?

Le copain n° 2 quitte alors la contemplation de ma bouche pour pousser le crime à renifler nos verres tout en s'adressant à son tour à Margo :

– Regarde par toi-même, *chaton*, lui retourne-t-il. Ce sont des hôtesses. Si le mec est seul, elles viennent plus souvent. C'est un peu comme Baskin-Robbins et les trente et une saveurs, ici. Difficile de résister à aller faire un tour en haut, termine-t-il avec un sourire rigolard juste pour moi.

En haut ? Il veut dire aux toilettes ?

Comme il s'adresse à moi, je me sens obligée de faire preuve de politesse :

– Baskin-Robbins ? Les crèmes glacées ? je m'exclame, toute contente de participer à la conversation alors que je me sens légèrement décalée avec mon cerveau.

Le copain n° 1 retient un petit rire, ce qui m'oblige à regretter l'engourdissement agréable de mes neurones, car apparemment les siens fonctionnent plus vite que les miens et je déteste être la dernière.

Ça, ça ne change pas !

– D'accord, vous ne connaissez pas le club, en déduit l'inconnu aux yeux verts. On s'assied, on vous offre vos verres, et on vous explique le fonctionnement. OK ?

Interrompant ce merveilleux échange, Leila revient justement des toilettes avec une petite mine. Sérieux, elle a la même couleur que la grenouille sur les taxis de Chicago. Sans un regard pour nos invités, elle se penche vers moi :

– J'aurais dû t'écouter pour le kebab. *Avarié.*

– Ah, tu vois ! Tu veux de l'aide ?

– J'ai pu avoir Roger, il va me raccompagner. File-moi la clef de la chambre, j'ai noyé la mienne dans les toilettes.

La pauvre, les yeux rouges, elle fait peine à voir. Je fouille dans mon sac et lui remets le rectangle plastifié. Ce qui, en temps normal, ne devrait pas faire tourner la salle autour de moi. Mais bon…

Je n'ai jamais été du genre à engager la conversation mais ce soir, sûrement à cause du loup qui masque mon visage, tout me paraît plus familier.

Je demande à celui qui ne me quitte pas des yeux :

– Et vous êtes ?

– Cael. Lui, c'est mon frère Damon.

– Cael comment ?

Son sourire s'étire sur un seul coin de sa merveilleuse bouche, sexy et tout ça, mais l'apollon secoue la tête trop lentement pour être honnête.

Méfie-toi, Alex.

– Il est fortement recommandé de ne pas donner son nom ici, chérie, m'informe-t-il en pointant sa langue au bord de ses lèvres. Tu noteras que je ne te demande pas le tien.

D'humeur joueuse, j'agite mon index devant lui.

– Tsss tsss tsss, ça va pas le faire ! Je ne suis pas une dragueuse en soirée, alors ne m'appelle pas chérie, chéri.

– Mince, d'habitude les filles qui me draguent ne passent pas à l'attaque aussi tôt, réplique ce dernier du tac au tac. Je pensais avoir le temps de te prévenir.

Yeux verts n'est pas mal en fin de compte. Et il a de l'humour ! Son timbre de voix est différent avec un fort accent traînant sur les voyelles. Et comme il me regarde toujours, je me sens obligée de dire quelque chose.

– T'es marrant.

– Toi aussi.

Regard vert intense, bouche trop fine mais très suggestive sur ce qu'il aurait envie de me faire. C'est drôle aussi parce que je n'ai jamais été volubile. Ce doit être l'endroit qui fait cet effet-là, ou le loup. Va savoir !

– Tu es cockney ?

– Non, *dinky-di Aussie*. Nouvelle-Galles du Sud, si tu préfères, admet-il en se mordillant la lèvre.

Un Australien, donc.

– Tu fais quoi dans la vie ? Chasseur de kangourous ?

– Très drôle ! Nous sommes tous les deux médecins au St Vincent hospital. Mais là, tu en sais beaucoup plus que je ne l'autorise d'habitude, souligne-t-il d'une voix rauque très très excitante.

Dans un calme troublant très relatif alors que la musique du club couvre toutes les conversations, Margo les invite à s'installer dans notre espace, non sans me lancer un regard d'avertissement que je trouve très agaçant.

De quoi je me mêle, maman ?

– Merci, clame Damon. Nous sommes rassurés de voir que vous n'êtes pas du genre à vous laisser embarquer en moins d'une minute.

– Les garçons sont des petites créatures primaires, ricane le crotale blond.

– *Cooee*... Et les petites filles comme toi rêvent que leur mère leur donne un phallus, flirte Damon sans se démonter. Ensuite, contrariée de ne rien recevoir, elles demandent à papa. Je suis sûr que t'es une fille à papa.

S'il savait, Margo serait plutôt du genre à se battre avec les mecs qui osent nous aborder... sauf s'ils lui plaisent. Et là, visiblement, c'est le cas. Margo est aussi la seule fille que je connaisse capable de siffler son shooter cul sec avec classe.

– Et paf ! l'affronte-t-elle en retournant le verre sur la table. Le premier shot est pour la fille à papa. Tu vas tenir, chaton ?

– Et le deuxième est pour moi, princesse, s'engouffre aussitôt Damon en levant son bras pour appeler une serveuse-hôtesse, enfin la fille qui tient un plateau.

– Non, le deuxième est pour la salope qui est en moi, le devance-t-elle en attrapant le shot destiné à Leila.

Et puis droit dans les yeux :

– Nouvelle déception quand la petite chérie comprend que son papa fait déjà des bébés à sa mère et qu'elle doit se débrouiller seule pour trouver le pénis qui lui manque, termine Margo sans faillir devant l'expression figée de Damon.

Et elle retourne le shot sur la table !

– Putain, tu me plais, toi, lui concède celui-ci, halluciné.

Je ris, trop éméchée pour sortir une remarque intelligente. Cael me contemple en silence avant de faire signe à l'hôtesse et de s'installer près de moi.

– Je commande aussi pour votre amie ?

– Non, elle est partie se coucher.

Je souris à Margo qui semble vouloir m'encourager, puis à Cael :

– Alors ce club ? Ça marche comment ?

– Le Lucerne offre une combinaison sympa pour tout le monde, commence ce dernier d'un ton détaché. Au premier, les darkroom sont parfaites pour les lap dance avec les hôtesses. En bas, une deuxième scène s'ouvre après le spectacle pour les danseuses supplémentaires.

– Tu veux dire que la scène accueille la clientèle féminine ? intervient Margo.

Cael confirme d'un signe de tête, sans pour autant me quitter des yeux.

– Tout le monde ne porte pas son choix sur les professionnelles, proclame-t-il d'une voix chaude comme du chocolat qui me colle des frissons dans les reins. Parfois, c'est beaucoup plus excitant de faire ça avec sa petite amie. Pas mal de couples viennent ici pour se remettre en selle.

– Ouais, faut remonter sur le cheval, sors-je un peu trop vite, troublée par ce regard vert qui ne me lâche pas.

Les deux cocktails de Tony commencent à faire leur effet, mon cerveau a du mal à se taire. Margo se penche vers moi à l'arrivée de nos consommations.

– Ne lui facilite pas trop la tâche, mon chou, me conseille-t-elle en arrêtant mon geste.

Prudente, je reluque les quatre Margarita Frozen avec sel et citron et les petits verres verts remplis de crème à ras bord. Étrangement, je n'arrive pas à déterminer si elle parle du Guerrier ou de Cael. À qui dois-je rendre la tâche difficile ?

– T'inquiète, je te tiendrai au courant.

J'ai vraiment envie d'un autre verre. Il me semble que je devrais me rappeler quelque chose mais je ne sais plus quoi. Je fronce les sourcils au-dessus du Hulk miniature que Cael pousse devant moi.

– Tequila et Get 27, m'annonce ce dernier en me voyant renifler le shooter vert.

– Et la mousse ?

– Du Baileys.

Je désigne la scène du doigt.

– Explique-moi ce que je dois faire si je veux y aller, dis-je à Cael.

Margo est tout à coup trop abasourdie pour dire un mot.

– Tu sais danser vertical ? s'étonne l'Australien avec plus d'intérêt.

– Ouais ! Je danse pas mal mais je ne sais pas ce que ça fait d'être regardée.

C'est fou, je n'ai pas le temps de dire « ouf » que les mots sortent sans que mon cerveau le veuille :

– En plus, je suis seule.

Foutue pour foutue, autant tout lui balancer d'un coup, non ? Amusé, Cael se penche vers moi.

– Tu me dragues ? me chuchote-t-il à l'oreille.

Ce qui me fait reculer.

– Non. D'après toi, la fille danse et repart avec son copain. Comme j'en ai pas, je n'ai pas envie de repartir avec un gros lourd ou un pervers dont je n'arriverai plus à me débarrasser.

Margo me dévisage sans faire de commentaire. Ce que je ne sais pas comment interpréter. C'est important ?

– Les scénarios sont réglementés par le club, m'informe Cael. Après le spectacle, si une fille te plaît, tu glisses ta carte de crédit dans la Bank. (Il me désigne des terminaux que je n'avais pas encore remarqués.) Les gars peuvent obtenir un tour de danse, des faveurs coquines sur place ou… des bonbons.

– Des bonbons ? Des vrais ?

Cette fois, Cael éclate d'un rire grave en rejetant sa tête en arrière.

– Bien sûr. La fille jouit d'une liberté totale ici, chérie. Personne n'insistera, ni ne la traitera d'allumeuse. Si elle ne veut pas donner plus, elle propose un bonbon et on en reste là. Sinon… la fantaisie peut continuer. En bas, devant tout le monde, et c'est gratuit. En haut, dans la pénombre des darkrooms pour un plaisir de courte durée. Aucune relation sérieuse ne démarre ici…

J'éclate d'un rire rocailleux que je ne me connaissais pas et pose ma main sur son bras pour l'arrêter là.

– Je ne suis pas trop du genre aventureux, vois-tu.

– Tes cocktails à la chantilly et ta robe sexy crient l'inverse, m'oppose-t-il en me dévorant des yeux. Danse et je te récupère.

Après tout, la nuit est facteur de fantaisie. Si je veux m'adresser à la salope qui est en moi, il va bien falloir que je la trouve là où elle se cache, non ? Le morceau suivant est un air que j'aime bien. Un signe du destin. Danser sur « High For This » de The Weeknd me paraît tout à coup l'idée du siècle. J'avale mes shots verts cul sec, à la file, sous les applaudissements de Margo qui en fait autant.

– Et le dernier pour le courage ! s'écrie-t-elle pour elle-même.

Effet miroir, elle m'accompagne sur la scène.

Ça ne doit pas être si difficile d'être une salope, non ?

18

MATT

La confiance, c'est une putain de grosse connerie !

La preuve. À deux pas du hall bétonné de McCarran où crépite le bruit infernal des machines à sous, se trouve LA merveille réservée dans l'urgence par Verdi. Une Ferrari « rouge sang », identique à celle que je voulais avoir enfant. Rouge, comme celle de Magnum. Rouge, comme peut l'être une voiture de sport vénérée par des milliers de tifosi. Sauf que ce soir ce serait plutôt « rouge colère ».

– Papiers, s'iou plaît, marmonne le loueur sans quitter des yeux le match des Dodgers lorsqu'il entend le carillon tinter au-dessus de ma tête.

Ce n'est pas un jeunot mais un expert des voitures de luxe. Et si j'en crois sa casquette et son T-shirt Jackie Robinson, un fan des Dodgers. Ce n'est pas gagné.

On attend la pluie, papy, ou quoi ?

– On y va là, mon gars ? Ou on attend la quatrième base…

En deux minutes, il me jauge. Moi, mes fringues, ma montre hors de prix à mon poignet. Trop friqué pour être un terroriste de la route mais assez « bobo » pour assouvir une passion. *C'est bon là ?* Pressé, je pose mon Amex et ma licence sur son comptoir pourri avant qu'il ne retourne à son match et finisse par m'oublier.

– Vous êtes français ? suppose-t-il sans même y jeter un œil. On ne loue pas de Ferrari aux Français. Trop fous !

– Quoi ? Non ! Citizen US, putain ! C'est quoi cette discrimination ?

– On ne loue pas à tout le monde, mon gars. Ici, si t'as pas la trentaine assagie, tu touches pas au volant. Blindé ou pas.

Un mec ordonné à Las Vegas. C'est bien ma veine. Après un dernier regard à mon visage, le grand-père hoche la tête et passe ma licence dans le lecteur en mâchouillant son Bic à deux balles.

– La caution va vous coûter 3 000 dollars et 2 500 de plus pour aller faire le beau sur le Strip. L'extase, quoi ! J'espère que ça les vaut...

Si ça les vaut ? Cette fille a toujours fait en sorte de me surprendre. C'est un don chez elle. Je ne sais pas comment elle fait pour m'empêcher de décrocher chaque fois que je décide de le faire. Grillé tel un drogué à son premier rail de coke. Voilà ce que je suis !

Home Run à cinq bases, putain.

Avec Alex, je suis partant pour toutes les métaphores sexuelles du base-ball jusqu'à ma mort. French kiss, cunnilingus, fellation, pénétration complète *et* avec un peu de chance sodomie, même si au base-ball il n'y en a que quatre. En vérité, à chaque fois que je crois la connaître, elle se débrouille pour faire exactement l'inverse de ce que j'attends d'elle, me laissant constamment sur le cul à chacune de ses excentricités.

– Autant vous familiariser avec la voiture, radote l'autre abruti, sa casquette de base-ball vissée sur le crâne, en passant derrière son comptoir. Boîte manuelle. Décapotable. Belle à faire pleurer un passionné et suffisamment majestueuse pour transformer Cendrillon en princesse.

Je lui emboîte le pas.

– C'est bon, je connais, fais-je autant pour le rassurer à propos de son carrosse que pour accélérer la procédure. J'ai une F12 tdf introuvable dans ma collection.

Mais il n'en a rien à foutre.

– Pas trop fort sur l'accélérateur avec le spider, mon gars, et ne tirez pas sur les rapports, m'ignore-t-il stoïque en se dirigeant sur le parking blindé de monstres en tout genre.

Mon portable vibre contre ma poitrine, je l'ignore car je marque un temps d'arrêt devant la bagnole que Verdi m'a destinée. Une diva aux sensations jouissives. Un spider 488 à ciel ouvert. Je souris de toutes mes dents. *Bien vu, Verdi !* Enfin seul avec la bête, je prends le temps de synchroniser mon portable avec le monstre. Juste au moment où il se remet à sonner.

– ALLÔ !

– Houlà, crie la voix de mon frère dans un fracas de musique house effroyable. Je suis innocent !

Vu le nombre de décibels, je suis surpris qu'il pense à moi.

– Pourquoi tu m'appelles, Rob ? fais-je sur un ton énigmatique en bouclant ma ceinture et en enclenchant la marche arrière.

Une fille glousse à côté de lui à qui il intime de se taire.

– Devine qui est assis pas loin de moi ?

Au premier feu rouge, les premières têtes se tournent. Impossible de passer inaperçu avec un engin pareil. Vitres baissées, j'entends mes voisins se demander qui je suis. Une voix affirme que je suis un acteur de série B. Il m'a vu à la télé. Une autre m'apprend que je suis pilote de course.

Qu'importe, j'enclenche la première.

– J'ai pas le temps pour les devinettes, Rob. Accouche ou raccroche ! lui lancé-je de mauvais poil, persuadé qu'il va me vanter la plastique de sa dernière conquête.

Je veux la voir, *Elle*, et me dire qu'elle va bien.

– Karim Kabbani avec, sur ses genoux, une paire de jambes bronzées de plusieurs kilomètres, blonde, gros seins sur petit buste. Pas mal, en fait.

Là ça devient intéressant.

– Il t'a vu ?

– Plutôt deux fois qu'une ! se marre Rob. Je lui ai envoyé une bouteille de Dalmore de ta part. Gênant, non ?

Je prends le temps de réfléchir.

– Dommage qu'Alex ne le voie pas sous ce jour-là…

Les décibels recouvrent à nouveau la ligne, une seconde seulement avant qu'il percute que je n'ai aucun moyen de le savoir sans être avec elle.

– T'es où au fait ? Verdi m'a dit que tu lui avais donné congé.

– À Vegas.

– Espèce de salaud ! T'as pas le droit. On y va toujours ensemble. Pourquoi tu n'as rien dit ?

Tout en faisant un rapide résumé de la situation à Rob, je songe qu'en la laissant rejoindre ses copines dans la ville des péchés, j'avais bien quelques scénarios déplaisants en tête – tous envisageables – mais j'étais résolu à m'éloigner d'elle. Sauf que je n'ai tout simplement pas pu rentrer chez moi.

Au moment où je raccroche avec Rob, l'appel entrant que j'attendais s'affiche à l'ordinateur de bord. Préventivement, je passe ma main sur mon visage en soupirant. Combien de temps devrai-je supporter cette inquiétude chevillée au corps dès qu'il s'agit d'elle ?

– Je vous écoute, Sully.

– J'ai tracé le portable de Marguerite Matheson, monsieur. Elles sont au Lucerne, m'informe mon directeur du département informatique.

Mon cœur s'arrête net avec le moteur de la 488 en plein

boulevard. Quand je songe à ce club où Paul, Rob et moi avions un temps nos habitudes, une horrible sensation me saute à la gorge.

– Bordel.

Je ne m'attendais pas du tout à ça. Comment ont-elles fait pour trouver ce club si privé que même les habitués du coin doutent encore qu'il existe ?

– Au sens littéral du terme et sans jeu de mots, ironise l'Afghan.

Pas besoin d'en dire plus.

Je lui en veux. Tout comme je m'en veux à moi-même. En d'autres circonstances, j'aurais sûrement éclaté de rire devant une conduite aussi inqualifiable et serais passé à autre chose pour me la sortir de la tête. À une autre. Ouais, j'aurais fait ça si je n'étais pas sur le point de littéralement péter un plomb.

La confiance, c'est une putain de grosse connerie.

***

Une heure plus tard, mon corps est bourré d'adrénaline.

Devant l'absurdité de la situation, je dois absolument me calmer. Réfugié au bar à déguster la saveur robuste de mon Dalmore, je me sens comme un putain de hamster dans sa roue. À croire que je pédale dans le vide avec elle. C'est vrai, quoi ! Le moins qu'on puisse dire après m'avoir vanté les mérites de la monogamie en long en large et en travers, c'est que je ne m'attendais pas DU TOUT à la trouver dans un club libertin. Et après sa réaction à la vidéo, encore moins la voir se diriger vers la scène comme une vulgaire strip-teaseuse pour offrir la vue de son corps au public. C'est quoi ce bordel ?

Mais qu'est-ce qui lui passe par la tête par moments ?

Je ne la reconnais plus. Elle si pudique d'habitude, je ne la croyais pas capable d'un truc pareil. Et cette chose moulante argentée qu'elle porte… Autant lui coller une pancarte « Je veux baiser » en grosses lettres rouges sur le cul. Bon Dieu, elle n'a aucune idée de ce qu'elle s'apprête à faire ni des réactions perverses qu'elle va provoquer parmi tous ces vicelards. *Sérieux ?* Je respire à peine.

Alex fait partie de ces femmes que j'adorerais détester.

Si seulement c'était possible…

Une rousse flamboyante se hisse sur le tabouret à ma gauche et profite de mon désarroi pour poser sa main sur ma braguette. Rien d'anormal.

Ici, c'est juste la façon de dire bonjour des habituées.

– Tu m'offres quelque chose, beau gosse ?

Mécontent, je repousse son geste.

– Attends, j'en suis à l'apéritif, là, chérie !

La rousse vexée dégage aussi sec que le ton que j'ai employé pour la rembarrer.

– Tu lui préfères la p'tite blonde ? allonge l'ivrogne en plein fou rire sur ma droite, me désignant la petite Matheson qui démarre son numéro de pole dance.

– Quelconque.

Suivie par Alex. *Réellement ?* J'en suis encore à me demander si je ne rêve pas. Ou pire, si je ne suis pas dans un de mes putains de cauchemars où elle se débrouille pour apparaître ces derniers temps. Merde, elle va vraiment le faire. J'en reste bouche bée tandis que l'autre abruti déroule son baratin à micro ouvert :

– Si tu le dis. La brunette sexy alors ?

– Ouais. Aucune comme elle.

En prime, je réalise qu'il m'est impossible de détourner le regard.

Regarder les autres se livrer à leurs jeux sexuels me rappelle les premiers plaisirs et dégoûts de l'enfance, quand j'accompagnais mon père dans ses boxons de prédilection et que j'étais autant dégoûté qu'excité par le sexe, parce que je ne l'avais pas encore fait. Quand mon père m'a offert ma première fille, j'étais à la fois impatient et terrorisé. Hâte d'être un homme. Mais là…

L'ennui avec Alex, c'est que je ne supporte pas qu'un autre la regarde. Encore moins cette horde de prédateurs venus s'offrir un plan sexe un peu délire.

Une poussée féroce d'adrénaline me commande de l'arracher à tout ce tintouin, mais pour l'instant, je dois lutter contre mes vieux démons pour le faire. Primo, pour ne pas me faire sortir par la sécurité et ne plus être à même de la protéger. Secundo, parce que, pour être honnête, je ne peux pas quitter des yeux cette petite chose d'une candeur stupéfiante qui bouge pour de vrai.

Elle ne le fait même pas exprès, putain !

Tout se passe à son insu. Séduisante et attirante, Alex peut aller jusqu'à devenir enfermante, comme lors du lap dance très très privé dont elle m'avait gratifié pour notre première nuit. Jamais vu une fille avec autant de sex-appeal.

– Tu as vu ses hanches ? C'est de là qu'elle tient son pouvoir, mec.

Je fusille le poivrot de droite du regard.

– Ça va bien, là. Arrête de la mater.

– Tu rigoles ? Elle est bonne.

Pitié. Faites que j'aie mal entendu.

Que je ne sois pas obligé de casser la gueule à un pochtron, déjà pas capable de tenir sur ses guiboles. Et quand Alex s'empêtre de plus en plus et manque de tomber, je suis à deux doigts de la crise cardiaque. Elle est saoule, bordel ! Dès les premiers tours de barre, j'ai pu mesurer à quel point j'étais loin du compte. Non seulement elle est ivre comme une Polonaise, mais accrochée à cette fichue barre verticale, je n'ai jamais rien vu d'aussi chaud.

Bordel de Dieu, c'est torride !

– Claris détestait que je la mate, poursuit l'autre entêté à mon endroit alors que je prends un violent coup de grisou dans mon boxer.

Sérieux, j'en ai des fourmis dans la queue.

– Claris disait que je faisais d'elle un objet, radote l'autre innocent. Comme si on pouvait bander pour une chaise…

Je ne fais pas attention à ce qu'il raconte, les hanches d'Alex s'enroulent et se déroulent de façon si suggestive que je suis momentanément incapable de réagir. Elle a beau être empotée, elle est méconnaissable de sensualité. Et le désir balaye toute logique, remet toutes les conséquences à plus tard. La testostérone gagne.

– Laquelle te fait de l'effet ? percute l'autre abruti.

– La brune. C'est excellent.

– Moi aussi…

Mon sang ne fait qu'un tour.

– N'en dis pas plus, bordel !

Aussi étrange que cela puisse paraître, je retourne mon tabouret pour mieux savourer cette nouvelle facette d'Alex, à la fois hypnotisé et effrayé de la voir sur cette scène. Rendant l'emprise de cette fille sur moi encore plus imposante, voire préoccupante, car jamais aussi flagrante.

Ses cheveux détachés dansent dans l'air, sa robe ras-les-fesses lui remonte indécemment sur les hanches à force de se frotter au poteau. Normalement, ce genre de maladresse de débutante me fiche en rogne mais, je ne sais pas pourquoi, elle m'amuse. Brusquement, elle doit se croire dans un gymnase car elle se sert de ses bras pour se hisser jusqu'en haut de la barre en croisant ses jambes autour du néon lumineux, exposant au public par la même occasion sa culotte de coton blanc devenue fluorescente.

Après tout, tant qu'on y est…

J'avais raison, elle est aussi nulle pour le sexe pervers que pour chanter juste. L'ennui, c'est que je prends aussi conscience que c'est justement cette nullité qui me fait chavirer. Chavirer ? Couler, tu veux dire !

Bon Dieu, j'ai tout d'un mec qui a les couilles sur le plateau, là !

– Cette demoiselle est le début de tes emmerdes, mon pote, raille l'autre embrumé sur ma droite.

Je détache les yeux d'Alex un instant, conscient d'avoir une expression proche de l'ahurissement sur le visage, mais je m'en cogne.

– Comment ? fais-je, incapable de m'exprimer mieux.

– Elle t'a déréglé, vieux.

C'est incroyable ce que les poivrots peuvent parfois se montrer lucides.

– Je ne suis pas d'humeur là, mon gars, râlé-je en m'adressant à lui.

Si je n'avais pas bu qu'un seul verre, je comprendrais mieux pourquoi je n'ai pas les idées claires, mais non, je suis sobre.

– Débarrasse-toi d'abord du petit emmerdeur, là-bas, continue le triste individu qui se prend subitement pour mon psy.

Absolument, putain. Je dois faire le ménage.

La chanson bientôt finie, les deux gugusses qui étaient à leur table glissent leur carte de crédit dans le terminal. Autrement dit, ils ont bien l'intention de les emmener faire un tour à l'étage. Est-ce qu'ils pensent sérieusement pouvoir profiter de la situation ? Ça suffit les conneries !

Ça va bien cinq minutes !

Je me dirige vers eux d'un pas décidé. À ma grande surprise, Matheson est la première à quitter la scène. Le plus petit des deux hommes lui tend la main pour l'aider à descendre et gagne avec elle la piste de danse où des couples sont déjà en train de s'amuser. Par contre, Alex semble avoir quelque mal à gérer sa sortie.

Accroupie sur ses cuisses, les mains posées à plat sur le sol, elle fixe un point dans le vide. Hébétée, les joues rouges, avec l'air de se poser des questions, elle frissonne tel un petit animal pris au piège.

Je passe devant le clown masqué qui l'attend.

– Je vais l'aider à descendre, lui dis-je pour l'avertir que je prends le relais.

– Laisse-la encore un peu, grommelle celui-ci sans la quitter des yeux. C'est une petite délurée. Je crois qu'elle en veut encore…

Mon corps se raidit en l'entendant parler ainsi.

– Justement non… « Délurée » n'est pas son genre.

– Hé ! Oh ! T'es qui d'abord ? m'accroche-t-il, surpris par ma réaction.

Je regarde sa main sur mon avant-bras.

– C'est important, tu crois ? réponds-je froidement.

– Eh bien oui, elle est avec moi, m'oppose-t-il en dernier recours avec une œillade explicite vers le lecteur de cartes.

Furieux de l'allusion, je soutiens son regard…

– Certainement pas. La Dame est à moi.

… jusqu'à ce qu'il retire sa main de mon bras. Ma taille m'a toujours conféré un certain avantage. Je sais aussi que mon regard de chien enragé qui n'a rien à perdre suffit à dissuader les plus téméraires, d'ordinaire. Reste les fous ou les simplets gorgés d'ego démesuré pour me défier à la castagne. Ceux-là, je les attends volontiers, en principe. Pas ce soir. Ce soir, je veux la sortir de là.

Je grimpe la rejoindre et lui propose ma main.

– Alex, c'est moi…

Ses lèvres bougent plus lentement, comme si le délai de réflexion était augmenté. Elle est ivre, bordel. Complètement ivre.

– Va-t'en ! Moi c'est Al, pas Alex, me repousse-t-elle, toute rouge.

Sa réaction non plus n'était pas prévue au programme. En me voyant, elle recule sur ses talons, apeurée et prête à me fuir. Ôter le masque me vaudrait l'expulsion du club avant même de la mettre à l'abri. Comment faire ?

Son surnom.

– Écoute ma voix, Civilité.

Elle paraît étonnée. À vrai dire, je suis étonné moi-même de la voir dans cet état, les yeux rougis, bordés de mascara coulé, injectés d'alcool, aussi défaite que si je venais de l'étreindre sauvagement.

– Guerrier ? Viun me cherké…

Je profite de son feu vert pour m'accroupir à sa hauteur. Quand son odeur de doudou mêlée à la sueur emplit mes narines, je me sens obligé de bloquer ma respiration à cause de l'envie sauvage de la baiser qui me comprime le ventre.

Là, tout de suite. Sur-le-champ.

– Ces gens sont des voyeurs qui s'attendent à tout voir, bébé. Y compris en regarder d'autres pendant qu'ils baisent. Qu'est-ce qui t'a pris de venir ici ?

La réponse est longue à venir :

– Je… Je voulais… trouver la salope en moi… bafouille-t-elle. *Pour toi.*

La vulgarité sans nom de ces propos me prend de court venant d'elle. D'où ça sort ces conneries ? Comment peut-elle se mettre en danger à cause de moi ? J'ai besoin d'elle. Alex est la seule à pouvoir me rassurer et me tirer vers la lumière, mais si je la tire vers le fond abyssal de mes ténèbres, tout ça devient impossible.

Je ne la laisserai pas faire.

– Comment te sens-tu ?

– Jaibu… J'vois du brouillard autour des lumières.

Diplopie due à l'alcool. Pas étonnant qu'elle n'ait pas pu se relever.

Je connais ce genre de club. Tout est permis, mais les filles sont protégées. En cas de doute, la sécurité peut s'assurer de leur consentement à tout moment et écarter le gêneur. À supposer encore qu'elles puissent répondre avec lucidité au malabar qui viendra poser la question. Il faut absolument que je la sorte d'ici.

Debout, sans provoquer de grabuge.

– Tu peux marcher ?

Brusquement un son bizarre sort de sa gorge, suivi d'un ricanement.

– Ça marche ! glousse-t-elle en se mettant à quatre pattes. (Elle se tord de rire, fière de sa vanne.) Jamétésipétée, termine-t-elle, hilare, le cul en l'air.

La grossièreté de sa tenue signe son taux d'alcool. Elle est rouge, les cheveux collés sur sa figure ne cachent rien de ses seins à moitié dehors, son décolleté bâillant pile dans ma ligne de mire comme une aguicheuse professionnelle. Bon Dieu. Combien en a-t-elle bu ?

Tant pis, j'entoure Alex d'un bras protecteur pour la relever en luttant contre mon envie de la soulever totalement et l'aide à descendre les marches.

Je la porte presque.

– T'as vu ça ? m'invective-t-elle toute fière. J'rais jamais cru être cap'.

Je ne sais pas encore quoi penser de sa prouesse, ni de l'état ambivalent d'excitation et d'irritation dans lequel elle m'a plongé. Sa conduite est inqualifiable mais je la veux avec moi. L'idée d'elle loin de moi, sans pouvoir la contacter ni la voir, comme ce fut le cas ces deux derniers mois, me panique complètement. Encore plus après l'avoir vue capable de cette dernière excentricité.

Alors, tout ce que je trouve à dire, c'est :

– Moi non plus.

Arrivée au bas des marches, Alex fixe une femme qui se laisse déshabiller par deux hommes sous les lumières dorées de la piste de danse. La fille a un piercing intime vibrant sur son pubis épilé rendant la situation encore plus intéressante.

– Waouh, c'est quoi ça ? s'étrangle-t-elle, subitement plus lucide au moment où justement elle ne devrait pas l'être.

Sa bouille dégoûtée me donne envie de rire.

– Un bijou de fétichistes pour stimuler. C'est la mode.

J'évite de lui dire ce que j'en pense réellement de peur qu'elle aille se faire percer et, dans la foulée, je me demande comment la petite pucelle immaculée qui appelle une érection « joie » prend ça. Et si elle sait combien elle a, elle-même, attiré les fantasmes de la clientèle.

Son regard m'interroge avec perplexité.

– Je dois être terriblement ivrantesque, non ?

– Tu fais dans le néologisme de bar, maintenant ?

– Ils vont le faire devant tout le monde, tu crois ? m'ignore-t-elle à voix basse en passant devant eux.

Par esprit de revanche, je décide de la provoquer.

– Trop aventureux pour toi, chérie ?

– C'est comme si je regardais un accident de la route, j'arrive pas à… tu sais.

Bien sûr que je sais. Alex n'arrive pas à décrocher les yeux des performances du trio infernal, fascinée par ce qu'elle voit. Rien de bien normal. En revanche, je ne sais pas si elle est aussi excitée que moi, ni si je suis content de vouloir lui faire la même chose : la doigter, la fesser, et la faire crier de plaisir, jusqu'à ce qu'elle perde la tête et me supplie de tout lui prendre. Ici. En public. Je sais que je ne peux pas lui faire ça. J'ai envie, c'est comme ça. Et cette envie totalement inappropriée avec elle semble me suffoquer.

– Cette fille aurait pu être toi, formulé-je pour la gronder comme si je voulais m'infliger une souffrance supplémentaire.

Je doute qu'elle apprécie si elle apprenait ce que j'ai pu faire dans des endroits pareils *ou* à quel âge illégal je l'ai fait.

– Te voir ici ne me plaît pas des masses, Civilité.

Pas logique, Garrett !

Je resserre mon étreinte, submergé par l'envie farouche de l'éloigner de cette ambiance le plus rapidement possible avant qu'elle n'en découvre plus.

Elle tente de me repousser.

– Et vlan, tu recommences… POUR-suivez, mamoiselle Sand. RE-prenez, moiselle Sand… Il n'y a que toi pour être aussi totoritaire. Tu devrais essayer le boxer « Vous avez mon intention », pouffe-t-elle, ravie de sa blague idiote.

J'essaie de ne pas rire mais elle est assez drôle bourrée. Traverser la piste me permet d'évaluer la situation. D'un côté, la fille Matheson a disparu sans se préoccuper le moins du monde de sa copine – C'est ça une amie ? De l'autre, le clown de tout à l'heure s'approche de nous et me tend un sac du soir minuscule, un masque féminin de plumes rouge sombre, et des sandales vertigineuses parées de chaînettes au bout desquelles pendent des menottes argentées. Bordel !

T'avais peur de pas emballer, chérie ?

– Tiens, si tu dois la raccompagner, ces affaires sont à elle.

Alex tangue tellement sur ses jambes qu'elle finit par s'asseoir par terre pour se chausser. Non sans arranger la culotte qui lui rentre dans les fesses, découvrant son cul à moitié nu.

Tranquille, Matt !

– C'est génial, personne ne regarde, vasouille-t-elle. Je pourrais faire pipi par terre, personne n'y verrait rien…

L'homme se met à rire. Moi, pas du tout.

– Elle est bourrée. Ces cocktails de nanas pleins de chantilly et d'alcool sont un vrai piège, m'affirme-t-il. Elle a dû boire trop vite et l'estomac vide.

Alex brandit une chaussure menaçante dans sa direction.

– Bah et toi, Cael ? Les shots n'étaient pas non plus l'idée du siècle...

Aucun faux-semblant, je respire son haleine. Elle ne sursaute même pas en me voyant ouvrir sa bouche en grand alors qu'elle est à genoux devant moi, la tête à hauteur de ma braguette. Je pourrais sortir ma queue et pénétrer cette bouche ici même sans qu'elle résiste. *Putain.* La tequila mentholée de son haleine me prend à la gorge. Je hausse le ton, incapable de me retenir :

– Combien d'Orgasmes, Alex ?

Coupée net, elle me regarde choquée.

– ???

C'est bien le moment de l'être, tiens !

Je me tourne vers Cael, me doutant pertinemment de qui les a commandés et avec quelle intention. D'ailleurs, n'est-il pas frais comme un gardon, lui ? Je le toise à quelques centimètres de son visage. Son haleine à lui pue le whisky.

Pas le get ni la tequila. Quelle enflure !

– COMBIEN ?

Sa honte est évidente.

– Huit, me répond-il en reculant prudemment.

Seigneur ! Je suis à deux doigts d'exploser sa grande gueule mais je ne crois pas que ça réglerait le problème. Au contraire, on se ferait sortir tous les deux et Alex resterait dedans, en proie facile pour tous les autres prédateurs.

– Cette fille que tu as fait boire ne dépasse JAMAIS le premier verre. Renseigne-toi avant d'offrir des shots à la pelle.

– Je suis désolé mais elle avait déjà deux cocktails devant elle, se défend-il.

– Vous êtes chiants, peste subitement Alex en luttant avec ses sandales. Faites la paix tous les deux. Moi, j'aime tout le monde ce soir. Toi et lui.

Je vais la tuer. Un mot de plus et je la tue. Tant pis si on m'enferme. Elle ne sait même plus reconnaître son pied gauche de son pied droit, bordel de merde. Comment pourrait-elle faire la différence entre lui et moi ?

– Euh, je ferais mieux de partir, en profite l'autre taré.

Le temps de la chausser et de remettre Alex sur ses jambes et il a disparu. Ma colère baisse d'un cran lorsque je la sens se couler contre moi en titubant entre les tables. Elle presse son bras autour de moi.

– C'est probablement trop tard, Guerrier, mais tu penses qu'on est encore intimes ? se hasarde-t-elle au bout d'un instant.

C'est la chose la plus bizarre qu'elle pouvait me demander.

Puis la situation me frappe d'un coup en repensant à toutes ces années où j'ai fini mes nuits dans ces lieux où c'est « pour de rire ». Rien ne prête à conséquence dans ce genre d'endroit. On ne fait pas l'amour en cachette du partenaire, mais à ses côtés et sous ses yeux. Il n'y a pas de trahison, aucune hypocrisie et surtout pas d'intimité. Mais comment le saurait-elle ? Elle ne peut pas le savoir. Ce qui est fou, c'est qu'Alex découvre ce terrain si singulier avec moi, sans que je l'y aie emmenée. Ce qu'à l'évidence, je n'aurais jamais fait.

– A-t-on déjà été des étrangers l'un pour l'autre ?

– Tu le penses vraiment ?

– Ouais. Je crois que toi et moi, c'est une vraie intimité.

Alex m'oblige à m'arrêter et fait un geste vers un autre trio infernal sur la piste de danse. Deux hommes musclés sont debout, torse nu. La femme, bâillonnée par la cravate de l'un, a les poignets attachés dans le dos avec celle de l'autre. La scène n'est clairement pas pour tout le monde.

– Plus intime que ça ? demande-t-elle, cherchant probablement à définir notre relation tout autant que moi.

Je dépose un baiser au sommet de son crâne.

– Bien plus.

Ensuite, je l'attire vers le bar et l'aide à se hisser sur mon ancien tabouret sous l'œil sarcastique du buveur de cognac bien imbibé qui n'a toujours pas bougé.

– Tu as besoin d'aide ? me propose celui-ci.

Je l'ignore et commande au barman :

– Un Rince Cochon, Tony. Et si vous aviez paracétamol et dompéridone, ce serait merveilleux.

Tony me fait signe qu'il a compris et, sans un mot, sourit à Alex en posant un verre rempli de glace devant elle, prenant tout son temps pour verser le cocktail magique réputé pour rincer les bouches pâteuses. D'un geste discret, il glisse les deux comprimés demandés dans une serviette à cocktail repliée.

– Et pour vous ? m'adresse-t-il.

– Dalmore. Un double, s'il vous plaît.

Je tire le tabouret à côté d'elle.

– Avale ça, Alex, dis-je en lui plaçant les cachetons dans la main.

Hébétée par l'alcool qui ralentit son cerveau, elle considère son verre avec sérieux, puis sa main, et se décide à avaler.

– Je vais vomir, grimace-t-elle en repoussant son verre vide.

Je fais signe à Tony de la resservir.

– Crois-moi, j'avais douze ans quand j'ai pris ma première cuite et j'étais bien plus balèze que toi. Boire de l'eau régulièrement aide à décuver.

Alex n'a l'air tellement pas à sa place dans ce bar que tous les regards masculins autour du comptoir s'attardent sur elle. Un peu trop à mon goût.

Soudain, ses yeux bloquent sur mon whisky.

– Ma grand-mère dit que les hommes qui boivent du whisky sont des partenaires géniaux dans la vie. J'essaie de comprendre pourquoi. Une idée ? lance-t-elle à la cantonade.

C'est bien elle de vouloir faire la conversation. Elle n'a pas encore compris où elle était ? Le slameur de cognac me jette un œil prudent et nous décidons tous les deux de l'ignorer. J'avale une gorgée de mon Dalmore, il en fait autant avec son Henny. Autour de nous, les verres s'entrechoquent mais personne ne répond.

Qu'à cela ne tienne, elle continue :

– Selon elle, les hommes qui boivent du whisky fonctionnent coooomme le whisky. Je crois qu'elle veut dire qu'ils savent réchauffer le cœur d'une femme. Vous buvez quoi, vous autres ?

Vas-y, Chérie ! Drague devant moi. Aucun problème.

J'incendie l'un après l'autre les huit mecs qui sont attablés à ce comptoir, les avertissant silencieusement de se tenir à carreau.

– Les buveurs de cognac aussi, lâche fièrement le pochtron à sa droite.

Je le fusille du regard jusqu'à ce qu'il rentre la tête dans les épaules.

– Ah ouais ? l'encourage alors Alex.

– Ouais. Whisky ou cognac, le client est romantique, lui sourit-il de toutes ses dents mal alignées.

Si elle continue à déblatérer avec son nouveau copain, je vais me bourrer la gueule et emballer la première venue. Histoire de ne pas me sentir tout seul dans cette merveilleuse soirée.

– Romantique ? relève Alex en fixant mon verre. Moi, j'aurais dit caractériel. Un mec qui ne se laisse pas faire est peut-être sexy au lit mais il n'est pas « romantique », crochète-t-elle suscitant encore plus l'intérêt masculin autour de ce fichu comptoir.

Finalement, je la préférais saoule.

– Non, mam'zelle ! grognasse l'autre imprudent en secouant sa tête d'ivrogne. C'est juste qu'ils prennent les choses avec douceur comme on déguste son verre.

Le high five enthousiaste d'Alex sur le bar nous fait tous sursauter.

– Pareil pour le sexe ! brocarde-t-elle joyeusement. Le buveur de whisky aime explorer en prenant touuuut son temps, nous on…

Le whisky me remonte par le nez. *Fuck.*

Non mais dis-leur aussi comment je baise !

– Nous, on adore ça chez un homme, termine-t-elle après s'être arrêtée pour me taper dans le dos.

– Veinarde ! rigole l'autre égrillard tout en me gratifiant d'un clin d'œil envieux. Ne le laisse surtout pas partir, dit-il en me désignant du pouce.

Bon Dieu, mais qu'est-ce qui lui prend ? C'est l'alcool qui fait ça ?

– Enchantée, moi c'est Alex. Je peux goûter ton cognac ?

Quoi ?

– Digg, acquiesce l'autre abruti en poussant son verre ballon vers elle.

Et puis quoi encore ? Boire dans le verre d'un mec, c'est comme visiter sa bouche. Tous les mecs le savent.

– Tu ne crois pas qu'elle a assez fait de mélange ? sifflé-je pour le prévenir.

Au lieu de quoi, Alex risque un œil avide vers mon verre en se léchant les lèvres. Je redoute la suite, ça va venir.

– Je préfère le whisky, je crois. Un doigt ?

Je la dévisage froidement. Elle se rend compte de ce qu'elle me propose ? Devant huit mecs affamés de sexe qui plus est.

– Tu t'es suffisamment donné en spectacle, cinglé-je sèchement tout en sentant mon membre pointer vers l'élastique de mon boxer.

Je suis sûr que l'autre poivrot ressent la même chose, putain. Alex hausse le menton dans un geste de défi insolent.

– J'aimerais pouvoir te dire que c'est le pire moment de mon existence, mais j'ai vécu plus humiliant ces derniers temps. Tu ne crois pas ?

Je la foudroie du regard. Elle est aussi accrochée que moi, aucun doute, mais dans ses yeux revolver et fiers, c'est surtout la résistance que je lis. Pour quelqu'un qui vante les mérites de la confiance dans une relation, elle en est loin ! Et ça veut me donner des leçons ? Pourquoi elle lutte contre elle-même comme ça ? Deux mois de séparation, elle n'a pas vu ce que ça donnait ?

Je n'arrive pas à croire qu'on a cette conversation dans un bar.

– Qu'est-ce qu'il y a, chérie ? Tu aurais sans doute préféré que je te laisse avec ton nouveau copain Cael à qui tu faisais tous ces sourires énamourés. Demande-toi où tu serais en ce moment ?

– Et où je serais ? me défie la belle inconsciente.

– Peut-être à poil sur cette piste à te faire lécher la chatte devant tout le monde, comme avec Patrick. Tu sais combien de clients ont des portables dans cette salle ? (Je lui montre le mien.) Ou en haut, dans une darkroom à tester Dieu sait quoi avec Dieu sait qui. Tu vois où ça mène la confiance ?

Cette fois, elle hoquette. Preuve qu'elle n'y a pas pensé une seconde.

– Salaud, murmure-t-elle dans sa main.

Ce qui me met doublement en rogne. Bordel de merde. Qu'est-ce qu'elle cherche ? À se faire baiser à tour de rôle jusqu'à demain matin ?

Des mots violents sortent de ma bouche :

– Quoi ? Je ne suis pas assez clair ? Il faut connaître tes limites, chérie. Et pas que pour l'alcool. Tu ne peux plus faire semblant d'être une vierge effarouchée. T'es qu'une allumeuse qui joue à se faire peur mais qui n'ira jamais plus loin parce que, franchement, regarde-toi ! Si je voulais m'amuser ici, c'est pas à toi que je demanderais.

Cette dispute est vraiment idiote.

Alex en a perdu la respiration. Et moi, je suis à la fois soulagé et agacé. Soulagé parce que j'ai enfin pu lui sortir ce que j'avais sur le cœur, et agacé parce que la blesser de la sorte ne règle absolument rien. Que dalle. Je sais que je lui fais mal, mais je n'en ai rien à foutre. Parce qu'en me touchant autant, en me déréglant, en me rendant dépendant, elle m'émascule.

Et voilà, elle chiale.

– Fais chier, putain de bonne femme !

Alex fait mine de descendre de son tabouret avant de s'apercevoir que ses jambes ne la portent pas. Exaspérée de ne pouvoir fuir nulle part comme à son habitude, elle s'affale sur le comptoir pour sangloter tranquille.

Satanée bonne femme, elle me fait disjoncter comme personne.

Le plus ironique, c'est que, d'habitude, je n'ai aucune compassion pour les filles qui cherchent les emmerdements. Elles récoltent ce qu'elles sèment et c'est leur problème, pas le mien. Pareil pour les orgueilleuses du Kivu qui n'écoutaient pas leur mari et ne respectaient pas le couvre-feu. Résultat, elles se faisaient violer dans une église. Que fallait-il que je fasse ?

Je ne suis pas un super-héros, merde !

Alex a le don de m'exaspérer en se fourrant tout le temps dans des situations abracadabrantes. Et *ça* depuis le départ. Quelle idée d'aimer les prisons, franchement ? Ou d'aller offrir sa virginité à un play-boy qui se tapait toutes les étudiantes de la fac ? Elle est tellement gentille avec tout le monde que n'importe qui peut abuser d'elle. Cette gentillesse me fait péter un plomb, grave.

– LE MONDE N'EST PAS GENTIL, BORDEL ! m'écrié-je en me hissant brusquement pour attraper la bouteille derrière le bar, bien décidé à me torcher moi aussi, tant qu'à faire.

La voix de Digg interrompt mon geste :

– Ça vous arrive souvent ? me reproche-t-il sur un ton affecté.

J'arrive à peine à me contenir alors je n'ai pas besoin qu'on m'emmerde. Même en douceur.

– La ferme, Digg ! Je sais reconnaître un ivrogne quand j'en vois un et si je ne me trompe pas, tu n'as pas eu le courage d'arrêter la picole pour garder ta Claris. Alors, évite-moi ta putain de thérapie de couple.

Le bougre ne trahit pas la moindre émotion, signe que j'ai raison. Parlons-en du courage. Alex voulait tout savoir sur moi et je me suis foutu à poil. *Pour elle.* Alors que toutes les cellules de mon corps me criaient de la fermer. En quoi ai-je démérité, putain ? Ça suffit cette fois ! Je la raccompagne et je me tire. Point.

– Dans quel hôtel es-tu descendue, Alex ?

Comme elle ne répond pas, j'ouvre sa pochette et fouille l'intérieur. À part son passeport, sa plaquette de pilules entamée et sa carte de crédit, il n'y a rien. Méfiant, je vérifie qu'elle a pris celle d'aujourd'hui au passage. C'est le cas. Parfait, elle ne se vengera pas sur un petit Garrett en pensant à moi. Sinon, pas même un portable pour un appel d'urgence. Là, c'est trop.

Elle est seule, lâchée par ses copines. Comment comptait-elle rentrer, bordel ?

– Où est ta clef ? dis-je en essayant de maîtriser l'angoisse bondissante dont je n'arrive plus à me défaire depuis deux mois.

Elle n'a toujours pas bougé.

– Tu entends ? Ta clef.

Pas de réponse, je me mets à lui hurler dessus :

– LE NOM DE L'HÔTEL, BON DIEU !

Rien. Pas même un sursaut de peur.

– Alex ? lui murmure doucement Digg en lui caressant le crâne. Tu ne peux pas rester là, bébé.

Bébé ? S'il l'appelle encore comme ça, je sens que je vais casser un truc.

– Elle s'est endormie, déclare-t-il en soulevant une mèche de son visage.

À ce moment-là, une panique insupportable me saisit, plus incontrôlable que jamais. Une foule d'images s'impriment sous mes rétines. Des images de sexe non consenti. Une église. Et moi en train de baiser tranquillement une femme bien consentante, elle, et de laisser faire.

Rien que l'idée qu'il puisse lui arriver la même chose me fait péter les plombs. J'en ai marre de ce cycle sans fin avec elle. Tout ça est trop épuisant. Je ne peux plus supporter qu'elle se conduise ainsi, ni que tout le monde se foute de ce qui lui arrive. Qu'est-ce qu'elle croit ? Qu'elle peut jouer avec moi et me jeter ?

Pas cette fois.

19

ALEX

Je fais la planche sur le dos.

Mer calme, tout va bien. Je me laisse porter par les vagues, en apesanteur, sans aucun flot d'énergie pour me guider. C'est agréable mais j'ai un trou dans la tête. Un trou noir. Inconsistant. Qu'est-ce qui se passe ?

Toutes mes pensées sont boursouflées comme si mon cerveau était passé dans la machine à boules de McDonald. Le noir total. En plus, j'ai la pénible sensation de devoir soulever la croûte terrestre avec mes paupières. À chaque tentative, leurs battements résonnent douloureusement dans mes oreilles.

Peine perdue. J'attrape un coussin à tâtons, puis un autre, et m'appuie dessus pour garder les yeux ouverts. Ce n'est pas extrêmement efficace.

Maintenant que je suis réveillée, ma migraine gagne en intensité. Ça fait vraiment mal. De ce mal aux yeux qui met la tête en vrille. À part des eaux minérales citronnées sur le chevet et un masque à plumes « rouge désir », rien ne me paraît familier dans cette chambre luxueusement décorée.

Je jette péniblement un œil autour de moi.

Une femme alanguie dans son fauteuil, les mains nonchalamment croisées sur son ventre, la tête renversée dans un angle improbable à laquelle il manque la moitié de la chevelure, est accrochée au mur. Le tableau est doux, coloré, suggérant le rêve mais je n'arrive pas à fixer mon regard dessus sans avoir la nausée. Pitié ! J'ai une de ces gueules de bois !

Vite, de l'eau. J'ai honte.

Je siffle la première bouteille, m'obligeant à faire des paliers pour ne pas vomir. Je meurs de soif. Quant à avoir quelqu'un pour me renseigner, il ne faut pas non plus exagérer. Je n'ai pas cette chance. L'endroit est vide. Désert et mortellement silencieux, comme si j'étais dans l'antichambre du paradis à attendre qu'on m'admette. C'est peut-être vrai. Je n'avais jamais connu une telle sensation de black-out total avant. Stop ! Tout à coup, l'affolement. Le trac.

Minute, je ne me souviens de rien DU TOUT ?

Brusquement, ce voile noir me dérange. Je tente de recoller soigneusement les morceaux. On est à Vegas, la ville des péchés. Ça, ce n'est pas difficile à comprendre, il n'y a qu'à regarder dehors. Les baies vitrées sont immenses ici et la lumière du jour déferle cruellement dans la pièce, vu que personne n'a eu l'intelligence de tirer les rideaux. De plus, la déco de l'endroit ne trompe pas.

Où existe-t-il un tel luxe rock'n'roll ?

Vu l'haleine de ragondin mort dans ma bouche, il est clair que j'ai dû abuser de l'alcool. Mais qu'ai-je fait durant ces dernières heures ? L'avocate en moi reprend le dessus. Et si j'avais tué quelqu'un ? Est-ce que je m'en souviendrais ? Je prends la pilule. Et si je m'étais fait violer ? Est-ce momentané ou définitif ce genre de perte de mémoire ? *Calme-toi, Alex !* Je tente une analyse rationnelle de la situation. La chambre est paisible et bien rangée, les draps encore en place, et ma nuisette de dentelle blanche intacte.

Ouf !

Dieu merci, personne ne s'est envoyé en l'air ici. Par acquit de conscience, je passe ma main dans ma culotte, et là, mon estomac se révulse sous le coup de l'émotion en identifiant la petite ficelle bleue. Un tampon.

J'étais au milieu de ma pilule.

Depuis quand ai-je mes règles ?

Qui a mis ce tampon ? Moi ?

On peut mettre un tampon correctement quand on est saoule ?

Putain, c'est glauque ! Impossible de décéder tranquille dans un coin en attendant que ça passe. Autant ne pas se souvenir en définitive. Je n'aurai pas assez d'une vie de psychanalyse pour tenter d'oublier ça.

Du calme, Alex. Respire. Au moins, tu ne risques pas d'être enceinte.

J'ai beau essayer, les vestiges d'hier soir s'embrouillent dans mon esprit. Je nous vois toutes les trois durant le concert. Moi, fatiguée, affamée. Le club rouge, la sonnette avec lumière de l'entrée, le « Vous savez où vous êtes ? » du gorille, suivi du « Vous avez un problème avec la nudité ? », la musique excellente, après avoir franchi avec succès les étapes destinées à nous décourager. Moi, pas nerveuse ni intimidée, discutant avec Margo et Leila du spectacle. Le loup en plumes rouges.

Ça s'arrête là.

D'ailleurs, où sont-elles ces lâcheuses ? Elles pourraient me raconter la suite. Je ne peux même pas les appeler puisque je n'ai pas de portable. Mon entêtement à ce sujet était totalement improductif, je le mesure maintenant. Soudain, la sonnerie du téléphone, justement, menace d'exploser ma tête au marteau-piqueur.

Je décroche pour que ça s'arrête.

– Allô ? fais-je d'une voix caverneuse que je ne reconnais pas.

– Bonjour madame. Ici le concierge. Nous tenons à vous faire savoir que votre époux a prévu la limousine pour vous emmener à l'aéroport.

L'aéroport ? Qu'est-ce que… ?

Oh merde, mon boulot ! Stew trouvera ce prétexte pour me virer, c'est sûr. Je vois bien comment je lui tape sur les nerfs ces derniers temps. Paniquée, je rampe dans l'immense lit king size en coinçant le combiné entre mon épaule et mon oreille pour atteindre ma pochette… *Oh non…* J'ai moins d'une heure pour trouver mes affaires et monter dans cet avion. Ça ne va pas le faire.

Affolée, je reprends le téléphone :

– Monsieur, je vous en prie, aidez-moi. Je vais perdre mon job. Mon vol est à 15 h 15 et mes affaires sont dans une suite du Bellagio…

Je m'arrête net sur le lit.

– Euh, d'ailleurs… Où sommes-nous ? fais-je, cherchant n'importe quel indice à travers la fenêtre.

Lui, par contre, ne prend pas la peine de s'affoler.

– Vous avez le temps, madame. Notre gouvernante va s'en charger et vous les livrer dans la suite nuptiale. Cela ne prendra que quelques minutes.

La suite nuptiale ? Du Bellagio ? Impossible de trouver une explication, mais son calme me calme. C'est déjà ça. Stop ! Non, ça ne va pas. J'ai raté un truc important, il me semble. *Halte, Alex ! Marche arrière ! Toute !*

Attends, mon gaillard, quel époux ?

Au lieu de laisser mon imagination divaguer sur tout le bordel que j'ai pu causer la nuit dernière, j'inspecte ma main gauche afin de balayer l'argument…

Oooooh punaise !!! Dans quelle dimension ai-je pénétré, putain ?

Un trait d'union plus blanc que blanc scintille à mon annulaire.

Un fil de diamants façon ruban en mouvement plutôt chouette mais… Non, ce truc doit être faux de chez faux. Il n'y a pas d'autre explication. Pour tout dire, je m'en fous. Ça pourrait être du barbelé, ça me gratterait pareil. On est à Vegas. Merde.

Qu'ai-je fait ? Et surtout AVEC QUI je l'ai fait ?

Ma mère va me tuer. Depuis toujours, son rêve est que j'épouse un avocat, que je fasse 2,4 enfants, que j'aie un chien de race, une belle adresse dans Paris et tout ça. Et je ne parle pas de Joanna qui a déjà commencé la liste des prétendants acceptables dans son cercle d'influence. Bref, je vais décevoir tout le monde.

Combien de temps ça prend pour annuler un mariage à Vegas ?

Il me faut Margo. Elle seule peut m'aider. Si au moins j'avais étudié le droit privé international, je le saurais, mais là… Pas la moindre idée de quoi faire. Il faut que je la trouve. *Vite.* Je suis sûre que le temps est compté pour annuler. Je serre le combiné, bien décidée à reprendre les choses en main avant que tout le monde s'aperçoive de ma bourde.

– Euh… Vous pouvez m'épeler le nom de l'époux ? Et si possible son numéro de téléphone pour le contacter d'urgence ? Ah, et aussi son numéro de passeport si vous avez et… Ça craint, si je vous demande quel âge il a ? (Pitié, qu'il soit majeur.) Il était célibataire au moins ?

Impossible de faire plus indéfini, le possessif me choque trop.

– M. Garrett a laissé un message sur votre iPad, madame, me retourne l'inconnu au bout du fil d'une voix anormalement égale.

J'explose de rire tellement c'est incompatible. *Ah Ah… Ouah ah ah…* Je savais bien en arrivant à Vegas que j'allais trouver un tigre dans ma salle de bains et pousser le cri du raton laveur. *Done !*

– Madame Garrett ? s'inquiète la voix dans le combiné comme si ma santé mentale était en jeu.

– ???

– Tout va bien, madame ?

Non, ça ne va PAS bien. Pas bien DU TOUT !

Je ne sais pas quoi répondre. Je me contente de rester là et de regarder filer le temps avec l'impression d'être en hyperventilation. Comment croire à une aberration pareille ? « Mariage » et « Matt Garrett » sont tellement distants l'un de l'autre que rien ne semble pouvoir les réunir. Pour lui, le mariage est barbarie.

Alors se marier à Vegas sur un coup de tête et laisser un vulgaire SMS sur un iPad... deux fois plus incompatible. J'ai compris, c'est une blague.

Quelle saleté cette Margo ! Je la soupçonne de m'avoir fait une mauvaise blague avec une bague en toc et un arrangement à la noix auprès du Bellagio. Si ça se trouve, elle a gagné cette suite au casino ou, encore plus probable, elle s'est tapé le directeur. Et là, elle doit être morte de rire à mes dépens avec lui à ses genoux en train de la léchouiller dans tous les sens.

Un vrai timbre-poste, cette fille.

De toute manière, Matt est remonté dans son jet à McCarran alors... Je ris en pensant à lui. Comment le mec qui a le plus peur d'être abandonné sur cette planète, au point de ne surtout pas vouloir entreprendre de relation sérieuse, pourrait-il un jour envisager de se marier ? Totalement absurde. Aussi illogique que l'astigmatisme, le sophisme, et le non-sens réunis.

Je couine. À force de glousser comme une imbécile, la tempête s'est mise à hurler dans ma tête. Je ne peux m'empêcher de retirer l'épingle qui me gratte. Une épingle ? Attends, papillon !

Une suite nuptiale.

Une bague en diamants.

Une épingle.

Tout mon corps se met à trembler, mes artères temporales vibrent avec force, ma respiration est gênée comme si j'avais avalé du coton. Non, ce serait énorme… Je bondis jusqu'à la salle de bains, blême comme un linge. C'est bien ça. J'ai un joli chignon de mariée mais aucune image de moi en mariée. Et le pire, c'est que je suis une mariée *idiote*. C'est tout moi, ça. Je sais que c'est nul de penser à ça maintenant, surtout avec un célibataire aussi convoité que Matt Garrett, mais je ne sais pas ce qui me contrarie le plus. Qu'il ait profité de mon ivresse pour m'épouser ou ne pas avoir de souvenirs de mon mariage.

La Demande Genou à Terre.

L'Échange des Vœux.

Le Frisson du « Oui ».

Le Premier Baiser en tant que Mari et Femme.

Merde, les gens gardent ces souvenirs toute leur vie. Et moi, j'aurais tout raté ? Les mains tremblantes, je remonte le téléphone à mon visage.

– V… Vous êtes toujours là ?

– Oui, madame.

Un miracle, ce type est un saint.

– C'est *Very Bad Trip*, c'est ça ? Je ne suis pas *légalement légalement* mariée, hein ?

Silence embarrassé – ou choqué – du très sélect concierge. *Pas bon ça. Pas de bon augure.* Enfin merde, on est à Vegas. Il devrait avoir l'habitude. Et dire que j'ai trouvé ce moment hilarant dans le film. Je suis bien punie.

Heureusement, plus ma panique est élevée, plus sa voix est douce :

– Nous avons eu le plaisir de célébrer votre mariage sur la Terrazza Di Sogno, madame, finit-il par sortir très dignement. Et si je puis me permettre, nous n'avons jamais eu un couple d'amoureux se regardant comme vous le faites. Acceptez tous nos vœux de bonheur, madame Garrett.

Ouah, madame Garrett.

Et c'est là, à cet instant précis, que je réalise l'absurdité de la situation. Mon époux s'est tiré. Genre sauve-qui-peut. Preuve qu'on a vraiment merdé grave et que lui au moins s'en est rendu compte avant moi.

Charmant.

Putain de Wedding OPA de merde !

Du Matt Garrett tout craché. Brusquement, je repense à sa technique d'OPA en trois vagues : fixer, déborder, se dévoiler.

Première vague, il m'a fixée à sa merci en classe éco.

Deuxième vague, l'alcool m'a débordée, c'est le moins qu'on puisse dire.

Troisième vague, Garrett se dévoile mais il se tire.

Pourquoi m'a-t-il épousée s'il n'est pas là ? C'est normal, ça ?

D'accord, il m'a déjà surprise bien des fois, tout comme je l'ai surpris aussi. Et il faut bien le reconnaître, nos surprises étaient de taille. Mais là, ce n'est pas un jeu. On ne joue pas ! Quand je pense au mariage, c'est dans un contexte d'*avenir*. Agréable mais *lointain*. Un avenir qui implique une famille aimante, un mari attentionné, des enfants turbulents avec un chien et une maison chaleureuse. Pas avec un Guerrier torturé qui refuse l'amour et me fait crier dans ses bras dès qu'il me touche. Je ne peux pas l'épouser. Pas possible.

Ma voix semble irréelle sous l'effet du choc :

– Puis-je avoir une copie de l'acte, s'il vous plaît ?

– M. Garrett a votre certificat de mariage, madame. Vous recevrez votre livret de famille après transcription au comté de Clark.

Un truc cloche dans cette histoire mais je ne cerne pas encore quoi.

– Je le recevrai, répété-je pas sûre d'avoir bien compris.

– Chez vous. À Chicago. 1433 Astor Street.

Voilà ce qui cloche. Le Guerrier m'épouse mais ne veut pas de moi. Qu'est-ce que je disais ? Pour lui, c'est juste une OPA de plus.

Connard.

– C'est bien ça, madame ?

– Euh… Oui, c'est chez moi.

Quelque part, ça calme. OPA ou pas, je suis mariée à l'homme que j'aime – ce qui est un moindre mal, j'aurais pu détester l'inconnu épousé un soir de beuverie – mais pas comme je le voudrais. D'abord, je suis trop jeune. Ensuite, il ne correspond pas vraiment au portrait que je me faisais de mon futur époux. Et enfin, un mariage, une famille, un foyer représentent beaucoup pour moi. Je n'ai pas envie de jouer. J'ai passé ma vie avec ma mère qui n'a jamais été mariée et a toujours vécu son amour dans l'ombre. Moi, j'ai besoin d'autre chose.

Sauf que je n'ai ni mari, ni sweet-home.

Ça existe une Wedding Déferlante ?

– Je m'occupe de faire transférer vos bagages, madame Garrett, souffle la voix monocorde dans le combiné, me ramenant à la réalité.

Quel chaos ! Que dire ? Je ne peux même pas me réjouir. Je l'aime, mais le mariage sans amour ni confiance, c'est une tout autre histoire.

Désarmée par la situation, incapable de savoir ce que je ressens, je décide de tout remettre à plus tard, comme on tasse un pull encombrant dans le tiroir des maillots de bain en attendant de lui trouver sa vraie place dans la penderie.

Après tout, j'ai un avion à prendre, non ?

Dépassée par les événements, j'ôte ma nuisette nuptiale et j'entre dans la douche. Toutes les parois sont en verre, ici. Tout est luxueux et surdimensionné. Il y a même une sono intégrée dans la douche. Au point où j'en suis, un peu de musique ne me fera pas de mal. Je balaye la playlist fournie par l'hôtel. « Look After

You » de The Fray me semble approprié à cette folie-mascarade.

Je règle les multijets et m'assieds sur le banc en marbre olive verte dans le fond pour me remettre, alors que les jets d'eau chaude croisent tout l'espace. Je suis nue, frissonnante, mais ce n'est pas ce qui me préoccupe. Ce qui me préoccupe, c'est la boîte carrée qui trône sur la tablette.

Tampax Pearl regular avec applicateur.

Mes tampons habituels.

Le Guerrier m'a acheté mes tampons. Quel homme fait cela ? Un mari.

C'est marrant de songer à ça à cause d'une boîte de tampons hygiéniques mais, quand on considère Matt Garrett en homme d'affaires déterminé et froid, on suppose qu'il ne s'attarde pas sur les futilités. Eh bien non. *Il a tout vu.*

Cette découverte fait fleurir une bouffée d'amour dans mon cœur que je ne peux même pas m'autoriser puisqu'il ne veut pas de moi à ses côtés. J'en ai marre du rejet. À croire que depuis ma naissance, je ne mérite que ça. Aucun homme ne m'a autant repoussée que lui. Aucun homme ne m'a autant envoyé de messages contradictoires. Brusquement, mes épaules s'affaissent. Dans le découragement le plus total, je me place au milieu des jets d'eau, puisque c'est le seul moyen pour me réchauffer. Sauf qu'à présent, il y a bien plus en jeu.

Cet homme est mon mari.

Mon mari absent.

II

TRY YOU

20

ALEX

En regardant ma valise à roulettes partir dans le couloir avec le chasseur, je me dis que je ne peux pas rester dans cette suite plus longtemps.

J'ai besoin de trouver un début d'explication quelque part. J'ai bien pensé à l'appeler mais je suis sûre qu'il ne va pas décrocher et ça me fera encore plus mal. Sérieusement, quelle mariée se soucie de ça le lendemain de ses noces ?

J'ai besoin des filles. Ce sont elles ma famille.

Je tire la porte derrière moi et m'engage dans la galerie moquettée. Mon iPad menace de faire un trou dans mon sac, mais bien sûr je n'ai pas le courage qu'il faut pour l'allumer et découvrir son message. Je dois me préparer.

À quoi, je ne sais pas, mais je sais que j'ai besoin de temps. J'ai besoin d'explications bien sûr, se marier ainsi, alors que j'étais saoule, c'est pervers, mais j'ai encore plus peur de ce que je pourrais y trouver. Pourquoi est-il parti sinon ? Il existe quand même une chance qu'il me sorte un truc du style : « Fausse alerte ! J'étais ivre mort, moi aussi » ou encore « Voici ta nouvelle prison, chérie ! » En plus diplomate, évidemment. Son absence me rend totalement nerveuse.

En tapant à la porte de notre suite, je suis décidée à gérer les événements de la nuit dernière *en adulte*. Je me suis mariée ivre, certes, mais suffisamment lucide pour convaincre l'officiant que je savais ce que je faisais. Et d'après le concierge, suffisamment amoureuse pour que ce mariage ne puisse être attaqué par les bégueules et les petits esprits qui y verraient surtout un jackpot financier.

Je me moque de son argent.

Même avec tous ses millions, il ne me donne pas ce que je veux. Donc, je dois avant tout *me* faire confiance. Rien que ça, c'est une première. En principe, je n'ai aucun mal à faire confiance aux autres, pas à moi. Lorsque la porte s'entrouvre enfin après deux rappels musclés, le visage de Leila, engoncée dans un peignoir éponge, suffit à me faire comprendre de quoi j'ai l'air.

– Eh bien… Tu as la tête d'une valise qui voyage plus que toi, décrète-t-elle. T'étais où ? Et pourquoi la gouvernante est-elle venue chercher tes affaires ?

La douleur sifflante sous mon scalp me rappelle à l'ordre.

– Tu peux parler moins fort, s'il te plaît ?

À moitié endormie, Leila hausse les épaules et s'efface pour me laisser entrer.

– Margo est là ? J'ai besoin d'elle, dis-je, risquant un œil au désordre du salon.

J'en déduis avec soulagement la réponse puisque la robe qu'elle portait hier soir jonche à même le sol. Ses chaussures à talons attachées entre elles par son soutien-gorge ayant été négligemment abandonnées dans le seau à champagne, je ne préfère pas savoir où est sa culotte.

– Elle dort, m'informe Leila en bâillant.

Je me laisse choir sur le canapé.

– Réveille-la, s'il te plaît. On a une… complication.

Leila me regarde d'un air dubitatif, des pieds à la tête.

– Ça va ! T'arrives encore à marcher, siffle-t-elle avec un regard sévère d'accompagnement. Kar a appelé mais j'ai préféré mentir et te couvrir.

Elle est sérieuse, là ? Purée, c'est le comble ! En quoi est-ce que ça concerne Karim si je marche ou pas ? OK. Si cela ne lui pose pas de problème de me dire en face ce qu'elle pense de moi, alors moi non plus.

– Espèce de lâcheuse ! T'étais où, toi, pendant que je me mariais ?

Ses paupières battent comme si elle s'efforçait de se réveiller tout en resserrant son peignoir de luxe sur sa poitrine généreuse pour refuser le truc.

– Tu me fais marcher, là ! J'appelle Kar…

C'est alors que les nerfs ont raison de moi :

– Ça suffit avec Karim ! Et telle que je te connais, ne vois pas dans ce mariage un élan romantique de ma part. C'est juste que je n'étais pas invitée à la demande. Alors tu te magnes ou tu as un Dalloz « droit de la famille » dans ta valise pour les situations d'urgence ?

Personne ne devrait venir à Vegas sans un mémento pratique pour divorcer rapide. *C'est la base.* Trop choquée, Leila consent enfin à quitter le living pour se diriger vers la chambre. Sans un mot supplémentaire.

J'ai compris, elle n'a pas l'intention de me gérer seule.

Après trois grognements d'ours berserkeresque[6], le crotale blond fait irruption. Cheveux en choucroute infâme qui indique tout ce qu'elle a fait de sa nuit, Margo est uniquement vêtue d'un T-shirt d'homme sur lequel figure un canard jaune proclamant : « *Duck You. Enjoy Solidarity.* » Classe.

---

6. Référence aux guerriers d'Odin qui combattaient torse nu revêtus d'une peau d'ours.

Je ne tiens pas à serrer la main du mec qui était dedans.

– Alors, t'as épousé Cael ? grognasse-t-elle en se traînant moitié mourante sur le canapé. Pas grave, j'ai le portable de son frère, on va annuler.

Je ne sais pourquoi, je garde le silence.

Peut-être parce que je n'ai aucune idée de qui est Cael et que je ne veux pas savoir pourquoi Margo semble croire que j'ai de bonnes raisons de l'avoir épousé. Ou alors parce que je suis soulagée qu'elle n'ait pas perdu la mémoire elle aussi et que j'attends la suite. Mon Dieu, mais qu'est-ce que j'ai fait ? Et surtout quand le Guerrier s'est-il greffé dans mon bazar ? Et s'il était parti parce qu'il est furieux contre moi ? Il est furieux, il m'épouse, et s'en va.

Mais bien sûr… Tout le monde fait ça, Alex.

Margo se gratte les tempes comme si elle cherchait à faire venir quelques vieux souvenirs de cours qui pourraient être utiles.

– C'est ça, déclare-t-elle toute contente. Pas la peine de s'affoler, tu as un délai de vingt-quatre heures avant la transcription des actes. Après, hélas, c'est cuit.

Je remonte mon sac sur mon épaule.

– Super, on y va ? C'est où ?

– Attends, chaton, tu ne peux pas y aller seule.

– Pourquoi ? Il faut se présenter tous les deux ?

Mon cœur fait un bond. C'est cuit.

– On se marie à deux, on divorce à deux, chérie !

Une idée débile me traverse l'esprit. *Vraiment* débile. Et s'il était parti exprès pour m'empêcher d'annuler ? Venant de lui ce ne serait pas ridicule. Je regarde brièvement Leila revenir de la chambre et tendre son portable à Margo après l'avoir récupéré Dieu sait où.

Je l'arrête de la main.

– Attends ! Avant que tu appelles, qui est Cael ?

Son portable lui échappe des mains.

– Alex, c'est *énorme* ! Tu ne te souviens pas *qui* tu as épousé ? se récrie Margo en se baissant pour le ramasser.

Margo s'empare de ma main et jette un coup d'œil à ma bague.

– Pfffiouuu… En tout cas, on n'a pas à se faire du souci pour la situation financière de ton époux. Cartier, mazette ! Et pas la petite ligne, mon chou. Ça pue la joaillerie haut de gamme, ton machin en forme de vague. Cael doit avoir ses entrées pour avoir fait ouvrir la boutique en pleine nuit…

Maintenant qu'elle le dit, la forme particulière du ruban aurait dû m'alerter, c'est sûr. Cependant, un détail me dérange dans sa réaction.

– Et toi, tu étais où ?

– Avec Damon, bien sûr. Le bougre est foutument bon au rodéo. Vous auriez pu nous inviter, me reproche-t-elle en retirant son soutif et ses shoes du seau à champagne. Tu sais, genre j'envoie un carton DFCP à ma meilleure amie.

– DFCP ?

– Domination Féminine par Castration Psychologique, ricane-t-elle, fière de sa trouvaille. Le Mariage, quoi !

Pas la moindre envie de rire.

– Cael n'est pas mon mari, dis-je d'une voix égale.

Leurs quatre yeux s'écarquillent d'étonnement.

– Tu as baisé qui alors hier soir ? L'Engin d'Ankara ?

Cette fois, mon cœur fait un triple salto arrière. Dans ma tête, j'entends le bruit des pneus sur le bitume.

Putain, mais j'ai fait quoi ?

– Engin, c'est son prénom, croit bon de préciser Leila qui semble avoir compris mon malaise au moment où son propre portable vibre sur la table basse.

Nos regards convergent vers le flash affichant les lettres K. A. R.

– Tu ne réponds pas ?

– Non, rougit-elle.

Personne ne bouge dans la pièce jusqu'au deuxième bip de sa messagerie nous informant qu'il a laissé un message plutôt long.

– C'est affreux ! J'ai un trou noir de dix heures et un avion dans moins d'une heure. Tu peux me raconter rapidement ce que j'ai fait pendant ces dix heures ?

Apparemment, plein de trucs.

Le récit de Margo me fait instantanément descendre sous terre. Le souci, c'est que ça ne m'apprend pas *du tout* quand le Guerrier s'est greffé dans mon bazar étant donné que son histoire s'arrête après notre show sur scène et qu'elle ne l'a pas vu dans le club. Ce dernier point, du reste, me choque totalement. Comment ai-je pu me donner en spectacle de la sorte ? Monter sur scène et danser.

– Mais alors, qui as-tu épousé ? conclut Leila plus terre à terre.

La réponse sort comme un souffle :

– Matthew Hayden Garrett.

L'effet de surprise semble tombé à l'eau. Soit elles s'en doutaient – Dieu sait comment – soit conscientes de ce que ça signifie pour moi, elles n'ont pas l'air plus refroidi que ça. Ni l'envie de sauter en l'air pour me féliciter.

– Alex, soupire Margo… Ça va trop vite.

– Je sais.

Et ce n'est pas la première fois.

21

ALEX

Ma première surprise de femme mariée m'attend à McCarran.

Mon billet retour a été annulé et remplacé par un autre. En première classe, évidemment. La seconde se trouve sur mon iPad, et le moins qu'on puisse dire, c'est que ma tablette ultra-légère pèse sur mes cuisses. Je sens le poids de la bague à mon doigt qui accentue ma panique. La sensation est si assourdissante qu'elle finit par me paralyser.

Comment expliquer ce que j'ai moi-même du mal à comprendre ?

Avant lui, j'étais pourtant certaine de n'avoir aucune exigence en matière d'hommes. Mes goûts, mes penchants, mes exigences, je n'y avais même pas réfléchi. Et puis, il y a quatre mois, le Guerrier est entré dans ma vie, avec toutes ses limites, ses imperfections, ses manques, son côté brut de décoffrage, sauvage, sûr de lui, son comportement souvent inadmissible, fusionnel, frontal à deux cents pour cent. Il m'a envahie et je suis tombée sous le charme.

Nous ne l'avons pas fait exprès.

Nous ne nous y attendions pas.

Et ça, c'est passé.

Je veux être avec lui. Je peux vivre cette aventure folle d'une relation avec un homme aussi marqué par son passé et tout ce qui lui est arrivé. Je peux le prendre tel qu'il est. Mais le mariage, c'est une tout autre histoire, quelque chose qui n'a pas sa place dans l'aspect stérile de notre relation.

Après avoir refusé à un steward très mignon la coupe de champagne de bienvenue – comme si je n'avais pas assez bu la nuit dernière ! –, je décide que je ne peux ignorer plus longtemps la technologie qui me nargue sur mes genoux. Toutefois, je suis terrifiée. En accédant à mes notes, ma première réaction est une réaction teintée de soulagement, sans aucune joie.

La note laissée par Matthew fait bien deux pages.

Malgré ma peur, je plonge dans la lecture :

Je ne suis pas habitué à ressentir les choses, Alex.

Je suis habitué à être insensible, à briser et à détruire toute relation qui devient trop réelle avant qu'elle me fasse du mal.

Toi et « ça » entre nous, c'était déjà insupportable avant qu'on se sépare. Mais ça l'est bien plus encore quand je te vois t'échapper.

Alors laisse-moi t'exposer la situation.

Ton mari s'appelle Matthew Hayden Garrett. Ce n'est pas le meilleur candidat que tu aurais pu obtenir à ce poste mais c'est comme ça.

Tu as mis la main dans son boxer dix minutes après l'avoir rencontré.

Tu as pris son sexe dans ta bouche.

Tu as couché avec lui.

Tu connais son histoire.

Ce n'est donc pas un inconnu.

Hier soir, il était dans ce club parce que tu lui avais ouvertement annoncé que tu allais te mettre en danger. Et au cas où tu te demanderais comment, il a tracé le portable de ta copine et ne compte pas s'excuser.

Tu t'es endormie sur le bar et tu étais seule, ce qui l'a beaucoup énervé. Il t'a emmenée dans sa suite et vous avez parlé pendant des heures.
Comme tu étais ivre, tu lui as tout dit.
Tu lui as dit que tu n'avais jamais aimé ta vie.
Tu lui as dit qu'il avait le goût brûlant du whisky.
Tu lui as dit qu'on pardonne aux gens qu'on aime et qu'il est inutile de demander.
Tu lui as dit que tu l'aimais parce qu'il était ce connard cabossé arrogant et non brisé comme il le pense, lui.
C'était vraiment très bizarre parce que, lui aussi, t'a tout raconté.
Il t'a dit qu'il n'aimait pas sa vie.
Il t'a dit que tu sentais bon le doudou de son enfance et que c'était son seul bon compagnon, qu'il le traînait partout.
Il t'a dit qu'il avait su au premier regard que tu allais le tuer ou le ramener à la vie alors qu'il n'en avait pas du tout envie.
Il t'a dit qu'à la base il était incapable d'aimer ou d'avoir une relation et que sa plus grande crainte était de recommencer à agir comme il le fait d'habitude.
Nonobstant cela, il t'a dit qu'il voulait ton amour.
Encore un effort.
Attention ! Je sais que je vais le faire, Alex. Je sais qu'il y a un moment où je ne pourrai pas m'en empêcher. Rien que pour me prouver que tu es comme les autres et que, toi aussi, tu vas m'abandonner.
Et comme tu étais bourrée de chez bourrée, tu as écouté. Tout. Sans rien dire. Et là, tu ne vas pas le croire mais je te jure que c'est vrai. Tu lui as dit que deux personnes qui n'aimaient pas leur vie, c'était le début du bonheur.
On a ri. Beaucoup ri. À ce propos, ton sourire de femme ivre est magnifique.

Attends la suite. Tu es prête ?
Sans hésiter, tu m'as demandé : « Veux-tu m'épousseter ? »
J'ai trouvé ça très drôle parce que, quelque part, ce n'était pas faux. Tu voulais me prouver que, Toi, tu ne partirais pas. Que, Toi, tu prenais le risque quand moi, je le refusais. J'ai trouvé ça fou, irresponsable, et courageux. Tout toi en fait.
Et j'ai tout de suite dit « Oui ».
Avant qu'on se fasse du mal, je tiens à te dire que ton mari n'a pas agi sur un coup de tête, ni sous l'impulsion de l'alcool. Si toi tu étais ivre, lui était sobre. Tu sais ce qu'il pense du mariage ? Quitte à se couvrir de ridicule, s'il a trouvé le courage de t'épouser la nuit dernière, c'est parce qu'il ne peut pas s'empêcher de te désirer. Je ne peux pas. Je le sais parce que j'ai essayé de toutes mes forces.
Et je te défie d'essayer d'arrêter ça.
Vois-le comme un combat, Alex. Un défi. Un mariage romantique, c'est tellement tellement plus facile que ce que nous faisons là.
Pour le reste, on verra.
Rejoignez-moi quand vous serez prête, madame Garrett !
Post-scriptum :
Comme nous n'avons pas consommé notre nuit de noces, tu m'as demandé si on était vraiment mariés. Je t'ai mis ton tampon SANS l'aide de l'applicateur pour te le prouver. Ne rougis pas sans moi, s'il te plaît.
Vœu n° 1 de ma liste. Je veux que tu ne rougisses que pour moi.
J'attends la tienne.
Ton Dragon Noir Guerrier

Quelque chose serre ma gorge, j'ai oublié de respirer. Je me fraie un chemin à ces mots. Je les laisse m'envahir, je les avale, et je prends une grande inspiration pour absorber l'air à nouveau.

Pour être honnête, je ne m'attendais pas du tout à ça. Ni de sa part, ni de la mienne. Ça change tout. Est-ce mon cœur qui parlait ? L'alcool ? Une autre partie de mon anatomie ? Essayer d'analyser mes émotions à cet instant, c'est comme boire de l'eau à une lance à incendie.

Extravagant. Démesuré. Aberrant.

Comme sa proposition.

La part la plus raisonnable de moi devrait me dicter d'oublier tout de suite. Qui imagine le mariage comme un combat d'emblée ? Si les choses ne sont pas merveilleuses au départ, pourquoi le seraient-elles au final ?

Qu'est-ce qu'on lui a fait pour qu'il en arrive là ?

Physiquement, il s'est relevé de tout, le Kivu, le Chat à neuf queues, les mauvais traitements, mais émotionnellement ? Il est à terre. L'émotion sans doute ou un trop-plein d'amour, les larmes se mettent à rouler sur mes joues enflammées alors que mes lèvres esquissent un sourire. Des larmes de joie et de tristesse.

Déconne pas, Alex !

Tu sais avec certitude que cet instant restera gravé dans ta vie quelle que soit l'issue de cette folie. Parce que c'en est une. La pire de toutes. Parce qu'elle va me tuer. Au moins, cette fois, je m'en rends compte. Croire l'inverse serait une illusion. Je devrais abandonner sur-le-champ ce délire.

Quelle femme sensée s'aventurerait dans une union avec un époux qui, dans ses vœux de mariage, lui annonce qu'il va la briser pour se prouver qu'elle est comme les autres ? Quelle femme accepterait de ne rien recevoir en retour ?

Aucune assurance. Rien.

Au lieu de quoi, totalement bluffée, je lis et relis encore ce qui est ma première lettre d'amour sans pouvoir m'arrêter de faire tourner l'alliance autour de mon doigt. Pourtant, il ne s'agit pas d'amour. Il ne me donnera pas son cœur. J'ai beau me dire que ça me suffit, je ne peux m'empêcher d'en vouloir plus.

Je ne sais combien de lectures, mais lorsque je redresse la tête pour répondre au steward qui me propose une collation légère – moins mignon tout à coup – je connais sa lettre par cœur. Chaque mot. Y compris ce que pudiquement il ne dit pas. Comment a-t-il fait pour dépasser ses pires craintes et en dire tant sur lui ? Sur son besoin inconscient d'être aimé enfin.

Cinq mots. Je suis fière de lui.

Je ne te ferai pas de mal, Matthew, je le jure, même si toi tu vas m'en faire. Tu as déjà assez souffert. Ma poitrine se serre à l'idée du défi qu'il me lance. Ce défi, c'est un affrontement, un combat les yeux dans les yeux. L'expression « Pour le meilleur et pour le pire » prend ici tout son sens.

Je devrais lui en vouloir de me tendre un tel piège, mais le sentiment d'être à mille pour cent sûre que c'est la première fois de sa vie qu'il confie son avenir à quelqu'un et l'autorise à le blesser me force à ne plus penser qu'à lui.

Chose qu'il n'aurait jamais faite si j'avais été sobre.

Je ravale un sourire commode. Finalement, me bourrer la gueule était une bonne chose. Cela nous a permis de nous libérer. Moi, en lui demandant de m'épouser. Ce dernier point me bluffe d'ailleurs totalement. Lui, en acceptant, alors qu'il n'y croit pas une seconde mais sait qu'on n'a pas d'autre choix qu'essayer pour s'en sortir.

Et cette confession invisible prénuptiale… C'est surprenant. Envoûtant. Mystique. C'est évident, je vais me battre contre lui et pour lui, pour nous, avec *ses* règles, mais je donnerais cher pour savoir ce que nous nous sommes dit.

Jusqu'où est-il allé dans sa confession ? M'a-t-il dit les trois mots que je rêve d'entendre ? M'a-t-il parlé de la maltraitance dont il a été l'objet ? Des peurs et de la détresse qu'il a dû ressentir quand il était cet enfant solitaire qui refusait de manger pour qu'on l'écoute ?

Toutes ces révélations coup de vent me font tourner la tête, m'empêchent de réfléchir aux conséquences de ce que nous nous apprêtons à faire. Finalement, j'aurais pu jouer Gilda et me sacrifier par amour pour un amant volage. Pour un amant qui ne donnera rien d'autre que des miettes parce qu'il n'a pas le luxe de faire plus ou parce qu'il sait qu'il va merder.

Quelle secousse !

Soudain, je pouffe de rire. Quand cet homme ne m'a-t-il pas secouée ? *Époussetée.* Un mariage unique en son genre pour un Guerrier unique en son genre. Juste en dessous, il a copié un lien accessible sur le site personnel du webmaster de l'hôtel avec un code de sécurité et un commentaire :

Ceci est la vidéo de notre moment. Ne sois pas déçue de ne pas avoir la bande-son, tu es bien trop sobre pour entendre tout ce que nous nous sommes dit. J'espère seulement qu'elle en effacera une autre de ton esprit.

Et voilà, je peste contre moi-même. Aucun accès à Internet, même payant, n'a été installé à bord de cet avion. Si seulement je n'avais pas autant hésité, j'aurais pu me connecter au wi-fi du Bellagio et voir de quoi j'avais l'air en mariée. Mais non, à cause de mes bêtises, je dois attendre.

Attendre encore.

Mon esprit est encore embrumé lorsque je rentre à la maison.

– Aurez-vous encore besoin de moi ce soir, madame Garrett ?

Est-ce qu'un jour je m'y ferai ? Pas sûr.

Je me fige, la main sur la portière, alors que je m'apprêtais à descendre seule, et me retourne pour croiser le regard du chauffeur de la Classe E noire mise à disposition par le Guerrier dès l'aéroport. L'homme a un petit air de Jessie Pavelka, ce professionnel du fitness dont Leila nous rebat les oreilles, et certainement les mêmes tablettes de chocolat.

Plutôt perturbant de l'avoir à l'avant.

– Non, bien sûr, Louis. Je… Vous ne faites que me raccompagner, n'est-ce pas ?

Son regard bleu confiant se verrouille au mien mais son visage ne traduit rien d'autre qu'un grand professionnalisme.

– À quelle heure devez-vous vous rendre au travail, madame ? s'enquiert-il avec diplomatie en guise de réponse.

Je me rassieds sous l'effet de la surprise. Merde. Apparemment sa mission ne s'achève pas là.

– À 9 heures, fais-je un peu anéantie de me voir avec un chauffeur privé dans mon quotidien. Vous savez où je travaille ?

– Oui, madame. Verdi m'a communiqué aussi le nom de votre salle de gym.

– Bien. Alors à demain, Louis.

C'est tout ce que je trouve à dire avant qu'il sorte du véhicule.

– J'attendrai devant la maison, madame, m'informe-t-il en m'ouvrant la portière. Voici mon numéro si vous changez d'avis pour ce soir, dit-il en sortant une carte de sa poche intérieure, le geste laissant entrevoir fugacement un hoslter d'épaule.

– Vous portez une arme ? fais-je un peu trop librement.

Aucune réaction de gêne.

– Oui, madame. C'est la règle pour les forces de sécurité privée.

Donc, Louis n'est pas qu'un chauffeur.

– Quelle est votre formation ?

– Militaire, madame.

– Vous venez d'où ?

– Houston, madame.

Trop éberluée par le cours que prend mon existence, je glisse sa carte dans mon sac sans ajouter le commentaire qui pourtant me brûle les lèvres. Pourquoi a-t-on besoin d'une arme pour me conduire au boulot ? Cela a-t-il un rapport avec l'enquête en cours pour homicide chez MHG Industrie ? Épuisée par tous ces chambardements, j'abandonne ma valise dans le vestibule de l'entrée.

– Joanna ? Je suis rentrée !

– Dans la cuisine ! lance-t-elle.

Je pénètre dans l'office, bien décidée à siffler le premier jus de fruits maison qui me tombera sous la main. Ma gueule de bois n'a toujours pas disparu et la sensation de soif est omniprésente. Son regard bleu me suit.

– Tu as mauvaise mine.

Je dépose un baiser innocent sur sa joue et la contourne pour accéder au frigo.

– Les turbulences, sans doute.

Sans s'arrêter de préparer le repas, elle hoche la tête. J'examine le Tupperware du jour. Joanna est une pro de la centrifugeuse, elle adore les jus de fruits maison et laisse aller son imagination au quotidien. Parfois de façon hasardeuse.

– C'est quoi aujourd'hui ?

– Un essai pour Halloween : fruits rouges et menthe poivrée façon vampire. Clive dit qu'il est terrifiant.

Ah ! Tant pis, j'essaie quand même. Je plonge une paille dans mon gobelet et tire un tabouret pour m'installer face à elle de l'autre côté du comptoir.

Je l'observe râper du fromage.

– Mmm… Ça a l'air bon tout ça, fais-je en désignant du doigt les plats blancs individuels disposés devant elle.

– Salade de thon à l'asiatique et gratins de macaroni, m'annonce-t-elle satisfaite.

Silence malaisé de ma part. Demain, Joanna ne va pas manquer de repérer Louis devant la porte et je n'ai aucune idée de comment m'en sortir. Dois-je lui annoncer que je me suis mariée alors que ma mère n'en sait rien ?

– Tu as pris ton repas dans l'avion ?

– Non, je n'avais pas faim, réponds-je avec un petit sourire crispé.

Mais lorsque le sien s'évanouit en avisant mon verre, je sais ce qu'elle regarde.

– Jolie bague ! Ton vœu a été exaucé ?

Ses yeux bleus acérés fixent ma main gauche bien en évidence. Quand je disais que Joanna était capable de scanner le moindre détail en un seul coup d'œil, je ne mentais pas. *Merde, merde, merde*. Pourquoi n'ai-je pas songé à enlever mon alliance ? Au moins le temps de trouver les mots.

Margo a raison, tout va trop vite.

– Ton époux a téléphoné à Clive vers minuit hier soir pour lui demander ta main, enchaîne-t-elle, mais il a aussi tenu à préciser qu'il se *fichait* de la réponse, tenant juste à nous informer.

– C… Comment ?

Du Guerrier tout craché, ça !

– Clive a apprécié le geste mais nous ne pensions pas que ce serait si… rapide, minaude-t-elle en admirant la qualité des pierres à mon doigt. Il était quoi ? 2 heures du matin à Vegas ? Il faut avoir une sacrée autorité pour faire ouvrir Cartier à 2 heures du matin. Moi, je n'ai eu ma bague que le lendemain.

J'hallucine. Joanna aussi s'est mariée à Vegas ?

Alors que je m'effondre sur mon tabouret, elle se détourne vers un meuble d'angle et me tend un paquet. Ou plutôt une boîte gris argenté au logo MHG en lettres blanches surmontant une vague crayeuse.

– Ceci est arrivé pour toi, il y a une heure. Un dimanche, souligne-t-elle. Porté par un employé de MHG Log pas franchement ravi d'avoir été tiré des *quarter finals* de la Summer League. Tu te rends compte ? La victoire des Kings sur les Bulls, l'enjeu du titre.

J'ignorais Joanna fan de basket, mais cet élément a l'air de l'épater plus que tout le reste. Combien de choses j'ignore encore sur son compte ?

– Enfin, j'imagine que ça ne pouvait pas attendre, persifle-t-elle avec un signe du menton pour que j'ouvre ladite boîte.

J'ouvre. Mon iPhone et un mot. Plus précisément six.

Ne sors plus sans. Ton mari

Oh Seigneur ! C'est mal parti.

Ah, c'est comme ça ? Je veux bien combattre, mais pas être battue d'avance. M'armant de courage, je réfléchis une seconde à la réponse à donner.

– Tu permets ? fais-je à Joanna.

Sans me demander mon avis, elle s'empare de la carte pour la lire et hoche la tête en la reposant entre nous sur le plan de travail.

– Je t'en prie, m'encourage-t-elle, tout particulièrement amusée. J'ai hâte de voir comment tu vas régler ça.

– J'espère ne pas te décevoir, commenté-je avec humour.

– Allons donc, me sourit-elle. Nous avons toute la soirée pour en parler. Clive est à son club de bridge, nous ne serons pas dérangées.

Rassurée par la façon dont elle prend les choses, je tape sur mon iPhone avec un peu plus d'audace que d'ordinaire et j'envoie devant elle :

[Bonsoir chéri. Tu t'attends honnêtement à ce que j'obéisse ?]

La réponse ne se fait pas trop attendre, nous y plongeons ensemble :

[Honnêtement ? Oui. Et tu vas en redemander, chérie.]

Pourquoi est-il si difficile d'éviter de sourire quand il m'annonce ça ?

– Ça promet, épilogue Joanna.

Quelques minutes après notre dîner, je me connecte au réseau de Clive avec Joanna à mes côtés. Confortablement installées dans le canapé du salon pour enfin mettre des images sur « notre Moment », comme il dit. Évitant précautionneusement de lui donner le nom de « Mariage ».

Comme si le mot seul pouvait lui faire mal.

Quelques minutes encore à m'étourdir du film d'un véritable mariage romantique façon ballet. Et pour cause ! Robe de mariée façon ballerine avec jupe en tutu de tulle et bustier de soie immaculé. Piano blanc et pianiste étrangement familier en T-shirt gris moulant et bracelets de force singuliers. Fontaine musicale aux jets d'eau colorés montant vers le ciel. Des roses blanches partout. Le tout sans aucun son ni commentaire autre que la voix au piano.

Et pas n'importe laquelle.

« *Nobody said it was easy*

No one ever said it would be so hard. »[7]

« The Scientist » redevient ma chanson préférée.

Christopher, mon interprète-auteur préféré.

Les bracelets de force, mes bracelets préférés.

Et Matthew en tuxedo noir, l'unique homme de ma vie.

---

7. « Personne n'a dit que c'était facile. Personne n'a jamais dit que ce serait aussi difficile. »

Bouche bée, je verrouille mon iPad sur mes genoux. Sidérée d'avoir maintenant la certitude d'être mariée, mais aussi d'être autant à l'aise avec Joanna pour partager cela. L'émotion me rend muette.

– Ma petite fille, murmure-t-elle presque aussi émue que moi sans rien pouvoir ajouter. Il faut l'annoncer à ta mère, se reprend-elle avec difficulté.

– Oui mais comment le faire sans lui dire où je suis ?

– Clive va l'appeler. Il est temps de lui dire que tu es ici.

Cette nouvelle m'émeut presque autant que tout le reste.

C'est un pas. Un premier pas peut-être. J'acquiesce en silence trop contente de les voir se reparler et me reconcentre sur Joanna. Après lui avoir raconté pendant le repas ma relation fusionnelle semée d'embûches avec Matt Garrett et mon obsession pour cet homme si complexe, y compris celle de la vidéo classée X qui m'a coûté ma carrière, nous avons convenu d'un accord. Elle ne me jugera pas et ne jouera pas à la bourgeoise impérialiste tant que je lui dirai tout.

Ça me va.

– En clair, Vincent a préféré sacrifier son fils aîné à sa carrière, a-t-elle résumé alors que nous rangions la vaisselle. Et toi, tu as fait l'inverse… Eh bien ! Je comprends que ça l'ait secoué.

– Tu crois ?

– C'est sûr, a-t-elle approuvé. Je ne connais pas personnellement Matt Garrett, mais d'après ce qu'on lit sur lui, c'est quelqu'un de très dur et de très exigeant. Je m'étais toujours demandé comment il pouvait être ainsi à son âge. Maintenant, je comprends mieux. Personne n'imagine qu'il a vécu une enfance aussi difficile avec des parents aussi honorables. Ça semble impensable.

Pour dissiper l'émotion ambiante, nous libérer, ou nous remettre dans le droit chemin, Joanna se dirige vers le bar de Clive et se sert un whisky allongé. D'un mouvement gracieux, elle m'en propose un que je refuse.

– L'amour, c'est bien beau, mais tu aurais dû penser à ta carrière, me reproche-t-elle en venant se rasseoir près de moi. Une femme ne devrait jamais se sacrifier pour un homme. Si extraordinaire soit-il.

– Je ne pouvais décemment pas agir comme Vincent et renvoyer à Matt l'image que tout le monde était comme ça. C'était impossible.

Elle en convient dans un soupir :

– Vous en savez beaucoup l'un sur l'autre. Ça risque de vous rendre un peu codépendants, non ?

Je la regarde sans comprendre.

– Que veux-tu dire ?

– Que tu dois toujours garder une part pour toi. Les hommes n'aiment pas les femmes dépendantes, Alexiane, même s'ils clament le contraire.

Je ne peux réprimer mon sourire.

– Montre-moi l'autre vidéo, exige-t-elle en s'emparant de mon iPad pour le placer sur ses genoux.

– Quoi ? Non ! m'écrié-je en tentant de le récupérer.

En vain. Sans m'écouter, elle déverrouille elle-même l'iPad, ce qui me fait réaliser qu'elle connaît mon code de sécurité et prouve à quel point elle a dû m'observer.

– Arrête, c'est...

Je cherche le mot adéquat tandis qu'elle me fusille de son dernier argument :

– Ton mari n'est pas n'importe qui, Alexiane Joanna Sand. C'est un homme *public*. Un des plus importants hommes d'affaires du pays. Tu ne dois pas lui nuire, sinon il se détournera de toi. Si tu veux que je t'aide à gérer ce qui t'attend, alors je dois *aussi* voir ça.

Je sais qu'elle a raison mais je secoue la tête, butée comme une mule, et m'apprête à protester quand elle me cloue le bec par surprise :

– C'est comment un orgasme ?

Punaise ! Je manque m'étouffer avec ma salive.

– Granny, tu...

– Quoi ? Je quoi ? m'affronte-t-elle droit dans les yeux.

Bon Dieu, Joanna !

– C'est pas possible. Tu ne sais pas ?

Elle rosit légèrement mais elle tient bon.

– Non, répond-elle sans aucune trace d'humour.

Je la regarde, les yeux écarquillés de stupeur.

– Je veux dire, tu n'as jamais... *joui*, couiné-je comme une gourde.

Oh merde ! Impossible que je lui aie dit ça. Gênée par le tour scabreux que prend cette conversation, j'ordonne mentalement à mon cerveau de se taire.

Tout de suite.

– Comment m'as-tu appelée ? retient-elle d'une voix enrouée par l'émotion.

– Pardon, je... Je n'aurais pas dû.

– Non, ma chérie, tu peux, m'assure-t-elle en tapotant gentiment ma joue comme si elle avait oublié de quoi on parlait. *Sérieux, tant mieux*. Mais appelle-moi Nonna. C'est le nom que me donnent les enfants d'Ellen.

Déstabilisée, je m'efforce de réprimer la bouffée de sentimentalisme bébête qui monte en moi. Aussi loin que je me souvienne, ma famille a toujours été un élément flou défectueux dans mon existence. Ni agréable ni désagréable. Juste *flou*. J'imagine que j'attendais une mise au point.

Hélas, il ne lui en faut pas plus pour se remettre :

– Allez, montre-moi ce qu'est un orgasme, ma petite fille,

insiste-t-elle.

Je hoquette d'horreur : « Absolument pas !! »

– Tu préfères que je reste dans l'ignorance ? sourcille-t-elle très digne.

Est-ce que je rêve ? Je ne l'ai jamais vue aussi motivée mais il n'est pas question qu'elle me voie comme ça. Déjà, Karim et mes copines, c'était limite, mais elle, c'est carrément impossible. Et si je lui montrais un film porno à la place ?

Ça va pas, Alex ?

Mes pensées partent dans tous les sens.

Cette femme est ma grand-mère, la mère de ma mère. Elle a déjà fait des bébés, sinon je ne serais pas là. Justement, pour moi, elle et ma mère sont asexuées. Point barre. Impossible de les imaginer en train de faire des galipettes.

Je tente de m'en sortir avec une explication :

– Eh bien… Ça te prend là, dis-je en appuyant mon poing sur mon ventre. C'est chaud, ça t'enveloppe, ça monte dans ta gorge et… euh… Ça descend jusque dans tes orteils, tu te crispes, et ton corps se dissout.

Il fait plus chaud dans la pièce tout d'un coup. Je la dévisage, espérant ne pas l'avoir trop choquée. Est-ce assez réaliste ?

Joanna fronce les sourcils un moment puis :

– On dirait une publicité mensongère, lâche-t-elle vaguement déçue.

Mes joues brûlent rien qu'à l'évoquer. Je ne vais pas faire ça, si ?

– Nonna…

– Allez, ne sois pas bête, je n'ai jamais changé tes couches. Tu ne peux pas me priver de tout, si ?

Quand même.

Sans avoir la moindre idée de ce dans quoi je m'engage, je déverrouille mon iPad. Étrangement, j'ai du mal à trouver la vidéo sur la Toile. Matthew certainement. Ce qui veut dire aussi, hélas, que Sully a dû la regarder.

Morte de honte, je serais bien tentée de renoncer, mais le regard plein d'espoir de Joanna ne me lâche pas. Si quelqu'un m'avait dit un jour que je m'échinerais à la dégotter sur un site grec, le tout parfaitement synchronisé avec l'arrivée d'un message du Guerrier au beau milieu de l'écran :

[J'imagine que c'est pour tester la sécurité réseau de ton grand-père. Tu as 5 min avant que Sully s'en charge.]

Non, pour l'éducation sexuelle de ma grand-mère, crétin !

– Comment le sait-il ? m'interroge Joanna d'une voix de conspiratrice, balayant son salon d'un regard circulaire, comme si des mouchards avaient été installés dans la maison en son absence.

Bonne question.

– C'est le problème avec Matt. Il voit tout.

Et moi je suis assez con pour ne pas me rebeller quand il fait ça parce que j'ai l'impression qu'il s'occupe de moi. En fait, Joanna est tout émoustillée, comme si Clive pouvait nous surprendre devant un truc cochon. J'hallucine. Histoire de ne pas perdre de temps, nous nous abstenons de commentaires en lançant le film. Je n'y crois pas d'accepter ça ! Pendant les trois minutes zéro huit suivantes, je retiens ma respiration en m'obligeant à ne pas regarder l'expression de Joanna.

– Je trouve que tu as beaucoup de chance, conclut-elle alors que j'efface cette horreur de mon historique.

– Ah oui ?

Elle vient quand même de voir sa petite-fille sur un site porno grec, non ?

– Ce garçon me plaît de plus en plus, décrète-t-elle tout

bonnement. Il t'épouse ivre. Au lieu de consommer comme un goujat, il se retire. Preuve qu'il sait ce qu'il veut et sait attendre. Et de surcroît, il semble te faire l'amour comme un dieu. Tu n'as pas dû t'ennuyer une seconde.

Forcée de l'admettre, je rougis beaucoup.

Je ne précise pas que de là vient toute ma faiblesse. Pour dire vrai, depuis le début, je n'arrive pas à décider si, tous les deux, on se bat d'abord avec nos esprits ou avec nos corps. Tout ce que je sais, c'est qu'on ne s'ennuie pas.

– Il a ce côté âme damnée des grands artistes, ajoute Joanna particulièrement inspirée. Tu sais ? Génie + Souffrance = Qualité. Un buveur de whisky, non ?

Je pouffe de rire.

– Son single malt est plus vieux que moi, t'imagines ?

En prononçant ces mots, ma respiration se coupe.

– Tu ne trouves pas que je suis trop ordinaire pour lui ?

Joanna prend un moment pour lire dans mes pensées.

– Ce genre d'homme ne prend pas une décision à la légère, Alexiane. Il sait ce qu'il fait. C'est à toi de tenir bon. Fais confiance à ton mari. À mon avis, tu peux.

Et voilà, on y revient toujours. La confiance.

Si seulement Matthew pouvait nous voir ainsi.

Tout changerait entre nous.

22

MATT

Je suis sujet aux crises d'angoisse depuis l'enfance. D'un individu à l'autre, c'est très différent une crise d'angoisse. Chez moi, l'esprit ne fonctionne plus que par à-coups et le corps ne répond plus normalement. J'ai dû apprendre à vivre avec. À avoir peur à chaque instant que tout se détraque et me ramène au passé.

« Dis à Papa que tu l'aimes et Papa t'aimera… »

Je le dis parce que ça fait trop mal la ceinture.

Tant pis, je l'ai dit. *« Je t'aime, Papa. »*

C'est mal de mentir mais je n'ai pas le choix si je veux qu'il arrête.

Si c'est ça aimer alors je ne veux jamais aimer personne.

Ça fait trooop mal d'aimer. Je suis mieux tout seul avec mon doudou.

Il sent bon mon doudou. Il sent les bonbons.

J'enfouis mon nez dedans pour oublier la douleur.

J'aime trop les bonbons. J'en planque sous le lit mais je ne les mange pas.

Je les garde pour le jour où je partirai.

Alex sent le doudou.

Alex sent les bonbons.

Je garde Alex pour quand je partirai.

Mais qu'est-ce que je raconte, putain ? Est-ce que je deviens fou ?

La nausée me vrille l'estomac, je transpire, avec la sensation d'étouffer comme si je sortais d'un nuage de fumée, sans possibilité de me raisonner ou de le refouler. C'est juste une crise de panique intense et incontrôlée. Ça va aller.

L'attaque ne dure que quelques minutes en général, mais ces derniers temps elle surgit trop souvent. Je dois me calmer. Elle est à moi maintenant. Légalement à moi. La sueur froide suinte encore sur mon front tandis que je relis pour la énième fois le document sur mon bureau. *Concentre-toi, bordel.*

Je relis encore une fois :

Patiente adressée par Jake Eirik Lund dont nous avons suivi l'épouse.
Nom de la patiente : Alexiane Joanna Sand
Âge : 22 ans
Date des premières règles : 12 ans
Antécédents familiaux : ni phlébite ni embolie
Antécédents chirurgicaux : RAS
Antécédents gynécologiques : RAS. Cycles réguliers indolores
Conduites à risques : premier rapport non protégé
Conduites addictives : pas de tabagisme ni d'alcoolisme
Traitement délivré : la patiente demande un implant sous-cutané type Implanon ou Norplant qu'elle estime bio. (Pour ne pas changer le sexe des poissons par ses urines. Réellement ?) Nous lui préférons une pilule microprogestative en continu de type Désogestrel.
Surveillance : un an

Quelque chose me dérange dans ce dossier et je ne sais pas

quoi. Quelque chose qui trouble le cours normal de mes pensées comme lors d'une crise d'angoisse, mais sans le flippe. Mon instinct ne me trompe pas, je sais. Un truc accroche mais je ne vois pas où. Ça m'énerve.

J'attrape mon portable et compose le numéro raccourci.

– Monsieur ? répond-il dès la première sonnerie.

– Sully, Mme Garrett a été adressée au Dr Annie Kraiss par Jake Eirik Lund. Je veux savoir pourquoi il se mêle de sa vie intime. Trouvez le lien avec elle et dites-moi s'il était présent à la consultation.

J'espère pour lui que non. Sinon, il est mort.

– J'avais anticipé votre demande, monsieur, m'apprend mon responsable informatique. Lund est divorcé avec un enfant de cinq ans porteur de mucoviscidose. Son ex-femme est totalement givrée, si je peux résumer les choses ainsi. Bref, ses parents gardent le gosse. Ils habitent dans la même rue que les grands-parents de Mme Garrett. Et…

Sa voix reste en suspens, j'attends.

– Et si je puis me permettre, reprend-il d'un ton plus réservé, toutes mes félicitations, monsieur.

– Merci, Sully. Donc vous me dites que c'est normal.

– Disons que ça peut l'être.

Un grabuge provenant du couloir m'oblige à réagir.

– Ce sera tout, dis-je par réflexe, en voyant la porte de mon bureau s'ouvrir à la volée sur le Saoudien.

Lundi matin, il en a mis du temps…

– Traître ! Renvoyez vos chiens. Vous me devez une explication, déclare l'animal d'un ton mordant, me rejoignant en trois enjambées.

Accrochée à lui, Barbara essaie de le retenir avec peine, lui tirant des jurons étouffés et autres amabilités alors qu'il tente de dégager son bras sans la blesser.

– J'ignore comment il a pu franchir l'accueil, s'excuse Barbara, à la fois confuse et dépassée. J'appelle tout de suite la sécurité…

Étrangement, j'éprouve un soulagement indicible à le voir se ruer jusqu'à mon bureau. Autant en finir tout de suite.

– C'est inutile, Barbara. J'avais donné des instructions pour le laisser passer.

Après un bref mouvement de surprise de part et d'autre, mon assistante hoche la tête à regret et quitte la pièce tandis que Kabbani prend appui des deux mains à plat sur mon bureau, la tête rentrée entre ses épaules, concentré sur la manière dont il va procéder. Les poings d'abord ou les insultes ?

– Vous avez l'air très content de vous, fulmine-t-il en relevant la tête pour observer la mienne, la colère vibrant toujours en lui.

– Très content, en effet, fais-je d'un ton glacial.

Des sons inarticulés se bousculent hors de sa bouche, ses poings malaxant impitoyablement le bord de mon bureau, je comprends que ma réponse accroît son anxiété, mais je m'en cogne. Je suis prêt à me battre s'il le souhaite. Mais il se redresse et se met à arpenter la pièce de long en large. Il sent le tabac et l'homme qui n'a pas dormi, mais pas l'alcool.

Parfait, on va pouvoir régler ça.

– Elle était saoule, bordel ! tempête-t-il tout en marchant. Comment avez-vous pu lui faire une chose pareille ? Vous n'avez donc aucun principe ?

– Aucun.

Le Saoudien s'arrête et me fait face, cherchant à évaluer si je me moque de lui.

– Je n'en ai aucun, martelé-je.

– L'honnêteté, la sincérité, le pardon, la patience, la morale. Comment faites-vous pour vous sentir bien si vous n'en avez aucun ?

– C'est un don. Je n'ai pas besoin qu'on me fasse confiance.

Nous nous mesurons du regard. Quelque part, on se ressemble par l'histoire de nos parents, mais je me demande ce qu'il sait et comment il fait pour vivre avec ça.

Au bout du compte, peu importe, on est rivaux.

– Vous l'avez prise au piège en l'épousant ivre, répète-t-il comme s'il n'y croyait toujours pas. Pourquoi l'épouser ?

– Ça ne vous regarde pas.

L'espace d'une seconde, je le regrette. Je voudrais qu'elle ait fait son choix de façon consciente et qu'elle soit déjà là, avec moi. Une fille facile m'aurait appelé dans la foulée, trop contente d'avoir trouvé le jackpot et de tenir son rôle. Pas elle.

Elle, elle sait que je ne suis pas un cadeau.

– Ça ne va pas se passer comme ça. Divorcez !

– Non.

– Et si elle ne vous rejoint pas, vous divorcerez ?

– Non plus.

Kabbani encaisse le coup en portant les mains à ses hanches comme pour retenir ses poings.

– Dans ce cas, je me fous du serment. C'est ce que je suis venu vous dire. Je l'ai vue grandir. C'est la femme que je veux. Elle portera mes enfants, réplique-t-il pince-sans-rire en me contemplant sans vergogne.

À la lueur provocatrice qui s'allume dans son regard, je sais qu'il fait exprès de tout me jeter au visage pour me faire admettre qu'elle sera mieux avec lui qu'avec moi. Mais rien de tout cela n'a d'importance parce que je vais devoir tuer ses espoirs dans l'œuf au plus vite.

Dans la vie, il faut savoir prendre, mon gars.

– Et la blonde du *Provocateur*, c'est en attendant ?

D'instinct, il croise les bras.

– Je… Vous me menacez ? dit-il en se redressant. Rachel est une amie.

Je le regarde lutter contre son malaise et l'espoir flamboie en moi.

– Une amie que vous baisez en attendant Alex. Preuve que vous ne l'avez pas eue, jubilé-je, heureux d'en avoir enfin la confirmation. Et pour répondre à votre question, je préfère appeler ça une mesure de coercition. Tentez quoi que ce soit et *là*, ce sera une menace.

Sa bouche s'élargit dans un rictus primitif.

– Je ne dirais pas ça si j'étais vous. J'ai couché avec elle à Chicago. Vérifiez ! Peninsula. Une seule chambre. Je l'ai pénétrée profondément pour tout lui faire oublier. Elle en avait bien besoin du reste. Je lui ai montré ce que son mec ne lui donnait pas et elle a adoré. Au fait, elle porte vachement bien mes boxers.

Je reste saisi. Alex m'a menti ?

Crois-la, bon Dieu, et VITE ! Pour une fois dans ta vie, ose fermer les yeux et dis d'accord.

Je ne peux pas. Je ne peux définitivement pas.

– Vous n'avez pas vu les photos de nous sur Facebook ? ajoute l'autre salopard en agitant sous mon nez son BlackBerry ouvert sur une photo d'Alex.

L'image la montre endormie torse nu dans son boxer, étalée à plat ventre, dans ce qui semble être un lit d'hôtel défait.

Cet enculé est mort.

Je m'arrache au bureau et charge à toute allure. Mon poing part en premier mais je le percute de tout mon poids. L'impact le fait chanceler et le projette au sol avec un bruit sourd, mais il se remet très vite. Il essuie le sang qui pisse de son nez avec son bras et fait un pas vers moi. Je me mets en position de combat tandis qu'il vise la tête et m'atteint à la mâchoire.

– Tu crois que t'es le seul à savoir te battre, hein, Garrett ?

Il me sourit tandis que j'absorbe son direct long arrière, mais je sais qu'il a les yeux plus gros que le ventre. Quinze ans de Krav Maga pour ne plus penser à ma force, il ne fait pas le poids. Lui grogne sous la brutalité de mes coups quand je reste silencieux sous les siens. Il doit lutter à mort pour se libérer. Quand il me bouscule à nouveau, son corps avance et je bloque sa tête dans une position inconfortable très dangereuse. Si je voulais en profiter pour le frapper à cet instant, il se casserait sur le sol.

Au lieu de ça, je le force à reculer, tête bloquée en arrière, contre le canapé qui se dérobe sous lui. Sa gorge ainsi exposée, je pourrais facilement le tuer.

– Dis-le ! Dis que tu te l'aies pas faite et j'arrête !

– Je vais m'en sortir, ahane l'inconscient en s'essuyant la bouche alors que je le relâche avant d'être tenté.

C'est trop dangereux.

À peine ai-je armé mes poings pour l'aéro-kick qu'il se jette sur moi. Une femme crie dans le couloir, des bruits de pas courent, la porte qui s'ouvre dans mon dos m'oblige à tourner la tête sur mon épaule pour voir qui vient d'arriver.

Mais je n'en ai pas le temps.

Profitant de son avantage, Kabbani réussit à glisser son poing sous ma chemise. Je sais que je vais déguster. C'est un fou furieux. Il me décoche un revers foudroyant sur la pommette que je contre d'un coup de pied d'arrêt suivi d'une manchette à l'estomac qui le fait tomber à genoux. Quel con ! Il n'a pas compris que je suis déjà dans une transe froide ?

Je frappe en ignorant la douleur. Pas lui.

– Je ne me bats pas à la régulière, Kabbani, lui dis-je pour le prévenir.

Un ricanement sinistre sort de sa gorge alors qu'il se relève.

– Je me suis pris plus de raclées que toi, Garrett.

Un instant, je me demande si c'est vrai.

– Et t'es parti sur tes jambes ?

– Ça ne sera pas ton cas, connard.

Ses yeux sont assassins, il saigne de la lèvre mais continue à cogner comme une brute, décochant crochet sur crochet, tous arrivant super vite, jusqu'au moment où je lui envoie mon genou dans le diaphragme pour lui couper le souffle.

Pas la peine d'utiliser trop de force, mon gars.

Il suffit de savoir aller au contact.

Même une fille qui te met un genou dans les couilles sait ça.

C'est la voix de Rob que j'entends en premier :

– MATT, NON ! hurle mon frère sur ma gauche.

Je le fusille du regard.

Il me connaît. Il connaît mon passé de bagarreur. Il sait ce que je peux faire à un mec quand je laisse la rage froide me faire basculer de l'autre côté. Même s'il ne sait pas que j'ai déjà tué, il a deviné que j'en étais capable. Et chose encore plus zarbi : il sait que je sais qu'il sait.

Kabbani en profite pour se dégager et me projeter un coup de pied balayant qui m'envoie valdinguer contre un des deux fauteuils visiteurs. L'intensité de sa fureur glace un instant celle de Rob. Le mec est coriace et rapide, faut dire. Mais contrairement à lui, je reste silencieux et méthodique dans les coups comme si j'étais déconnecté de moi-même et de la douleur.

C'est une chose que j'ai apprise avec mon père. Encaisser sans broncher. Alors qu'il frappe en grognant et en jurant, m'indiquant par avance les coups qu'il va me porter, je frappe en toute objectivité. Encore et encore.

– Putain Matt, arrête ! Je ne suis pas sûr que le tuer soit la meilleure solution, tonne la voix de Rob métamorphosée par notre pulsion meurtrière mutuelle.

– Tire-toi *Robin Jack*[8] ! Laisse-nous régler cette histoire, renifle Kabbani.

Rob se fige. Je ricane en entendant le surnom que Kabbani lui a donné.

– Quoi ? Tu me dis que je suis un adepte de la masturbation, là ? flaire celui-ci, prêt à se jeter dans la bataille.

Quel con ce Kabbani ! Ça va finir à deux contre un.

– Tu ne veux pas faire ça, *Jack*, lui retourne le Saoudien. Pas pour une nana que tu baises pas. Par contre, moi je connais celle qui t'accompagnait samedi soir. Je l'ai sautée, le provoque l'autre abruti.

Bizarrement je suis d'accord avec Kabbani pour le coup, Rob ne devrait pas s'en mêler. J'esquive… *Bam.* Il est costaud ce fils de pute. Je peux lui accorder ça. Peu de gens tiennent encore debout après que je les ai frappés.

– Achève-moi ce connard, Matt, m'encourage alors mon frère en s'installant contre un mur et en sortant son téléphone de sa poche. Moi, je vais virer cette abrutie de samedi soir de mes contacts.

Putain de baston.

Deux bras robustes m'encerclent alors par-derrière et mon corps se raidit instantanément, prêt à frapper violemment le deuxième adversaire qui m'approche ainsi, tandis qu'au même moment, une silhouette familière maîtrise Kabbani dont le visage est en sang.

– C'est moi, monsieur, s'annonce la voix de Verdi dans mon dos.

Je dois me forcer à respirer pour ne pas lui faire mal, mon père arrivait toujours par-derrière. Jamais devant. Et bien qu'il soit dans son rôle, Verdi n'a aucun droit de m'approcher ainsi.

– Sortez-vous de mon dos, Verdi. *Tout de suite.*

– Pas avant que vous soyez calmé.

8. En argot anglais, on emploie « Jack off » pour dire « se masturber ».

– JE NE PLAISANTE PAS, PUTAIN.

La rage s'entend dans ma voix et c'est là que j'entends celle de Paul :

– Vous êtes fous… Barbara ! Appelez les secours, vite, il faut s'occuper de leurs blessures.

Au moment où je pivote pour me libérer, Kabbani feinte Sully et projette son poing en avant, atteignant Verdi à l'épaule. Mauvaise idée. Ce dernier soupire d'exaspération et me relâche. C'est plus qu'il ne m'en faut pour charger à nouveau.

– Qu'est-ce qui vous prend, Verdi ? l'enguirlande Paul désorienté. Vous n'intervenez pas ?

– M. Garrett sait quand arrêter.

– Vous vous foutez de moi ? lui oppose mon cadet. C'est votre patron.

– Et c'est votre frère, réplique ce dernier d'un ton sarcastique. Allez-y !

J'entends un pied cogner violemment contre un meuble et je comprends que Paul vient de shooter dans le fauteuil. En y repensant, je ne l'ai jamais vu se battre comme il nous est arrivé à Rob et moi de le faire. De nous trois, Paul est l'enfant raisonnable, agissant toujours avec parcimonie. Je l'ai toujours su plus fragile.

Trop fragile.

Alors que Kabbani pousse un cri de rage après mon dernier uppercut et glisse en arrière sur le sofa, je me dis qu'il n'y en a plus pour longtemps. La rage furieuse se tasse tôt ou tard. Pas la colère froide.

Je le chevauche, les mains autour de son cou.

– Dis-le où je serre !

Je n'ai aucun scrupule. Sa poitrine monte et descend de façon saccadée, je sens son pouls s'accélérer sous mes doigts mais je tiens bon, jusqu'à ce qu'il cède :

– Putain, je l'ai pas baisée, finit-il par admettre à bout de souffle. Tu me prends pour qui ? Je ramasse pas les miettes, Ducon !

Je vois rouge. *C'est ma femme, bordel !*

– Ne parle plus jamais d'elle ainsi si tu tiens à la vie, *Ducon*. T'entends ? sifflé-je en lui décochant le dernier pour le principe et lui fermer la bouche.

Quand je me redresse, un cercle de curieux a investi mon bureau alors qu'ils n'ont rien à y faire. Ils n'auraient même jamais dû y entrer. Tous les visages semblent médusés de voir leur P.-D.G. dans cet état. Tu m'étonnes. Kabbani gît à même le sol, roulé sur le côté par Sully pour lui éviter de vomir dans ses bronches, et je ne dois pas être mieux à voir, tout dépenaillé.

– Dehors, vous tous ! ordonné-je en remettant de l'ordre dans ma tenue.

Verdi et Sully se penchent et soulèvent Kabbani qui revient à lui pour le remettre debout et le sortir de la pièce.

– Raccompagnez-le, Verdi. Virez les photos de ma femme de son portable et veillez à ce qu'il voit un médecin. J'ai frappé fort, il a peut-être des côtes fêlées.

– Je vous envoie le médecin d'abord, monsieur.

Il me regarde en disant ça. Ce n'est qu'à ce moment-là que je me soucie des écorchures aux jointures de mes poings, du coquard que je sens pousser sous mon œil gauche et de ma mâchoire tuméfiée.

– Ouais, merci.

La douleur n'est pas un problème. J'ai l'habitude des dérouillages au ceinturon. J'en ai pris des sévères qui m'ont laissé sans connaissance dans mon lit jusqu'au petit matin. On s'adapte. D'un pas déterminé, je me dirige vers mon cabinet de toilette en sentant le regard de mes frères dans mon dos et j'explose de rire en voyant ma tronche dans le miroir. Putain. Ça fait des lustres que je ne m'étais pas autorisé une baston pareille. Ça fait du bien. Qui plus est, je n'ai pas à rougir, Kabbani est plus amoché que moi, et maintenant, je sais qu'il ne l'a pas baisée.

J'ai gagné.

Une fois le médecin parti et les plaies nettoyées, chacun de nous prend conscience du désordre de la pièce et des taches de sang sur le tapis. Les coussins jonchent le sol, les canapés ont quitté leurs places initiales et la table basse en a pris un sacré coup. Je devrais probablement la changer avec le tapis.

C'est clair, on s'est battus ici.

– C'était quoi ce délire ? ose alors réclamer Paul en désignant le bazar ambiant. La moitié de l'étage était là. Tu te fous vraiment qu'on te respecte ?

Je hausse les épaules en regagnant le bar.

– Totalement.

– T'étais à deux doigts de l'envoyer à l'hosto, me reproche Paul, bien décidé à me faire la leçon. Qu'est-ce qu'on fait s'il dépose plainte ? Tu y as pensé ? Je suis ton avocat, merde. Comment veux-tu que je défende ça ?

Sa voix est ferme mais je peux entendre qu'il a peur.

– Eh bien, je te paie pour ça, non ? fais-je pour l'aider à relativiser.

– Debra va s'arracher les cheveux si ça arrive à la presse, m'ignore-t-il en suivant son idée. Tu n'as pas besoin de ce genre d'ennui après l'épisode Tricia. Imagine que les deux affaires sortent. Les médias se moquent que ce soit proscrit ou qu'on ait un accord avec elle. En fait, tu es pire que Papa. Lui au moins n'a jamais bousillé sa réputation.

Je le fixe, indigné. *C'est le comble, putain !*

– Il insultait ma femme. Tu laisserais insulter ta femme, toi ?

Mes frères me regardent avec circonspection, un éclair de confusion dans leurs yeux, mais je les ignore pour l'instant et me sers un remontant. J'ai besoin d'un truc bien raide pour ce que je vais dire ensuite. J'attends que le liquide ambré descende dans ma gorge et me donne une sensation de chaleur saine pour commencer à parler :

– J'ai épousé Alex à Vegas la nuit dernière.

Silence de mort dans la pièce. Une des clauses de notre contrat entre frères, c'est l'obligation de partager à trois les grandes décisions de chacun. Or je les ai tenus à l'écart. Autant du mariage que de ma décision. *Rien à foutre.*

J'imagine qu'ils n'apprécient pas mais ils sont trop renversés par la nouvelle pour le laisser paraître. Probablement parce que lorsqu'il s'était agi d'établir ces putains de règles fraternelles de bonnes mœurs, chacun de nous pensait à juste titre qu'elles ne me concerneraient jamais.

Mais voilà, je suis le premier.

– Tu as songé à préserver tes intérêts par un prenup au moins ? réagit Paul alors que Rob arpente la pièce en silence.

Je lui lâche seulement une partie de l'info :

– Elle a un contrat de mariage, en effet.

– Est-ce qu'elle l'a signé ? se méfie-t-il.

Je baisse la tête, gêné.

– Oui.

Paul se tient debout face à moi, subitement prêt à m'affronter, alors que Rob, assidûment muet, nous tourne le dos pour regarder dehors. Ce qui n'est pas courant. En principe, c'est l'inverse qui se produit.

– Pourquoi n'ai-je pas rédigé ce contrat ? insiste l'avocat d'un air suspicieux.

Parce que c'est des emmerdes dont ni moi ni toi n'avons besoin.

– Tu es mon frère et j'ai préféré un avocat extérieur à la boîte.

– Matt, tu pèses des millions de… (Milliards, mais bon.) (Il s'interrompt, se rendant compte qu'il ne connaît pas le chiffre exact.)

Je n'ai rien contre elle mais tu dois veiller à ce que ton conjoint n'interfère pas dans le business. Tu as pris qui ? demande-t-il avec méfiance.

Je le dis avec calme :

– Rodney Hourcade.

Paul croise mon regard et relâche la pression en se hissant sur un tabouret de bar. Je savais que ce nom le rassurerait. Dans le milieu, le nom d'Hourcade claque comme le pognon, tant sa réputation est connue pour être impitoyable dans la jungle de Hollywood. Autant pour empêcher des publications peu amènes d'une ex que pour négocier au mieux votre coûteux divorce lorsque vous réalisez, un jour, que vous avez peut-être été un peu rapide en passant la bague au doigt à cette mégère liftée qui claque votre pognon.

J'ai essayé d'acheter Alex par le passé, suffisamment pour comprendre qu'elle n'appartenait pas à cette catégorie, mais bon... Tout le monde change.

Tout le monde sauf moi.

– Bon choix, acquiesce-t-il visiblement soulagé. Ses contrats maritaux ont la réputation d'être incassables.

L'adjectif me ferait presque sourire me concernant. C'est pile ce que je voulais en le choisissant. Que cet accord entre nous soit *incassable*. Comme moi. Les yeux de Rob se détachent alors de la fenêtre et reviennent lentement vers moi.

– C'est pas un peu rapide ? dit-il.

J'agite mon verre en regardant tournoyer les glaçons et je comprends que le célibataire endurci en lui est en train de flipper.

– Crois-moi, en quatre mois, j'ai tout essayé pour l'oublier, frangin.

– Mais pourquoi le mariage ? Tu nous expliques ? me sonde-t-il, sans que je puisse définir pour qui il s'inquiète. Alex ou moi.

Rob est très attaché à Alex. Je m'en suis rendu compte lorsqu'elle m'a quitté. À aucun moment, il n'a accepté ce qui était *ma* vérité. Et ça me plaît. Mais comment expliquer quand je ne comprends pas moi-même ?

J'essaie quand même :

– Après l'avoir rencontrée, j'en ai baisé d'autres mais c'était elle que je voyais alors que je l'avais à peine embrassée. C'est Emily qui m'a mis la puce à l'oreille. Un jour, je l'ai appelée Alex dans nos ébats. Du coup, je me suis dit qu'il fallait que je me la fasse pour me la sortir de la tête.

Acquiescement général.

OK, jusque-là c'est normal.

– Ensuite, quand j'ai rompu avec Kristen, elle m'a demandé pourquoi je l'avais toujours baisée sans la regarder. Intrigué, j'ai posé la question à Sarah et à Beverly. J'ai obtenu la même réponse. C'est là que j'ai compris. Dans les yeux, on a vite fait de prendre des sensations pour des émotions et je m'en suis toujours gardé. Or je ne peux pas coucher avec Alex sans la regarder dans les yeux. Et ça, depuis le début. Preuve que je l'ai laissée entrer dès le départ.

Le silence s'étire sur leurs mines graves.

On est d'accord, ça s'aggrave.

– Ensuite, elle m'a quitté et j'ai cru devenir fou à la détester tous les jours alors que je ne faisais que la chercher partout, quand bien même elle n'avait jamais mis les pieds chez moi. Je prenais un café et je pensais à sa foutue eau citronnée. Je me branlais sous la douche et je pensais à sa « joie ». Quand j'étais au bureau, je la revoyais plaider dans sa petite robe noire au milieu de tous ces corbeaux suffisants. Bref, j'ai détesté qu'elle m'envahisse comme ça.

Chose agréable avec le whisky, c'est qu'il réchauffe le cœur avant tout le reste. Dans ma tête, une seule et unique chose. Comprendre ce qui embrouille toute ma détermination, comme ça, brusquement.

– Et puis il y a eu ce voyage à Vegas. Je voulais une explication sans qu'elle puisse s'enfuir. Mais j'étais encore trop remonté contre elle parce qu'elle m'avait quitté. Comme ma mère, putain. Pourquoi je ne mérite pas d'explication ? C'est une histoire de karma ou quoi ?

J'entends la voix sévère de Rob avant qu'elle traverse la pièce :

– Matt… Je te capte mais je dis juste… Arrête les jurons avec maman. Pas dans la même phrase, OK ?

Je ne supporte pas quand il prend sa défense. C'est comme ça. Je ne le supporte pas. Mais je comprends. Elle était là pour lui. Pendant des années, elle a été son « Tout ». Pas que je sois jaloux, non, mais ça fait mal. Son père à lui est un mec bien alors que le mien est un salaud. Personne ne devrait laisser un enfant seul avec un salaud. Alors je parle pour faire taire la colère en moi :

– À 2 heures du matin, j'étais sobre, elle était ivre. Bien trop ivre pour mentir ou me manipuler et totalement désinhibée pour se méfier. Et c'est là que ça s'est produit… Ça m'est apparu comme une étincelle. Elle m'aime alors qu'elle me connaît.

– Elle te connaît ? Toi ? intervient Paul, incrédule. Même moi, je ne te connais pas et je suis ton frère.

– Ouais. C'est dément mais c'est vrai. Elle sait pour le Kivu plus que vous n'en saurez jamais. Elle sait pour Tricia et les tas d'autres merdes que je ne lui aurais jamais avouées. Comme si c'était possible, putain ! Mais avec l'alcool, elle ne pouvait pas tricher donc… Je me suis dit…

– Que tu pouvais la croire, suggère Rob à mi-voix.

– C'est ça. Je la crois et… Soit elle me tue parce que j'ai raison, soit elle me ramène à la vie parce que c'est elle qui a raison.

Mais d'une manière ou d'une autre, on sera fixés.

Pour des causes que je ne préfère pas analyser, mes frères hochent chacun la tête pour acquiescer.

– C'est ouf mais ça se tient, reconnaît Rob. Tu l'as dit à maman ?

– Non. Je n'ai pas besoin d'aide.

– Et à papa ? y va Paul à son tour.

– Non plus. Je l'annoncerai à la famille et quelques proches quand elle sera ici, à mes côtés, pas avant.

Leur étonnement s'exprime en même temps :

– C'est quoi cette histoire ? Elle n'est pas avec toi ?

Je prends une grande inspiration.

– Elle était saoule et je ne suis pas un cadeau. Je lui laisse le temps de réfléchir à tout ça. Pour vous tenir au courant, j'ai vu Debra ce matin. On a décidé de faire un communiqué à la presse le plus tard possible. Alex n'a pas l'habitude. Elle pourrait flipper. Ce n'est pas ce dont elle a besoin à la minute.

– Et les quatre saisons ? fait valoir Rob.

– Virées gentiment.

– Ça veut dire quoi « gentiment » venant de toi ? fait valoir Paul à son tour.

– J'ai été généreux.

À cet instant, je me dis qu'Alex est probablement en prise aux mêmes problèmes que moi face à son entourage. Clive Sand m'a fait une bonne impression lorsque je l'ai appelé. Je me souviens de notre échange :

– Qui vous dit qu'elle veut vous épouser si elle est saoule ?

– Elle vient de me le demander, monsieur.

Silence.

– Qui vous dit qu'elle ne va pas changer d'avis en dessoûlant ?

– Rien. Mais sachez que je ne l'épouserais pas si elle avait été sobre.

Nouveau silence, circonspect.

– Vous comptez la gérer tout seul alors ? Ce n'est pas une entreprise, ni une de vos OPA, mon petit gars. Vous ne semblez pas avoir beaucoup d'expérience…

J'ai ri mais sans méchanceté.

– Je n'ai pas besoin d'aide, monsieur. Et soit dit en passant, je me fiche de votre accord. J'essaie juste d'être poli.

Re-silence, concentré cette fois. Puis sa voix ferme, comme je les aime :

– Mon garçon, vous avez intérêt à ne pas briser son gentil petit cœur une seconde fois, sinon vous aurez affaire à moi. Je ne plaisante pas.

Clive Sand fait partie de la grande bourgeoisie de Chicago. Un cabinet d'architecture florissant. Une demeure à Gold Coast. Divers clubs très fermés. Sa femme pratique le yoga tous les matins à 6 heures, va à son Pilates deux fois par semaine et occupe diverses fonctions au sein de clubs mécènes, notamment en ce qui concerne les arts et la culture. Je sais exactement à qui j'ai affaire et sa dernière remarque m'indique que lui aussi. Il s'est renseigné. Peut-être est-on pareils tous les deux ? Capables d'agir en sous-main pour protéger nos femmes.

– Merci de me le rappeler, monsieur.

– Et virez-moi la personne qui a balancé cette horrible vidéo d'elle sur la Toile. Je ne veux plus qu'elle l'approche. Comment s'appelle-t-elle déjà ?

Je ris de le voir aussi bien informé sur moi.

– Tricia, monsieur.

– Virez-moi cette Tricia, Garrett. Quel que soit ce que ça vous coûte. Je ne veux pas le savoir.

Je choisis de lui donner une réponse honnête.

– J'y travaille, monsieur. Je crois que ce ne sera pas un problème très longtemps.

– Je connais les femmes, Garrett. Donnez-moi votre parole que si ma petite-fille vous lasse un jour, vous la quitterez proprement, revendique-t-il avec sérieux.

– Je doute que ce jour arrive, monsieur. Mais oui, je serai généreux.

– Bien. Alors, ça marche. Tu as ma bénédiction, fiston.

Fiston ? Moi ?

Aucune idée de quoi dire.

23

ALEX

Combien de temps ça dure une Wedding-Gueule-De-Bois ?

Pour être tout à fait honnête, je n'ai pas la tête au travail. J'accuse le coup et pas seulement à cause de l'alcool. Un mariage aussi rapide, c'est assourdissant, excitant, tout en étant paralysant. Je n'arrive pas encore à réaliser.

Je ne dirais pas non à un petit conseil.

Par exemple. Ce matin, lorsque je suis descendue, Louis était en faction devant la maison avec un gobelet de café aromatisé à la noisette que lui avait préparé Joanna après sa traditionnelle séance de yoga matinale. J'ai donc dû laisser la vieille Mini de ma mère au garage. Et elle n'est pas près d'en sortir, puisque Louis a bien confirmé devant Joanna que tous mes déplacements sans exception devaient être « accompagnés » en raison des problèmes de sécurité que rencontre MHG Industrie depuis la mort de Carroll. Plus jamais je ne verrai la bouille des gamins du Park Place rechigner à garer ma poubelle. Ils avaient beau râler et se moquer, je sais qu'ils étaient heureux de le faire. Quelque part, c'est triste.

Parce que ma vie s'en va.

S'en rendant compte, Louis a gentiment synchronisé mon

portable à l'ordinateur de bord, et c'est sur la version pour piano de « Without You » ajoutée par le Guerrier que la Mercedes noire a déboulé dans les glorieux embouteillages de Chicago pour me déposer pile devant l'entrée de BloomPub.

Matthew, c'est déloyal ! J'ai tellement envie de te revoir au piano.

Et bien entendu, avec la chance qui me caractérise, il a fallu que ce soit juste au moment où Stew arrivait, ahanant et pestant contre le retard du métro, la pollution des rues, les heures de travail perdues et le coût du carburant gaspillé. J'ai cru qu'il allait défaillir en voyant Louis m'ouvrir la porte. Moi, l'employée la moins bien payée de son agence. Incapable de mesurer encore toutes les conséquences, je sais au moins que je n'ai pas le choix. Mon nouveau mari m'envahit, et quelque part ça me colle des frissons de plaisir de le sentir devenir mon Tout.

C'est ce que je ressens et ça ne s'explique pas.

Quel que soit ce qu'il m'accordera de lui, Matt remplit mes placards à ras bords. Je ne veux plus passer mon temps focalisée sur l'expérience ratée de ma mère. L'amour. La passion. Je ne veux plus en parler, je veux le faire.

C'est dire à quel point j'ai progressé.

Manque de bol, à peine ai-je mis les pieds dans le bâtiment que mon nez s'est mis à saigner. Ça doit bien être la première fois que ça m'arrive. Au moment où je crois que ça s'arrête, ça recommence. J'ai bien du mal à éviter de tacher ma chemise blanche. J'ai mes règles et je saigne du nez, ce n'est vraiment pas de chance.

Peut-être les effets indésirables de ma pilule. J'aurais dû demander plus de détails au Dr Kraiss. Le plus grotesque est que je dois garder ma tête penchée vers l'avant pour rédiger ma démission à Stew et le compte rendu que m'a demandé Ryan sur ma formation au siège de Marvin Global. Je dois aussi avertir Jake de ma démission. En priant pour que Stew n'exige pas un préavis, je me suis donné la semaine pour régler tout ce qui me retient ici et rejoindre mon époux.

Mais d'abord Ryan, j'ai besoin de lui.

Que puis-je lui dire par mail ?

« Salut Ryan,
La formation était top. Cinq étoiles. Au fait, je me suis mariée ce week-end à Vegas après une soirée d'ivresse dont je ne préfère pas me souvenir pour ne pas risquer de conflits avec la Turquie et l'Australie. Bref. Il me faut un job à New York puisque c'est là que réside mon nouvel époux caractériel. Et non, je n'ai pas l'intention d'annuler comme tout le monde parce qu'il est trop sexy et doué au lit pour que je puisse seulement y songer. Sans compter qu'il est riche et que je devrais affronter un bataillon d'avocats prêts à me faire la peau. »

Ce n'est pas un travail qu'il va me trouver mais un internement.

Problème, je ne veux pas arriver chez Matthew sans travail. Joanna a raison. Une femme doit être indépendante si elle veut que son mari la respecte. Or si on veut démarrer du bon pied ce combat, puisqu'il s'agit bien de cela, le respect me paraît la moindre des choses.

At… At… Atchoum, ATCHOUM !

– Tu veux que j'aille te chercher de la glace ? compatit Kara alors que je plonge sur la boîte de Kleenex.

J'acquiesce tout en comprimant ma narine sanguinolente.

– J'ai dû prendre froid dans l'avion. Au fait, Anton aussi est malade ? fais-je en désignant le box vide du troisième assistant à côté du nôtre.

– Anton bosse sur la campagne *Lewis sous le robinet* avec Stew-Manix, le roi de la capote. Ils sont allés voir le shooting.

Je rirais volontiers d'entendre le surnom qu'elle a donné à Stew si je n'inondais pas de sang mes mouchoirs en papier.

– Je reviens. Je devrais pouvoir trouver ce qu'il te faut à la machine à café, proclame Kara d'un ton apitoyé en sortant du bureau. Je t'en ramène un ?

– Macchiato, s'il te plaît.

Juste à ce moment-là, le ping de ma messagerie retentit en écho sur l'arrivée de deux messages. Je prends connaissance de celui de Ryan en premier :

[Bonjour Alex,
Bonnes nouvelles ! Marvin Global envisage votre transfert au siège pour une campagne où vos compétences de juriste seraient très appréciées. Tentée par l'aventure New York ? Je me suis laissé dire que la ville recèle certaines promesses.
Ryan]

Génial, même pas besoin de demander, il a lu dans mes pensées. Voilà qui me dispensera d'effectuer le préavis de Stew. Une fois sur place, il ne me restera plus qu'à trouver un job ailleurs *ou* à convaincre Marvin Global de me garder.

Pas sûr que ça marche, j'envoie une courte réponse :

[Quelle coïncidence ! J'adorerais étudier l'animal urbain. J'espère être à la hauteur.
Alex]

Je prends ensuite connaissance du second envoyé par Jake.

[Salut jeune fille !
Merci d'avoir emmené Théo au planétarium mercredi dernier. Il ne jure plus que par vous. J'arrive demain avec un télescope pour

astronome débutant. Vous dînez avec nous ? Au fait, votre nom est cité dans un article du *HuffPost* avec celui de Garrett. Quelle tête de mule ! À demain soir. Venez, Théo sera triste sinon.
Jake]

Parfait, je lui annoncerai ma démission mercredi, mais quel article ? Inquiète qu'un journaliste ait déjà eu vent du mariage à Vegas et que ma mère l'apprenne par la presse avant que Clive le lui dise – je l'aurais bien fait moi-même mais je préfère les laisser se rabibocher – je me connecte au site du *Huffington Post* depuis ma tablette et je commence à lire :

« Ma rencontre avec la Déferlante »
Par Louisa Frank

L'emploi du temps de Matt Garrett, P.-D.G. de MHG Industrie, n'a rien à envier à celui des plus grands capitaines d'industrie. Depuis plus de dix ans, l'homme a la réputation d'être inaccessible. Figure de proue de notre tissu financier, tout son temps est consacré à son entreprise. Efficacité. Pragmatisme. Position dominante sur les marchés. Le groupe MHG est aujourd'hui devenu incontournable.

Dommage que l'homme ne mette pas le même talent dans sa fondation du Fil rouge qui végète depuis plusieurs années. « Son objectif global est de faire reculer la violence et l'injustice faites aux femmes », dit-il, « en leur offrant la possibilité d'effectuer des études. »

Cela serait louable si conformément à la tradition américaine de l'égalité des sexes dans l'éducation, sa philanthropie n'excluait pas d'aider les garçons.

Pourquoi donc ?

Cette particularité n'est d'ailleurs pas du goût de tous. Certains observateurs accusent Matt Garrett de suivre son propre agenda. Sa gouvernance, par exemple, exclut les associations internationales de son conseil d'administration au profit d'individus de son sérail. Pourquoi donc ?

Matt Garrett aurait-il quelque chose à cacher ?

Ainsi, on passe du stade de l'émerveillement à celui de l'inquiétude.

Par exemple encore, sa dernière collaboratrice qui l'aurait soi-disant inspiré. Selon quels critères ? Alex Sand est une jeune avocate avec une expérience de bénévolat auprès des femmes battues, certes. Mais la candidate est à peine âgée de vingt-deux ans et ne semble pas avoir la moindre formation des causes internationales.

Un exemple qui illustre l'autre question majeure que pose la manne financière des fondations privées dans notre pays : la transparence. La philanthropie d'entreprise, c'est bien, mais l'arbre ne cache pas la forêt, messieurs les entrepreneurs. Investissez-vous !

Houlà ! C'est violent. Mais quelque part, c'est honnête, il faut bien l'admettre. On ne peut pas diriger une fondation aussi importante en adoptant une attitude discriminatoire ni refuser de s'entourer d'associations neutres. Matt devrait prendre conseil rapidement et rénover sa fondation ou ça va ternir sa réputation. Ce qu'il ne mérite pas. Moi je le sais. Pas les autres.

Au même moment, le téléphone du bureau se met à sonner.

– Suivi publicitaire. Alex Sand à l'appareil.

– Sand ! Dis-moi que tu ne vas pas le rejoindre, s'écrie la voix irritée de Karim dans le combiné.

Oh merde… Ça ne pouvait pas attendre vingt-quatre heures ?

– Kar…

– T'inquiète ! Je demande à un copain de lancer la procédure, décide-t-il abruptement. Sois tranquille, je verrai avec lui pour les honoraires. C'est un bon. Garrett aura du mal à le contrer.

– NON !

Ma voix est d'une fermeté méconnaissable.

– Comment ça, non ? Non pour les honoraires ou non pour la procédure ?

Sûre de moi, je réponds :

– Non, je ne veux pas divorcer.

Je l'entends souffler comme un bœuf, jeter un collaborateur presque méchamment, broyer une canette alu dans son poing avant de la balancer contre une surface. Il est vraiment très énervé, ce qui bizarrement me touche.

– C'est pour ses millions ? persifle-t-il avec mépris.

Là, ça ne me touche plus du tout.

– Karim Fahd Kabbani, je vais raccrocher, réponds-je le plus posément possible alors que je bous à l'intérieur.

Mon expression fâchée fait rire Kara qui revient à ce moment-là avec nos cafés et une vessie de glace bricolée dans le plastique destiné aux cartouches d'encre de la photocopieuse.

– Quand as-tu prévu de le rejoindre ?

Sa question directe me prend de court. Surtout devant Kara qui n'est pas encore au courant de mon transfert chez Marvin Global.

– Bientôt.

– Promets-moi une chose, Sand !

– Quoi donc ?

– Viens bosser avec moi.

Sa proposition me déstabilise tellement que je suis comme paralysée.

– On a une place d'assistante marketing et cette place d'assistante marketing est pour toi.

– Tu es fou ! Tu as des associés, je te rappelle.

– Je leur en ai déjà parlé et ils sont d'accord, réplique-t-il aussi sec.

Mon dos bute contre le dossier, je ne m'y attendais pas.

– Pourquoi moi ?

– D'un, si tu veux bosser dans une agence de pub sympa à New York et pas dans un gros consortium, c'est la chance de ta vie. Tu devrais l'attraper à la volée parce que tu n'en trouveras pas d'autre. Tous les candidats sortent des grandes facs et parlent trois ou quatre langues, ici. De deux, je veux m'assurer que tu vas bien tous les jours si tu le rejoins. Tu me dois bien ça, Sand. J'ai été là pour toi. Je t'ai vue six pieds sous terre. Ne l'oublie pas.

Je me sens prise de remords. D'un autre côté, tout ce qu'énonce Karim ne m'apprend rien. Je n'ai aucun diplôme de communication ou de marketing. Je ne parle que l'anglais et le français et je ne sors pas d'une grande fac américaine. Le consortium de Marvin Global va me mettre dans un placard. Et pour combien de temps auront-ils besoin de moi ? Et après ? J'irai où après ?

– D'accord, mais à une condition.

– Laquelle ?

– Je suis une femme mariée et tu devras respecter ça.

– C'est d'accord, siffle-t-il avant de raccrocher.

En fixant le combiné vide, mon cœur a bien du mal à repartir. Qu'est-ce que je viens de faire ? Tu vas devoir me faire confiance, Matthew. Que tu le veuilles ou non. Et si on y arrive, alors…

Peut-être j'aurai pris la bonne décision.

24

ALEX

Le AA1267 de 8h24 effectuant la liaison Chicago-New York n'aurait pas été si désagréable si je n'avais pas été malencontreusement assise entre deux pilotes de la compagnie qui n'ont pas pu s'empêcher de faire des commentaires déplacés tels que :

« Il monte trop vite. »

« On ne vire pas comme ça à cette altitude. C'est un bleu aux commandes. »

« On est en attente sur le Bronx, il doit y avoir un souci. »

« Il descend beaucoup trop tôt. »

« Tu vois la piste, toi ? Pourquoi on atterrit sur la 13R ? »

Résultat, ma peau est moite.

Pourtant c'était bien parti ce matin. Joanna m'a accompagnée elle-même à O'Hare, pas peu fière d'avoir réussi à feinter Louis après que je lui ai déclaré que je voulais faire la surprise de mon arrivée à mon époux. Juste retour des choses après le coup de théâtre de mon réveil en mariée solitaire dans la suite nuptiale du Bellagio, me semble-t-il. Matt 1 – Alex 1.

Quoi de mieux pour commencer un mariage que d'être sur un pied d'égalité ?

Cette dernière semaine, mon époux et moi n'avons communiqué

que par SMS et uniquement sur des points administratifs comme : le numéro de mon nouveau passeport figurant mon nom marital, la transcription de l'acte au consulat français, ou le dépôt de ma signature à sa banque pour l'ouverture d'un compte personnel. Pas de compte joint donc. Je ne sais pas à quoi je m'attendais. Pour ça, il faudrait avoir confiance, et bien sûr, ce n'est pas le cas. Son dernier SMS, reçu hier soir, m'avisait que l'autorité consulaire compétente renonçait à entendre les époux au regard de la notoriété de mon mari et de ma double nationalité.

Notre union était donc de facto validée sur le sol américain.

Dès les premiers clics de ceinture autour de moi, je sors mon portable du mode avion pour envoyer un message à Karim qui doit me faire signer mon nouveau contrat de travail. Ensuite seulement, j'avertirai Ryan.

[Viens d'atterrir à JFK.
On se retrouve pour déjeuner ? A]

[Rejoins-moi à l'agence.
Angle de la 11th et de Greenwich. K]

Après quoi, je détache ma ceinture.

L'immeuble dans lequel est installé Karim n'a rien à voir avec les immeubles de bureau que l'on s'attend à trouver dans la Grosse Pomme. Trois étages seulement sur un entresol encombré de vélos. Une façade de briques rouges dans une rue plus résidentielle que dévolue au business. Le bâtiment d'à côté n'est rien d'autre qu'une jolie taverne rose aux abords fleuris, judicieusement nommée The Spotted Pig. Je souris en soulevant le heurtoir « Main du roi » de la double porte massive en bois laqué noir. Une ravissante brunette s'efface pour me laisser entrer.

– Salut ! Moi, c'est Madline. Vous êtes la copine de Karim ?

– Euh… Non.

Elle m'inspecte de haut en bas pour finir par mes cheveux détachés dont elle semble apprécier la couleur légèrement cuivrée. Je n'ai pas vraiment l'habitude qu'une fille me déshabille ainsi, ce qui m'amène à me demander si elle n'est pas portée sur la gent féminine.

– Rassure-toi, j'aime les hommes, percute-t-elle. Karim est beau, très viril, et a des copines trop nombreuses pour que je cherche à en connaître le nombre exact. Donc, avant de faire une gaffe qu'il ne me pardonnera pas, je préfère agir comme si t'étais la seule.

Je pouffe en la regardant et me détends très vite. Puis je me souviens que je dois me reprendre. Même si Karim est mon ami, c'est quand même un entretien d'embauche.

– Et toi ? dis-je sans trop savoir ce que j'entends par là.

La jolie brunette lève les yeux au ciel, adresse un soupir au plafond, et tend la main vers un pot à bonbons posé dans l'entrée.

– J'ai résisté en me disant qu'il valait mieux être bienveillante envers soi-même, m'informe-t-elle tout en dépliant son caramel beurre salé. C'est ma plus grande fierté. Bref. Il t'attend en haut. Premier étage.

Je la remercie et emprunte l'escalier de fer forgé, la laissant rejoindre le pool féminin du rez-de-chaussée. Pas d'ascenseur. Les marches sont recouvertes de moquette épaisse d'un violet profond, les murs de photographies retraçant les campagnes réalisées par les plus grands créatifs, genre « Il était une pub ».

Pas du tout ce à quoi je m'attendais.

Mais quand Karim surgit à ma rencontre sur le palier du premier étage, j'écarquille les yeux, stupéfaite, m'arrêtant net sur la dernière marche. Son visage tuméfié présente au choix une variante masochiste d'une carrière de boxe mal terminée, d'un syndrome mauvaise rencontre, ou combine les deux à la fois. Front, nez, menton, pommettes, rien n'a été oublié. Non seulement il s'est battu mais on dirait qu'il a rencontré un adversaire de taille.

– Qu'est-ce que… ?

Il détourne les yeux.

– Suis-moi, m'ordonne-t-il, mâchoire serrée en prenant ma main.

J'essaie de rester légère pour détendre l'ambiance :

– On dirait que tu as livré le combat du siècle. Tu avais quelque chose à prouver ou un mari à fuir ?

Il ne dit rien et me tire dans le couloir en se tenant les côtes, me semble-t-il. Du coup, je me concentre sur les lieux pour ne pas l'indisposer. L'étage est classique dans sa répartition. Un long couloir dessert plusieurs portes latérales. Des murs vert anis ou bleu marine, un parquet noir brillant assez chouette. Toutes les portes des bureaux sont en verre, ce qui nous oblige à nous arrêter pour saluer ses associés. Un Canadien et un Australien que Karim a rencontrés lors de son « année hors les murs » à Vancouver et qu'il a réussi à détourner de leur projet pour le suivre dans cette aventure.

Avant de venir, je me suis renseignée.

LabelK est une agence de marketing digital censée répondre aux besoins des entreprises dans le domaine du numérique, mais pas seulement. Leur plus est d'assurer un suivi permanent, créant le lien entre le client et ses clients. Et d'après ce que m'a confié Karim, le concept séduirait même la mairie de New York, soucieuse de satisfaire ses électeurs, qui les aurait approchés dernièrement mais hésiterait encore à leur faire confiance.

– Salut fillette ! me lance Liam l'Australien, penché sur une grande table de travail débordant de croquis et de cartons à dessin. Ravi de te revoir.

Liam Anderson est le concepteur de LabelK. C'est un rêveur, un voyageur qui, dans sa tête, a repoussé toutes les frontières.

Marcus Langlois, lui, est le développeur, freinant les projets qu'il juge non réalisables ou trop coûteux. Karim conjuguerait les deux fonctions à celle plus pointue de la communication pour laquelle il est très doué, créant ainsi un lien d'appoint entre les deux associés tout en les complétant.

– Tiguidou ! balance Marcus derrière son écran. Alors, tu viens bosser pour nous, ma belle ?

Aucune allusion à ce qui est arrivé à Karim. Étrange. Au lieu de ça, les deux célibataires me détaillent de haut en bas sans méchanceté. Déjà, lors du déjeuner chez Gallagher's où je les ai rencontrés, c'était leur manière de procéder. Ils appellent ça le « Coup d'œil Multiservices », capable d'évaluer le client et ses besoins en deux secondes.

– Il paraît, réponds-je mal à l'aise, en jetant un regard à Karim.

– Viens, la comptable a préparé ton contrat, m'indique-t-il en sortant dans le couloir.

La porte du fond est celle de son bureau. Il me fait entrer et la referme derrière lui en disant :

– J'ai commandé notre repas pour être tranquilles. Assieds-toi.

Derrière lui, un cadre *Game of Thrones* avec les emblèmes de chaque famille. Entre deux fenêtres, son agenda punaisé au mur sous forme de post-it colorés sur un morceau de liège. Une photo de sa mère. Aucune de son père ni de Leila.

Zéro livre mais plusieurs consoles vidéo, XBox, Wii, PS4 et même une Gaming rétro. Ça fait bizarre de découvrir son intimité. Je n'ai jamais mis les pieds chez lui. Même à la Citadelle, je ne suis pas entrée dans sa chambre.

Ses yeux de chat-huant me suivent pendant que je détaille la pièce.

– Garrett sait que tu es là ? bombarde-t-il avec une pointe d'irritation.

– Non.

Brusquement, je me demande si tout ça n'est pas une mauvaise idée.

– Karim, je… On était d'accord.

– On l'est, m'affirme-t-il tristement. Mais on peut en parler avant que tu signes ton contrat, tu ne crois pas ?

Karim se tient debout devant son bureau. Et pour une fois, il n'évite pas mon regard malgré les ecchymoses sur son visage.

– D'accord, parlons-en. Ce mariage représente beaucoup pour moi et ça n'a rien à voir avec l'argent. Je n'ai pas besoin de draps de soie ni de compte en banque bien rempli. J'ai besoin de lui et il a besoin de moi. Tu peux me considérer comme tu veux et tu as peut-être raison de le faire mais ça ne concerne que moi.

C'est fou comme l'amour peut rendre faible et fort à la fois.

– C'est un mariage d'amour ? me décochent les yeux noirs striés d'or.

Je savais bien qu'il ne fallait pas que je vienne. Je dois me retenir de me lever et de partir d'ici avant d'éclater en sanglots. Au lieu de quoi, je me contente de le regarder comme une idiote.

– Pas pour lui, dis-je en m'efforçant de lui masquer ma déception.

Comment puis-je m'embarquer dans un truc pareil ? Aucune femme désintéressée par l'argent n'accepterait un tel deal. Que va penser Matt ? Que je le fais pour l'argent ? L'ambition ? Karim pense bien la même chose. Et Leila ? Et Margo ? Et ma mère ? C'est une des raisons qui me poussent à rester indépendante, à me réaliser sans lui. Je ne veux pas qu'il le croie.

Karim me fixe intensément avant d'ouvrir la bouche :

– Tu dois beaucoup l'aimer pour te sacrifier ainsi.

– Quand je croise un regard, n'importe lequel, c'est le sien que je cherche.

C'est trop déconcertant pour moi de discuter de ça avec lui.

Je ne sais pas pourquoi je tente d'expliquer quoi que ce soit à Karim. Je n'ai pas à me justifier. Ça ne le regarde pas. Sa bouche se marque d'un pli amer et je vois bien qu'il fait un effort quand il hoche la tête.

– C'est bon ! abandonne-t-il. Nous n'en parlerons plus. Tu as ma parole.

Un toc à la porte nous sort de cette situation désastreuse. Le temps que Karim règle nos *lunch boxes* auprès du livreur, la pression est redescendue. Son visage est redevenu celui du Karim que je connais, les ecchymoses en plus.

– On va s'installer là et lire ton contrat, dit-il en récupérant un dossier sur son bureau et en se dirigeant vers le canapé.

Une heure plus tard, je peux contempler d'en bas l'immense tour MHG.

Des vagues de verre bleu reflétant l'élégante marina de North Cove ou le ciel pour les derniers étages. Les bateaux, le fleuve, le ciel. Magique. D'après ce que j'ai pu lire, c'est aujourd'hui l'immeuble le plus écologique de la ville de New York. Panneaux photovoltaïques, puits de lumière intérieur tombant du dernier étage jusqu'au rez-de-chaussée, le building ne ressemble à aucun autre. Et quand on sait que le B-One, nom des appartements privés de son président, se situe au sommet d'une telle tour dominant toute la baie de l'Hudson, on comprend mieux que le Guerrier soit un homme de hauteur.

Trop haut pour moi ?

Tout en pestant contre ma réaction, je commence à me demander si je suis à la hauteur de la tâche. À l'école, je n'avais pas trop de copains et, à la maison, la vie n'était… pas très gaie, alors forcément, les études ne pouvaient que bien se passer.

Je n'ai pas trop de mérite. Mais de là à me mesurer à lui ? Matthew se comporte avec tant de simplicité qu'on oublie son mérite à tout réussir, ses idées brillantes, ainsi que sa force pour les mettre en œuvre. Je l'en admire que davantage. Sauf qu'à reluquer un instant les allées et venues des créatures sublimes qui entrent ou sortent de l'immeuble, j'ai un doute.

Qu'est-ce qu'il a bien pu me trouver ?

Dans l'incapacité chronique de repousser mes doutes intimes, je décide d'appeler Joanna. Pour ça, j'ai besoin d'elle.

Elle répond à la deuxième sonnerie :

– Allô.

– Nonna, c'est moi. Je suis en bas de la tour et c'est... grand. Impressionnant. Et les femmes sont toutes... pas moi.

Pathétique. Si au moins je pouvais être transparente dans son univers. Soudain, un sentiment d'insoumission s'empare de moi. En quoi le fait d'être transparente devrait-il me rassurer ?

– Ressaisis-toi ! m'ordonne la voix énergique de Joanna. La plupart des femmes pensent qu'aimer un homme de pouvoir, c'est vivre dans le luxe. Mais c'est surtout vivre dans la démesure, Alexiane. Ce qui n'a rien à voir.

– Et en quoi est-ce censé me rassurer ?

– En ceci. Rares sont les femmes assez fortes pour tenir le coup face à un homme comme ton époux. Je crois, pour ma part, que tu lui as déjà démontré que tu pourrais en faire partie. Alors, rassemble ton courage et vas-y.

Je jette un dernier coup d'œil à la marina derrière moi, au fleuve, puis au ciel, et lentement, je me décide à passer les luxueuses portes à tambour. Tout aussi impressionnant, le hall d'entrée inondé de lumière ressemble à une ruche de souris grises toutes plus jolies et avenantes les unes que les autres.

Enfin, j'espère.

– Bonjour. Pouvez-vous informer M. Garrett que je l'attends à l'accueil ?

Une blonde au brushing impeccable me jette un regard lourd de sens. Croit-elle vraiment que je m'attends à ce qu'il descende ?

– Qui dois-je annoncer ? demande-t-elle très formelle.

– Alex Sand.

Elle tape frénétiquement mon nom sur son clavier tandis qu'un agent de sécurité s'avance, probablement pour vérifier que je ne fomente pas un attentat, et je m'aperçois que plusieurs d'entre eux patrouillent dans le hall.

– Je n'ai pas rendez-vous, m'empressé-je de préciser.

La blonde s'arrête net de taper.

– Dans ce cas, laissez-moi vous dire que c'est impossible.

Soudain, mon idée de prendre ma revanche en créant la surprise me semble nettement moins bonne.

– Soyez gentille, dis-je à la blonde. J'insiste. C'est important.

– Je ne suis pas vraiment payée pour être gentille, m'informe-t-elle avec condescendance. Ici, la gentillesse est une perte de temps. Nous avons d'autres qualités moins futiles à développer, vous ne croyez pas ?

Non. Mais afin de me donner une contenance décontractée devant l'agent de sécurité qui semble prêt à me mettre dehors, je ne peux m'empêcher de déballer une des sucettes de BloomPub. Pas celles que j'ai testées pour Ryan, une normale à la fraise. L'avoir dans la bouche m'aide à me détendre.

– On peut être gentil sans perdre de temps, réponds-je sans me départir. Tout dépend si c'est naturel ou pas. En revanche, je suis d'accord avec vous, quand ça ne l'est pas, ça demande un *gros* effort.

Je ne sais pas d'où me vient cette réplique pleine d'assurance mais elle a le mérite de la faire hésiter. La blonde regarde à nouveau son écran et se décide à parler dans son oreillette ultra-design :

– Barbara ? C'est Lisa. Désolée de vous déranger. Alex Sand

est à l'accueil pour le président. Son nom est sur la liste des visiteurs, mais…

Tout à coup, Lisa change de mine. Est-ce qu'elle vient de se faire engueuler ? Brusquement, ma sucette me semble ridicule. Je donnerais cher pour une poubelle. Mais non, cet article n'est pas disponible.

– Son bureau est au vingtième, m'indique-t-elle d'un ton nettement plus affable. Pia vous réceptionnera à l'étage.

– Merci, c'est gentil.

Cette dernière réplique a au moins le mérite de la faire sourire. Mais bon Dieu, pourquoi n'y a-t-il aucune poubelle dans le coin ?

C'est bien ma veine.

25

MATT

J'ai les yeux rivés à l'écran TV de la salle du conseil, totalement sur le cul.

– Tu savais que ton père faisait cette interview à BBC News ? me somme Debra en posant une fesse de son tailleur-pantalon sur l'angle de la table, la télécommande dans sa main retombant mollement sur sa cuisse.

Son ton fâché m'oblige à réprimer une grimace. Rien ne compte plus que le boulot dans la vie de Debra. Pas d'enfant, pas de vie de famille. Je ne sais rien d'elle et, jusqu'ici, ça ne me semblait pas si bizarre. J'étais pareil. Sauf que là, je ne peux pas croire ce qui est en train de se passer. Mon père se présente aux élections législatives britanniques.

Depuis quand se soucie-t-il des autres, putain ?

Pas besoin d'être sorcier pour deviner que ma RP n'apprécie pas du tout la nouvelle. Debra est peut-être la seule femme que je connaisse qui déteste les surprises. Je croise le regard bleu de Rob, attentif, et me détourne pour capter celui de Paul, fuyant.

Quel tableau on doit offrir !

– Non, réponds-je en fixant l'écran. Si tu n'avais pas été avisée de sa participation à cette émission matinale par ton contact, je l'aurais appris, comme tout le monde, par la presse internationale.

Je n'arrive toujours pas à y croire.

Lui, un homme politique ? Je reste silencieux quelques instants, indécis sur les conséquences que cela va engendrer. Je me sens un peu bête devant mes collaborateurs rassemblés autour de ce conseil réduit qui, à l'origine, aurait dû débattre de MHG Synthesis.

– Paul, tu savais ?

Tous les regards se portent sur mon cadet qui affiche une mine contrite révélatrice. Il savait. Quoi d'étonnant à ça ? De nous deux, Paul est celui qui est le plus proche de mon père.

– N'en veux pas à papa, admet ce dernier comme s'il s'attendait à ce que je l'interrompe. Il m'en a parlé au Moulin quand on a dîné avec lui en juin dernier.

– Et tu ne m'as rien dit...

– Écoute, Matt... Tu avais assez de soucis avec la mort de Carroll, le scandale sanitaire et le départ d'Alex, je n'ai pas voulu en rajouter.

L'atmosphère est vraiment tendue maintenant. Tant mes collaborateurs les plus proches ont le sentiment de pénétrer un domaine intime jamais abordé.

D'un geste, je l'invite à continuer.

– Papa a été contacté par le numéro 2 du Lib-Dem en mai dernier, m'apprend-il. En gros, on lui propose de rejoindre le prochain gouvernement. Tu sais à quel point papa est pro-européen... Il n'a pas le choix. S'il veut prêter main-forte à Cameron, il doit siéger aux Communes et se faire élire aux prochaines élections.

Je fais un tour de table pour lire les réactions de mes managers en repensant à ce que j'avais éprouvé en étant élevé par lui, et on va lui confier le peuple anglais ?

N'importe quoi !

– Que suis-je censé savoir d'autre ?

Les yeux bleu azur de Paul croisent le regard sans indulgence de Debra. Elle aussi planifie la suite dans sa tête. Un père candidat aux élections législatives, même britanniques, ne va pas être facile à gérer avec les intérêts d'une multinationale. Combien de temps va mettre la presse à faire le lien ? Combien d'entre eux penseront que je soutiens mon père ?

– Le *Daily Mirror* sort un papier sur lui demain, confesse Paul à Debra. Et… Autant que tu le saches, Matt, ajoute-t-il en se tournant vers moi, il m'a demandé d'assurer la direction de sa campagne. Papa a besoin du soutien de sa famille.

Je le fixe, pas certain d'apprécier ce qu'il va dire ensuite.

– Pour l'électeur, c'est très important. Pierre aussi va s'impliquer. Je vais donc devoir me mettre en disponibilité au moins pour un an, m'annonce-t-il sur un ton presque professionnel. Aussi, j'ai contacté un avocat qui a fait Oxford avec m…

Je le coupe :

– C'est inutile. C'est à moi de décider qui te remplacera. Passe au service du personnel en sortant et considère-toi en disponibilité d'office. À partir d'aujourd'hui tu es hors cadre. Tu peux partir.

Silence tendu dans la pièce. Je viens ni plus ni moins de virer mon frère.

– Je suis désolé, Matt, je sais que ça tombe mal…

– Ne le sois pas. Je peux comprendre tes raisons.

C'est bizarre cette sensation, j'ai envie de l'insulter et de l'embrasser à la fois. De l'insulter parce qu'il m'abandonne de façon ingrate. Quel autre patron aurait mis un avocat à peine sorti de la fac à la tête du département juridique d'une multinationale ? De l'embrasser parce qu'il agit par loyauté. Aussi, je le regarde sortir de la pièce, triste mais admiratif.

Ensuite, je vacille un peu en entendant la voix au ton voilé si caractéristique de mon père lorsque Debra monte le son pour entendre sa réponse à Jeremy Clarkson qui lui demande fort judicieusement ce qui l'a motivé à s'engager en politique après des années dans le privé à défendre les milieux financiers.

– Vous avez raison, répond mon père, face à la caméra. Jusqu'ici, j'ai toujours agi dans l'intérêt de mes clients, mais vous n'êtes pas sans ignorer que les prochaines élections seront cruciales. Pour l'Européen que je suis, qui n'a pas hésité une seconde à étendre son activité en France, l'année sera cruciale.

– Quelle sera votre première intention ?

– Avant tout, je veux aider notre Premier ministre à rassembler notre pays. Notamment en mettant en œuvre aussi vite que possible toutes les conditions pour répondre aux inquiétudes des Britanniques sur notre appartenance à l'UE.

Je manque m'étrangler quand Clarkson pose sa troisième question :

– Cela sous-entend-il que vous allez siéger au *Front bench*[9] ? rebondit le journaliste politique vedette de la chaîne.

– Il a reçu des assurances, grommelle Debra sur ma gauche. Ton père ne s'aventurerait pas si loin sans garantie. Ce serait suicidaire et il prendrait le risque d'indisposer le Premier ministre.

Je suis d'accord. Mon père a beaucoup de défauts mais il n'est pas fou. Cela veut dire aussi qu'il a beaucoup à perdre. Pour s'autoriser un avenir public, il va devoir gérer son passé. Et *ça*, je me demande bien comment.

– Vous ne m'aurez pas si facilement, Jeremy, lui rétorque-t-il avec un sourire agrandi que je ne lui ai jamais vu.

Qu'est-ce que ça cache ?

Je regarde à nouveau l'écran alors que l'émission s'achève sur

9. Les membres du gouvernement britannique siègent au premier rang des bancs de l'assemblée dite « Front bench », directement en face des élus de l'opposition.

le générique de fin. L'intérêt général, l'Europe, ou toute autre forme d'altruisme bien pensant, n'ont rien à voir avec mon père. Il faut une structure psychologique particulière pour se lancer à la conquête du pouvoir. Un « moi » puissant et ambitieux, qui explique que beaucoup d'hommes politiques sont des hyper-narcissiques, voire des hyper-sexuels. Mon père remplit tous ces critères haut la main. Mais quel que soit son projet de campagne, je n'y crois pas.

Un bruit me tire de mes préoccupations. On toque à la porte.

– Entrez !

Elle s'ouvre sur le murmure feutré du couloir et mon regard trouve tout de suite celui de Barbara. L'allure élancée dans son tailleur ajusté, elle contourne l'assistance pour venir se placer à ma droite.

– Mlle Sand est à l'accueil, monsieur, m'annonce-t-elle à voix basse.

Mademoiselle ? Célibataire ? Trop bien, putain !

Il ne manquait plus que ça, aujourd'hui. Mon père se lance en politique malgré son passé agité. Paul abandonne le navire. Et Alex, à l'évidence, n'est pas prête à considérer notre union comme acquise. Excellente journée !

– Mlle Sand, vous êtes sûre ?

– Oui, monsieur.

C'est de la merde, une entrée pareille, chérie !

– Très bien. Faites patienter dans mon bureau, je vais la recevoir.

Je voulais répliquer autre chose, je n'y arrive pas.

– Bien, monsieur.

Pourquoi cette soudaine résistance ? Est-ce que tout ça est devenu trop réel pour elle ? Je soupire en passant une main sur ma nuque sous le regard inquisiteur de Rob qui n'a pas moufté en voyant sortir mon frère, ceux de Debra, Verdi et aussi Sully qui d'habitude ne se préoccupe que de son écran lors de nos réunions. Seuls les trois autres managers de la branche Synthesis restent en retrait, faisant semblant de préparer leurs slides.

C'est ça que tu veux, bébé ?

Te pointer pendant que je bosse et te tirer vite fait.

De toute façon, elle se tire toujours.

– Barbara ?

Elle fait demi-tour.

– Pas dans mon bureau. Ici.

Si Alex est venue me clasher sur mon territoire en croyant qu'en étant occupé je n'allais pas réagir, autant s'amuser, bordel !

Sauf que Barbara me fixe sans bouger.

– Vous avez besoin que je vous aide à trouver la porte ? lui fais-je durement remarquer.

Mon assistante marmonne de vagues excuses et sort de la pièce. Bon vent ! Je décrète que je déteste ce moment. Qu'est-ce que j'avais imaginé ? Tout le monde sait comment ça va finir de toute façon. Autant accoupler une ordure incassable à la gentille Belle au bois dormant, le tragique au romantisme, les ténèbres à la lumière. Résultat ? Une magnifique frustration, un goût d'inachevé, un désenchantement cruel pour tous les deux.

Tu voulais être fixé en l'épousant, Garrett ? Tu es servi !

– Bon, c'est pas tout. On rédige le communiqué ? me ramène à bon escient Debra en digne success woman qui ne perd pas son temps en futilité comme moi en ce moment.

Bonne idée. Si je ne parle pas boulot, je vais péter un plomb.

– Que proposes-tu ?

– Tu soutiens ou pas ? C'est comme tu veux, mais il vaut mieux aller vers la presse que la laisser venir à nous, argumente-t-elle. Sinon, à chaque fois que tu t'exprimeras, tu auras droit à leurs questions sur ta famille et notre message ne passera pas.

J'acquiesce afin qu'elle s'y colle au plus vite. « Pas de soutien. »

Mais avant que je réfléchisse à la meilleure manière d'agir, la porte s'ouvre sur Barbara qui s'efface pour laisser sortir Debra au profit d'Alex, juste derrière.

– Informe Paul du communiqué avant, lui signifié-je sans la regarder.

C'est Alex que je regarde.

Je ne vois qu'elle. Son visage se décompose en apercevant la longue table de verre et les six costumes-cravates qui y siègent. Et moi. Ou plutôt mes ecchymoses.

Eh ouais, bébé, j'ai défendu ton honneur. Moi, ton mari.

Rob se mord la lèvre inférieure pour réprimer un fou rire mais le silence règne dans la salle. Je reboutonne ma veste en me mettant debout.

En scène, Garrett !

– Entrez, *mademoiselle*, fais-je en accentuant exprès le dernier mot.

Barbara pince les lèvres de réprobation. Dehors ! Maintenant ! lui fais-je comprendre d'un regard. Message reçu cinq sur cinq. Elle referme la porte dans le dos d'Alex toujours aussi pétrifiée.

– Mademoiselle Sand, c'est ça ?

Je lui donne une seconde pour trouver la bonne réponse.

– Euh… Oui, dit-elle d'une toute petite voix.

Et voilà, fin de l'approche amicale. C'est reparti. Non, mais qu'est-ce qu'elle croit ? Que je fais les choses à moitié quand je veux gagner ?

– Prenez un siège, mademoiselle. Nous avons encore un point à l'ordre du jour.

Alex hésite, considère la table un moment, hésite encore, et semble même vouloir reculer. S'enfuir ?

Pas d'chance pour toi, bébé, cette option a expiré.

Mais comme elle en est capable, j'appuie sur l'accès sécurisé installé depuis les derniers événements par la sécurité dans tous nos espaces dédiés aux réunions, salles informatiques, laboratoires, appartements privés et autres endroits sensibles en cas d'attaque. Ensuite, je lui indique le siège libre en bout de table, c'est-à-dire pile en face de moi.

T'es coincée, chérie !

Sept gentlemen en costard sont debout à attendre que tu t'asseyes.

Et la porte est verrouillée.

Devant la manœuvre, Rob ne peut réprimer un ricanement mais je m'en tape. Totalement. Je la regarde rejoindre l'autre bout. C'est quoi ce slim blanc, putain ! Elle a une culotte là-dessous ? Un string au moins ? Seigneur, vu la tête des autres, je ne suis pas le seul à me poser la question.

Elle ne pourrait pas presser le pas ?

Pour tromper mon échauffement, j'admire ses épaules nues, légèrement dorées. Elle porte un haut bien coupé retenu par des bretelles délicates. De la soie. Un bel imprimé. Le truc doit coûter une blinde. Preuve qu'elle a changé. Jamais elle n'aurait acheté un vêtement aussi sophistiqué avant.

Galants, nous nous asseyons en même temps qu'elle.

– Reprenons, Clifford. Le nombre de titres Sankyo détenus par Mitsui que vous annoncez est hallucinant. Êtes-vous sûr des chiffres ?

– Le yen est fort, monsieur. Peu d'entreprises outre-mer s'attaquent aux entreprises nippones. Elles se pensent donc protégées, mais oui, Mitsui n'a pas triché sur les chiffres.

Le vieux Mitsui fatigue s'il se sent protégé. Ou alors il s'apprête à passer la main et veut le faire honorablement. Je l'ai bien compris lorsqu'il m'a appelé pour soi-disant me féliciter de ma bataille contre les géants de l'industrie pharmaceutique. Il m'a sciemment ouvert la porte au rachat de son entreprise.

Sauf qu'aujourd'hui, une autre OPA occupe toutes mes pensées. Alex examinant le plateau-collation déposé devant elle et la manière empruntée avec laquelle elle retourne la tasse dans la soucoupe pour y déposer aussi discrètement que possible sa sucette. Sincèrement ? Une sucette. Ici ?

Pourquoi pas des claquettes piscine aussi !

À moi de jouer, bébé !

– Mademoiselle Sand ?

– Oui ? frémit-elle, surprise qu'on s'adresse à elle.

Je me mets debout et marche dans la salle.

– Que pensez-vous de la prise de risque lors du rapprochement de deux entreprises ? Pour ou contre l'union sans risque ?

Ses lèvres tombent d'étonnement.

– C… Comment ?

Ferme la bouche, chérie ! Tu vas t'enrhumer.

Rob lève un sourcil intéressé à l'évocation de baise sans latex, Clifford et ses acolytes rigolent sous cape, Verdi fronce les sourcils, pas sûr d'avoir compris l'allusion à la capote, Sully fait la carpe, mais je m'en contrefous pour l'instant.

Je me dirige vers elle tout en prêchant :

– Vous vous souvenez de ma conférence ?

Alex se demande où je veux en venir avant de répondre :

– Absolument. Dans les affaires, c'est l'instinct qui doit vous guider, pas le chasseur qui est en vous, me cite-t-elle mot pour mot en bonne élève qu'elle est.

– Bravo ! Ce qui est séduisant, voyez-vous, dans le recours aux OPA hostiles, c'est qu'on a un avant-goût des ressources convoitées. On gagne du temps par rapport au développement plus… *hasardeux*, je dirais, de la partie adverse.

– La partie adverse est hasardeuse ? résume-t-elle un peu perdue.

– C'est ça, dis-je en la regardant bien en face.

Choisis-moi ! Prouve-le-moi. Sobre. Tout de suite.

– Maintenant, parlons de l'union. Quelle partie préférez-vous dans fusion-acquisition ? Fusion ou acquisition ?

La douceur ou la force, chérie ? Tu choisis quoi ?

Six paires d'yeux hallucinés scannent nos deux visages, comme au tennis. Les miens ne cachent rien de mon irritation. Je n'attends pas, Civilité. Je n'ai pas l'habitude qu'on me fasse attendre. Je déteste attendre pour quoi que ce soit.

Surtout vous. Compris ?

– Fusion, rougit-elle en évitant le regard des hommes qui nous entourent.

À la bonne heure !

– Je suis d'accord. Au moment de la fusion, beaucoup d'espoir et d'optimisme prévalent. Alors que les beaux discours laissent souvent place à des désillusions. Saviez-vous, *mademoiselle*, que plus d'une acquisition sur deux échoue.

Perplexe, elle me suit des yeux pendant que je continue à arpenter la pièce.

– N... Non.

Arrivé à sa hauteur, je me place derrière elle, m'offrant une vue plongeante sur sa gorge et ses épaules nues. Pas de soutien-gorge et pas de culotte ? Vraiment ? Je me penche légèrement pour récupérer la sucette posée devant elle, tout en effleurant discrètement son dos de ma main libre.

Un touché bref. Intime. Efficace. Parfait pour sidérer.

Soutien-gorge bandeau. Agrafe derrière. Parfait.

Alex se raidit dans son siège, comme si elle avait pris la foudre. Rob, à sa gauche, se tord de rire dans sa tête. Il a tout vu. Son regard est explicite : « Ton *No Sex in Job* a vécu, mec ! Paix à son âme. » Putain. C'est du harcèlement au bureau, Garrett ! Rien d'autre. Je m'écarte à regret.

– En contrepartie, la prise de risque avec une OPA est plus grande. Le moindre faux pas peut se transformer en… *résistance* ?

Je regagne mon siège sans attendre sa réponse. J'ignore les autres gus dont les visages sont rivés sur moi et je le fais. Bien décidé à me battre jusqu'au bout, je glisse sa sucette dans ma bouche. Regarde-moi. Crois-tu vraiment que je vais te laisser me résister ?

T'es à moi, putain !

– Alors, mademoiselle ? Comment « l'animal urbain » en face de vous va-t-il traiter cette acquisition ?

Alex en a perdu l'usage de la parole. Elle cligne des yeux plusieurs fois avant de former la déduction qui s'impose :

– Alors Ryan, c'était… Non mais tu débloques ? hoquète-t-elle.

Je lui souris, machiavélique.

– Non.

Rien ne me semble plus sexy que son regard ébahi accroché au mien quand elle se rend compte que je n'ai jamais cessé de m'occuper d'elle. Ça me donne envie de lui lécher le cou. Instinctivement, je suce cette fichue sucette avec autant d'indécence que si c'était sa chatte sucrée.

Aime-moi. Elle est mienne. Ne le voit-elle pas ?

Ses iris brillants sont totalement dilatés, presque jaunes. Un animal. J'ai le cœur à vif, là. Tout se passe en silence, comme si le monde extérieur n'existait pas. J'ouvre toutes les écoutilles et je la laisse lire mon visage.

Difficile à expliquer, mais j'adore la regarder me regarder. Ce moment où chacun de nous teste la résistance de l'autre. En un instant, je suis projeté dans ce café où je l'ai rencontrée. Quatre mois en arrière. C'était déjà ce regard qui me testait qui m'avait fait la remarquer. Elle m'intriguait. Je ne pensais pas revivre un moment pareil et pourtant c'est le cas. Je la vois pour la première fois. *Ma femme.*

Si j'étais en elle, ce serait le moment où je la prendrais plus fort.

Aux chiottes les métaphores !

Des actes. Je martèle la table du plat de la main pour l'inviter à me rejoindre, on oppose nos résistances mais on ne pourra pas tenir longtemps. Et je pense très fort : « C'est ça. Il faut qu'on retire tout ce qu'il y a entre nous, bébé, viens. » Ça m'excite trop de la provoquer. Impossible de me rappeler quand j'ai bandé la première fois pour Alex. Si c'était ce regard soutenu qu'elle a eu en me voyant ou lorsque j'ai surpris sa culotte de coton dans les toilettes. Mais quand, à bout de souffle, elle se hisse sur la pointe des pieds et pose un genou sur le rebord de verre, attirée par un aimant invisible, mon cerveau se reconnecte à la pièce.

Putain, je sais que c'est parti. Nous deux.

– DEHORS ! Tout le monde !

Tout à coup, la pièce semble floue autour de nous. Je manque d'air de lui laisser faire ça, mais j'ai envie de la voir se mettre en danger pour moi. Je veux la voir m'aimer jusqu'à se rendre vulnérable. Je veux qu'elle me prouve que j'en vaux la peine pour elle. Mon cerveau brûle en la regardant grimper sur la table à quatre pattes, chaloupant vers moi telle une lionne en chasse, ses yeux brûlants rivés sur mon visage tel un miroir tendu. D'une si cruelle ferveur qu'ils semblent capables d'effrayer n'importe quel homme qui viendrait se placer entre nous. Je dois aspirer par la bouche pour la prendre. Ma Vague.

Ma *Déferlante.*

Le grincement des fauteuils se fait entendre sur le sol. Aucun murmure. Comme si tout le monde était d'accord. Avec respect, les costumes se détournent religieusement l'un après l'autre, je ne les entends pas.

Une main déverrouille la porte à ma droite :

– Félicitations, mec. Jamais rien vu d'aussi chaud, me glisse

Rob avec envie.

Putain, je suis d'accord. Le bruissement de la porte que l'on referme et je peux enfin laisser mes sens se concentrer sur ma magnifique femme. *Trop d'chance, bordel !* Si c'était un film, je mettrais ce moment-là en boîte pour me le repasser.

Elle s'arrête, son visage à quelques centimètres de mon entrejambe. Baisse les yeux à m'attendre. Je dois faire appel à tout mon self-control pour ne pas lui faire la cour sur cette table. Jamais vu un truc aussi torride.

Je flatte son crâne.

– Regarde-toi, tu es magnifique.

Ma voix sort si rauque et nouée qu'elle est méconnaissable. En guise de réponse, Alex frotte son nez sur ma braguette tendue, bien trop enivrée de désir pour être choquée. Bordel, elle me sent, se gorge de moi, jalouse de ce qui lui appartient. Je suis au bord de l'attaque cardiaque. Je veux fermer les yeux, rejeter la tête en arrière et me laisser aller, je ne peux pas.

L'angoisse me prend à la gorge, je dois savoir.

– Bienvenue, madame Garrett.

Elle perçoit la pointe d'inquiétude dans ma voix et s'oblige à lever les yeux.

– Tu crois que je m'y ferai un jour ?

Jésus ! Ça y est. Je veux bien y croire.

– Comptez sur moi pour vous le rappeler, madame Garrett.

Si je dois réapprendre à faire confiance, il va me falloir du temps, marcher longtemps, de l'air frais. Beaucoup d'air frais. C'est agréable l'air frais. Le poids dans ma poitrine se dégonfle. Je laisse mes yeux vagabonder sur ce corps qui est à moi. Je pourrais lui faire l'amour ici même.

– Je ne veux pas faire ça ici parce que je veux le mériter. Ce soir, d'accord ? Je te ferai l'amour toute la nuit, dis-je en plongeant mes yeux jusqu'au fond de son âme.

Je la soulève et la repose sur ses pieds, face à moi. Elle m'enlace tout de suite, montrant à quel point elle veut sentir son corps contre le mien. Le désir bondit dans tout mon être et nos langues se meuvent en un ballet très charnel, très passionné. Il ne me semble pas l'avoir embrassée ainsi avant. Je recule doucement pour m'asseoir dans mon fauteuil et l'attire sur mes genoux avant de ne plus pouvoir m'arrêter. La violence de mon attirance pour elle à cet instant me coupe le souffle. Je la contemple comme si c'était la première fois.

Elle sourit en regardant autour d'elle.

– Tu n'avais pas une conférence ? pouffe-t-elle en désignant l'état de la table après son passage, les fauteuils épars…

Honte à toi, Garrett !

– La conférence attendra, fais-je un peu piqué en réalisant qu'on vient de se donner en spectacle sur mon lieu de travail.

Elle éclate de rire et pose un baiser sur mes lèvres.

– Seigneur, détends-toi ! Il faut qu'on parle de notre arrangement.

J'arque un sourcil de défi.

– Alors, pour toi, le mariage est un arrangement ? Je t'aurais crue plus romantique, chérie. Tu es sûre que tu ne veux pas que je te sorte tout le tralala ?

Elle me fait un clin d'œil.

– Pourquoi ? C'est un mariage d'amour ?

Même si elle blague, je lui lance un regard de travers. Je ne veux pas reproduire ce qui s'est passé à l'arrivée à Vegas, mais je dois être honnête avec elle. C'est ma femme maintenant.

– Pas comme tu l'entends. L'amour, chez moi, n'a rien d'un lien bâtisseur, c'est un sentiment d'infériorité qui me pousse à agir pour mettre fin au piège et c'est bien là le problème. Je risque de tout faire pour y mettre fin.

Son expression enjouée s'efface.

– Donc, j'avais raison. C'est un arrangement, murmure-t-elle.

J'observe cette femme qui vient de secouer mon petit monde et je me force à conserver l'équilibre alors qu'il est évident qu'elle en fait autant de son côté. Aucune femme désintéressée n'accepterait un deal pareil.

– Quelles sont les règles du combat, Guerrier ?

Mon Dieu, comment lui dire que je refuse de prononcer les mots qu'elle s'attend à entendre sans la vexer ? Qu'à l'idée seule de les dire, mon estomac se soulève jusqu'à la nausée, que ça me rend mauvais et même dangereux.

Je ne peux pas.

– Une seule. Ne me quitte pas. Pour le reste, on verra comment ça se passe.

Elle prend le temps de m'examiner, l'air grave.

– Je ne te quitterai pas.

Ça me paraît à peu près aussi réel que si elle m'annonçait : « Les Martiens ont débarqué », mais ces mots-là ne m'ont jamais été extorqués à coups de ceinturon, je peux les prendre.

– Et moi, dans tout ça ? avance-t-elle avec prudence.

J'ai compris. Elle doit me prendre pour un connard d'égoïste et penser que je vais profiter de la situation. Logique. Aussi, même si elle ne s'en souvient pas, je lui répète nos vœux de mariage :

– Je te ferai jouir toutes les nuits, toute la vie, pour ce soir et pour toujours. Je serai toujours là pour toi. Je t'aiderai à construire tes rêves. Je serai ta famille et tu seras la mienne. J'accepterai de perdre du temps pour toi parce que c'est important. Je serai responsable de toi. C'est le meilleur compromis que je puisse t'offrir.

Étrangement, elle ne rit pas à l'allusion au *Petit Prince. Notre livre*. Aussi absurde que notre histoire sur laquelle je n'aurais pas misé un clou au départ. Elle ne proteste pas non plus, elle m'inspecte. Longtemps.

– D'accord, souffle-t-elle pour finir.

Elle devrait dire non. Je viens de la traiter comme une femme intéressée qui se moquerait pas mal d'être aimée, et pourtant, elle ne dit rien.

– Tu restes ? Je veux dire… à mes conditions ?

– On tente quelque chose, n'est-ce pas ? Alors oui. Je ne t'embêterai pas avec ça. Tu dois avoir tes raisons. J'espère qu'un jour tu les partageras avec moi.

J'échange avec elle un long regard, n'osant pas la décevoir davantage. La lumière rouge clignote sur le bureau. Comme je ne réponds pas, la voix de Barbara sort des haut-parleurs et fait sursauter Alex sur mes genoux.

– Excusez-moi, monsieur…

Je fais rouler le fauteuil pour l'atteindre et appuie sur l'interphone.

– Oui, Barbara ? dis-je en jouant avec une mèche de ses cheveux.

– Votre rendez-vous est arrivé. Ils sont trois. Terrain miné, je dirais.

– Merci, Barbara. Faites patienter. Comme ça, ils seront à point.

Je relâche la touche en me tortillant sous elle pour sortir la clef que je garde depuis une semaine dans ma poche de pantalon.

– Voici ce qu'on va faire, bébé, je vais demander à Verdi de te conduire à la maison. Ceci est ta clef du B-One. Tu devras l'insérer dans le tableau de commande de l'ascenseur à chaque fois que tu voudras sortir et entrer.

J'hésite, moins sûr de moi tout à coup.

– Excuse-moi, je ne t'ai pas demandé où tu voulais vivre. Tu veux peut-être un appartement qui soit aussi à toi, pour te sentir chez toi…

– Non, non, cet appartement, c'est le tien. Il n'y a pas de raison que ça change.

En même temps qu'aurais-je fait si elle avait répondu « oui » ? Je tiens à rester ici près du vaisseau mère, de mes employés, mon bureau, et j'aime mon appartement. Soudain, elle fixe la clef entre ses doigts, embarrassée.

– Sauf évidemment si tu y as vécu avec quelqu'un, murmure-t-elle d'une voix si basse que je dois tendre l'oreille pour l'entendre.

J'ai envie de rire tellement c'est ridicule mais je n'en fais rien, libre à elle de me voir comme un mec normal si elle veut, je referme ses doigts sur la clef en gardant sa main dans mon poing.

– Aucune femme n'y est jamais venue, chérie. J'ai une salle d'armes sur le même étage que ce bureau avec toutes les commodités. Mes maîtresses ne sont jamais montées plus haut que ça !

Confuse, elle fixe mon alliance à mon doigt. Un anneau titanium très masculin qu'elle a choisi pour moi à Vegas mais qu'elle semble voir pour la première fois tant elle était saoule ce soir-là.

– Alors, c'est parfait, dit-elle faussement soulagée.

Je l'aide à se remettre debout et appelle Verdi de mon mobile.

– Zach, pouvez-vous conduire Mme Garrett au B-One ? Merci.

Elle vient à peine d'arriver. J'apprécie qu'elle ne cherche pas à tout changer. Je pourrais donner la lune à cette femme si elle me le demandait.

Sauf les mots qu'elle attend.

26

ALEX

La lumière change au vingt-cinquième étage.

En digne architecte, ma tante Ellen, jumelle de ma mère, dit souvent que pour comprendre Manhattan, il faut s'en éloigner ou s'élever.

C'est encore plus vrai ici.

Depuis les grandes baies de verre du B-One, gratte-ciel et fleuve se dévoilent entièrement. Dès les premiers pas, l'Hudson et ses quatre ponts à perte de vue donnent l'impression de flotter au-dessus du monde avec les mouettes. Le coucher de soleil doit être inoubliable d'ici. Je suis étonnée et émue de découvrir l'antre du Guerrier. Le VRAI. L'unique. Celui que personne ne connaît.

Première constatation, son penthouse sent le vent. Comme lui.

Ensuite, rien à voir avec son B-One parisien. L'appartement new-yorkais est construit comme une maison en U autour d'une immense terrasse à ciel ouvert donnant sur la rivière. Avec bassin de nage motorisé pour ne jamais atteindre le bord, économisant ainsi quantité d'eau pour le même résultat qu'une piscine olympique, et vue à couper le souffle.

– Luca appelle cette partie « le plateau », résonne la voix de Verdi dans le grand loft derrière moi. À cause de la terrasse.

Je hoche la tête en silence et continue mon introspection. Son appartement lui ressemble. Deux toiles géantes de Pierre Soulages, particulièrement connu pour son usage du « noir », et une immense cuisine ouverte d'un blanc très pur.

Aussi pur que la neige.

– C'est du marbre de Yule, dont est fait le Capitole, intervient poliment Verdi alors que je passe la main dessus en me demandant s'il sera aussi froid.

Je retire ma main et acquiesce à nouveau. Tout est ouvert ici, transparent. Le décorateur qui a imaginé cet espace alliant goût, matière noble et décoration masculine est un artiste. Comment ne pas se sentir chez soi ?

– Vous n'avez qu'un seul bagage, madame ?

Je suis obligée de fermer les yeux pour reprendre mes esprits.

– Ma grand-mère fera livrer les autres sous peu, réponds-je en m'échappant.

Un escalier mène à l'étage dont la distribution semble plus classique. Je l'emprunte derrière Verdi avec curiosité.

– Les chambres des invités donnent sur la terrasse, m'apprend ce dernier tout en me précédant avec ma valise dans le couloir. La Master Suite, en revanche, jouit d'une très belle vue sur le fleuve, ajoute-t-il en ouvrant la dernière porte.

La Master Suite en question est comme Matt les aime, c'est-à-dire construite comme une suite d'hôtel. Je traîne un peu dans le bureau attenant où, à ma grande surprise, une photographie murale de mon visage en noir et blanc rivalise avec d'autres clichés plus anonymes de son art. Des fragments de corps associant la peau du modèle et ses cordes et le sens du détail toujours.

– Je range votre bagage dans votre dressing, m'avertit Verdi sur le seuil.

Je profite qu'il disparaisse dans ladite pièce pour traverser la chambre d'angle très lumineuse, puis j'entre dans la salle de bains qui donne sur une autre terrasse, plus confidentielle, agrémentée d'un jacuzzi carré et d'un sac de frappe en cuir rouge qui n'a pas l'air de faire semblant.

– Matt pratique le kick boxing, c'est ça ? lancé-je à travers la porte.

– Kick boxing sur ring et Krav Maga pour la défense, si on veut être réaliste et efficace, il faut les deux, déclare une voix juste derrière moi.

Je sursaute ne l'ayant pas entendu revenir.

– Vous m'avez fait peur, Verdi.

– Désolé, madame. Souhaitez-vous que je me charge du reste de vos bagages ? Je peux appeler Mme Sand ou voir avec Louis.

Peu habituée à autant d'égards, je reviens dans la chambre, fouille dans mon sac que j'avais abandonné sur le lit et lui tends le numéro de Joanna.

– Prenez votre temps, acquiesce-t-il, je vais appeler Louis du plateau.

En repensant à sa proposition d'emménager ailleurs et à son inquiétude manifeste de devoir quitter les lieux s'ils ne me convenaient pas, j'envoie un SMS à mon mari auquel j'ajoute ma nouvelle signature pour le rassurer. Un simple « G » comme si je n'assumais pas encore le « Garrett » en entier.

[Je n'ai pas de mots. Ton appartement est magique.
Je me sens déjà chez moi. G]

[Je savais que l'endroit allait te plaire mais tu sais quoi ?
Que tu y sois chez toi me plaît beaucoup. G]

Mais à peine ai-je regagné l'étage inférieur, que j'aurais pourtant juré désert, on tousse derrière moi.

– Si vous n'avez plus besoin de moi, je vous laisse, madame Garrett.

Brusquement, sa présence en salle de réunion me revient. Verdi a beau me donner du « madame » depuis mon arrivée, je ne peux plus faire semblant d'être une dame, il m'a vue monter sur la table.

– J'ai honte Verdi, j'ai assez perturbé votre travail tout à l'heure…

– Ne vous préoccupez pas de ça, madame. La réunion avait déjà été ajournée en raison des événements. En fait, votre arrivée a certainement fait du bien à M. Garrett.

Son expression soucieuse me dit qu'il l'a fait exprès. Ce n'est pas du genre de Verdi de s'épancher. Il tient à me mettre au courant de quelque chose.

– Que voulez-vous dire ?

– Vincent a annoncé aujourd'hui sa candidature aux élections législatives britanniques. M. Garrett a aussi appris le départ de Paul…

Je respire un grand coup sous l'effet de la nouvelle. Un homme tel que Vincent, qui n'a pas su protéger son propre fils, ne devrait pas faire de politique.

– Oh ! Et Paul va aider son père ?

– Oui, madame.

Matt doit se sentir abandonné encore une fois. Je sais que je ne devrais pas me formaliser qu'il ne souhaite pas partager ses difficultés avec moi, que je vais devoir prendre patience, et je l'accepte, mais je suis vexée qu'il m'ait tenue à l'écart de cette information.

– Merci de me l'avoir dit, Verdi.

Quelques secondes plus tard, je me retrouve seule dans ce grand duplex sans savoir par où commencer. La solitude est toujours un excellent alibi pour s'enfermer dans la cuisine avec les mains dans la farine. Le plus amusant étant d'en faire voler partout. Sauf quand, comme moi, on n'est absolument pas douée et que la cuisine en question est impressionnante.

Rêveuse, je fixe la grande baie vitrée donnant sur les bassins du 9/11.

– Puis-je vous aider, madame ? me hèle une autre voix masculine derrière moi.

Le majordome gay, je l'avais oublié celui-là.

– Bonsoir Luca, dis-je en me retournant vers lui.

Quand soudain, sortant de nulle part, une énorme boule de muscles à quatre pattes, débordant d'énergie à revendre, me saute dessus.

Un chien ? Il y a un chien dans cet appartement ?

– Sexe ! Laisse-la tranquille, s'écrie Luca sans être écouté pour autant.

Et pourquoi pas « Clitoris » tant qu'on y est ?

– Couché, Sexe, couché !

J'éclate de rire d'imaginer Luca ordonner à son sexe de se coucher. J'espère pour lui qu'il n'a pas l'esprit aussi tordu que moi. En tout cas, le toutou hyperactif n'est pas du genre patachon à flemmarder sur le canapé le week-end. Plutôt du genre à préférer le sport, le footing et les longues balades dans la campagne. Une construction carrée, une musculature sèche et saillante qui n'est pas sans rappeler celle du Guerrier.

– Oh mon Dieu, un compagnon !

Je m'accroupis devant le boxer joueur, combatif et franc, qui me regarde avec introspection. En clair, nous sommes surpris tous les deux par la présence de l'autre.

– Alors, tu t'appelles Sexe, dis-je au molosse à poil ras qui se frotte contre moi. Ce chien est à vous, Luca ?

L'Italien part d'un petit rire en me regardant caresser le pelage fauve au museau noir légèrement baveux.

– Ah non ! Je n'y suis pour rien, proteste Luca. Sexe a adopté M. Garrett un jour de footing sous la pluie. Ils sont rentrés à la maison trempés comme des soupes et depuis l'un ne court pas sans l'autre.

Des yeux craquants passent de Luca à moi et inversement. Il est superbe.

– Un chien abandonné ?

Pourquoi ça ne me surprend pas ?

– On a fait des recherches pour trouver son véritable maître, sans succès.

– Il a l'air d'avoir du caractère.

– Pour ça, oui ! s'exclame Luca en roulant des yeux. Jamais vu un chien si têtu. Sexe n'écoute *que* M. Garrett. À croire qu'il a reconnu en lui son supérieur hiérarchique.

Je ris, comprenant tout à fait ce qu'il veut dire.

– Le nom aussi vient de son caractère ?

– Disons qu'en promenade, il est d'un tempérament plutôt… *câlin*. Toujours Marco Polo ? s'empresse-t-il en sortant une petite théière blanche d'un placard.

– S'il vous plaît.

Je me hisse sur un tabouret tandis que Sexe semble vouloir s'agiter partout.

– Pourquoi est-il nerveux ? Il veut sortir ?

Luca lui jette un coup d'œil tout en s'affairant.

– Sexe reste méfiant envers les étrangers. Si quelqu'un embête sa « famille », il la défendra.

Je souris. Encore une ressemblance avec son maître. Je crois que je vais aimer ce beau molosse au tempérament dominateur et protecteur.

– Dites-moi, Luca, quelles sont les habitudes de Matthew quand il est chez lui ?

L'expression du majordome se crispe aussitôt. Je ne lui en veux pas, connaissant la réputation de son patron, je comprends même sa réticence. Luca tient à son emploi et le Guerrier a pour habitude de virer tous ceux qui manquent de discrétion.

– Je veux dire : à quelle heure rentre-t-il ? Dois-je l'attendre pour dîner ? Faut-il sortir Sexe avant de se coucher ?

Le soulagement se peint sur le visage de l'homme des Pouilles.

– Eh bien, confie-t-il plus détendu, c'est très variable. En fait, il n'a pas d'heure. Il lui arrive de travailler toute la nuit et de se faire monter un plateau par la restauration. Sinon, il dîne léger dans la cuisine et sort fumer une cigarette en promenant Sexe autour de la marina, ajoute-t-il avec prudence.

Mes sourcils se relèvent.

– Matthew fume ?

– Une par jour, pas plus. C'est plus pour se détendre, m'informe Luca. Le soir, quand il a fini sa journée, mais jamais à l'intérieur, ni dans son jet.

J'en reste coite. J'avais déjà vu Paul fumer ses Marlboro, Rob avec un cigare en boîte, et même Sully, mais jamais mon Guerrier. Je regarde ma montre.

– Merci, Luca. Et si je sortais Sexe en l'attendant ?

Son sourire revient. Luca a deviné mon embarras. Lui et moi sommes condamnés à faire partie du petit groupe de personnes qui entourent Matt Garrett et je suis sûre qu'il se demande, comme moi, comment ça va se passer.

– Bonne idée ! M. Garrett m'a appelé pour me donner ses directives avant d'entrer en réunion avec ce Japonais très sexy, vous savez… celui qui ressemble à l'Agent Zéro dans *X Men*.

Pas besoin de chercher très loin.

– Jun Tamaki. C'est un hématologue qui travaille dans la filière de Tokyo.

– C'est ça ! Si ce gars voulait se glisser dans mon lit, je ne dirais pas non, glousse Luca, nettement plus détendu tout à coup.

Jun bisexuel ? C'est un Nawashi. Je n'aurais pas cru. En même temps, j'imagine que Luca a davantage l'œil que moi pour ce genre de chose. Je suis nulle.

– Allez Sexe ! On y va !

– Attendez ! m'arrête Luca en ouvrant un tiroir. Vous aurez besoin de sa laisse. Un conseil, ne le laissez pas jouer au basket avec les gamins de Rockefeller Park, sinon vous n'êtes pas près de rentrer. À moins qu'il crève le ballon.

Une fois arrivée devant les pelouses, je peux me détendre et ôter sa laisse à Sexe. Ce parc est un endroit reposant très populaire à ce que je vois, avec oiseaux migrateurs, canards, carrousel et œuvres d'art publiques. L'endroit ajoute du « verdissement » au quartier financier. Sexe en profite pour se défouler à sa guise, m'abandonner, revenir régulièrement vers moi pour s'assurer que je vais bien, avant de repartir d'une allure très combative.

Je ris en flattant son encolure à chaque fois. Matt n'aurait pas pu trouver meilleur compagnon. Un Guerrier. Comme lui. Bref, je ne vois pas le temps passer et il fait presque nuit lorsque je lui remets sa laisse.

En pénétrant dans le bâtiment, les lieux me semblent déserts et je réalise l'heure tardive. *Merde, 21 heures*. Sachant qu'il arrive à mon homme de travailler tard, je ne m'inquiète pas plus que ça en glissant ma clef dans le boîtier de l'ascenseur.

Pourtant, à l'ouverture des portes du B-One, l'agitation me parvient :

– Je comprends que vous soyez débordé, Luca, mais où est ma femme ?

Rien que le ton agacé m'indique que la question a déjà été

posée plusieurs fois. Je fais signe à Sexe de se coucher et de se taire, ce qu'il fait à mon plus grand étonnement.

– Elle m'a proposé de sortir Sexe, monsieur.

Le chien me regarde en entendant son nom.

– LUCA !! tonne la voix mécontente de mon époux.

Grand blanc tout à coup dans la pièce. Y compris moi. Ma curiosité est trop grande de savoir ce qu'ils se racontent dans mon dos, je me mets à quatre pattes pour ne pas être vue quand, brusquement, une langue râpeuse et chaude se met à me lécher la cheville avec application.

Chut, Sexe, chut !

– Ce n'est pas moi qui ai affublé mon animal de compagnie d'un nom pareil, fait valoir Luca pour sa défense.

– Vous préfériez garder « Latex » ? lui retourne mon mari pince-sans-rire. J'aurais eu l'air malin à l'appeler ainsi chaque fois que cet obsédé de clébard se met dans la tête de suivre le cul d'une joggeuse.

Je me mords la lèvre pour ne pas rire.

– Je vous rappelle qu'on a tout essayé et qu'il ne répondait à rien, soupire Matthew. Y compris « Cedex » ou « Télex ». Quant à votre idée de « Durex », ce n'était guère mieux ! Il faut bien l'admettre.

– Et moi, que fallait-il que je fasse ? lui rétorque Luca. Lui interdire de sortir ? C'est votre épouse maintenant.

– Appeler Verdi aurait été un bon préliminaire. Ça fait une heure que j'essaie de la joindre. Et s'il lui était arrivé quelque chose ? Vous y pensez ?

Merde, ma batterie est à plat.

– Nous sommes rentrés ! lancé-je rapidement en détachant Sexe qui bondit vers son maître pour lui faire des fêtes.

Maître qui l'ignore superbement et marche vers moi d'un pas

rapide, son regard violet chargé d'électricité scannant ma personne dans son entier.

– Alexiane… Bordel !

Ascenseur émotionnel, bonjour !

J'hésite entre partir en courant ou lui sauter dessus.

– Ne fais plus jamais ça ! me gronde-t-il avec autorité en me serrant dans ses bras.

Ce qui me donne l'occasion de voir combien son cœur bat vite.

Preuve qu'il a vraiment eu peur ou que la situation à MHG Industrie est encore plus préoccupante que je le croyais. Pourquoi ne me parle-t-il pas de l'enquête en cours ? Gênée par la présence de Luca, je marque un temps d'arrêt avant de répondre, alors que celui-ci baisse les yeux, comme atteint de surdité et de cécité partielles, et que Matthew fait comme si on était seuls. Vraiment ?

J'imagine que je vais devoir m'habituer.

– Ton chien est cool et aussi protecteur que toi ! le complimenté-je pour nous détendre. Ça m'a fait du bien de découvrir le quartier. J'ai repéré un chouette restaurant de burgers à côté des cinémas. Shake Shack. On pourrait se faire un film et y dîner de temps en temps, qu'en dis-tu ?

Loin d'être détendu, Matt m'embrasse sur le front comme si j'étais punie.

– Hum… Pourquoi pas ? Mais évite d'appeler mon chien en public, ronchonne-t-il. Je ne voudrais pas que des pervers en liberté se fassent des idées sur ma femme.

Il regarde l'heure à sa montre.

– Va prendre un bain et rejoins-moi sur le plateau. Luca a tout préparé pour notre première soirée. Tu trouveras tout ce qu'il te faut sur le lit.

– Tu ne viens pas ?

Je rougis de mon audace en présence de Luca mais terriblement excitée par le souvenir de mon irrésistible mari sous la douche. Il m'a manqué.

– C'est notre nuit de noces. Et puisque tu ne te souviens pas de notre mariage, je te rappelle que le marié n'est pas censé voir la mariée avant la cérémonie. Tu ne voudrais pas que je change d'avis, si ?

J'écarquille les yeux.

– Tu es sérieux, là ? Je ne te savais pas si superstitieux.

D'un geste lent et appliqué, le Guerrier rabat une mèche derrière mon oreille et s'en approche pour me chuchoter :

– Ce soir, Je. Vais. Te. Baiser. Comme si c'était. La première fois. Crois-moi, il vaut mieux que tu prennes ton bain seule, chérie.

J'essaie encore de reprendre mes esprits quand mon époux se détourne de moi pour rejoindre Luca dans la cuisine. Sexe gambadant entre ses jambes.

– Alors Luca, qu'avons-nous au menu ? Je tiens à choisir le vin de ma nuit de noces. Pas trop lourd, je veux que ma femme me doive toutes ses sensations…

Morte de honte, je me mords les lèvres et monte à l'étage.

Intérieurement enchantée de ce qui s'annonce.

27

ALEX

Alerte aux tornades ?

Plongée dans la mousse jusqu'au cou, j'écoute l'annonce de James Firestone sur l'écran TV intégré de la baignoire de luxe.

« *C'est le chaos en ce moment. Après la ville de Vilona où des bâtiments ont été entièrement rasés, les services météo ont averti que d'autres tornades étaient attendues les prochains jours. Après le centre, l'Est des États-Unis sera impacté. La chaleur humide remontant du golfe du Mexique se confronte à des descentes arctiques en provenance du Canada. En conséquence, les violents conflits de masses d'air qui en découlent exposeront très prochainement la région de… New York.* »

Tandis que le bandeau de CNN déroule en boucle l'avertissement suivant :

« *Soyez prudents, risque de tornades avec fortes précipitations dans les États de l'Est.* »

C'est bien ma veine. Quand on a peur des orages, c'est facile de se sentir petit. Et quand on est petit, l'orage, c'est un autre monde…

Arrivée en bas des escaliers, j'observe l'homme que j'aime faire les cent pas devant les baies très largement ouvertes du plateau, afin de me faire une idée de la situation. Pas la moindre trace de tempête en vue. L'air doux est chargé d'embruns comme un moteur sans vent, une canopée mouillée ou, si j'en crois CNN, le début d'un thriller dans lequel on va se plonger pour le reste de la nuit.

Juste pour dire : « J'ai survécu. »

Une pulsion soudaine me prend de suspendre l'instant. Cet homme magnifique est à présent le mien. Uniquement vêtu d'un pyjama de soie noire, noué bas sur les hanches, me laissant admirer l'encre noire de son dragon tribal de la nuque à la ceinture, ainsi que le V parfait de ses abdominaux adorablement ciselés, mon mari arpente la pièce, pieds nus et cheveux mouillés, son téléphone collé à l'oreille.

– Je viens d'avoir le chef de la police locale, dit-il à son interlocuteur. Il est inutile de recourir aux abris pour le personnel de nuit. La tornade n'atteindra pas New York. Avertissez le labo qu'on aura un violent orage avec risque de coupures pour qu'ils prennent leurs précautions et envoyez Jun sur place. Il a l'habitude des inondations et des chutes de débris avec les séismes au Japon. Il sait aussi se déplacer dans une zone sinistrée si besoin. C'est tout.

Lorsqu'il raccroche et croise mon regard, un silence gêné s'installe.

Une grosse boule de coton absorbe tout dans la pièce comme lorsqu'il a neigé et que les sons sont assourdis. Quelques secondes qui me paraissent une éternité s'écoulent. En revanche, s'il est muet, mon mari ne se prive pas de me dévorer des yeux. Un saphir bleu nuit paralysant assez rare.

– J'ai entendu l'alerte, fais-je affreusement intimidée.

Pas de réponse. À la façon dont ses yeux s'enflamment à parcourir le somptueux kimono de soie blanche que je porte sans rien dessous comme le précisait le mot laissé sur le lit par mon époux, je sais que je suis belle dedans.

Ceci est le kimono de mariage traditionnel au Japon.
Je l'ai emprunté à un ami heureux en ménage.
Le bracelet de cheville est neuf.
La jarretière est bleue. Le peigne de ta coiffure ancien.
Ne porte rien d'autre. Ton mari

Comment peut-on donner autant d'érotisme à un message si autoritaire ? Je ne sais pas. Mes seins sont tendus sous la lourde soie nacrée. Grâce au peigne, mes cheveux sont domptés mais flous. C'est là mon véritable cadeau, je me sens belle, et si l'encolure bâille légèrement, laissant entrevoir la naissance de mes seins nus, c'est tout à fait intentionnel.

– Tu ne peux pas me faire ça, se plaint-il en lorgnant mon décolleté.

– Quoi donc ? fais-je faussement innocente.

– Montre-m'en plus !

C'est démentiel l'effet qu'il me fait. La température qui monte entre nous me donne des ailes, envie de jouer. Je secoue la tête avec une lenteur étudiée mais j'ai du mal à cacher mon désir, mon besoin de l'embraser.

– Tu auras le reste ce soir.

L'éclat violet naissant dans ses yeux m'avertit du danger avant qu'il le formule.

– Très bien, madame Garrett. Vous allez regretter votre choix, m'annonce-t-il en se détournant de moi pour aller me servir une coupe de champagne au bar, tout de suite rejoint par Sexe qu'il prend le temps de flatter à l'encolure.

C'est sa façon de m'ignorer.

Mais, même à distance, je sens sa chaleur rassurante et sexy. Quelque chose d'à la fois indicible et mystérieux est en train de se passer entre nous. Je peux presque le palper. Un sentiment nouveau qui me noue la gorge et transcende tout. Je suis sa femme. Il est mon mari. Pour le meilleur et pour le pire, comme on dit.

Sauf que là, c'est vrai.

Vois-le comme un combat, Alex. Un défi. Un mariage romantique, c'est tellement tellement plus facile que ce que nous faisons là.

Lorsqu'il revient avec nos deux coupes, lui aussi doit y penser.

– Verdi vient de m'avertir que les autorités ont décidé de laisser ouverts les aéroports pour la nuit. Ne t'inquiète pas. Il y a deux ans, l'US Open a été interrompu pour ce qui n'était finalement qu'un orage. Tu n'as pas peur de l'orage, si ? ajoute-t-il d'un ton moqueur qui se veut plus tranquillisant que défiant.

Si. Mais avec toi, je n'ai peur de rien.

Qu'est-ce qu'un orage quand on a un survivant à ses côtés ? Rien ne pourra jamais m'arriver avec lui. Le seul danger, c'est *lui*. Me prenant délicatement la main, Matt me conduit sur la terrasse surplombant l'Hudson. Un vent léger fait danser les flammes des braseros allumés par Luca, me laissant aussi chavirée que bouleversée. *Waouh !*

– Ça te plaît ? me demande-t-il en scrutant ma réaction.

– C'est sublime.

Un rêve éveillé.

Deux heures plus tard, je dois me résoudre à penser qu'il avait raison. La nuit est sans étoile mais agréable et la lune nous enveloppe d'une atmosphère sensuelle tandis que je regarde les flammes s'échapper du foyer creusé dans le centre de la table basse. De vraies bûches flambent sur un lit de charbon dans la cuve en inox.

La lueur du feu danse sur le visage de mon mari, comme ce

doit être le cas sur le mien. Ses mains caressent ma colonne vertébrale à travers la soie japonaise tandis que ma cuisse nue reçoit des frôlements appuyés. Pendant tout le dîner, mon époux a enregistré chacune de mes réactions avec une adoration que je ne lui avais encore jamais vue. L'instant est magique. Ou presque. Je ne pourrais rêver mieux si je ne songeais pas constamment à le toucher. Ce qu'il m'interdit de faire, se déplaçant subtilement chaque fois que je m'y risque. Comme s'il avait juré de me rendre folle. Ou de se venger de l'avoir fait attendre ?

– Et si vous me faisiez part de votre source de joie, madame Garrett ? Est-ce le Corton-Charlemagne qui produit cet effet sur vous ? propose-t-il avec humour.

Le vin choisi par mon mari emplit nos verres d'un souffle d'esprit depuis le début de ce repas enchanteur, mais son regard me dit qu'il sait exactement ce qu'il en est. Puisque apparemment, sa virilité bien en vue sous la soie noire de son pyjama le trahit et fait trembler mes cuisses, alors que mon cœur se dérobe littéralement à chaque mouvement de sa part.

Va-t-il me toucher ? M'embrasser ? Fondre sur moi ?

Je suis une vraie pile à l'attendre.

Tout est féerique ce soir. Tout est annonciateur d'une nuit originale. Une nuit royale version palace de luxe mais sans les inconvénients du palace.

Le lieu d'abord.

Nous sommes chez nous, confortablement installés sur la terrasse surplombant la rivière illuminée par la Skyline du New Jersey. Matt est torse nu et moi en kimono dont le soyeux hérisse ma peau à chaque frémissement.

Les mets sont raffinés mais simples. Une omelette *Zillion* du restaurant Norma's, situé à quelques blocs d'ici, réputée, comme son nom l'indique, pour être la plus chère du monde, mais qui se résume à des œufs brouillés au caviar avec une garniture de homard. Suivie d'un seul hot dog de trente centimètres à partager en amoureux. Garni de truffes blanches, quand même ! Voilà, voilà…

Pour un repas de noces, c'est juste divin.

Le décor décalé et atypique imaginé par Luca ensuite.

Des draps de satin noir recouvrent les transats extérieurs. La magie des flammes encore, émanant cette fois du second brasero bordant toute la longueur du couloir de nage. Un tel raffinement sort carrément de l'ordinaire, alliant modernité du feu à l'élégance contemporaine d'un plan d'eau au reflet naturel presque volcanique. Un lac de cratère au sommet d'un building de verre.

Inimaginable.

Même la musique qui sort des enceintes extérieures semble avoir été étudiée sur mesure. Un titre prédestiné à notre histoire. Le même qu'il m'avait envoyé dans son premier SMS. « Terrible Love ». Apparemment il préfère la version The National à celle de Birdy. J'écoute les paroles. Un mariage entreprise, calme et terrible, et un océan pour ne pas le casser. *Tout nous.*

Tout ça pour moi, j'ai du mal à y croire.

– Matthew, c'est magnifique, m'exclamé-je après ma dernière gorgée de Corton-Charlemagne. Tu t'es donné tellement de mal, je suis heureuse.

Le mot fait briller ses yeux au firmament, mais sa voix est grave, chaude et envoûtante. Il ne sourit plus. Lui comme moi savons.

– Je te demande pardon pour le mal que je vais te faire, m'annonce-t-il avec une sincérité et un sérieux qui me stupéfient. Tu me rends heureux, Alexiane. Plus que je ne l'ai jamais été, mais, n'en doute pas une seconde, je suis comme je suis.

Un peu bête, je me rappelle ses paroles :

« Je préfère être libre qu'être heureux. »

Et je décide d'en garder le positif. Même si tout n'est pas parfait et ne le sera peut-être jamais, je suis mariée mais je ne me suis jamais sentie aussi libre. Jamais je n'aurais cru que le mariage pouvait me libérer. Alors pourquoi cela ne jouerait-il pas dans les deux sens ?

– Tant mieux, Guerrier ! Quitte à me marier, je ne veux pas finir en poupée de salon, m'exclamé-je en me mettant debout.

Son courage me donne envie de me lever et de danser pour lui. Vertical.

– Vous dansez pour moi, madame Garrett ? devine-t-il en se mordillant la lèvre.

– Avec plaisir, monsieur Garrett.

Instinctivement, je rentre le ventre et respire de plus en plus vite.

Je commence à onduler pour lui, mimant des caresses par-dessus mon kimono. Mais à la lueur fauve de son regard quand il me rejoint, je sais que c'est parti.

La nuit de noces a commencé.

Matt pose ses mains sur mes hanches pour me faire reculer jusqu'au bord. La rambarde de verre, le vide suspendu à la nuit me font brusquement peur.

– Hé, j'ai le vertige, moi ! tenté-je de protester.

Il ne s'écarte pas, au contraire.

– Je *veux* que tu aies le vertige, chuchote-t-il à ma joue. Accepte-le.

Ses bras s'enroulent alors autour de moi et nous commençons à danser face à la rivière. Nos langues se trouvent, elles valsent en harmonie, c'est le Guerrier qui mène. Il visite ma bouche, exige, prend. Et zou, oublié le vertige !

Je mesure toute sa puissance dès qu'il est à mes côtés. Intimidée par ce corps large et musclé collé au mien, cette peau douce marquée au verso à l'encre noire, sa part de ténèbres jamais bien loin.

Ivre de plaisir, je ne me rends pas compte que je suis le relief de la morsure du Chat à neuf queues avant qu'il dise :

– Touche-moi là aussi, gémit-il en même temps que mes doigts remontent sur son tatouage. Avec tes ongles, s'il te plaît.

Le plaisir pour enfermer la souffrance. Voilà ce qu'il veut.

Impossible de répondre, je suis happée par sa demande et la confiance qu'elle recèle même si lui ne le voit pas ainsi. C'est si rare chez lui que tout mon corps est gagné par une vibrante chaleur.

– C'est un enfer ce désir de te toucher, déplore-t-il en arrêtant brutalement notre danse pour prendre mon visage en coupe. Je viens de passer les deux mois les plus longs de ma vie, Civilité. D'ailleurs, il faut que je te dise…

Suspendue à ses iris bleu nuit, j'ai presque peur de ce qu'il va dire.

– Tu es à moi maintenant. Je te donne mon corps et tu me donnes le tien. Tout. On ne garde rien, d'accord ?

Je me colle contre lui en évitant de lui répondre que c'est *lui* que les femmes veulent. *Toutes les femmes normalement constituées.* Et que depuis Patrick, je sais que je suis jalouse. Terriblement jalouse. Et que ça ne va pas m'aider. Mais je ne dois pas penser à ça ce soir. Ce soir, il est à moi.

– C'est un bon début, lui murmuré-je à la place.

Il me repousse doucement et dénoue le seul lien qui retient le kimono. La ceinture soyeuse tombe à mes pieds, laissant les pans légèrement entrouverts, me laissant encore protégée si je le veux.

– Montre-le ! exige-t-il d'une voix dure. Je veux voir ce qui est à moi.

Même si je connais le côté sexy de son autorité naturelle, mes jambes se dérobent, le désir enfle dans mon bas-ventre, mes tétons durcissent. Au fil des nuits torrides que nous avons partagées,

Matthew m'a vue sous toutes les coutures mais, à cet instant, je me sens nue comme au premier jour devant lui.

Mon hésitation le fait rire :

– À part un hélicoptère qu'on entendra venir, personne ne peut te voir ici, chérie. Nous sommes seuls, m'encourage-t-il sans me quitter des yeux.

Je voudrais photographier l'instant où le tissu soyeux s'évanouit à mes pieds. Mon époux ne peut se retenir de mordre sa lèvre inférieure. J'ai une jarretière bleu saphir assortie à ses yeux autour de la cuisse et un bracelet de cheville en saphirs éclatants du même ton. Rien d'autre.

– Voyez-vous ça ! s'exclame-t-il d'un rire sexy. Ma femme a des poils…

Je me sens… presque scandaleuse avec mes poils pubiens et mes tétons qui pointent vers lui comme s'ils avaient reconnu leur maître. Matt doit le sentir car il s'approche avec l'assurance des grands vainqueurs, dégage une mèche de mon visage et, sans me quitter des yeux, dénoue le lien de son pantalon, libérant à son tour sa virilité triomphante. *Pas de boxer, j'en étais sûre.*

– Tu es belle, Civilité, et tu es à moi.

– Tu es beau, Guerrier, et tu es à moi.

Dit comme ça, ça ressemble à des vœux. Ceux dont je ne me souviens pas. Je ne peux même pas incriminer l'alcool, Matt Garrett ne m'aurait pas épousée si je n'avais pas été saoule. Mais bordel, je paierais cher pour savoir ce que je lui ai juré.

Arrrgh… Est-ce qu'un jour au moins il me le dira ?

– Ferme les yeux, commande-t-il d'une voix tendue.

En un geste viril, il me retourne et plaque mon dos contre son torse, ce qui me fait ouvrir les yeux face au vide délétère qui semble vouloir nous aspirer.

Mon cœur s'emballe, je pousse un cri.

– Ferme les yeux, répète-t-il.

Impossible. Les bras écartés du corps, maintenus par les siens, le vent du soir cingle tout à la fois, nos visages, mon sexe et mes tétons. La hauteur me fait suffoquer, j'ai l'impression de voler.

– Sentez comme vous me plaisez, madame Garrett, gronde-t-il en pressant son membre victorieux contre mes fesses.

Calme-toi, Alex. Tu as déjà gravi une paroi bien plus haute. Là, tu as un plancher sous les pieds.

Ignorant mon malaise, Matthew mime l'acte sexuel en deux coups de reins et, face au vide asphyxiant, un éclair de désir sillonne mon dos, je me sens femme. J'oublie ma mère, ma grand-mère et toutes les femmes avant moi. Ce soir, c'est mon tour. Je ne l'avais jamais perçu ainsi, mais ce sexe qui se dresse, c'est *mon* pouvoir. Le vin me monte à la tête.

Gagnée par une fièvre exquise, je pose ses mains sur mes hanches et me frotte sans vergogne pour l'allumer autant que pour m'allumer, moi. Mes veines se réchauffent aussi vite que la lave en fusion des cratères, j'oublie le vide devant moi. Tout ce qui retient mon attention est *derrière*.

– Tu sais comme j'aime m'occuper de toi, me susurre-t-il à l'oreille. Alors fais-moi plaisir. Offre-toi mieux que ça !

L'ordre est à son image, impérieux et exigeant. Ma tête roule en arrière contre son épaule, comme si j'étais saoule, tandis que j'écarte les jambes pour l'inviter aux caresses. Son sexe dur a trouvé sa place idéale entre mes cuisses, il se branle en coulisse avec ma chair tendre, gémit, alors que ma gorge offerte reçoit ses baisers, et mes poils pubiens ses doigts.

– Dieu que tu es douce. Même tes poils sont soyeux. Je veux que tu les gardes, ordonne-t-il d'un ton autoritaire qui me fait bondir d'excitation.

Je veux le sentir en moi, long, épais et dur. À foison. Je suis en manque depuis trop longtemps. Je brûle qu'il me prenne. Ce soir, je voudrais qu'il soit bestial, plus amant que mari, c'est mon corps qui le dit, pas moi.

Mais alors que je pense atteindre mon but, un bruit déchirant fend le ciel au-dessus de nos têtes qui coupe net la musique et fait grésiller les enceintes avant de les éteindre complètement. *Le tonnerre.*

L'éclair a éclaté à peu de distance et mis hors circuit la sono de l'appartement. J'ai peur et me réfugie dans ses bras. D'autant que ça craque encore tout là-haut. Le bruit est assourdissant, il fait sombre autour de nous. Les gouttes deviennent nombreuses, frappent nos peaux dénudées. Je n'ai jamais été dehors durant un orage. Encore moins *nue* sous l'orage. Les éclairs zèbrent le ciel de manière inquiétante mais lui ne bouge pas.

Quelle que soit son humeur, Matt Garrett a ce côté violent, passionné et mystique de l'orage en lui alors que le doré de sa peau évoque la clairière où l'on voudrait s'étendre. Comment résister ? Cet homme est la tempête et l'abri en même temps. Blottie contre lui, je lèche l'eau qui ruisselle sur sa peau, au goût légèrement salé. Je sens son sexe qui palpite à chaque coup de langue quand, soudain, un éclair plus effroyable encore tombe sur l'Hudson, tout près de nous.

Cela donne une lumière brusque et effrayante.

– On rentre ! m'exclamé-je bien décidée à me tirer de là.

Il se met à rire.

– Faire l'amour sous l'orage est mon fantasme depuis que je suis gosse, chérie, et *là*, c'est ma nuit de noces, alors…

Sans un mot de plus, il attrape ma main et se met à courir. Mais pas vers l'intérieur comme je l'espérais. Vers le bassin de nage. Nu. Je me prête au jeu et saute après lui dans l'eau noire volcanique. C'est délicieux d'être dans l'eau chaude alors que des trombes d'eau froide s'abattent sur nos têtes.

En revanche, j'ai du mal à le rejoindre à cause du courant motorisé que l'orage n'a pas arrêté. Ce qui l'amuse beaucoup puisqu'il s'est sciemment positionné contre le mur à l'autre bout. Lui a pied mais moi…

– Un gentleman est un homme qui ne vous fait jamais vous sentir nulle, lui reproché-je pour l'inciter à m'aider sans le lui demander implicitement.

Raté. Il me fixe les bras croisés.

– Je ne suis pas un gentleman, déclare-t-il impassible.

Trouvant l'énergie qui me manque dans sa provocation, je me jette à son cou, enivrée par un sentiment de bonheur inconnu. La neige pourrait tomber si elle voulait, rien ne pourrait nous séparer. J'adore ce mariage-pacte. Matt et moi sommes liés comme personne. Notre union est peut-être un combat mais je ne compte pas perdre, ni qu'il perde. Jamais je ne l'abandonnerai.

D'ailleurs…

– Ce soir, c'est moi qui te fais du bien, OK ? Laisse-toi faire, dis-je en le voyant écarquiller les yeux.

Je sais ce que ça lui rappelle mais je m'en moque. Sans attendre son accord, je me laisse descendre sous la ligne de flottaison devant son air ébahi. Ma tête disparaît sous l'eau avec les sons et les éclairs. Ici, l'orage ne m'atteint pas. Je m'accroche à ses hanches étroites pour lutter contre le courant chaud qui entraîne mes jambes. Je réalise alors que je suis à l'abri providentiel du monde extérieur et que je n'ai pas beaucoup de temps. J'avale son sexe en entier sans aucun préliminaire. Le sentir dans ma bouche me rassure. Ses cuisses bandent tout de suite en réponse. Je monte et je descends doucement autour de lui en bloquant ma respiration. Puis plus vite avant de manquer d'air. Ses hanches m'imposent son rythme. Il a compris qu'il faut faire vite. Je reçois son sperme avec délice, je lèche l'extrémité ronde et je remonte contre lui.

Et c'est soulagée et fière que je perce la surface.

L'air s'est rafraîchi une fois dehors mais voir sa tête révulsée, offerte à la pluie, les yeux fermés sur son plaisir encore visible, décuple mon sentiment de toute-puissance. Je viens de faire jouir mon époux, de lui offrir son fantasme. Il ne l'avait jamais fait. *Avec personne.* Deux iris bordés de violet sous la pluie battante me fixent alors d'un air grave.

– Vous m'aviez caché ce talent apnéique, madame Garrett, souffle-t-il d'une voix rauque en faisant mine de me ramener à lui.

Sans savoir ce qui m'y pousse, je m'enfuis en arrière dans le courant. Joueuse, je lui échappe, le laissant désarçonné un instant. Mais il se reprend vite et m'attrape par-derrière au moment où j'atteins les marches à l'autre extrémité.

– Satanée bonne femme, tu veux encore m'échapper ? On est mariés, putain ! Quand est-ce que ça va te passer ? râle-t-il avec sincérité.

Je ferme les yeux de plaisir en le sentant me chevaucher avec passion, ses dents cherchant à mordiller ma nuque. Sur nos têtes, un feu d'artifice incroyable se déchaîne alors que nos corps se retrouvent pour une nuit que je sais d'avance diaboliquement érotique. Je sens qu'il va jouer, prendre son temps, et être bestial pour finir, à même le sol de cette terrasse détrempée.

Ces derniers temps, il y a eu trop d'attente, de colère et de bruit autour de nous pour qu'il en soit autrement. On ne peut pas être doux. Ni tendres. Nos corps ont besoin d'exulter, la souffrance d'exsuder.

D'ailleurs, les mains robustes de Matthew me positionnent de façon impitoyable devant la buse de nage à contre-courant en me maintenant sous l'eau, ce qui me tire un petit cri silencieux dans le vacarme environnant. La position du jet d'eau est idéale, pile sur mon clitoris. Un éclair de plaisir irradie mon ventre, rendant sensible le moindre mouvement.

– Sens ce que ça te fait, me somme mon merveilleux mari en se couchant sur moi et en mordillant ma nuque au passage comme s'il marquait son territoire.

Mon amant écarte mes fesses sans précaution, ce qui a le don de m'exciter encore plus, et un liquide chaud généreux se répand entre mes fesses provenant d'une sorte de sachet alu semblable à celui d'un préservatif qu'il abandonne sur le rebord après l'avoir déchirer avec les dents.

– Qu'est-ce que… ?

Sa voix grave collée à mon oreille me fait frissonner :

– C'est un lubrifiant anal, je veux glisser…

Mon corps se tend en réponse, plus de voix.

– Pas de pénétration. Rassure-toi. Pas encore. Tu te rappelles notre première douche ? Quand je t'ai demandé si tu n'avais jamais osé séduire cette partie invisible dans ton bain ? Je ne te pénétrerai pas mais je veux savoir comment tu vis cette caresse.

Mon cœur s'emballe n'importe comment, j'ai l'impression qu'il va exploser sans que je puisse à nouveau respirer. Entre mes fesses, c'est une véritable valse lente et enivrante. Son membre gonflé de désir se frotte sans relâche à cette partie de mon anatomie que je n'aurais jamais crue si érogène.

– Tu es très réactive… C'est bon ?

– Doux Jésus… Oui.

J'en meurs d'envie mais j'ai peur. Prise en sandwich entre lui et le jet d'eau massant ma petite boule de nerfs, mon corps s'adapte à la plus petite incitation du sien. Ne sachant plus où donner de la tête, je dresse mon visage vers le ciel et j'écarte un peu plus les cuisses. Satisfait de ma réaction, Matt simule des pénétrations plus fortes pour m'allumer davantage. C'en est trop pour moi, je suis essoufflée sans être rassurée totalement. La peur, le désir, l'interdit, l'inconnu. Cet homme a une intelligence sexuelle hors du commun, comme s'il entendait toutes mes pensées les moins avouables.

C'est idiot de dire ça alors que je suis dans l'eau mais je suis trempée de désir, partout. L'orgasme qui s'annonce est pire qu'une déferlante, je ne m'en remettrai pas. Je lutte comme je peux pour ne pas jouir.

Jouir, c'est mourir.

– Ne bouge pas si tu ne veux pas que ça dérape, trépigne-t-il derrière moi. Je rêve de m'accoupler là…

Lui aussi n'en peut plus et je ne suis pas là pour le torturer. Alors je cambre mes fesses nues vers sa virilité, j'accepte et me soumets de mon plein gré.

– Bon Dieu, j'ai envie de te corrompre, souffle-t-il en s'enfonçant dans mon vagin avant qu'il ne soit trop tard.

La saillie me fait l'effet d'une bombe, m'enlève toute capacité à réfléchir tout en me reconnectant à un moi profond plus primaire que je ne me connaissais pas.

– Tu ne sais pas l'effet que tu me fais, putain, geint-il en se retirant et s'engouffrant plusieurs fois de suite dans mes entrailles gonflées pour se délecter de la sensation. C'est bon, putain…

Groggy, je me hisse sur mes bras et laisse son sexe labourer mon ventre de plus en plus vite, de plus en plus brutalement, comme une libération trop longtemps attendue. Aucun de nous ne cherche à cajoler l'autre. C'est bien trop tard.

– Encore.

Je me prends à mon propre jeu. Trop excitée, je m'empale sur son membre en resserrant mes parois humides un peu plus pour éviter de penser à l'orage.

– Doux Jésus ! C'est trop bon quand tu serres, me lance-t-il fiévreusement.

Pour me contrôler, ses doigts s'enfoncent dans la chair de mes fesses, les ouvrent et s'y accrochent sans aucune gentillesse. Ça fait mal mais c'est délicieux. Je ne veux pas que ça s'arrête. Encore. Encore. Encore...

– Fais-moi jouir, Matthew Hayden Garrett, ahané-je, cherchant l'air avec la bouche, mes yeux se portant sur l'horizon devenu flou.

– J'adore quand tu prononces mon nom en entier, Alexiane Joanna Garrett. Je crois que je vais en faire une exigence...

C'est fou de faire ça dans l'eau alors qu'un déluge biblique s'abat sur nous.

Le tonnerre gronde, les éclairs zèbrent le ciel sur nos têtes, mais on s'en fout. Matt lèche la peau de mon dos des grosses gouttes d'eau au fur et à mesure qu'elles se forment, de toutes les façons possibles et imaginables. Il les lèche, les boit, les aspire, les essuie avec la pointe de son menton... L'instant est irréel, sauvage et terriblement électrique. Faire l'amour *sous* l'orage est inoubliable, bien plus excitant que le faire *pendant* l'orage.

– Matthew...

Je ne sais pas si c'est l'atmosphère orageuse, les éléments déchaînés, ou mon époux gaulé comme un menhir mais une onde électrique puissante s'empare de mon être. Je rassemble toutes mes forces, me retourne et me jette sur lui avec violence. Cette fois, c'est lui que la saillie prend par surprise.

– Oh putain... Refais ça ! T... Tu es... *sexy* !

Je rougis, flattée, tandis qu'il me tire au milieu du couloir de nage. On va finir sous l'eau comme des tortues, j'en suis sûre. Dans l'eau, chaque pénétration du Guerrier est une œuvre d'art, d'une virilité déconcertante, qui nous rapproche de la délivrance paradisiaque. La tension atteint des sommets. Matt finit par exploser mais je n'arrive pas à le regarder. Je surfe sur la vague du plaisir avec lui. Haut, très haut. À des hauteurs inégalées. L'Himalaya à côté, c'est de la gnognote ! C'est un tel feu de joie en moi. Je crois que je viens de m'emparer de son sexe.

Et je n'ai aucune intention de le rendre.

28

ALEX

Après une telle nuit passionnée, je suis étonnée de me réveiller le lendemain matin dans son lit avec la sensation de venir à peine de m'endormir. À côté de moi, les draps sont froissés, encore tièdes, mais vides.

Et chose encore plus étrange, son MacBook Pro qu'il n'autorise à personne de toucher est abandonné ouvert de son côté du lit. L'écran non verrouillé affiche le projet d'un rachat d'entreprise japonaise dont les titres Sankyo Chemical sont, d'après ce que je lis, détenus par la Mitsui Bank.

Surprenant qu'il ait laissé cette information accessible.

Curieuse, j'en profite.

L'entreprise en question mettrait au point un médicament encore non homologué qui pourrait constituer un remède contre le virus Ebola. Point non négligeable quand on sait que pour l'instant aucun traitement n'a démontré sa capacité à neutraliser le virus. L'avancée serait considérable. Or le virus Ebola survient principalement en Afrique. Est-ce une coïncidence ?

Mitsui ? Ce nom m'évoque quelque chose.

Ah oui ! Tamani Mitsui était la copine japonaise de Matt et la cousine de Jun. C'est en faisant un trade pour son père que mon époux a trouvé la somme colossale pour fonder son entreprise. Avant de laisser la jalousie me dominer, je me souviens qu'elle est décédée dans un accident de voiture. Bon et alors ? Il a le droit de faire des affaires avec son père, non ?

Assise sur le lit, je prends le temps d'admirer ce qui est devenu depuis hier soir pleinement *notre* chambre. Et cette pensée me rend heureuse. Si j'en crois les documents épars sur le lit, Matt a dû bosser toute la nuit au lieu de s'accorder un peu de repos. Je soupire et me dirige vers la salle de bains avant de chercher à le rejoindre. Pour la première fois, je tente l'expérience « douche de pluie ». Les jets d'eau chaude frappent de toutes parts, devant, derrière, dessus, avec la même force. C'est comme être au cœur d'une averse tropicale.

Assez extraordinaire.

En rinçant mes cheveux shampouinés, quelques souvenirs du petit matin me reviennent. Matt parlait bas dans son téléphone :

– Oui, elle est ici... Non, désolé, elle dort... Je lui dirai de vous rappeler.

Puis, plus sèchement :

– Je me moque de ce que vous pensez de tout ça, Lillian, Clive vous l'a dit, Alex est ma femme maintenant, elle est ma responsabilité...

Le ton était presque menaçant et moi trop fatiguée pour lutter contre le sommeil, mais cette conversation m'a fait comprendre deux choses. Clive a enfin reparlé à ma mère. Deux, elle n'a pas dû apprécier le côté « Vegas » de notre mariage.

Maintenant qu'elle sait où je suis, je dois l'appeler.

Allez, on s'active, je sors de la douche. Le dressing de Matt n'a rien à envier au reste de la Master Suite. Spacieux, sobre, fonctionnel, tout en bois noble. Mes affaires pendues la veille ont l'air perdu dans la partie qui m'est réservée. Comme on est samedi, j'opte pour une robe en crochet décontractée et m'engage dans le couloir où des voix masculines me parviennent d'en bas :

– Tu manques de discernement, Matt.

Matthew et son père.

– Tu trouves ? On m'a pourtant dit que la clairvoyance était une de mes qualités, ironise celui-ci.

Le ton est tellement froid, rien à voir avec la politesse feinte qu'ils affichaient au Moulin. Seuls, ils ne font pas semblant. Ces deux-là se détestent. D'ailleurs, que fait Vincent ici ? Il ne devrait pas être à Londres ?

– En affaires peut-être, rétorque Vincent sur un ton provocant. Tu as l'intention de rendre ce mariage public ou est-ce une mauvaise farce destinée à torpiller ma campagne ?

– Mon mariage ne te regarde pas.

Comprenant qu'il s'agit de moi, j'accélère le pas pour mieux entendre.

– Pourquoi alors ? Tu l'aimes ?

– Non.

Sa réponse m'arrête net. Aucune explication pour l'adoucir. Aucune quantification pour le modérer. C'est juste un « non », froid et cassant. Définitif.

Le petit rire acide de Vincent qui s'ensuit me glace le sang. Instinctivement, je me cramponne au garde-corps.

– J'en étais sûr ! Tu es *incapable* du moindre sentiment, exulte-t-il comme s'il le traitait d'incapable tout court. Alors pourquoi l'épouser ?

– Pourquoi pas ?

Je regarde fixement devant moi, tentant d'ignorer la douleur qui me broie la poitrine. *Respire, Alex !* Tu le savais, c'est juste un mauvais moment.

– T'es vraiment qu'un enfoiré, Matt. Que sais-tu d'elle ?

– Je sais tout ce qu'il y a à savoir.

– Je n'ai rien d'un innocent, fils, lui oppose Vincent. Je me suis renseigné après que tu l'as amenée au Moulin. C'est la fille de Victor. Victor a juré ma perte quand nous nous sommes brouillés. Tu cherches à faire quoi en la faisant rentrer dans notre famille ?

Juste en dessous, Matt s'est levé du canapé dans lequel les deux hommes prenaient leur café. Ce qui explique pourquoi il a tout laissé en plan sur le lit. Vincent a déboulé ici sans y être invité. Mais pourquoi ? Qu'est-ce qui était aussi urgent pour qu'il abandonne sa campagne ?

– Regarde-moi ! commande Vincent. Je t'ai appris à ne pas mentir, fils.

– C'est le hasard, lui lâche alors Matt, visage tendu.

Silence dans la pièce. La tension entre les deux hommes est électrique, comme si chacun d'eux se parlait en silence. Sauf que je ne connais pas leurs codes.

Je retiens ma respiration.

– Paul m'a parlé du prenup. Montre-le-moi que je m'assure que tu es bien protégé.

Le visage de mon époux pâlit et le mien avec.

– Paul était mon conseil, brocarde-t-il d'un ton courroucé. Il ne l'est plus.

– Cela veut dire que tu ne fais plus confiance à ton frère ? s'insurge la voix sévère de Vincent.

Matt prend le temps de faire sortir Sexe sur la terrasse pour mettre fin au piège et referme la baie vitrée derrière lui avant de reprendre d'un ton plus posé :

– Ce que je veux dire c'est que Paul n'aurait jamais dû t'en parler. Avec tout le respect que je te dois, Père, la façon dont je gère mes affaires matrimoniales ne te regarde pas.

Même si je suis touchée par ces paroles, l'ironie est pernicieuse de sa part puisqu'il n'a jamais mentionné de contrat prénuptial. Matt a évoqué toutes les formalités sauf celle-là. Dois-je comprendre que cela ne me regarde pas non plus ?

Je fais taire mes pensées négatives pour les écouter :

– Un mariage à Vegas au moment où j'annonce ma candidature à la BBC… Tu n'as rien trouvé de mieux pour démolir le nom des Garrett ? lui reproche Vincent à la limite de l'injure. Non mais qu'est-ce qui t'a pris ? Tu étais saoul, c'est ça ?

Je me penche un peu plus pour les observer, déstabilisée par le peu de considération que Vincent a pour son fils aîné. En s'adressant à lui ainsi, non seulement il disqualifie sa volonté mais il dévalorise l'homme qui a tout réussi, de sorte que quelle que soit l'attitude adoptée par Matt, ce ne sera jamais celle qui convient. C'est de la manipulation. Une porte grande ouverte à la toute-puissante pénitence paternelle. Si Vincent a agi ainsi avec son fils dans l'enfance, alors Matthew a dû recevoir plus de punitions que n'importe quel autre gamin.

J'ai du mal à rester droite.

D'en haut, j'avise très nettement son expression mauvaise quand il s'adresse à lui. Aucun faux-semblant. C'est du mépris. Je sais ce que j'ai appris.

On ne respecte pas un enfant battu. On le méprise.

Matthew a été battu, ça ne fait plus aucun doute.

– Tu veux dire comme toi quand tu rentrais à la maison ? ricane ce dernier avec une insolence d'adolescent voyou que je ne lui connaissais pas. Non, j'étais parfaitement sobre, Père.

– Mais elle, non, réplique Vincent dans un sarcasme revanchard. D'après ce que dit Paul, elle ne savait pas ce qu'elle faisait.

Silence de mort dans la pièce. Rien à objecter. C'est vrai.

– Tu n'es pas assez bien pour elle, lui assène alors Vincent. Elle sait ce que tu as fait là-bas ? Elle sait que tu as tué ces garçons ?

– Oui.

Là, je ne reconnais pas la voix de mon mari. Elle est moins grave, moins sûre d'elle, comme s'il était revenu en arrière dans le temps.

Alors que Vincent reste de glace :

– Alors elle en veut à ton argent.

– Je ne crois pas, non. J'étais prêt à payer. Elle a refusé.

– Elle est enceinte, en déduit Vincent. C'est ça ?

Vincent commence à m'énerver grave. Au milieu des escaliers, je m'arrête pour les regarder plus attentivement. C'est tellement déplacé de parler ainsi dans mon dos, j'ai besoin de m'assurer que cette altercation est bien réelle et pas une sorte d'apparition chelou tirée de mon imagination.

– Ça suffit, Père ! se réveille brusquement Matt. Je ne la mettrai JAMAIS enceinte. Regardez-vous ! Toi et Mère. Les parents se déchirent, se haïssent et détruisent la vie de leurs propres enfants. Tout ça ne mérite en aucune manière que je m'y intéresse…

Ses pas martèlent le sol mais c'est sa main dans ses cheveux que je regarde.

– Alex serait la dernière à qui je ferais un gosse. Tu es content ?

Sans m'en rendre compte, j'ai fini de descendre les dernières marches et reste debout à les regarder, sidérée par ce que je viens d'entendre. Matt a repris du poil de la bête et je le reconnais mieux là, mais les mots qu'il a prononcés me font mal.

Les miens s'échappent tout seuls.

– Merci Matthew, grâce à ta confession, j'ai moins de chances de me faire d'illusions.

Ce qui bien entendu détourne leurs deux regards vers moi. Les yeux de mon époux s'écarquillent de surprise ou… de honte ? Il sait que j'ai tout entendu.

– Alexiane…

– Fils, laisse-moi lui parler, exige alors Vincent en posant une main sur l'épaule de son aîné qui s'en dégage aussitôt.

– Non, tu ne le feras pas, BORDEL !

Je fais tout ce que je peux pour ne pas paniquer, être amère, mais pour dire la vérité, je voudrais être seule. Son aveu m'a anéantie.

Pas que je veuille un enfant tout de suite, non. J'ai aussi peur que lui. En vrai, je suis terrorisée. J'ai perdu ma jumelle à ma naissance et me suis toujours interdit d'y penser. Mais c'est le rejet qui me brise le cœur.

Je me tourne vers mon beau-père.

– Bonjour, Vincent. De quoi voulez-vous me parler ? Si c'est du mariage, rassurez-vous, je ne suis pas enceinte et je prends la pilule, lui apprends-je assez sèchement.

– Arrête ! fait Matt de plus en plus embarrassé.

Franchement, il peut.

– D'après ce que j'ai compris, j'ai signé un contrat marital. J'aimerais savoir ce que j'ai signé…

Vincent ouvre de grands yeux que je pourrais presque croire sincères.

– Vous voulez dire que mon fils ne vous en a pas informée ?

Du coin de l'œil, je vois mon époux fermer les paupières.

– Non.

Tout à coup, je me demande ce que j'ai signé.

Ce n'est pas comme en France, tout est possible dans les accords prénuptiaux américains. Ces contrats ne règlent pas *que* la séparation et l'aspect financier mais aussi la cohabitation, la vie intime, la garde des enfants, le travail, les soins médicaux… Tout. Et quand l'avocat est bon, comme je ne doute pas que ce soit le cas, ils sont incassables.

– Dans ce cas, Alexiane, vous comprendrez que nous devons nous assurer de…

– La ferme, Père ! explose soudain Matt hors de lui.

J'ai juste le temps de voir la main de Vincent se lever avant de m'interposer, et la gifle m'atteint en plein visage. Je m'écroule sur le sol, emportée par la force du coup. *La vache ! Il m'a frappée.* Mon beau-père m'a frappée.

Matt en blêmit sous le choc.

– SORS D'ICI, PUTAIN ! rugit ce dernier tout en repoussant son père vers le vestibule. C'est ma femme, bordel. Dégage ! Que je ne te revoie plus jamais lever la main sur elle.

Le regard inerte de Vincent sur moi révulse mon estomac.

Je tiens ma joue brûlante, encore hébétée, ça bourdonne. Merde alors… Mon beau-père vient de m'en coller une et mon mari se méfie tellement de moi qu'il me fait signer un accord prénuptial saoule de peur que je le trouve inacceptable.

Pour un mariage d'amour, ça part mal.

À peine ai-je le temps d'entendre la cloche de l'ascenseur et de voir Verdi raccompagner Vincent que Matthew revient m'aider à me relever. Je devrais le repousser après ce que j'ai entendu, j'en ai envie, mais je ne lui ferai jamais ça.

Ce n'est même pas envisageable.

– Alex, je… Je suis désolé.

– Ton père frappe trop facilement, me contenté-je de dire à la place.

J'ai adopté un ton neutre alors que j'ai envie de tout lui balancer. Pourquoi ne me regarde-t-il plus dans les yeux ? Il a honte ? Peur que je le prenne pour un chien battu ? Que je le voie faible ? Peut-être devrais-je lui dire que je sais.

Mais comment le prendrait-il ?

Fier comme il est, sûrement mal. Seulement, quand il baisse les yeux vers ma joue certainement rougie, j'y lis une certaine résignation qui me déplaît.

– Mon père ne voulait pas te frapper, toi, l'excuse-t-il. Pourquoi t'es-tu interposée aussi !

Alors ça, c'est la meilleure ! Parce que le frapper lui, c'est excusable ? Comment lui dire que sa réponse me choque encore plus que la gifle ? Pour éviter de rendre ce moment gênant, Matt décide d'aller ouvrir à Sexe qui grattait depuis quelques minutes contre la baie vitrée, probablement alerté par les cris. D'ailleurs, le boxer fait le tour de la pièce pour s'assurer que tout va bien.

Le sifflement dans mon oreille me tire un gémissement.

– Fais-moi voir, s'inquiète-t-il en s'agenouillant et en ôtant ma main.

J'en profite pour le dévisager, espérant je ne sais trop quoi de sa part. Quelques explications ne seraient pas de trop, faut dire.

– Je vais chercher de la glace, me prévient-il trop heureux de s'échapper.

De la cuisine, je l'entends passer un coup de fil :

– Verdi, nous partons ce week-end… Non, seuls. À mon retour, je veux que le nom de mon père ait été retiré de la liste des personnes autorisées… Oui, ça inclut aussi l'appartement de Paul. Prévenez-le. Merci.

Une minute plus tard, Matt retire ma main à nouveau et applique la vessie de glace sur ma joue en souriant légèrement devant mon air renfrogné.

– Chérie, ne fais pas cette mine… Si tu continues à m'en vouloir, tout le monde va croire que c'est moi qui t'ai frappée.

Il plaisantait là, hein ?

– Paul habite dans l'immeuble ?

Matt hoche la tête en fixant toujours ma joue. Pas moi.

– Mes frères ont chacun un appart juste en dessous.

Pourquoi ça ne m'étonne pas qu'il ait voulu réunir tout le monde au même endroit ? Matt ne l'admettra peut-être pas mais il a plus besoin de sa famille et d'affection qu'il le croit. Toujours sans me regarder, il place un verre dans ma main et la soulève jusqu'à ma bouche.

– Tiens, bois. C'est du paracétamol. Ton tympan ne saignera pas.

Il a l'air si soucieux quand il parle de sang que la question m'échappe :

– Tu penses en permanence que tu es Bombay, toi ?

Moi, je n'y pense pas. Dérouté par ma question, Matt se gratte la nuque, mais je vois une petite étincelle de remords dans ses yeux et j'ai l'impression qu'il retient l'envie de partager quelque chose de plus lourd.

– Il y a des choses comme ça que je déteste, avoue-t-il sans pour autant les énumérer.

Il n'en dira pas plus.

– Comment as-tu découvert que tu étais Bombay ?

Perplexe, il me dévisage, l'air de se demander où je veux en venir.

– À ma naissance. J'ai dû subir un test ADN pour assurer à mon père que j'étais bien son fils car il ne voulait pas de moi.

– Non, *toi*. Quand as-tu compris que ton sang était rare et que tu ne pouvais pas recevoir celui des autres sous peine de mourir ?

Je me force à soutenir ce saphir bleu nuit paralysant qui me scrute.

– J'ai subi une chirurgie conservatrice de la rate à l'âge de dix ans, admet-il avec prudence. Suite à une fracture costale idiote. C'est une infirmière qui me l'a dit. Il fallait du sang et ils n'en avaient pas.

Enfin. Nous y voilà.

– Tu as eu peur ? dis-je d'un ton excessivement léger.

– Non. À l'époque, je croyais que mon sang était celui d'un super-héros et que Thor, le Dieu de la force et du tonnerre, allait venir me chercher. C'était mon bonhomme préféré quand je jouais, avoue-t-il en rougissant.

Karim avait raison. Vincent n'y est pas allé de main morte. Comment réagir ? J'ai peur que Matt se braque ou de l'obliger à mentir si j'aborde le sujet de front.

– C'est douloureux la rate, non ?

Fier de lui, il soulève son T-shirt. Une habitude attendrissante de petit garçon. Il me montre son bobo, la partie en haut à gauche de son abdomen située à la limite de la flamme d'encre noire qui entoure son tatouage. Presque invisible, la cicatrice est là. Ce qui me porte à croire que son dragon noir ne cache pas *que* la morsure du Chat à neuf queues.

– Très, m'accorde-t-il en plaçant mes doigts dessus.

Je me sens mal tout à coup.

Sa bouille est celle d'un gosse qui a fait une grosse bêtise et en tire une grande fierté, mais je ne suis pas dupe. Une rupture de la rate, c'est mortel. Ça saigne facile. Il aurait pu mourir sans transfusion sanguine. Comment Vincent a-t-il fait pour s'en procurer ? Matt m'a appris un jour qu'il n'existait aucune réserve de sang Bombay, et à l'époque on n'en fabriquait pas. Alors quoi ? Un miracle ? Le sang de Vincent ? De ses meilleurs potes frères de sang ? Je décide de garder mes réflexions pour moi en attendant d'en apprendre plus.

– Tu as dit qu'on partait en week-end…

Son visage s'éclaire et son timbre de voix résonne comme avant :

– Yep ! Préparez nos affaires, madame Garrett. Deux sacs suffiront. Shorts, maillots de bain, pulls. Un jeu de cartes. Que du casual.

– Où va-t-on ?

Il secoue la tête.

– Ah non, ma belle, c'est une surprise.

– On emmène Sexe ? dis-je en voyant les yeux de l'animal rouler d'amour pour son maître.

Surpris, le maître en question marque un temps d'arrêt.

– Ça ne t'ennuie pas ?

– Je suis quelqu'un de simple, Guerrier. Partir en week-end avec un chien ne me semble pas être une corvée. Ce serait plutôt une soirée mondaine pour moi la corvée, me plains-je par pure forme.

Ma remarque fait naître un sourire moqueur.

– Alors c'est parfait, parce que je ne vais pas t'imposer ça tout de suite !

Ce que tu m'imposes, c'est le contrat dont tu ne me parles pas.

29

ALEX

Moins d'une heure plus tard, Matt me précède dans l'ascenseur, chargé de nos deux sacs en cuir souple alors que je tiens Sexe en laisse puisqu'il n'arrête pas de faire le fou depuis qu'il a compris qu'il partait avec nous.

Chose étonnante pour un week-end en tête à tête, mon époux a tenu absolument à embarquer un bouquin de sa bibliothèque. *The Lord of the Rings* de Tolkien. L'édition originale dédicacée par l'auteur, bien sûr.

Je lève les yeux au ciel alors que la cabine descend.

– Ça te plaît les dragons dévastateurs, hein, Guerrier ?

Mon mari canon éclate d'un rire grave, terriblement sexy.

– Le deuxième amour de grand-mère Rosa était Tolkien, m'annonce-t-il avec un soupçon de fierté. J'ai eu droit à l'œuvre complète en avant-première.

Saint-Ex, Tolkien... Comme si j'allais le croire.

– Tu te la pètes là, Guerrier ! Combien ça t'a coûté en vrai ?

– Tu penses que je mens ? s'offusque-t-il en flattant l'encolure du boxer. Le frère aîné de Rosa avait fait Oxford avec lui. Ma grand-mère est tombée amoureuse du copain de son grand frère. Normal. Toutes les filles font ça, non ?

– Tu me fais marcher !

Les portes s'ouvrent sur le sous-sol.

– Pourquoi je ferais ça ? dit-il en sortant de la cabine. Les copines de Lizzie sont toutes amoureuses de Rob. Elles lui piquent des pulls, se baladent à moitié à poil, vont lui chercher un verre dès qu'il bâille un peu trop fort… Ma mère ne sait plus où donner de la tête.

– Et pas de toi, peut-être ?

Le Guerrier secoue la tête tout en marchant.

– Nan, moi je leur fais peur. Les filles veulent des hommes qui s'attachent. Je ne m'attache pas. Alors elles sont mortes de trouille.

– Canon, riche et perspicace ! Que demander de plus ? Un peu d'amour ? Est-ce que Rosa a tué le gène pour le restant de la lignée des Garrett ?

Nous rions encore ensemble en atteignant la partie du parking souterrain estampillée « B-One ».

– Ça, c'est ma caverne d'Ali Baba ! Tous mes vrais trésors sont ici, déclare-t-il en me voyant ralentir pour les admirer.

Je m'attendais à des voitures neuves, des 4x4 et des berlines de luxe, voire une limousine Maybach comme celle de sa société au Japon, mais non. Le parking réservé au B-One contient une collection de voitures anciennes à couper le souffle. Aussi recherchées qu'une collection Dinky Toys.

Ce qui le rend émouvant comme un petit enfant.

– Eh bien… Sacrée collection, monsieur Garrett !

– C'est une passion, madame Garrett, reconnaît-il un peu gêné.

Tout en marchant, je passe en revue à voix haute celles que je connais :

– AC Cobra. Maserati Ghibli. Ferrari F12. DeLorean DMC. Ah ! celle-là, je la connais… c'est ta One 77. Tu as trop de fric, Guerrier !

– C'est sûrement vrai, rigole-t-il pas du tout gêné.

Curieuse, je me dirige vers une vieille Shelby bleu et blanc.

– Tiens donc ! La Mustang de *Bullitt*. Tu sais qu'avant *Mamma Mia* c'était mon film préféré ?

Le Guerrier hausse les sourcils.

– Quelle midinette tu fais ! Ta deudeuche est plus vieille que toi et ton deuxième film préféré aussi… Dois-je m'estimer heureux que tu préfères les hommes jeunes ?

– Non, mais c'est vrai. Je voulais me marier avec Steve McQueen à l'époque. Et là, boum, c'est ta première voiture. Comment veux-tu que je résiste ?

Matt opine du chef, surpris que je me souvienne de ça.

– Pas touche, m'arrête-t-il alors que je vais pour admirer l'intérieur. C'est *mon* bébé. Personne n'a le droit d'y monter.

Je pique un fard, il m'a carrément écartée.

– Je croyais que c'était moi ton bébé, revendiqué-je un peu vexée.

– Toi et ma Shelby, c'est pareil, temporise-t-il. Personne ne vous conduit à part moi. Tu vois l'effet que tu me fais ?

Je croise mes bras sur ma poitrine et je répète, pas sûre d'avoir bien compris :

– Tu me conduis. Moi ?

Il en fait autant.

– C'est ce que font les maris, non ? me défie-t-il.

OK. On ne va pas chipoter. Il ne m'aime pas plus que sa bagnole. C'était déjà dur à avaler devant son père, mais se voir comparer à une voiture de 1968, si mythique soit-elle, j'en conclus que le combat sera rude.

– Fantastique ! On prend laquelle ?

Le bip dans sa main m'apporte la réponse. Une sportive métallisée d'un autre monde se met à me faire de l'œil. Le bon gros bébé a les yeux d'une led bleu azur mais c'est bien la première fois que je vois un bolide branché directement à une prise de courant domestique. J'esquisse un sourire moqueur vers la prise de courant. Ce qui me vaut un regard suspicieux de sa part.

– Quoi ? C'est une i8 hybride rechargeable.

Là, ça ne m'étonne pas.

– Rien.

Comme pour ses bâtiments vivants, Matt croit très fort au développement durable. Je contourne le monstre. La vache ! Les portières se soulèvent toutes seules. *Une chauve-souris.*

– Dans celle-là, j'ai le droit de m'installer ? fais-je avec ironie.

– Monte, grognasse-t-il en basculant son siège pour laisser passer Sexe.

Arrivé dehors, au plus près du bitume, il tourne à droite pour remonter la voie rapide urbaine surélevée, ce qui me donne tout loisir d'admirer le fleuve, les mouettes au-dessus de l'eau, et me sort de mon état d'énervement ridicule.

– Pitié, pas *Shadow Lake*, m'exclamé-je en le voyant toucher à la sono.

Matt hoche la tête pour me faire comprendre qu'il sait à quoi son ancienne playlist opéra me fait penser. La vidéo de moi sur le Net.

– *London nous aime* ? propose-t-il avec un accent français ridicule et un jeu de sourcils aguicheur alors que le nom de Julien Doré s'affiche au tableau de bord.

J'acquiesce en souriant et la Batmobile traverse le pont George Washington pour se retrouver de l'autre côté. Casquette vissée sur la tête, le Guerrier prend la direction de Lindbergh en fredonnant les paroles, me promettant de me faire la cour à Covent Garden.

– On va où ?

Pas de réponse. *Évidemment.* Curieuse, je scrute chaque indice avec attention. Une fois la voie rapide abandonnée, on tourne dans ce qui semble être un quartier résidentiel composé de petites maisons. On dépasse ensuite un gros entrepôt de briques rouges sur la droite, une église… On va où, bon sang ?

– Teterboro, me souffle-t-il avec un clin d'œil complice en me voyant m'agiter sur mon siège.

– L'aéroport ? On va prendre l'avion ? Je n'ai pris que des shorts…

L'idée que je le gronde pour des choses aussi futiles que nos bagages le fait encore plus sourire. J'ai compris, il n'en a rien à fiche des fringues. Mais ce n'est pas tout. À l'approche des grilles qui entourent la zone d'accès aéroportuaire, je peux apercevoir deux pistes et une tour de contrôle en bois. De qui se moque-t-on ? L'aéroport le plus privé des États-Unis a une tour… *médiévale.* Encore heureux qu'elle ne penche pas !

– C'est là que Chuck fait dodo ?

Le souvenir de la fessée de Rousseau dans son jet me colle encore des frissons. C'était la première fois que j'avouais un fantasme. Passé le moment de gêne, j'étais folle de joie de l'avoir fait. Aurais-je le courage un jour de lui réclamer les autres ?

– Chuck est trop gros pour Teterboro, me répond le beau mâle sur ma gauche. Le Congrès a voté une interdiction de décoller aux aéronefs de plus de 45 tonnes à cause du bruit. C'est la raison pour laquelle il nous faut un aérodrome privé, s'épanche-t-il à ma grande surprise. J'ai trouvé l'endroit parfait mais les riverains m'emmerdent à cause d'un soi-disant papillon que personne n'a jamais vu.

Je lui ris au nez :

– On va faire quoi alors ? Du vélib' ?

– Presque !

Sérieusement ?

Avec lui, il faut s'attendre à tout. L'i8 et ses leds bleues pas franchement discrets se dirigent droit vers le bâtiment est, traversant tout le parking sans chercher le moins du monde à se garer. Mieux, on roule carrément au milieu des jets et des hélicoptères, y compris ceux en mouvement. Je m'accroche au siège tandis que Sexe, lui, se redresse sur ses pattes arrière pour regarder ce qui se passe, parfaitement à son aise.

– Tu penses que les collisions n'arrivent que dans les jeux vidéo, Guerrier ?

Il me jette un regard de côté.

– T'inquiète ! Avec cette chose colorée et percée que tu portes, ils nous voient. En revanche, je préfère ne pas leur laisser le temps de mater le soutif de ma femme.

Qu'est-ce qu'elle a la Missoni de Joanna ?

Deux minutes sans encombre plus tard, je marche sur ses talons en direction d'un groupe de pilotes à casquette qui semblent bien se marrer à mater une jeune apprentie de l'école de l'air tenter son premier vol sur un Cirrus SR20. La fille, harnachée de orange, doit à peine avoir vingt ans. Émue, je lui adresse un petit signe de la main pour l'encourager.

– Bonjour Chad, je vous présente mon épouse, Alex Garrett.

Le pilote qui s'est détaché du groupe pour saluer mon mari ne cache pas son étonnement.

– Enchanté, madame Garrett. Bienvenue à Teterboro.

– Chad travaille pour nous, m'apprend Matt avec le plus grand sérieux. Il pourra te conduire si tu dois te déplacer et que Raphaël n'est pas disponible.

Entendre mon prénom accolé à son patronyme me rend aussi gourde qu'un bébé devant une compote d'ananas. Les morceaux restent coincés dans ma gorge. Où pourrais-je aller en avion, hein ? Faire des courses au Monop' du coin ?

– BB Chuck est prêt, monsieur.

BB Chuck ? Chuck a un bébé ?

– Parfait. Je n'ai pas encore eu le temps de regarder le Skywagon que vous m'avez recommandé mais je vous promets de le faire, mentionne Matthew.

– C'est un très bon hydravion. Rapide et fiable. Avec cinq heures d'autonomie. Parfait pour ce que vous prévoyez. Je récupère vos bagages dans l'i8, monsieur.

Après le départ de Chad, mon époux enroule son bras autour de ma taille pour me faire avancer.

– Tu prévois aussi d'acheter un hydravion ? lui dis-je d'une voix plus moqueuse que je l'aurais voulu.

On amerrit avec un hydravion en principe, non ?

– Ce sera plus pratique, acquiesce-t-il. Viens, je vais te présenter mon autre bébé, me répond Matt en me tirant par la main.

Pour un homme qui ne veut pas d'enfant, on ne manquera pas de bébés. Le dernier-né est un Piper Saratoga II à hélices. Je le sais parce que c'est marqué sur son nez comme pour le Cirrus SR20 de tout à l'heure. Chad installe nos bagages à l'arrière par la trappe latérale tandis que Matthew grimpe carrément sur l'aile effilée à mort pour ouvrir la porte du pilote. Confiant, il me tend la main alors que Sexe saute déjà sur l'aile, faisant gondoler la tôle avec un bruit affreux.

Parfois, je déteste ce clébard.

– Hein ? Non ! Je monte pas là-dessus.

– Tu es magnifique en poule mouillée, chérie. Grimpe ou je viens te chercher !

Horrible. En un clin d'œil, il m'a hissée près de lui. Merde. Je bougonne en enjambant la colonne centrale tandis que Sexe a déjà trouvé sa place à l'arrière près des casiers à bagages. Étrangement, il y a un logement pour lui avec un filet de sécurité et des jouets à moitié mâchouillés. Je confirme, ce chien est taré. Il n'a peur de rien. Si on me dit qu'il a aussi son parachute personnel, je vais hurler.

Je jette un coup d'œil rapide à l'arrière, ce truc volant a tout de la cage à poules. Chic, mais j'ai quand même le sentiment d'être logée dans une cage à requins prête à s'enfoncer sous l'eau. J'ai beau essayer de me raisonner en me souvenant que mon mari a son brevet de pilote, j'ai la pétoche.

– Il y a combien de moteurs sous le capot ?

– Un seul, m'annonce-t-il en s'installant à son tour. Sangle-toi correctement.

– Ah. Et s'il tombe en panne, on fait quoi ?

– On plonge, rouscaille Matt tout en procédant à la check-list.

Finalement, je préférais encore l'escalade. Mourir, si je fais une connerie, je veux bien. Pas si je ne fais rien. C'est peut-être pour ça qu'il veut un hydravion ? Pour pouvoir rester à la surface grâce aux flotteurs.

Je sens que je ne vais pas aimer ce qui va suivre.

– Rassure-toi, on est prioritaires dans l'ordre des décollages. Regarde, il n'y a que cinq jets devant nous. Pour un samedi, c'est peu.

Je regarde autour de moi.

– Comment sait-on qu'on est prioritaires ?

– Les contrôleurs ont leurs chouchous… Ici, Sting passe avant Springsteen.

– Génial, moi j'ai le même problème avec les caisses de supermarchés, fais-je un brin sarcastique.

Le Guerrier se marre et me tend des écouteurs dotés d'un petit micro articulé devant ma bouche. Je place le tout sur mes oreilles pendant qu'il se connecte à la tour.

– Tour de contrôle TEB, ici BB Chuck Z9-OLA. Demande autorisation de décoller piste 1 pour Martha's Vineyard.

D'un coup, j'oublie tout.

– Oooh la vaaache ! On va à Martha's… Le fief des Kennedy ! Trop génial. Tu sais que je t'aime, toi ? Pour voir un Kennedy, je pourrais me mettre à sucer mon pouce en haut du grand huit d'un parc d'attractions !

Le contrôleur aérien plein d'humour dans nos casques :

– BB Chuck Z9-OLA, modérez l'ardeur de votre passagère sans quitter le manche si possible. Je vous rappelle que vous êtes aux instruments. Vu l'urgence, autorisation accordée piste 1. Bon vol.

Il a dû me prendre pour une nymphomane. Matt me fixe ébahi. J'attends qu'il m'engueule mais il a du mal à s'en remettre.

– Euh… Tu crois qu'on est passés devant Sting ?

Préférant ne pas faire de commentaire, il roule des yeux, carre des épaules et dirige notre cage à poules vers la piste. Je suis fière comme un bar-tabac en doublant les autres jets.

Eh oui, c'est grâce à moi !

Trente-sept minutes plus tard exactement, notre BB ambulant a atterri à Martha's sous une température bien plus clémente que celle de New York. L'air est rafraîchi de brises marines, iodé à souhait pour donner une impression immédiate de vacances. Trop bien !

– Et maintenant, on va où ?

– Louer une voiture, se renfrogne mon époux qui n'a pas desserré les dents de tout le vol.

Jc pouffc dc rirc. Cc wcck-cnd mc plaît dc plus cn plus.

– *Toi*, tu vas louer une bagnole ?

Le Guerrier ignore ma vanne et presse le pas vers le comptoir jaune avec nos deux bagages en jurant au milieu des autres vacanciers. Une file d'attente de familles avec enfants dévorant des glaces. La voiture en question n'est rien d'autre qu'une Chevy bleue aux deux portes minuscules. De mieux en mieux.

Je me marre sous cape.

– Tu veux conduire ? me propose-t-il d'un ton aigre-doux.

Ben voyons ! Il n'a pas envie de s'emmerder avec un truc pareil.

Je regarde l'intérieur.

– C'est une automatique. Je déteste.

Pour toute réponse, Matt claque le hayon arrière de mauvais poil. Puis il s'installe au volant, sort du parking et prend la direction du Sud-Ouest.

Enfin, je crois.

– Où va-t-on ?

– Aquinnah, grommelle-t-il les mâchoires toujours aussi serrées.

– Tu connais ?

– Non. Je n'ai jamais mis les pieds sur cette putain d'île.

– Et pourquoi donc ? le défié-je, poussée par l'envie de jouer.

– Trop jet-set ! grince-t-il entre ses dents.

Alors pourquoi on est là, Guerrier ?

L'endroit est assez sauvage pourtant. La route longe des falaises multicolores, des plages. Un tabernacle méthodiste tout blanc. Un phare de briques roses. Des maisons pain d'épices dignes du *Magicien d'Oz*.

La lumière magnifie le moindre lopin de terre, des bouts de vigne ici et là. Chaque foyer a son bateau avec son drapeau patriotique. C'est beau, mais aussi un peu flippant ce côté paradisiaque. Ça sent le pop-corn.

– On va à l'hôtel ?

– Pas tout de suite.

– Bon.

Je ne veux pas le contrarier. Il a l'air suffisamment grincheux comme ça. J'attends. Pas longtemps, l'île est un mouchoir de poche. Presque en bout de terre, Matt s'engage sur un chemin tout cabossé au milieu d'une prairie partiellement boisée, pour s'arrêter finalement devant une grande bâtisse blanche au toit en ardoise, très Nouvelle-Angleterre. Pile en front de mer.

L'endroit a l'air inhabité.

– C'est ici, se lamente-t-il en se tournant vers moi.

Je sors de la voiture, le vent souffle mais l'air moite rend ma peau poisseuse.

– C'est ici quoi ?

– Chez toi, lâche-t-il, une expression énigmatique collée au visage.

J'en reste coite. Il veut que j'habite ici ?

– Et le B-One ? Tu m'avais dit que je devais m'y sentir chez moi…

Matt écarquille les yeux.

– Non ! Je veux que cette maison soit *ton* refuge. Je pensais… quand tu voudras être seule, s'empêtre-t-il maladroitement. On est à moins d'une heure du B-One. Avec l'hydravion, ce sera rapide et pratique.

– Tu m'expliques ? fais-je animée d'un mauvais pressentiment.

– Je ne veux plus que tu partes ou que tu me fuies, Alex. Ça me rend mauvais. Alors, j'ai pensé que tu pourrais venir te réfugier ici quand… tu sais, quand…

Je lis la suite dans ses yeux.

– Quand tu me feras mal.

Il se mord les lèvres mais il confirme d'un signe de tête.

– Tu m'offres une panic room.

– C'est ça.

Nous nous mesurons du regard un court instant.

Il ne flanche pas. Moi non plus, mais c'est dur de ne pas cligner des yeux devant tant de détermination. Il le croit vraiment. Et je ferais mieux de le prendre au sérieux. Sauf que ça paraît tellement irréel. Il va me faire si mal que je ne voudrai plus le voir ?

– Je sais que je vais le faire, Alex, m'assure-t-il comme s'il lisait dans mes pensées. Je ne pourrai pas m'en empêcher. Je vais vouloir me prouver que tu es comme eux.

J'examine l'endroit, histoire de me donner du temps.

La baraque est énorme, pleine de charme, entourée de hautes herbes, avec probablement un passé intéressant, mais c'est une ruine. Enfin, j'exagère beaucoup. Vu sa taille et son emplacement, elle doit coûter une fortune et recèle un beau potentiel. Disons qu'elle n'a pas vu âme qui vive depuis longtemps. Je ne peux m'empêcher de faire le parallèle. La maison est comme lui, *abandonnée*.

Je marche un peu pour réfléchir.

La galerie en teck qui l'entoure semble en bon état. Un pont suspendu bordé de gros cordages mène à une plage privée. Des sternes plongent dans l'eau pour pécher. Dans la crique en contrebas, un ponton brûlé à mort par le soleil a déjà dû accueillir un autre hydravion par le passé, mais je doute que les anciens propriétaires aient considéré cet endroit magnifique et rare comme leur panic room. Le bois craque derrière moi, Matt vient me rejoindre.

– Je croyais que tu n'avais pas de maison, dis-je en pivotant vers lui.

Il fait un pas vers moi, je recule.

– C'était vrai jusqu'à la semaine dernière, soupire-t-il. Je l'ai achetée en revenant de Vegas avec notre certificat de mariage. Elle est à ton nom, mais si elle ne te plaît pas…

Je m'avance et dépose un baiser rapide sur ses lèvres.

– Non ! J'adore… C'est juste que…

– Que quoi ?

Une part de moi est furieusement excitée à l'idée d'avoir enfin un truc à moi, une autre, plus prudente, se rappelle son usage.

– Tu as carte blanche pour en faire ce que tu veux, se méprend-il.

– Non, ça ira…

– Je pensais que tu pourrais demander à ta tante de s'en occuper, relance-t-il avec, semble-t-il, plus d'espoir. J'ai également provisionné un compte pour la première tranche de travaux.

Émue qu'il ait pensé à ça, j'ai du mal à parler, d'un seul coup.

– Ellen ? Oui… Elle a plein d'idées. Les maisons saines et durables, c'est sa partie, et je… Ça fait si longtemps que je ne l'ai pas vue… C'est une belle idée.

Stop, Alex ! Tu racontes n'importe quoi. Ton mari t'offre ça parce qu'il va te faire mal, crétine ! Et toi tu dis merci ?

– Viens, j'ai les clefs, tranche-t-il en s'emparant de ma main.

Je le suis à l'intérieur.

Un moment, je m'attends, comme une idiote, à ce qu'il me porte pour franchir le seuil. Eh bien non ! Pas son genre. En même temps, qui aurait l'idée de faire ça pour une panic room ?

Les pièces sentent le renfermé mais semblent en meilleur état que je ne l'aurais cru. Avec un beau parquet patiné par les ans. Le salon est partagé en deux. Les murs sont blancs comme la charpente apparente, quelques meubles subsistent, recouverts de housses poussiéreuses. Aucun rideau défraîchi. Une cheminée. Les anciens proprios étaient du genre soigneux.

– Les chambres sont à l'étage, m'informe Matt tout en me suivant dans ma visite mais en m'arrêtant de ce commentaire.

– C'est grand, dis-je sans trop savoir ce qu'il espère.

Le plan d'étage est ouvert, spacieux. Je sais qu'il n'a pas prévu d'y venir, mais moi je nous imagine seuls ici, tous les deux. C'est ma première maison à moi. Je refuse de la voir comme l'endroit où je viendrai pleurer.

Ce qui me donne l'envie de le tester :

– Ta chambre d'enfant était grande ou petite ?

Il penche la tête sur le côté, comme s'il n'avait pas bien compris.

– Grande, se contente-t-il de répondre.

Je m'arrête devant lui pour lui faire face mais il embraye plus vite que moi :

– Quand tu seras ici, je me suis promis de ne pas venir t'ennuyer. Donc, je n'y viendrai pas, m'informe-t-il platement. JAMAIS. En revanche, tu pourras y accueillir ta famille si tu le souhaites. Tes amies aussi. Fais tous les travaux que tu veux pour t'y sentir bien.

J'acquiesce en silence.

– Tu avais des meubles dans ta chambre d'enfant ?

Le Guerrier fronce les sourcils, méfiant.

– Pourquoi cette question ?

– Ton appartement parisien était vide. Celui de New York, bien décoré, te ressemble davantage.

Il prend le temps de réfléchir à ma réponse.

– Je n'ai aucun goût personnel. Lorsque j'ai construit la tour MHG, j'ai embauché une décoratrice qui m'a suivi partout pendant une semaine et m'a dit ce que je devais aimer. Elle m'a montré des projets et j'ai choisi en montrant du doigt. C'est tout.

J'insiste :

– Et pour ta chambre d'enfant au-dessus du garage ?

Ses iris se teintent de violet mais il répond :

– C'était un débarras de meubles inutiles entassés les uns sur les autres sans aucune organisation logique. Ce qui m'énervait. Je suis cartésien et je déteste le foutoir. Sauf un meuble que j'aurais bien voulu avoir…

– Lequel ?

– J'ai toujours rêvé d'une bibliothèque pour mes livres. Aussi ai-je dit à la décoratrice de m'en faire créer une par un designer, haut de gamme. C'est tout ce que j'ai demandé.

Des bribes de souvenirs me reviennent. Lorsqu'il a visité ma chambre dans la maison de ma mère, il est allé directement à ma bibliothèque.

– Est-ce que ça va ? je lui demande.

Je déteste la manière dont il baisse les épaules.

– Ne t'inquiète pas pour moi. Je suis incassable.

Ça existe les enfants incassables ?

Je ne peux rester sur un non-dit aussi important et je veux lui faire comprendre qu'il peut me parler s'il le souhaite alors...

– Je préfère dire « invincible » quand il s'agit de toi. Pour moi, tu es un Guerrier, Matthew. Pas une victime.

Avant qu'il réagisse, je traverse la pièce pour lui cacher ma peine.

D'instinct, je sais qu'il ne supporterait pas que je le transforme en victime. L'enfant l'a été. Lui, c'est un homme. Pas un petit garçon qui a besoin d'être consolé. J'ai appris la leçon. Je ne le pousserai plus jamais comme je l'ai fait. C'est trop dangereux. Si je veux qu'il continue à se confier, c'est ainsi qu'il faut procéder. Avec naturel. Je continue mon introspection sous son regard contrôlant qui ne dit rien. Les bras croisés, il m'observe aller et venir sans que je puisse définir à quoi il pense. La salle à manger et le salon manquent de meubles mais la cuisine familiale a toutes les commodités d'aujourd'hui.

Il y a même un frigo multiportes.

– Tu crois qu'on peut le brancher ? fais-je en me tournant vers lui.

– Je pensais dormir à l'hôtel, claque-t-il pas franchement emballé.

Je comprends alors la raison de sa nervosité depuis notre départ. Offrir une panic room à sa femme n'est pas banal. Il ne savait pas comment j'allais réagir. Il ne veut pas de cette maison où il ne mettra jamais les pieds.

Pour lui, elle ne représente rien d'autre que sa turpitude.

Mais il a tenu à ce que je sois bien, dans un bel endroit. Ce qui me laisse un *petit* espoir. Alors, usant de tous mes charmes, je me pends à son cou, en profitant au passage pour écraser ma poitrine contre sa chemise et me frotter langoureusement contre sa jambe. Je sais, ce n'est pas très fair-play.

Mais est-ce qu'il l'est, lui ?

– Oh non ! S'il te plaît. C'est ma première maison. Je veux dormir là, s'iiil te plaaaît. Je veux m'endormir avec le bruit des vagues, prendre un bain de minuit, nue avec toi, et me réveiller avec les embruns salés sur ma peau.

Mon attaque le prend par défaut mais au troisième « S'il te plaît », je crois que ça l'excite. Ses iris se dilatent et, avant que j'aie pu dire ouf, le Guerrier m'attrape par les fesses et me plaque contre le frigo.

– Il y a juste un matelas plein de poussière posé sur un sommier, là-haut, gémit-il en me bécotant gentiment mais sûrement la moitié du visage.

Je tricote ses cheveux épais et soyeux et le désir grandit pour cet homme sauvage et sublime qui peut parfois se montrer aussi fragile qu'un petit enfant, quoi qu'il dise.

– Je vais faire le ménage, promis. Pendant ce temps, toi, tu vas acheter de quoi manger et des draps propres. Essaie de trouver des vélos aussi. Il y a plein de chemins qui mènent nulle part ici, j'en suis sûre.

Mon époux cartésien hausse un sourcil.

– Qui mènent nulle part ? Tu ne préfères pas savoir où tu vas ?

Le double sens de sa question me donne envie de rire. Ça ne doit pas lui arriver souvent de prendre un chemin sans savoir où aller. Mais n'est-ce pas ce que nous sommes en train de faire ? Ce qu'il me propose ?

– Ouais, je préfère aller nulle part.

Agacé par l'ironie de ma réplique, il tourne les talons et disparaît.

Super ! Maintenant, je l'ai fâché et j'ai une panic room sur les bras à nettoyer. Qu'à cela ne tienne, je décide de me lancer dans un ménage en grand. J'ouvre toutes les fenêtres et un placard que je suppose être à balais. Et là, surprise, un chariot de ménage au grand complet attend sagement qu'on s'occupe de cette maison. Un vrai carrosse de Barbie au foyer.

Tu peux voir cette maison comme tu veux, Guerrier, je n'ai pas envie d'être rabat-joie. Le côté rabat-joie, je te le laisse !

Maintenant que tout est ouvert, la lumière du jour coule dans la maison, éparpille le caractère de cet endroit spécial. Les brises de mer flottent à travers l'après-midi. Des cloches baleinières carillonnent au loin l'heure écoulée ou le retour de pêche, tandis que le silence des vagues fait écho aux battements de mon cœur. Ça sent bon. Serpillière en main, je m'apprête à transformer cette maison.

Ou à l'aimer.

Je l'aime, putain.

30

ALEX

Je m'essuie le front avec mon bras.

Pieds nus et vêtue uniquement d'un T-shirt, je contemple mon œuvre, satisfaite. Jusqu'ici je n'avais jamais fait le ménage avec l'ardeur d'un nageur traversant la Manche. Ça fait un peu parking comme réaction mais c'est ma maison. J'ôte mes gants en caoutchouc et les pose sur le chariot.

Ce carrosse de Barbie est génial, on a tout à portée de mains et, ce qui ne gâche rien, les ustensiles sont plutôt désopilants. Il y a même une tapette à mouches électrique pour les plus sadiques. Si, si, ça existe. Quand, brusquement, un bruit sec me fouette la cuisse droite. Fort. Je crie de surprise.

– Hé !!! Ça fait mal…

Je me retourne, frottant ma peau rougie, pour découvrir Matthew, mâchoires serrées, le regard sévère et furibard, avec justement la tapette à mouches. Il a dû rentrer par la cuisine pour déposer nos victuailles, mais…

Attends, pourquoi est-il en colère ?

– Je crois que cette bricole est à toi ! gronde-t-il sans aucun préambule.

Il me montre mon alliance.

Merde, je l'avais enlevée pour faire le ménage et posée sur l'évier de la cuisine sans penser à la récupérer. Tout est ouvert. On aurait pu me la voler.

Je me mords la lèvre de confusion.

– Je… Je ne voulais pas la salir, elle est tellement belle… et chère…

Ses iris virent au violet éclatant.

– Je t'offrirai toutes les alliances que tu voudras mais je ne veux plus voir ton annulaire nu. JAMAIS. Sinon je te la fais tatouer.

Pendant une seconde, je me sens déstabilisée. Impossible qu'il soit en colère juste pour ça, si ? Il y a autre chose.

– Bof !

C'est tout ce qui me vient.

– BOF ? répète-t-il, incrédule. C'est tout ce que tu trouves à dire ? Satanée bonne femme, je dirige des dizaines de milliers de gens. Personne ne me dit « Bof », tu entends ?

Punaise, il n'a pas l'air de plaisanter. C'est grave ?

Je me moque du nombre d'alliances qu'il peut m'acheter. Pour moi, il n'y en aura jamais qu'une, tout comme il n'y aura que lui. Son échange avec Vincent me revient en boomerang :

« Alex est intelligente, elle ne restera pas avec toi. »

Comment peut-il le croire ?

Je récupère ma bague en soupirant :

– De quoi as-tu peur à la fin ?

L'air de réfléchir à ce que je viens de dire, il marche autour de moi en tapotant sa paume gauche de la tapette. Sérieusement ? On dirait Monsieur Loyal accueillant un troupeau d'éléphants. Un long manche souple, une spatule large en plastique rose au tamis électrifié. De quoi griller cinq moustiques d'un revers de main. L'ustensile frise le ridicule dans la main du Guerrier.

– Il semble que vous n'ayez pas bien compris l'allégeance,

madame Garrett.

Mes poils se hérissent tant la pièce tout entière se charge d'électricité.

– Ah non ?

– Non. Je veux que vous fassiez de votre mieux pour me contenter. Si vous échouez, je veux que vous me demandiez pardon, me rappelle-t-il.

Et il attend. Pour être honnête, ça ne m'étonne pas de sa part. Matt Garrett a toujours été à la limite de l'acceptable question autorité. Que ce soit au lit ou en dehors, cet homme aime flirter avec les limites. J'imagine qu'en oubliant mon alliance, j'ai échoué. J'hésite entre tenir bon, et avoir ma première scène de ménage, ou capituler. Puis je me souviens à qui j'ai affaire… un joueur.

Et merde, j'ai envie de jouer.

– Je vous demande pardon, dis-je contrite, en baissant les yeux.

J'espère que c'est un jeu de rôle sexy parce que rien qu'à l'idée qu'il puisse me fesser sur ses genoux comme une vilaine soubrette, l'adrénaline monte.

Je pourrais être tentée.

– Le sol est propre. En revanche, il reste de la poussière sur les housses, me tance-t-il d'un ton âpre. Où croyez-vous qu'elle va se déposer quand vous les retirerez ?

Je ravale un sourire, c'est bien un jeu de rôle.

– Je comptais les secouer dehors, monsieur.

S'il est crédible dans son rôle, moi aussi.

– Sans qu'elle s'envole un peu partout ? argue-t-il avec mépris.

Mais il retient un sourire, ravi de jouer lui aussi.

– Oui, m'sieur, répliqué-je avec le ton de la parfaite soubrette terrorisée.

Sérieusement, je pourrais jouer Mamma devant Butler dans *Autant en emporte le vent.*

– Voyons comment, argue-t-il en faisant claquer la tapette d'un coup bref dans sa paume pour que je m'y mette.

Surprise par le bruit, je cligne des yeux.

Hé doucement, c'est un jeu, là !

Un petit sourire vient flotter sur ses lèvres, preuve qu'il joue et que je n'ai pas de souci à me faire, mais en y regardant à deux fois… Seigneur ! Je n'y crois pas. Il compte réellement jouer à l'inspecteur des travaux finis avec sa tapette de Barbie ?

Comme je prends trop de temps, il me claque l'autre cuisse pour me demander de m'exécuter. *Aïe !*

– V… Vous voulez me fouetter avec une tapette à mouches ?

Le Guerrier des mouches arque un sourcil, arrogant.

– Je ne vais pas vous *fouetter*, madame Garrett. Je vais vous rendre plus… *obéissante*. Ça vous tente ?

Là, tout de suite, je refuse de me poser la question.

Je sais trop bien ce que je me répondrais : *« À l'instant où tu as dit oui à ce Guerrier du sexe incapable d'aimer, tu as tout envoyé bouler : la vie, l'amour, les sentiments plan-plan. Alors vis-le à fond, idiote ! »*

Putain, je n'y crois pas de faire ça ! J'attrape les quatre coins de la housse qui recouvre le canapé, les replie soigneusement en son centre et rassemble le tout en boule en me dirigeant vers le porche.

La poussière sent mauvais et me donne envie d'éternuer mais je m'en cogne. J'ai trop les nerfs. La fessée de Rousseau, je veux bien. Me faire dresser à faire le ménage, nettement moins. Je me fais l'effet d'un animal de cirque sur lequel Monsieur Loyal va faire claquer le fouet. Et le pire, c'est que ce n'est pas désagréable. Au contraire, je suis tellement perturbée par les papillons dans mon ventre que je manque renverser le seau d'eau sale sur le parquet. Ce qui me vaut une nouvelle claque derrière la jambe maladroite. *Aïe !!!*

Sérieux, il aurait fait quoi si je l'avais renversé ?

Monsieur Loyal me suit sous le porche. Je secoue le drap dans les hautes herbes et, bien entendu, le vent marin me ramène tout dans la figure. Le Guerrier ricane. Évidemment, il n'a pas l'air surpris, il attendait juste le moment de rigoler.

Fait suer. Jun avait raison, ce mec a un coup d'avance sur tout.

– Tu t'es salie, petite cochonne. Déshabille-toi !

Mon sang se met à bouillir mais je m'exécute. Jusqu'à un certain point. Je retire uniquement mon T-shirt. Il me reluque de haut en bas…

Et se penche vers mon oreille :

– Ce matin, je voulais lécher ta chatte pour te réveiller par un orgasme. Le genre de réveil doux et lent que les femmes refusent d'admettre qu'elles adorent et qui provoque une tension agréable dans les couilles des mecs. Et puis j'ai été dérangé par l'arrivée de mon père… J'en ai toujours envie.

Mon corps entier se met à frissonner de plaisir.

– Donc, pour être parfaitement clair, c'est ce que je vais faire quand tu auras terminé. À moins que tu fasses une nouvelle bêtise ?

Une bouffée d'incertitude me submerge. La proposition est coquine mais sa voix reflète une tout autre tension. Bien plus réelle, elle. Son regard aussi me dérange, à tel point que je dois fixer le sol.

Pourquoi nouvelle ?

– Les yeux sur moi ! Je veux te voir quand tu me le diras. Et réfléchis bien avant parce que tu as intérêt à ce que j'y croie.

Cette fois, la menace est sérieuse.

– Que je te dise quoi ?

– Tu as une idée de ce que je ressens ? Je t'ai *choisie*. Tu es *ma femme*. Tu es à moi et je suis à toi. Que vient-il faire là-dedans, *lui* ?

Brusquement tout s'éclaire. Mes genoux fléchissent, je dois résister à m'asseoir quelque part. Il parle du contrat de travail avec Karim.

Mais comment l'a-t-il su ?

– Écoute, Matt, je veux rester indépendante, surtout si je dois considérer notre...

J'allais dire « mariage comme un combat » mais il ne me laisse pas le temps de tenter une explication :

– Il reste deux autres fauteuils à débâcher, me rappelle-t-il sèchement, me faisant comprendre par la même occasion comment il va me punir.

Faute de mieux, je décide d'entrer dans son jeu :

– Je croyais que c'était *ma* maison, fais-je tout en retournant à l'intérieur.

Mon mari jaloux me colle aux basques.

– J'ai changé d'avis. Tu as besoin d'être surveillée... de près.

– Chouette ! On va pouvoir emménager ensemble alors.

Surpris, Matthew s'arrête net, puis plisse les yeux, méfiant.

– Cette maison est TON refuge et ça le restera. Crois-moi, tu seras ravie d'en avoir un quand tu ne voudras plus me voir. Et moi, je serai rassuré de savoir que tu n'es pas avec lui. D'ailleurs, il est interdit de séjour !

Quelle tête de pioche !

Je décide de l'ignorer et de remettre à plus tard la discussion qui s'impose. Merde, à l'ère Facebook, la femme américaine est indépendante, non ? Si son but est de me contrôler, alors ça ne pourra pas marcher entre nous. Pire, le fait qu'il me refuse cette liberté élémentaire qu'il chérit pour lui-même m'insulte.

Je suis aussi libre que lui.

Pour le principe, je retire le drap du canapé selon le même procédé et sors sur le porche. Il me suit comme mon ombre. La suite est facile à deviner, le vent du Sud me ramène toute la poussière dessus. À croire que même les herbes hautes se fendent la poire.

– Ton soutien-gorge ! exige-t-il en arquant un sourcil victorieux.

Putain de merde. Dans un geste plein d'insolence, mes doigts décrochent la fermeture d'un revers de main, j'ai les nerfs.

– Lentement, exige-t-il, le regard ardent.

Son ton impérieux aurait dû m'énerver ? Eh bien non, il m'émoustille davantage et se répand lentement pour venir chatouiller la base de mon cou. Il faut que je l'affronte. Allez comprendre, j'adore ça, l'affronter. C'est vivifiant. De surcroît, dès qu'il mêle le sexe à nos disputes, la connexion s'établit et tout le reste devient insignifiant. OK, ma liberté est en péril, mais j'ai un plan.

Je laisse tomber la pièce de lingerie sur le sol sans me donner la peine de la ramasser. Il n'a qu'à se baisser lui-même. Ça l'occupera pendant que je rentre pour la troisième fois dans le salon, bien décidée à ne pas lui montrer à quel point il domine mes hormones. Puisque je ne peux pas faire autrement, je choisis que c'est moi qui décide de mon sort. *Pas lui.*

Sauf que je l'entends rigoler dans mon dos.

Énervée, je retire un peu trop fort la troisième housse et, tant qu'on y est, j'en tire aussi une autre recouvrant un meuble bibliothèque blanc, ce qui a pour effet de faire tomber la poussière sur le sol.

– Tsss tsss tsss… Tu as sali le sol, chérie, ricane-t-il.

Sans l'écouter, je repars fièrement vers le ponton en petite culotte noire hyper sexy avec mes boules de draps serrées contre mes seins, tout en réprimant un hurlement de joie lorsque je le vois suivre mes fesses. Et pas que des yeux. À la vérité, j'ai l'impression que les draps dévoilent mes formes bien plus qu'ils ne me cachent. J'ai l'air d'une soubrette fuyant un gros pervers armé d'une kalach à mouches.

Rigole, Guerrier ! Je m'en cogne.

Il faut que j'imagine un scénario adéquat si je veux m'en sortir tête haute. En secouant les draps énergiquement, l'un après l'autre, je me sens sexy et ridicule en même temps. Pas grave. La situation le mérite. Mes fesses gigotent dans ma culotte, façon Flanby à la vanille, ne demandant qu'à être recouvert de caramel.

– Tu es pressée d'y goûter à ce que je vois, se réjouit l'autre enfoiré en reluquant mon cul.

Étrange, la cohabitation de ces deux sentiments. Récompense ou punition ?

J'opte avec volupté pour les deux et me penche en avant pour le dernier drap en prenant soin de bien tendre mes fesses. Le Sud, c'est bien par là, non ? Je jette un rapide coup d'œil aux herbes hautes devenues par nécessité mes complices. *Parfait.* Je secoue d'un coup sec, le drap claque… Et zou ! Tout lui revient dans la figure. *Bien fait.* Et maintenant la touche finale.

– Oups ! dis-je en portant mes doigts à ma bouche et en battant des cils. Je crois que j'ai fait une bêtise, monsieur Garrett. Dois-je demander pardon ?

Je lui donne deux minutes pour me punir comme il se doit.

Le Guerrier en laisse tomber la tapette à mouches pour secouer sa tignasse en se pliant en deux. Je me retiens de rire. Je m'attendais à le voir saisir l'occasion pour me sauter dessus, mais non. *Grrrr…* Le bel indifférent retire son T-shirt par la tête pendant bien trop longtemps pour que je ne sois pas déçue et frustrée, et…

– As. Tu. Fait. Exprès. De. Me. Salir ? réclame-t-il en se redressant.

Hou là ! Manifestement, il essaie de comprendre si je le défie ou si j'entre dans son jeu. J'ai la pétoche boulonnée au ventre mais il est impossible de reculer sans perdre la face, alors…

– Tu as vu ? On a une bibliothèque.

Allez, sois gentil, punis-moi et oublie Karim !

Torse nu, le Guerrier se dirige vers moi, le dos droit, les épaules larges, un V magnifique sur l'abdomen et des éclats violets plein les yeux. Punaise... Il n'a jamais été aussi sexy. J'en ai des papillons dans le ventre. Son regard, par contre, c'est *autre chose*. Ce regard ne cherche pas à séduire. Il prend possession. Pire, il prend possession comme si mon avis importait peu.

– Embrasse-moi !

Alors que je m'approche aussi molle qu'un caramel, il tend le bras pour m'arrêter.

– Pas là, ordonne-t-il en ravalant un rictus salace. À genoux.

– Oh.

Aucun préliminaire donc. Mon cœur cogne, mon estomac brûle, j'ai du mal à respirer. Il va être brutal et égoïste, c'est sûr. Je vais pour m'exécuter quand il me repousse à nouveau.

– Donne-moi ta culotte.

Je descends lentement la dentelle noire le long de mes cuisses. J'enjambe et je m'agenouille devant lui pour la lui tendre. Je me sens rougir. Rien jamais ne m'a semblé si intimidant et excitant à la fois que me soumettre à la domination de mon merveilleux mari. Il glisse la petite boule noire dans son jean et son regard tombe entre mes jambes. Le voir rougir à son tour ravive l'envolée des papillons.

Je sais ce qu'il regarde.

– Vous pouvez être fière, madame Garrett ! Vous me faites beaucoup d'effet avec vos poils. En revanche, vous ne me faites pas peur.

Ce jeu est peut-être une erreur.

– Les mains dans le dos ! commande-t-il en faisant coulisser le ceinturon de son jean et en l'abandonnant sur le sol dans un bruit sourd qui me fait sursauter.

C'est un signal.

– Je ne frappe pas ! Jamais, compris ? Ce qui t'excite, c'est le bruit, la menace ou l'humiliation. Je n'ai pas besoin de frapper.

Cette voix… Chaque mot se répand le long de ma colonne vertébrale. Alors, je joins mes mains sur les fesses et le laisse me reluquer à sa guise, en fixant son ceinturon sur le sol. Est-ce avec ça que son père frappait ? Lentement, il s'approche, mais alors que je m'attends à le voir ouvrir son jean, il m'oblige à me relever et tombe à genoux à son tour pour caresser ma toison avec son nez.

– Bon Dieu, tu sens… la femme, inspire-t-il.

Bordel. Je prends une décharge d'adrénaline en plusieurs vagues malgré la brise légère. Le jeu a levé mon inhibition naturelle et alimenté le feu qui m'embrase d'interdit, toutes mes pensées sont concentrées sur une seule chose.

– Punis-moi, s'il te plaît.

J'espère quand même que la formule de politesse me vaudra la clémence, mais c'est vrai, j'aime avoir peur, surtout avec lui. Parce que je sais qu'il sera là pour me rassurer et que j'apprécie tout particulièrement ce moment où je me liquéfie dans ses bras, après. Sans un mot de plus, mon mari nous dirige vers le chariot à ménage, furète dedans. Je n'en crois pas mes yeux. Il prépare mon supplice avec des ustensiles de ménage. Je n'ose regarder ce qu'il en retire.

Puis il s'approche davantage :

– Vous auriez dû me parler de ce travail, madame Garrett.

Ah ! C'est le moment de plaider ma cause ou de mériter ma punition. Bien. J'étais avocate, non ? Je commence :

– Je n'y ai vu aucun mal, monsieur Garrett. Et certainement pas un manque de respect ou l'intention de blesser mon mari. Au contraire, c'est sexy. C'est juste un compromis qui me permettra de garder mon indépendance afin de continuer à lui plaire. Bref. Pas de quoi en faire un plat !

Ledit mari prend un moment comme s'il soupesait ma réponse.

– Un compromis est censé impliquer les deux parties. Tu ne peux pas décider seule d'un compromis.

– Tu vas devoir me faire confiance, alors.

Le Guerrier me regarde pendant bien trop longtemps pour que je sois tranquille.

– Je sais ce que tu fais, Alex, et ça ne marchera pas.

– Non ?

– Non. La confiance se mérite. Elle ne se prend pas d'assaut. Sinon, je l'aurais déjà prise.

– Évidemment !

Là-dessus, il me tend un plumeau microfibre pliable attrape-poussière muni d'un long manche coudé. Comme je ne comprends pas et hésite à le prendre, il précise :

– Puisque vous cherchez l'aventure, un truc pour vous divertir.

Quelque chose cloche. Je m'attendais à le voir entrer dans une colère noire jusqu'à ce que je renonce à travailler pour Karim. Au lieu de ça, il a pris un air encore plus badin. Ça cache un truc. Jamais Matt Garrett ne renoncerait si facilement. Il n'aime pas perdre.

– Remettez-vous au travail, madame Garrett ! Il me semble que vous n'avez pas encore nettoyé l'endroit où nous allons prendre notre repas.

Je note aussi qu'il a gardé pour lui un rouleau de film alimentaire d'un rose ridicule. Les précédents occupants devaient être accros à l'univers de Barbie.

Minute ! Du film alimentaire ?

– Que va-t-on faire avec ça ?

– C'est un problème si je ne réponds pas ?

Sans un mot de plus Matthew me précède jusqu'à la partie salle à manger retirant encore un ustensile du chariot au passage. Ce dernier objet fait remonter mon cœur dans ma gorge, m'anesthésiant un peu plus, des pieds à la tête.

– Euh… Que vas-tu faire avec ce battoir à tapis ?

Cette fois, il répond :

– Te faire peur. C'est bien ce que tu voulais ?

Oui, mais avec la tapette. Une vague de frissons se répand dans mes reins. Ce n'est pas un peu beaucoup par rapport à ma faute ? Le truc est en osier quand même !

– Tu vas frapper fort ?

– Parce que si je frappe doucement, c'est moins grave ?

Soudain, je comprends à quoi il fait allusion. *Son père*. Il a tout deviné. Il me dit qu'il sait que je sais. Il a été battu par son propre père. Avec violence. Mais n'a aucune intention d'en parler. En parler, ce serait se mettre en situation d'infériorité. À ma merci. Indigne du Guerrier habitué à dominer.

Je dois attendre que la boule dans ma gorge m'autorise à parler :

– Je t'aime, tu sais.

Le Guerrier inspire comme s'il inspirait les trois petits mots. Je n'arrive pas à savoir ce qu'il éprouve vraiment quand je lui dis « Je t'aime ». Si je lui fais mal ou s'il en a besoin. Étrangement, il me semble que c'est les deux et ça m'agace de ne pas comprendre pourquoi. Sans un mot, il me désigne la table.

– Maintenant, je veux voir ce plateau briller. Si tu laisses des traces, tu auras droit au battoir. Ici même, sur cette table.

Quelque chose dans ce qu'il a dit tout à l'heure me laisse penser qu'il ne le fera pas et qu'il me fait juste peur pour me donner plus de plaisir, mais mon rythme cardiaque s'accélère quand même. Je le contourne afin de récupérer chiffon et cire dans le chariot à ménage et je m'approche courageusement du plateau de bois. Je vaporise la cire citronnée sur toute la surface. L'odeur me chatouille les narines et m'aide à me détendre.

– Penche-toi bas sur la table, ordonne-t-il d'une voix rauque.

Moins sûre de moi, ma main serre le chiffon. Le Guerrier doit comprendre que j'ai besoin de temps pour m'exposer ainsi car, sans me jeter un regard, je l'entends se diriger vers la cuisine. Nonchalant, il ouvre la porte du frigo, se sert une bière et revient vers moi. Penchée comme il le souhaite.

– Il reste des traces au centre, balance-t-il d'un ton faussement sévère.

Dur à atteindre sans m'allonger complètement. La table est large, je suis obligée de m'étirer pour y parvenir. Quand soudain, je sens un truc duveté remonter le long de mes jambes, jusqu'en haut, dessiner le sillon sous mes fesses, puis passer par-devant pour flatter mes poils pubiens, et ma peau se couvre de chair de poule. Je m'arrête un instant pour réfléchir.

Le plumeau microfibre parfaitement coudé.

Toutes mes terminaisons nerveuses s'allument d'une lumière blanche délicieuse à son passage. Le plumeau passe par-dessous pour flatter la vallée entre mes seins, mes tétons reçoivent une incroyable douceur. Une boule de ouate chaude remonte dans ma gorge. Je me cabre sous l'effet du plaisir.

Le battoir s'abat sur mes fesses. *Splaf ! Merde il l'a fait, l'enfoiré.*

– Concentre-toi !

L'incendie se déclare dans tout mon être. Il n'a pas frappé fort mais la peur rend ma voix toute douce. *L'adrénaline en réponse au stress.* Je gigote de plaisir. Très vite, la vague de chaleur délicieuse a dissipé la morsure de l'osier, remplacée par quelque chose de plus lourd, de plus visqueux. Mon sexe s'ouvre de plaisir.

– Oh, mon Dieu…

Matt s'approche derrière moi, tout près de mon oreille.

– Tu vois ? La peur du danger est suffisante, chérie. Pas besoin de faire mal. J'ai très envie de m'enfoncer dans ta chatte, là, tout de suite, pour ne pas perdre de temps.

Instinctivement, je tends mes fesses vers lui dans une pose suggestive. Il faut qu'il me prenne. Sa paume fraîche caresse l'endroit qu'il vient de frapper avec vénération. C'est tellement excitant de me savoir à sa disposition comme un objet précieux que j'ai du mal à respirer, aussi excitée que vulnérable.

Que va-t-il faire ensuite ?

– Pour cette fois, ça ira. Je crois que la table brille suffisamment pour te récompenser, décide-t-il un instant plus tard. Debout !

Je me redresse, aussi naturelle que possible, compte tenu que je suis nue avec un chiffon plein de poussière et de cire à la main.

– Je vais te bâillonner avec ça, me prévient-il. Tu es d'accord ?

Il me montre le rouleau de film alimentaire. Mon palpitant n'est pas d'accord et me le fait très nettement sentir. Ma voix sort haut perchée, paniquée :

– Nooon !... J'ai peur de ne pas pouvoir respirer.

Le Guerrier effleure mes lèvres des siennes pour me calmer.

– Il y a des choses que je ne te dirai pas, chérie. Je sais que tu en as besoin mais je ne peux pas. Aussi, je veux que tu lises dans mes yeux et qu'on apprenne à se parler sans les mots.

Je comprends ce qu'il veut faire mais je panique quand même.

– Tu ne risques rien parce que je ne mettrai rien dans ta bouche. Je vais juste la couvrir pour t'empêcher de parler. Dans le bâillon, c'est la boule qui fait peur parce qu'elle force la bouche. Tu comprends ? Si tu paniques, je te l'enlèverai.

– Comment sauras-tu que je panique si je ne peux pas parler ?

Il relâche le sourire qu'il retenait.

– Fais-moi confiance, bébé, je lis dans tes yeux quand tu es comme ça.

Je commence à croire que ce mariage pourrait bien durer justement parce qu'il n'a rien de gnangnan ou de romantique. Et si c'était ça le secret ? Aucune certitude. Rien de facile. Aucune guimauve sentimentale. Juste le goût du jeu et un challenge incroyablement sexy à relever. Avec un petit sourire éloquent, Matt m'allonge sur le dos et déroule le rouleau en coupant un morceau avec ses dents.

– Tends tes mains devant toi.

Il fait trois fois le tour de mes poignets avec le film étirable et forme un double nœud invisible entre, avant de les plaquer au-dessus de ma tête.

– Tu les placeras autour de la mienne quand je te le dirai, OK ?

J'opine du chef, confiante jusque-là.

Il repousse doucement les mèches qui encadrent mon visage et coupe un nouveau morceau de film étirable avec ses dents.

– Regarde-moi ! ordonne-t-il.

Les yeux écarquillés, je le laisse positionner le film élastique sur mes lèvres en prenant de grandes inspirations par le nez. Il fait plusieurs tours jusqu'à ce que mes joues soient figées par le plastique. Je n'arrive pas à me concentrer sur autre chose que ma respiration. Manquer d'air me fait peur.

– Respire normalement, me conseille-t-il d'une voix douce. Je ne te quitte pas des yeux. Tu peux tout me dire avec les tiens. TOUT.

Je ramène mes bras devant et place une main sur son cou, il me laisse faire. Son pouls régulier calme le mien qui a bien du mal à trouver son rythme. Lorsque je suis prête, je passe mes bras autour de son cou et le regarde dans les yeux en pensant de toutes mes forces « Tu m'aimes ? Moi je t'aime. » C'est une excuse, pour voir s'il lit vraiment ce que je pense.

– Arrête, se lamente-t-il.

Pourquoi ?

– Parce que ça fait mal, confesse-t-il, répondant à ma question silencieuse. Mon père exigeait que je le lui dise pendant…

Qu'il te frappait ?

– Je ne peux pas, confesse-t-il en se forçant à me regarder.

Je comprends.

– Tu vois, c'est plus simple pour moi sans les mots, admet-il en secouant la tête d'un air résigné. Il faut que tu me prennes comme ça, Alex. Sans les mots.

Mon cœur est au bord de l'explosion.

Et moi, je peux le dire ?

– J'ai encore du mal avec, mais j'y travaille. Je crois que j'en ai besoin.

D'accord.

– Embrasse-moi avec tes yeux, enchaîne-t-il.

Comment l'embrasser sans lui dire « Je t'aime » ? Ça me semble impossible. Alors, je me concentre sur ses lèvres sensuelles. J'imagine le goût du sel qu'elles auront demain après une nuit fenêtre ouverte, au bord de l'océan.

– Il n'y a pas de clim ici. Toi aussi tu auras le goût du sel.

Si je pouvais ouvrir la bouche je le ferais. En grand.

Comment fais-tu pour deviner ?

– Facile, ricane-t-il. Tu es très… expressive. Je lis en toi et tu vas apprendre à faire pareil avec moi. Je vais t'aider. Tu es rassurée pour le bâillon ? demande-t-il en m'embrassant dans le cou.

Oui.

– Allonge-toi et replace les mains au-dessus de ta tête.

Je m'exécute volontiers, impatiente de retrouver mon Nawashi préféré. Les images du Kodò me reviennent avec force. Tout était beau, chargé d'émotions dans cette salle. Et je sais combien il en a besoin. C'est peut-être le seul moment où il s'autorise à les ressentir, à ne pas les bloquer systématiquement.

Matt commence par dérouler tout le film restant sur mon torse en évaluant la longueur de chaque côté. Il me soulève légèrement et fait passer la partie de gauche sous mon dos pour la faire revenir sur ma poitrine. Ensuite, il croise le tout avec la partie droite, dessus, dessous, rapprochant mes seins à chaque passage, les dressant, pour mettre ma poitrine en valeur.

La vache. C'est trop sexy.

Il me jette un regard entendu mais ne dit rien.

Pour finir avec les morceaux de film restant de chaque côté, il me fabrique un serre-taille qu'il noue sous mon nombril avec un drôle de nœud très étudié pour lequel il se concentre un moment. Soupirant à plusieurs reprises ou repoussant nerveusement de sa main les mèches de cheveux sur son front.

– Le film n'est pas aussi subtil que les cordes, bougonne-t-il.

Je perçois une pointe d'inquiétude inhabituelle dans sa voix et je comprends : il n'est pas dans son élément. Peut-être est-ce la première fois qu'il improvise ? Je redresse la tête sur mon ventre pour voir. Il a fabriqué une fleur de plastique rose, pile sur mon sexe.

– Ça te plaît ?

Beaucoup.

Si je pouvais sourire je le ferais, mais le film m'en empêche. Attachée sur cette table, je sens tout : l'odeur de la cire, la fraîcheur du bois ciré, mes seins dressés d'excitation, la brise marine qui passe sur ma peau tendue. Avec autorité, mon mari s'installe entre mes jambes, prend un téton dans sa bouche jusqu'à ce qu'il brunisse et pointe fièrement, puis l'autre, admirant son œuvre au passage.

– Tu es magnifique et tu es à moi maintenant.

Sa voix est rauque, émue. Ma gorge se serre en écho, dure comme du bois. J'ai du mal à avaler ma salive sous le plastique. Matt se penche sur mon corps, lèvres entrouvertes, sans jamais me perdre des yeux. Mon corps cherche à entrer en contact avec ses lèvres tandis qu'il dépose un chemin de baisers sur ma peau tendue de désir, me collant des vibrations dans tout le corps. Je deviens folle. Quelque chose explose chaque fois qu'il me touche. Ses lèvres descendent, remontent, s'approchent de mon sexe sans jamais l'effleurer. C'est de la torture. Il souffle sur la fleur de plastique, le froid, le chaud. Mes poils frémissent de plaisir.

Encore.

– Je serai en toi quand je le voudrai, chuchote-t-il, toujours dans cette étrange connexion. D'abord, je vais te rendre très très nerveuse…

Sa réaction me fait mouiller de plus belle. Sur ces belles paroles, il se met à me lécher, d'abord gentiment, puis plus bestialement, librement, et j'oublie bien vite cette conversation. Je flotte sur un nuage de lèvres, lentes et douces, qui provoquent des tensions au plus profond de mon ventre.

Il a raison, c'est différent.

– Je te sens tout au fond de mes couilles et à la base de mon cou, me chuchote-t-il entre deux baisers.

Lui aussi est différent. Matt a toujours été sous contrôle parce que ce n'était que du sexe. Un acte guidé par le besoin. Son regard était pur désir mais il avait toujours ce voile de retenue qui indiquait qu'il gardait pour lui tout ce qui n'était pas purement sexuel. Ce soir, c'est autre chose. Mon mari laisse aller ses émotions comme s'il s'autorisait à m'aimer, me révélant une part de moi que je ne connaissais pas, mais plus important, une part de lui.

J'ai beau lutter, me raisonner, je commence à croire que l'amour que je ressens pour lui n'est pas à sens unique. Pas après qu'il m'embrasse tout le corps comme s'il embrassait ma bouche devenue inaccessible.

Tout en moi est tendu, je n'en peux plus.

– Je sais, murmure-t-il en se redressant. Parce que moi aussi je ne désire qu'une seule chose, m'enfoncer dans cette chatte étroite et brûlante.

Magnanime, il retire son jean lentement me laissant sciemment le regarder. Je sais qu'il veut me faire partager ce plaisir-là aussi. Il est dur, fier et long et épais. Il est parfait. Sans un mot de plus, il glisse en moi, lentement. Le genre de saillie puissante et douce qui fait perdre à une femme la raison. Si je le pouvais, je mordrais ma lèvre jusqu'au sang tant je le désire. Heureusement, il se met rapidement à me pistonner sans aucune gentillesse. Sans relâche, il travaille mon plaisir et le sien. Ce n'est pas faire l'amour. Ce n'est pas baiser.

C'est une saillie pour copuler. Mon mari couche avec sa femme. Il se laisse aller. C'est bestial, animal, primitif, puissant, brut et doux. Tout cela en même temps. Les grincements de la table rajoutant à la sauvagerie de l'acte incroyable par lequel il me fait sienne.

– Il m'a demandé si je t'aimais, s'engorge-t-il soudain d'une voix tendue sans rompre le rythme infernal de ses à-coups.

Tous mes muscles se crispent en réaction.

– J'ai répondu non, poursuit-il sans se démonter.

J'ai beau avoir déjà entendu cet échange avec son père, il ne m'en fait pas moins d'effet que la première fois. Mon cœur se brise alors que mon corps continue à accompagner ses coups de bassin en bon égoïste. Traître.

– Tu te demandes si je souffrirais si tu me quittais ?

Je retiens mon souffle, chamboulée par son changement d'attitude autant que par la force de son assaut.

– Je ne souffrirais pas.

J'éclate en sanglots. D'un coup, je me sens humiliée, repoussée. Pourquoi me dire tout ça maintenant ? C'est cruel et gratuit. Même s'il m'avait prévenue qu'il le ferait, je lui en veux de me faire mal. *Connard.*

– Je ne souffrirais pas, me surprend-il alors que je croyais qu'il avait fini. Je mourrais. Mais il ne faut pas que tu prennes cela pour de l'amour. Je suis incapable d'aimer.

J'en perds la respiration.

– Ne m'abandonne pas, s'il te plaît.

Je lutte comme je peux pour ne pas pleurer comprenant à quel point ce qu'il vient de dire est important. Crucial. Puisque c'est la seule chose qu'il redoute.

Je voudrais lui répondre, le rassurer, mais je suis toujours bâillonnée et il ne me regarde plus. Quand enfin il me laisse jouir avec lui, je suis claquée, vidée. Je le sens à peine défaire mes liens et m'ôter le bâillon. L'air frais hérisse mes poils aux endroits chauffés par la Cellophane. Sans me laisser le temps de réagir, Matt me soulève et traverse la pièce avec moi dans ses bras.

– Matthew...

– Chuuuut. L'eau de mer va te faire du bien.

Ce qui signifie qu'on a assez parlé, même si moi je n'ai rien dit. C'est ce qu'il voulait : s'expliquer sans que je lui pose de questions. M'apprendre à lire uniquement ce qu'il veut montrer. Pas plus. Mon époux récupère nos maillots, deux serviettes, et les coince sur mon ventre.

– Je ne crois pas être capable de nager, lui dis-je en évaluant rapidement ma confusion.

– Tout va bien, je suis là.

Sans un mot de plus, il traverse le ponton et se dirige vers le pont suspendu dont les cordages tendus balisent le chemin jusqu'à la plage. Le bois craque délicieusement sous ses pas. J'ai beau être totalement rassasiée, sentir mon odeur sur lui ravive mon envie de flirter avec lui. Je pouffe :

– Je ne verrai plus jamais le ménage de la même façon !

Ça le fait rigoler mais le ton est ferme, indiscutable.

– Faire le ménage pour ton mari, c'est sexy. En revanche, j'ai déjà pris contact avec un couple de l'île pour s'occuper de la maison. Tu les verras demain. Pour ce soir, j'ai acheté une chaudrée de palourdes avec un petit vin blanc de Napa, m'informe-t-il en se léchant les lèvres.

La marée est haute dans la baie.

– Où est Sexe ? dis-je en me souvenant qu'on ne l'a pas vu depuis un moment.

– Sûrement en train de vadrouiller. La propriété est vaste mais fermée. Dieu merci ! Ce chien est comme toi, il ne pense qu'à fuguer.

Ce qui m'attache encore plus à ce clébard. Le Guerrier nous fait rentrer dans l'eau agitée, un peu froide à mon goût. Très vite, il me repose et je suis captivée par l'intimité de son geste. De sa paume en cuillère, Matt rince l'intérieur de mes cuisses avant de se nettoyer lui. La petite plage au pied des falaises roses descend rapidement. Dès qu'on s'éloigne, c'est sublime.

– Ne t'aventure pas de ce côté, dit-il lorsqu'on n'a plus pied en désignant trois gros rochers proéminents de granit rose un peu plus loin.

J'observe les vagues qui les contournent et je repense à sa phrase.

« Les vagues ne se brisent pas entre elles. Seuls les écueils les brisent. »

– Pourquoi, c'est dangereux ?

– Il y a des brisants sévères par là.

Je m'accroche à ses épaules.

– Comment vas-tu l'appeler ? dit-il avec un signe de tête vers la côte.

Être dans l'eau jusqu'aux épaules me permet d'apprécier son

cadeau, de loin. Je contemple les façades blanches quelques secondes. La maison est située en bout de terre, entre mer et colline. Plutôt isolée du reste de l'île comme son B-One.

– La Vague, au singulier. Cette maison, c'est nous.

Mais alors que je m'attendais à ce qu'il proteste, il plonge en direction du large. Tout de suite suivi par Sexe, surgi de nulle part.

Je sais qu'il y reviendra.

31

MATT

Les coups ne s'arrêtent pas. Il fait nuit noire dehors et la lumière trop forte m'aveugle. Je vois flou. L'homme qui se trouve au pied de mon lit, un masque de mécontentement sur le visage, me crie toujours la même chose :

– Dis-le, Matty, dis-le ! Dis à papa que tu l'aimes et papa t'aimera…

C'est faux ! Il n'aime pas que je ne ressente rien. Il dit que je suis malade et manipulateur. Ce n'est pas vrai. Je ne suis pas malade. C'est juste lui, je ne l'aime pas.

Sa voix hurle :

– DIS-LE, BORDEL !

Mon père secoue la tête, irrité. Je connais ce mouvement par cœur. J'essaie de faire ce qu'il dit en imaginant qu'il va me lâcher et que je vais pouvoir courir me cacher dans le placard, mais le pire, c'est le ceinturon. Il me coupe les jambes. Même le bruit de la boucle sur le matelas accentue ma frayeur. Quand il l'enlève de son pantalon, je sens la peur monter comme une décharge électrique le long de ma colonne vertébrale et je ne peux plus bouger. Du tout. Je déteste avoir peur de lui. Je ne devrais pas. Ce n'est pas normal d'avoir peur de son père.

Je ne suis pas normal.

Je me réveille en sursaut, les cheveux trempés, luttant à mort pour ne pas crier et réveiller Alex endormie dans les draps juste à côté de moi. J'ai mal au ventre, à la tête et le cœur battant. *Alexiane…* Elle pince les lèvres et se renfrogne dans son oreiller comme si elle m'avait entendu dans son sommeil. J'ai du mal à la quitter des yeux, là, dans mon lit. *Notre* lit.

Elle sait. Je l'ai compris quand elle s'est interposée entre moi et mon père. Elle savait qu'il allait frapper et n'a pas été surprise une seconde. Elle veut m'aider mais c'est impossible. Je ne veux pas la souiller avec ça. Du coup, sans même attendre que mon cœur se calme, je décide d'avancer dans mon travail. Ça marche d'habitude. D'autant que je n'ai rien foutu ce week-end.

Ma vision est encore floue, confondant passé et présent, lorsque je m'extirpe du lit et retire mon T-shirt encore moite de mon cauchemar. J'en récupère un propre dans le dressing au passage et me dirige vers la cuisine avec mon MacBook.

J'ai besoin de boire un verre d'eau fraîche.

Ici, la lumière bleue de l'aube tombant sur l'Hudson m'apaise. J'adore ce moment où le ciel se remplit d'un bleu exceptionnel, plus sombre que le bleu du ciel le jour. C'est un moment magique. Le temps se fige et le calme règne dans tout l'appartement. À défaut de dormir, c'est au moins ça. Même si je dois bien l'admettre, j'ai ressenti une forme de paix bizarre durant ces deux jours dans l'île avec elle. Quelque chose qui n'avait rien à voir avec le sexe. Et surtout, j'ai pu dormir. J'aimerais vraiment avoir un meilleur sommeil.

Cela fait des mois maintenant que je fais des cauchemars. Parfois, je revois des scènes du passé. Parfois, je ne sais pas d'où elles sortent puisqu'Alex est dedans et ça me rend complètement fou. Pas dans sa version actuelle, non. Je la vois enfant avec des joues rebondies et roses que je ne lui ai pourtant jamais vues. Si je pensais que mes cauchemars étaient déplaisants, cela devient encore plus intolérable avec elle au milieu.

Depuis notre séparation en fait.

Je déteste me souvenir de cette période où je me suis remis à boire. J'avais envie de hurler, de noyer dans l'alcool tous les cris qui m'étouffaient. J'étais hyper énervé contre moi-même à cause de la frustration que je ressentais alors que je faisais tout pour l'oublier. Je me sentais minable d'échouer, comme malade.

D'ailleurs, je l'étais, et personne n'est venu me demander comment j'allais. Ni ma mère, ni mes frères et encore moins mon donneur de sperme. Voilà ce que c'est quand on n'en a rien à foutre des autres, ils se foutent de vous. Pas grave, je me remets au travail et liste les points que je dois régler en urgence.

✗ Le lancement de MHG Synthesis.
✗ L'OPA sur Sankyo Chemical avant son démantèlement par Mitsui.
✗ Mon nouvel aérodrome au point mort.
✗ L'article de Louisa Frank qui m'épingle sur ma gestion du Fil rouge.

Ça va aller. Il est à peine 4 heures du mat. N'importe quelle personne sensée retournerait se coucher, mais je sais pertinemment que je ne retrouverai pas le sommeil. Pire, je ne résisterai pas à la réveiller.

Quatre heures plus tard, je peux considérer ma journée comme déjà bien avancée. Le lundi est le jour de la semaine que je préfère. Parce qu'il apporte avec lui une belle énergie. La tour MHG se remplit de gens en costard prêts à affronter les défis de la semaine. Les femmes relèvent celui d'accrocher de nouveaux regards masculins, tandis que le visage des hommes porte encore les traces de leur bonheur débile dans leur gentille famille proprette. C'est la raison pour laquelle je les ai toujours imaginés comme des pingouins endimanchés sans tête. Je ne devais pas les voir. Eux et leur bonheur à la con.

Mais ça, c'était avant.

– Vous savez comment Mme Garrett aime ses pancakes ? m'interroge Luca d'une voix tendue. Ou alors waffles et sirop d'érable ?

Quand je lève les yeux de mon omelette, je vois ce qui le gêne.

– Ou alors des muffins à emporter pour son travail ? ajoute-t-il mal à l'aise mais voulant bien faire.

Luca aime bien Alex, je l'ai senti quand il éloignait les bouteilles. Il comprenait pourquoi j'avais mal. De son côté, Alex a besoin de ce genre de soutien si elle doit faire partie de mon monde. Elle n'a personne autour d'elle. Et je ne sais pas pourquoi, ce n'est pas ma mère qui va l'aider. J'ai bien entendu au son de sa voix, lorsque je lui ai appris la nouvelle de notre mariage. Elle aurait « préféré » que je choisisse quelqu'un d'autre. Tant pis pour elle.

– C'est bon. Vous pouvez l'appeler Alex, Luca. Je sais qu'elle a dû vous le demander. Mais soyez respectueux.

Mes paroles me donnent envie d'éclater de rire. Est-ce que vraiment je viens de dire ça ? Ça fait très « gentille famille », non ? Luca, Alex, Sexe et moi. Une vraie famille d'éclopés. Pathétique. La famille pour moi, ça sent le creux, faible comme un mioche sans armure.

– Pas de pancakes pour moi, Luca ! lance soudain sa voix enjouée depuis l'escalier. Je suis déjà en retard pour mon premier jour et je n'ai aucune idée du temps qu'il me faudra pour atteindre Greenwich.

Si tu travaillais pour moi, tu n'aurais pas à te poser la question, chérie.

Je finis de mâcher ma bouchée avant de lui répondre :

– Tu n'es pas en retard, marmonné-je, penché sur mon assiette.

Je tourne la tête pour guetter sa réaction et ma queue durcit instantanément.

Putain, c'est sa faute aussi !

On n'a pas idée d'avoir des hanches aussi attirantes et de les mouler dans une robe pareille. Les hanches ont toujours été la partie que je préfère chez une femme. Celles d'Alex sont magiques. Étroites tout en étant sensuelles. Surtout quand elle fait ce petit mouvement d'avant en arrière comme maintenant pour dire bonjour au clébard qui a rejoint ses jambes. On dirait qu'elle baise au ralenti.

Saloperie de robe moulante.

C'est incroyable l'effet qu'elle me fait. Si le sexe actif est le secret d'un couple réussi, alors on va remporter l'Oscar du couple de l'année !

– En revanche, je veux bien vos muffins pour midi, poursuit l'intéressée de bonne humeur.

Sans broncher, je la laisse passer derrière moi et déposer un baiser sur ma joue, faisant contracter mes couilles par la même occasion. Ce qui est un peu étrange étant donné qu'en dehors d'une scène de baise, je ne supporte pas les femmes tactiles. Elles m'indisposent en me rappelant ce que je n'ai jamais eu.

– Banane et amandes aujourd'hui, lui propose Luca.

– Mmm… C'est parfait, j'adore la banane…

Je lutte comme un forcené pour garder mon calme en considérant la tenue qu'elle a choisie pour son premier jour de travail avec Kabbani. Mon sexe retombe. Une robe de maille turquoise près du corps arrivant à mi-cuisse qu'elle porte avec des ballerines toutes simples.

C'est joli mais impossible.

Elle doit carrément tirer la maille sur ses cuisses, une fois assise. Bien fait si elle est mal à l'aise. Elle n'a qu'à pas avoir des cuisses au bombé aussi sexy et des hanches aussi provocantes. L'autre saligaud va avoir envie de la plaquer contre un mur toute la sainte journée. Ah, elle veut son indépendance ?

Eh bien, je vais la lui donner !

– Tu seras à ton travail en quinze minutes, chérie. Louis va t'accompagner, lui dis-je en repoussant mon assiette vide. Il t'attendra aussi si tu dois te rendre quelque part et te ramènera à la maison quand tu auras terminé.

– Louis est ici ? s'immobilise-t-elle de surprise.

Mes mains me démangent. Pourquoi suis-je aussi excité par son corps après l'avoir autant baisée ? En principe, quand j'ai baisé une femme, je l'oublie. Avec elle, c'est tout l'inverse. Plus je la baise, plus je m'enfonce.

Pire qu'avec des sables mouvants.

– Louis est ton chauffeur.

Alex m'examine de son air sournois avant de dire :

– Louis porte une arme. Je n'aime pas ça.

Le con ! Il ne pouvait pas être discret ?

– Qui te demande d'aimer ?

Son regard s'embrase d'acier, soutenant fièrement le mien. Un geste qui frise l'insolence mais terriblement sexy. Bon Dieu, ce regard qui teste ma résistance comme d'hab' suffit à lui seul à m'aiguillonner.

– Ce n'est pas parce que tu m'as passé la bague au doigt saoule que tu dois me diriger sobre, me balance-t-elle, prête à mordre. Nous savons tous les deux que ce mariage est un *combat*. Et qui dit combat dit *combattants*, Guerrier !

Même si je sais que ça l'énerve, je sais aussi que mon côté dominant lui plaît. *Parfois*. Enfin, surtout au lit. Elle adore que je lui donne des ordres au lit parce qu'elle sait que je vais lui donner encore plus de plaisir quand je le fais.

Mais là…

– Très bien, négocions ! Mon épouse devrait normalement avoir un chauffeur, un secrétaire et un homme de sécurité à chacun de ses déplacements. Je te rappelle que nous avons été menacés. Je laisse tomber le secrétaire et l'homme de sécurité si tu acceptes Louis. Réfléchis bien, l'offre expire dans une minute.

Je dois lui fixer des limites ou on risque d'y passer cette foutue journée.

Elle cligne des yeux en regardant Luca qui ne pipe mot mais semble de mon avis et elle finit par capituler d'un signe de tête.

– OK, Louis est sexy, tente-t-elle en dernier recours.

La garce !

– Louis est 100 % gay. Je ne l'aurais pas embauché sinon.

J'entends le sourire de Luca au-dessus de sa poêle et me concentre sur le regard glacial d'Alex qui me colle la chair de poule. Putain. C'est quoi qui m'excite le plus chez cette femme ? Son côté garce ou sa pudeur de jouvencelle ?

Faudrait savoir.

– Tu veux dire que je peux me changer dans la voiture avec lui au volant ? m'oppose-t-elle sournoisement, sachant pertinemment que je vais péter un câble si elle le fait.

Saleté de jalousie.

– J'ai prévu le coup. Vous vous déplacerez à moto. Vu la circulation dans Manhattan, c'est plus pratique. Si tu dois sortir de la ville, la Bentley GT Speed est à ta disposition. Il suffira que tu en informes Louis.

Pris de court, les yeux bleus d'Alex s'abaissent sur ses cuisses déjà trop dénudées par sa position assise. Je sais d'avance ce qui va arriver.

Ça ne rate pas :

– À moto ? Je ne peux pas monter à moto avec ma robe.

Je lui souris, machiavélique.

– Un tailleur-pantalon devrait faire l'affaire, chérie.

J'ai gagné ! Alex est peut-être en train de semer le chaos dans ma vie de grand solitaire, me faisant ressentir des choses dont je ne me croyais pas capable, activant des rouages que je ne connaissais pas, débloquant des tensions pas forcément agréables aussi, mais je n'en ai cure. Le challenge de la posséder de toutes les manières possibles est plus fort que tout.

– Je n'ai pas de tailleur-pantalon, me fait-elle remarquer, un peu bête. Tu crois que je peux appeler Victoria Milan ?

Très calmement, je m'efforce de laisser les choses suivre leur cours…

– Non. D'un, tu ne l'aimais pas vraiment. De deux, en te passant la bague au doigt, j'ai aussi rompu le contrat avec elle. Il est temps que tu trouves ton propre style, je crois.

Après une seconde d'hésitation, mon épouse adorée se tourne vers les pianos de la cuisine où s'active mon majordome.

– Luca, vous m'aiderez ?

– Très volontiers, Alex.

De mon côté, je me rends compte que, sans en avoir l'air, les progrès qu'on fait sont incroyables et bien que je sois certain que nous n'avons pas fini de nous opposer, nous progressons dans le bon sens. Mon portable vibrant sur le comptoir, je balaye l'écran en voyant le nom qui s'affiche : Barbara.

– Oui, Barbara ?

– Monsieur, Debra vous attend dans votre bureau.

– Proposez-lui un café, j'arrive tout de suite, Barbara.

Je coupe la communication et me retourne vers Alex.

– Tu finis à quelle heure ?

Elle se fige, sa tasse de thé suspendue en l'air.

– Je ne sais pas. Pourquoi ?

– Envoie-moi un SMS quand tu sauras et j'essaierai de me libérer.

J'hésite, pas certain que ce soit une bonne idée, mais difficile de faire autrement sans faire preuve de grossièreté.

– Au fait, demain nous dînerons chez ma mère. C'est la corvée du mardi. Ce sera horrible mais je ne me vois pas y aller sans toi.

– Ça ne peut pas être si horrible, consent-elle.

Quelque chose me dit que si. Ces repas me barbaient déjà avant, je doute de les trouver plus amusants en sa présence. Au contraire. Mais peut-être ma mère fera-t-elle un effort en me voyant heureux ? Tout en le regrettant profondément, je l'abandonne à Luca et me dirige vers les ascenseurs.

En entrant dans mon bureau, je tente encore de contenir comme je peux la sève de ma jalousie. Heureusement, Debra et l'agenda de la semaine sont là pour me changer les idées.

– Louisa Frank est une journaliste intègre qui fait son boulot, me rabâche Debra après en avoir terminé avec l'ordre du jour. Ce qu'elle dit sur ta gestion du Fil rouge n'est pas faux. C'est à toi d'y remédier. Moi, je ne peux rien faire.

J'inspire à fond, les yeux rivés sur la porte de mon bureau en pensant à Alex et à l'autre con qui lui sert de patron à présent. Que fait-elle ? Et lui ? C'est si facile de corrompre une femme quand on a le pouvoir.

– Crois-tu sincèrement que j'ai le temps de me préoccuper de tout ça ? fais-je avec énervement.

Si seulement je lui faisais confiance, mais je ne peux pas.

– Si tu n'as pas le temps, alors je préférerais que tu t'en débarrasses, conclut ma responsable communication. Actuellement, le Fil rouge te fait passer pour un manipulateur d'opinion. Quelqu'un qui, avec son pognon, s'achète une image. C'est ridicule, tu n'as pas besoin de ça.

Je ferme les yeux, en proie à une immense tristesse.

– J'ai l'habitude.

– Alors pourquoi t'emmerder avec ce que tu ne maîtrises pas ?

Ce n'est pas faux. J'ai les mains moites en pesant le pour et le contre. Dois-je me débarrasser du Fil rouge ou pas ? Je scanne carrément la pièce du regard au cas où la réponse serait inscrite quelque part. Puis la soirée de la veille avec Alex me revient, quand nous avons retrouvé le B-One pour une dînette sur les transats du plateau après notre week-end, notre conversation sur la vie, les gens, le monde. Son optimisme. Sa simplicité. La foi qu'elle a dans les autres.

Alex serait parfaite pour le Fil rouge.

– Tu veux savoir ce que je pense ? continue indifféremment Debra, le nez fourré dans l'article de l'autre conne qu'elle se plaît à me reprocher.

Pendant qu'elle m'ignore, mes yeux ne peuvent s'empêcher d'examiner la plastique parfaite de ma RP assise en face de moi. Tailleur de créateur bien coupé mettant juste ce qu'il faut en valeur, sa poitrine généreuse, jambes de sirène emballées de soie fine, un dégradé blond déstructuré sauvage. Rien. Pas une pulsation. Ma queue continue à n'en faire qu'à sa tête. C'est Alex. Point barre.

Combien de temps cela va-t-il durer ?

Je soupire :

– Je suppose que tu vas me le dire.

En tout cas, il n'est pas désagréable de penser que tout le monde n'est pas au courant. J'aurais l'air de quoi sinon ?

– Absolument. Je pense qu'il est temps pour toi que tu décides ce que tu veux faire de cette fondation. Une vraie fondation ou un truc sans forme ni courage.

Brusquement, j'ai un plan.

– Annule ton prochain rendez-vous. Et ouvre-moi un peu cette veste !

Debra relève la tête, stupéfaite.

– Ah non ! Célibataire, tu as refusé mes avances et ç'a été mon plus grand moment de honte. À présent, tu es un homme marié, et moi, je tiens à ma carrière, dit-elle en agitant son index devant moi d'un air plutôt choqué.

– Tu peux bien jouer un peu la comédie, non ?

Je ne prends même pas la peine d'observer sa réaction outrée, j'appelle Verdi de mon portable. Il répond à la première sonnerie :

– Monsieur ?

– J'ai besoin de la voiture en bas dans deux minutes. Debra et moi nous rendons à Greenwich.

En coupant la communication, je m'adresse à Debra :

– Rassure-toi, je ne t'emmène pas à l'hôtel. Nous aurons besoin du dossier MHG Synthesis. Sankyo doit rester strictement confidentiel. Compris ?

Ma RP me pointe du doigt.

– Tu vas lui courir après parce qu'elle ne travaille pas pour toi ?

– Non. Elle va me courir après, et moi, je vais la regarder faire.

C'est bien plus intéressant.

32

ALEX

Si je m'attendais à recevoir un message du Viking au bureau !

Confortablement installée à ma table de travail, je relis le SMS qui m'a sortie de ma retraite silencieuse il y a moins de deux minutes. C'est vrai que les parents de Jake quittaient Chicago pour une semaine sans emmener Théodor avec eux.

Comment va réagir Matthew ?

[Salut lâcheuse ! J'ai un souci avec la nounou de Théodor
et un client difficile à gérer dans la soirée.
Peux-tu garder Théo jusqu'à la fin de mon dîner ?
Après avoir démissionné du job
que je t'ai trouvé, tu me dois bien ça ! Jake]

Tant pis, je tape rapidement :

[À la condition que tu déposes Théo à LabelK
et que tu viennes le chercher au B-One après ton dîner.
Alex]

J'espère que Kar n'y verra pas d'inconvénient. Théo est très sage. Parfois trop à cause de sa mucoviscidose qui fait de lui un enfant plus mature que son âge. Je vais demander à Madline de me trouver des coloriages dans West Village pour l'occuper dans mon bureau.

Mais la moto devient impossible.

[Louis, peut-on rentrer en voiture ce soir vers 18 h ?
J'aurai l'enfant d'un ami avec moi. Alex]

[Aucun souci, Alexiane, je prendrai la Bentley.]

Mais alors que je m'apprête à replonger dans le dossier *Juice-it* que Karim m'a donné à vérifier, une voix au fort accent canadien m'interrompt à nouveau :

– Salle de briefing, la nouvelle ! me lance Marcus du couloir. Kar veut que tu te joignes au staff pour préparer la semaine.

– Tout de suite ?

– On commence dans une minute.

J'embrasse l'endroit du regard avant de le quitter, histoire de vérifier que rien dans mon bureau n'est incompatible avec la garde d'un enfant de cinq ans. On ne sait jamais. Il suffit d'une prise mal scellée ou d'un objet tranchant.

C'est une toute petite pièce située au premier étage, juste à côté de la salle de réunion, avec mon nom sur la porte et une fenêtre sécurisée donnant sur l'angle de la rue et le bistrot du coin. Une fois tranquillisée, je ramasse mes affaires et ma tablette pour prendre mes notes, et sors dans le couloir au moment où Madline émerge, elle aussi, de son bureau.

Madline m'inspire confiance. Je la trouve adorable et ça fait du bien d'avoir une femme américaine de mon âge dans cet entourage très masculin et cosmopolite. Un Saoudien, un Canadien et un Australien. Tous méga-archi-diplômés des grandes universités. Parfois, je me demande comment la petite Franco-Américaine avec ses diplômes de province est perçue au milieu d'eux. Ce matin, Liam parlait en chinois, Marcus en allemand, et Karim en arabe. Et moi, je pensais en silence. Bref, je manque de confiance en moi et ça m'agace.

En droit, je savais ce que je valais. Ici pas du tout.

– Toi aussi, tu vas assister à la réunion ?

– Pourquoi, tu as un problème ? dit-elle en notant mon air stressé.

– En fait, oui. Je comptais sur toi pour récupérer le fils d'un ami que je dois garder pour la soirée. Je pensais te demander de lui trouver des coloriages dans cette papeterie que j'ai remarquée ce matin. Ils avaient un coin enfant en vitrine. Mais c'est idiot, j'aurais dû savoir que tu serais conviée avec le staff.

Madline m'adresse un sourire compréhensif et sa bouche cerise assortie au canapé de mon bureau accroche mon regard.

– Je vais demander à Abigail de s'en charger, et ne t'en fais pas pour la réunion. Ce sont des mecs, mais pas le genre à voir la femme en position de faiblesse. Alors arrête de tripoter tes cheveux.

Je pouffe en la regardant m'imiter et je me détends.

– Cool ! Théo a cinq ans et dis à Abigail que je la rembourserai.

Une heure plus tard…

– Ça, c'est bon ! termine Kar en repoussant le dossier *Juice-it* sur le côté. Allez, Sand, il faut que tu continues comme ça. Ton analyse des documents juridiques pour leur changement de nom de produits va certainement les impressionner et nous assurer leur budget pour longtemps.

Soulagée, mon cœur bondit de joie.

– Merc…

– Je suis d'accord, me coupe Marcus en bon développeur soucieux d'assurer le bien-fondé de chaque projet. Lorsqu'une agence se lance, elle se doit d'abord d'assurer sa trésorerie. C'est ce que je dis tous les jours à ma femme lorsqu'elle me demande d'acheter une maison alors qu'on vient à peine de se marier.

J'ignorais que Marcus était lui aussi un jeune marié. Madline profite de cet intermède conjugal pour glisser sur mes genoux un petit mot replié en deux.

Théo est dans ton bureau.
Sois cool, Gail a dévalisé leur espace créatif.
Le mioche en a pour un moment.

– On passe au dossier TUX'Bell, enchaîne Karim en bout de table. Suite à leur dernier scandale du bœuf avarié, la chaîne nous demande de revoir toute sa communication sur l'ensemble de leurs restaurants. Je leur ai proposé de s'investir auprès de WWF sur la protection de la planète. Liam, dis-nous sur quoi tu travailles !

Étrangement, la chevelure éclatée de surfeur de l'Australien s'agite toujours d'un tic nerveux avant de commencer, alors qu'il semble pourtant sûr de lui.

– Eh bien, j'ai pensé à un concept antipub, en fait ! annonce ce dernier très fièrement. On pourrait intégrer l'environnement urbain à la déco de la chaîne pour sensibiliser à la fois l'opinion et l'image restauration rapide de TUX. Regardez, j'ai élaboré quelques supports.

Les cartons du concepteur australien font le tour de la table, quand, dans le silence concentré de la salle de réunion, la porte s'ouvre à la volée.

Toutes les têtes se lèvent alors vers une Abigail stressée et rosissante dont le cou tordu vers le couloir semble vouloir indiquer qu'elle n'est pas seule.

– Kar, tu as… euh… un client… *là*, termine-t-elle essoufflée avec un nouveau mouvement de tête hystérique.

J'ai envie de rire. À la manière dont elle aspire sa lèvre, on dirait qu'elle a vu arriver un mannequin de lingerie masculine à poil. Karim lève les yeux au ciel et s'adresse à Madline sur un ton de reproche :

– Tu as encore oublié de noter un…

Mais s'arrête net sur la silhouette de Matthew dans son bespoke d'homme d'affaires prêt à avaler le monde qui vient de surgir derrière Abigail. Ou plutôt, si j'en crois la direction que prend son regard, à m'avaler moi. Non mais il déconne ?

Qu'est-ce que j'ai fait encore ? Je bosse, merde !

C'est la honte, tous les visages se tournent vers moi pour obtenir une explication. Au lieu de la lui poser, *à lui*. Comme si c'était ma faute ! Personne n'ose affronter Matt Garrett en face, c'est fou ça, non ? C'est vraiment le comble.

Un élan de rage s'insuffle en moi.

– Non mais ça va pas ? Tu ne me fais vraiment pas confiance, ma parole !

Au lieu de me répondre, mon époux tend la main aux associés de Karim.

– J'imagine que je n'ai pas à répondre à cette accusation puisque mon intention est strictement professionnelle, proclame-t-il en serrant celle de Karim en dernier.

Et c'est là que je la vois.

Au moment où je m'en veux d'avoir supposé hâtivement qu'il venait pour moi, une belle blonde aux jolies formes plantureuses se tient près de lui, serrant les mains à son tour d'une poigne ferme. Super. Je me suis trompée et maintenant je me sens ridicule. Toute la lumière disparaît autour de moi. Je ne vois plus qu'eux. Leur couple est… *parfait*. Et de nouveau la jalousie m'envahit, ce vieux problème entre moi et moi dont je pensais m'être débarrassée, les reproches que je n'ose pas me faire, mon manque de confiance.

Je tends l'oreille pour savoir qui elle est :

– Enchantée, je suis Debra Dermot, la responsable communication et relations publiques de MHG Industrie.

Sa voix est aussi pétillante que ses yeux rivés sur moi. Comme si elle me connaissait. Pourtant, c'est la première fois que je la vois. Par contre ces deux-là se connaissent, eux. Aucun doute.

Saleté de jalousie.

– À vrai dire, Debra est ma plus proche collaboratrice, souffle le Guerrier avec un rapide coup d'œil dans ma direction. Elle m'est *précieuse*. D'où sa présence ici.

Je ferme les yeux un instant pour tenter de contenir le monstre perfide qui me pousse à me comparer à elle. *Arrrghh*. Ce mariage est déjà un combat à deux mais si je dois aussi combattre contre moi à chaque instant ou qu'il se met en tête de cumuler les femmes comme son père, je ne suis pas sûre d'en avoir envie.

– Alors, c'est à cela que ça ressemblera.

Les mots m'ont échappé mais pas à tout le monde. Matthew me regarde d'un air perplexe. Il a compris à quoi je fais allusion et paraît un bref instant décontenancé, comme s'il n'y avait pas pensé.

Mais il se reprend très vite :

– MHG Industrie s'apprête à lancer une nouvelle filière, bifurque-t-il sans plus faire attention à moi. MHG Synthesis va nous apporter des thérapies plus efficaces et moins coûteuses grâce à la biologie de synthèse. Debra et moi préparons ce lancement depuis des mois…

Je reste bouche bée devant tant d'aplomb. Il est réellement venu ici en tant que client ? C'est plus fort que moi, le sourire séduisant qu'il adresse alors à cette Debra dégoulinante d'admiration pour lui me tape sur les nerfs.

– Waouh ! s'exclame Kar, plutôt satisfait. On peut dire que vous êtes drôlement sûr de vous, Garrett. Vous croyez que je ne sais pas que vous êtes en contrat avec Marvin Global ?

Sans se départir de son flegme, mon mari tire un siège pour la blondasse qui en profite pour poser sa main palpeuse sur lui sans qu'il s'écarte. Je me sens mal. Le geste est intime. Est-ce qu'il y a eu quelque chose entre eux avant ? Si oui, comment font-ils pour travailler ensemble sans y penser ? Matt n'est pas le genre d'amant qu'on oublie facilement. Ni du genre à accepter qu'on le touche.

Mon époux prend alors place auprès d'elle comme si c'était habituel. Je meurs à petit feu, obligée de détourner mon regard. Tout s'obscurcit dans ma tête. Ne plus penser. Ne plus bouger. Ça va passer.

– Wilmot Dries est mon ami, répond-il à Karim. Aucun contrat ne nous lie. Ni lui ni moi n'avons de problème avec ça. Le budget de lancement pour MHG Synthesis est de 1,5 % du chiffre d'affaires brut de la première année sans aucune rallonge. À titre informatif, le chiffre d'affaires magique se mesure en milliards…

Un silence tendu se fait autour de la table.

Mais je jure que je pourrais entendre les engrenages financiers s'enclencher dans la tête de chacun. La somme est énorme et l'opportunité trop belle pour une agence qui débute. Elle est même double. D'abord, pour la trésorerie qu'elle assurerait, ensuite pour tout le cortège de clients qui suivront dans la foulée, impressionnés que LabelK ait pu souffler un client aussi prestigieux à Marvin Global. C'est trop facile, l'argent ! J'explose :

– Marvin Global est *le* leader en matière de campagne publicitaire. Qu'est-ce qui t'intéresse ici, Matthew ? sors-je d'un ton trop agressif pour ne pas révéler la souffrance que l'autre abrutie à ses côtés m'impose…

C'est alors que je croise le regard ahuri de Marcus. *Merde*. Je viens ni plus ni moins de démonter l'agence qui m'emploie.

– Pardon Kar, me reprends-je aussitôt. Je ne voulais pas être insultante. LabelK est une agence jeune et moi j'y crois.

Immédiatement, un éclair violet me catapulte sur place. En gros, mon mari n'apprécie pas le surnom que je donne à mon patron.

– Ne t'excuse pas, Sand, j'allais poser la même question, rigole ce dernier.

Ignorant Karim, mon ombrageux mari se penche alors vers moi :

– Mais chérie, j'ai beaucoup de raisons de l'être… *intéressé*.

Ce connard égoïste est si sûr de lui malgré son côté brut de décoffrage évident que j'en reste tout abasourdie. Je ne comprends pas comment il peut m'émouvoir avec un comportement aussi inadmissible. Profitant de m'avoir coupé le sifflet, mon époux excessivement possessif se lève, glisse ses mains dans ses poches et s'adresse à l'ensemble des associés :

– Soyons bien clairs, je ne suis pas venu vous offrir le contrat. Je suis venu vous ouvrir l'appel d'offres. Vous devrez faire vos preuves. Will Dries est mon ami. Si son projet est meilleur que le vôtre, c'est Marvin Global qui remportera le chèque. Je vous attends demain dans mes bureaux avec votre proposition. Dries sera là avec la sienne. Ainsi, personne ne sera lésé.

– Nous y serons, réagit Marcus en premier.

– Autre chose, toutes les réunions de travail auront lieu à MHG Industrie et elles seront nombreuses. Vous et moi savons que le marketing est un processus de développement qui ne se termine JAMAIS !

Sur ces mots, le businessman arrogant tourne les talons, nous laissant tous sidérés, moi la première. Avant de se raviser sur le seuil :

– Au fait, Kabbani ! Mon épouse s'appelle Alexiane Garrett et elle s'est engagée à ne travailler que sous mon nom. Mon avocat vous contactera avec la page du prenup qui le précise. Je compte sur vous pour changer le nom sur la porte de son bureau et dans son contrat de travail.

Je bondis sur mes jambes. *Le* prenup.

– Attends, quoi ? Matthew… Tu peux pas…

J'ai envie de le tuer en le voyant s'éloigner sans un regard pour moi.

– Je vous appelle pour fixer la réunion, lance alors Debra, me coupant la parole de façon fort impolie avant de disparaître dans le couloir.

– Pourquoi tu ne m'as pas parlé de cette histoire de prenup lors de ton embauche, me reproche Karim en posant sa main sur mon bras, m'empêchant fort heureusement de me ridiculiser davantage en lui courant après.

Parce que, comme d'habitude, je n'en savais rien.

– Parce que… Parce que… J'en ai pas parlé, voilà tout !

Putain, j'ai signé quoi exactement ? Mon arrêt de mort ? Pourquoi ne m'en a-t-il pas donné une copie ? Ce prenup nous concerne *tous les deux*. Matt a dit « la page qui le précise » en parlant de l'utilisation de son nom.

Il y en a combien de ces foutues pages ?

– Ton mari est CANON ! se pâme Madline comme de juste.

Je vais la tuer elle aussi si elle l'imagine au lit.

– Dis un mot de plus, Madline, et t'es virée ! lui retourne sèchement Karim.

Ne sachant plus quoi faire, je m'adresse à lui :

– Je suis désolée, Kar, lui dis-je horriblement gênée. Tout ça, c'est à cause de moi. Si tu veux me virer je comprendrai…

– Tu déconnes, là ! rebondit Marcus. Pas question de te virer !

Ce truc, c'est le meilleur lancement pour LabelK qu'on puisse imaginer. Même si on échoue. Ça se saura et on aura une pub d'enfer juste parce qu'il a pensé nous mesurer à Dries. Merde, c'est le mec qui fait les campagnes d'Apple quand même !

– Je suis d'accord, intervient Liam.

– Ce con nous a bien piégés, calcule Karim à voix haute. Si on n'y va pas, il se chargera de le faire savoir et on passera pour des dégonflés sans avenir.

Karim a vu juste. Matt les a piégés. Et tout ça à cause de moi. D'un coup, c'est trop gênant d'être au milieu. Surtout s'ils en arrivent à se disputer. Je quitte la pièce et cours me réfugier dans mon bureau.

La vision de Théodor endormi sur le sofa m'aide à me calmer. C'est beau un enfant qui dort. Émue, je m'accroupis à ses pieds pour ramasser ses coloriages, les crayons de couleur, j'écarte le pot à bonbons qu'Abigail a cru bon de lui abandonner et je retourne m'asseoir au bureau.

Je ne veux pas quitter mon travail.

Dans une grande bouffée de désespoir, je décide d'appeler ma mère. Il est temps de l'affronter et de me montrer forte. J'ai assez reculé.

– Lillian Sand à l'appareil.

Merde, elle est à son agence immobilière. Six heures de décalage, bien sûr.

– Maman, c'est moi.

– Oh, Alexiane. Dieu soit loué ! J'essaie de te joindre depuis des semaines, s'exclame-t-elle d'un ton exagérément dramatique. J'ai même appelé ton mari… Papa m'a prévenue de ton mariage mais… Comment vas-tu ?

– Désolée, maman, je me suis mariée à Vegas sans nos familles, mais tout va bien. J'habite New York, j'ai un mari, un job et une maison que je vais restaurer avec Ellen. Joanna et Clive ont promis de venir me voir, il ne manque plus que toi.

Et si j'ai un peu de chance, une vraie vie de famille.

– Une maison ? relève ma mère qui les adore. Tu n'habites pas chez lui ?

Elle s'étonne mais j'entends les touches de son clavier frapper aussi régulièrement qu'un métronome. Pas la peine de rentrer dans le vif du sujet, je ne suis pas sûre qu'elle comprenne pourquoi j'ai besoin d'une panic room.

Je mens :

– Matthew m'a acheté une maison de vacances. Je le soupçonne aussi d'avoir voulu que je me rapproche de ma famille en suggérant de confier les travaux à Ellen. C'est généreux, n'est-ce pas ?

Je n'ai aucun mal à visualiser ma mère, le combiné coincé entre l'épaule et l'oreille, en train de continuer à travailler à son bureau.

– Alexiane, s'il te plaît, reviens à la maison, renâcle-t-elle en tournant des feuilles de papier. Il faut qu'on parle. Personne ne t'en veut ici.

J'hallucine. Elle a entendu quand j'ai dit que j'étais mariée ? Son attitude fait revenir tout notre contentieux à la surface. Je ne suis plus une petite fille docile, facile à manipuler parce que trop désireuse d'obtenir son amour.

Quelque chose se rebelle en moi :

– Personne ne m'en veut ?! répété-je, la voix d'un coup trop stridente. J'ai *toujours* fait ce que *tu* voulais, maman. J'ai étudié ce que tu voulais. J'ai fréquenté qui tu voulais… Et bon sang, je te faisais confiance !

– Ne jure pas ! me gronde-t-elle d'un ton sec.

Je jette un rapide coup d'œil à Théo qui dort à poings fermés, il faut que je me calme sinon je vais le réveiller.

– Tu me dois une explication, maman.

– Nous ne pouvons pas avoir cette conversation sur ton père au téléphone, décide-t-elle d'un ton monocorde. De plus, j'ai un rendez-vous qui m'attend.

Une seconde après, elle a raccroché.

Elle fuit. Comment le lui reprocher quand j'ai le même travers ? Je contemple Théo profondément endormi en tentant de ravaler mon amertume et j'ai brusquement besoin d'un jalon de normalité, de rentrer à la maison.

Pas celle de ma mère, chez moi. Au B-One.

Au moment où Louis vient à ma rencontre pour récupérer Théo dans mes bras afin de l'installer sur le siège arrière de la Bentley stationnée devant LabelK, mon portable vibre dans mon sac.

– Zut, ce doit être le père de Théo, j'aurais dû l'appeler.

– Je m'en occupe, Alexiane, répond Louis en ceinturant l'enfant à ma place. Ce petit bonhomme a l'air parti pour un somme.

Persuadée que Jake s'inquiète de ne pas avoir de nouvelles de son fils à la santé fragile, j'ouvre rapidement le message :

[Ton père m'a laissé quelque chose pour toi. Je te l'apporte.
Déjeunons ensemble pour en parler.
Je t'envoie le n° du vol et le nom du resto. Maman]

Même si obtenir des explications me tient à cœur, je tremble un peu. Comme si une mauvaise chose allait arriver. Ce qui est ridicule. Mon père biologique est mort, il ne m'a pas reconnue. On ne peut pas revenir en arrière. Qu'a-t-il laissé pour moi ? La seule chose qu'il me laisse, c'est son sang rare qui m'interdit toute transfusion en dehors de mon groupe sous peine d'y laisser ma peau.

Qu'est-ce qui pourrait m'arriver de plus ?

33

MATT

Après dix ans d'expérience au Japon et de réflexion sur les meilleures pratiques pour absorber une entreprise japonaise – ce qui constitue un défi pour un non-Japonais – j'ai réalisé mon rêve. Travailler avec les plus grands.

L'homme qui est assis dans le fauteuil en face de moi en fait partie. Nawashi, fan de jeux vidéo et de sports à risque, Jun Tsao Tamaki est certainement le meilleur hématologue de sa génération. Meilleur que tout ce que je pourrais trouver sur le marché mondial et j'ai la chance de l'avoir.

Mais pour combien de temps ?

– Bon, on a terminé de passer en revue les besoins des nouveaux labos du Queens. Heureusement que tu étais là, Jun. Autre chose ?

– Je ne vois pas. On a réglé le problème du chef de produit et des tests drastiques, celui des communicants ne me concerne pas. À toi d'éviter les ratés.

Jun a raison. Le marché de l'industrie pharmaceutique est un marché colossal qui brasse plusieurs milliards de dollars chaque année. La concurrence est rude et les chercheurs sous pression, je ne l'ignore pas. Cependant, si tout se joue sur la recherche, un lancement chaotique peut tout faire foirer ! D'où la nécessité de ne pas déconner avec Dries et Kabbani. Quel que soit l'enjeu personnel, c'est le meilleur des deux qui obtiendra le budget MHG Synthesis.

– Bien, alors je ne te retiens pas.

Mais au lieu de faire mine de se lever, Jun me prend à contre-pied en remontant sa cheville sur son autre genou.

– Au fait, tu as le bonjour de mon oncle.

Son sourire de lynx s'accentue en guettant ma réaction. En clair, il se demande quelles sont mes intentions. Vais-je racheter Sankyo ou pas ?

Aucune intention d'en parler, mec !

– Le nom d'Akitoki Mitsui apparaît souvent dans les journaux ces derniers temps, persévère-t-il. Tu es au courant des spéculations sur son état de santé ?

– Vaguement…

– Cancer du poumon, dévoile-t-il, c'est moche ! Je lui ai conseillé de mettre ses affaires en ordre.

Ben voyons ! Ce type a un lynx dans le sang, je l'ai toujours su, mais ça ne prend pas. Si Mitsui ne refusait pas de travailler avec son neveu dépensier, c'est à lui qu'il devrait demander de breveter le dernier bébé de Sankyo. Jun serait un très mauvais gestionnaire pour la boîte mais il n'y a pas une foutue molécule qui lui résiste. Ça doit quand même être le pied quand rien ne vous résiste !

D'ailleurs, est-ce qu'Alex est rentrée ?

Avec sa façon bien à elle de me résister et de m'exciter en même temps, cette fille conjugue toutes les qualités pour me mettre les nerfs en pelote. À chaque fois c'est la même chose, elle provoque une tension tout au fond de mes couilles qui me donne envie de déchirer sa culotte, immédiatement. *Putain.*

Et Louis ne m'a toujours pas envoyé de message.

Tout en suivant la conversation avec Jun pour ne pas paraître impoli, je tape discrètement sur mes genoux :

[Boude pas, chérie, c'est de bonne guerre.
Mieux vaut être avec moi que mal accompagné. G]

– Le pronostic est mauvais ?

– Très. C'est un Pancoast inopérable, très près de la colonne vertébrale. Les nerfs sont déjà envahis.

Même si je m'en tape royalement et ne retiens qu'une chose plus pragmatique « Il faut se grouiller », je compatis d'un mouvement de menton tout en prenant discrètement connaissance de la réponse d'Alex :

[T'inquiète ! Je vais me venger. G]

[Venge-toi sur moi ce soir alors, chérie.
J'accepte de souffrir par toi. G]

Rien qu'à l'idée de la pilonner ce soir jusqu'à ce qu'elle se calme et redevienne toute douce avec moi, j'ai la bite frémissante et le cerveau en marmelade.

– Tu es toujours avec ta p'tite Bombay à ce qu'on m'a dit, m'expédie le Japonais en me voyant reposer mon mobile sur mon bureau.

Mon sang ne fait qu'un tour.

– Attention à ce que tu dis, Jun ! Alex est mon épouse maintenant et tu es lié par ton NDA. Personne ne doit savoir qu'elle est « Bombay ». Compris ?

Le lynx me regarde sans sourire.

Inutile de lui dire que j'ai eu son oncle au téléphone et que j'ai bien senti que le vieux Mitsui voulait passer la main lorsqu'il a laissé fuiter sciemment les premiers résultats du TKM05. Il m'appâtait. Mitsui sait qu'il n'aura pas le temps de voir aboutir son dernier bébé chez Sankyo. C'est presque comme s'il me disait de m'en charger pour lui et je le comprends.

Ce nouveau médicament enrayerait la transmission par le sang du virus Ebola qui sévit en Afrique, mais s'il décède avant, l'entreprise sera démantelée par ses successeurs, dont Jun fait partie, et sans héritier unique capable d'inspirer confiance aux actionnaires, la succession sera un carnage.

– Tu m'offres une bière chez toi ?

Je ne réponds pas.

– J'aimerais féliciter ton épouse, insiste Jun. Sérieux, je le crois pas qu'elle t'ait attrapé. D'ailleurs, félicitations, mec !

J'inspire bruyamment, mitigé. En dehors de mes frères ou de Lizzie, personne ne vient jamais chez moi, même pas ma mère. D'un autre côté, peut-être qu'Alex apprécierait ? Qui sait ? Je sais que l'isolement lui pèse. Là-dessus nous sommes différents et je ne veux pas lui ôter ça. Ni qu'elle s'éteigne à mon contact.

– Une bière alors…

Jun se lève et s'approche de la porte, et durant ce laps de temps, je me surprends à penser que ce garçon bizarre et fuyant n'en a rencontré aucune autre depuis Tam. Pas à ma connaissance du moins. Tout comme je ne lui ai jamais vu personne d'autre que Tam. Dans notre plan à trois, c'était Tam qui nous liait.

– Comme au bon vieux temps, me rappelle-t-il.

Peut-être est-ce une mauvaise idée finalement.

– T'avise pas d'aller l'ouvrir, Jun. Je n'ai rien à cacher mais Alex n'a pas besoin des détails sur mon célibat. Compris ?

– C'est du passé pour moi aussi, Matt, lâche-t-il avec orgueil.

La seule chose que je regrette, c'est…

Quelque chose cloche d'un coup. Il regarde ailleurs et son expression s'assombrit. Je l'observe en détail avant de comprendre.

– C'est Tam, je sais.

– Ouais. Ça, c'est… *muzukashii*[10], confesse-t-il la mort dans l'âme.

Le silence se fait, désespérant.

Quelques minutes plus tard, les portes du B-One s'ouvrent sur la silhouette de Luca tenant en laisse Sexe, plus excité que jamais. Le boxer fauve tire sur sa laisse mais pas dans la bonne direction.

– Bloquez la porte ! nous crie mon majordome, apparemment dépassé par les ardeurs du clébard à rebrousser chemin.

Ce qui, il faut bien le souligner, n'est pas habituel.

– Qu'est-ce qui se passe ? fais-je en sortant de l'ascenseur suivi par un Jun impassible. Trop.

Il m'agace à avoir le nez dans ses mails en permanence. Son after-shave aussi m'agace. Jun sent le musc et la mandarine. Le genre de truc bien fort que mettent les mecs pour faire viril alors que, franchement, pour l'avoir déjà vu à poil, il pourrait s'en passer.

– Vous êtes sûr de vouloir le savoir ? me retoque l'Italien un brin provocateur.

– Luca !

Aucune réaction. Mon majordome tire comme un forcené pour faire entrer le clébard dans la cabine. Pile au moment où les portes se referment, m'offrant un reflet brumeux de la scène.

– Alex est rentrée ? ai-je le temps de lui lancer.

– Plateau ! lance-t-il à son tour avant que son visage disparaisse.

Je regarde autour de moi à la recherche d'une explication mais la voix ironique de Jun rompt mon introspection gratuite puisqu'il n'y a rien qui cloche ici :

10. « C'est difficile » le plus souvent employé quand quelque chose est insurmontable.

– Tu as un chien, toi ? Je ne te croyais pas si humain, ironise le Japonais enfin sorti de la consultation de son BlackBerry.

Inquiet de ce chambardement, j'ignore sa remarque et me dirige droit vers le plateau, laissant Jun apprécier les lieux. Et là, le spectacle me coupe le souffle. En une seconde, mon désarroi se transforme en stupeur et le reste de la terrasse me paraît flou.

– Waouh ! s'ébroue Jun dans mon dos au bout de quelques secondes de stupéfaction. Je comprends pourquoi tu rentres plus tôt, mon salaud.

Qui sait ? Peut-être suis-je dans un monde parallèle.

La musique d'abord : les enceintes extérieures crachent un titre de ma playlist opéra : *Samson et Dalila,* « Mon cœur s'ouvre à ta voix » chanté par Elīna Garanča.

Le spectacle ensuite : Alex effectuant un ballet aquatique, les deux jambes tendues hors de l'eau, collées l'une à l'autre pour une toupie d'une rare sensualité. Je savais qu'elle aimait danser vertical, mais là…

Enfin, je crois que c'est Alex car sa tête est sous l'eau et qu'il me semble bien reconnaître ses jambes. Même si je ne les ai jamais vues dans ce sens-là, faut dire.

Et pour finir, son public : un mioche de cinq ans environ, pâle comme un linge mais émerveillé, la regarde faire en s'agitant sur les marches de *mon* bassin de nage. Tel un personnage de dessin animé aux yeux trop grands, il l'applaudit avec enthousiasme. Est-ce que je rêve ? Il y a un enfant chez moi et ma femme s'est transformée en Petite Sirène d'Andersen résolue à le séduire, *lui*.

Pourquoi pas moi ?

– C'est ton fils ? m'interroge Jun comme de juste.

– Quoi ? Non, putain !

Je sens soudain comme une main glacée me serrer le cœur. Une vive douleur que je n'identifie pas tout de suite et qui m'oblige à expirer longuement. Un flash. Ce sont des conneries. Personne ne doit savoir que mes membres étaient si lourds et douloureux que je ne dormais plus la nuit, que je tremblais sans raison au moindre bruit, que ma gorge était si sèche en sa présence que je ne pouvais plus rien avaler.

Que je me dégoûtais moi-même quand il m'humiliait.

– C'est le fils de qui alors ?

Bonne question.

C'est la seule chose à laquelle je dois penser.

Les yeux hagards fixés sur le bassin de nage, je tente de chasser le passé et il me faut bien une minute pour me remettre. Laps de temps qu'utilise Alex pour ôter son pince-nez et sortir de l'eau telle une meneuse de revue au bikini dégoulinant qui lui colle aux fesses et aux seins de façon très *trop* suggestive. Rien n'est intentionnel, elle ne nous a pas encore vus, mais…

– *Chotto*[11]… déglutit l'autre abruti, me sortant par la même occasion de mon abêtissement.

Ça y est, elle nous a vus.

– Alexiane…

Je vois bien qu'elle hésite sur l'attitude à adopter. Ne sachant pas si c'est une bonne ou une mauvaise chose que je sois rentré plus tôt.

Moi non plus, je ne sais pas, chérie !

Je suis dans la confusion la plus totale en regardant ce corps de femme incroyablement sexy qui a besoin d'un pince-nez pour aller sous l'eau comme les enfants. Ridicule. À moins que l'instrument que je croyais disparu depuis le Moyen Âge appartienne à cet enfant trop pâle ?

Mon excitation retombe direct.

Je blêmis car Alex affiche maintenant un air paniqué. Je n'ai

11. « Chotto » est le « Eh bien… » japonais.

pas besoin d'un miroir pour savoir que j'ai le même. À moins que ma femme chérie m'ait caché un enfant ? J'ai beau savoir que c'est impossible, compte tenu de l'âge du gamin et du sien, je n'arrive pas à me raisonner.

Le garçonnet me tend la main.

– C'est toi le bogosse d'Alex ? Tu n'as rien d'un super-héros indestructible. Elle est où ta cape ? Et ton marteau de guerre[12] ?

Impossible de lui répondre.

Je regarde cet enfant comme si c'était une bête qui allait me mordre la main. Je n'ose lui tendre la mienne. Bien entendu, Alex garde le silence mais je vois bien qu'elle n'est pas aussi sereine qu'elle peut le prétendre. Et moi, j'imagine tout.

L'enfant ne lui ressemble pas. Il est roux avec des taches de rousseur et ses yeux sont marron. Pas bleus. C'est une bonne chose, non ?

On peut adopter à vingt-deux ans ?

– Viens, Théo, on va dans ta chambre, se décide-t-elle d'une voix angoissée en évitant de me regarder. On ne va pas rester plantés là en maillot de bain.

Bien, il s'appelle donc Théo et il lui obéit.

– Je ne veux pas que tu prennes froid, petit lutin, lui dit-elle en enroulant ledit lutin dans la seule et unique serviette posée sur les transats alors qu'elle devrait déjà l'avoir sur son dos *à elle*.

Une seconde, chérie, pas si vite.

– *Sa* chambre ? suffoqué-je en captant tout de suite ce que ça signifie.

Depuis quand ai-je une putain de chambre d'enfant dans mon penthouse ? Est-ce que ça veut dire qu'il va rester ? Je comprends mieux pourquoi Luca s'est tiré, tiens ! L'Italien a autant peur des gamins que moi. Et pourquoi Sexe ne voulait pas sortir. Un

12. Référence au Mjöllnir, le marteau de Thor.

compagnon de jeu à domicile, le clébard devait être au paradis des chiens d'égoïstes.

– J'ai mis les vêtements de Théo dans une des chambres d'amis, m'apprend Alex d'une toute petite voix, toujours sans me regarder.

C'est louche, cette façon d'éviter mon regard.

Jun en profite pour la saluer et la féliciter. Il lui parle de son installation à New York le temps de lancer les labos du Queens, et elle, de son nouveau job, mais je n'écoute pas. Je n'ose même pas leur jeter un œil. Pourtant, je suis sûr qu'il la mate comme un taré dans son bikini dégoulinant. Bon sang, je suis tel un somnambule dans ma propre maison, dans ma propre vie, avec le besoin vital de monter sur mon rooftop pour aller taper dans mon sac de frappe.

On a bien eu une conversation sur les enfants avant notre séparation mais elle m'avait déclaré ne pas en vouloir pour l'instant. Ne pas être prête. Et c'était TANT MIEUX. Parce que, sérieusement, je ne le suis pas non plus.

Mais alors pas DU TOUT !

Quand la sonnette de l'entrée retentit, je retrouve quand même un peu d'énergie pour aller répondre au doorman.

– Oui, George.

– Monsieur Garrett, j'ai ici un dénommé Jake Lund qui demande à monter.

– Quoi ? Non ! Dites-lui de prendre rendez-vous auprès de Barbara.

Mais qu'est-ce qu'ils ont tous à vouloir venir chez moi ce soir ?

– Monsieur, il dit qu'il vient chercher son fils.

Tout à coup, je me retiens d'éclater de rire. Alex a mentionné l'enfant de Jake le week-end dernier lorsqu'elle m'a vaguement raconté sa vie à Chicago. C'est juste que je ne l'ai pas écoutée. Tout ce que j'ai retenu, c'est qu'elle n'avait pas baisé avec lui. Le reste, je n'en avais rien à cirer. Rien du tout.

– Faites-le monter, réponds-je à George, soulagé.

***

Enfin seuls !

Il a quand même fallu qu'elle leur propose de rester dîner. Et bien entendu, aucun de ces deux connards n'a refusé, trop contents de taper dans mes Heady Topper bien fraîches, y compris Jake qui était pourtant censé avoir dîné avec un client. Ma femme est trop gentille. Comme j'étais silencieux, Alex parlait sans arrêt. De tout. De rien. Mais ça n'a servi à rien.

Je ne bougeais pas.

Égoïstement, j'avais juste besoin qu'ils se cassent. Ça me tue de la voir si à l'aise alors qu'elle ne les connaît pas. Jake est un renard qui ne fait jamais rien pour rien. Jun, un putain de lynx sauvage imprévisible pas franchement fréquentable. Même Luca n'en revenait pas. Je le soupçonne de se moquer de moi en douce. J'ai beau avoir une salle à manger nickel avec vue sur la statue de la Liberté faisant la fierté de ma décoratrice, en dehors de Lizzie, personne n'est jamais venu dîner ici. Et encore, on fait ça dans la cuisine.

– Pourquoi ce gosse est-il si pâle ?

Je la regarde se déshabiller dans notre dressing commun ainsi que la façon incroyablement sexy qu'elle a de se masser les épaules quand elle est fatiguée.

– Théo est atteint d'une maladie génétique rare qui détruit ses poumons, m'explique-t-elle en laissant tomber son jean dans la panière de linge sale par-dessus ma chemise. Au fait, qui s'occupe du linge ici ? s'interrompt-elle subitement gênée. Ne me dis pas que c'est Luca, je ne me sens pas de laisser un homme laver mes petites culottes.

Je ris de cette pudibonderie que seule Alex peut assumer sans être ridicule.

– Rassure-toi, nous avons une gouvernante qui vient deux fois par semaine. Tu la croiseras peut-être, elle s'appelle Annie. Elle est anglaise, pas très aimable, mais elle repasse comme un pressing d'après Luca. Continue sur Théodor.

Ses yeux se plissent sur la panière à linge.

– Parfois, tu me surprends, Matthew, murmure-t-elle à la pile de linge.

– Ah oui ? Seulement parfois ?

– Ouais. Tu es dur en affaires et avec les gens, mais tu es capable de cerner un enfant traumatisé comme Théodor en un clin d'œil. Je t'ai vu pendant le dîner, tu ne le quittais pas des yeux, et là tu me poses des questions sur sa santé.

Je ne dis rien.

– C'est très déroutant, allonge-t-elle, songeuse. Un instant, tu me rends folle de rage parce que ton comportement est limite acceptable comme cet après-midi chez LabelK, et l'instant d'après tu réussis à m'émouvoir comme personne.

Je me tais, elle me fait le même effet.

– Ses bronches sont encombrées en permanence, bifurque-t-elle devant mon silence, ce qui le fatigue énormément. Cet après-midi, Théo s'est endormi dans mon bureau et comme je ne suis pas arrivée à le réveiller, Louis m'a aidée à le transporter dans la Bentley.

– Pauvre gosse.

Le temps s'envole lorsqu'elle enlève son haut alors que nous en avons déjà trop perdu avec ce foutu dîner. J'insiste pour l'emmener dans la chambre mais elle veut prendre une douche. C'est une manie chez elle. Elle ne peut pas aller se coucher sans passer par la case « douche ». Qu'à cela ne tienne, en une seconde, je traverse la pièce avec elle chargée sur mon épaule.

– Hé ! proteste-t-elle en se sentant soulever de terre en petite tenue.

Direction la salle de bains. Je détache la ceinture du peignoir pendu à la patère au passage et l'enroule autour de mon poignet. J'active les multijets en mode tempête tropicale sans la lâcher. Rapidement, la cavité de ses reins ruisselle de sueur qui se prolonge par la raie de ses fesses. J'adore cet endroit chez elle. J'ai déjà flirté avec mais j'ai toujours eu peur d'y plonger. Elle est si délicieuse que je n'en ferai qu'une bouchée si je m'y laissais glisser.

Avant de péter un plomb et de craquer, j'entre avec elle sous le rideau brûlant et la débarrasse de sa culotte et de son soutien-gorge trempés. Puis mes doigts agrippent ses hanches nues pour la ramener à moi avec autorité.

– Tu m'en veux toujours ?

– Quelque chose comme ça.

Elle croise les bras pour me cacher sa poitrine. Une protection absurde.

– Ton piège est inutile, Guerrier. Karim s'est montré correct, j'étais bien, attaque-t-elle bille en tête. Puis-je en dire autant de toi et Debra ?

Je me mets à ricaner de satisfaction. Ce qui a le don de l'énerver davantage, mais sa jalousie me plaît trop. Ce qui est totalement hypocrite étant donné que j'ai la mienne en constante ligne de mire. Mais pas question de l'admettre.

– Ce n'est pas ce que tu crois, chérie.

– Non ? Et c'est quoi alors ?

La valse des émotions dans mon corps est si étrange depuis qu'on est mariés que c'est presque trop dur à supporter. Qu'on s'engueule ou qu'on baise, tout est plus intense. Je ne suis pas habitué.

– Il n'y a rien entre Debra et moi, bébé. J'ai juste voulu te montrer ce que ça faisait de savoir que tu bosses avec quelqu'un qui…

– Ah, parce que c'est le cas de Debra ! explose-t-elle avec fureur. Ne mens pas ! Il y a eu quelque chose entre elle et toi ?

Si la peur la réveille, sa jalousie est incontrôlable. Qu'est-ce qu'elle est belle en mégère mouillée ! Une vraie tigresse prête à défendre son foyer. *Moi* en l'occurrence. Ça non plus je ne suis pas habitué. Un frisson électrique remonte jusqu'à ma nuque qui n'a rien à voir avec la sensation ébouriffante d'être en elle qui m'obligerait à bouger pour évacuer la douleur. Non. C'est plus une sensation de contentement qui se fraie un chemin et décuple tout le reste.

– J'ai refusé ses avances, admets-je avec honnêteté.

Je ne veux pas la blesser, pas volontairement en tout cas, mais je sais que j'ai échoué lorsqu'elle ferme les yeux en accrochant mes avant-bras et bascule la tête en arrière comme si elle souffrait.

– Ouvre les yeux, Civilité, exigé-je alors que je me positionne déjà en écartant ses cuisses avec les miennes pour la calmer.

– Tu ne m'aides pas là, Guerrier, me repousse-t-elle. J'ai bien vu comment elle te dévorait des yeux et sa façon de te toucher le dos comme si tu étais à elle. Elle sait au moins que tu es marié ?

Ses yeux descendent sur mon alliance, comme pour vérifier qu'elle est bien là. Là-dessus, je suis zen, l'anneau ne m'a pas quitté depuis qu'elle l'y a mis.

– Bien sûr qu'elle le sait. C'est ma RP. Autrement dit, c'est elle qui en fera l'annonce à la presse le moment venu.

J'en profite pour lui coller ma queue entre les plis de son sexe afin qu'elle la sente et soit convaincue de mon désir pour elle.

– Ouais ben, j'espère qu'elle se prendra un retour de karma, claque l'intéressée en ignorant ma proposition. En attendant, tu n'avais pas le droit de débouler pour me gêner de la sorte. C'est *mon* boulot, Guerrier, et c'est exactement pour ça que je voulais être indépendante. Tu n'as pas *tous* les droits. Tu comprends ?

Une bulle de rage éclate en moi. Je la déplace vers le centre et crie plus fort qu'elle, au milieu des jets d'eau brûlants et des leds colorées se brisant sur nos deux corps nus en ébullition :

– Et TOI, tu n'avais pas le droit d'aller bosser chez lui. Si au moins tu m'en avais parlé avant. Dries devait te récupérer. Tu aurais été en sécurité ET indépendante. Ça fait mal, tu comprends ? Alors, je réagis de la seule manière que je connaisse.

– Toi non plus tu n'as pas joué franc-jeu en te faisant passer pour Ryan, Matt. Maintenant, J'AI. UN. BOULOT. Et que ça te plaise ou non, j'y resterai, vitupère-t-elle d'un air furieux.

Je fouille son visage et je cherche la trahison si profondément en elle que ça m'effraie. L'eau bleue nous fouette tous les deux mais ce n'est pas le pire, je continue à lui balancer ce que j'ai sur le cœur :

– Y a pas à dire, c'est avec toi que je m'engueule le mieux, chérie ! Alors pour ton information, c'est comme ça que je gère la douleur, Alex. Je blesse et je bloque tout le reste. Je te l'ai dit, chaque fois que tu me feras mal, je vais te blesser *plus fort*. Et crois-moi, je ne regarderai pas le mal que je te ferai. Quand j'ai mal, je suis une brute.

Je n'y peux rien. L'image de la trahison est gravée tout au fond de moi, mais au lieu de se coucher et d'abandonner, Alex relève le menton dans un mouvement ridiculement insolent quand il s'agit de moi.

– OK. Alors si je dois être accusée, dis-moi ce que prévoit le prenup ! me fustige-t-elle encore plus hystérique au milieu de toute cette eau qui nous oblige à lutter pour rester debout. Et ne dis pas « rien », j'ai le droit de… *Heumpf.*

Je la fais taire d'un baiser. C'est un dialogue de sourds. Je bous tellement que j'écarte durement sa mâchoire pour glisser ma langue. Je fouille sa bouche comme un possédé mort de faim. À force de ne pas vouloir me comprendre, cette femme me rend fou, grossier, sauvage et encore plus égoïste. J'ai emmagasiné tellement de fureur que je m'écarte avant qu'il soit trop tard.

Je dois tenter une réconciliation.

– Voilà ce qu'on va faire. À la maison, pas de dispute sur le boulot. Jamais. Si tu m'en veux, venge-toi sur mon corps. Déchaîne-toi ! Ça ne me pose aucun problème et, si tu m'y autorises, j'en ferai autant. Je me vengerai sur toi jusqu'à ce qu'on ait épuisé le sujet. En revanche, si tu veux me parler boulot, argent ou n'importe quel autre problème, viens me voir au bureau. N'importe quand et je t'écouterai, je te le promets. Mais ICI, on se donne une chance. Qu'en penses-tu ?

D'un geste, elle m'arrête.

– Je peux me venger sur toi ? répète-t-elle, soupçonneuse. Tu es sûr ?

– Ouaip, et moi sur toi.

L'inquiétude emplit alors son regard.

– Pourquoi tu fais ça ? fronce-t-elle les sourcils.

Je comprends tout de suite à quoi elle pense. Thérèsa m'a attaché et j'ai été torturé mais ce n'est pas la même chose. Jamais je ne la comparerai à cette femme-là. Alexiane est *ma* femme. Elle est belle et fraîche à l'intérieur comme à l'extérieur. Thérèsa me dégoûtait, comme toutes ces femmes que j'ai vues avec mon père dans ces clubs pourris où il m'entraînait avant de m'en interdire l'accès.

J'avais dix ans, putain !

Mais j'ai bandé et j'ai pris du plaisir à regarder. À douze ans, le sexe n'avait plus aucun secret pour moi. J'avais tout fait. Et j'en étais fier, alors qu'aujourd'hui je me dégoûte d'être ce que je suis. Sauf quand elle me regarde.

Alex me nettoie l'âme. Avec elle, je suis propre. Neuf.

– Je ne vais pas te mentir, notre relation n'est pas facile. Elle est dure et violente à cause de cette foutue attirance qu'on a l'un pour l'autre alors que toute ma vie j'ai été seul. Mais c'est dans ces moments-là, quand on arrive à trouver une solution tous les deux, que…

Je m'arrête un instant pour comprendre l'onde de choc que ces mots me révèlent sur moi-même, je suis carrément en train de lui dire qu'on doit se faire confiance, et je me rends compte à quel point j'ai évolué avec elle.

– Que quoi ? me relance-t-elle, le visage plein d'espoir.

Je baisse la tête, pas sûr de pouvoir l'admettre.

– Quand j'y arrive et que les choses s'arrangent entre nous, c'est comme rentrer à la maison. En revanche, si je n'arrive pas à trouver une solution…

Je soupire sans trop savoir ce que je veux dire. Ou plutôt ce que je ne veux pas prononcer à voix haute. Si je n'y arrive pas, alors notre union est vouée à l'échec, parce que l'un d'entre nous, un jour, en aura assez de se battre ou de souffrir de ce que l'autre peut lui faire. C'est humain. Et je sais qui craquera en premier. *Elle.*

Parce que moi, je n'en aurai rien à foutre de ne pas y arriver.

– Nous trouverons un moyen ensemble, décide Alex d'un ton calme et posé qui me surprend.

Je n'aurais pas cru qu'elle soit si déterminée à sauver cette union. Je détourne les yeux, soudain gêné par mes émotions, pour qu'elle ne remarque pas le rouge qui m'est monté aux joues.

– J'imagine qu'on appelle cela la confiance, murmuré-je mal à l'aise.

Je dis ça mais à la seule pensée, je ressens déjà la peur qui pointe le nez et me pousse à lui crier l'inverse. Mais je ne le fais pas. Non, pas cette fois. Si elle fait un effort, alors je dois en faire un, moi aussi. Je trouverai le moyen de gérer la situation le moment venu. *Ouais, le moment venu.*

– Assez parlé ! lui dis-je avant qu'elle rajoute un truc qui me fera bondir. Qui commence ce soir ? Toi ou moi ?

Pitié, laisse-moi commencer !

– Vu ce qui m'attend demain dans tes bureaux, je préfère réserver ma vengeance pour demain soir, me fait-elle savoir d'un air malicieux.

Je lui ris au nez.

– Tu as peur de venir m'affronter en tant qu'homme d'affaires, chérie ?

– Désolée de te l'apprendre, mais tu n'es pas le genre d'homme d'affaires qu'on affronte facilement, Matthew. Ils sont tous morts de trouille devant toi. En revanche, tu ne me fais pas peur, Guerrier… J'ai juste peur d'être ridicule devant Dries et toi.

Touché par ces mots pleins de vulnérabilité, j'use de ma force la plus douce pour relever ses bras en l'air. J'enroule la ceinture éponge autour de ses poignets, passe les liens restants entre et les attache solidement au pommeau de la douche sans qu'elle proteste, mais je n'arrive pas à retenir un sourire en pensant à ce qui nous attend demain. *Elle* dans mon bureau, face à *moi.*

Avec tous les autres gugusses autour.

– Je suis sûr que tu ne me décevras pas.

Elle pouffe sans que je sache de qui elle se moque. *Elle* ou *moi.*

– Est-ce que tu vas faire ce que je pense ? chouine-t-elle en reluquant ses mains liées au pommeau de douche.

Comme elle gagne en confiance dans nos ébats, j'y vais direct.

– Place tes deux jambes sur mes épaules. Tu es attachée, tu ne peux pas tomber.

J'attends qu'elle s'exécute pour passer un bras entre ses cuisses.

Je pose ma paume sur la raie de ses fesses et attire son bassin à moi. Une seconde plus tard, ma bouche est sur elle.

Elle tient parfaitement sur mes épaules. Je la décolle du sol en me soulevant juste assez pour qu'elle ne porte que sur moi et que ses bras liés au pommeau ne souffrent pas. De façon assez égoïste, quand je suis en colère contre elle, j'aimerais juste qu'elle me laisse lui prendre ce dont j'ai besoin, sans aucun préliminaire, mais quelque chose me pousse à ne pas le faire.

Je suis prêt à honorer sa chatte enchantée et humide le plus longtemps possible avant de m'enfoncer en elle. Je lèche d'abord gentiment sa petite boule de nerfs magique, ce qui lui arrache des gémissements qui me transportent. Je veux la faire exploser. Vite. Pour me lancer ensuite et la prendre comme un possédé.

Tout en la maintenant par-derrière de ma grande paume, je gifle son pelvis de ma main libre, droit sur son clitoris. Sa tête convulse d'un coup sec vers l'avant avant de repartir en arrière avec fougue. Elle me regarde si fort qu'elle me colle des frissons dans le bas des reins.

Alex m'en veut d'avoir débarqué à son travail, je le sais. Tout comme elle m'en veut de m'être fait passer pour Ryan afin de reprendre contact sans qu'elle me jette. Mais il fallait que je lui parle. Je n'en pouvais plus de cette distance. Je voulais ouvrir une conversation. Quelle qu'elle soit. Là, elle a juste besoin d'exploser en mille morceaux pour me pardonner. Alors, je gifle à nouveau et, tout de suite après, j'emprisonne son clito en lui faisant sciemment sentir mes dents.

Avant même que la sensation de la gifle se soit dissipée. Je la sidère. Je sais que je la rends folle. Elle se tend, panique. La peur la fait mouiller, l'excite, je le sens, son sexe s'ouvre pour moi. Elle halète, gigote sur mes épaules, se cambre. Je lui refais sentir mes dents, gentiment, mon majeur glisse dans son petit cul serré.

Là, elle arrête de respirer, les yeux exorbités.

– Maaa… ah.

On sent que ça l'interpelle. Je frotte sa paroi tendre entre les deux. Incroyable, même là, elle est douce. Elle se contracte tout de suite et ça me rend fou. Le genre de folie douce et lente qui vous chatouille toutes les terminaisons nerveuses et vous entraîne à des actes primitifs.

Fallait pas me chercher, chérie !

– Chut… Je te prépare.

– Tu me prépares à quoi ? fait-elle d'une voix tendue.

– À moi.

Sans lui laisser le temps de cogiter, je bouge mes doigts de l'autre main, sa paroi en sandwich reçoit mes deux caresses. Rien qu'à ses gémissements et à la façon dont son corps se met à trembler, je sais qu'elle aime et qu'elle aimera. Plus tard. Quand elle le demandera. Parce qu'elle explose dans un cri déchirant à fendre l'âme. Et dire qu'elle ne criait pas !

– C'est ça. Jouis pour moi, mon ange…

Elle est toute rouge, a du mal à avaler sa respiration, renifle de façon fort peu élégante, mais ses jambes serrent mon dos, comme si elle voulait grimper entre mes côtes et entrer dans mon cœur à tout jamais.

– N'aie pas honte de ce que tu fais avec ton mari, bébé. C'est hyper sexy de t'humilier comme ça. Ça rabat ton caquet et, là au moins, tu es tout à moi.

Alex est hypersensible en bas, un vrai bonheur. Plus qu'avec ses seins qu'elle juge toujours trop petits et m'abandonne rarement complètement. Elle sursaute encore un peu, prend une courte respiration avant de retrouver ses esprits.

– Oh, mon Dieu ! tu es si… *grossier*.

Je ris et me relève en faisant redescendre ses cuisses sur mes hanches. Je les noue autour de moi pour la soulager de son poids. À la voir dans ce moment sublime de satisfaction, mon corps souffre encore plus désespérément de me soulager à mon tour. Ce qu'elle devine tout de suite.

– Sers-toi de moi ! me lance-t-elle comme un défi. Je veux regarder tes yeux se voiler de désir moi aussi. Sans fard, s'il te plaît. Ne te retiens pas.

Cette proposition, incroyablement sexy, c'est le genre de cadeau qui d'ordinaire me laisserait totalement froid mais qui, avec elle, m'entraîne à deux doigts de perdre les pédales.

– Je suis trop excité, Alex, je ne veux pas te faire mal.

– C'est pas grave. Toi aussi tu as besoin de te venger.

Tout se réveille avec son autorisation. D'un mouvement puissant, j'entre en elle et lorsque je sens à quel point elle est mouillée, prête à me recevoir, je la prends comme un forcené. Je lâche tout. Tout ce que j'ai sur le cœur passe par mon membre. Tout ce qu'elle me fait ressentir. Une quantité phénoménale d'émotions me traverse lorsqu'elle me dévisage en train de la pilonner de la sorte. Sans aucune honte, ni gêne. J'ai déjà vu ce regard chez elle.

C'est le regard d'égal à égal.

– Doux Jésus…

Le son de ma voix ricoche contre les parois de marbre. Mes grognements d'homme des cavernes lui font écho. Elle encaisse. Tout. Tente de m'accompagner comme elle peut alors que, plein d'insatisfaction et d'angoisse, je la pilonne sans relâche, à en faire trembler le pommeau de douche. Je ne sais pas ce que je cherche mais je brise les jets d'eau lumineux qui rebondissent sur nous et giclent de partout. Ça m'est égal de ne pas savoir. Ça ne suffit pas. Je fais tout ce que je peux car j'ai un tel besoin de la remplir et d'être tout pour elle, que ça m'effraie. Ça ne suffit toujours pas. Ça ne suffira jamais. J'étouffe, putain, je cherche mon souffle, les paroles de mon père me reviennent : « *Tu n'es pas assez bien pour elle…* »

– Respire, Matthew… Respire ! C'est moi. C'est moi. C'est moi…

Je croise son regard confiant. Il m'invite. Elle sait, putain. Alex sait qu'il y a toujours deux histoires dans la vie d'un enfant maltraité. La menteuse qu'on raconte et la secrète qu'on cache.

– J'ai baisé au côté de mon père, chuchoté-je entre deux baisers, des femmes partout, n'importe lesquelles, parfois les mêmes que lui. C'est pour ça qu'il a pris Tricia. (Je n'arrive pas à croire que je lui dis tout ça.) Pour lui, ça ne faisait pas de différence. Pour moi, c'était la seule fille que…

– Que tu aimais, couine-t-elle à ma place.

Bon Dieu, ça l'excite. Moi aussi.

Je possède ma femme attachée à un pommeau de douche comme une conquête d'un soir mais suffisamment amoureuse pour me laisser lui faire ça, dans la tempête des jets d'eau brûlants qui m'esquintent la peau et dans celle plus secrète de nos sentiments qui risquent bien de nous labourer le cœur. *Climax, bordel !* Je crie en me noyant dans une vague dévastatrice d'émotions et d'extase confondues. Je m'immobilise au fond d'elle et je me vide, jusqu'à la dernière goutte.

Là où je ne suis encore jamais allé.

34

ALEX

14h45

J'ai un quart d'heure d'avance et ma nervosité est contrôlée. Je suis coiffée d'un chignon bas facile, habillée professionnel d'un tailleur-pantalon très féminin et d'un chemisier en gaze transparente pour la note romantique. Le tout déniché par Luca. Cet homme est une perle. C'est sexy et pratique, moto oblige.

Mais surtout, je n'ai jamais été aussi prête de toute ma vie.

L'impressionnant building de MHG Industrie peut bien essayer de me narguer, cette fois, j'habite au dernier étage, ça ne me fait plus du tout le même effet. La preuve, j'ai même osé les talons. À semelles compensées quand même pour ne pas avoir l'air d'un oiseau ivre. Et puisque mon époux a lui-même transgressé les limites de mon indépendance, dans le combat qui s'annonce, je ne veux pas qu'il me prenne pour une enfant. Je ne veux pas qu'il me domine.

Je veux qu'il me voie.

Au moment où je vais pour pénétrer dans l'immense porte à tambour, la note signalant l'entrée d'un SMS se fait entendre dans mon sac. J'en prends rapidement connaissance avant de couper la sonnerie pour la réunion.

Ce sera déjà ça de fait.

[J'embarque sur le vol BA0183 de Heathrow pour JFK.
On se voit demain au Perry St. Maman]

Je fronce les sourcils.

Qu'est-ce que ma mère fait à Londres ? Et pourquoi venir si vite ? D'habitude, pour quitter son agence, il faut un événement.

– Un souci ? me demande Kar en me voyant stopper net devant l'entrée.

Costume noir de créateur et chemise impeccable, on ne dirait jamais qu'on a bossé comme des dingues depuis 7 heures du mat' sur la campagne *MHG Synthesis*, ou alors il s'est changé et je ne l'ai pas remarqué.

Pas étonnant, j'ai passé mon temps le nez rivé à mon écran à faire recherche sur recherche. MHG Industrie n'a plus aucun secret pour moi à présent. J'ai lu tout ce qui s'y rapporte et, franchement, je suis fière de Matthew pour avoir accompli tout ça à partir de rien. Ce qui, hélas, me fait comprendre aussi que ce n'est pas gagné !

Affronter Matt Garrett sur son terrain est aussi excitant qu'angoissant. D'ailleurs, si j'ai mis tant de soin à ma préparation, c'est que je ne suis pas sûre d'être compétente sur ce coup-là. Surtout face à des hommes aussi intimidants que Will Dries et Matt Garrett. Je ne sais pas comment Dries dirige ses collaborateurs, mais mon mari, lui, a besoin de résistance en face.

– Ma mère arrive ce soir, réponds-je à mon boss tout en réalisant que ça tombe mal. (Matt et moi dînons chez la sienne.) Il faut que je lui dise un truc avant qu'elle embarque. Allez-y, je vous rejoins.

Au tour de Karim de froncer les sourcils.

– C'était prévu ça ?

– Elle vient me parler de mon père…

Cette mention suffit à détendre ses traits.

– Prends le temps qu'il te faut, m'accorde gentiment mon boss en me caressant l'épaule en cercle au moment où le reste de la troupe vient nous rejoindre.

– Vous faites quoi, là ? s'impatiente Marcus tout en lançant un regard peu amène à son associé. La salle « Cendres », tu sais où c'est, Alex ?

La seule mention de cette pièce me colle le frisson. Comment oublier ma honte ? Je vais devoir tout faire pour ne pas songer que j'ai traversé cette même table à quatre pattes au beau milieu de sept costards médusés qui, à n'en pas douter, n'avaient jamais rien vu d'aussi dévergondé. Est-ce que je vais seulement arriver à y entrer sans rougir et perdre mes moyens ?

– C'est au vingtième. Cendres est un artiste suédois qui travaille sur le « bruit des âmes ». Ses sculptures métalliques sont faites des cendres de certains sites où des victimes ont péri. Il l'a fait pour la Shoah et pour les victimes du 9/11. Pour lui, l'énergie des victimes est dans ses sculptures.

Surpris par mon explication morbide ou courroucé par le regard soutenu de Marcus, Karim ôte sa main de mon épaule en m'interrogeant :

– Quel rapport avec Garrett ?

Je hausse les épaules.

– Un cadeau de sa mère.

À moins qu'elle le pense victime ? Ce qui me fait penser : si elle ignore tout du Kivu et de ce que son fils y a subi, et qu'elle le pense victime, alors Eléonor savait qu'il était maltraité par son père. Ou du moins, elle pouvait s'en douter.

Je préfère ne pas y penser.

– Triiit, Triiii… On devrait y aller, nous siffle Liam de la porte à tambour, l'équipe de Dries vient de rentrer.

Mes jambes flanchent un peu d'affronter ce qui arrive, mais je tape rapidement tandis que mes collègues de travail s'éloignent, tout en leur emboîtant le pas :

[Où loges-tu ? Viens à la maison.]

[Je dors chez Ellen.]

Mes joues picotent désagréablement devant le froid de sa réponse. C'est ma mère. Pourquoi ne vient-elle pas chez moi ? Si j'avais le temps, j'appellerais Joanna tellement j'ai besoin de réconfort, mais on m'attend, alors...

J'entre dans le bâtiment.

***

– Matt Garrett n'assiste pas à la réunion ? s'étonne Marcus, nous voyant tous assis autour de la table ovale, le siège du président restant désespérément vide.

Une heure que nous attendons. Tout le monde a d'abord examiné la salle de réunion avec soin, la fameuse sculpture murale et la vue sur les bassins du 9/11, puis a discuté stratégie avec son équipe à voix basse. Celle de Dries d'un côté, solide et professionnelle, constituée exclusivement de six managers masculins tous aguerris, et celle de Karim de l'autre. *Nous.*

Debra sort la tête de son laptop pour lui répondre :

– M. Garrett dirige une entreprise. Il a d'autres priorités, lui rétorque-t-elle dans son tailleur ajusté d'une large ceinture de cuir rouge. Actuellement, il est en réunion dans son bureau avec son équipe. Il ne va donc pas les lâcher plus tôt pour vous faire plaisir, monsieur Langlois.

Et juste à ce moment-là, comme par magie, Matt ouvre la porte de la salle de réunion et je prends un coup au cœur, comme si je tombais amoureuse de lui une nouvelle fois. Le même coup dans le plexus que lorsque je l'ai vu la première fois. Si on peut tomber amoureuse plusieurs fois en un regard, alors je pense que c'est ce qui est en train de m'arriver. Sa chevelure indisciplinée montre à elle seule que la précédente réunion lui a causé quelques soucis, mais il est là.

C'est un bourreau de travail et j'aime ça.

L'entrepreneur s'assied en bout de table, ouvre sa veste par réflexe et fixe son iPad tandis que toute la salle reste à attendre qu'il ouvre la bouche. Sauf qu'il ne parle pas. Nous échangeons des regards entre nous quand il tend la main pour nous indiquer de commencer :

– Allons-y. J'ai peu de temps, annonce-t-il d'un ton sec sans lever les yeux.

Un truc cloche. La moindre des choses, c'est de regarder ses interlocuteurs, non ? Je veux qu'il me regarde.

– Cendres a su capter l'énergie des morts, lui au moins ! Dommage qu'il n'en soit pas de même autour de cette table. Qui commence ? Monsieur Dries ?

Décidément, cet homme provoque chez moi des réactions bizarres. D'ailleurs, ça fonctionne puisque l'entrepreneur me dévisage d'un air interloqué.

– Dries ? Vous avez une minute, dit-il d'un ton froid.

Ce n'est pas une question.

– Une minute ? relève Liam qui vient de saisir. Vous nous avez fait attendre une heure et vous nous laissez une minute chacun ? traduit-il excédé à son tour. Vous êtes pressé, je comprends, mais pourquoi nous mettre la pression ?

Matt le fixe un instant sans aucune émotion.

– En effet, monsieur Anderson, je suis pressé. En revanche, je n'essaie pas de vous déstabiliser. Une bonne campagne publicitaire doit pouvoir se résumer en une minute. C'est le temps qu'elle mettra pour atteindre sa cible. Si vous en êtes incapable, alors votre stratégie marketing n'est pas pour moi.

En homme poli, l'entrepreneur redonne la parole à Dries :

– Montre-leur, Will ! Raconte-moi, dit-il en enclenchant le métronome de bureau placé devant lui que je n'avais pas remarqué jusque-là.

Comme s'il avait besoin de cet instrument de torture scolaire pour nous mettre la pression ! Néanmoins, ça n'a pas l'air de gêner le patron de Marvin Global dans son costume bleu sombre bien coupé. L'homme est séduisant malgré son visage marqué. D'après la confession de mon époux la nuit dernière, le couple Dries traverserait une crise. Sa femme lui reprochant son addiction à l'alcool et aux jeux de cartes ainsi que ses virées nocturnes avec ses copains. En fait, l'homme ne vivrait plus en couple depuis quelques mois. Je suis néanmoins curieuse de le connaître mieux puisqu'il est le seul ami de mon mari.

Aussi, je l'écoute avec deux fois plus d'attention :

– Si j'ai bien compris ton dossier technique, Matt, commence-t-il, MHG Synthesis va nous ouvrir un monde nouveau de médicaments. Plus efficaces. Biodégradables dans l'environnement. Bref, tout ça moins cher grâce à la biologie de synthèse. C'est super ! Mais pour moi, MHG Synthesis, c'est de l'ingénierie rationnelle à laquelle personne ne comprend rien. *Que dalle !* Donc, si tu veux toucher le grand public, cela mérite un slogan simple. « Il faut bien commencer quelque part ! »

Simple, concis, Dries arrête de parler alors que le métronome court toujours. Marcus et Liam en prennent pour leur grade et moi avec. Quant à Karim, il sourit comme si cela ne le surprenait pas. Mais il est vrai que la réputation de Dries n'est plus à faire.

– Monsieur Kabbani, racontez-moi, lui lance alors Matt sans rien montrer de ce qu'il pense du projet de Dries.

– Notre « Junior » va vous raconter, lui retourne alors celui-ci.

Tous les regards se déplacent alors vers moi.

– Attends, quoi ! C'est moi le « Junior » ?

Déconne pas, Kar, j'ai rien préparé !

Et pourquoi me rabaisser avec ce surnom ridicule ? « Junior ». Même si c'est vrai et que je le suis par rapport aux « Seniors » autour de cette table, essayez donc de dire « Junior » à une fille habituée à se faire recaler parce qu'elle est trop jeune. Vous verrez comme c'est agréable !

Quand, brusquement, je pige en interceptant le regard noir de Matt à Karim. Kar m'appelle « Junior » parce qu'il refuse de m'appeler par mon nom d'épouse. Il veut l'obliger à nous montrer le prenup. Même si moi aussi, je voudrais bien le voir, en quoi ça le regarde ? Comme si ce n'était pas assez déstabilisant comme ça d'être jetée en pâture aux lions de la pub !

– Mon nom est Alexiane, fais-je dans un élan d'énervement. Ou Alex.

Une seconde passe sans que personne ne bouge.

– Quoi ? C'est trop compliqué ?

– Très bien, racontez-moi, Alexiane, entérine le Guerrier d'un vouvoiement très professionnel en lançant le métronome.

Putain de merde, il avait besoin de le lancer tout de suite ?

– Super les gars, vous ne me mettez pas du tout la pression là ! dis-je en implorant Liam et Marcus de me souffler une idée.

Curieusement, au moment où je crois que Liam va prendre la parole et venir me sauver, alors que l'équipe de Dries se marre sous cape, Karim se joint à la partie adverse en affichant lui aussi un grand sourire :

– C'est ton idée que nous avons retenue, Junior, m'encourage-t-il avec malice. À présent, il ne te reste plus qu'à la défendre comme ton enfant.

Les propos de Matt à son père sur le sujet me reviennent subitement et la panique me fait dire n'importe quoi :

– Mais je n'aurai pas d'enf…

Le métronome s'arrête d'un coup.

– Kabbani ! l'admoneste vivement mon mari, me coupant juste avant que je prononce le mot fatidique.

Le salaud ! Karim l'a fait *exprès*. Tout le monde sait que Matt Garrett n'est pas porté sur la famille, ça n'a rien d'un secret, et Karim sait que moi, oui. Je ne sais plus où me mettre, tout ça est si peu professionnel.

– Que les choses soient claires, nous sommes dans une salle de réunion. Je n'ai pas pour habitude d'y perdre mon temps, génère l'entrepreneur au masque froid.

Seul son regard arrogant me fait comprendre ce qu'il pense.

« C'est ce que tu appelles se montrer correct, chérie ? »

C'est la merde. J'en veux à Karim de lui donner raison et j'en veux à Matthew d'avoir raison. Mortifiée, je tente de rattraper la situation :

– La stratégie de LabelK est simple. Tout l'argent que vous mettrez dans le budget de campagne publicitaire MHG Synthesis sera de l'argent perdu.

Ma remarque jette un froid, mais au moins j'ai capté leur attention.

– Expliquez-vous, me somme l'entrepreneur, sourcils froncés.

Mon entrée en matière n'a pas l'air de lui plaire.

Dommage pour toi, chéri, j'en ai pas d'autre.

– Comprenez-nous bien, dis-je en fixant nerveusement le métronome et en réalisant qu'il ne l'a pas enclenché, nous ne critiquons pas MHG Synthesis ni ce qu'elle va apporter d'innovant dans le domaine de la santé. Comme M. Dries, nous n'y comprenons rien. Moi la première. En revanche, une chose nous est apparue en travaillant sur vos dossiers. Actuellement, MHG Industrie subit les foudres des journalistes pour diverses raisons. J'en veux pour preuve le dernier article de Louisa Frank sur la fondation du Fil…

– C'est hors sujet ! se défend sèchement Debra. Cela fait partie d'un autre dossier que nous gérons au service communication et qui n'a rien à voir ici.

Elle est furieuse. *Tant mieux*. Je vais me la faire.

– Alors, laissez-moi vous dire que vous le gérez mal ! lui dis-je avec un certain plaisir, trop heureuse de lui clouer son caquet devant mon mari.

Quand il m'entend dire ça, ce dernier esquisse un sourire qui se transforme dans la seconde suivante en une moue réprobatrice pour la forme.

– Matt, comment peux-tu la laisser dire ça ? s'offusque Debra en cherchant l'appui de son président.

Je hoche la tête avec vigueur. *Oui, allez, dis-lui, chéri !*

– *Monsieur Garrett !* la tacle aussitôt ce dernier à ma plus grande joie. Chacun ici a le droit de s'exprimer. Non, parce que ce serait le comble qu'on ne puisse pas le faire dans une salle de réunion, termine-t-il tout aussi sèchement, lui rappelant du même coup sa position et la sienne.

Debra en avale sa respiration.

Je devrais être contente qu'il prenne ma défense. Toutefois, je dois être con parce que ce n'est pas le cas. Passé ma satisfaction de garce jalouse, sa réflexion à sa principale collaboratrice me fait l'effet d'une douche froide. Tout simplement parce que je me rends compte à quel point ma jalousie m'a fourvoyée. Debra est une bosseuse, comme moi. Elle ne flinguerait pas sa carrière pour une relation de pacotille avec son patron marié. Je le comprends seulement maintenant.

– Ce ne serait pas très constructif, en effet, lui accorde amèrement cette dernière, tout en donnant l'impression de graver l'instant dans sa mémoire.

Elle va le lui faire payer. J'embraye à son attention d'un ton conciliant :

– Justement, Debra. Si on veut être constructifs, tout le mal que vous vous donnerez pour communiquer sur MHG Synthesis sera confronté à cet article.

– Vous croyez que je ne le sais pas ? reconnaît-elle en fusillant son président du regard.

OK, il y a un contentieux. Même si je n'ai absolument rien compris à ce qui se passe entre eux, je trouve quand même une pirouette pour rebondir :

– On peut enclencher le métronome ? Je suis prête.

L'entrepreneur hoche la tête et s'exécute :

– Racontez-moi, Alexiane, dit-il d'une voix adoucie.

Un coup d'œil à Dries m'apprend qu'il est tout ouïe et visiblement très intéressé par moi comme s'il ne m'avait jamais vue avant. Bien que nous nous soyons croisés deux fois lors de ma journée formation dans ses bureaux et qu'il n'ait pas cru bon venir me parler. Alors j'y vais, comme à la barre, avec la même trouille au ventre doublée d'une force inconnue qui me dépasse et fait de moi une autre moi.

– Voilà ce que nous proposons. Au lieu de communiquer par les moyens classiques sur MHG Synthesis, nous aimerions le faire à partir de la fondation de M. Garrett. Le Fil rouge actuellement constitue plus un boulet pour l'entreprise qu'autre chose.

– Je suis d'accord, scande Debra avec un regain d'énergie. Je lui ai même conseillé de s'en débarrasser mais il n'a pas voulu écouter.

Mon estomac se tord en comprenant l'enjeu de la conversation muette entre lui et Debra. Cette fondation est le seul moyen que mon mari a trouvé pour réparer son passé. Il en a *besoin*. De plus, je n'ignore pas le lien qui noue Matthew au père Adelphe qui s'en occupe. Cet homme est presque son père de substitution. Il ne veut pas l'abandonner, comme lui l'a été.

– Je ne suis pas d'accord, fais-je rapidement. Liam a eu une idée géniale. Il suffirait de doter la fondation d'une plateforme sociale, genre Facebook.

Les yeux de mon mari s'écarquillent d'ahurissement mais le silence de l'équipe de Dries m'encourage. Ils ont compris.

– Quoi ? Toutes les grosses boîtes utilisent l'énergie du Web aujourd'hui. C'est ludique et on peut y faire passer toutes les émotions…

Un éclair violet fugace me fait comprendre que je ne dois pas aller trop loin. J'ai envie de rire. *C'est sûr que les émotions, c'est pas ton truc, Guerrier.*

Je passe outre :

– J'ai une minute, non ? Alors écoutez-moi ! Le Fil rouge proposerait un catalogue de dons par l'achat de musiques ou de vidéos à envoyer à la personne de son choix. On pourrait aussi faire des catalogues ponctuels comme pour les expositions dans les musées et toucher ainsi des donateurs plus fortunés. Par exemple, la plateforme serait ouverte aux écoles, ajouté-je en soutenant courageusement le regard de l'entrepreneur rivé sur moi. Chacune d'entre elles présenterait son projet qu'on suivrait jusqu'à l'aboutissement. L'algorithme proposerait aussi des informations sur les actions de MHG Industrie, dont la biologie de synthèse et ces nouveaux médicaments. Bref, on communiquerait sur tout à la fois. Plus besoin de la presse, on lui coupe le sifflet !

Je termine mon discours haletante alors que le métronome s'arrête. Pile.

– Une minute ! m'écrié-je, trop fière.

– Coup de bol ! s'enflamme Liam en frappant le bureau du plat de la main.

– *Sti !!! Je capote*[13], lance Marcus emporté par son élan canadien.

Moi aussi je suis heureuse car le regard de Matt s'est allumé. Il sait qu'il va pouvoir garder sa fondation, mais il y a plus que de l'admiration ou de la reconnaissance dans ce regard. Alors que je n'ai d'yeux que pour mon mari, la voix de Dries me fait sursauter :

– Vous êtes étonnante, madame, et je n'abuse jamais de superlatifs. Matt avait raison. Votre projet est original et audacieux, mais *irréalisable*. Vous vous projetez à cinq ans, là. Or nous parlons d'un lancement qui a lieu dans quinze jours.

Je ne l'ai pas convaincu.

– Merci, monsieur Dries.

– Will, me corrige-t-il.

Le Guerrier reprend les rênes :

– Non, je ne crois pas, Will. LabelK doit creuser son projet pour pouvoir répondre à toutes les contraintes. La date de lancement de MHG Synthesis à Toronto en fait partie.

Si j'en crois les murmures de la salle, les autres managers aussi sont dubitatifs.

– Qu'en pense votre développeur ? nous interroge Dries avec un regard au sien qui n'a pas l'air convaincu non plus.

Marcus monte au créneau :

– *Ça se peut-tu !* C'est *fucké* mais si nous trouvons un créateur

13. NDTR d'une lectrice canadienne : « Putain, je disjoncte. Je suis plus qu'heureux là, trop trop content. »

de site qui soit dispo et une filière musicale prête à nous suivre, alors oui. Des plateformes sociales comme Facebook sont longues à mettre en place. Nous autres avons une approche radicalement différente. Notre outil n'est pas une usine à gaz, une *joque*, si tu préfères le canadien. La gérer après sera *niaiseux*, mec. Cela pourrait même se faire par votre service communication, Debra.

Les autres s'amusent de son patois canadien très imagé et de sa façon de rajouter des sujets dans les phrases, moi non :

– Je ne suis pas d'accord, interviens-je avec ardeur. Le Fil rouge ne peut pas être géré par le service communication de MHG Industrie. La fondation doit être indépendante du groupe. Lisez l'article de Mme Frank ! C'est exactement ce qu'elle reproche à mon... à M. Garrett, me reprends-je in extremis. Pour moi, elle a raison.

En voyant Debra et son assistante en convenir, j'exulte. J'ai envie de sauter partout de joie. Cette fois, c'est moi qu'elle regarde, pas mon époux avec cet air dégoulinant qu'elle avait l'autre jour. Et lui aussi me regarde sans que je puisse savoir ce qu'il pense. *Évidemment.*

– Donc vous dites que c'est risqué mais jouable, résume Dries en s'adressant à Marcus. Dans ce cas Marvin Global pourrait s'en charger. Nous avons déjà l'outil adapté aux réseaux sociaux et...

– Non.

Tout le monde se tourne alors vers Matt qui était resté discret durant tout l'échange.

– C'est leur projet, Wilmot, proclame-t-il en enfonçant la touche de l'interphone de bureau placé devant lui et en se concentrant sur moi, ce qui interdit toute polémique du côté de Marvin Global.

– Vous avez un nouveau style de tailleur-pantalon, non ?

Je cligne des yeux, il m'a vue ce matin. À quoi il joue, là ?

– Euh… Oui, un achat récent.

– Félicitations, c'est réussi !

Pourquoi ai-je l'impression qu'il ne parle pas de mon tailleur ?

– Monsieur Garrett ? s'élève la voix de Barbara dans l'interphone.

– Barbara, pouvez-vous dire à la personne qui attend dans mon bureau de venir nous rejoindre ? Merci.

Disant cela, il relâche la touche et s'adresse à moi :

– Alexiane, seriez-vous prête à vous engager dans ce projet s'il était techniquement viable ? me questionne-t-il poliment.

– Euh… Oui, réponds-je comme une bonne élève.

Une lueur diabolique s'allume alors dans son regard.

– Messieurs Kabbani, Langlois et Andersen, seriez-vous prêts à détacher votre « Junior » à la fondation du Fil rouge si ce projet était techniquement viable ?

– Sacré oui, répond Marcus en premier.

– Bien sûr, confirme Liam pour faire bonne mesure.

– Idem, grince Kar, bien obligé.

– Très bien. Alors, Will, le budget de campagne de MHG Synthesis revient à LabelK. Nous en avons terminé, déclare-t-il en reculant dans son fauteuil d'un air satisfait.

– Matt ! proteste Dries éberlué. La prise de risque est énorme et tu le sais. Que feras-tu si… ?

Je n'écoute pas et les laisse deviser entre eux. J'ai beau être satisfaite du résultat, un sentiment amer me reste au fond de la gorge. J'aurais dû savoir dans l'île que Matt avait un plan au lieu de croire bêtement qu'il avait capitulé. Son piège a parfaitement fonctionné et je ne peux même pas lui en vouloir puisque c'est un plus pour l'agence qui m'emploie. Si tout le monde est content, comment me plaindre ? Machinalement, je ramasse mes affaires, m'apprêtant à sortir avec les autres, quand Matt me retient par le bras.

– Nous n'avons pas terminé, m'arrête-t-il, nous faisant signe de nous rasseoir.

Nous nous regardons en silence, debout, alors que mes collègues ont chacun repris leurs sièges précédents. Mon regard récriminant est lourd de sens dans ce contexte professionnel, pourtant il se penche sur moi, à quelques centimètres de mon oreille pour me murmurer :

– Oui, tu es ma femme et personne ne pourra te prendre à moi. Essayer, ce serait comme tenter de stopper un 747 qui décolle, chérie.

Je commence à cerner de quoi il s'agit et quelque chose en moi se met à frissonner. Je peux comprendre sa jalousie parce que, quelque part, être jaloux, c'est romantique, pas l'instinct de propriété. Je devrais me révolter, lui rappeler ses vœux de m'aider à réaliser mes rêves au lieu de le laisser se focaliser sur les droits qu'il pense avoir sur moi par le mariage, mais mes sens sont trop engourdis quand il me regarde ainsi. Il a si peur que ça ?

– À présent, je veux que tu voies la personne qui attend derrière cette porte que je lui dise d'entrer, écrase-t-il en se dirigeant vers ladite porte sans me donner la moindre indication.

Parlons-en du mariage. Quand va-t-il apprendre à communiquer avec sa moitié ? Le romantisme. Les indications. La confiance.

Ce n'est pas son style.

35

ALEX

C'est pas possible !

– Jonathan ! m'écrié-je perdant ma voix d'attendrissement.

Je bondis de joie en repoussant mon siège à roulettes sous les regards ébahis de mes collègues de LabelK mais je m'en moque. Je suis trop contente de retrouver mon client n° 1. Le seul et unique puisque je ne plaiderai plus. Sérieux, je pourrais sauter partout, faire la roue, le poirier.

Bref, toute mon amertume précédente s'envole.

– Sand ! se précipite-t-il vers moi.

Je lui tombe dans les bras et l'émotion me prend à la gorge.

Je ne sais pas comment il est arrivé là mais je remercie les éléments qui l'ont permis. De toutes les passions, la plus compliquée, la plus difficile à pratiquer, est celle où il n'y a rien de charnel mais de l'amour quand même. Mon premier client en fait partie. C'était la première fois que je me sentais utile, que je sentais le grand frisson de la barre. Et quel client ! Ce garçon est un artiste de la vie au vrai sens du mot. De la création purement humaine, grandissant au milieu des cités, incompris des médiocres, inaccessible des sots, mais tellement tellement plus grand que la plèbe des barbares de la Finance à la charité froide. Avec lui, l'âme a des couleurs, les idées de la saveur, les sons de la puissance.

C'est simple, je l'applaudis.

– Qu'est-ce que tu fais ici, Jo ? fais-je la gorge nouée.

Son sourire s'étire jusqu'aux oreilles. *Diminutif accepté !*

– Je travaille ici maintenant, m'apprend-il dans un éclat de rire juvénile. Je bosse avec Sully.

– Quoi ? Et l'école ?

Sully ne parle à personne.

– Ton mec m'a inscrit au lycée français de New York avec sa sœur.

– Quoi ? Et ta mère ?

Jonathan n'a déjà plus son père.

– Elle a préféré rester dans sa no go zone à taffer avec ses copines, s'esclaffe-t-il. Tu sais, là où les flics ne vont pas.

– Quoi ?

Matthew est obligé de nous séparer.

– Vous savez, nous avons une réunion à terminer, nous rappelle-t-il avec un petit sourire satisfait. Et toi, mon gars, Sand s'appelle Garrett maintenant, lui fait-il remarquer gentiment.

Au lieu de reprendre sa place en bout de table, Matt s'installe avec Jonathan, face à moi. Côte à côte. Est-ce que je rêve ? Je n'aurais jamais imaginé les voir ensemble. Et là, tout à coup, l'évidence. En bien des points, ils se ressemblent. Deux écorchés vifs, deux incompris qui ont dû grandir trop vite et s'adapter pour survivre. *Deux incassables.*

Mon cœur va exploser.

– Messieurs, je vous présente Jonathan Begle, commence fièrement l'entrepreneur avant de se tourner vers l'adolescent. Jonathan, serais-tu d'accord pour travailler avec Alex et ces messieurs à la création d'une plateforme sociale pour MHG Industrie ?

Les yeux de l'adolescent s'agrandissent d'étonnement.

– Coooooool !! J'adorerais, mec !

L'admiration pour mon mari dans ses yeux me laisse un instant sans voix.

– Attends ! l'arrête ce dernier. Avant que tu répondes, nous avons quinze jours avant le lancement de MHG Synthesis, pas un de plus.

La musique est connue pour Jonathan et le défi ne fait qu'accroître sa soif. Rien qu'à voir son regard s'allumer, je connais déjà la réponse. *La Nuit du Hack*. Jonathan monte des algorithmes en une nuit, alors quinze jours… Je fais signe à Kar que c'est bon et, devant son incertitude, me penche pour lui expliquer qui est ce petit prodige et comment je l'ai rencontré.

– Tu t'en sens capable, mon gars ? l'interroge Liam avec curiosité.

– Ouaip ! Pas de problème.

Je laisse Kar, Marcus et Liam lui expliquer le projet et me concentre sur Matthew. Ce mec arrogant et sûr de lui qui vient de nous piéger.

Est-ce qu'il a conscience au moins de toutes les émotions qu'il procure autour de lui quand il consent à aller vers les autres ? J'en doute. Debra a raison, il doit vraiment faire un effort et se montrer tel qu'il est vraiment.

– La réunion ne te passionne pas, Alexiane ? me rappelle-t-il à l'ordre.

Aïe, prise en flag.

– Je… Je ne crois pas que la fondation devrait rester ici, lui dis-je avec sincérité pour revenir au sujet qui nous intéresse sans savoir exactement où ils en étaient. Louisa Frank et les autres journalistes ont besoin d'un signal fort. Vous devez montrer que le Fil rouge n'est pas inféodé à MHG Industrie et impliquer d'autres acteurs bénévoles, des écoles, des organisations humanitaires. Il faut de l'air.

Je marche sur la pointe des pieds mais ça vaut le coup.

– Je suis d'accord, admet l'entrepreneur à ma grande surprise. Et pour commencer, je vais la transférer ailleurs.

– Oh !

Une lueur d'excitation brille dans ses yeux lorsqu'il dit :

– Lorsque j'ai créé mon entreprise, j'ai démarré dans un vieux gymnase de Brooklyn, à côté du jardin botanique. Il m'appartient toujours et il est vide.

Jake m'avait parlé de ce gymnase mais j'ignorais qu'il l'avait conservé.

– Je comptais d'ailleurs te le faire visiter demain à l'heure du déjeuner, ajoute-t-il pour moi seule.

– Demain, je ne peux pas, mais…

– Mais quoi ? grognasse-t-il, contrarié par mon refus.

Je repense brusquement à la logistique.

– Brooklyn, c'est très loin de LabelK, je ne pourrai pas être souvent au bureau, avoué-je en m'adressant à Karim et ses associés.

Je vois bien que mon boss n'apprécie pas cet éloignement imposé. Mais que peut-il faire ? Il est minoritaire. Et moi, je ne suis qu'une employée.

– Tes employeurs sont d'accord, balaye mon époux. Ça pose problème ?

Tout en disant cela, son regard, lui, me rappelle que, selon notre accord d'hier soir, je pourrai toujours me venger sur lui en rentrant si ça ne me convient pas. Qui aurait cru qu'une telle attitude au bureau soit aussi sexy et révoltante ?

– Aucun problème, dis-je sans cerner ce qui me dérange.

L'essentiel pour mon indépendance est que je reste chez LabelK, non ? Mon époux satisfait se tourne vers Jonathan.

– Bien. Alors, Jo, à toi de dresser la liste du matériel qu'il te faut. Vois avec Sully pour le faire livrer au gymnase dès demain. Il a l'adresse.

Les détails mis au point, Karim, Marcus et Liam prennent congé.

– Alexiane reste ici, leur annonce l'entrepreneur. Nous avons un dîner en famille et il est déjà tard. Jo, tu es aussi convié. Lizzie m'a parlé d'un devoir de maths qui lui pose problème.

Le visage de l'adolescent grimace de dégoût tandis que je me lève pour raccompagner mes collègues à la porte. Non sans entendre dans mon dos :

– Elle est nulle, mec. Ta sœur est une bite en maths.

Je m'arrête net, soufflée par la grossièreté de Jonathan, et me demande brusquement ce qui a bien pu les rapprocher tous les deux pour qu'ils se parlent aussi librement.

– Je suis d'accord. Seulement, tu ne l'appelles plus comme ça. OK ? le sermonne Matt en récupérant sa veste sur le dossier de son siège.

Je me plante devant eux, les bras croisés.

– Vous avez fini, là ? Non, parce que je ne sais pas qui a la plus mauvaise influence sur l'autre. Pauvre Lizzie, vous la traitez de nulle alors qu'elle n'est pas là pour se défendre, me sens-je obligée de compatir par solidarité féminine.

– Cool, mamie Ratchet ! m'oppose mon époux devenu subitement plus laxiste en passant devant moi. Tu viens ? Verdi nous attend en bas.

Je lui emboîte le pas, évitant de justesse Barbara à qui il ordonne de récupérer mes affaires afin de les monter au B-One sans me demander mon avis.

Pas grave, je suis mon idée :

– Ratchet ? C'est qui celle-là ? Non, parce que si tu parles de la nurse psychotique de *Vol au-dessus d'un nid de coucou*, c'est RatcheD et pas RatcheT. Tu es nul pour les films, Guerrier !

– C'est toi qui es nulle, Civilité, me coupe-t-il en appelant l'ascenseur. La clause de RatcheT est une clause financière destinée à protéger les investisseurs au cas où ils perdraient la boule. Je trouve que ça te définit bien.

J'en reste coite.

– Vous êtes marrants tous les deux, me glisse Jonathan alors que les portes se referment sur nos silhouettes dépareillées.

Moi en avocate répudiée mais extatique, mon époux en connard égoïste qui ne veut pas d'enfant, et Jonathan. Un adolescent de dix-sept ans, hacker sans famille.

Qu'est-ce qu'on fabrique ensemble ?

***

La maison des Crawford est dans Tribeca. Ici, les anciennes zones industrielles pauvres sont devenues des quartiers haut de gamme fréquentés par des résidents bohèmes et des célébrités. J'imagine bien Eléonor là-dedans.

Néanmoins, je n'aurais pas cru que le couple Crawford habitant si près de chez Matthew n'y ait jamais mis les pieds. Ni que le terme maison désignerait un ancien bâtiment industriel en grès rouge avec cheminées et grandes fenêtres reconverti en habitation sur quatre étages. Même l'ascenseur est resté dans son jus. On pourrait sans difficulté y faire rentrer un piano à queue. Par contre, l'intérieur ne fait plus illusion, c'est une vraie maison de famille. Un vaste loft aux plantes luxuriantes, relativement peu meublé.

Aussi chaleureuse que Lars.

Aussi créative qu'Eléonor.

Leur salle à manger est décorée de nombreuses photographies de rues sur les quatre murs blancs qui entourent la grande table ovale de bois sombre où nous prenons notre dîner dans une ambiance étrange. Un côté de la table semble décontracté, l'autre infiniment plus froid.

Dieu merci, je suis juste au milieu.

– Qu'as-tu prévu pour la soirée de lancement de ta nouvelle filière ? demande Eléonor à son fils. Carnegie Hall ? Le Main Hall serait parfait si tu ne dépasses pas les 2500 personnes.

L'admiration pour son fils transpire dans son regard brillant, elle est fière de l'homme d'affaires et de ce qu'il a accompli, c'est évident. Ce qui rend encore plus étrange la distance entre eux.

– Debra s'en occupe, Mère, répond celui-ci avec flegme.

Je pioche dans mon assiette, perdue dans mes pensées. Je n'arrive toujours pas à croire que je fais partie de cette famille, maintenant. Ils sont si *bizarres* avec moi. Seuls Lizzie et Rob semblent s'intéresser à moi. Mais il est vrai que Lars n'a pas arrêté de prendre coup de fil sur coup de fil de l'hôpital. On le sent ailleurs, préoccupé par ses patientes.

– C'est quand même toi le P.-D.G., insiste Eléonor.

– Nous pensons au Brooklyn Botanic Garden, soupire mon époux.

– Dehors ? Mais tu n'y penses pas !

– Si ! réplique sèchement son fils aîné. L'allée des cerisiers sera bien plus originale et Brooklyn me donne l'impression de tout ressentir.

– Toi, ressentir quelque chose ! s'exclame-t-elle sans aucune gêne. Allons donc !

Matt blêmit sous son reproche. Un silence tendu pèse subitement autour de la table. Rob fait semblant de rien alors que mon époux garde la tête baissée sur son assiette, mais je vois bien qu'il fait un effort incommensurable pour ne pas lui répondre à la façon dont le muscle de sa mâchoire se contracte.

– Darling, ce gaspacho est divin, intervient doucement Lars, gêné.

– Quand finit ton expo Zwirner, maman ? tente Rob à son tour. Une amie voulait absolu...

D'un geste de la main, Eléonor le fait taire et s'adresse à moi :

– Alors Alexiane, vous n'avez plus besoin de travailler pour mon fils à présent. Qu'allez-vous faire de votre temps libre ? Du shopping ?

J'avale ma cuillerée de travers.

– Mère ! Faites un effort, c'est le premier dîner d'Alexiane, proteste cette fois mon époux en face de moi, à deux doigts de poser son couvert.

J'ignore si c'est habituel, mais depuis mon arrivée, elle se montre froide envers tout le monde et totalement indifférente envers moi. Tout juste si elle a consenti à m'embrasser du bout des lèvres. Alors nous féliciter, faut pas rêver !

– Jonathan vient de me raconter l'idée de ton agence, s'immisce Lizzie à la rescousse. C'est cool ton projet pour la fondation de Matthew, je pourrais demander à mon école de danse de participer.

Cette gamine est adorable.

– C'est une bonne idée, Lizzie, lui répond Lars en servant le vin, mais peut-être devrais-tu attendre qu'Alexiane et Matthew te donnent le feu vert.

– J'aimerais beaucoup voir comment tu vas créer cette plateforme, Jonathan, s'enthousiasme Lizzie. Ça a l'air génial que tu saches faire tout ça…

Je jette un œil machinal à ma gauche pour capter la réaction de Jonathan et j'ai envie de rire en le voyant rougir. Si je ne me trompe pas, il est sensible au charme de Lizzie, seulement pour lui qui a grandi dans les banlieues parisiennes, cette fille bourgeoise bien dans sa peau est une extraterrestre. Ils sont mignons.

– Alexiane, dites-moi un peu, me ramène brutalement la voix aiguë d'Eléonor. Qu'est-ce qui vous a plu chez mon fils ? Son nom ou le confort de son compte en banque ?

Mon sang quitte mon visage. Cette fois, les épaules de mon époux s'affaissent légèrement de découragement, mais il ne répond pas. Son regard m'avertit juste que ce n'est pas la peine avant que le masque se referme. Indifférent comme toujours. Pas grave, je suis capable de me défendre seule.

– Pourquoi m'avez-vous invitée, Eléonor ?

Un air amusé apparaît sur le visage d'Eléonor.

– Mais, très chère, il ne me semble pas l'avoir fait.

Sa réponse m'achève. Pour une mère qui n'est pas exempte de reproche, elle semble avoir quelques trous de mémoire singuliers, pires que les ravages des mites dans la penderie d'une ménagère compulsive.

J'aurais voulu lui répondre, je ne peux pas.

Comment pourrais-je rassembler mes idées sous le regard vide de Matthew lorsque je cherche son soutien ? Ce regard est plus violent qu'un coup. Tant il montre qu'elle fait exprès de le blesser et qu'il la laisse faire.

– Eléonor ! Continue comme ça et tu vas perdre ton fils pour de bon, lui lance la voix de Lars à l'autre bout de la table. Je t'aurai prévenue.

– Arrête, Lars. Tu sais que j'ai raison. Depuis quinze ans, on passe nos journées à essayer de lui faire comprendre qu'il a une famille. De toute manière, je ne sais pas pourquoi on fait ça, vu qu'il détruit tout !

Je tourne la tête, choquée. Juste à temps pour voir mon mari redevenir le connard arrogant auquel je suis habituée. Hourra !

– Alors, il ne vaut mieux pas que je sois dans votre vie, Mère ! Je ne suis pas fait pour avoir une putain de famille qui veille sur moi. Je suis fait pour être *seul* et me débrouiller.

Même si je suis ravie de le voir se rebeller, sa réponse me porte un coup à l'estomac tandis qu'Eléonor soupire lentement, aussi indifférente que lui.

– Comprends-moi bien, Matthew. Tu as d'autres priorités avec ton entreprise, ce n'est pas un défaut. Mais laisse-moi te dire que ton monde n'est pas réel. Cette jeune femme a vu en toi un homme riche à qui elle plaisait et elle en a profité.

Les mots d'Eléonor me font l'effet d'une gifle. Je m'appuie contre le dossier, scotchée. Elle ne me connaît pas. Comment peut-elle croire ça ? Je fixe Matt sans pouvoir le quitter des yeux. Et lui, est-ce qu'il le croit aussi ? C'est vrai que ce n'est pas un mariage d'amour pour lui et qu'il peut prétendre douter de mes motivations puisque je n'ai rien en retour, mais… L'expression de son visage se durcit quand il comprend à quoi je pense et ses yeux sont glacés.

– Vous ne savez rien d'elle, Mère ! *De nous*, réagit-il alors implacablement.

Sa voix est aussi froide que son regard.

– Et toi ? Tu sais quoi d'elle ? C'est une étrangère. Elle t'a raconté sa vie ? Non, elle a juste cherché à en savoir plus sur toi. Toi-même tu t'en es plaint en disant qu'elle était « fouille-au-pot ». Pourquoi, d'après toi ?

Matt ferme les yeux comme pour maîtriser ses émotions ou éviter mon regard, et moi, je ne peux que secouer la tête négativement. L'expression est abjecte ! Ça sonne le manque de respect. Je ne peux pas croire qu'il ait dit ça de moi. Si ? C'est vrai que j'ai cherché à en savoir plus que n'importe qui de normal, mais pas pour les raisons qu'elle imagine. Je n'arrive plus à respirer.

– Maman, arrête, tente Rob à son tour. C'est moi qui ai employé cette expression. Matthew est fou amoureux, tu ne le vois donc pas ?

Lorsqu'il les ouvre, les yeux de mon mari me supplient de passer outre.

– C'est de cela dont il s'agit, Matthew ? lui oppose sa mère d'un ton nettement plus bienveillant. Si c'est cela, dis-le-moi et je présenterai mes excuses à Alexiane.

Silence de l'intéressé, et pour cause. J'ai honte.

– Tu vois, Lars ! Je n'y croyais pas une seconde, en conclut-elle renforcée dans sa logique au lieu de se demander *pourquoi* son fils est incapable de prononcer ces mots ou peut-être tout simplement incapable… d'aimer ?

Mais le pire c'est que le discours d'Eléonor commence à infiltrer mon esprit comme le pire des poisons. Et s'il ne pouvait jamais m'aimer ? Genre jusqu'à ma mort. Je mourrai sans l'avoir été ? Merde. Déjà que je n'ai pas reçu beaucoup d'amour jusqu'ici, cela voudrait dire que je renoncerais au vague et lointain rêve d'avenir normal. Suis-je prête à abandonner aussi ça pour lui ? Le comble dans cette histoire, c'est qu'Eléonor ne veut aucun mal à son fils. Elle le protège des griffes d'une étrangère et tient *enfin* son rôle de mère.

Dans le fond, elle a raison. Matthew est riche et moi je commence à peine. Que se passerait-il si dans ce fichu prenup il me dépouillait totalement sous prétexte que je débute dans la vie ? Là, il ne s'agit plus de sentiments mais d'égalité. Je suis une fille entière, je ne l'admettrais pas. Ou plutôt, j'en souffrirais profondément parce que ce serait un manque de confiance injuste qui n'aurait rien à voir avec l'argent. Bref, on en revient toujours à la même chose : la confiance.

Pas possible, on ne va pas s'en sortir.

– Maman, tu exagères, formule la voix adolescente de Lizzie pleine de bonne volonté. Moi, je fais confiance à mon frère. Matthew est un grand garçon, il sait ce qu'il fait, maman.

Les joues de mon époux rosissent du compliment mais il garde la tête baissée.

– Et toi, tu ne sais pas comment fonctionne un homme, Elisabeth.

– Eléonor ! la rappelle à l'ordre Lars en haussant la voix. Elisabeth n'a que seize ans, bordel !

Je ne veux pas craquer, je voudrais juste m'en aller.

– C'est bien ce que je dis, Lars, lui réplique sa femme. Je ne tiens pas à ce que mon fils se fasse avoir comme ce pauvre Clive Sand !

J'encaisse le choc et la fixe du regard, pas sûre d'avoir bien entendu.

– Qu'est-ce que vous dites ?

– Votre grand-mère s'est mariée à Vegas, elle aussi, décharge-t-elle dans un rire sec. Et elle n'était pas saoule.

– De quel droit parlez-vous ainsi de ma grand-mère en son absence ?

– Je vous en prie, ma chère, j'ai vu votre complicité au Art Institute ! Alors, le coup de la starlette qui épouse le propriétaire du plus gros cabinet d'architecture de Chicago après avoir défrayé la chronique pour avoir couché avec son producteur, c'est déjà fait !

Oh merde ! Joanna...

– D'autant que d'après ce que j'ai pu voir sur cette honteuse vidéo qui circule sur le Net, vous avez fait pareil avec un inconnu dans un vestiaire, poursuit-elle sans relâche. Matthew vous a pardonné, lui aussi ?

Je déglutis mais je n'ai plus de salive.

– Mère ! Alexiane est *ma* femme. C'était moi dans le vestiaire. Bordel, mais qu'est-ce qui te prend ? hallucine l'intéressé.

J'ai soudain envie de la frapper et de rejeter la faute de tous nos malheurs sur elle. Je me lève avec le brusque besoin de l'affronter.

– Vous savez quoi, Eléonor ? Vous êtes une garce !

– Quoi ? hoquette ma belle-mère qui ne s'y attendait pas.

Je lui coupe la parole avant qu'elle ouvre la bouche :

– Toutefois, vous avez raison ! Je me sers bien de votre fils.

Mais pas pour le fric. Je m'en sers pour le sexe, dis-je en évitant d'entendre l'éclat de rire de Rob. Et quand je le baise, c'est tellement bon que c'est gratuit. Mais ça, vous le saurez jamais !

Pas que ça m'aide à me sentir mieux. Au contraire. Sous le choc de ce que je viens de jeter à la figure de la femme qui est, qu'elle le veuille ou non, ma belle-mère, je ne trouve rien d'autre que la fuite, évitant les yeux écarquillés de mon mari et les hoquets indisposés de toute la famille.

Sauf Rob qui lui se marre :

– Parfois, tu ressembles à Margo, me gratifie-t-il, la tête posée entre ses mains.

C'est la honte. Je ne pourrai plus jamais remettre les pieds ici.

Je cours vers l'ascenseur de l'étage, gardant pour moi toute ma frustration et ce que ça me coûte. C'est la première fois que je lisais autant de rejet sur un visage. Sur ce point, j'en connais un rayon. Quand on essuie un rejet, c'est à l'intérieur que ça se passe. L'ennemi est intérieur. Il n'y a aucun rempart pour faire face au moi mutilé, aucune fuite possible. On peut toujours agresser l'autre, cela ne sert à rien.

Autant livrer bataille dans sa propre tranchée.

– Alex, attends ! me crie derrière moi la voix de Jonathan.

Sans l'écouter je m'engouffre dans l'ascenseur, j'ai trop honte. Je suis trop écœurée par cette famille qui ne représente pas celle que j'avais imaginé avoir un jour. Sauf qu'il est plus rapide que les portes automatiques.

– C'est une famille de tarés ! lâche-t-il en s'appuyant contre la paroi de métal et en fixant le plafond.

Au calme, je réfléchis à la situation et les paroles de Joanna me reviennent : « *C'est un homme public. Un des plus importants hommes d'affaires du pays. Tu ne dois pas lui nuire, sinon il se détournera de toi.* »

– Si après ça mon mari ne me quitte pas, c'est qu'il est taré lui aussi.

Je serre mes bras autour de ma poitrine pour essayer de contenir les tremblements que cette perspective soulève.

– Ne sois pas bête ! Garrett parle tout le temps de toi. Il n'arrête pas.

– Ah oui ?

Jonathan me regarde un instant, l'air confus et tiraillé, ne sachant pas s'il doit parler, et j'ai presque envie de l'étrangler tellement je suis désespérée.

– Ouais. Je t'assure, ce mec est dingue de toi. Même Sully et Verdi le savent. Il n'y a que lui et toi qui ne le voyiez pas.

Comme j'aimerais qu'il ait raison ! Mais même si c'était le cas, comment faire pour que le Guerrier l'accepte ? Son père l'a traumatisé, il est très possible qu'il ne s'en remette jamais. Arrivée sur le trottoir, je me fige en voyant la silhouette de Louis qui nous attend près de celle de Verdi. Les deux hommes ont l'air inquiet, leur échange est rapide, ce qui n'est pas fréquent chez Verdi, plutôt calme. C'est alors que j'aperçois dans la nuit la Bentley bleue garée juste derrière le Range Rover noir de Matthew. Tous phares éteints.

– Louis ? Que faites-vous là ?

Je pensais rentrer avec Verdi. Mon chauffeur s'avance tout de suite pour m'ouvrir la portière de la berline bleue, tandis que je réponds au signe de tête de Verdi pour me saluer.

– M. Garrett m'a ordonné de vous raccompagner au B One, m'annonce mon chauffeur attitré.

Preuve qu'il est en colère. Mais contre qui ? Sa mère ou moi ?

– Et vous ? dis-je à Verdi.

– J'attends M. Garrett, répond-il embarrassé.

Donc nous ne rentrons pas ensemble et il finit de dîner en famille. Je ne sais quoi penser ni comment je dois le prendre puisque c'est moi qui me suis enfuie. Faute de mieux, je m'installe à l'arrière du coupé sport. Au moment où je boucle ma ceinture, mon portable bourdonne à deux reprises et mon palpitant se met à battre plus vite, espérant ou redoutant que ce soit Matt selon ce qu'il pourrait me dire. Mais non. En lisant ces SMS, dont la vibration m'a presque provoqué une crise cardiaque, mon cœur peut reprendre son rythme normal :

[J'ai récupéré ton numéro dans l'iPhone de mon frère,
telle une ninja suicidaire car il est d'une humeur massacrante.
N'en veux pas à maman, elle est bizarre ces derniers temps.
Moi, je t'aime bien. Lizzie]

Cette délicatesse me met du baume au cœur. J'enregistre son numéro et passe au suivant :

[Viens d'atterrir à JFK. C'est vrai qu'on s'est éloignées.
Ne t'inquiète pas, nous reprendrons le cours des choses.
Mais viens seule. Maman]

Je presse mes tempes, je n'ai jamais été aussi divisée. Parmi les choses que je déteste le plus au monde, il y a le mensonge. Pas celui qu'on fait de temps en temps par commodité. Celui d'un proche. Matt et moi sommes mariés. Je ne veux pas mentir à mon mari. Seulement, si je lui dis que je vais déjeuner avec ma mère, il voudra venir. C'est normal.

– Hé ? me ramène la voix de Jonathan. Louis demande si tu es prête à rentrer.

– Toi d'abord. Tu habites où ?

Jonathan est mineur, je réalise que j'aurais dû poser la question plus tôt.

– Chez Sully.

Mes yeux s'écarquillent de stupéfaction.

– Lower Manhattan. 474 Grand Street, indique-t-il à Louis alors que la Bentley quitte le trottoir et que ce dernier acquiesce, visiblement au courant de l'adresse.

Ma réaction naturelle aurait été de m'extasier devant cet exploit techniquement impensable, mais la vérité, c'est que Sully m'a toujours intriguée et que j'ai envie d'en apprendre plus.

– Et tu t'entends avec lui ?

– Ça va. Il est cool.

Cool comment ? Je déteste ce terme fourre-tout qu'ont les adolescents, on ne sait pas ce qu'il veut dire. Cool, je m'éclate avec lui aux jeux vidéo ? Cool, il ramène des nanas tous les soirs ? Ou cool, ça va, je risque rien ?

– Tu sais qu'il est allé en prison ?

– Ouaip ! Il m'en a parlé. Il avait deux gosses et une femme, tués dans un attentat-suicide à la voiture piégée. C'est moche. Moi, j'aurais fait comme lui. J'aurais détourné les missiles de l'armée sur les convois des coupables avec mon portable. Quitte à ce que des missiles tuent quelqu'un, autant que ce soit les méchants. J'admire ce type !

Je me tais.

Parce qu'en fait, je ne sais pas quoi dire.

36

MATT

Je suis maudit depuis l'enfance.

Il n'y a pas d'autre explication. Le bonheur est une belle théorie mais s'il existe, alors il n'est pas pour moi. Le hic justement, c'est que je commençais à y croire à leur foutu bonheur à la con qui va me transformer en pingouin sans tête du lundi matin. Alex connaît à présent la vérité, la part sombre que je peux partager avec elle et accepte celle plus secrète dont je ne peux pas lui parler.

Preuve qu'on a bigrement évolué.

Je guette Lars du coin de l'œil qui est le dernier à se lever de table. Alors que tout le monde est tendu ou gêné, lui hausse les épaules et me regarde avec un air d'acolyte. D'un signe de tête discret, il me fait implicitement comprendre qu'il me laisse régler ça avec ma mère. J'aime bien ce type. Il trouve drôle quand Rob apprend des mots cochons à Lizzie mais n'en donne pas moins des tapes derrière la tête de son aîné. Il ne veut rien savoir de la sexualité de son fils mais tout de celle de sa fille, même si, pour le moment, il ne doit pas y avoir grand-chose à en dire. Autre facette appréciable de sa personnalité, les prises de tête récurrentes entre ma mère et moi ne sont pas son fort. D'autant que je ne suis pas son fils et qu'il n'a jamais essayé de me convaincre que je l'étais.

Lars ne triche pas et ça me va.

Je le regarde quitter la pièce en direction de son bureau situé à l'étage en dessous, sans un regard pour sa femme. Je sais qu'il lui donne tort quand il agit ainsi, mais il ne lui en fera jamais le reproche. J'imagine que c'est sa façon de l'aimer. Parfois, je l'envie.

– J'emmène Lizzie faire un pinball, nous glisse Robert en quittant la pièce avec ma sœur.

Je hoche la tête pour lui signifier que j'apprécie, même si, au final, il sait que j'en ferais autant pour lui. Une fois tout le monde dehors, je m'avance vers ma mère qui continue à me fixer de son regard de pierre, debout dans le salon où elle a fini par s'isoler avec un verre de scotch.

En véritable amateur, Lars peut se targuer de posséder les jus des plus vieux alambics des Highlands. Je prends le temps de m'en servir un, tout en lui jetant un regard de côté. Longue jupe ample qu'elle porte avec un chemisier vert émeraude, elle n'a aucun remords après son attaque de merde. J'avale une gorgée.

Le Dalmore me fait le même effet que ma femme lorsqu'elle me prend dans ses bras. Une sensation de chaleur saine à l'intérieur qui se répand progressivement ensuite au creux de mes reins et me donne envie d'aller chatouiller sa chatte enchantée et humide en prenant tout mon temps pour y mettre le feu. Le coin de mes lèvres s'étire sans le vouloir en repensant à sa sortie.

– Vas-y aussi, défends-la ! me fustige alors ma génitrice.

Ça ne servirait à rien.

– Je n'essaierai même pas.

Elle lève les yeux au ciel, l'inconsciente.

– Et pourquoi ? Tu es déjà passé à autre chose ? m'asticote-t-elle.

Passé à autre chose ? C'est ma femme, putain !

Je cherche quand même à rester courtois :

– Je n'essaierai pas parce que tu la détestes. Dis-moi pourquoi tu la détestes ? dis-je le plus neutre possible.

Ce qui, compte tenu de ce qu'elle lui a balancé à table, est un exploit. La méchanceté de ma mère envers Alex est trop aberrante, quelque chose m'échappe forcément. Quoi ? Je suis si près d'obtenir ce que je veux avec elle : être heureux, voir notre vie bâtie à deux comme une forteresse, pas comme une prison de solitude. Est-ce trop naïf de croire que si nous sommes en sécurité dans notre propre histoire, alors plus rien ne pourra nous séparer si nous ne le pouvons pas nous-mêmes ? Et cet instant serait gâché par ma mère ?

Je dois réellement être maudit.

– Elle n'est pas pour toi, c'est tout ! s'entête l'autre bornée sans plus d'explication.

Pas suffisant. Essaie encore !

– Tu ne la connais pas. Père pense que c'est moi qui ne suis pas assez bien pour elle. Moi je pense que je suis prêt à le devenir.

Et c'est vrai. Depuis qu'Alex a accepté de faire sa vie avec moi, elle me donne envie de lui montrer à quel point je peux devenir un mec bien pour elle.

Mais le rire trop aigu de ma mère me transperce l'âme.

– Dommage que tu aies déjà tout foutu en l'air, alors ! me décoche-t-elle, sarcastique.

Je fronce les sourcils.

– Que veux-tu dire par « déjà » ?

– Eh bien la vidéo. Elle est de toi, non ?

Je la fixe, décontenancé.

– Je ne suis pas responsable de la vidéo, dis-je le plus calmement possible.

– Non ? Ce n'est pas ce que dit Tricia. Que feras-tu quand ta petite chérie le saura et qu'elle déposera une plainte contre toi pour avoir flingué sa carrière ? Débarrasse-toi d'elle maintenant, ce sera moins compliqué que plus tard. Fais-lui un chèque et elle dégage !

Je soupire lourdement mais je ne peux m'en prendre qu'à moi-même. Le jour où j'ai recommandé Tricia à ma mère pour son image publique, j'aurais dû me virer moi-même tellement l'idée était mauvaise. Depuis, l'autre tarée n'arrête pas de la monter contre moi sous prétexte que c'est pour mon bien.

Comme si j'étais un enfant dans les jupes de sa mère.

– Entre ton fils et Tricia, c'est Tricia que tu crois ? Une fille qui enchaîne dépression sur dépression et me court après depuis quinze ans ?

– Cette fille au moins n'est pas celle de Victor, s'éparpille-t-elle à bout d'argument. Et elle a le mérite de la constance, *elle*.

Si je suis resté pour lui parler, c'est pour m'assurer qu'Alex ne puisse pas m'être arrachée par un acte débile de ma mère dicté par la jalousie ou je ne sais quel fléau féminin auquel les femmes se livrent entre elles par méchanceté.

Parfois, sérieux, c'est mieux d'avoir une bite.

Mais maintenant que je suis là et qu'elle se comporte comme un être monstrueux à me sortir n'importe quelle vacherie, je n'ai franchement qu'une envie, c'est d'agir comme le connard que je suis en vérité.

Tant pis pour elle !

– Qu'est-ce qui te déplaît le plus en vérité ? Que Victor Brauer soit venu me voir dans ton dos pour me parler de toi ou qu'Alexiane soit sa fille ?

Je raconte n'importe quoi, en fait. Je fais comme elle.

Victor est bien revenu me voir quelques semaines avant de se pendre mais il ne m'a jamais rien dit sur ma mère, ni sur le dossier Toyota Motors qui, pour lui, était clos depuis des lustres. Je n'ai jamais su ce qu'il voulait au juste. On a parlé business, de la vie, des femmes, de tout, de rien. C'était trop bizarre. Mais aux yeux rouges et humides de ma mère, je vois que j'ai touché juste.

– Tu mens ! Victor ne t'a rien dit ! se récrie-t-elle dans un élan de peur.

Et là, je comprends.

Elle était folle de lui, putain ! J'aurais dû m'en douter. De ce que j'ai vu de Victor, cet homme était plus que séduisant. Son charme avait quelque chose de sauvage et d'accidenté inhabituel, presque insolent. Le genre de charme que les femmes redoutent tout en adorant.

Comment ma mère aurait-elle pu résister ?

– Au lieu de t'occuper de ma femme, tu ferais peut-être mieux de t'occuper de ton mari et de sa manière de fermer les yeux…

Je réalise alors la connerie que je viens de faire. Je viens de comprendre ce qui me perturbait lors de ce dîner. Ce qui *la* perturbe.

Je te tiens…

– Lizzie n'est pas la fille de Lars mais celle de Victor, n'est-ce pas ?

En vérité, le choc est aussi grand pour moi que pour elle.

– Tu es un manipulateur ! Tu es une brute, Matthew ! m'accuse-t-elle dans un dernier sursaut d'espoir, attendant que je retire ce qui m'apparaît, hélas, de plus en plus clair.

L'angoisse dans sa voix lui fait couler une larme et m'oblige à baisser d'un ton. Je ne veux pas lui faire mal. C'est ma mère. Je sens qu'elle veut me toucher tout autant qu'elle veut me blesser. Elle aussi lutte contre elle-même en quelque sorte.

J'essuie sa larme sur sa joue tout en essayant de la rassurer à voix basse :

– Je ne veux pas agir comme ça avec toi, tu es ma mère…

J'ai toujours su que quelque chose ne tournait pas rond chez ma mère pour abandonner son enfant à la maternité dès le premier soir, mais je n'arrivais pas à évaluer le danger. Maintenant, je le vois.

– Tu pensais que j'étais aussi son fils, c'est ça ?

Ce n'est pas un reproche, j'essaie juste de comprendre. Mon père a fait faire un test ADN avant de me reconnaître, ce qui m'a valu de passer quelques mois à l'orphelinat de Newcastle avant qu'il accepte de m'intégrer à sa nouvelle vie avec la mère de Paul. Maintenant, je perçois pourquoi il en a eu besoin. Vincent *savait* et ne voulait pas m'aimer au cas où il devrait me renvoyer.

Mauvais départ.

– C'est pour cela que tu m'as abandonné si vite. Tu as su tout de suite quand tu m'as vu que je ne l'étais pas. Je ne lui ressemble pas. En revanche, Lizzie et Alexiane, oui.

Je conçois mieux son malaise à table. Placées côte à côte, la ressemblance entre ma femme et ma sœur est troublante. Toutefois, personne n'y penserait d'emblée. En revanche, Eléonor l'avait remarqué dès sa première rencontre avec Alexiane, à l'Institut du monde arabe. C'est un aveu.

Je dois sortir de cette maison avant que Lars entende quoi que ce soit, même un étage plus bas. Ma mère est une salope qui a trompé son mari avec son meilleur pote. Ses deux maris, en fait. Ce qu'elle a fait est inacceptable.

– Je ne veux plus la voir, lance quand même l'intéressée dans un dernier ressaut d'orgueil. Ne l'emmène plus jamais aux fêtes de famille, ni à ta soirée de lancement, tu entends ?

Son ton m'exaspère. C'est elle la fautive.

Toutefois, je comprends pourquoi elle la déteste. Par sa seule présence, Alexiane peut faire capoter sa gentille petite famille. À aucun moment, elle ne pense à s'excuser auprès de Lars qu'elle a trompé ou auprès de Lizzie à qui elle ment tous les jours, comme la mère d'Alexiane l'a fait avant elle pour le résultat qu'on connaît. Ni auprès de moi qui ai payé la note au prix fort.

Bordel ! Y a-t-il un seul parent honnête sur cette planète de barges ?

– Je ne ferai pas souffrir Lizzie mais toi non plus. De plus, Alexiane bosse sur le projet MHG Synthesis.

Je ne la laisserai pas faire.

– Crois-moi ! Je le ferai. Lars a prévu d'y assister avec ses confrères. Tout le gratin du Mount Sinaï Hospital a été invité. Si elle vient à cette soirée, je lui dirai pour Ancalagon, me jette-t-elle au visage emportée par ses émotions.

Ce dernier mot m'envoie un véritable électrochoc frontal.

Tel que je suis obligé de reculer. Surpris même qu'elle en connaisse l'existence. Je secoue la tête pour reprendre mes esprits et prends le temps de m'assurer que tout ça est bien réel. Ma mère ne sait rien du Kivu. Elle ignore même qui est le père Adelphe. Je lui dirais que c'est un maître verrier réputé pour ses vitraux religieux sur la banquise qu'elle le croirait. Le seul truc qui l'intéresse dans ma fondation, ce sont les putains de soirées mortelles que Debra m'oblige à organiser deux fois l'an. Comment a-t-elle su ?

Son rictus assouvi me donne envie de vomir.

– Alors ? jubile-t-elle. Avec ou sans elle ?

Je n'arrive plus à faire la part de mes émotions.

– Ce sera sans, dis-je d'une voix éteinte.

Une chose est sûre, ma mère ne vivra pas avec cette épée de Damoclès permanente. Je la connais trop. Elle va attendre le bon moment pour frapper et se débarrasser d'Alex. J'imagine à peine comment. Putain, c'est le comble ! Mon père a détruit ma vie dès les premières années. Ma mère va détruire ma vie *maintenant*.

Je ne sais pas si je pourrai le supporter.

Quand j'arrive au 4x4 noir, je commence à retrouver mes esprits et réalise l'énormité de ce que je viens de découvrir. Ma mère et la mère d'Alex ont aimé le même homme. Est-ce qu'elles se connaissent ? Ma mère est plus âgée, donc la logique voudrait que non. LabelK sera obligatoirement convié à la soirée de lancement de MHG Synthesis. Comment Alex pourrait ne pas en être ? Alors même que c'est sa place par le simple fait qu'elle est l'épouse de l'organisateur et qu'elle bosse sur le projet.

Comment vais-je faire avaler ça à Alex, putain ?

– Est-ce que tout va bien, monsieur ? m'apostrophe Verdi d'une voix tendue.

Je relève la tête, étonné qu'il s'en soucie. En même temps, un couple qui rentre au même endroit avec deux bagnoles différentes, il doit bien se douter qu'il y a de l'eau dans le gaz.

– Alexiane est rentrée ?

Il hoche la tête pour dire oui.

– Louis vous a envoyé un message, monsieur.

Je réalise alors que je n'ai pas récupéré mon portable après que Lizzie me l'a demandé. D'ailleurs, pourquoi en avait-elle besoin ? Ah oui, le numéro d'Alex. C'était une gentille attention. Elle est bien cette gosse. Pourvu que personne ne la brise. En tout cas, ce ne sera pas moi. Je ne dirai jamais rien.

– Je vous ramène au B-One, monsieur ?

Une question m'obsède mais je grimpe à l'arrière en lui disant :

– Ça vous tente un snooker billard, Zach ?

– Le Rose Bar ? me propose-t-il en croisant mon regard dans le rétro intérieur.

Si Alex a été capable de me pardonner mes erreurs passées, le fera-t-elle pour celles que je suis en train de commettre ? *Pas sûr.*

– Parfait, j'ai besoin d'un verre.

Ou plus. Il faut que je réfléchisse.

– Et moi d'une revanche, acquiesce mon chauffeur.

Et si je lui mentais à propos de cette soirée ? Que je l'envoyais chez ses grands-parents sous un prétexte quelconque ? Avec la complicité de Clive. Ce mec est bien. Je suis sûr qu'il comprendrait. L'ennui c'est qu'un déferlement horrible de culpabilité me ronge aussitôt les entrailles. Nous sommes mariés à présent. Je ne veux plus risquer de la perdre. J'aime sa folie, son côté absurde aussi. Alex est stimulante, brillante. J'en veux encore pour preuve sa façon de retourner la situation au bureau cet après-midi. Alex me pousse à prendre du recul alors que je suis lamentablement accroché à mon histoire pour gérer le Fil rouge.

À tel point que, parfois, j'ai l'impression qu'elle est juste là pour couper le cordon entre mon passé et moi.

Quand j'y pense, j'en suis même venu à aimer sa façon débile de se brosser les dents en coupant l'eau du robinet alors qu'elle abuse des douches. Ça lui donne bonne conscience mais ça ne sert strictement à rien. Le problème est plus global et le résultat sur sa consommation d'eau, nul.

Mais pas moyen de le lui faire admettre :

– Je suis le colibri qui transporte de l'eau pour éteindre l'incendie, a-t-elle fait valoir à juste titre.

Elle avait tout l'air d'un colibri.

– Le colibri n'éteint pas l'incendie, lui ai-je fait remarquer.

– Ça fait rien, je participe !

Ma faiblesse. Mon regard se pose sur mon homme de sécurité. À peine plus âgé que moi, le bonhomme a déjà deux divorces à son actif et je ne lui ai jamais demandé pourquoi. Brusquement, j'ai besoin de savoir.

– Vous avez déjà menti à votre femme, Zach ?

Verdi prend le temps de trouver mon regard dans le rétro

intérieur, surpris que je lui pose une question personnelle. Ce n'est pas un refus. C'est juste qu'ils sont tous habitués à ce que je me foute de tout. Alors je comprends que ça étonne.

– Vous savez quel cadeau m'a fait la mère de ma fille le jour de notre divorce ?

– Pas la moindre idée. Une capote ?

– Non, un manuel. *Mentir, pour mieux vivre ensemble.*

Je fronce les sourcils, pas sûr de comprendre.

– Parce que vous ne lui mentiez jamais ? fais-je en espérant qu'il me dise non.

Allez, dis non !

– Je crois plutôt que les mecs mentent mal. En guise de dédicace, elle me rappelait ce que je lui ai déclaré le jour de notre mariage.

– Vous parlez de vos vœux ?

– Ouais, et ça donnait à peu près ça : « Je sais que tu ne fais pas confiance aux mecs, mais moi, je ne suis pas un salaud comme les autres. Je ne te mentirai jamais. Alors crois-moi si je te dis que je ne t'aime pas et que j'ai juste envie de toi. » Ça ne paie pas toujours la franchise avec les femmes, monsieur Garrett.

Me souvenir de ne plus demander son avis à Verdi.

37

ALEX

Le buzz répété du réveil m'oblige à tendre la main.

À m'extraire de la chaleur de son oreiller pour me retourner. Son odeur disparaît générant immédiatement ma frustration. Le lit est vide de son côté. Pas froissé. Est-ce qu'il a carrément découché ou bien ne s'est-il tout simplement pas couché ? Je consulte mon portable, son chevet, le mien… Rien.

Aucun message. Pas la moindre explication.

La boule au ventre, je sors du lit et me débarrasse de son T-shirt dans lequel j'ai dormi en cherchant à savoir de quelle humeur je me sens vis-à-vis de Matt. Si je lui en veux carrément ou si je le comprends. Aucune idée.

Ça me tue ce silence, ce manque de communication entre nous.

Lorsque je retrouve Luca dans l'espace cuisine, ma poitrine se serre davantage. Toujours aucune trace de mon époux.

– Salut, Luca. Matthew a déjà pris son petit-déjeuner ? essayé-je en tirant un tabouret devant l'unique set de table dressé du comptoir.

– La restauration a livré dans sa salle d'armes.

Voilà, j'ai ma réponse. Il a découché. Elle a un goût amer.

Je frotte le museau frémissant de Sexe qui vient réclamer une caresse d'autorité dans un numéro de charme des plus patauds, pour cacher à Luca la déchirure que la mention de cette salle m'impose. Ce n'est pas comme si c'était une garçonnière dont je puisse demander à mon mari de se débarrasser, c'est aussi, comme son nom l'indique, sa salle d'armes. L'endroit où il se retrouve avec ses katanas, ses cordes, ses émotions, et peut-être d'autres vestiges de son enfance.

Je ne peux rien faire.

– Ça ne veut rien dire, soupire alors Luca, me tirant de mes réflexions. Verdi m'a dit ce matin qu'ils étaient un peu ivres hier soir. D'après ce que j'ai compris, ils ont fini la soirée dans un bar à enchaîner les billards à la hussarde. Même si votre époux n'est pas parfait, il est super confiant depuis qu'il est avec vous…

Sa remarque m'amuse autant que d'imaginer Matt ivre. J'aimerais bien le voir empocher les boules les mains dans le dos avec un coup dans le nez, tiens ! Le majordome dépose devant moi une salade de fruits frais alors que je verse mon Marco Polo noir dans ma tasse en disant :

– Vous êtes sûr que vous le connaissez bien, Luca ? Je ne connais pas un homme plus sûr de lui que Matthew mais… confiant ? Non, ça, il ne l'est pas.

Aucun enfant maltraité n'est confiant.

– Moquez-vous ! Je ne sais pas comment le dire autrement, c'est le mot juste. Il tient compte de lui avec vous. Il n'a pas dû vouloir que vous le voyiez ainsi, ni vous imposer sa mauvaise humeur quand il a bu. Croyez-moi, je sais ce que je dis. L'homme a du caractère mais soûl… C'est mille fois pire.

Touchée par la marque d'affection que je décèle dans ses propos, je lui rends son sourire et décide de ne plus y penser.

Mon mari était juste soûl.

***

Lorsque j'arrive au bureau, l'ambiance est au beau fixe.

– Merci, dis-je à Louis en lui confiant mon casque.

– À ce soir, Alexiane, me sourit-il en enfourchant déjà sa bécane pour repartir.

À l'intérieur, c'est encore mieux. La nouvelle a filtré dès hier soir. LabelK a soufflé un gros client à Marvin Global. C'est énorme. Je m'étonne même que ce ne soit pas déjà dans les journaux si j'en crois l'hystérie qui règne en ces lieux.

Liam et Marcus sont au téléphone et toute la salle du rez-de-chaussée semble avoir été transformée en central téléphonique de campagne pour les présidentielles. Au point que personne ne s'aperçoit de ma présence.

J'essaie d'apporter mon grain de sel :

– Eh bien, tout le monde a été touché par la névrose de l'optimisme ou quoi ?

Abigail me fait signe de me taire.

– Chut, ils sont en ligne avec les plateformes musicales. On a Deezer et Pandora et Marcus traite avec Spotify à l'instant, m'informe-t-elle à voix basse. Tu réalises, le leader mondial du streaming musical va bosser avec nous. C'est le nom de ton mari qui fait ça, ajoute-t-elle en notant ma surprise.

Madline se retourne et me saute au cou :

– Ah, tu es là ! Ton mari est génial. Et pas du tout vénal. Je n'aurais jamais cru qu'il accepte de nous mettre loyalement en concurrence avec une star comme Dries. Tu te rends compte du risque qu'il prend ? Si on n'est pas à la hauteur, c'est lui qui se fera juger sur son manque de flair. Pas nous !

Je n'avais pas vu ça comme ça.

Brusquement, la réflexion de Madline fait naître une angoisse dans mon esprit que, dans l'euphorie de la victoire sur Dries, je n'avais pas prise en compte. Karim va-t-il jouer le jeu ? Il ne s'est pas vraiment prononcé hier. Mis en minorité par ses associés, il n'a pu qu'acquiescer. Et si j'entraînais mon mari dans des risques inconsidérés ?

– Et Kar, ça va ?

Madline saute sur place en voyant Marcus lever le pouce tout en continuant à parler dans le combiné.

– Si je peux te donner un conseil, évite de le croiser. Ce matin, il est *furieux* !

Pour joindre le geste à la parole, elle éclate son carré dégradé et simule le rugissement d'un lion toutes griffes dehors. J'explose de rire.

Mais je ne dois pas me laisser distraire.

– Qu'a-t-il dit exactement ? dis-je le plus sérieusement du monde.

Mon expression soucieuse la calme.

– Eh bien, tu connais Kar, hésite-t-elle, je ne sais pas ce qui lui arrive, on dirait qu'il n'a pas obtenu ce qu'il voulait…

Soudain, elle se frappe le front.

– Oh bonté, j'ai compris !

Après un coup d'œil à gauche et à droite, Madline m'entraîne avec elle dans le couloir, pour s'assurer qu'on est bien seules.

– Merde, c'est toi qu'il n'a pas obtenue, et ton mari est notre plus gros client ! C'est la poisse. Tu penses que Kar a compris ou je dois le surveiller ?

Je rougis un peu.

– J'ai vraiment été claire : je suis mariée.

Elle dodeline de la tête.

– Oui, mais c'est Kar, là… Et tu ne serais pas sa première, avoue-t-elle sans cacher son scepticisme quant à son boss. Si elles lui courent après, pourquoi dirait-il non à un p'tit coup vite fait ?

Je reste interdite alors que Madline poursuit comme si de rien n'était :

– Je t'envie, soupire-t-elle. Ce n'est pas à moi que ça arriverait d'avoir deux canons comme ces deux-là qui s'intéressent à moi.

Tout en feignant de l'écouter, j'analyse les conséquences sur le plan du boulot. Je refuse de penser au reste.

– Tu penses qu'il y a un risque pour mon mari ? Je veux dire professionnel.

Madline me regarde droit dans les yeux avec franchise.

– Je ne sais pas… Kar a fondé LabelK, c'est aussi son intérêt. Et puis Liam et Marcus ne le laisseront pas faire. Crois-moi, ils ont leur petit caractère. J'irai trouver Liam si besoin, accroche-t-elle avec un petit sourire évocateur.

La tendresse qui ponctue sa phrase me fait comprendre qu'elle n'est pas insensible au charme de l'Australien. J'ai donc une alliée. À moitié rassurées, Madline et moi grimpons vers nos bureaux, bien décidées à ne pas nous laisser abattre. Si je veux protéger Matt, je dois faire en sorte que ce projet marche.

C'est la seule solution.

– Au boulot ! m'exclamé-je en allumant mon ordinateur.

– Je passe plus tard, convient Madline avant de rentrer dans le sien.

Pendant tout le restant de la matinée, je me familiarise avec l'ADN du Fil rouge puisque c'est la partie qui m'échoit, laissant à Liam et Jo la conception de la plateforme et à Marcus et Kar celle de son développement.

Je griffonne encore quand la voix de ma collègue retentit sur le seuil :

– Bon, on y va ? J'ai super la dalle !

Au moment où elle prononce ces mots, je réalise que l'heure de mon « déjeuner de la vérité » a plus que sonné.

– Désolée, je déjeune avec ma mère, lui dis-je en attrapant mon sac à la hâte.

– Oh, eh bien, alors ça va me faire un prétexte pour rejoindre les garçons chez Spotted Pig, lance-t-elle dans un sourire éclatant.

Le restaurant choisi par maman est à dix minutes à pied si j'en crois ce que m'a dit Louis ce matin. En marchant sur Washington, je glisse mes écouteurs dans mes oreilles avec Alice. On the roof colle pile à mon humeur. Machinalement, je vérifie mon portable en balayant l'écran dans l'espoir d'y trouver un message, et mon cœur bondit de joie. Il y en a deux :

[Louis me dit que tu déjeunes avec belle-maman.
J'espère que ce sera plus cool qu'hier soir.
Transmets-lui mes compliments.
Mais s'il te plaît, fais-moi l'amour ce soir. G]

C'est maintenant que tu fais surface !

[Moi qui croyais avoir perdu mon mari dans un bar !
Le sexe n'est pas l'unique moyen de communiquer, Guerrier !
Et les SMS à la hussarde, tu connais pas ? G]

En lisant la réponse, je manque m'étaler sur le trottoir :

[C'est pourquoi j'essaie de t'offrir une fondation, Civilité !]

[OMG ! Repose ton portable
immédiatement, Matthew Hayden Garrett !]

Il ne manquerait plus que ça pour que sa mère me lynche !

[Je garde la hussarde pour ce soir, chérie ! G]

Ce type va me faire mourir. C'est ça le hic avec Matt Garrett, il est sérieux mais totalement en dehors des clous. Tout ce qu'il propose est dément ou carrément déplacé mais il se débrouille toujours pour que j'adore. Consacrer mon temps au Fil rouge, je n'y aurais jamais pensé mais j'adorerais. J'ai toujours eu plein d'idées et jamais de moyens. Excitée comme une puce, je mets tout ça de côté dans un coin de ma tête sans que je sache vraiment pourquoi je dois le faire, puisque, de toute façon, il ne va pas me lâcher.

Le second SMS, plus long, est de Jonathan :

[C'est trop cool, Alex ! Tu verrais le gymnase de ton mec !
C'est un ancien club de boxe où Mohamed Ali a joué.
Jack LaMotta, Wilfred Benitez, Pipino Cuevas, Roberto Duran…
Ils sont tous passés par là. Il y a encore un ring.
T'es sûr qu'il faut faire des travaux ? Ça fait très combatif, tu sais.]

Ma vue se trouble en lisant ces mots.

Ça calme et remet les choses à leur place. Un enfant ne devrait jamais avoir à combattre, jusqu'au jour où combattre reste la seule option. Alors l'enfant, pour survivre, devient Guerrier. Trop tôt. Trop vite.

Je ne comprends pas comment il fait pour me donner constamment envie de le protéger comme un tout petit enfant alors qu'il est si fort. Même un fou ne pourrait le dire. Matt Garrett, c'est ce mec arrogant, ce connard égoïste au comportement borderline qui fait vibrer toutes les petites culottes parce qu'il a une belle gueule, mais… ce n'est pas ça. Ce mariage est sûrement mon plus grand combat et j'en savoure chaque seconde la fierté que je sens s'étendre pour lui dans ma poitrine. Un vrai raz-de-marée. Un envahissement exceptionnel produit par une vague dont j'ignorais l'existence. *L'espérance.*

Et face à cette vague, je coule comme une pierre.

Quand je foule la moquette de la salle du Perry St, presque à regret, je me sens déjà moins sûre de moi. Le cadre est très design mais bruyant, et toute l'angoisse que j'avais mise de côté sur ce que va m'apprendre ma mère me revient en boomerang, d'un coup. Mes oreilles bourdonnent en guise d'avertissement.

Ai-je vraiment envie de savoir ?

L'hôtesse au sourire accueillant m'accompagne à sa table et je suis d'emblée surprise d'y voir appuyé contre le siège à côté d'elle un sac à tableaux professionnel dont se servent les artistes pour transporter leurs toiles. Deuxième surprise, deux Vodka Lemonade attendent sur la table.

Ma mère ne boit jamais autre chose que du vin le soir ou du thé glacé à midi. Je fronce les sourcils alors qu'elle se lève en m'apercevant. Elle a coupé ses cheveux et adopté un carré court faussement négligé très féminin.

– Alexiane… s'émeut-elle d'une voix étranglée en me serrant dans ses bras.

– Maman, gémis-je la gorge nouée à mon tour.

Les larmes me piquent les yeux. Mes émotions s'éparpillent dans tous les sens. J'ai beau lui en vouloir, en sa présence tout s'efface. C'est tellement bon de la retrouver que je m'en veux d'avoir tant attendu. Je respire son odeur de maman et tout revient. Ma mère sent le printemps.

– Sweetie, sweetie, tu es magnifique ! s'exclame-t-elle des trémolos dans la voix en me tenant par les épaules et en me regardant de haut en bas. Et très élégante. Regarde-toi !

Elle a du mal à retenir ses larmes. Seigneur, moi aussi, je vais pleurer comme un bébé si elle continue. Je décide de m'asseoir à ma place en me forçant à faire passer la boule dans ma gorge avant qu'on se donne en spectacle.

– Tu penses que nous allons avoir besoin d'un remontant ? fais-je d'un ton que je veux léger en désignant le cocktail posé devant moi.

Une veine gonfle alors sur son front, elle en a besoin. La dernière fois que j'ai vu ça, c'était quand j'ai raté ce fichu avion et que je me suis fait arrêter la veille de Noël. Maman était bel et bien furieuse contre moi et contre l'agent de la sécurité à qui j'avais montré mes seins et m'a passé un sacré savon.

– J'ai pris la liberté de commander pour que tu ne sois pas en retard au bureau, biaise-t-elle avec tact. Leur tartare est excellent… Tu aimes toujours la viande crue, n'est-ce pas ? me demande-t-elle après un instant d'hésitation.

Je déplie ma serviette sur mes genoux en évitant de lui rappeler que je *déteste* la viande crue. Qu'en fait, je déteste la viande tout court.

– C'est parfait, merci.

Ses yeux traînent sur moi, mes épaules, mes cheveux, mon alliance. Ce regard n'est pas maternel. Il me met mal à l'aise. On y est. Le moment des explications est venu. J'enclenche dans ma tête le compte à rebours comme si j'allais entrer en scène à mes risques et périls. 5, 4, 3, 2, 1… Go !

– Merci encore d'avoir fait ce voyage pour me parler de mon père, commencé-je, la voix légèrement tendue. Je suis ravie aussi de te voir, mais si tu dois juger mon mari, ou critiquer mon mariage, je préfère qu'on déjeune en faisant comme si tout cela n'existait pas…

Ma mère fronce les sourcils et ouvre le bouton de son blazer pour se mettre à l'aise, dévoilant un chemisier blanc ajusté qui montre clairement qu'elle a maigri, et c'est alors que je me demande comment elle a vécu tout ça de son côté.

Pas forcément si bien que ça.

– Eh bien, commençons par ce merveilleux cocktail ! sourcille-t-elle faussement détachée. Il faut que je sois au mieux de ma forme pour éviter le sujet de ton mari.

Est-ce qu'elle s'est mise à boire ?

Reste à voir ce que cache ce nouvel amour pour la vodka. Ou si j'ai sous-estimé les révélations qu'elle a à me faire. Bref, sa décontraction nouvelle produit chez moi l'effet inverse à celui recherché. Dans la seconde qui suit notre première gorgée, nos assiettes arrivent comme par magie et, avant que l'appétit me soit coupé, je décide de mordre généreusement dans la tartine de parmesan grillé qui accompagne les lamelles de bœuf cru.

C'est alors qu'elle se décide :

– La première fois que j'ai vu ton père, j'avais quinze ans. En fait, non… Je ne l'ai pas réellement vu. C'est lui qui m'a vue. Mon père m'avait envoyée faire une prépa à Cambridge, dans leur département d'architecture urbaine, avant d'intégrer l'école de Chicago. Ellen devait m'accompagner, mais c'est l'année où elle a dû porter son corset orthopédique pour sa scoliose…

Ma mère est rouge et c'est vraiment agréable de la voir ainsi. Je n'arrive pas à détacher mon regard de ses joues rosies par l'émotion qui lui donnent un air de petite fille.

– Pourquoi dis-tu que tu ne l'as pas réellement vu ?

Elle passe sa langue sur ses lèvres avant de les mordiller légèrement, on dirait une adolescente. Peu importe ce qu'elle va me dire, ma mère est toujours amoureuse et ça m'émeut.

– Parce que je m'appliquais à ne pas le voir. Dès mon arrivée, j'avais entendu parler de sa bande dans les dortoirs de Lucy Cavendish. Ils étaient trois. Vincent Garrett, Badi Kabbani et Victor Brauer.

Je guette sa réaction en parlant de Vincent. Si elle compare mon époux à son père, je n'aurai aucun problème à me lever et à partir. Cet homme est odieux.

– D'après les filles, toute étudiante sensée aurait dû les fuir.

– Elles t'ont dit pourquoi ?

– Oh oui ! Ils pariaient sur les filles qu'ils allaient mettre dans leur lit avant d'aller afficher le nom du vainqueur à l'extérieur de la fameuse Senate House… preuve à l'appui.

Le fait que je sois en colère contre Eléonor est presque risible si elle a dû subir ça. Je la plains en réalité.

– Je n'ai jamais compris ce qui avait pu les réunir tant ils étaient différents, poursuit ma mère en prenant une nouvelle gorgée de son cocktail. Badi était méprisant et altier à cause de sa famille. Vincent avait toujours une cravate mais, selon moi, c'était le plus vicieux des trois…

Malgré moi, je fais un geste de la main pour l'arrêter.

– Je sais qui est Vincent, maman, dis-je d'un ton sec pour couper court à toute tentative. Crois-moi, je suis d'accord avec toi, et mon mari n'a rien à voir avec lui.

Une chose est certaine, je ne vais pas laisser Matt se faire comparer à son père. Pas plus que je ne dois, moi aussi, l'être avec le mien, ou Karim et Leila avec le leur.

– Victor était grand et ténébreux, écarte d'un geste ma mère. Avec un look de délinquant qui tranchait vraiment avec celui des autres étudiants. J'ai appris plus tard qu'il était pauvre. Il était complètement déplacé à Cambridge. Avec un piercing dans la lèvre qu'il refusait d'enlever et toujours les mêmes bottes éculées qu'on entendait dans les couloirs, hiver comme été.

Bizarrement, je n'ai aucun mal à l'imaginer.

– Comment est-il arrivé là ? Je veux dire, la scolarité est chère à Cambridge.

– C'est l'Arche qui payait ses études.

Je cherche où j'ai déjà entendu ce nom.

– C’est pas une fondation catholique suisse ?

– C’est ça. Ton père était brillant. Comprends-moi bien, seuls les étudiants ayant des notes comprises entre A et A+ peuvent être admis au sein de l’établissement mais lui, c’était… C’était presque une insulte pour les autres. Les profs disaient qu’il survolait tout.

Je me détends un peu.

– Tu as fini par leur parler ?

– Jamais. J’ai passé mon année à les éviter. Ce qui n’était pas difficile. J’étais en prépa archi avec trois ans d’avance et eux en master fin’. En plus, je ne sortais jamais dans les soirées, je préférais les musées. Bref, je suis rentrée à Chicago sans jamais avoir parlé à ton père.

Je m’arrête de manger, abandonnant mes couverts sur mon assiette. L’histoire m’émeut autant qu’elle suscite ma curiosité. Plutôt stressée, ma mère comprend que j’attends la suite.

– Cinq ans plus tard, je l’ai trouvé devant ma fac. À Chicago.

J’écarquille les yeux.

– Comme ça ?

Ma mère ne peut s’empêcher de rire.

– Je ne sais pas comment il a fait pour me trouver ! pouffe-t-elle. Je savais même pas qu’il m’avait remarquée. Il y est venu tous les jours. Chaque fois que je sortais, il était là, sur le trottoir d’en face, sans jamais le traverser. Qu’il pleuve ou qu’il vente, il me regardait avec une telle intensité que le doute n’était pas permis. Il était là pour moi…

Mon cœur de midinette accélère, au point d’oublier ma propre histoire.

– Et tu es allée lui parler cette fois-ci ?

Elle est tellement belle quand elle parle de lui.

– J’ai attendu un mois, mais oui, j’y suis allée et on est rentrés ensemble à pied. La suite, j’aimerais la garder pour moi. Juste te dire qu'il n'a jamais triché. Il était marié, avait un fils, et compte tenu de son histoire, il ne voulait pas divorcer... J'ai eu beaucoup de mal avec ça, mais...

Sa voix se brise et je vois bien qu'elle fait tout pour retenir ses larmes, ses ongles s'enfoncent dans ses paumes. Son silence, malaisé, m'émeut. Je ne sais pas. Dois-je la juger ?

– Ce n'est pas facile l'amour, tu sais, bredouille-t-elle, je...

Le silence qui s'étire depuis sa confession montre que toutes les blessures ne sont pas cicatrisées. Mue par un élan de tendresse, je pose ma main sur la sienne pour qu'elle arrête de se blesser et je pense à Matthew et à mes sentiments pour lui. Ils sont si forts. J'ai la chance qu'il n'ait pas été marié et n'ait pas eu d'enfant.

À sa place, je ne sais pas ce que j'aurais fait. Je peux toujours dire que j'aurais rompu ou pas commencé, et c'est sincère, mais est-ce que j'en suis sûre ?

– Merci, lui murmuré-je en retirant ma main et en reprenant mes couverts pour lui permettre de se ressaisir. Merci d'être venue me raconter tout ça.

C'est alors qu'elle se redresse comme si elle se rappelait pourquoi elle est là.

– Je n'ai pas fini, dit-elle. Mais d'abord, sache que tu as été désirée. Pas une seule fois Victor ne m'a fait l'amour avec un préservatif et il savait que je ne prenais aucune contraception. Nous étions tous les deux conscients de ce que ça impliquait.

Je relève la tête, étonnée. Gênée aussi d'entrer autant dans les détails avec ma propre mère. Je regarde autour de moi, désemparée. La salle est pleine et heureusement bruyante pour nous assurer un peu d'intimité, mais pas beaucoup.

– Euh... Tu as acheté un tableau ?

– Non, c'est notre Paul Klee. Il est pour toi.

Instinctivement, je prends un moment, partagée entre l'excitation d'avoir ce tableau, ici, avec moi, dans ma nouvelle vie, et la tristesse de l'en priver.

– Maman, non, je ne peux pas. Je sais qu'il te vient de lui…

Elle écarquille les yeux, étonnée que je sois au courant, alors je m'explique :

– C'est comme ça que Matthew a eu l'idée de chercher du côté de Victor. À Tokyo, j'ai fait une prise de sang et Matt a appris que j'étais Bombay, comme lui. Il a eu peur que… enfin tu vois, son père et…

Je bafouille, ne sachant pas trop comment m'en sortir sans l'insulter. En même temps, je réalise qu'elle ne m'a pas reprise sur mon groupe sanguin, elle n'a même pas cillé. *Elle savait*. Mais n'a rien dit.

– Rassure-toi, je n'ai jamais revu Vincent après Cambridge et encore moins couché avec lui. J'ai lu dans l'avion qu'il se lançait en politique et, quelque part, ça ne m'a pas étonnée. Il était évident qu'il avait l'habitude d'être en société mais il traitait les autres étudiants comme des sous-produits. Pauvres Britanniques ! J'espère qu'il ne sera pas élu. Ton père venait de la rue mais il avait bien plus d'élégance.

Les mots s'échappent de mes lèvres :

– Tu te souviens quand tu m'as dit que mon époux était ce genre d'homme ? Sans limite.

– J'avais peur, rouscaille-t-elle.

– Matt n'est pas comme ça, maman. Il a quitté la maison à quinze ans après que sa petite amie a couché avec son père dans son propre lit. Il s'est retrouvé sans argent dans les rues de Brooklyn et a vécu l'enfer, tu sais. Son père le battait, maman…

Ma mère semble un peu effrayée.

Aussi, pour une raison obscure, je me mets à lui raconter ma relation avec Matt depuis notre rencontre, ce que j'ai découvert, son enfance sans bonté humaine, la maltraitance dont Karim a été le seul témoin. Comme ça a dû être insupportable l'absence d'attention des autres adultes alors que lui se sentait si seul en enfant maltraité ! Abandonné de tous. Comme ma mère écoute avec attention, je continue en relatant les efforts de mon époux depuis que nous sommes ensemble et son incapacité à dire « Je t'aime » alors qu'il semble attaché à moi.

– Ça ne te manque pas qu'il ne te le dise pas ? s'interroge ma mère.

– Si, mais je veux qu'il soit sincère, maman. Je veux qu'il oublie ce que ces mots ont représenté pour lui. Et s'il y arrive un jour, ce sera un acte extrêmement courageux.

Je sais qu'il se bat.

– Alors je comprends pourquoi j'ai retrouvé en lui un peu de Victor, déclare-t-elle. Pauvre garçon. Au moins, Victor a eu une mère aimante.

De mon côté, je compte mentalement toutes les infractions à l'ASA que j'ai commises mais, en vérité, je m'en fiche complètement. Je veux élargir son horizon à d'autres personnes capables de l'aimer pour qu'il puisse avoir cette vision généreuse de l'amour et s'ouvrir à son tour.

– Que sais-tu de la mort de Victor, mon poussin ? demande-t-elle d'une voix douce. Est-ce que Karim, Cameron ou ton époux t'en ont parlé ?

Je secoue la tête, prise d'un élan de peur inexpliqué.

– Peu avant sa mort, ton père a appris qu'il était malade, m'avoue-t-elle. Une forme très rare de cancer du pancréas. À moins d'une greffe, il n'avait que quelques mois à vivre. Se plier à la maladie n'était pas du tout son genre. Il a mis ses affaires en ordre et il s'est suicidé. Il s'est pendu.

Sous la violence du choc, je porte ma main à ma bouche.

– Mon Dieu, maman…

Bêtement, c'est à elle que je pense.

– Je sais, ce… Ç'a été dur… Je lui en ai beaucoup voulu de me laisser ainsi.

Le temps s'arrête entre nous durant lequel nous ne nous quittons pas des yeux, unies comme jamais nous ne l'avons été jusqu'ici. Pourquoi a-t-il fallu attendre ce moment ? Pourquoi n'a-t-elle jamais parlé ? Et pourquoi le fait-elle *maintenant* ?

Comme si elle avait deviné, elle répond :

– Victor m'a demandé deux choses la dernière fois qu'on s'est vus. Je ne t'en ai pas parlé avant parce que la consigne était très précise. Je devais te donner ce tableau et ceci, dit-elle en sortant une enveloppe colorée de son sac à main. Mais uniquement lorsque tu prêterais ton serment d'avocate. J'imagine que sans cette horrible vidéo, ce serait chose faite…

Surprise, ma main s'immobilise au-dessus de la table sans parvenir à saisir l'enveloppe qu'elle me tend. Un froid glacial m'envahit, la honte sceptique et méfiante. Il est beaucoup plus facile d'avouer ses défauts à sa mère que ses hontes.

– Alors, tu sais pour la vidéo…

Elle hoche la tête.

– Quand tu es partie, j'étais très mal, m'explique-t-elle. Max est venu passer quelques jours à la maison avec moi et… il me l'a montrée pour que je comprenne.

Je passe outre l'engueulade que je réserve à Max. Pour l'instant, j'ai d'autres priorités. Je saisis l'enveloppe. C'est un scrapbooking étrange. Le collage a été fait dans une reproduction du tableau de Paul Klee et cacheté à la cire de façon à ce qu'aucune possibilité d'ouverture discrète ne soit possible sans déplacer le dessin et alerter ainsi le destinataire.

Je la regarde, il n'avait pas confiance en elle ?

– Papa savait les études que je faisais ?

Ma mère me sourit avec bienveillance comme elle le faisait quand j'avais cinq ans, et je réalise que, pour la première fois de ma vie, je viens d'utiliser un mot qui m'était inconnu jusque-là et que je n'aurais jamais cru employer un jour.

Je dois tenir. Il n'y a point d'émotion petite, c'est un des enseignements que j'ai appris des difficultés de Matthew à ressentir les choses. Il n'y a que des instants de vie qu'on prend à bras-le-corps et on fait avec.

– Plus que tu ne le penses, s'amuse maman en fixant un point derrière moi. Il t'a suivie depuis le départ. Il avait toutes tes notes et discutait souvent avec tes professeurs de ton orientation. Officiellement, il était ton tuteur censé représenter tes grands-parents restés à Chicago.

– Waouh !

Ma mère confirme de la tête.

– Victor était impressionnant, ma chérie, convient ma mère. Personne ne lui posait trop de questions. De plus, c'est lui qui payait pour tes études. L'Alta Rossa aussi, nous n'avons jamais manqué de rien. C'est ce que font les hommes.

Je frémis de la tête aux pieds à ces mots.

– Ce que font les hommes ?

– C'était la phrase clé de ton père pour que je lui mange dans la main, murmure-t-elle en rosissant et en baissant les yeux. Et ça marchait, je ne protestais plus du tout après ça.

Je fonds. Le choc est si immense que j'ai du mal à ravaler mes larmes, je cligne des yeux. Toutes ces révélations qui balayent tout ce en quoi j'ai cru me mènent de travers. Mon père m'aimait, à sa façon, mais il m'aimait.

Je fixe l'enveloppe, je suis sûre que le pliage est de lui.

– Tu sais ce qu'elle contient ? je lui demande.

– Non, fait-elle avec une évidente curiosité dans le regard.

Je n'écoute plus. Mes doigts rompent la cire devant elle, tant il est évident que nous devons partager son message ensemble. C'était l'homme de sa vie. Celui qui m'a donné la mienne. Peu importe si on est dans un restaurant bondé en plein cœur de Manhattan, on pourrait tout aussi bien être en plein centre commercial au moment des soldes, j'ai trop attendu. Le collage se rompt sous mes doigts impatients, j'écarte les pans de papier, et là, c'est le choc.

Je suffoque. Plus d'air.

Respire, Alex ! Inspire, expire, et recommence.

L'enveloppe contient une carte microSD mais ce n'est pas ça qui bloque ma respiration. Non, ce qui bloque ma respiration, c'est la photographie sur laquelle la carte est insérée. Un dragon noir ailé dont les ailes finissent en flammes circulaires tout autour. *Mythique*. Symbolique comme une empreinte. Ce n'est pas n'importe quel dragon. Celui-là, je le croyais unique. Je me trompais.

C'est le Dragon Noir Guerrier de Matthew.

Maintenant, seulement, je connais son vrai nom.

Ancalagon le Noir.

III

REVEAL YOU

38

MATT

Alors que je suis capable de bluffer les érudits des plus grandes universités américaines, je regarde les trois hommes assis dans mon bureau qui n'y ont jamais mis les pieds avec la désagréable sensation d'être un attardé tout droit sorti des plantations de *Django Unchained*.

Seule consolation, les G-Men sont aussi paumés que moi.

– Expliquez-moi encore une fois, Sully. Le B-One est équipé de dix-neuf caméras qui, par respect pour ma vie privée, n'enregistrent que les images et pas les conversations. Alors je ne comprends pas comment, avec des caméras muettes, vous pouvez faire parler le téléphone portable du connard à cagoule qui s'est introduit chez moi avant de faire péter nos bagnoles.

Jonathan est plus rapide :

– CHEWIE, ON EST À LA MAISON ! trépigne l'adolescent sur son siège.

Parfois, je déteste ce petit morveux.

– T'es sérieux, là ? Tu viens vraiment de me citer *Star Wars* ?

Verdi a tout le mal du monde à ne pas rire.

– Yep ! Pour nous autres droïdes, ça s'appelle le « cloud », dit-il, désignant d'un geste de va-et-vient rapide Sully et lui.

Une chose est sûre, la présence de Jonathan dans mon équipe rend les échanges trop spontanés mais il faut bien admettre qu'il est doué ce petit con, alors…

– Mets la gomme, R2-D2 ! Je t'écoute, dis-je en rentrant dans son jeu.

– Super ! Alors voilà, quand tu héberges tes photos sur DropBox ou que tu regardes ta télé en différé, t'es dans le « cloud », m'explique-t-il comme si j'avais deux ans. Tu captes ?

– Je sais, mais…

– On est dans le *lointain*, me coupe-t-il, simulant le vol d'un oiseau, bras écartés, comme si cela démontrait tout.

Je serre les dents pour ne pas remettre cet avorton à sa place. Verdi et Sully échangent des regards tendus, je sais ce qu'ils pensent. Ils comptent à rebours le moment où je vais craquer.

Et ils ont raison :

– Ne fais plus jamais ça, Jo ! Je te rappelle que je gère des millions d'informations par jour. Tu crois que je les stocke où ? Dans mon putain de disque dur ? réponds-je sèchement sans pouvoir résister.

– C'était pour t'expliquer, s'excuse le petiot, pas démonté pour deux sous.

J'acquiesce avant d'ajouter :

– Je retiens l'idée, mais non. Apprends à t'exprimer en équipe, Jo. En outre, je ne vois toujours pas le rapport avec le connard à cagoule qui s'est introduit chez moi. À moins que tu me dises qu'il a maté mes photos en écrivant son message sur l'iPad de ma chambre.

Disant cela, j'ai un mauvais pressentiment.

– « *Good, on y va !* »[14] jubile le gamin. Lui aussi était dans le cloud quand il a déposé son message sur ton iPad. Eh ouais,

---

14. Jargon des fans de *Star Wars.*

comme un con, il a utilisé *ta* liaison Internet pour se connecter à *ses* fichiers.

Soudain, Jonathan bondit sur ses jambes.

– « *Le malheur ne t'atteint pas, ne t'affaiblit pas. Seul le bonheur le peut* », déclame-t-il devant nous à la manière de Shakespeare, répétant mot à mot ledit message trouvé en rentrant chez moi.

Verdi, Sully et moi échangeons des regards muets d'ahurissement tandis que Jonathan entame une danse de la victoire digne du Super Bowl en ironisant :

– Comme s'il ne pouvait pas se souvenir de deux phrases tout seul. Piégé, le débris à cagoule ! Cheers ! termine-t-il en saluant une foule imaginaire.

Ça me paraît trop beau pour être vrai.

– Il n'y a pas pensé ? interrogé-je Sully.

Même moi, j'aurais eu un doute.

– Je sais que c'est con, concède celui-ci en jetant un bref coup d'œil inquiet au gamin qui reprend sa place, mais c'est là-dessus que repose tout l'espionnage industriel. Même les plus gros se font avoir. Les mecs bossent dur et s'arrachent pour décrocher de super contrats et après, comme des cons, par souci de sécurité, ils foutent tout dans le cloud. C'est ça qu'on a fait parler. *Le cloud.*

Je hausse un sourcil en pensant à mes propres données.

– Merci de me l'apprendre, le nuage n'est pas sûr pour nous non plus, alors !

En guise de réponse, j'ai droit aux regards croisés de Jonathan et Sully. Ou je me trompe, ou je parierais que ces deux-là nourrissent l'un pour l'autre une réelle connivence, ce qui, compte tenu de la froideur émotionnelle de l'Afghan et de son passé, est assez original.

Le regard de Jonathan revient vers moi.

– Devenir hacker, c'est comme devenir Jedi, riposte l'adolescent avec orgueil. On le fait ou on le fait pas. Il n'y a pas d'essai.

D'un geste paternel sur l'épaule, Sully lui fait signe de se taire.

– Les données de MHG Industrie sont parfaitement en sécurité, monsieur. Disons qu'il y a des trucs à savoir pour protéger ses fichiers dans le nuage, temporise mon responsable informatique.

Rassuré sur ce point, je croise mes mains sur ma nuque et bascule mon siège en arrière tout en les observant.

– Poursuivez, Sully !

– D'après la cam 19 qui filme votre chambre, l'intrus avait un portable Android, développe-t-il. Il s'est assis sur votre lit et a appelé un de ses contacts. Hélas pour les G-Men, l'angle de la cam ne permettait pas de filmer l'écran. Ce qui explique que le FBI n'a pu trouver ni l'appelant ni le destinataire.

Je me redresse, avide d'en apprendre plus.

– Mais vous oui, lui dis-je, commençant à comprendre.

– On a le nom du destinataire. Drajko. Et un portable à carte prépayée. Jo a croisé avec les caméras parisiennes, on voit clairement le type sur sa moto jeter le portable dans la Seine. Sauf qu'on s'en fout puisque – bingo ! – grâce au cloud, on a son adresse e-mail, dit-il en poussant vers moi la copie de son rapport d'activité.

Je consulte rapidement les feuillets, m'attendant à découvrir des colonnes de chiffres ou les données confidentielles de mes dernières acquisitions, mais non.

Preuve que Paul avait tort dès le départ.

Tout ça n'a rien à voir avec les groupes pharmaceutiques. C'est un plan très sophistiqué du B-One new-yorkais, système de sécurité et mouvement du personnel compris. *Mon appart, putain…*

– Mes équipes sont actuellement en train de procéder au remplacement du système, m'informe à bon escient Verdi avant que j'ouvre la bouche.

Je le regarde sans appréhension.

Je ne crains pas le choc terrassant de la vérité qu'il peut m'assener, je crains le poison de la trahison. La trahison, c'est la paroi qu'on ne peut pas rompre et quelque chose me dit que c'est de ça dont il s'agit.

– Comment a-t-il fait ?

Embarrassé, mon homme de sécurité se racle la gorge.

– Je ne sais pas.

Mon portable vibre sur le bois sombre de mon bureau. Importuné dans mes réflexions, je rejette l'appel. J'ai du mal à faire bonne figure. Ce mec peut rentrer chez moi quand il veut. Pendant que ma femme est sous la douche ou endormie. Rien que ça me donne envie de tout casser.

– Qu'avez-vous appris d'autre sur lui ?

– D'abord, il bouge, recoupe Sully. Tokyo, New York, Paris, Londres, Chicago et…

Mon cœur bondit en avant.

– Attendez, vous avez dit Chicago ?

La proximité du danger me colle le vertige. Aucun de nous ne l'ignore, Alex était à Chicago.

– Et de nouveau New York, termine Sully.

– On pourrait hacker les caméras de Chicago, fait valoir l'adolescent, mais on n'a pas son visage. Juste ses godasses.

Autant chercher une aiguille dans une botte de foin.

– On dirait qu'il m'a suivi, dis-je en passant en revue ses déplacements et les miens. Il était partout où j'étais. Sauf Chicago. Je n'y suis pas allé.

– Chicago ne veut rien dire, vous y avez aussi des bureaux.

Je réfléchis, ça se tient.

Seulement, je ne peux pas dire que ce soit un franc succès. J'ai du mal à occulter le fait qu'Alex a séjourné dans cette ville au moment où Drajko y était.

– Et ensuite ? fais-je d'une voix blanche.

– Ensuite, plus rien. Il est muet.

Je serre les poings sur mes accoudoirs.

– Muet, répété-je… Ça veut dire qu'il est ici, à New York ?

Alex et moi sommes à New York.

– Pas forcément, répond Sully. Chaque fois que vous êtes en ligne, votre ordinateur se voit attribuer une adresse IP. On fait un ping sur l'adresse et quand l'onde revient, on sait où il est. Là, il ne se connecte plus, donc on ne sait pas. Il peut être à New York mais il a aussi pu repartir. Bref, on doit attendre qu'il se connecte à nouveau.

Mes phalanges blanchissent sur mes accoudoirs. Ce mec est responsable de la mort de Carroll et du sort de deux orphelins, et on doit attendre qu'il frappe… encore ? Inacceptable.

– OK, conclus-je, frustré de ne pas pouvoir anticiper assez tôt pour éviter un autre drame.

En affaires, il y a une règle souveraine : il faut comprendre pour anticiper. Ça m'énerve de ne pas comprendre ce gars. Qu'est-ce qu'il cherche ? Le fric ? La vengeance ? La célébrité ? Pour nombre d'illuminés, la seule façon de s'offrir une légende, c'est de finir en beauté, de se transformer en feu d'artifice au beau milieu d'un bus scolaire ou en torpille lancée à tombeau ouvert contre un building ennemi. Est-ce ce genre de type ? Pas avec un tel message :

Le malheur ne t'atteint pas, ne t'affaiblit pas.
Seul le bonheur le peut.

Il me connaît. Donc, je le connais.

– Verdi pense qu'il faut communiquer l'info aux G-Men mais

j'attends votre feu vert, m'informe Sully tout en regardant mon homme de sécurité.

Du menton, j'interroge Verdi qui, étrangement, n'a pas l'air en verve ce matin. On n'était pas soûls à ce point pourtant.

– L'agent Cumber est un mec bien, furtif et silencieux, se défend l'ancien de Quantico. On fait comme vous voulez, monsieur. Sachant qu'il faudra être très réactifs quand Drajko se connectera. On pourrait le rater.

La question ne se pose même pas ! Je veux coincer ce fils de pute.

– D'accord, on les prévient. En revanche, Sully gère les connexions. C'est à prendre ou à laisser.

Je les raccompagne à la porte de mon bureau en effaçant le dernier SMS délirant de Tricia sans même le lire, quand un raclement de gorge se fait entendre dans mon dos. Lorsque je me retourne, Verdi me fait signe de revenir en arrière.

Nous attendons que la porte se ferme.

– Je vous écoute.

Il s'adosse contre le mur, les bras croisés sur ses pectoraux à peine contenus dans son T-shirt moulant avant de commencer :

– D'abord, sachez que Sully est au courant. Nous ne voulions pas que le gamin entende. Ça pourrait être gênant.

D'un mouvement du menton, je l'encourage à poursuivre.

– Sully a pu se procurer les images filmées par le réseau qui assure la surveillance londonienne. La capitale compte 500 000 caméras dispersées un peu partout : dans les banques, les gares, les stations de métro, mais aussi les magasins et les boutiques…

– Dont le tatoueur de chaussures, fais-je pour lui signifier que j'ai compris où il voulait en venir. Allez au fait, Verdi. Vous avez reconnu quelqu'un ?

Un oui bref de la tête.

– Une femme est venue récupérer les chaussures commandées par un certain Drajko.

Je fronce les sourcils mais Verdi prend un air plus grave.

– Il s'agit de Tricia, monsieur.

Le déracinement est sans précédent.

– C'est pour cette raison que nous avons éloigné le gamin. Il est trop proche de votre épouse.

– Vous avez bien fait.

La trahison est bien là. Cette bataille perdue qu'il ne nous est même pas permis de livrer. Je dois réellement être maudit quand j'y pense. J'ai pourri la vie de mes parents en venant au monde parce que ma mère était amoureuse d'un autre, et maintenant j'en paie le prix fort avec l'autre conne que mon père a sautée à ma place. Comme si quelqu'un là-haut voulait obligatoirement me punir d'exister.

Pardonne-moi, Alex.

Je dois me blinder pour mieux te protéger. Tricia est une vraie obsédée diagnostiquée schizotypique, qu'on aurait dû enfermer il y a bien longtemps si elle ne menaçait pas de tout révéler à chaque instant. L'argent, les soins spécialisés, rien n'y a fait. Avec ce fou de Drajko de son côté, maintenant elle est capable du pire. Je n'ai pas le choix.

– Tricia ne doit pas savoir qu'on l'a démasquée.

– Non, monsieur.

Étonnamment, je me sens bien. Plus à l'aise avec une femme qu'on hait qu'avec une femme qu'on aime. Je n'ai même pas besoin d'une respiration. Je suis méthodique et glacé pour être plus cruel. Ça peut sembler effrayant, mais c'est la seule manière que je connaisse. C'est ainsi que je suis fait. Je rends les coups en frappant plus vite et plus fort que celui qui veut me frapper.

– Dites à Sully que je veux une prise à distance de l'ordinateur de Tricia.

– Sully a...

Furax d'être interrompu, je lui jette un regard noir et je continue :

– L'immeuble où elle réside est à mon nom. Rentrez dans son appartement, c'est le B22, et sortez-moi le grand jeu : caméras, micros, tout ! Le B21 est libre, installez-y un homme à nous.

– Le B21, d'accord monsieur.

– Posez un traceur à nous dans sa voiture. Elle a une Jaguar F-Type blanche que je lui ai offerte l'an passé. Débrouillez-vous aussi pour piéger son mobile...

– Monsieur ? s'engage Verdi pensant que j'en ai terminé alors que je suis loin d'avoir fini, putain !

En listant tout ce que je lui ai offert, je me rends compte à quel point j'ai été aveuglé par ma propre culpabilité. Mon père a fait pareil, appartement à Londres, invitations dans les plus belles soirées, accès aux cercles d'influence, ce qui finalement me fait considérer que s'être fait sauter dans ma chambre était une sacrée belle affaire pour elle.

– Quoi ?

Je crie presque.

– Sully est déjà rentré dans son ordinateur, monsieur.

Son expression me dit que je ne vais pas aimer ce qu'il a trouvé.

– Le téléphone de Tricia est rempli de photos d'Alexiane. Y compris avant votre rencontre, monsieur. On a des photos d'elle dans sa fac, et même des photos d'elle sortant du RESO.

La nouvelle me fait l'effet d'une porte que l'on claque.

– Avant notre rencontre ? ai-je du mal à articuler.

Là, c'est autre chose.

Parce que ça veut dire que Tricia n'a pas *subi* la présence d'une autre femme, elle l'a *provoquée*. Combien de fois ai-je douté du hasard de notre rencontre ? Dès l'épisode du jacuzzi, j'y ai pensé. Me trouver avec la seule fille capable de lire sous mon tatouage, c'était trop déconnant.

Cette fois, la douleur de la trahison est d'une telle force en réalisant ce que ça implique que je ne peux que le dévisager en lui disant :

– Est-ce qu'il y a des photos qui montrent qu'elle et ma femme se connaissaient ?

Dis non ! Si tu dis oui, je ne suis pas sûr de bien réagir.

– Sully et moi sommes convaincus que votre épouse n'a pas cherché à vous piéger, monsieur. J'ai appelé mon ex… Je… Vous vous souvenez ? C'est moi qui ai voulu faire un stop dans ce café où vous avez rencontré Mme Garrett.

Voilà ce qui le contrarie depuis tout à l'heure, il se sent responsable. J'acquiesce en silence ne sachant pas où tout ça va nous mener.

– Eliane m'avait envoyé un SMS pour que je récupère l'ours en peluche d'Agathe.

Je me souviens parfaitement de ce détail.

On a fait un détour au lieu de se rendre directement à la conférence comme on le fait toujours. Jamais d'hôtel. Jamais de détour. À chaque déplacement, je dors et je travaille dans mon jet. J'acquiesce encore.

– El ne m'a jamais envoyé ce SMS. On s'est tous fait manipuler, admet mon homme de sécurité. Drajko s'est fait passer pour elle et Sully imagine qu'il a fait la même chose pour Alex avec son copain Max.

Je m'éloigne pour m'assurer que c'est réel, puis :

– Tricia voit toujours le psychiatre recommandé par mon oncle ?

– Oui, monsieur. J'ai vérifié auprès de sa secrétaire. Aucun des rendez-vous n'a été annulé.

Je marque une pause pour y voir clair.

– Elle a vu mon père quand elle était à Londres ?

– Oui, monsieur. Sully a retrouvé une réservation on line sur le site du *Sketch* pour un déjeuner. Deux personnes.

L'envie horrible de la tuer sur-le-champ me fait serrer les dents, mais ce n'est rien comparé à l'impuissance que je ressens. Je ne peux pas la confronter. Ni interroger mon père. Je dois attendre de savoir qui est Drajko pour le faire.

Drajko avant tout.

Au Kivu, Luba disait qu'il y a deux espèces de gens : ceux qu'on peut battre et ceux qu'on ne peut pas battre. Ceux qu'on ne peut pas battre, ce n'est pas qu'ils soient plus forts, non. C'est juste qu'ils sont prêts à tuer, disait-il.

Je n'avais que quinze ans et je ne comprenais rien à ce qu'il racontait. Tuer, pour moi, c'était horrible. Même si dans les batailles de bonshommes que j'organisais petit sous mon lit, il y avait les pires méchants de la terre. Je ne voulais plus être du côté des faibles. Pour affronter mon père un jour et qu'il cesse de me battre, je voulais gagner.

Avec le recul, j'ai compris à quel point c'était vrai. C'est ce qui m'a permis de l'emporter face aux Kadogos armés dans l'église. Pour sauver les enfants, j'étais prêt à tuer. Comme eux. Comme leurs mères. Comme les méchants bonshommes sous mon lit. Comme Drajko.

– Est-ce que Louis est à la hauteur ?

– Oui, monsieur.

– Qu'il reprenne son arme et se montre plus discret dorénavant.

Le temps que Verdi sorte de mon bureau, j'appuie sur l'interphone devant moi :

– Monsieur ? s'annonce la douce voix de Barbara.

– Je veux Debra dans mon bureau. Tout de suite !

Un instant plus tard, un toc à la porte m'oblige à remettre à plus tard ce que j'avais commencé.

– Entrez !

Le tailleur gris de Debra passe dans l'entrebâillement. Je l'inspecte rapidement, elle a le visage d'une femme qu'on a dérangée.

– Barbara m'a dit que c'était urgent. On fait vite, se permet-elle, je vais boire un verre au Waldorf avec des gens du *HuffPost* pour obtenir un deuxième article sur ta fondation…

Où elle se croit, là ? Je me retiens de ne pas l'envoyer bouler tout de suite, bien que ce soit tentant avec mon humeur.

– Tu as déjà envoyé les invitations au Mount Sinaï Hospital pour la soirée de lancement d'MHG Synthesis ?

Son sourire se crispe en comprenant que j'ai la réponse.

– Euh… Oui, avec la plaquette et les échantillons des produits…

– Je t'avais dit que je voulais signer toutes les plaquettes, oui ou non ?

– Bien sûr mais… Tu les as validées, et si tu veux qu'ils prescrivent…

Je la coupe froidement :

– Avant qu'on produise ?

Quand son sourire s'efface complètement, je vois tout de suite ce qui ne va pas chez elle. On travaille trop en confiance et elle a pris de la graine. J'aurais dû la virer quand elle m'a fait des avances. Au lieu de ça, je l'ai laissée me tutoyer. Voilà ce que c'est la confiance. Tôt ou tard, le jugement est faussé.

– Je suis désolée, j'ai cru bien faire.

Ce qu'elle ne sait pas, c'est que mon choix est déjà fait.

– Ne recommence pas. J'ai décidé de changer le programme. Organise un séminaire de deux jours dans l'usine de Toronto, réservé exclusivement aux partenaires de santé. Je veux qu'ils visitent l'usine et reçoivent une information complète. Leur déplacement sera à ma charge, évidemment.

– Quoi ? Mais Matt ! Ils n'assisteront pas à la soirée du BBG alors ?

– Non. BBG sera réservé à la presse, à la concurrence, et aux investisseurs.

– Je ne comprends pas. Les gens se réjouissent des soirées mondaines. On va vexer tout le monde et ça va nous coûter plus cher…

– On ne vexera personne, répliqué-je d'un ton sec. Au contraire, je les recevrai moi-même.

Ma responsable communication écarquille les yeux, n'y croyant pas.

– Tu vas rester deux jours à Toronto avec eux ? Je croyais que tu y allais uniquement pour le conseil d'administration, bredouille-t-elle.

– Vois ça comme un lancement privilégié. Chacun d'entre eux pourra, à son retour, confier à la presse les confidences que je leur ferai sur le projet.

La professionnelle en elle flaire tout de suite le bon filon.

– En effet, ça risque de générer de bons articles, reconnaît-elle.

– Et tu es ravie quand les articles sont bons, lui dis-je en la voyant se lever avec le sourire.

– Je viens avec toi à Toronto ? se ravise-t-elle avant de quitter la pièce.

– Préviens ton staff pour te remplacer.

En même temps que la silhouette familière de Rob croise celle de Debra sur le seuil, je griffonne un mot à ma mère sur un bristol à lui envoyer avec un bouquet de fleurs. Qu'elle se débrouille pour expliquer à Lars pourquoi elle doit le suivre à Toronto au lieu de pavaner dans le Brooklyn Botanic Garden, tiens !

Sa petite provocation était complètement nulle.

Je lève la tête et prends le temps d'examiner mon frère pour connaître son état d'esprit après l'accrochage d'hier soir. Mains dans les poches, allure ralentie et regard vague, il a le visage d'un mec qui n'a pas dormi de la nuit, ce con.

– Quoi ? grogne-t-il à mon endroit d'un ton bourru inhabituel.

Je cherche une enveloppe, bien décidé à l'ignorer.

– Si t'es venu me faire la leçon parce que notre mère a pleuré dans ton giron, tu peux aller épouiller quelqu'un d'autre ! Je ne suis pas d'humeur.

– Ne te mets pas en rogne, je n'ai aucune intention de m'en mêler, rétorque-t-il en s'asseyant. C'est juste que t'as pas l'air d'un mec qui a pris son pied avec sa femme. Il y a de l'eau dans le gaz ?

Je cachette et relève la tête :

– T'as pas vu la tienne ! Tu tires une tronche de trois kilomètres alors que tu viens de baiser. Je ne veux même pas savoir combien de fois et avec qui tu l'as fait, ni comment tu t'es débarrassé de Lizzie pour aller faire tes p'tites affaires.

Le visage de mon frère se referme, un truc ne va pas.

– Ça va ? m'enquiers-je plus sérieusement.

– Ouais…

Je suis sûr que non pourtant.

– J'ai appris par Alex hier soir que Margo venait assister à un séminaire au Marriott la semaine prochaine.

Je grimace un peu en lui demandant :

– Tu l'as contactée pour remettre ça ?

– Hum… Elle a refusé.

J'attends la suite, un peu surpris de le voir dans cet état, mais non, rien. Peut-être ai-je bien fait de ne pas parler avec Alex à ce dîner chez mon père, finalement. Aucune envie d'aller passer une nuit au bord du lac Kivu. En revanche, la nuit baisodrome dans ma salle d'armes, je ne suis pas contre. Je donnerais n'importe quoi pour jouer avec elle, mais je ne veux pas la brusquer. Elle y viendra, seule, quand elle sera prête.

– Bon, on a du nouveau…

En quelques phrases choisies, je lui résume la situation que je termine par l'implication de Tricia, ce qui, bizarrement, n'a pas l'air de le surprendre :

– J'ai toujours su que cette fille était le genre de folle à éviter à tout prix. En revanche, je ne vois pas trop son intérêt. Quant à Drajko, ça peut être n'importe qui. Un mec qu'on connaît ou un type qu'elle a rencontré et qui se sert d'elle…

– Hum…

– J'imagine que tu ne vas rien dire à Paul…

– Non. Paul prend très à cœur la campagne de notre père. Avec la presse autour, il flipperait comme un malade.

– Je suis d'accord, il vaut mieux le laisser en dehors. Au fait, que voulait Debra ?

Je lui explique que nous ferons le lancement sur trois jours. Deux jours de séminaire à Toronto avec les partenaires de santé et le troisième comme prévu au Brooklyn Botanic Garden, et lui demande de veiller sur Alex durant mon absence.

– Alex ne part pas avec toi ? s'étonne-t-il.

– Non. Je tiens à éviter une nouvelle altercation le temps que notre mère se fasse à l'idée de mon mariage. Je peux compter sur toi ?

Je sens mon frère me percer de son regard.

– Et comment, mec ! Dîner, boîte, théâtre, je serai ravi de sortir avec ma belle-sœur, en amoureux, m'asticote-t-il soudain ragaillardi.

– Et le « belle-sœur », il est en option, connard ?

Ça a beau être un jeu entre nous, il y a tant d'émotions qui traversent ma poitrine lorsqu'il s'agit d'Alex que je ne les comprends pas toutes. Mais j'aime l'effet que ça fait.

Encore un truc anormal.

39

MATT

« Calme-toi » est la pire chose qu'on puisse dire à quelqu'un d'énervé !

Parce que la colère est de l'ordre du mental. C'est pour cela que je n'ai aucune émotion, je gère mieux la colère qui gronde en permanence au fond de moi en étant indifférent et détaché. Nonobstant cela, lorsque les portes automatiques s'ouvrent sur le B-One dans le bruit indescriptible des visseuses sans fil, je me dis que je ne devrais peut-être pas rentrer chez moi.

C'est quoi ce bastringue ?

L'envie de crier sur les gars de Verdi qui envahissent mon espace me fait hâter l'allure. Je me dirige d'un pas rapide vers la cuisine où, dans ce chaos apocalyptique de câbles et de techniciens, Luca prépare tant bien que mal notre repas. Des endives en plein mois de juillet ?

Merde, je déteste les endives.

– C'est prêt quand vous voulez, monsieur, abat-il par-dessus son épaule. Froid. Ces pistoleros passe-partout m'ont coupé l'électricité. Dieu merci, j'ai une terrine de saumon et un Condrieu 2008 au frigo.

– Pourquoi n'avez-vous pas appelé la restauration ?

L'Italien me décoche un regard de côté.

– Monsieur… se formalise-t-il, comme si je l'avais froissé.

Je considère le bazar autour de moi, le bruit des machines, les salopettes grises perchées sur leurs échelles, les peintres juste en dessous prêts à tout dissimuler d'un coup de pinceau, la décoratrice qui ne sert à rien mais que Verdi a cru bon de convoquer quand même à 9 heures du soir.

Aucune envie de dîner là-dedans. Après avoir rapidement salué cette brune à faux seins et au sourire plein d'espoir, clair comme de l'eau de roche, je retourne vers Luca en traînant des pieds, cette fois. Comme si j'étais du genre à me laisser tenter par son invitation !

Vu la sucrerie dans ses yeux, je suis sûr que c'est une star du porno sous la couette ou qu'elle simule ses orgasmes. Je n'en désire que davantage ma femme et ses émotions.

Je râle :

– Ils en ont pour longtemps ?

– D'après Verdi, encore deux heures. Il y a une autre équipe au premier…

Autrement dit, dans notre chambre. Je soupire d'exaspération. J'aurais dû emmener Alex à l'hôtel, au restaurant, je ne sais pas. Ailleurs. Le gros museau de Sexe vient se nicher sous ma paume pour réclamer sa pitance habituelle de caresses. L'idéal du calme réside dans ce boxer assis à mes pieds qui ne doit pas comprendre ce qui se passe. Comme moi.

Sauf que lui n'a aucune montée d'adrénaline chevillée au ventre à détendre. J'ai l'impression d'avoir un sac en plastique sur la tête. En principe, quand ça m'arrive, je sais que j'ai besoin d'une bonne baise. Afin d'essayer de penser à autre chose, je checke mes mails, pour voir si Verdi a avancé avec l'autre tarée. Rien.

– Ma femme est rentrée ? fais-je en rangeant mon portable dans ma poche.

Je ne sais pas pourquoi je pose la question puisque je le sais. Pour jouer au mec normal sans doute. Louis ayant pour consigne de m'aviser par SMS de son arrivée à bon port, dans un sens comme dans l'autre. Je note d'ailleurs d'avoir une discussion avec lui au sujet des trajets à moto. Selon Louis, on protège mieux un individu à moto dans une foule dense comme celle de Manhattan que dans une berline. En bon adepte des tanks à quatre roues motrices, Verdi pense l'inverse. Mais qu'en est-il si Drajko est lui aussi à moto ?

J'aimerais bien être fixé.

– Alexiane est montée sur le rooftop pour ne plus entendre les ouvriers, m'apprend mon majordome de cet air compassé qu'il a devant moi mais qui disparaît dès qu'il se croit hors de ma vue.

Je hausse les sourcils. Le rooftop est l'endroit où je m'entraîne. Et bien qu'à ciel ouvert, il ne possède aucune vue panoramique puisqu'il se situe au centre du bâtiment. Il faut passer par notre salle de bains pour y accéder.

À part un jacuzzi de sportif pour ne pas se réveiller avec le corps endolori de courbatures le lendemain d'une activité physique et un gros sac de frappe en cuir rouge solidement harnaché, il n'y a rien. Que dalle !

Qu'est-ce que t'es allée foutre là-haut, chérie ?

– Peut-être le jacuzzi, propose Luca. Elle était… irritée.

Je fronce les sourcils, puis je me souviens qu'elle devait déjeuner avec sa mère pour soi-disant parler de son père, bien que je me doute avoir fait partie de la conversation. Est-ce que ça s'est mal passé ? Après le dîner chez ma mère, ce serait la cerise sur le gâteau.

Je tente quand même :

– Par les travaux ?

Luca se contente alors d'un signe de tête vers le sac à tableaux posé contre l'un des canapés du salon, et je comprends : sa mère lui a apporté *le* tableau. Celui qui m'a conduit à penser que Victor pourrait bien être le père d'Alex. Il suffisait de vérifier. Ce que, bien entendu, j'ai fait sans lui demander son avis. Pourquoi l'aurais-je demandé puisqu'en connard égoïste j'agis toujours seul ?

Ça nous a valu notre première dispute.

J'ouvre la fermeture Éclair du sac pour le contempler et je me souviens ce que j'ai ressenti en le voyant la première fois.

– « *Et la couleur a pris possession de moi. Elle et moi sommes unis à jamais* », murmuré-je à voix basse, me rappelant les mots de Victor citant son peintre préféré.

Ça m'avait marqué de sa part. Ne voyant pas du tout pourquoi il me citait le peintre alors que le tableau n'était pas devant nous. Puis j'ai compris lorsque je l'ai découvert trônant sur la cheminée de Lillian. Victor pensait certainement à sa fille. Mais pourquoi m'en parler ? À cette époque, je ne la connaissais pas.

– Elle ne savait pas si vous seriez d'accord pour l'accrocher, me lance alors Luca, me ramenant à l'instant présent.

Ce n'est pas faux. Il y a quelques semaines, j'aurais sûrement éprouvé des difficultés à me faire envahir. Plus maintenant. Je secoue la tête, sors le tableau d'un bleu incroyablement électrique et le pose sur une console vide.

Le truc ne casse pas des barres. Un paysage du passé surnaturel ou un dessin d'enfant, au choix. Aucun intérêt. La sensation de le voir entre mes deux Soulages noirs en revanche, pas du tout. C'est comme si je lui disais que je suis prêt pour l'enlèvement. *Et merde !*

– Accrochez-le là, dis-je à Luca en regagnant l'escalier avant de changer d'avis.

Arrivé sur le rooftop, je manque partir à la renverse. Pour de bon.

Et dire que j'ai failli faire l'impasse sur cette partie de la soirée. Bon sang, si elle est aussi vive maintenant, je ne peux qu'imaginer à quel point la soirée sera débridée. Je n'arrive pas à m'empêcher de sourire. Je dois, dans l'ordre : encaisser le choc, me poser, et repartir pour pouvoir analyser la situation.

La musique sortant de son portable d'abord : Fool's Garden et « Million Dollar Baby ». À fond la caisse. Pour couvrir les bruits qu'elle fait sans doute. Ensuite, je savais qu'elle avait pris des cours mais… ce que je vois *là*, c'est une philosophie très sexy du combat rapproché.

Eastwood, tu peux t'accrocher, mon pote !

J'ai du mal à croire que c'est elle.

Mais quelle puncheuse, chérie !

Elle cogne. Pieds-poings-coudes. Pivote et repart. *Tchack !* Tellement rapide. Vêtue d'une brassière de sport rose pétard qui lui écrase les nichons, et d'un de mes boxers laissant entrevoir les mouvements de son cul ferme sous le tissu, Alex livre le combat de sa vie contre mon sac de frappe.

Fasciné, je regarde sa peau luisante, la manière dont son ventre se creuse dans l'effort, et mes yeux sortent presque de leurs orbites. Cette fille est foutrement sexy et ne s'en doute même pas. Bien que son corps fût déjà plus qu'appréciable avant notre séparation, je peux remarquer que dans la lutte, ses abdos sont mieux dessinés, son cul raffermi et ses cuisses plus bombées.

Merde alors ! Ma femme est une déesse du combat rapproché.

J'imagine à peine ce qu'on pourrait faire tous les deux sur un ring et, en bon taré que je suis, je me demande s'il serait difficile de la convaincre de se battre contre moi dans un show privé sur le ring du nouveau Fil rouge.

Un soir, quand tout le monde aura quitté les lieux.

Avec une bouteille de merlot atypique issu d'un été parfait sans pluie, en guise de réconfort après l'effort. Rien qu'à l'idée, je dois me retenir de lui sauter dessus, sentant tout de suite le désir familier réveiller chaque parcelle de mon corps.

Putain, ma petite guerrière est une bombe sexuelle.

J'arrête à regret de mater son cul et m'avance dans son champ de vision afin qu'elle capte ma présence, et je dois me retenir de rire. Elle frappe aussi fort qu'elle peut sur mon sac mais trouve quand même le moyen de me jeter :

– C'est maintenant qu'on retrouve notre liberté, Guerrier ? me tance-t-elle agonisante, faisant référence au fait que j'ai découché.

Pas la peine de te raconter des histoires, chérie !

Ce que je note surtout, ce sont les deux petites pointes dures qui percent sous ta brassière. Je t'ai manqué. *Ça*, tu ne peux pas le cacher.

Je lui souris, façon rapace :

– T'es sûre de vouloir ta liberté, chérie ?

Aucun risque que je te la rende.

– Sinon quoi ? prêche-t-elle. On se débarrasse de nos charmantes familles ?

Ah ! Voilà donc ce qui la tracasse. Moi qui croyais qu'elle se serait calmée en lui accordant une soirée seule, ce que je vois à présent, c'est de la résistance.

Contre qui ?

– Tu fais quoi là, Alexiane ?

– Je tente de tuer mon ego, rouspète-t-elle en repartant au combat.

Je lui ris au nez :

– Ton ego va très bien, chérie ! Je doute que tu y arrives…

D'une manière évidente, quelque chose s'est mal passé avec sa mère. Elle est éreintée, essoufflée, mais ça ne l'empêche pas de frapper le sac comme une possédée, balayant l'air avec ses gants de boxeur des rues et ses protège-pieds, ne me laissant pas d'autre choix que celui de m'asseoir sur le coffre en attendant que ça passe. Pas sûr que j'y arrive.

– Tu as eu un bon prof de Krav Maga à ce que je vois…

Elle hausse une épaule.

– Walter fait deux fois Verdi, Guerrier ! J'ai pas peur.

J'allume une cigarette et prends une première taffe. La nuit est belle au-dessus de nous, noire avec peu d'étoiles et juste assez de brise pour m'apporter l'odeur de sa sueur. Je lui accorde une tige, pas plus. Arrivé au mégot, je la baise, qu'elle le veuille ou non. Pas grave si elle chouine ou qu'elle m'en veut à cause de sa mère. Je me charge de la faire changer d'avis.

– Est-ce que tu pourrais faire l'effort de m'expliquer ? lui dis-je quand même avant que mon cerveau ne soit plus apte à s'inquiéter de rien.

Elle arque un sourcil en l'air, comme pour s'assurer que j'ai vraiment envie d'entendre la réponse pendant que je tire une autre taffe, mais je ne suis pas préparé à sa question et manque m'étouffer :

– Et si tout s'effondrait autour de nous à cause de nos familles ?

C'est le problème avec Alex. Elle surgit toujours là où on ne l'attend pas avec ses foutues questions qui s'autorisent tout. Personne n'oserait poser des questions aussi frontales, elle oui. J'aurais dû garder les règles de notre jeu. Question fermée, je réponds. Question ouverte, pas de réponse.

Au lieu de quoi, comme un con, je chasse pour l'attraper.

– Depuis quand on prend en compte l'avis des autres dans notre histoire ?

– Depuis que les autres s'en mêlent ?

Après quelques secondes de silence tendu pendant lequel je ne trouve rien à répondre et fais tout mon possible pour éviter de penser à Drajko et Tricia, qui, justement, s'en mêlent un peu trop à mon goût, j'écrase ma cigarette pour la rejoindre, sans cacher mon exaspération :

– On s'en fout ! Notre union ne concerne que nous. Ma mère et la tienne s'y feront quand elles verront que je fais de mon mieux pour assurer ton bonheur.

Ça m'agace que personne ne me croie assez bien pour elle.

Pendant quelques minutes, je reste figé derrière elle, sans la toucher, attendant qu'elle se calme. Je vois bien que son regard est traversé d'émotions distinctes mais je ne comprends pas lesquelles. Que lui a dit Lillian qui la fasse flipper à ce point ? Par précaution, je lui ôte doucement ses gants et m'agenouille pour lui retirer ses protège-pieds. Puis je remonte le long de son corps transpirant.

Faisant cela, je peux sentir la chaleur de son sang déchaîné parcourir la surface de sa peau, ses poils se hérisser sur mon passage et son souffle refluer à la recherche d'un rythme normal. L'image bestiale d'elle en sueur et la satisfaction que j'éprouve de pouvoir l'approcher à ma guise rien que par le fait que je suis légalement son mari étant délicieuses.

Mais là encore, elle me surprend :

– Pourquoi as-tu choisi Ancalagon le Noir pour ton tatouage ?

Je lui fais faire un brusque demi-tour qui lui coupe le souffle.

– Qui t'a parlé d'Ancalagon ?

Si j'apprends que c'est ma mère…

– Pas toi en tout cas, ironise-t-elle d'un ton amer. C'est ma mère qui m'a appris le nom du tatouage de mon mari. Comique, non ?

Mon corps vibre de colère. Que nos familles cessent de s'occuper du passé et nous aurons peut-être un futur ! Cette fois-ci, je ne céderai pas d'un pouce. Je hausse les épaules comme pour montrer que ça m'est égal, mais tout ce que je veux, c'est qu'elle réagisse et confirme que notre couple ne risque rien.

– Ancalagon fait partie du passé et tu m'as pardonné mon passé, si je me souviens bien.

– Est-ce que ça te manque de ne pas pouvoir me faire confiance ?

Encore une question à la con !

Toutefois, à peine a-t-elle dit ça que je comprends où elle veut en venir. Si ce que je pense se révèle vrai, entre nous, la confiance n'est plus optionnelle, et une certaine angoisse s'empare de moi. Je manque d'assurance.

– Tu penses qu'on n'a plus le choix avec tout ce qui nous tombe sur la gueule ? lui dis-je carrément affolé par la justesse de mes propos.

Qu'est-ce qui vient de se passer, putain ?

Tu viens vraiment d'ouvrir cette conversation, Garrett ?

– Mon père m'a laissé son tableau et une carte mémoire avec la photo de ton tatouage, se justifie-t-elle, certainement ravie de s'engouffrer dans la brèche. Alors je crois que c'est plutôt moi qui n'ai pas le choix.

Et là, comme ça, d'un seul coup d'un seul, et hop, j'ai l'impression que ma bulle vient d'exploser. Paf ! Je ne sais pas ce que Victor avait en tête, mais le connaissant, cela ne présage rien de bon. Ce mec était clairement aussi brutal et impulsif que moi. C'est sa fille. Quel coup va-t-il lui assener ?

Lui balancer une confession posthume sur les pêchés de nos salauds de pères ? Lui dire qu'il l'aime alors qu'il ne l'a pas reconnue ? Lui demander pardon ? Victor ne peut pas être aussi con, si ? Je dois revenir dans mon espace personnel pour ne pas avoir de mouvement de recul et trouver le courage d'ouvrir la bouche :

– Tu l'as vue ? fais-je d'une voix tendue.

Une pensée ridicule me submerge. Si ma mère était là, elle rirait, et c'est tellement absurde que je rirais avec elle. Je ne sais pas quoi penser de cette nouvelle tuile qui nous tombe sur la tête. Sinon que l'expression amoureuse d'Alex à cet instant est d'une telle force que je ne peux que fondre de désir et en redemander.

Rien ne l'obligeait à m'en parler.

Seigneur, ça ne m'aide pas.

– J'ai peur, murmure-t-elle en abaissant les paupières.

– Peur ? Mais de quoi ?

Ne sachant trop comment la rassurer, je l'attire contre moi.

– J'ai peur de ce que je vais trouver, confesse-t-elle en calant sa tête contre mon torse. Je ne veux pas les laisser tout détruire si je regarde et j'ai peur d'y penser si je ne regarde pas. Je ne sais pas comment faire… Ne les laisse pas tout détruire, Matthew, me supplie-t-elle.

Maintenant, je me sens mal à l'aise.

J'essaie de ressentir quelque chose d'autre que du chagrin en la voyant comme ça, mais je suis incapable de lui dire que ça n'arrivera pas. Machinalement, je recule et je regarde son petit mont de Vénus moulé dans mon boxer humide de sa sueur, ses tétons qui pointent sous sa brassière, je n'ai jamais rien vu de semblable et, avant de trop me laisser distraire, je lui demande :

– Où est-elle ?

C'est important.

Alex a besoin que je partage ça avec elle à ce moment précis de sa vie. *Elle a besoin de moi.* Aurais-je pensé la même chose il y a seulement quelques mois ? Sûrement non. J'aurais pu trouver ça drôle d'assister aux aveux pathétiques d'un des potes de mon père mais je m'en serais foutu.

Maintenant, ça me dégoûte.

– Elle est là, dans mon sac, dit-elle en me désignant du doigt l'accessoire en cuir gris poudré posé à côté de son iPhone.

Je replonge dans ses yeux. La confiance, je n'ai jamais rien expérimenté de tel. Je ne suis pas sûr d'en être capable un jour tant ça me terrorise. Seulement, Alex a bousculé tant de choses en si peu de temps que ce que je ressens à l'instant même ressemble plus à une sorte de sensation de pouvoir qu'à l'anxiété familière.

Et ce pouvoir m'enivre plus que l'alcool ou le sexe.

– Ça te rassurerait de la voir avec moi ?

Je devine qu'elle refusera, ce qui est normal parce que c'est *son* moment.

– Tu serais partant ? s'étonne-t-elle.

– C'est la seule façon de savoir si on peut se faire confiance.

Elle a l'air complètement perdu et pour tout dire, moi aussi.

– T… Tu peux répéter ?

– Si tu veux. Je te propose qu'on se fasse confiance et on verra bien ce qui se passe. Boulot. Familles déréglées. Exclusivité. Sexe… On essaie.

Je suis un imbécile, putain !

Je devrais profiter de son désarroi et la convaincre au mieux de jeter cette fichue carte aux oubliettes, au pire de la voir seule. Au lieu de quoi, je fais tout l'inverse. Je sens son regard percer mon dos tandis que je range ses accessoires de boxe dans mon coffre. Puisqu'elle boxe, autant les mettre avec les miens.

– Je suis désolée, s'émeut-elle en comprenant que je m'y sens obligé.

Tu peux.

– Ne le sois pas.

Je sais ce que je veux. Ancalagon, c'est le problème de mon père, pas le mien. Je suis exactement la même personne que celle qui a décidé de quitter la maison pour ne plus jamais y revenir. J'ai obtenu mes MBAs, j'ai construit mon entreprise, appris à piloter toutes sortes d'engins, et me suis envoyé bien plus de femmes que n'importe quel mec. Mais putain, je ne suis pas lui.

Si Alex n'est pas capable de le comprendre, alors tant pis. J'aurai envisagé un avenir pour rien, la possibilité d'être heureux pour rien, de devenir un homme meilleur pour rien. Si c'est ça, alors je préfère la quitter et crever tout de suite que le lire dans ses yeux plus tard. Ça me tuerait.

Mon ventre gargouille.

– Je vais avertir Luca qu'on dînera dans mon bureau et lui demander d'appeler la restauration, lui dis-je avant qu'elle réfléchisse trop. Qu'est-ce qui te ferait plaisir ?

Tout sauf des endives, s'il te plaît.

– Une pizza ?

Je hoche la tête, ça ne suffira pas.

– Et un crumble pomme-poire-cannelle, il est excellent.

Victor, je te maudis !

Je dois agir vite avant de jeter moi-même cette carte à la poubelle. Là où devrait être sa place, putain ! D'un seul élan, je récupère son sac, son téléphone et retire du coffre un de mes jog en coton. Trois fois trop grand pour elle, elle va disparaître dedans. Tant mieux, ça fera l'affaire.

– Enfile ça ! Je ne tiens pas à ce que les ouvriers te voient dans cette tenue.

J'attends qu'elle ait fini pour rentrer avec elle.

– Il y a une poignée de secondes, j'étais encore en train de frapper ton sac et de t'en vouloir à mort, et là, j'ai l'air ridicule dans tes vêtements, chouine-t-elle après les avoir enfilés. Comment suis-je passée de l'un à l'autre ?

Soudain, l'idée qu'on lutte ensemble contre la même panique à cause de nos connards de pères mais qu'on n'y peut rien me donne envie de hurler. Je la plaque au mur et l'embrasse avidement avant que je réfléchisse et décide de tout annuler. Le genre de baiser enflammé chargé de désespoir que les mecs redoutent le plus au monde mais qui fait les meilleures baises.

Et si c'était la dernière ?

40

ALEX

Je ne sais toujours pas si je dois poursuivre ou en rester là.

J'inspire à fond, les yeux rivés sur la carte mémoire que Matt entre dans la fente de son MacBook Pro personnel. Nos regards se croisent et je vois bien dans le sien qu'il ressent la même chose. Une fois que le fichier sera ouvert, il ne sera plus *possible* de revenir en arrière.

D'ailleurs, je ne me souviens même pas comment je suis arrivée dans son bureau, ni du goût de la pizza que nous avons mangée sans aucun appétit. Pourtant, nous avons mangé. Ne serait-ce que pour retarder ce moment.

– Tu veux un peu plus de temps ? me demande-t-il en jaugeant mon visage tourmenté.

Mon cœur bat si fort que j'ai du mal à formuler une réponse. Si tant est que j'en ai une à lui donner. Pour tout dire, j'ai peur de tomber de mon nuage. Ni lui ni moi ne savons ce que contient cette carte. Et si tout cela devait nous détruire ?

Est-ce que le jeu en vaut la chandelle ?

– Ce n'est pas grave, tu sais, si tu as envie de la voir seule, déclare-t-il après réflexion. Je le comprends.

Un énorme poids m'écrase soudain, celui de la décision.

– Non. Autant s'en débarrasser tout de suite.

Voilà, c'est décidé. Je rapproche mon fauteuil contre le sien pour être bien en face de l'écran tandis que son bras protecteur s'enroule autour de mes épaules. Ensemble, on fait bloc. Qui aurait cru que ce soit un jour possible ? Un clic de l'index sur le trackpad et la fenêtre s'ouvre sur l'écran affichant un fichier vidéo et une localisation GPS sauvegardée.

Latitude : 2° 30' 55" Sud
Longitude : 28° 50' 42" Est

Instinctivement, je tourne la tête pour chercher de l'aide. J'ai toujours été nulle en géographie ; quant aux maths, n'en parlons même pas !

Matt a marqué un temps d'arrêt mais il reste muet, et, en un instant, l'envie de fuir le plus loin possible de cette vidéo me revient de plein fouet.

– Ces coordonnées GPS t'évoquent quelque chose ?

Il tend la main vers sa canette de bière sans quitter l'écran des yeux.

– Comme ça, je dirais le Kivu, marmonne-t-il après une gorgée.

Nous nous mettons d'accord pour continuer. L'aperçu du fichier vidéo est une photographie d'un livre de Tolkien. *The Silmarillion*. Portant la dédicace suivante tracée en lettres gaéliques dans une encre rouge sang digne de la plume de Dolores Ombrage :

Nous, frères de sang de Cantab',
jurons d'être présents pour chacun de nos frères
dans la dernière bataille et en dernier recours
conduite par Ancalagon le Noir.
Vincent Garrett. Victor Brauer. Badi Kabbani

Je résiste à l'envie de glousser. En revanche, la réaction de Matt est totalement différente. Je scrute son visage pour deviner s'il feinte, mais soit il est bon comédien, soit il est vraiment insensible à ce qu'il vient de découvrir.

– Tu as déjà vu ce livre.

Ce n'est pas une question, il l'a reconnu.

– Ouais. Il appartient à mon père.

Je lisse mes cheveux, m'efforçant de me calmer.

– On dirait un serment.

– C'en est un, siffle-t-il en reprenant nerveusement une autre gorgée.

Je sens le malaise monter entre nous.

– Tu m'expliques ?

En regardant le Guerrier se gratter la nuque, j'ai l'impression qu'il ne sait pas par où commencer ou que quelque chose l'embarrasse.

Alors c'est moi :

– Écoute, je sais par Badi que nos pères se sont rencontrés à Cambridge et qu'ils ont formé un club de frères de sang. Maman m'a dit aussi qu'ils étaient très différents. Un bourgeois britannique, un riche Saoudien et un fils de prostituée suisse. J'imagine que ce qui les a regroupés, c'était qu'ils étaient tous les trois de sang Bombay et qu'ils voulaient s'aider mutuellement. Puisqu'à cette époque, on ne fabriquait pas de sang artificiel. Jusque-là, il n'y a rien qui nous concerne, si ?

Matt m'adresse un regard étrange mais ne fait aucun commentaire. Au lieu de me répondre, il s'approche de moi et capture mon visage entre ses mains.

– Est-ce que ça va ?

Je ne m'attendais pas du tout à cette question.

Ni qu'il se préoccupe de moi alors qu'il est visiblement aussi nerveux que moi. Je dois être en train de rêver ou alors cet homme-là n'est pas ce connard égoïste intraitable dont je suis tombée amoureuse.

– C'est quoi, ça, Guerrier ? Elle est passée où la Déferlante ?

Un gros soupir accueille la fin de ma phrase.

– Reconnais que c'est plutôt ennuyeux, mais cite-moi une seule bonne raison pour laquelle on devrait lutter l'un contre l'autre dans le cas présent. Toi et moi savons très bien comment ça va finir, Civilité. Quel que soit ce qui nous arrive, on finira ensemble à se perdre l'un dans l'autre comme des dingues.

J'ouvre la bouche pour trouver quelque chose à dire mais je ne trouve… rien.

– OK. Explique-moi le lien avec ton tatouage.

L'entrepreneur tourne son fauteuil de P.-D.G. vers moi, se penche en avant et pose ses deux mains sur les accoudoirs du mien pour qu'on soit face à face. Mes genoux se glissant naturellement entre les siens, il me regarde.

– Tu as lu Tolkien ?

Je secoue la tête pour dire non.

– Dans l'œuvre de Tolkien, le paradis et l'amitié existent. Ce sont les terres immortelles. Ancalagon le Noir est le dragon qui livre la dernière bataille afin de les libérer. Mon père était un véritable *fandom*. Paul et moi avions droit chaque dimanche à la lecture commentée de quelques pages dans son bureau avec un goûter préparé par Martha. Et pour ne rien te cacher, c'était le moment qu'on attendait le plus.

Soudain, en l'imaginant enfant avec son père dans une situation aussi normale que la lecture d'un livre, je me sens comme si j'avais une boule de coton dans la gorge. J'ai tendance à oublier que Vincent était aussi un père dans le cœur de ses fils. C'est ce qui rend leur relation complexe.

Lui ne le voit pas comme moi.

– J'imagine que leur idée de « frères de sang » allait dans le même sens… L'amitié, la vision du paradis… Et qu'ils ont choisi Ancalagon comme symbole de leur propre bataille, déclare Matt d'un ton grave.

Disant cela, il me regarde comme s'il cherchait à me convaincre.

– Il faut se mettre à leur place, continue-t-il. À cette époque, la seule façon de sauver sa peau en cas de besoin urgent de sang était de trouver un autre Bombay *ou* d'en avoir un sous la main. Or ils étaient trois. Il faut deux donneurs pour un receveur. Donc leur plan était parfait.

Étrange, cette sensation que j'ai en l'écoutant qu'il ne me dit pas toute la vérité ou qu'il en fait trop pour m'endormir.

– Cela n'explique pas pourquoi tu as choisi ce dragon pour ton tatouage. Et ne me dis pas que tu faisais partie de leur club secret de buveurs de sang, je ne te croirais pas.

J'ai beau vouloir traiter l'information avec dérision, je n'en éprouve pas moins un sentiment bizarre et désagréable que je n'arrive pas encore à définir.

– Tu es très amusante, Alex. Cependant, tu as raison, quand mon père m'a envoyé au Kivu, il ne m'a pas envoyé n'importe où, mais à Ancalagon.

Je retiens mon souffle en espérant ne pas m'être trompée.

– Mais tu m'avais dit que tu étais dans un camp de réfugiés, sifflé-je, sentant monter une brusque bouffée de chaleur à mes joues.

Avant de me répondre, Matt agrippe l'ourlet de coton sur mes hanches et m'ôte le sweat par la tête pour me laisser respirer, de sorte que je ne me retrouve plus qu'en brassière de sport rose et bas de survêtement gris retenu par un cordon. L'air climatisé de la pièce sur ma peau me fait frissonner.

Puis sa voix chaude m'enveloppe :

– Non. Tu as *supposé* que j'étais dans un camp de réfugiés et je ne t'ai pas corrigée. J'étais bien dans un camp mais pas de réfugiés.

En disant cela, il caresse l'oiseau de mon tatouage sur ma clavicule, du bout des doigts, laissant traîner son regard sur les mouvements de sa main. Je tente de réprimer un frisson d'excitation, comme à chaque fois qu'il me touche.

– C'est quoi Ancalagon alors ? fais-je avec méfiance.

– Victor, Badi et mon père financent une sorte de ferme pour la conservation de la nature et la protection de la biodiversité, commence-t-il quand je le coupe.

Je lui lance presque les mots au visage :

– Attends ! Non ! Ils se sont souciés de la nature au beau milieu d'un conflit armé qui a fait des millions de morts ? Alors que les gens se faisaient massacrer et les femmes violer ? Ils s'en foutaient des gens ?

Enfin, c'est horrible, non ?

Sa paume enferme l'oiseau qui s'échappe du rouleau et s'immobilise sur ma clavicule, comme s'il voulait le retenir.

Me retenir.

– Ce n'est pas si délirant que ça, proclame-t-il toujours aussi indifférent alors que je bous sur place. Les hommes d'affaires perspicaces investissent dans les pays qui possèdent des richesses naturelles importantes non encore exploitées, et les réserves du Kivu sont les plus importantes du monde.

Je suis tellement furieuse que je retire sa main. Trop brusquement pour ne pas le vexer mais je m'en fiche. Il n'a qu'à être moins calme.

Moins indifférent au sort des autres.

– Eh bien, j'espère qu'ils ont obtenu ce qu'ils voulaient !

Au lieu de réagir comme je l'espérais, par un peu de compassion, Matt s'appuie contre le dossier de son siège et les infimes traces de contrariété disparaissent de son visage pour laisser place à son masque froid de connard égoïste.

Ses yeux sont aussi glacés que sa voix :

– Alors, dans ce cas, sache que les parcs nationaux ont beaucoup souffert pendant les conflits, cingle-t-il en reprenant son rôle de businessman implacable. Certains ont même été déclarés en péril. Que fallait-il faire ? Laisser les Kadogos tout détruire et crier au scandale dix ans plus tard avec les altermondialistes ? C'est un peu tard pour s'inquiéter de la biodiversité, tu ne crois pas, chérie ?

– Je… commencé-je en cherchant quoi lui opposer.

Sa véhémence prend le pas sur mon impassibilité :

– L'argent n'a pas d'odeur, Alex ! Nos pères étaient des hommes d'affaires. Leur initiative a été appuyée par l'Institut royal des sciences naturelles et par l'ONU dans le cadre d'un partenariat à long terme, continue-t-il avec arrogance, axé particulièrement sur les dernières populations de gorilles de montagne. Et si des familles peuvent en voir aujourd'hui, c'est peut-être grâce à eux.

Les gorilles et pas les gens, je n'arrive pas à m'y faire.

– Et c'est dans ce camp que tu as passé trois mois ?

Il hoche la tête sans me regarder, faisant même mine de s'intéresser à la pile de dossiers sur son bureau, mais je sais qu'il va me narguer.

– En d'autres termes, quand j'ai dû choisir un tatouage pour couvrir ma cicatrice, il m'a semblé logique de prendre celui de ce dragon. Satisfaite ?

Ce dernier mot sonne comme un affront mais je n'y réponds pas. Une vague d'angoisse m'enveloppe sans que je ne sache trop pourquoi. Je continue à froncer les sourcils longtemps après qu'il a retourné son fauteuil vers son bureau.

– C'était du *business*, ajoute-t-il en signant des documents. Et si ça te pose un problème, dis-toi que ni toi ni moi ne sommes responsables de ce qu'ont fait nos pères avant nous.

– Dans le passé non, mais dans notre avenir ?

Son expression s'adoucit lorsqu'il comprend à quoi je fais référence. Son père a une grande responsabilité dans le manque d'émotions de Matthew. Comment mon époux pourrait-il un jour parler de ce qu'il a vécu dans son enfance et s'en libérer s'il continue à le protéger quel que soit ce qu'il fait ? La situation est beaucoup plus barrée que je ne l'imaginais.

– Je n'ai pas besoin qu'on me protège, Alex, persifle-t-il sur un ton cassant. Depuis toujours, je fais ça… tout seul !

Excédée par sa fierté mal placée qui lui interdit de se confier, je lui coupe la parole :

– Alors pourquoi le prenup ?

Ce qui est parfaitement illogique.

La vérité, c'est que je me déteste de me transformer en harpie, mais je ne peux rien y faire. Matt attrape mon menton pour s'assurer que je ne me dérobe pas à son regard quand il dit :

– Tu es sérieuse ? Tu as réellement envie de parler du prenup maintenant ? s'agace-t-il, incapable de continuer à faire semblant.

Ma colère reprend le dessus :

– Je n'ai *jamais* envie de parler d'argent, Matthew. C'est *vous* qui en parlez. Toi et ta famille. Pas moi, admets-je en sentant le nœud bilieux se reformer dans mon estomac. Tu sais à quel point ta mère a pu me blesser ?

Le regard qu'il me retourne alors est le plus froid que j'ai jamais vu.

– Ce n'est pas MOI que le prenup protège, aboie-t-il aussi furieux que moi.

– QUI ALORS ? MOI ? crié-je encore plus fort.

Trop tard ! Matt lance la vidéo en mode plein écran et je lui en veux de me tenir à l'écart des décisions de ma propre vie aussi facilement, mais ma curiosité prend le dessus et, même furieuse, je me concentre sur l'écran.

Peu à peu, l'image sort du noir et devient plus nette.

On perçoit d'abord le décor d'un bureau très masculin en arrière-plan, dont les stores sont tirés. Victor est assis dans son fauteuil avec quelque chose de dur dans le regard qui me fait comprendre pourquoi ma mère disait qu'on ne lui posait pas de questions. Première fois que je le vois. Il est grand, habillé de noir et a des épaules solides sous sa chemise. Une gueule de bad boy irrésistible, mâchoires carrées, nez droit et fort sur une bouche hyper sexy.

Ça ne fait pas de doute, je comprends ma mère.

– Tu ne l'avais jamais vu ? demande mon mari en me voyant plisser le front.

Mais les paroles de Victor nous ramènent à la vidéo :

« Bonjour Alexiane,

Si les choses se sont passées comme je le souhaite, tu dois avoir vingt-deux ans et être une belle et jeune avocate. Le parcours que je t'ai imposé sans que tu le saches n'était pas facile et tu l'as passé haut la main. Permets-moi de te féliciter avant de m'en vouloir. Je tiens à le faire.

Tu as toutes les raisons de me détester et je l'accepte. Pour tout te dire, je ne vais pas m'excuser. Mais commençons par le début.

Je ne t'ai pas reconnue parce que j'étais un homme marié et que j'avais déjà un enfant. Je viens de la rue. Ma mère était une prostituée mais c'était la plus distinguée des femmes. Tu portes son prénom. Dans mon histoire, on ne divorce pas, on n'abandonne personne.

Quand tu es née, j'ai su que notre histoire serait unique.

J'ai tenu ton petit corps tout chaud dans mes bras et cela a été les moments les plus heureux de ma vie. Ensuite, tu as grandi et je me suis tenu à distance pour ne pas que tu t'attaches.

Te souviens-tu de cette nuit quand tu avais cinq ans ?

Je me suis assis sur ton lit pour te regarder dormir et puis, d'un coup, tu as ouvert les yeux et tu m'as regardé. Un moment. Sans crier. Sans être effrayée. Sans rien dire, avant de te rendormir. Je me suis toujours demandé si tu m'avais vu. Je n'aurai jamais la réponse. »

—

Ma gorge se noue, je l'ai vu. C'est juste que je croyais que c'était un rêve, et après tout s'est effacé. Je n'arrivais plus à retenir l'image. J'ai essayé, de toutes mes forces, parce qu'il me semblait que c'était important mais je n'y suis pas arrivée… Maintenant, je sais pourquoi et j'en ai les larmes aux yeux.

—

« Être le père d'une fille comme toi est l'expérience la plus étrange qu'il me soit arrivé de connaître. Comment t'expliquer ? Je m'en tapais de ce que signifiait la paternité pour les gens. Je ne vois pas pourquoi il y aurait des recettes. Être père, c'est une histoire de désir, d'amour. Aussi, je t'ai aimée comme j'en avais envie.

Je sais que tu as grandi seule.

Je sais que tu as appris dans les livres.

Alors j'ai eu l'idée de t'y encourager. Chaque mois, je t'apportais des ouvrages de droit. Ta mère n'était pas d'accord, mais elle ne m'en a pas empêché à la seule condition que j'arrête si tu ne les lisais pas.

Tu te souviens des charades-devinettes qu'il y avait dans ces ouvrages ?

C'est moi qui les inventais pour toi. Quand tu donnais les réponses à ta mère, je savais que tu les avais lus. Tu les as tous lus. Pourquoi j'ai fait ça ?

Je te voulais forte. Je ne voulais pas que tu sois le genre de fille dont les hommes comme moi ne font qu'une bouchée.

À présent, je veux m'assurer de ton avenir.

Pour cela, j'ai quelque chose à te demander.

Il y a quelques années, j'ai rencontré un homme. Cet homme, je l'ai connu petit garçon. Il s'appelle Matt Garrett. C'est le fils d'un vieil ami mais ce n'est pas le plus important. Petit, je ne l'avais pas remarqué et je m'en veux terriblement parce que j'aurais pu le sauver si j'avais ne serait-ce qu'ouvert les yeux.

En fait, j'ai fait officiellement connaissance avec lui quand il a eu vingt-deux ans et j'ai été impressionné. Pas par le coup financier de génie à son actif. Non. J'ai été impressionné parce que j'ai reconnu en lui le Guerrier que je suis.

Plus tard, je suis retourné le voir après avoir appris autre chose.

Matt Garrett a été battu depuis l'âge de deux ans, hospitalisé à dix ans après nous avoir surpris, son père, un autre ami et moi, dans un club de strip-tease où nous avions nos habitudes. Son père avait provoqué une hémorragie de la rate en lui portant des coups à l'abdomen. Officiellement, une chute à vélo.

Et il y a pire. Cet homme a subi la torture au Kivu alors qu'il n'avait que quinze ans. Hélas, je l'ai su trop tard. Tout ce que j'ai pu faire, c'est le faire exfiltrer.

Je soupçonne aussi mon ami d'avoir abusé de son garçon. Pas en portant atteinte à son intégrité sexuelle mais en lui fournissant des femmes à un âge illégal, souvent les mêmes que lui. C'est pourquoi je l'ai fait interdire à vie des clubs fréquentés par son père. Aujourd'hui, ce garçon est l'un des entrepreneurs les plus prometteurs de sa génération.

Un Guerrier, je te dis.

Ça ne veut pas dire qu'il ne porte pas de blessures.

Lorsque j'ai discuté avec lui, j'ai reconnu ses fissures. J'ai les mêmes.

Alors voici ce que je demande. Va le voir. Explique-lui qui tu es. Dis-lui que votre sang est le même sans que vous ayez les mêmes parents. Il comprendra. S'il ne te croit pas, montre-lui la photo d'Ancalagon le Noir. Il porte ce dragon dans son dos pour cacher ses blessures. Je n'ai pas à t'en dire plus. Toi seule peux l'aider et lui seul mérite de t'aider. Il le fera.

C'est ce que font les hommes.

Ensuite, tu dois te demander pourquoi je t'offre ce tableau au lieu de le laisser à ta mère. Paul Klee disait : « L'art ne reproduit pas le visible. Il REND visible. » Considère cela comme ma dernière charade-devinette.

Adieu ma petite fille. »

Un fracas épouvantable accompagne les derniers mots de Victor.

– PUTAIN D'ENCULÉ DE MERDE !!!

Oh mon Dieu !

Lampe de bureau, plateaux-repas, canettes de bière, MacBook Pro, papiers, nos deux téléphones volent jusqu'au mur de verre. Tout s'étale sur le marbre.

Matt a tout envoyé en l'air.

Je sursaute, prise d'un sentiment de peur inexpliquée. Je me sens incapable de bouger, trop perturbée que je suis par le choc que doit encaisser Matthew. Pire que le mien. Ses vagissements sont d'une telle fureur que je ne peux que le dévisager. Il fait peur. L'éclat violet de ses yeux m'affole. Peut-être aurais-je dû regarder cette vidéo seule finalement, mais comment lui en vouloir ?

Tout ce qu'il ne pouvait pas dire.

Tout ce qu'il ne voulait pas qu'on sache.

Tout lui a été jeté à la figure, sans avertissement.

Je m'en veux. Le voir ainsi, j'ai tellement mal.

Nos regards s'accrochent mais les mots sont impossibles. On ne s'entend plus, les bruits sont intérieurs. Je sais pertinemment que le réconforter ne servirait à rien. Il m'affronte en face, prêt à combattre pour ses entrailles, sa renommée, son salut. *Même contre moi.*

Et c'est là que je comprends, dans ce regard sans filtre, l'abîme de tout ce qu'il a vécu, la cruauté, la solitude, le repli et la fosse noire d'où il est sorti. Tout s'explique. Pourquoi, dès notre rencontre, il a dit « aimer regarder ». Son attitude face aux viols dans l'église. Son incapacité à comprendre combien c'était mal.

Et tous ses manques de repères émotionnels aussi. Tout cela ne venait pas de lui, ce n'était pas sa propre perversion. Tout ça, on le lui avait appris.

Finalement, « je t'aime » est une expression lâche et vague.

En refusant de le dire, lui a combattu.

Mais je n'ai pas le temps de m'en préoccuper car, dans la seconde qui suit, je suis soulevée, dévêtue avec une fureur inouïe et assise sur le bois dépouillé de son bureau. Je n'arrive plus à respirer, je ne vois que lui.

– Donne-moi quelque chose ! m'ordonne-t-il avec un regard malsain qui ne trompe pas.

– Matthew, je savais, lui dis-je pour tenter d'amoindrir le choc.

Ce que je vois alors sur son visage me foudroie sur place. J'ai beau me retrouver nue sur le bureau, exposée face au pire, avec pour seul vêtement ma brassière de sport, la seule chose que je vois, c'est la larme qui roule sur sa joue et je dois me retenir de sangloter à mon tour pour ne pas lui montrer à quel point j'ai mal pour lui. À quel point je suis désolée.

Ce serait pire, une vraie provocation pour lui.

Mes cours me reviennent je ne sais comment en mémoire.

Entraîner un enfant de dix ans dans un club de strip-tease et l'obliger à regarder, à participer avec son propre père, est une violence sexuelle inouïe. Je sais de quoi je parle pour avoir entendu nombre de pervers sexuels dans mes stages. Aucun n'y avait associé son fils. Les violences sexuelles n'ont rien à voir avec un désir sexuel. Ce sont des armes très efficaces pour détruire et dégrader l'autre, le soumettre et le réduire à l'état d'objet et d'esclave. C'est ça que Vincent a fait.

Dans ses yeux sombres presque noirs, à cet instant précis, je sais que c'est ce qu'il envisage de faire. Me réduire à son niveau pour que je ne le juge pas. Si je ne veux pas le perdre, je ne dois pas résister, juste l'accompagner.

– D'accord, lui dis-je sans le quitter des yeux.

Comprenant qu'il a mon consentement, Matt me saisit par les hanches et me rapproche de lui d'un coup sec. Ses pupilles dilatées brillent dangereusement, sa respiration siffle comme s'il était sous ecsta. Frissons, mâchoire qui tremble. Je lâche un petit cri mais il plonge sa langue dans ma bouche d'une manière si impérieuse qu'il me coupe le souffle. Plus dur et plus fougueux que tout ce que j'ai connu. Il referme durement les doigts sur ma nuque pour me maintenir.

Je ne dois pas résister. Je sais que cet avilissement n'est pas dirigé contre moi, il se laisse emporter. Son besoin de reprendre les commandes est d'une telle force que je m'aperçois à peine qu'il se déshabille. Mon propre cœur battant d'affolement, je le caresse pour le rassurer comme je peux.

Je dois le ramener à ce moment et le lui faire apprécier. Sa queue palpite sous mes doigts. Il finit par cligner des yeux sous mes caresses et prend le temps de s'écarter pour retirer son pantalon. Ne pas résister. Ne pas être inactive.

J'attends qu'il ait fini de se débarrasser de son boxer et je noue mes jambes autour de sa taille pour l'attirer contre mon entrejambe. Je ne veux pas qu'il réfléchisse, je sens son érection poindre, sa respiration accélérer, quand soudain il grogne et attrape mes cheveux dans une main jusqu'à ce que ma tête se renverse, offrant ma gorge au point que je dois prendre appui en arrière sur mes mains pour ne pas perdre l'équilibre.

– Est-ce que je suis méchant ? me lance-t-il avec hargne.

Oh bon Dieu ! Encore une blessure.

Mes cours encore une fois me reviennent. Après l'amnésie et l'évitement qui rendent les violences irréelles ou moins graves, le retour des souvenirs est trop dur à supporter pour les enfants victimes d'un adulte ayant autorité. Car pour eux, le bourreau avait raison, ils méritaient le châtiment. *C'était leur destin.*

Je fronce les sourcils, réfléchissant à sa question, ne sachant pas comment le convaincre. Quand la solution me parvient sous forme de flash-back de son propre aveu : *« Pour moi, le sexe est la seule consolation suffisamment puissante qui m'empêche de me flinguer. »* Je dois le choquer, créer le désir là où il n'y a que haine, profanation et aveuglement.

Ma réponse sort de nulle part :

– Baise ma bouche…

En plein dans le mille ! Les yeux de Matt s'écarquillent d'ahurissement.

– Quoi ?

Il semble confus, comme s'il essayait de comprendre ce que je lui propose. Ben tiens, pardi ! J'y suis sans doute allée un peu fort pour une fille qui ne dit jamais un mot cochon. Je me retiens d'éclater de rire.

– Non, putain, tu es ma femme, grogne-t-il en me reluquant comme s'il me voyait pour la première fois, ou comme si j'étais un insecte prêt à le piquer. Je ne ferai pas ça avec toi. Tu vas me quitter.

Son aveu me colle des frissons partout mais je ne dois pas me démonter.

– Et avec qui alors ? C'est justement le moment où tu comprends que je suis ta femme. Tu penses que tu me dégoûtes, que tu es méchant et que tu mérites ce qui t'arrive. Moi je pense que tu pourrais jouir comme ça dans ma bouche et me laisser aussi être ta maîtresse.

Un sentiment étrange m'envahit, fait d'excitation et de fierté.

L'idée de séduire mon mari par quelque chose d'inhabituel, au point qu'il soit si excité qu'il doive lutter pour s'en empêcher, augmente mon désir d'être aussi cette femme-là pour lui. Pas de tabou. Je veux le satisfaire et être toute sa vie.

– Arrête, tu n'es pas obligée de…

Je lui coupe la parole :

– Et toi tu n'es pas obligé de me traiter avec des pincettes. C'est différent. Moi aussi, je viens de subir un choc, je te signale. Tout comme toi, je veux du sexe pour me détendre. Qu'est-ce qu'on devrait faire ? Rouler sous la table pour oublier ? Dans ce contexte, c'est très différent, d'accord ?

Ses yeux s'écarquillent à nouveau.

– Seigneur, tu n'es pas sérieuse ?

– Je ne l'ai jamais autant été.

Comme il semble douter, je descends ma main et me caresse devant lui. D'instinct, ses yeux suivent le mouvement. Je ne l'ai jamais fait. Pas plus pour lui que devant un miroir. Mon époux avale plusieurs fois sa salive et me dévisage longuement parce que je souris, et je comprends qu'il ne soit pas sûr de ce que ce sourire signifie. Moi non plus, je ne comprends pas bien ce qui m'arrive.

Mais ce n'est pas grave, je persévère en gémissant tout mon saoul tandis que la chaleur familière remonte lentement entre mes jambes pour venir s'enrouler autour de mes reins.

– Alexiane… Bordel de merde…

Au lieu de finir sa phrase, il m'attrape par le cou, semblant perdre le contrôle. Notre baiser est sauvage, à mi-chemin entre la morsure animale et la caresse amoureuse. Il tire plus fort sur mes cheveux, ce qui m'oblige à me coucher sur sa table de travail. Je gémis de plus belle, me cambre, prise de frissons comme s'il avait ouvert la fenêtre, lorsqu'il ouvre ma brassière et empoigne mes seins fermement, léchant et mordillant leurs pointes, haletant de les sentir durcir dans sa bouche… Jésus Marie Joseph, j'ai du mal à me concentrer sur ce qu'il me dit :

– Allonge-toi dans le sens de la longueur et écarte les jambes, je vais monter avec toi. J'ai envie de te regarder en faisant ça. De tout voir.

Je m'exécute en me concentrant sur ce torse parfait comme je les aime pour ne pas rougir en voyant cet apollon, nu et bigrement bien foutu, monter sur le bureau et prendre place, un genou de chaque côté de mes flancs.

– J'espère que tu sais ce que tu fais parce que je ne veux pas faire ça sans toi, exige-t-il avec une lueur sauvage dans l'œil.

OMG, je vais faire une attaque !

Muscles des cuisses bombés, il me chevauche. Son sexe est parfait, épais, long, dressé, victorieux et tellement beau que c'est une œuvre d'art. À genoux face à moi, mon époux se branle lentement au-dessus de mes seins. Tous mes sens sont en éveil devant un tel spectacle. Mais ce n'est pas tout. Il bouge subtilement pour répandre ses caresses. Chaque fois que ses doigts libres pincent durement une pointe, la peau douce de son gland ralentit et effleure l'intérieur de mes seins créant un séisme jusque dans mes orteils. C'est de la torture.

– Tu en veux plus ?

Sans attendre ma réponse, sa main droite quitte ma poitrine pour passer derrière lui et titiller mon clitoris déjà gonflé, et ma respiration s'arrête. Le souffle coupé, le ventre creusé, je m'offre à lui sans quitter des yeux sa main gauche qui coulisse sur son sexe. Par réflexe, mes mains cherchent à agripper ses cuisses d'apollon, tandis que son index pénètre enfin les replis de mon intimité. Dans ma tête, j'entends la voix des anges, sentant monter en moi de nouvelles sensations à la fois douces et quasiment insupportables.

Je gémis à m'en faire honte.

Et comme s'il n'attendait que ce moment, mon amant brut de décoffrage, grossier et sauvage, plonge sans ménagement trois doigts en moi et entame un va-et-vient infernal en ralentissant à mort sa masturbation au-dessus de mes seins.

Le spectacle me coupe le souffle.

Me frustre tout en me donnant envie de crier pour en avoir plus. Je voudrais le toucher moi aussi, l'emmener au bord de l'évanouissement, mais c'est l'inverse qui se produit, entre mes jambes un torrent de feu s'écoule désormais.

Je jouis dans une explosion d'étincelles.

– Je vais baiser ta jolie bouche maintenant, ma dame. Je veux jouir sur votre langue pendant que vous jouissez sur mes doigts…

Je suis trop molle pour lui répondre.

Je m'abandonne totalement et le sens vaguement soulever ma nuque pour y glisser un vêtement et guider son gland contre mes lèvres tremblantes. J'ai la bouche sèche mais toutes mes hésitations s'évanouissent à son contact, je sors la langue pour le recevoir. Il pousse un rugissement terriblement masculin sans essayer de censurer ses mots :

– Merde, Alex… Tu es tellement sexy.

Contrairement à son emportement inquiétant du début, Matthew pose son érection sur ma langue et me pénètre avec beaucoup de délicatesse, évitant d'aller trop loin. Je le regarde se pencher en avant pour s'enfoncer et commencer à bouger, le souffle court, presque retenu. Il jure, gémit, concentré sur son propre désir sans chercher à masquer son plaisir, montrant à quel point la fin de chaque poussée est bonne pour lui.

– Doux Jésus, ouiiiiii…

Alors seulement, il baise ma bouche, mimant l'acte sexuel comme s'il était entre mes cuisses. Rien d'autre ne compte que son goût, l'enivrement que me procure son odeur, la douceur de ses poils pubiens dans mon cou. Je regarde vers le haut ses lèvres entrouvertes et ses yeux presque clos, et je ne censure pas mon plaisir. Je lâche prise, le suçant avec toute la force de mon amour, sans réfléchir.

Je ne pense à rien.

– Chérie, je ne vais pas tenir, halète-t-il en tentant de se retenir.

Ses fesses se contractent sous mes mains. Jusque-là il faisait attention à être délicat mais, emporté par son excitation, il accentue ses mouvements, sort complètement et me pénètre plus loin, plus vite et avec plus de force. Il baise concentré sur son propre désir et jure comme s'il s'en voulait de jouir.

– Non, putain, je jouis… Je jouis, putain, merde !

J'avale son sperme. Mes mâchoires sont douloureuses mais je m'en moque. Je veux être tout pour lui. Je veux me l'attacher, physiquement et émotionnellement, m'imprimer si profondément dans son esprit et dans son corps qu'il ne pense plus jamais manquer d'amour. Mais alors que je commence à me demander si je vais pouvoir lui faire comprendre qu'il m'écrase et que j'ai besoin de respirer, Matt me soulève dans ses bras et nous fait quitter le bureau.

Surprise, je m'agrippe à ses épaules et noue mes jambes autour de lui tandis qu'il se dirige d'un pas décidé jusqu'à la baie vitrée.

J'ai un moment de panique.

– Attends, on va nous voir, haleté-je.

– Je VEUX qu'on nous voie, riposte-t-il avec force. Je VEUX qu'on sache que nous ne faisons qu'un et que personne ne pourra nous atteindre. Jamais !

Pas le temps de réagir.

Lorsqu'il me plaque contre la paroi de verre, le contraste entre la chaleur de son corps et le froid glacial de la baie vitrée entraîne une sorte de court-circuit de mon cerveau. Mon cœur et ma respiration s'arrêtent en le sentant me pénétrer, puis repartent lorsque je m'envole sous ses coups de boutoir. Je ne sais même pas comment il est déjà prêt. Planté au plus profond de moi, mon amant sauvage impose d'emblée un rythme effréné. Le visage crispé, le front collé à la vitre, il me maintient solidement écrasée entre lui et la paroi. Derrière moi, c'est la nuit noire. Les lumières de la Skyline du New Jersey dessinent des arabesques mouvantes sur nos corps clandestins. Devant, il n'y a plus que lui. Le Guerrier.

La sensation de sa peau contre la mienne, la poigne de ses mains géantes enfoncées dans mes fesses, mes seins écrasés contre son torse et l'odeur du sexe entre nous. Chacune de ces sensations est une ivresse à elle seule. Toutes se mélangent tel un tourbillon de plaisir qui nous emporte. Là-haut.

Plus haut.

Tout là-haut. Cette fois, l'orgasme est si violent qu'il me prend par surprise, je tourbillonne sans plus savoir où je me trouve, tout se brouille, spirale, s'envole avant de me dissoudre. Le Guerrier porte sa main à mon cou pour me soulever la tête et plonge dans mes yeux au moment de jouir.

– Je te sens… Je te sens, putain… Ton vagin palpite comme un cœur.

C'est exactement ça.

J'ai l'impression que quelqu'un a connecté mon cœur à mon sexe ou l'inverse. Soudain, il me rejoint, maintenant toujours ses yeux dans les miens avec une telle violence que mes paupières se ferment pour refluer l'image trop intense et laisser place à cette torpeur languide dans laquelle je peux enfin oublier les émotions difficiles qu'on vient de traverser, ma fatigue, tout.

On a survécu.

Après quelques secondes immobiles, je le sens qui vacille et constate que le sol se rapproche doucement. Nous nous retrouvons un peu étourdis, assis contre la baie vitrée, dans les bras l'un de l'autre. Il me fait venir sur ses genoux et me regarde intensément. Je pouffe :

– C'était un peu fou ! lui dis-je cherchant à savoir ce qu'il pense.

Un rire bref lui échappe.

– Notre relation est comme ça depuis le départ, chérie. Dingue et inattendue. Je déteste ça mais je ne changerai rien. Pas une seule seconde que je passe avec toi. C'est trop bon.

Entre obscurité et lumière, la pièce dévastée par son humeur précédente et ce que nous venons de faire nous transforme en amants clandestins, plus qu'en mari et femme. Amusée, je me demande un instant comment il va expliquer à Barbara demain matin que son ordinateur de bureau, sa lampe et peut-être même son ordinateur portable doivent être remplacés. D'ailleurs…

– Je peux te poser une question ?

– Bien sûr.

– Pourquoi tu ne m'as pas dit que tu connaissais bien mon père ?

– Parce que ça n'est pas le cas. Je ne l'ai vu que deux fois en dehors de la période où j'étais gosse. En revanche, lui me connaissait bien apparemment, grince-t-il encore mécontent.

– C'est comme s'il voulait qu'on soit ensemble.

Il m'aide à me relever.

– Ouais, j'ai eu aussi cette impression. Viens, on monte, ajoute-t-il sans me regarder en récupérant nos vêtements.

Au prix d'un immense effort, je ramasse son portable et le mien avec l'envie d'aller prendre une douche tellement je suis collante et fatiguée, mais, au moment où je balaye les deux écrans afin de vérifier qu'il n'y a rien de cassé, le sien affiche douze appels manqués et plusieurs notifications d'alertes. *Douze.*

Tous du même contact : *Tricia*.

Je dois compter jusqu'à dix pour me souvenir de ce que j'étais en train de faire. Sans savoir pourquoi, je me souviens que son portable n'a pas arrêté de vibrer pendant qu'on visionnait la vidéo, et qu'étrangement il n'a pas cru bon de l'éteindre. Je fronce les sourcils, il l'a simplement retourné.

Avec un dernier espoir, je pose l'iPhone sur le bureau devant lui alors qu'il tente de remettre un peu d'ordre dans la pièce. Il s'en saisit tout naturellement, sans se rendre compte qu'il parcourt l'écran, les yeux mobiles, avant de le remettre dans sa poche. Sans aucune explication. Quelque chose se brise alors en moi. Qui me coupe les jambes et me réduit en morceaux.

J'avais oublié Tricia.

Combien de murs vont-ils encore se dresser entre nous ?

41

ALEX

Le reste de la semaine s'écoule lentement comme dans un sablier.

Nous sommes jeudi, je n'ai obtenu aucune confidence de sa part sur ce que pouvait lui vouloir Tricia mais, suite à la vidéo de Victor et au choc qui a suivi pour chacun de nous, mon mari et moi sommes plus proches que jamais. Et Dieu merci, le temps s'est un peu rafraîchi avec la pluie de ces derniers jours. Pour un mois d'août à New York, ça reste agréable. D'ailleurs, Matt m'a fortement conseillé d'en profiter car ça ne va pas durer.

Par chance, je jouis aussi du calme relatif de la ville à cette époque de l'année pour faire mes premiers pas de New-Yorkaise avant le retour de l'effervescence des rues et des obligations mondaines auxquelles nous ne pourrons pas couper. La première étant la soirée du lancement de MHG Synthesis dans le jardin botanique de Brooklyn. Toute la presse sera là, ce sera l'événement de la rentrée.

Pour l'heure, ce n'est pas encore ça !

Ma technique pour héler un taxi laissant encore à désirer, je marche beaucoup. J'entre au hasard dans les boutiques, ce qui exaspère Louis lorsqu'il me voit sortir du bureau avec mon shopping de la journée et qu'il comprend que je lui ai faussé compagnie.

Même avec une enquête en cours, je n'intègre pas *pourquoi* j'aurais besoin de lui pour m'accompagner à ma pause déjeuner.

En outre, j'adore marcher dans Manhattan. J'évite de reluquer avec des yeux ronds de touriste les gens qui se promènent avec leur café ou leur soupe, tout le monde fait ça ici. J'ai même commencé à faire pareil. Brocoli-cheddar ou gaspacho-menthe fraîche. Je n'ai pas encore décidé. En revanche, je n'ai pas le cœur suffisamment accroché pour acheter de quoi me nourrir aux *street vendors*.

Bref, je m'efforce de me fondre dans le paysage.

Mon téléphone vibre sur mon bureau. Je le savais ! Depuis ce que Matt appelle la plus belle sexcapade de l'histoire d'MHG Industrie, il ne se passe pas une heure sans que mon mari me textote un truc idiot. Impossible de travailler, je ris.

[Alexiane, mon cœur…]

[Tu me fais peur.]

[Tu peux. Mes attachées de presse sont sur les dents !
Notre mariage sera annoncé au gala du BBG.
Pourrais-tu mettre en valeur tes seins ?
Je jure de ne pas te tripoter.]

Je sentais bien que cet arrangement n'allait pas durer.

[Tu essaies de m'achever ?]

[Je promets d'essayer, bébé.
Tout le monde saura que tu as juré de m'obéir
et d'être mon esclave sexuelle à perpétuité.]

[J'étais saoule pour mes vœux, je te rappelle.
Donc NON RESPONSABLE, Guerrier !]

[N'essaie pas de t'en tirer si facilement, Civilité !
Tu es coincée avec moi pour le restant de tes jours.]

[Parce que je t'ai capturé ?]

[Capturé mais pas dompté !
Moi, en revanche, je t'ai dressée !
C'est OK pour tes seins ?]

[Est-ce qu'on est vraiment en train d'avoir
cette conversation au boulot ?]

[Mari et Femme. C'est fou, non ?]

Son dernier SMS me fait sourire.

Je me fends d'un rapide smiley ironique et me souviens que je n'ai toujours pas de robe pour ce fichu gala mais qu'il est hors de question de montrer mes seins. Quand je pense qu'il trouvait ma robe trop courte à Marrakech. Quel changement !

Luca semblait préoccupé ces derniers jours, aussi n'ai-je pas osé lui rappeler de s'en occuper. Et maintenant, j'apprends en plus que je ne pourrai pas passer inaperçue comme je l'espérais. Une autre Alex réfléchira à ça plus tard !

Pour l'heure, résignée, je me remets au travail.

Les travaux pour l'installation du Fil rouge ont déjà commencé dans le gymnase de Brooklyn. Tous les jours, Jonathan m'envoie des photos parce que je n'ai pas encore trouvé le temps de m'y rendre. À l'inverse de Jo et de Liam qui campent sur place.

Matthew veut aller vite et la mise en place de sa plateforme pour annoncer le lancement de MHG Synthesis est devenue notre priorité. Neuf jours. Il ne reste plus que neuf jours. Tout le monde est sur les dents !

À l'agence, et devant Karim, je m'oblige à prendre un air calme et à ne pas penser à la dernière charade-devinette laissée par Victor. Bien sûr, j'ai besoin d'en parler, d'analyser les émotions que son message m'inspire, mais je n'ai ni le temps ni la personne adéquate pour le faire.

Je m'y attellerai après le lancement.

Tout en m'obligeant à me concentrer sur les détails des contrats avec les plateformes musicales, en songeant aux deux Guerriers de ma vie, je me dis que parfois les caractères violents se reposent dans l'extrême de la tempête. Et qu'il est évident à présent qu'au-dedans de moi ondule certainement la mer, parce que je suis sensible à ce genre d'homme.

Grâce à eux, je réalise à quel point il est facile à ceux qui n'ont aucune blessure personnelle de parler d'effort ou de courage. On ne fait preuve de courage que lorsqu'on est mort de trouille, pas moins. D'ailleurs, je ferais bien de m'en inspirer.

Prise d'une soudaine impulsion galvanisante, je décroche mon téléphone et le post-it qui traîne sur mon bureau. Deux jours que j'ai noté ce numéro de téléphone sans trouver le courage de le composer. C'est le moment.

Une voix féminine suave répond à la deuxième sonnerie :

– Le *HuffPost*, Léna à votre écoute.

– Léna, bonjour. Je suis Alex Sand et j'aimerais parler à Louisa Frank au sujet d'un article qu'elle a écrit le mois dernier concernant la fondation du Fil rouge.

Avant que je puisse ajouter quoi que ce soit, son assistante me met en attente. Une petite minute plus tard, durant laquelle je dois lutter pour ne pas me ronger les ongles, la réponse me parvient, claire, laconique :

– Louisa m'informe que pour elle le sujet est clos.

Un petit frisson désagréable me parcourt la nuque, le ton est si dédaigneux.

– D'accord, je comprends…

En fait non ! Je ne comprends pas.

– Désolée d'insister mais c'est important. Mon époux s'apprête à transformer complètement sa fondation et je pense que Mme Frank serait ravie de l'apprendre par mes soins au lieu de s'apercevoir dans la presse concurrente que son article n'est plus d'actualité, dis-je, étonnée de m'être avancée ainsi sans du tout avoir prévu ce que j'allais dire.

Soudain, je me sens fragile. Matt est fier de notre mariage et ne m'a jamais défendu de faire état de notre union mais il ne m'y a pas autorisée non plus. Que pensera-t-il du fait que je brûle les étapes ?

– Rappelez-moi votre nom déjà ? me demande Léna sur un ton redevenu professionnel.

Durant une seconde, je jette un regard plein d'espoir à ma magnifique alliance en forme de vague et je lui déballe le reste :

– Alex Garrett. Je suis l'épouse du P.-D.G. de MHG Industrie.

Voilà, c'est fait. Première fois que je le dis à voix haute. J'ai peut-être raté ma cérémonie et le fameux « I DO » les yeux brillants, mais *ça*, je ne l'ai pas raté !

Ça fait bizarre quand même.

– Ne coupez pas, madame Garrett, Louisa se fera un plaisir de discuter avec vous. Je la préviens tout de suite, l'attente ne sera pas longue…

Merci, Guerrier, maintenant je me sens puissante…

Mentalement, je note d'informer Matt de ma ruse pour parvenir à mes fins et de l'état légèrement préoccupant du Fil rouge dans l'opinion des médias. En gros, tout le monde s'en moque, seuls comptent les laboratoires que rachète mon mari pour faire la nique aux grands groupes pharmaceutiques et son chiffre d'affaires croissant. Perso, je trouve cela dommage et réducteur de son action.

Et comme de juste, la suite ne se fait pas attendre :

– Alex Garrett ! Je suis Louisa Frank. Je me disais bien que le nom d'Alex Sand me disait quelque chose. Félicitations ! J'aurais dû me douter qu'il était amoureux quand il a évoqué votre nom. C'était sans précédent. Suis-je la première à le savoir ? demande-t-elle avec coquetterie.

Quelle hypocrite ! Je n'oublie pas que si elle m'a bien mentionnée dans son article, elle m'a quand même éconduite il y a une minute de ça.

– Pourrions-nous nous rencontrer ? J'aimerais évoquer le devenir du Fil rouge avec vous.

Aucune hésitation cette fois :

– Très volontiers. Demain à déjeuner ?

Si vite ?

– C'est que je travaille… balbutié-je en pensant au boulot qui m'attend.

Waouh. Côté communication mondaine, je maîtrise à fond ! Un grand éclat de rire maniéré se fait entendre sur la ligne qui me fait regretter mon inexpérience. Je devrais demander à Debra quelques astuces de base.

– Oh mon Dieu ! Il est si terrible que ça ? se méprend-elle. Vous connaissez le Rouge Tomate ? C'est sur la 60th Street. À quelques pas de l'entrée est de Central Park. Pour déjeuner, c'est parfait. On se retrouve à l'intérieur.

– Entendu.

C'est tout ce que je trouve à dire. Mais lorsqu'elle raccroche en oubliant de m'indiquer l'heure du rendez-vous, j'oublie tout. J'ai obtenu ce que je voulais.

– Tu viens, Alex ? me lance alors Marcus sur le seuil de mon bureau. Kar a décrété un débriefing en salle de réunion pour rectifier le tir.

Je fronce les sourcils, inquiète d'une complication.

– Rectifier le tir ?

Marcus me regarde en souriant, accoudé au chambranle de la porte.

– C'est une mesure de précaution, m'assure-t-il, achevant de me convaincre. Selon lui, on manque de recul pour éviter les erreurs. Quand les délais sont courts, le fait pour chacun de s'exprimer peut permettre de faire baisser la pression et le stress accumulé au sein de l'équipe.

Je rassemble mes contrats et lui souris à mon tour, soulagée et heureuse de l'implication de Karim qui semble avoir abandonné sa guéguerre avec Matthew au moins le temps d'un contrat.

– J'arrive.

À la fin du débriefing, je me dis que Marcus avait raison et que j'avais tort de me montrer réticente. C'était une super idée de permettre à toute l'équipe de s'exprimer. Tout le monde semble plus détendu et confiant.

– Débriefing perso, Barbie Girl ! À toi. Comment vas-tu ? me questionne mon boss alors que je m'apprête à quitter la pièce en dernier.

J'hésite un instant, de crainte d'étaler trop mon bonheur devant lui, mais peu à peu en voyant qu'il me pose des questions, je finis par lui raconter en détail la visite de ma mère et l'étonnant message laissé par Victor.

– Ben ma jolie ! Je suis heureux pour toi que les problèmes de

« père inconnu » soient derrière toi. Même si c'est un peu bizarre de la part de Victor de t'avoir orientée de la sorte dans tes études. Au moins, il a pris soin de toi.

Je lui souris, soulagée de sa réaction.

– C'est vrai, je crois que cette fois les problèmes de rejet sont derrière moi. Tu sais quelque chose, toi, sur Ancalagon ? osé-je alors en me souvenant que son père est aussi impliqué que le mien et celui de Matt.

Mon boss se balance dans son siège en m'étudiant.

– Mon père en parle peu. Ni ma sœur ni moi ne sommes Bombay, alors ce club de « frères du sang » doit plutôt lui rappeler ses conneries de jeunesse. Je crois qu'il laisse Vincent s'impliquer. Pourquoi ?

– Pour rien. Je crois que j'avais envie de résoudre la dernière devinette de mon père. Juste pour tourner la page.

– On pourrait y aller maintenant que les choses se sont un peu calmées dans la région. Tu sais qu'on est fans de randos de l'extrême avec Cameron et comme en ce moment ça ne va pas fort pour lui… Ça te dirait de faire ces parcs naturels avec nous ? propose-t-il. Le paysage doit être grandiose.

Je prends un moment de réflexion en songeant à mes relations quasi inexistantes avec mon demi-frère et en réalisant qu'en définitive je ne le connais pas du tout. On a peut-être pris un mauvais départ.

– Que lui arrive-t-il ?

– Je crois qu'il déprime à cause de ma sœur… Inutile de te dire que je ne veux pas m'en mêler mais c'est mon pote et j'aimerais l'aider.

Une bouffée de culpabilité m'envahit soudain.

– Je m'en veux de ne pas avoir appelé Leila depuis Vegas. C'est égoïste de ma part, elle m'en aurait parlé…

– Pas sûr ! Tu connais ma sœur, elle est romantique mais très secrète sur ces choses-là. D'après Cam', il y aurait quelqu'un d'autre. Moi, je n'y crois pas.

– Moi non plus. Leila est la fille la plus fidèle que j'aie rencontrée, fais-je avec sincérité.

– Je croyais que c'était toi ! me retourne-t-il avec ironie. Fais gaffe ! Tu me donnes de l'espoir, là.

J'éclate de rire et il en fait autant en m'envoyant une feuille de papier froissée au visage.

– Allez, sauve-toi, Barbie Girl ! Tu m'as filé mauvaise conscience. Je vais appeler ma sœur.

De retour dans mon bureau, je me remets au travail même si mon esprit a tendance à vagabonder un peu trop. Je n'en reviens pas d'être sur le point d'aller au Kivu avec mon demi-frère ! Mon état d'excitation est à peine gérable. Je pourrais demander à Matt de nous accompagner. Toutefois, je dois arrêter de divaguer sur mes problèmes personnels pendant le travail si je veux être efficace. Du moins, c'est ce que je me dis quand mon portable vibre à nouveau sur ma table de travail.

Justement quand on parle du loup…

[Tu as bientôt terminé ?]

[J'ai du travail, Guerrier !]

[Luca m'informe que sa mère ne supporte pas bien
sa chimiothérapie. Je lui ai donné congé pour qu'il puisse
se rendre à Bari avec Fabio. Peux-tu voir avec la restauration
pour nos repas ? G]

Voilà l'explication !

[Oh le pauvre ! J'ignorais que sa mère était malade.
Que dirais-tu de tester la Dutch baby
et la bière maison de Spotted Pig ?
Je passe prendre le repas en rentrant. G]

[Bonne idée ! Rob se joindra à nous.
Il n'a pas le moral. Prévois pour trois.
Je dis à Louis de prendre la Bentley. G]

Qu'est-ce qu'ils ont tous à ne pas avoir le moral ?

[Pourquoi il n'a pas le moral ?]

[J'entre en réunion avec le Japon, bébé.
À plus d'impatience, madame G]

Autrement dit, c'est pas tes oignons.

Un deuxième texto surgit alors sur l'écran, je ne vais jamais y arriver. Le message est de Lizzie cette fois-ci :

[S'il te plaît, Alex, aide-moi à convaincre Jo !
Le cinéma le barbe, faire un flipper l'ennuie, les musées,
je te dis pas ! Et il refuse de venir à la maison m'aider à faire
mes devoirs depuis que maman a fait son esclandre. SOS]

Là non plus, ce ne sont pas mes oignons ! Toutefois, la fleur bleue en moi ne peut résister à lui filer un coup de pouce. C'est ma belle-sœur après tout !

[Demande à Rob de t'emmener dîner à la maison.
Je me charge de Jo. Biz]

Quand, deux heures plus tard, je retrouve Louis sur le trottoir, le temps gris contraste cruellement avec le bleu brillant de la luxueuse Bentley garée devant LabelK. J'adore cette voiture, en partie parce qu'étant un coupé, je peux monter à l'avant sans cérémonie. Mon chauffeur m'aide à récupérer ma commande au restaurant du coin de la rue et à tout ranger dans le coffre sous les regards curieux des autres employés qui quittent l'immeuble de LabelK et qui, visiblement, ne sont pas tous au courant des moyens de transport que m'impose mon mari.

Louis attend que j'aie bouclé ma ceinture.

– Je crois, Alexiane, que vous allez de nouveau vous retrouver dans les magazines. J'ai repéré la moto d'un photographe en vous attendant et maintenant qu'ils savent où vous travaillez, vous risquez d'avoir de la compagnie pour vos petites escapades sur le pouce. Je vais devoir en aviser M. Garrett, me prévient-il gentiment.

Autrement dit, plus question de lui poser un lapin.

– Je gérerai, Louis.

– J'en doute, Alexiane. On ne se débarrasse pas d'eux si facilement.

– C'est ma faute, j'ai appelé une journaliste du *HuffPost* aujourd'hui. Je dois d'ailleurs déjeuner avec elle demain.

Le coupé sport s'engage sur Greenwich.

– Ne faites rien de stupide, dit-il en se remémorant que j'aime longer l'Hudson pour rentrer et en bifurquant afin de récupérer la double voie qui longe le fleuve. Laissez-moi vous accompagner à votre déjeuner demain.

– Vous voulez dire à moto ?

– Non, je veux dire à l'intérieur. Vous ne me verrez pas, mais moi je vous verrai, je serai à une autre table s'il faut vous évacuer.

J'écarquille les yeux.

– M'évacuer ? Vous plaisantez ?

– Non, madame, dit-il en tournant le rétro vers moi pour me montrer qu'on est suivis par un motard bardé d'appareils numériques. Ça ne prendra que quelques mois avant qu'ils passent à autre chose mais ça peut vite tourner au cauchemar, croyez-moi !

– D'accord, mais je n'ai pas l'heure du rendez-vous.

– Je vais appeler le *HuffPost* pour vous, madame, réplique-t-il souriant.

– Louis ?

– Oui ? dit-il en tournant la tête vers moi.

– Alexiane ou Alex, pas madame.

***

– Coucou ! Le dîner est arrivé ! m'exclamé-je en pénétrant dans l'appartement, deux boîtes cartonnées à la main et mon sac bowling au creux du coude pour me faire pardonner mon retard.

Louis derrière moi dépose mon ordi et mes dossiers et me glisse discrètement qu'il va promener Sexe puisque Luca n'a pas pu s'en charger et que le boxer n'a pas dû sortir depuis quelques heures, interminables pour lui.

– Hum, ça sent bon ! lance ma belle-sœur en déboulant du salon.

Je tente de déposer nos repas sur le comptoir de la cuisine.

– Donne-moi ça, Lexie, je vais t'aider, dit-elle en me venant en aide. Ça ne t'ennuie pas que je t'appelle Lexie ? C'est plus proche de Lizzie qu'Alex, et moi, j'aime faire original. Pour info, Matt et Rob se sont installés sur la terrasse et nous avons reçu l'ordre de ne pas les déranger.

– Et Jonathan ?

Elle me décoche un petit sourire dépité.

– Devant un match amical des Giants, grimace-t-elle. Je voulais zapper sur le concert des One Direction au MetLife Stadium mais il a dit non. Pourtant, ils sont bons, non ?

– Donc, tu t'ennuies.

– C'est ça. Il me tarde de passer à table, au moins on sera tous ensemble.

Quand le dîner se termine, je ne sais toujours pas ce qui affecte le moral de Rob, mais pour Lizzie ça ne suffit pas :

– Et si on allait au Bishop ! scande-t-elle en regardant tour à tour ses deux frères, si déterminée que je la crois un instant capable d'un caprice.

Jonathan lève les yeux au ciel, visiblement exaspéré par ces minauderies de fille, et comme je ne veux pas être prise à témoin, j'empile nos assiettes sur un bras et me tourne vers l'évier afin de les rincer.

Non sans entendre dans mon dos :

– Tu n'as pas cours demain ? lui oppose la voix ferme de Matt.

– Oh, ça va, papa ! Je n'ai cours qu'à 10 heures.

Je manque m'étouffer en rangeant les assiettes dans le lave-vaisselle, imaginant la réaction de Matt se faisant appeler « papa ».

– Vous êtes tous trop moroses ! se lamente Lizzie. On n'a pas rigolé une seule fois pendant le dîner. MHG Synthesis par ci, MHG Synthesis par là. Vous êtes soûlants à la fin. Quelqu'un pense à moi ?

Oh, et puis c'est trop bon, je me retourne, tout sourire. Le Guerrier a la tête de quelqu'un qui vient de glisser sur le passage piéton et les garçons ont bien du mal à cacher leur hilarité. J'en remets une couche :

– Moi aussi, j'irais bien prendre un verre au Bishop... C'est un bar, c'est ça ?

Mon mari me fusille des yeux.

– C'est vrai que tu ne connais pas, Lexie ! C'est le club de Rob, m'apprend ma belle-sœur en enlaçant le cou de son frère chéri, provoquant un nouveau roulement d'yeux chez Jonathan.

Interloquée, je regarde Rob en face de moi.

– Tu as un club, toi ?

Le grand blond hausse les épaules, se dégageant ainsi des bras de sa sœur.

– J'en ai même plusieurs, admet-il très sérieusement. Il faut bien que j'assure mes arrières si ton mari me vire…

Rob a des clubs. Pourquoi ça ne m'étonne qu'à moitié ?

***

Pendant de longues minutes, je toise la mascotte du club de Rob qui me regarde avec des yeux coquins alors que moi je le regarde avec des yeux inquiets.

Aucun doute, c'est bien un canard vibrant.

Sauf que celui-ci est d'une taille démesurée, jaune avec boa de plumes roses et piercing en brillant dans le nez *et* un habit d'évêque anglican. À vrai dire, je cherche encore où est le bobard dans cette histoire.

En définitive, Margo et Rob iraient bien ensemble.

Il est pourtant super joli ce canard géant ! Sauf quand un client lui appuie sur le dos et qu'il se met à vibrer. Et pour vibrer, il vibre. Posé sur une surface plate, il ne doit pas être loin des 15 km/h !

– On continue à la Pale Ale ou vous voulez plus hard ? nous demande le propriétaire des lieux après nous avoir installés dans une sorte de bulle en Plexiglas suspendue juste devant la scène, composée de deux grands canapés circulaires et d'une table basse au milieu.

Comme je ne sais quoi répondre, je presse la cuisse de Matt, assis à mon côté mais le regard au loin, sur la scène, où un groupe local est venu distraire la clientèle.

– On suit à la bière, décide-t-il. Soft pour Lizzie. Je te rappelle qu'elle n'a pas l'âge de boire sur le sol américain au cas où tu aurais oublié.

Matt n'avait pas émis le moindre son depuis notre arrivée.

Je ne sais pas ce qui le préoccupe mais il semble plus tendu que d'ordinaire. Je me love contre lui. Il sent le tabac de sa cigarette fumée sur la terrasse et l'homme qui embrasse avec passion.

– Est-ce que tout va bien ? je lui demande inquiète de ce silence.

– Sale semaine, concède-t-il avec un sourire mélancolique.

Je m'appuie lourdement contre lui et réalise alors qu'en quelques jours seulement il m'est devenu familier de la façon la plus intime qui soit. Comment les choses peuvent-elles bouger si vite ?

– Et toi ? s'intéresse-t-il pour la première fois.

– Ça va bien. Je vois Louisa Frank demain, lui dis-je en regardant en l'air pour saisir sa réaction sur son visage.

Il arque les sourcils et resserre l'étreinte autour de moi.

– Ah oui ? C'est elle qui t'a contactée ?

– Non, c'est moi. D'ailleurs, j'ai dû lui dire qui j'étais, avoué-je la gorge nouée. Je voulais lui parler du Fil rouge, mais tu sais, elle…

– Garde tes distances avec elle, Alex, m'interrompt-il maître de lui.

Sa main se referme sur ma cuisse pour appuyer l'ordre.

– Pourquoi ?

– Parce que je te le dis.

L'aigreur s'empare alors de moi en notant qu'encore une fois, il ne cherche même pas à s'expliquer. Pas plus que pour Tricia et ses appels incessants. Je sais qu'il ne la prend pas et qu'il les efface devant moi sans chercher à s'en cacher, mais il ne donne aucune explication. Je suis sa femme, merde !

– Garde tes distances avec Tricia en ce cas, lâché-je sur le même ton.

Surpris, il me relâche et passe la main dans ses cheveux d'un geste rageur comme si je l'avais insulté.

Ben tiens, tu vois ce que ça fait !

– Alexiane... C'est ce que je fais, réplique-t-il crispé.

Je me redresse et soutiens son regard.

– Tu sais que je suis jalouse, je ne m'en suis jamais cachée.

– Et j'adore que tu le sois parce que ça veut dire que tu tiens à moi, mais tu n'as pas à l'être, chérie, enchaîne-t-il trop calmement.

Ma poitrine se pince, prise en étau entre mon irritation de m'infliger ça à moi-même et le courroux que je ressens contre lui, mais quand il s'agit de lui et Tricia, je ne peux pas m'empêcher d'être soupe au lait.

– Ah bon ? L'autre soir, en ramassant ton portable j'ai vu douze appels manqués de sa part et tu n'as pas bronché quand je te l'ai donné. Je sais aussi que c'était elle le texto que tu as effacé au petit-déjeuner. J'ai reconnu les majuscules qu'elle emploie. Ce n'est pas très fair-play.

Il détourne les yeux. *Pardi !* Il sait que c'est vrai.

– Je suis sûre que si je prenais ton portable, là, maintenant, il y en aurait d'autres.

La menace sous-tendue dans ma réplique lui fait porter la main à sa poche intérieure de veste mais sans en extraire ledit portable pour me prouver que j'ai tort. *Mais bien sûr...*

– Comment le vivrais-tu si Kar m'appelait douze fois sur mon portable et que je ne lui demandais pas de cesser immédiatement ?

À la mention de son rival, sa tête se relève d'un coup.

– N'oublie pas qui tu es, m'intime-t-il durement.

– Tu peux parler ! réponds-je du tac au tac.

Ses iris s'embrasent de violet en voyant à quoi je fais allusion, mais pas question de baisser les yeux. Je tiens bon, soutenant les siens avec courage.

– Je croyais qu'on se faisait confiance, chérie ! me décoche-t-il alors avec arrogance. Reconnais que c'est plutôt ennuyeux si tu n'y arrives pas !

Je dois me pincer pour ne pas le gifler.

– Je m'occupe d'elle ! lance à point nommé Lizzie à son frère tout en m'attrapant brusquement par le bras et en m'entraînant hors de la bulle.

C'était moins une.

– Super ! J'adore danser, lui dis-je en lui emboîtant le pas.

– Ravie de l'apprendre, mais tu sais chanter ? me répond-elle, une note amusée dans la voix, en me poussant vers la scène. C'est une soirée karaoké. Je nous ai inscrites pour le suivant.

Oh merde…

42

ALEX

D'après Max et les filles, je chante comme une demi-douzaine de coyotes perdus dans le désert. Très imagé mais vrai. Alors le karaoké, ça ne va pas le faire !

D'instinct, je croise étroitement les bras et cherche un regard de soutien quelque part tandis que Lizzie choisit notre morceau avec le DJ. Un grand mec aux cheveux bleus et aux bras chargés de tatouages polychromes. Peu importe ce qu'elle choisira, je sais d'avance que ce sera une catastrophe.

Même « Maman les petits bateaux » en serait une.

Pour le soutien, ce n'est pas gagné non plus ! Les mains profondément enfoncées dans ses poches comme s'il voulait empêcher ses poings de fracasser quelque chose, Matthew semble lui aussi lutter contre moi.

– Civilité, c'est vous ? me hèle une voix masculine inconnue sur ma droite.

– Euh… Oui ?

Surprise d'entendre mon surnom, je tourne la tête et découvre un membre du service d'ordre en T-shirt, jean et lunettes noirs, qui me tend un papier plié en deux.

– Le monsieur là-bas m'a chargé de vous remettre ça.

Inutile de regarder la direction qu'il m'indique, d'avance je sais de qui il s'agit. Si au moins je savais comment joindre cette garce de Tricia, je pourrais me faire une idée de ce qu'elle a en tête. De femme à femme. Savoir si elle constitue un danger ou si elle est juste timbrée à harceler les gens de la sorte. Mais non, je ne sais même pas qui elle est. Je déplie quand même le feuillet pour prendre rapidement connaissance du message de mon mari :

J'ai l'habitude de tout contrôler, chérie. J'en ai besoin.
Alors consens un effort de ton côté
et fais au moins un fichu pas vers moi et on y arrivera.

Comment suis-je censée répondre à cet ultimatum ?

Avec mon cœur ? Mon cerveau ? Mes tripes ?

L'envoyer se faire foutre me tente énormément. Furax, je replie le papier et lève la tête pour le dévisager, histoire de lui faire comprendre ce que je ressens. Mais je m'arrête net. Déroutée par l'éclat grossier et implacable du regard qu'il pose sur moi. Genre « Pas la peine de te raconter des histoires, ma petite, tu en veux plus, donc… à toi de voir. C'est moi ou rien ».

Fantastique ! Il se la joue connard furieux.

C'est moi qui suis blessée mais c'est lui qui est furieux. Normal, ça ? Et le comble, c'est que son comportement arrogant à la limite de l'acceptable me fait sourire. Même là. Même à distance, alors que je m'apprête à chanter comme une casserole, morte de trouille devant tous ces gens qui attendent qu'on se plante pour nous siffler copieusement, il essaie encore de jouer au connard cabossé par la vie pour s'en sortir. C'est trop facile. J'ai envie de crier.

Ce mec arrogant, grossier et sauvage va me tuer !

– Tu es prête ? m'interroge Lizzie en me tendant un micro sans fil. J'ai choisi « Miracle » de Julian Perretta, précise-t-elle au moment où un faisceau laser rouge nous balaye.

Oh Seigneur, ne me lâche pas !

– Lizzie, je connais pas ! fais-je à deux doigts de quitter la scène pour mourir de honte tranquille quelque part.

L'adolescente s'empare de ma main dans la sienne.

– C'est pour cela que la méthode éprouvée du karaoké consiste à lire sur un écran, belle-sœur chérie… Allez, on le fait ensemble, décrète-t-elle, excessivement confiante. Toi en français, moi en anglais. On va faire un carton !

Déjà, les accords de guitare démarrent. Dieu merci, le rythme est entraînant et les basses rythmées tel un cœur palpitant couvrent le mien. À la limite de l'évanouissement, je fixe l'écran vert où les paroles défilent et je me ferme à tout le reste, y compris ma propre voix.

– *« When the wolves run wild. I see myself »*, commence Lizzie excitée comme une pile alors que mes jambes flanchent.

– « Quand les loups se déchaînent, je me vois », traduis-je à mon tour.

C'est nul en français ! Franchement.

C'est comme si je rajoutais à la demi-douzaine de coyotes perdus un traducteur de langue morte. La salle est pliée de rire devant mon manque total de rythme. Ils ont même cessé de boire et leurs conversations, je vais mourir.

– *« But you won't take this road. I go down. »*

– « Mais tu n'emprunteras pas cette route, je descends. »

– *« The nights grow cold. The flame goes out. »*

– « Les nuits rafraîchissent, la flamme s'éteint. »

Complètement grotesque, Lizzie !

– *« You save me. I save you »*, hurle cette dernière à la foule en se dandinant derrière son micro comme la reine Beyoncé pour mieux masquer mes couacs.

Je n'ai jamais rien fait d'aussi difficile.

Épingler Archambault et ses sbires de la finance à la barre à côté de ça, c'était de la gnognote. En revanche, ma prestation est si terrifiante que je me sens mieux. J'ai oublié Tricia et ça me fait du bien. Un coup d'œil vers notre bulle de Plexiglas m'apprend que Jo et Rob ont cédé à l'hilarité générale, mais c'est le mec à côté d'eux qui me donne la force de continuer. Matt ne rit pas. Au contraire, il se contente de me regarder comme si notre vie commune en dépendait.

Et c'est là, à cet instant, que je prends conscience des paroles :

– « Tu m'as sauvée. Je t'ai sauvé », chanté-je à mon tour.

Mon cœur est serré dans ma poitrine. « *Oh oh oh yeah, oh oh oh yeah* » soutient la salle. Heureusement, Lizzie suit mieux que moi :

– « *The miracle that was never to…* »

Je traduis à mon tour, me demandant si elle a choisi la chanson exprès ou si encore une fois c'est un pur hasard. Autant de hasards, je vais finir par douter.

– « Un miracle qui n'était pas censé arriver… »

Quelque chose d'intense remue en moi à ces mots sans que je sache pourquoi.

– On les a eus, Lexie ! explose Lizzie lorsque la musique s'arrête.

Mes joues brûlent d'humiliation.

– Ouais, c'est fini, soupiré-je en haussant les épaules, incroyablement soulagée de pouvoir m'échapper.

– T'as appris à chanter faux à la fac pour incarner un rôle, ou quoi ? C'était trop marrant, rigole-t-elle, inconsciente de la honte qui m'anime.

Comble de tout, la salle est debout pour applaudir notre piteuse prestation, ralentissant notre sortie de scène. Je suis sûre que si j'avais chanté juste ils ne nous auraient pas prêté cas. Pendant un moment, je baisse les yeux, les joues empourprées, et laisse la pétulante Lizzie me diriger vers notre bulle.

Rob m'aide à grimper en m'attirant dans ses bras.

– Félicitations Jenkins[15] ! Tu recommenceras si je te paye ? raille-t-il en déposant un baiser dans mes cheveux.

– Tu plaisantes ?

– Nan ! Un McKinley la soirée, ça te dit, Jenkins ? Tu chantes tellement faux que c'est une performance digne des Razzie Awards. On pourrait annoncer ton passage, et qui sait, ça remplirait le club.

Je lui décoche une tape dans le ventre.

– Non, mais ça va pas ! Je ne traite pas avec toi.

Mais alors que nous restons figés, face à face, comme deux statues, je finis par me rendre compte de l'absence de Matt dans la bulle et de la présence de deux blondes inconnues habillées très court. Deux mannequins de lingerie à n'en pas douter. Mon cœur s'emballe à le chercher partout. Que s'est-il passé pendant que je chantais ? Et s'il en avait suivi une ? Ou qu'il soit avec Tricia ? Je ne pourrais même pas la reconnaître si elle s'approchait de lui, puisque je ne la connais pas.

Prise d'une soudaine panique, je repousse Rob.

– Il est parti ? fais-je en secouant la tête d'exaspération.

Mais celui-ci m'attrape par le bras.

– Calme-toi, il est là-bas.

Je cligne des yeux. Absolument abasourdie de découvrir Matthew derrière le micro sur pied que Lizzie vient de quitter. Un technicien règle la bonne hauteur pour lui mais il a l'air tellement confus en fixant la pointe de ses pieds que je relâche la respiration que je retenais.

J'interroge Rob des yeux.

15. Florence Foster Jenkins était une soprano américaine fortunée, passionnée de musique et d'opéra, et persuadée d'avoir du talent alors qu'elle chantait horriblement faux. Sa vie a inspiré un film merveilleux : *Marguerite*.

– Qu'est-ce qu'il fait, là ?

Le bras de mon beau-frère s'enroule autour de mes épaules, suscitant une moue dépitée chez les deux blondes, ce qui ne me rassure qu'à moitié.

– Ma foi, on dirait qu'il va chanter.

– Tu l'as déjà vu faire ça ? fais-je aussi hallucinée qu'inquiète du tour que prend cette soirée.

– Non.

Rob observe ma réaction avant de poursuivre :

– Tu te souviens de ce que je t'ai dit à Marrakech ? Matt énerve parce qu'on ne peut pas le prendre par les sentiments.

Sous-entendu, parce qu'il n'en a pas.

– Je peux te l'avouer maintenant, continue Rob sans se démonter, je ne croyais pas une seconde à votre histoire. J'ai eu beau faire défiler les plus belles filles devant lui, Matt n'a jamais ressenti la moindre émotion. Ni colère. Ni patience. Il n'était même pas possessif avec elles. Tu n'as pas idée du nombre de victimes que cette attitude a pu faire.

Je lui lance un regard furibard.

– Super ! Je te pardonne, si tu admets que la seule qui a le droit de défiler devant lui à présent, c'est moi, lui dis-je avec un signe de tête vers les deux blondes. Essaie de t'en souvenir, faux-frère !

Rob ricane et continue en m'ignorant :

– Je n'invente rien en disant que tu le sors de sa zone de confort, trésor.

– Et c'est mal, tu crois ?

– Non. Mais il n'est peut-être pas prêt. Je veux dire, tu lui demandes un tel changement…

Ce n'est pas un reproche. Ces mots sonnent plus comme un avertissement.

Au lieu de lui répondre, je me retourne et mon regard s'arrête sur Matt, ce mec cabossé tout de traviole mais combatif qui m'émeut un peu plus à chaque minute.

Jusqu'où le droit à l'erreur est-il admissible ?

J'en profite pour l'admirer tout mon saoul. Un beau spécimen masculin aux épaules solides, un air suffisant quand moi j'étais morte de trouille. Poitrine large. Cuisses bombées sous son chino noir. Cul taillé dans le marbre et visage respirant la testostérone. Quelle femme ne se battrait pas pour pouvoir jouer avec tout ça ?

Sans doute Rob a-t-il raison.

Je suis trop exigeante en réclamant tout, tout de suite. Mais pourquoi doit-on choisir entre l'amour et l'instinct de survie ? Que ce soit lui ou moi, j'ai l'impression que c'est ce que nous faisons, depuis le départ.

Alors que la musique commence sur un rythme langoureux, Matt s'est arrêté, une main posée sur le micro, l'autre dans sa poche. Beau comme un dieu dans sa chemise blanche ouverte au col mais immobile. Sans rien dire, il reste figé sur place, hésitant. Qu'est-ce qu'il lui prend ? Ce n'est pas le trac. Je sais pour l'avoir déjà entendu qu'il chante aussi bien que Chris.

Oh mon Dieu, oh mon Dieu…

Soudain je réalise ce qu'il s'apprête à faire en reconnaissant le morceau qu'il a choisi. « Hold On Me ». Je connais cette chanson. Margo la fredonnait tout le temps dans notre salle de bains. J'en ai les larmes aux yeux et la gorge nouée en comprenant qu'il va chanter ce qu'il ne peut pas dire. Seigneur, s'il vous plaît, non ! S'il échoue, émotionnellement, ce sera pire.

Je lance à Lizzie en montant debout sur la banquette :

– Fais comme moi !

– Quoi ?

Je la tire par le bras.

– Fais comme moi, je te dis !

Puis sa voix grave, légèrement cassée, se lance timidement et je ne peux rien faire d'autre que chanter avec lui, les bras au-dessus de ma tête, les doigts joints en cœur pour l'encourager :

– « *Seems you got a hold on me.* »

– « Il semble que tu aies une emprise sur moi. »

Quelque chose d'intense est en train de se produire. Aussi palpable dans l'air que si je le tirais avec un fil, ses yeux s'accrochent aux miens, ses joues se sont empourprées, il a compris. Peu à peu, je retrouve sa belle voix du B-One parisien quand il chantait du Coldplay rien que pour moi :

– « *Really got a hold on me...* »

– « Vraiment une emprise sur moi... »

Rapidement, je me mets à danser pour lui avec Lizzie et les deux autres blondes qui nous ont rejointes sous les regards écarquillés de Rob et Jo. Les bras toujours au-dessus de la tête alors que la salle tourne les yeux vers nous.

Un beau mec sur scène, une nana ordinaire qui chante faux, perchée à deux mètres du sol pour attirer son attention. Les gens doivent me prendre pour une groupie tarée qui cherche à coucher. Pas grave.

– « *Just let me keep a piece of me.* »

Message reçu, Guerrier !

– « Laisse-moi juste garder une part de moi. »

La salle bat des mains et plusieurs femmes nous imitent en montant sur leur siège. Pas possible ! Ce crétin a du succès ici aussi. Retourne à ton business, Garrett ! Micro en main, Matt commence à se déhancher avec nous, n'y croyant pas lui-même. Ce connard est si masculin et sexy quand il bouge, sans même s'en rendre compte. Mon cœur déborde quand il entonne :

– « *You are my best friend.* »

– « Tu es mon meilleur ami », lui souris-je.

Une seconde plus tard, son corps est secoué d'un éclat de rire silencieux en lisant la suite. Il chante en me fixant droit dans les yeux :

– « *You are my worst of enemies...* »

Je lui montre un doigt levé en chantant :

– « Tu es mon pire ennemi... »

Son teint blêmit en regardant l'écran, et même d'ici, je le vois déglutir. Il marque un temps d'arrêt, rate son tour. Je retiens ma respiration. Ne flanche pas, Matthew, ne flanche pas... Oh la vache, je vais y laisser ma peau !

Ne sachant plus quoi faire, je dresse mon majeur bien haut pour que toute la salle le voie et j'entends Rob se marrer et grimper sur la banquette.

Ça marche, le Guerrier se marre lui aussi et débite la suite :

– « *You are my lover, Civilité* », chante-t-il sans me regarder.

Je jure que mon cœur s'est arrêté de battre une seconde.

– « Tu es mon amoureux, Guerrier », m'égosillé-je, la gorge nouée.

– Yoooouuuuhhhhh, siffle Rob.

C'est juste énorme !

Personne dans cette salle à part Rob, Lizzie et moi n'a idée de la difficulté pour lui à sortir ces mots. Est-ce qu'il pense à son père ? À toutes les fois où ils lui ont été arrachés dans la douleur ? Mon palpitant va exploser, je suis fière de lui. C'est mille fois plus puissant que s'il me les avait dits.

Des sifflets dans la salle, les filles sont hystériques, chauffant la salle à mort. Elles s'attendent sûrement à le voir faire sa demande genou à terre. Les pauvres, si elles savaient. Matt Garrett ne demande jamais rien, il prend. Et moi, je ne me souviens plus de rien.

Aussi excitée que la salle, Lizzie me file un coup de coude dans les côtes avec un sourire qui lui mange le visage, alors que Rob, monté rejoindre ses deux magnifiques blondes, se contente de me fixer avec admiration. Même au bar, tout le monde s'est retourné pour frapper des mains. Sa voix paresseuse à présent m'enveloppe comme un bain chaud :

– « *I can't lie to myself. You brought me to my knees, Civilité !* »

Je chante plus fort, à m'en faire éclater les poumons, archi-faux mais je m'en fiche, je suis trop heureuse de le lui dire, parce que c'est vrai :

– « Je ne peux me mentir. Tu m'as mise à genoux, Guerrier ! »

– « *So come on, come on…* » psalmodie la salle tandis qu'il saute de la scène.

La suite se passe comme dans un rêve, au ralenti mais très vite, comme quand on rentre à la maison sans se souvenir du trajet. Une fois revenu dans la bulle, j'observe mon courageux mari sans oser me jeter à son cou. J'attends un commentaire. N'importe quoi qui me dise que je n'ai pas rêvé. Les joues rouges, il me regarde avant de se retourner vers la scène une dernière fois.

– J'adore chanter, déclare-t-il d'un air songeur.

Je ris, tout en hochant la tête.

– Tu envisages une reconversion dans la chanson ?

Il rit en silence, dresse son majeur en guise de réponse au mien, et sort son portable pour envoyer un texto mais, à la façon dont il se mord l'intérieur des joues, je devine qu'il est content de lui.

– Tu fais quoi ? lui dis-je prise d'une soudaine curiosité à le voir texter sans plus finir.

Sans plus de manière, il me montre la conversation qu'il a ouverte sur son iPhone et j'écarquille les yeux d'étonnement.

– Tu as demandé sa Rolls-Royce à Dries ? Pourquoi ?

Matt range son portable et me regarde sans aucune équivoque.

– Parce que je veux te corrompre dedans et que je n'ai pas de limousine ici pour le faire.

Je ne peux réprimer mon petit éclat de rire.

– Je t'envie parfois d'avoir tout ce que tu veux, Guerrier !

C'est la seule chose que je suis capable de répondre car je

crève déjà d'envie qu'il obtienne tout ce qu'il veut. Je n'ai plus envie de résister.

Une fois dehors, la fraîcheur de la nuit tombée précède pendant quelques secondes de calme seulement l'animation qui entoure le quartier du Meatpacking.

Première fois que j'en vois une.

– Alors Dries a une Rolls-Royce ?

Le carrosse est impressionnant et comme si ce n'était pas suffisant, mes genoux flanchent légèrement en découvrant le chauffeur aux pommettes saillantes de l'Est qui vient nous ouvrir une des six portières du monstre blanc. Le type a raté sa vocation. Il devrait postuler chez Elite ou faire des films d'espionnage. Pris d'une soudaine impatience, mon mari m'invite à rentrer la première.

Sans me présenter au bellâtre slave. *Dommage.*

– Il n'a même que ça, grognasse mon époux entre ses dents. C'est sa revanche sur Ford où travaillait son père. Sa dernière acquisition vient de Moscou, comme Dmitri, son chauffeur, affirme-t-il, saluant le Russe au passage d'un petit signe sec du menton avant de s'engouffrer derrière moi.

J'attends qu'il s'asseye à ma gauche pour lui demander :

– Tu veux dire que Dries a acheté le chauffeur avec la voiture ?

C'est choquant, non ? Je savais pour les mariages arrangés entre les jolies Russes et les hommes d'affaires en mal d'amour, mais acheter un chauffeur ?

– Dmitri est mannequin pour Dries. Par contre, en Russie, il était spécialiste d'exfiltration des cibles en milieux hostiles…

Preuve que je n'étais pas loin. L'espionnage et tout ça…

– Ah. Il a une arme alors.

– Et tu détestes les armes si je me souviens bien, ruse perfidement mon mari, me faisant comprendre par la même occasion que je dois arrêter de reluquer Dmitri, pas si gentil qu'il en a l'air.

Cela dit, une fois installée dans la cellule arrière de la très très rare Rolls-Royce Phantom blindée par les Russes d'Armor Tech, je ne peux qu'apprécier l'intimité du lieu alliant tous les ingrédients du grand luxe à l'anglaise, avec vitres sans tain panoramiques et marqueterie de luxe. Dans cet environnement exceptionnel, j'ai envie de me sentir sexy. Et de récompenser mon Guerrier cabossé pour sa petite prestation. Instinctivement, je croise les jambes, ce qui a pour conséquence de remonter ma jupe portefeuille Marc Jacobs sur mes cuisses et, bien entendu, d'attirer le regard aiguisé du canon à côté de moi. *Parfait !*

– J'en ai pour une minute, s'excuse-t-il en revenant à son mobile. Debra attend mes ordres pour Toronto. Et ma mère me harcèle par SMS maintenant, alors qu'elle ne m'en a jamais envoyé un seul…

Je décide d'ignorer ce dernier point.

– Tu seras absent combien de temps ?

– Deux nuits pas plus, répond-il en textant ce que je crois être une courte réponse à sa mère. Le jeudi et le vendredi. Comme Luca est absent, j'ai demandé à Louis de dormir au B-One. Rends-moi service, obéis-lui ! Je serai de retour samedi pour le gala.

– Verdi part avec toi ? songé-je en pensant à sa sécurité.

– Hum hum, Verdi et Sully, confirme-t-il sans me regarder.

Après un dernier coup d'œil à la séparation de verre et à mon époux stoïquement concentré sur son téléphone malgré mon jeu de gambettes précédent, je descends ni plus ni moins ma culotte le long de mes jambes, la fourre dans mon sac et croise lesdites jambes à nouveau dans une attitude très digne de la parfaite assistante accompagnant son patron à la prochaine réunion de l'autre côté de la ville. Nue sous ma jupe ! Enfin, presque…

Dessous, je ne porte que mes bas d'été aussi légers qu'un

souffle et mon porte-jarretelles en dentelle bleu nuit. Voilà le pouvoir que ce spécimen a sur moi. Celui de me rendre impudique et de me pousser à des élans de folie sans même le demander. Mais lorsque le beau ténébreux s'en aperçoit, sa réaction dépasse mes attentes. Interrompant immédiatement le checkage de ses mails, il reste immobile et détaille silencieusement ma silhouette tandis que, faussement nonchalante, j'entreprends une conversation professionnelle :

– Avant de partir, tu devras signer les contrats que j'ai préparés avec Spotify, Deezer et Pandora et ceux avec les annonceurs. Ça t'en fait une vingtaine…

D'humeur coquine, mes doigts tracent des cercles paresseux sur mes cuisses, la nuit m'offrant juste assez de lumière pour qu'il puisse les voir.

– Hum…

Je suis sûre qu'il n'a rien écouté, j'en profite :

– Ensuite, j'aimerais que tu prévoies une réunion du conseil d'administration du Fil rouge.

Sauf que le nom de sa fondation le fait sortir de sa transe :

– Pour quoi faire ?

– Pour convaincre ton conseil de s'ouvrir à d'autres associations, réponds-je en écartant légèrement mes cuisses.

Je sais, ce n'est pas fair-play.

– Le conseil, c'est moi, m'accorde-t-il par réflexe sans rien perdre de la manœuvre. Personne ne me convainc de quoi que ce soit.

Quelle tête de pioche ! Il n'a toujours rien compris.

– Tu ne m'en crois pas capable ?

Il cligne des yeux sur mes guiboles.

– Je te crois capable de tout, maugrée-t-il, secouant la tête.

Provocante, je croise les jambes à nouveau.

– Vraiment ?

– Hélas… soupire-t-il en se focalisant sur le rabat provocant de ma jupe.

Comme par inadvertance, je révèle un tout petit bout de ma jarretière gauche en bougeant sensiblement mes jambes sur le cuir frais, laissant échapper un gémissement d'aise lorsque ma peau émet un petit bruit de succion pour se décoller. Une lueur électrique passe alors dans les prunelles saphir.

– Tu fais quoi là, Alexiane ? Tu joues ou tu es sérieuse ?

J'ignore sa question.

– Je sais qu'une telle négociation avec vous peut… durer.

Mais je vois bien qu'il est ailleurs.

– Aussi ai-je peur qu'on arrive… *trop vite* au B-One pour avoir une chance de vous convaincre… *ce soir*, avoué-je avec un air contrit.

Devant mon expression coquine, mon mari atterrit et secoue la tête.

– Alexiane Joanna Garrett. Je ne vous savais pas si intrigante ! s'exclame-t-il. Joueuse oui, mais pas intrigante… Attends !

Le Guerrier se penche en avant pour attraper l'iPad de Dries et nous programmer une ambiance musicale adaptée alors que je fais tout mon possible pour éviter de jubiler trop ouvertement, guettant par la vitre l'avenue où nous nous trouvons, les façades des buildings. Matt appuie ensuite sur un bouton de la console centrale placée devant nous.

– Dmitri ?

La voix du chauffeur arrive de nulle part :

– *Daaaa*, monsieur Garrett ?

– Roulez jusqu'à ce que je vous recontacte.

– C'est noté, monsieur, répond le chauffeur russe imperturbable.

Je rougis dans la pénombre de la Rolls-Royce tant le message est sans ambiguïté, alors que mon mari se redresse comme s'il ne s'était aperçu de rien.

– Veuillez commencer, madame Garrett, m'intime l'entrepreneur, sûr de lui.

– Maintenant ? fais-je soudain fébrile.

– N'est-ce pas ce que vous vouliez ? soutient-il avec une pointe de défi.

Soudain, sans même l'avoir décidé, je me laisse emporter par la voix de Foxes et la musique. Je grimpe à califourchon sur ses cuisses, l'obligeant à prendre appui contre le dossier en cuir souple. Faisant aussitôt grimper la température dans la Rolls. Mon adorable connard lève un sourcil, faussement étonné.

Prêt à jouer.

– Voilà une ouverture non conventionnelle pour commencer une réunion, chérie ! s'amuse-t-il en rentrant dans mon jeu.

Mais il reste là à me regarder. Attendant la suite.

Les paroles de la chanson racontent l'histoire d'un couple qui s'est tout donné et qui se pose la question de savoir s'ils doivent partir ou rester, et celle de savoir ce qui se passera ensuite. « If You Leave Me Now »

Nos yeux se parlent. Nos yeux se donnent la réponse. Grâce à un rouleau de film alimentaire, ils ont appris. Plus besoin de mots. C'est fort. C'est impossible. C'est nous. Je pose ma main sur la bosse qui déforme son pantalon. Son sexe est déjà à moitié bandé mais la chaleur est là.

– Vous avez mon attention, monsieur Garrett, fais-je en empruntant son vocabulaire de businessman, sans savoir à quelle question je réponds : rester avec lui ou ce que j'ai envie de lui faire.

– Et vous avez la mienne, souffle l'intéressé en retirant mon haut par ma tête, dévoilant mon buste presque nu, prenant tout son temps pour découvrir ma poitrine tendue dans mon balconnet pigeonnant.

Je peux presque entendre les battements de mon cœur en

traduisant les paroles de la chanteuse britannique : « Si tu me laisses maintenant, je peux guérir d'une certaine façon, en revenant au temps où je me connaissais. »

– Tu sais que c'est impossible, Civilité.

Son regard intense fait naître une déferlante d'émotions dans mes veines. Je dois me reprendre pour lui répondre en utilisant les paroles de la chanson :

– Tu sais que je ne le ferai pas. Je t'ai tout donné, Guerrier.

Pour lui montrer ce que j'attends, je ferme les yeux, sentant ma respiration s'accélérer tandis qu'il saisit doucement la pointe cachée de mon sein gauche à travers la dentelle bleu nuit entre ses lèvres.

Je le sens sourire contre mon soutien-gorge.

– Permets-moi d'insister sur… *ce point.*

Quel coquin ! Disant cela, il fait courir sa langue chaude et humide sur ma peau nue et délicate, le long de chaque bonnet, m'arrachant un petit cri lorsque la pression appuyée de ses dents sur mes tétons les libère l'un après l'autre de leur carcan. La douleur me tue, m'oblige à contracter les cuisses contre les siennes pour contenir l'onde de plaisir cru qu'il envoie directement dans mon sexe.

– Toi et toi, souffle-t-il à mes deux pointes roses dressées par lui, je ne vous laisserai jamais tomber et m'assurerai toujours de votre tenue.

La chaleur de sa respiration, le mouvement de ses lèvres à fleur de peau, sa voix, tout me fait frissonner jusqu'à la racine de ma colonne vertébrale. Au lieu de lui répondre, ce que ne me permet ni la boule dans ma gorge ni le désordre dans mon cerveau, je me défais rapidement de mes escarpins qui choient lourdement sur le sol de la limousine.

– Et mes intentions à leur égard sont tout sauf pures, chérie, me défie-t-il en considérant mes chaussures.

Quelle arrogance d'être aussi sûr de lui ! Ses mains chaudes glissent alors le long de mon dos afin de défaire ma jupe. Pour ne pas lui laisser le dessus, j'en fais autant en ouvrant sa chemise. Je caresse ses épaules, teste la dureté de ses biceps, celle de ses pectoraux, tout en le déshabillant. Son regard est suffisamment loquace pour que je sache ce qu'il va dire.

– Fin de la réunion, madame Garrett.

Une seconde après, ma jupe et sa chemise ne sont plus qu'un vague souvenir, étalées sur le sol de la limousine. *« If you leave me now. »*

La vue de son torse nu si parfaitement masculin ravive mon désir de façon insupportable. Puissante, provocante, mes yeux plantés dans les siens, je défais la boucle de sa ceinture, libérant la partie de son corps dont j'ai le plus envie. Son membre est dur et chaud dans ma main, prêt à me combler.

– Je ne me lasserai jamais de… *ça*, m'étourdit-il de sa voix rauque.

– Que je te torture ? soupiré-je, me tortillant sur ses genoux.

Preuve qu'il a évolué, il ne proteste pas au choix du mot :

– Han han, secoue-t-il la tête. De te regarder… être à moi.

Ah oui ? Je croyais que c'était moi qui avais le dessus, Guerrier !

Afin de m'en assurer, je plonge ma main dans son boxer, libérant son membre de son carcan à lui. La barre de chair sursaute et sa poitrine se soulève. Ah, quand même ! J'adore le pouvoir que j'ai quand je le touche. La peau de ma main et celle de son sexe se mélangent, nos pouls calés l'un sur l'autre battant d'un rythme erratique dans la chaleur grisante de la limo.

– Allumeur, ta peau est encore plus douce à cet endroit, encore plus… *interdite*.

– Allumeuse, tu adores entrer par effraction !

Je me penche et nos bouches se rejoignent, brièvement comme

pour se goûter, avant de ne plus pouvoir se décrocher. *« If you leave me now. »*

Je m'arc-boute pour m'offrir à ses baisers mais l'enfoiré en profite pour saisir ma poitrine à pleines mains et jouer à son tour, les yeux rivés sur mon visage d'un regard épais qui ne cache rien. Le genre de regard béotien tranchant et décidant qui semble prêt à tout dévaster, à tout prendre ou tout voler, à coucher les buissons sur son passage pour obtenir ce qu'il veut. Il me regarde comme une créature incroyable. Une femme irrésistible à qui il sacrifie TOUT. Et moi, la fuyarde en mal d'assurance, je deviens quelqu'un.

– Tu es une effrontée, Civilité…

– J'en ai besoin, Guerrier…

Allez comprendre, j'ai besoin de l'affronter et de lui tenir tête pour mieux tout lui abandonner. Je joue avec son sexe qui palpite entre mes doigts lorsque je fais coulisser ma main autour de lui. Mes cuisses frémissent en sentant son bassin se soulever et pousser son membre doucement dans ma main tandis qu'une bonne odeur de sexe monte entre nous.

« If you leave me now. »

Ses mains chaudes s'emparent de ma taille et me soulèvent pour lui permettre d'abaisser son pantalon et son boxer d'un geste rapide, tandis que je lèche ses tétons roses légèrement salés. Il frémit, sa peau frissonne de plaisir et avant que je puisse comprendre quoi que ce soit, il m'a positionnée à genoux sur la banquette au-dessus de sa virilité, me demandant silencieusement l'autorisation.

– Prends-la en toi, il faut que je la sente en toi.

Je me sens tellement fière de provoquer un tel désir chez lui que je me cambre, tête renversée en arrière, et frissonne comme si on avait ouvert une fenêtre.

– Accroche tes mains aux poignées, ordonne-t-il.

Mais alors que je m'apprête aux pires acrobaties, je pousse un cri de surprise et réalise qu'il a ni plus ni moins enclenché l'ouverture du toit ouvrant de la Rolls.

Merde alors. Tout le plafond de la Rolls disparaît.

« If you leave me now. »

Le panneau sans tain s'est retiré dans la carrosserie et dévoile la fraîcheur de l'air et les lumières de la ville au gré de notre trajet en plein cœur de Manhattan.

Une apothéose d'émotions s'empare alors de moi, tandis que la limousine quitte le bout de la flèche éclairée de la tour Chrysler pour passer devant l'horloge et les colonnes en clair-obscur lumineux jaune de Grand Central Terminal, surmontées de l'impressionnant MetLife. Bon Dieu, c'est magnifique !

– Oh seigneur, je vais faire une attaque…

Son regard de tueur me détaille sous toutes les coutures.

– Tant que je suis là, il ne t'arrivera rien. On roule, personne ne peut nous voir, me rassure-t-il. Cordes ?

J'avise les deux morceaux de liens rouges sortis de nulle part avec stupéfaction.

– Cordes et jeux interdits, Guerrier.

Ce changement de programme inattendu enflamme nos sens. Je n'osais pas lui demander. Il n'osait pas le proposer. Mais nous savions tous les deux que cela allait arriver parce que quelque part, les cordes rouges, c'est nous.

– Je vais faire mieux que ça, Civilité. Dans l'exhibition, c'est l'idée qu'on puisse te voir qui est excitante, pas qu'on te voie. Tu comprends ?

Je hoche la tête faute de mieux car la chaleur qui brûle soudain ma gorge ne permet rien de plus, tout le reste de mon corps s'embrase dans la perspective de ce qui va suivre. *« If you leave me now. »* En quelques minutes, il m'a confectionné des manchettes rouges d'amazone sur les avant-bras et m'a attaché les bras en l'air.

À sa merci.

– Tu es très belle, apprécie-t-il, faisant claquer mon serre-taille sur ma peau pour commencer le jeu.

Quand même, je suis quasiment nue au-dessus de lui, les bras levés en croix, tel Vitruve, et les poignets liés aux sangles de cuir crème des portières. De plus, lui aussi est nu. Des frissons d'excitation parcourent ma colonne vertébrale à l'idée qu'on pourrait nous voir malgré tout, ou que la voiture s'arrête à un feu rouge.

– Ce n'est pas la peine de nous raconter des histoires, tu es d'accord ? L'habitacle est insonorisé, ne te retiens pas.

Je ferme les yeux. Comprenant ce qu'il va faire, je m'accroche solidement aux deux poignées incrustées de part et d'autre de l'ouverture, les seins fièrement dressés vers lui. Mon ventre se creuse, impatient, et alors seulement je le sens venir en moi, entièrement, en un seul mouvement qui me coupe la respiration. La poussée me surprend autant qu'elle me soulage.

– Voilà, grogne-t-il en s'immobilisant. Je suis au seul endroit où j'ai envie d'être.

Je laisse le plaisir m'envahir.

– L'endroit où tu te sens aimé ? me risqué-je à demander.

– L'endroit où je me sens en sécurité, rectifie-t-il, l'air grave. Tu n'as pas idée de ce que c'est la sécurité pour un enfant comme moi…

La beauté de notre relation fusionnelle à cet instant m'impressionne parce qu'elle est basée sur quelque chose de mystérieux et de plus fort que les sentiments amoureux, mais je sens qu'il m'échappe, comme si quelque chose restait emprisonné à l'intérieur.

– J'ai besoin de toi.

Le commentaire le fait chercher mon regard.

– Et moi de toi, confesse-t-il pour la première fois.

Mon cœur déborde d'amour, c'est un pas. Verbalisé pour la première fois sans souffrance. Matt ondule lentement. Trop. Roulant des hanches sous moi, afin de savourer son propre plaisir, montrant à quel point c'est bon pour lui. Cette chorégraphie impudique, yeux dans les yeux, avide et lente, serait parfaite si elle n'augmentait pas à chaque seconde mon désir autant que ma frustration.

J'agite les hanches pour l'encourager à accélérer. Rien. Il s'en fout. La lenteur de ses mouvements me rend folle, cinglée.

– Matthew ! En moi ! Maintenant ! le supplié-je soudain.

Mon ordre le fait rire.

– Tu gagnes en confiance quand je t'attache, Civilité.

Puis, d'un seul coup, il exauce mes vœux en accélérant le tempo. Plus dur, plus cru, plus fougueux que tout ce à quoi il m'a habituée. J'en ai des frissons au bout des seins et me cambre à m'en faire mal pour mieux le sentir. Nos peaux claquent à la perfection dans le silence de la Rolls, et ce bruit me fait perdre la tête.

Je le fixe avec insolence.

– Je veux te voir, murmuré-je essoufflée. Quand tu jouis, je veux te voir.

Le Guerrier me sourit avec cet air de connard revanchard qui lui est propre, comme s'il savait ce que je vais dire avant moi ou comme si je lui devais une victoire de prix. Je sais ce qu'il veut.

– OK, je te le concède. J'aime regarder moi aussi.

« If you leave me now. »

Satisfait de me voir l'admettre, sur la seule force de ses abdominaux et de ses jambes, il me fait voler de haut en bas pour me récompenser. Très vite, je ne suis plus qu'une suite d'images dans ma tête, de sons et de sensations, je m'envole.

– Ça te plaît qu'on te regarde t'envoyer en l'air, hein, chérie. Tous ces gens dans la rue, Dmitri derrière son volant… Ils savent tous.

Ces dernières paroles font monter l'orgasme en moi par vagues délicieuses et trembler mon corps jusque dans mes orteils. J'ouvre les yeux sur le ruban lumineux de la circulation new-yorkaise ; les lumières des panneaux publicitaires tracent des arabesques ondoyantes sur nos deux corps. Je me laisse flotter avec elles. Ce n'est plus moi qui suis là contre ces hanches qui viennent à ma rencontre.

J'oublie que c'est lui. J'oublie que c'est moi. J'imagine un inconnu, la foule muette autour, spectatrice, et c'est libérateur. *Divinement érotique.* J'ai l'impression de faire l'amour hors du temps, en apesanteur, dans une autre dimension ou un fantasme à mille lieues de la réalité. Soudain, je pousse un cri fouetté par la nuit qui résonne dans tout l'habitacle et me colle la chair de poule, ses mains tirant mes fesses vers lui dans un rugissement sans censure, montrant à quel point la fin est longue et bonne pour lui aussi.

« If you leave me now. »

Je laisse la vague de plaisir m'engloutir dans une sensation proche de l'engourdissement comme si j'étais passée ailleurs. Dans l'inconnu. Et que j'en revenais sans pouvoir nommer ce que nous avons découvert. Est-ce parce que j'ai imaginé un fantasme ? Mes bras lourds autour de son cou me font comprendre qu'il a défait mes liens. Malgré l'air frais de la nuit sur nos sueurs, il nous faut quelques secondes pour revenir à nous. Matt a l'air épuisé, mais si notre étreinte était sauvage, il y a quelque chose de tendre dans ce point final, dans la façon dont il me touche et me tient contre lui. *D'attentionné.*

– Tu es encore vivante ?

– Existe-t-il *une* raison quelconque pour que tu n'aies pas toi aussi ta Rolls-Royce ?

Matt éclate de rire.

– Ouais, je suis riche mais je ne suis pas flambeur.

– Dommage. Je t'aurais bien pris pauvre mais avec une Rolls.

Je niche mon nez dans son cou, honteuse de peur d'être incomprise.

– Tu pourrais m'en offrir une ? Pas pour flamber, juste pour le sexe.

Ce qui le fait rire de plus belle.

– Et dire que j'allais faire l'impasse sur les Rolls-Royce, déclare-t-il en me forçant à le regarder. Je crois que je vais demander à Dries quelques adresses. Mais *sans* le chauffeur. Je ne tiens pas à ce que ma femme soit distraite.

Pendant qu'il m'observe, une autre idée me vient.

– Tu crois qu'on peut dormir ici ?

– Hein ? Toute la nuit ? Tu veux dire en roulant ?

Je suis prête à parier qu'il n'y a jamais pensé.

43

ALEX

La fin août à New York est étouffante.

Du moins m'avait-on avertie que ce serait le cas. Et c'est le cas. À cause des températures nocturnes élevées de ces derniers jours, la ville a établi un nouveau record de consommation électrique. D'ailleurs, le moteur de la clim n'arrête pas de s'enclencher dans mon bureau pendant que je prends connaissance des plans envoyés par Ellen pour l'aménagement de « La Vague », avec un sentiment fautif étrange qu'aucun dictionnaire ne pourrait m'aider à définir.

Je n'ai même pas trouvé le temps ni l'énergie d'accompagner ma tante sur place. Je n'ai pas plus trouvé le temps d'en discuter avec elle autour d'un café, alors que son bureau n'est qu'à deux blocs du restaurant où je vais aller déjeuner ce midi.

Ni de la revoir tout simplement, comme on le ferait dans n'importe quelle famille normale habitant la même ville. Nous en avons juste parlé quelques fois par téléphone. Et c'est tout.

L'explication est simple.

Pour moi, cette maison achetée par le Guerrier est surréaliste, une parenthèse dans le temps que les mots risqueraient de compromettre. Le moment était digne d'un film. Je me souviens de mon mari parcourant la maison lors du seul week-end que nous y avons passé. Il me la faisait visiter mais nous n'avions pas la même façon de la voir. Pour lui, cette maison est un refuge, le mien. Pour moi, une maison est toujours signe d'engagement, synonyme d'espérance.

La pauvre Ellen doit s'avouer vaincue.

Le buzz de mon portable sur ma table de travail me ramène à l'instant présent.

[Alexiane, je vous attends pour vous conduire à votre déjeuner. Louis]

Je profite que le bureau de Karim soit ouvert pour passer la tête.

– Salut big boss ! Je prends ma pause déjeuner.

– Salut Junior, répond-il d'un ton nonchalant hyper sexy en levant la tête de son portable. Mmm, si tu m'accordes un appel à ma mère, je t'accompagne, s'étire-t-il paresseusement, les bras en l'air découvrant impudiquement la bande sombre de ses poils. J'ai faim.

Concentre-toi, Alex !

– Une autre fois, je déjeune avec une journaliste pour la fondation de Matt.

Son regard s'accroche un peu plus longtemps que la normale et trop intensément à mon goût, avant qu'il reprenne :

– Bon courage en ce cas, se renfrogne-t-il en composant son appel et en me faisant signe de dégager.

Ouf !

Dehors, le soleil diffuse un éclairage flatteur sur les façades de briques rouges de part et d'autre de la rue. C'est l'avantage de Greenwich Village, on n'a pas besoin de lever la tête pour voir le temps qu'il fait. La Victory Deluxe bleue qui m'accompagne tous les jours au travail m'attend à l'angle de la rue, prête à s'engager dans la circulation. En me voyant arriver, l'homme qui la chevauche range son mobile à regret dans la poche intérieure de son blouson avec un petit sourire de mec bien dans sa peau qui ne trompe pas et me tend le casque qu'il vient de décrocher pour moi en se forçant à prendre une expression concentrée.

– La double-D, Alexiane, m'enjoint-il soucieux de ma sécurité tandis que je m'installe à l'arrière.

Je lui tapote sur l'épaule.

– Allez, Louis, comment s'appelle votre copain ?

Son regard accroche le mien dans le rétroviseur.

– Luke, me confie-t-il avec un petit sourire. Il est avocat, comme vous.

– Je ne suis pas avocate. Je n'ai pas prêté serment, le reprends-je amèrement en glissant ma tête dans le casque intégral.

– C'est pareil. Luke dit que vous avez les diplômes et Jo m'a raconté ce que vous aviez fait pour sauver ses miches au tribunal alors que personne ne l'écoutait. Quand j'ai appris pour la vidéo, mon sang n'arrivait plus à circuler. Si j'attrapais le connard qui vous a fait ça…

C'est vrai, mais inutile à présent, le mal est fait.

J'attache cette maudite sangle double-D sous mon menton en évitant de lui tirer la langue dans le rétro et me blottis contre son blouson de motard, veillant, comme il me l'a appris, à ne pas bloquer l'accès à son hoslter d'épaule avec mes bras placés trop haut autour de lui. Ce que je faisais au début de peur de le toucher et de nous mettre mal à l'aise tous les deux.

– Vous pensez vraiment avoir à tirer en pilotant une moto avec moi dessus ? lui dis-je en rigolant dans le micro du système de communication.

– J'en suis capable, répond-il fièrement.

Selon Verdi, Louis est un pro de la conduite sécurisée et je vais finir par croire que c'est vrai : il existe vraiment une spécialité pour conduire les demoiselles interdites de métro à leur travail. En remontant la 10th Avenue entre la circulation dense des voitures, je ne peux m'empêcher d'admirer les ombres allongées des gratte-ciel. Dans la lumière dorée d'une telle journée, les buildings brillent comme des torches. Je me laisse porter. Depuis que j'ai découvert la moto avec Louis, j'ai un faible pour ces trajets. À moto, je sens mon âme s'épanouir et mieux découvrir la ville, l'air chaud de Manhattan imprégné de son odeur atypique de liberté, et le calme dans le casque insonorisé où se diffuse ma playlist, uniquement rompue par sa voix lorsque cela est nécessaire.

– Le Rouge Tomate est sur la gauche, m'informe-t-il en s'engageant dans la rue de notre destination. Comme c'est une zone 3, je vais m'arrêter devant et voir avec le doorman pour stationner sur le trottoir. Je vous rejoins à l'intérieur.

Mais alors que celui-ci s'arrête en souplesse devant le restaurant, j'avise sur le trottoir d'en face la silhouette tendrement enlacée d'un couple familier en train de se séparer devant la façade blanche du magasin Barneys.

J'enjambe le Touring de luxe et flanque rapidement mon casque à Louis.

– Je reviens, lui dis-je avant qu'il manœuvre.

– Attendez, où allez-vous ? panique-t-il. Hé !

Je ne l'écoute plus. D'un pas pressé, je traverse la rue en les hélant :

– Max ? Leila ? Houhou !

Leur étonnement en me voyant arriver est évident.

Cependant, si l'expression #MonMeilleurAmiDepuisToujours s'étire sur un sourire éclatant et heureux, celle de Leila se referme aussitôt. Mieux, elle détourne les yeux et tourne les talons pour partir dans la direction opposée. Son attitude incompréhensible m'oblige à stopper au milieu de la chaussée et à l'examiner de la tête aux pieds. Elle a perdu du poids depuis Vegas. Pas mal de poids.

Au coin de la rue, elle disparaît déjà.

– Qu'est-ce qu'il lui prend ? dis-je à Max lorsqu'il me rejoint.

– Viens. Ne reste pas là.

Une fois le trottoir atteint, Max baisse les yeux sur moi, l'air contrarié. Nous nous regardons un instant à travers les mèches qui lui retombent sur le front, sans aucun faux-semblant, comme nous le faisions avant, et un sentiment de culpabilité m'envahit. Si j'ignorais que Leila était à New York, je savais que *lui* y était. Et je ne l'ai pas appelé.

– Elle m'en veut ?

Je n'ose lui demander si lui aussi m'en veut. J'ai peur de connaître la réponse.

– Disons que sa vie en ce moment n'est pas… agréable, dégage-t-il avec un vague geste de la main qui lui est familier.

À cause de sa rupture avec Cameron ? D'après Karim, c'est *elle* qui a rompu et *lui* qui n'a pas le moral. Qu'est-ce que tu ne dis pas, Max ?

– Alors que la mienne, oui, terminé-je en le lisant dans ses yeux.

Un petit rire bref-amer secoue sa chemise.

– Félicitations au fait ! souligne-t-il, sarcastique. Mariée ? Tu n'as que vingt-deux ans, bonté ! Comment as-tu pu accepter un plan pareil, Sand ? Et moi qui croyais qu'on ne vivrait jamais un événement l'un sans l'autre.

C'est vrai. On s'était promis. Jamais l'un sans l'autre. Je tente d'ignorer la pointe de mauvaise conscience qui menace, prête à lui balancer une vacherie en repensant à la vidéo qu'il a montrée à ma mère, mais il hausse un sourcil.

– Allez, calme-toi ! temporise-t-il en me prenant dans ses bras, ma tête trouvant tout naturellement sa place habituelle sous son menton compte tenu de sa grande taille.

Sous sa veste d'été, je sens sa chaleur gagner ma joue mais, même s'ils sont sensiblement de la même taille, Max n'a pas les muscles durs et le torse développé de Matthew. Pour moi, il restera toujours un gentil garçon.

– Je m'en fiche de t'avoir ratée en robe blanche, ronchonne-t-il d'une voix triste. L'essentiel, c'est que tu sois en bonne santé.

Ses bras noueux se sont serrés plus fort en disant cela et ça me fait mal au cœur d'avoir pu lui faire du mal. Lui ne m'en a jamais fait. Max est mon meilleur ami depuis toujours. Je l'aime à ma façon comme il m'aime lui, comme des jumeaux inséparables. On se sent, on se respire, on sait.

Et je l'ai trahi.

Comprenant seulement maintenant à quel point j'ai pu jouer un rôle trouble en disparaissant sans lui donner de nouvelles alors que lui n'avait pas hésité à prendre le premier avion, interrompant son congrès médical au Japon, pour rentrer me soutenir, je tiens à m'excuser auprès de lui.

Mais les mots ne sortent pas de ma bouche. Aucun.

– J'ai appris que tu bossais avec Karim, souffle-t-il dans mes cheveux. Au moins, tu n'as pas tout plaqué…

Leila bien sûr…

– Tu as le temps de déjeuner ? propose-t-il en m'écartant légèrement pour mieux me regarder.

Quelque chose a changé chez lui dans sa façon de m'inviter. Ce n'est plus le jeune garçon tout fou capable de draguer tout ce qui bouge sans réfléchir et d'en rigoler avec moi, juste parce qu'un coup est toujours bon à prendre. Non. Il est plus homme. Est-ce son job à l'hôpital qui fait ça ?

Ou alors c'est moi qui ai changé en me mariant.

– Désolée, je… J'ai un déjeuner avec une journaliste, là, bafouillé-je avec un signe de tête vers l'entrée du restaurant où m'attend Louis.

Il fait claquer sa langue contre son palais.

– Mazette ! Une journaliste. Quelle chance, dis donc ! s'exclame Max en regardant par-dessus mon épaule.

Ma gorge se serre en comprenant ce qu'il pense de moi à présent, je n'arrive jamais à parler quand je suis triste. Pour lui la vie nous a séparés, je ne suis pas d'accord. De son côté, Max secoue la tête, probablement aussi ému que moi.

– Donne-moi ton portable, Petit Biscuit.

La gorge nouée par l'émotion d'entendre ce surnom vieux comme notre amitié, je le laisse s'appuyer contre le mur, allumer une cigarette, et entrer dans mes contacts.

– Je rajoute mon adresse et mon biper à l'hôpital à ma précédente fiche, précise-t-il, les yeux baissés sur mon téléphone.

Un flash-back me revient : c'était mon premier jour au lycée, n'osant pas me joindre aux autres dans le réfectoire, j'attendais assise dans la cour avec un paquet de biscuits pour tout déjeuner et Max était venu s'asseoir près de moi avec son plateau-repas. Par la suite, j'ai pris tous mes déjeuners avec lui, comme les autres, à la restauration. *Il était venu me chercher.*

Il indique Louis avec sa cigarette.

– C'est qui ?

J'ai du mal à articuler, prise d'un sentiment de honte :

– Mon chauffeur.

Un hochement de tête, triste, encore.

– Tu t'en souviendras ? dit-il comme s'il voulait dire autre chose. Toi et moi, on est des gens simples, Petit Biscuit, mais… peut-être que cela a changé, ajoute-t-il dans un sarcasme.

Brusquement, l'envie de pleurer me prend par surprise.

– Je m'en souviendrai, fais-je la voix étrangement étranglée. On va se revoir, Max, je te le promets.

– Bien, alors, tu devrais y aller. Ton chauffeur te surveille et d'après ce que je sais, ton mec se met facilement en rogne. Je ne sais pas toi, mais moi, je n'aime pas les gens jaloux.

Facile à dire pour lui. Maxime n'a jamais eu l'enfance de Matt et ne connaît rien à la peur de l'abandon. Ses parents ont toujours été adorables et très présents. Pour moi, ils représentaient la famille parfaite. Le genre de famille où on s'aime.

Pas de querelle ni de tension. Rien.

Combien de fois ai-je rêvé qu'ils étaient la mienne ?

– Matt a juste besoin qu'on soit honnête avec lui, dis-je en évitant d'en dire plus sur les violences qu'a subies mon mari.

– Alors, sois honnête, me retourne-t-il platement. Moi, je vais essayer de le comprendre, même si j'aimerais le haïr de foutre ta vie en l'air.

Après un bref moment d'hésitation à chercher le sens caché de ses propos, je me détourne malgré tout, le cœur gros et lourd d'avoir perdu quelque chose d'indéfinissable en chemin, et me dirige stoïquement vers l'entrée du restaurant, sans un regard pour Louis lorsque je le dépasse. Le remerciant secrètement de ne pas me poser de question sur Max.

J'ai envie de pleurer.

***

Plus grande que moi, une chevelure brune très dense retombant en boucles sur ses épaules, Louisa Frank me toise de ses yeux noirs brillants comme des billes. Altière, elle vient de se lever en m'apercevant derrière le serveur qui me dirige lentement vers sa table. Elle doit avoir la quarantaine bien que son tailleur très nouveau créateur lui donne l'air plus jeune.

Et un regard auquel rien n'échappe.

– Alexiane Garrett, m'accueille-t-elle d'une voix suave mais directe. Je suis Louisa Frank.

Y compris le signe de Louis m'indiquant son intention d'aller s'asseoir au bar.

– J'aimerais d'abord vous exprimer mes félicitations, fait-elle alors en reluquant le postérieur musclé de Louis d'un œil concupiscent.

Un instant je me demande pourquoi elle me félicite, mon mariage ou Louis ?

– La perte de ce célibataire pour notre communauté… Waouh ! ponctue-t-elle en revenant vers moi, comme pour accentuer l'importance qu'elle entend donner à mon exploit. C'est une belle prise !

Au lieu de lui donner la réplique ou de me laisser vexer par ses sous-entendus, j'affiche pour ma part une courtoisie professionnelle sans faille en lui serrant la main malgré les clignotants « danger » qui s'allument dans ma tête.

Je suis ici pour lui parler des changements qui vont intervenir au sein du Fil rouge et essayer de l'impliquer suffisamment pour qu'elle change d'avis sur mon mari. Elle, sa plus grande détractrice. Si je n'y arrive pas, ce sera peine perdue pour ses collègues et je devrai laisser à Debra le soin d'enterrer cette partie de l'activité de mon mari sous toutes les autres.

Je note tout de même que la seconde place de notre table, prévue pour deux couverts, semble déjà occupée par une chevelure raide et blonde qui me rappelle vaguement quelque chose, bien que je ne la voie que de dos. Au moment où je m'apprête à lui poser la question, la blonde quitte la banquette blanche.

– Vous connaissez Victoria Milan ? m'introduit Louisa pour la forme alors que son invitée me tend la main, tout sourire.

Je la reconnais mais j'espérais bien ne jamais la revoir.

C'est l'acheteuse personnelle embauchée par Matthew pour moi quand il a essayé de me bloquer avec son contrat de travail. Pas franchement sympathique. Comment oublier Miss top model et son sourire de sphinx me répétant que la durée de mon accord auprès de Matt Garrett était de trois mois et qu'il avait choisi la formule complète pour que je sois digne de paraître à ses côtés ?

– Ravie de vous revoir, Alex, m'adresse-t-elle. Je me disais bien que j'aurais cette occasion lors du gala Synthesis mais je suis heureuse de pouvoir vous féliciter en privé, dit-elle avec un coup d'œil rapide à mon annulaire gauche.

Sauf que cette fois, je ne me sens plus aussi misérable face à elle. Je suis mariée à Matt Garrett. Mon contrat de trois mois s'est changé en contrat à durée indéterminée. Et rien que ça me donne le courage de l'affronter.

– Vous êtes invitée au gala ? sors-je bêtement en me demandant à quel titre elle s'y rend avant de me rendre compte qu'elle peut accompagner quelqu'un.

Sans plus de manière, elle tire une chaise de la table d'à côté pour s'asseoir entre nous et me laisse récupérer ma place sur la banquette sous un énorme bouquet design de fleurs rouges.

– Sans indiscrétion, quelle robe allez-vous porter ? m'interroge-t-elle d'un ton redevenu professionnel mais empreint d'une curiosité évidente.

– Je n'ai encore rien décidé, lui avoué-je prise de court.

– Non ? Mon Dieu, toute la presse sera là et… ce sera votre première apparition. Je serais nerveuse à votre place. Votre époux doit être si fier d'exposer sa toute jeune épouse…

C'est alors que je repense au départ précipité de Luca, et surtout au fait que je n'ai plus de conseiller ès mode. Merde. Comment vais-je faire ?

– Vous savez, je vous verrais bien en Elie Saab à l'esprit libre et au glamour californien des années 1970 pour ce lancement, m'assure-t-elle, battant des cils comme si elle la voyait.

Je me mords la lèvre. Les Américaines ont la réputation de s'habiller plus que les Françaises pour sortir, et le gala de l'IMA[16] à Paris était déjà somptueux. Je n'ai eu la peau sauve face à la presse et à sa mère que parce que Matthew avait prévu ma tenue.

– Elie Saab… fais-je un peu perdue, cherchant à me rappeler ce que j'ai pu voir des collections de ce styliste libanais dans les magazines. En dehors de sa bio, je ne me suis guère attardée.

– J'en ai repéré une dans la nouvelle collection, éblouissante, enchaîne Miss top model. Une robe longue vert émeraude qui irait parfaitement avec la couleur de votre peau. Les volants en cascade flotteront avec vos mouvements, ce qui accentuera l'exquise fluidité de l'étoffe et la finesse de votre taille. Nous aimons tout chez Elie, n'est-ce pas, Louisa ?

Je les examine papoter sur leur couturier chéri, sur les précédentes soirées et les robes qui ont fait impression, de vraies New-Yorkaises à l'aise en société.

Ce que je ne suis pas.

– Combien coûte cette robe ? fais-je un peu trop fort.

Louisa part d'un grand éclat de rire féroce, trouvant hallucinant que je me soucie du prix alors que mon mari serait ravi de me l'offrir. Son rire a attiré le regard de la clientèle alentour et accessoirement celui de Louis, alors que Victoria me considère avec une indulgence toute nouvelle en posant sa main parfaitement manucurée sur la mienne.

– Ne vous inquiétez pas pour ça, Alex, m'assure-t-elle gentiment.

---

16. Institut du monde arabe.

M. Garrett m'a largement payée pour ma mission précédente. Et pour être honnête, je n'ai pas livré toutes les robes qui vous étaient destinées. Disons que ce sera ma façon d'honorer le contrat précédent. Personne ne voudrait perdre un tel client, vous savez...

L'argument fait mouche, c'est honnête. Et ça lui laisse une chance de se rattraper. De plus, elle me semble sincère, pour une fois.

– La soirée est samedi, acquiescé-je maladroitement avant de réaliser qu'elle le sait déjà. Vous pensez que je pourrais essayer la robe avant ?

Victoria m'adresse le sourire commercial qu'elle doit réserver à ses clientes les plus stressées.

– Bien sûr. Celle-là et deux autres pour que vous ayez le choix. Je pense à une Lanvin et à une merveille de Jenny Packham. Sexy mais pas trop, vous verrez. Je peux les récupérer en boutique dans l'après-midi pour que vous ne perdiez pas de temps. À quelle heure terminez-vous ?

J'imagine que son ton affable vient de mon nouveau statut.

– Je pourrai être au B-One vers 18 heures...

– Alors c'est parfait, dit-elle en se levant. Je vous rejoins là-bas. Pensez à donner mon nom au doorman pour que nous ne dérangions pas M. Garrett.

– Entendu et merci.

Pendant un instant, je les observe prendre congé l'une de l'autre et m'aperçois que Victoria était attendue par un homme en costume gris argent élégant assis dans un box en bois blond situé plus au fond de la salle.

– Vous le connaissez ? me questionne Louisa, ramenant mon regard vers elle.

– Non. Je devrais ?

– C'est Chace Culkin, l'associé de Cameron Brauer à New York. Il est plein aux as mais très radin ! Vic et lui sont ensemble depuis quelques mois et je suis heureuse pour Victoria. Enfin, si ça marche… Cette fille n'a pas eu de chance.

Moi, j'aurais cru qu'elle les avait toutes.

– Pourquoi donc ?

– Elle a perdu sa mère d'un cancer du sein à l'âge de treize ans et ça l'a dévorée, ainsi que presque tout leur argent. Victoria ne s'en est jamais remise. Aujourd'hui, son père a refait sa vie avec une femme riche et ne la regarde même pas.

– Oh ! C'est sûr que les choses ne devraient pas se passer comme ça, dis-je un peu dépassée.

Dieu merci, cette conversation déplaisante s'interrompt avec l'arrivée du maître d'hôtel venu prendre nos commandes. Avec l'envie de découvrir la carte sans perdre trop de temps, je commande une soupe bilibi au safran tandis que Louisa opte pour un copieux risotto carnaroli aux cèpes. Pas de vin.

– Bien, allons-y, Alex, vous vouliez me parler de mon article, me lance-t-elle au départ du serveur. Que lui reprochez-vous ? J'ai été honnête.

C'est ce qui s'appelle une entrée en matière.

– Justement, je le sais. C'est la raison de ma présence ici.

Alors que je commence à aborder ma vision de ce que la fondation ambitionne de devenir, Louisa m'interrompt d'un geste :

– 191 millions de dollars d'actifs.

– Pardon ?

– C'est beaucoup d'argent. Vous êtes en train de me dire qu'il est plein de bonnes intentions. Je vous crois, mais on parle de *beaucoup d'argent*.

– Je ne comprends pas.

– Chérie, vous êtes mariée à un homme puissant qui a pour réputation de n'avoir aucune émotion. Son insensibilité est notoire. Et d'après ce qu'on dit, pas que dans les affaires, mais *ça*, c'est votre problème. Et vous voulez me faire croire l'inverse ? Mettez-vous à ma place.

Désemparée devant sa logique, je marque un temps d'arrêt, ayant mal pris conscience de la difficulté. C'est sûr que Matt peut paraître vouloir berner les gens avec sa fondation, ou n'avoir d'autre ambition que la défiscalisation. Comment pourrait-on le croire empathique s'il véhicule l'inverse sans que ça le gêne ?

L'idée me vient subitement d'employer la même ruse qu'avec les détenus. La première fois que je suis entrée dans une prison, ça m'a fait un choc. Mais un choc doux. Il y avait tout ici. L'essentiel et l'absurde de la vie.

Or tous les lecteurs du *Petit Prince* le savent.

Tout ce qui est absurde est simple.

– Ça vous arrive de boire de l'alcool ?

Louisa plisse les yeux, méfiante.

– Non, ma religion me l'interdit, admet-elle sans trop savoir où je veux en venir.

– Donc, vous ne buvez pas une goutte d'alcool. C'est votre droit. Vous avez une bonne raison. En revanche, cela ne veut pas dire que vous n'aideriez pas un proche alcoolique, si ?

À son tour de marquer une pause avant d'ouvrir la bouche :

– Matt Garrett a une bonne raison d'être insensible mais accepte d'aider ses concitoyens. C'est ce que vous essayez de me faire comprendre ?

– Exactement. Matt a un problème d'abandon. Son insensibilité vient de là, il se protège, mais cela ne veut pas dire qu'il ne protège pas les autres. Je ne connais pas un homme plus protecteur que lui. Regardez ses combats pour produire des médicaments moins chers.

– Vous êtes naïve, très chère, ça lui rapporte. N'importe quel leader vous le dira. *« Soyez le premier et vous récolterez les meilleurs fruits. Suivez et vous récolterez les miettes.* »

Elle est vraiment coriace. Pour une fois qu'une femme résiste à son charme, ça m'arrangerait que ce ne soit pas le cas.

– Vous ne l'aimez pas, conclus-je, me reprochant tout de suite la platitude de ma remarque.

En même temps, j'ai épuisé mon stock d'arguments.

– Je n'ai pas à l'aimer, riposte-t-elle, sûre d'elle. Mais vous, vous semblez aveuglée par l'amour. Votre époux est visionnaire, Alex. Il a toujours un coup d'avance sur les autres, par peur de stagner, sûrement. Ce qui en fait un homme d'affaires hors du commun. Nous sommes tous d'accord là-dessus. En revanche, ça n'empêche pas ses tendances paranoïaques.

– Paranoïaques ? De quoi parlez-vous ?

Sans s'en rendre compte, elle jette un œil à la table où déjeune son amie comme si les deux étaient liés, ce qui est absurde. En quoi la soi-disant paranoïa de Matt pourrait être liée à une acheteuse professionnelle ?

– Écoutez, je sais que le parcours de votre époux est atypique. Cet homme a une famille célèbre, or, c'est l'Arche, une fondation pour les enfants déshérités, qui a payé ses études à Harvard.

– Comment ?!

Tout à coup, la conversation avec ma mère me revient. C'est la même fondation qui a payé les études de Victor et de Matt. Mon père l'a donc aidé de toutes les façons possibles après le Kivu. Mais pourquoi ?

– Vous voyez ? Vous l'ignoriez et c'est votre mari, se méprend Louisa. Moi j'ai fait mon boulot. Je me suis renseignée avant de sortir mon article. Je lui ai même posé la question du financement de ses études par correction alors que j'avais les preuves en main, et il ne m'a pas répondu. Pourquoi refuse-t-il d'en parler ? Qu'y a-t-il de honteux ? Il n'est pas le seul. On vit dans un pays qui adore cela. Un enfant abandonné qui s'en sort, c'est un exemple pour les autres.

Comme je ne dis rien, elle tire sa conclusion toute seule :

– Votre époux est une personnalité trop rigide pour moi, Alex. La souffrance dans l'enfance n'excuse pas tout.

M'entêter serait vain et puéril d'autant qu'il est impensable de demander à Matt de parler de ce qu'il a vécu, mais il ne s'agit pas que de moi. Il s'agit d'une fondation et de milliers de gens qui, eux, se moquent de la réputation de Matt Garrett. J'essaie de me secouer.

– Matthew a pris la décision de doter le Fil rouge de ses propres bâtiments en signe d'indépendance. C'est un début, mais aussi un acte révélateur de la nouvelle gestion qu'il compte mettre en place. Accepteriez-vous de visiter notre nouveau local ?

Depuis quand es-tu impliquée dans les décisions, crétine ?

– Vous prévoyez une nouvelle soirée de lancement ? réagit-elle avec coquetterie, abandonnant la gravité précédente. Debra ne m'en a pas parlé…

Je décide d'ignorer la petite part de mon cerveau qui me dit que j'avance sur des sables mouvants.

– Non. Il n'y aura aucun lancement. Nous ne voulons pas dépenser d'argent inutilement. Votre article disait que les mécènes devaient retrousser les manches et s'impliquer. Vous n'êtes pas obligée de me croire mais je pense, pour ma part, que mon mari vous a entendue, fais-je au moment où le serveur se présente avec nos commandes.

Le silence s'étire au-dessus de nos assiettes fumantes. Je m'empare de ma cuillère, bien décidée à ne pas lui montrer ma déception quand elle me surprend :

– Je viendrai volontiers.

Je souris à ma soupe bilibi. Jamais safran, moules et fenouil ne m'ont semblé aussi savoureux. Ce n'est pas une victoire, mais c'est un début. Reste à savoir si je trouverai aussi appréciables les robes que va me proposer Victoria Milan ce soir et la réaction de mon mari quand il me verra dedans. Quelque chose chez Victoria m'indispose depuis le début.

Je dois être injuste.

44

MATT

Dormir dans une Rolls roulant dans Manhattan est un cauchemar. Mais je l'ai fait. Pour elle. Résultat, j'ai encore plus mal au dos après mon *street workout* matinal avec Verdi. Ça m'apprendra à jouer au mec normal, tiens !

Ce sport est un art, une philosophie qui me correspond bien puisqu'il s'agit de se déplacer en milieu urbain d'un point à un autre de la manière la plus rapide possible. Sauts, acrobaties, escalade, course. De quoi se forger un physique et un mental d'acier. Un bon moyen aussi d'évacuer les tensions dues au monde des affaires, l'arrivée d'une épouse dans sa vie, ou d'un taré tel que Drajko.

Je ne peux plus m'en passer.

On pourrait être heureux. *Trop heureux.*

Heureux comme des monstres impurs hors du sanctuaire. Un élan de férocité gronde en moi en repensant à ce salopard qui joue avec nos existences comme si tout lui était permis. L'instinct de protection envers ce qui n'existe pas. Notre bonheur à nous. L'ennui, c'est qu'en principe je ne crois pas au bonheur. J'ai toujours préféré être libre qu'être heureux. Quand on est trop heureux, on défie les lois, l'Éternel. Bref, on a gros à perdre.

Je ne veux pas perdre.

Je veux prendre. Absorber tout ce qu'elle peut m'offrir, me faire découvrir. Je veux des *sensations*. Les sensations, c'est sans risque si on fait attention. Je veux me servir de son corps splendide pour laisser sortir mes émotions. J'ai ligoté et baisé plus de femmes que n'importe quel homme sur cette terre pour grappiller un peu d'émotions, mais c'est son corps nu qui provoque ça en moi. Avec elle, j'ai besoin de m'exprimer, de ressentir à chaque instant, et j'en crève en permanence.

J'ai besoin de ma dose.

Autant ne pas rêvasser, le bonheur m'est totalement étranger. Ce que je sais, je l'ai appris à la dure, la seule véritable manière d'apprendre la vie. Ce que je sais du bonheur, c'est qu'il disparaît si on le provoque.

La preuve. Si on fait exception de moi, mon père, Nicole et Paul étaient heureux dans leur putain de famille parfaite à chier et ça n'a pas duré. Peut-être à cause de moi d'ailleurs. Je n'aurais pas dû être là. Ma mère avait choisi Victor, et mon père, Nicole. Qu'est-ce que je fichais là, au milieu, avec un frère de six mois de moins ? Élever l'enfant d'une autre, ça crée une dette entre les deux protagonistes. Nicole n'en voulait pas. Je n'en voulais pas. J'étais jaloux de leur bonheur, voilà tout. Pourquoi n'était-ce pas le mien ?

Parfois, le bonheur des autres est écœurant.

Et puis, il y a eu l'accident.

Une nuit, tout a déraillé près de la route Lester, dans le secteur de Durham-Sud. Nicole revenait de chez ses parents. Les mauvaises conditions climatiques, la sortie de route verglacée, c'est tout con. Le bonheur s'arrête ainsi. D'un coup. Une minute avant, tout allait bien, la suivante, on n'a plus rien.

À cause de la neige, du brouillard, d'un moment d'inattention, d'une chanson à la radio qu'on n'a plus envie d'entendre, d'une cigarette dont on a désespérément besoin, de trois fois rien. Les pompiers sont intervenus en vain, Nicole était morte sur le coup. Ils ont juste sorti son corps du fossé et sont venus à la maison nous prévenir. Mon père était absent. Paul dormait avec la grippe, assommé par les cachets. Alors, c'est moi qui ai ouvert. Pour mon père, c'était comme si j'avais voulu attirer l'attention sur moi.

J'étais fautif puisqu'il en faut un.

Peu importe. Mon père pouvait frapper, m'envoyer à l'hôpital parce que j'avais osé aller le chercher là où il était avec ses potes, il ne pouvait pas se rapprocher de mon feu intérieur, il ne pouvait pas atteindre mon cœur. Bon, le bonheur n'était pas pour moi. Et alors ? Quand on arrête d'y croire, on ne ressent plus rien du tout.

La perte des émotions, c'est le pire.

Certaines personnes adoptent, moi je ne pourrai pas.

La seule chose que je peux faire, c'est avoir une fondation.

Avec une fondation, il n'y a pas de dette entre l'adulte qui donne et l'enfant qui reçoit. Le contrat est simple, il s'agit *d'argent*. On n'attend pas de reconnaissance en retour. Aucun sentiment.

Victor l'avait compris et me l'avait fait comprendre en payant mes études par le biais d'une fondation. Aucune dette, on est libres. D'ailleurs, par la suite, on s'est mesurés sur l'affaire Toyota Motors et il ne m'en a pas voulu.

Toutefois, maintenant que je sais que Victor avait l'intention de me confier sa fille, je suis plus que confus. Heureux et furieux en même temps. Heureux qu'il m'ait fait cette confiance qui m'honore en me confiant ce qu'il avait de plus précieux. Furieux parce que je n'arrive pas à me défaire de l'idée que Drajko et Tricia ont devancé l'intention de Victor et que Drajko n'est pas qu'un simple taré de plus sur la planète. Quelque chose me dit qu'il est proche. Donc, s'il décidait d'agir, je ne disposerais que de très peu de temps pour *réagir*.

Ça ne me plaît pas.

Je déteste ces moments où l'avenir me paraît impossible. Pour moi, ces moments sont les pires. Je me revois petit quand je ne distinguais pas le bout du tunnel. Comme mon père avait toujours fait partie de ma vie, les coups me semblaient devoir pleuvoir éternellement. Aussi, Verdi et Sully ont beau me dire d'attendre que Drajko sorte du bois, je n'en ai cure.

Je dois agir et faire ce que je sais faire de mieux. C'est-à-dire : chasser. Fixer. Déborder. Invariablement, j'énonce mes règles habituelles :

1. Cibler ce que je veux.
2. Garder ce que j'ai.
3. Récupérer ce que j'ai perdu et sortir.

Les réponses sont évidentes :

1. C'est la peau de Drajko que je veux. Mort ou vif.
2. Garder Alex saine et sauve pour moi.

Seulement voilà, l'autre taré nous veut tous les deux.

3. Donc, je ne pourrai sortir qu'en m'exposant. Moi, pas elle.

Putain, je ris.

C'est bizarre et merveilleux à la fois ce qui vient de se passer en listant mes règles habituelles. Je me revois les énumérer sur cette fichue terrasse d'hôtel, seul avec mon Dalmore, lorsqu'Alex a découvert ma cicatrice sous le tatouage.

Sauf que je n'ai pas la même réaction aujourd'hui.

Je ne suis ni en colère, ni inquiet pour mon passé. Au contraire. Je suis serein. Terriblement serein. Je sens la chaleur des sentiments irradier mon corps, mes émotions s'enchevêtrer et, pour une fois, je ne les repousse pas. Je ne peux pas m'empêcher de me sentir étrangement bien. J'ignorais qu'il existait une réponse aussi vive, aussi brute et aussi parfaite à mon désir de la posséder.

L'amour.

Cette évidence me coupe le souffle et fait disparaître mon sourire.

Pour la plupart des mecs, l'éprouver et le dire sont deux choses différentes. C'est le genre d'aveu qu'ils font avec sincérité que quand ils ont les couilles sur le billot, même s'ils refusent de l'admettre. Alors que pour moi…

Je me force à déglutir, à respirer. À retrouver l'équilibre qu'elle vient encore une fois de me dérober alors que, normalement, je ne devrais même pas me poser cette putain de question : « Et si je n'arrivais jamais à le lui dire ? » Brusquement, cette maudite question, que je devrais de toute évidence ignorer puisqu'elle ne me le réclame pas, me secoue dans mon petit monde tranquille.

Pourquoi, hein ? Pourquoi je me préoccupe de ça ?

Merde. Le film alimentaire, c'est bien, mais il faut que j'y arrive *ou* que je trouve… *autre chose*. Avant qu'elle en ait marre et décide d'aller les entendre ailleurs. Pris d'une soudaine bouffée d'espoir, j'attrape mon iPhone posé sur le bureau.

[Profite de tes dernières heures.
En attendant, je t'embrasse partout.
Surtout où il fait chaud… G]

Quelques instants plus tard, mon portable vibre sur le bois

sombre. Songeant à une réponse d'Alex, j'abandonne la dernière base de données Sankyo dégotée par Sully pour le consulter :

[Alexiane est de retour au bureau, monsieur.
Elle semblait très émue de retrouver un de ses amis.
Sinon RAS côté des journalistes. Louis]

Un seul mot retient mon attention.

[Quel ami ? Comment savez-vous qu'il s'agit d'un ami ?
Avez-vous pris une photo ?]

Moins d'une seconde après, la photo arrive sur l'écran de mon iPhone et je reconnais tout de suite les longues mèches châtain clair et l'allure débraillée sur le cliché de profil. Le meilleur ami de ma femme.

Qu'est-ce qu'il fout à New York, celui-là ?

Est-ce une bonne ou une mauvaise chose qu'Alex le revoie ? Je dois refréner le relent de jalousie que je sens poindre dans ma gorge chaque fois qu'un mâle l'approche avant de taper la réponse :

[Maxime Elio Sega. Interne en gynéco. Français.
Je veux un profilage sur mon bureau.
Venez me voir quand vous l'aurez. MHG]

Ensuite, je décroche mon téléphone de bureau, la poitrine serrée dans un étau désagréable familier. Ce que je m'apprête à faire, je ne l'avais jamais envisagé avant et je ne suis pas sûr de ne pas le regretter.

– Barbara ?

– Monsieur Garrett.

– Joignez mon père. Il doit être à Londres. Essayez son centre de campagne de Great George. J'attends.

– Tout de suite, monsieur, dit-elle après un temps d'hésitation.

On appelle ça le coup de pied dans la fourmilière. Si Drajko est un proche comme je le soupçonne, alors la fourmilière le fera sortir. Et c'est exactement ce que je veux. La voix grave et fière de mon père retentit dans le combiné :

– Matt, mon fils ! Tu viens enfin soutenir ton père.

Son enthousiasme mêlé d'une insolite sincérité me fait hésiter. *Une seconde.*

– Ne te réjouis pas trop vite, je viens t'avertir que tu devrais te retirer, dis-je en refrénant le soupçon de culpabilité que je sens se former malgré moi.

Je ne veux pas de mal à mon père, c'est juste que je ne veux rien de lui. L'oublier, peut-être ? Si au moins c'était possible. De toute manière, si ça l'était, Paul m'en empêcherait. Je tiens à mon frère et lui vénère notre père.

Je profite du silence sur la ligne.

– Victor Brauer a laissé une vidéo posthume à Alex où il lui parle d'Ancalagon. Quelque chose comme des dernières volontés, si tu préfères...

Même sans le voir, j'imagine sa mâchoire crispée et la veine battre dans son cou. Il avait la même quand il frappait.

– En quoi cela me concerne ? fait-il valoir après un temps de réflexion.

– J'ai pris la décision de l'accompagner au Kivu, dis-je le plus calme possible. Tu as donc quinze jours pour mettre de l'ordre ou renoncer et te retirer des législatives britanniques. Je tenais à t'avertir.

Nouveau silence.

– Tu as autant à perdre que moi…
– Je ne crois pas non.
– Ça reste à voir, lâche-t-il sèchement avant de raccrocher.
Loin de me laisser impressionner par sa menace sous-jacente, je pianote aussitôt un texto à ma femme qui ne m'a toujours pas répondu.

[Tout va bien ? Comment s'est passé ton déjeuner ? G]

[Louisa viendra visiter le Fil rouge.
J'ai vu Max aussi. Puis-je l'inviter au gala ? ;-) G]

Bonne réponse, chérie !

[Debra va s'en charger. G]

Surpris quand même du retournement de Frank, je relis le message une deuxième fois pour savoir ce qui m'échappe quand le téléphone de mon bureau se met à clignoter. J'appuie sur le bouton du haut-parleur.
– Quoi ? fais-je en cédant à mon agacement.
– Houlà, vous êtes d'humeur charmante ! Votre réunion au sommet est arrivée, plaisante Barbara sans se démonter.
Je baisse d'un ton :
– Faites entrer, Barbara.
Dix minutes plus tard, le silence de mort qui suit l'installation de mes collaborateurs dans mon bureau ne laisse rien présager de bon. Verdi, Sully et Phil ont tous les trois les traits tendus. Même Phil, mon responsable biotechnologie, qui d'habitude a tout du chercheur parasité sur une autre planète avec ses lunettes rouges, a abandonné les habituels sachets de M&M's qu'il ingurgite dès

qu'il sort de son labo. Jamais vu un individu aussi mal se nourrir.

Je tapote mon bureau.

– Je vous écoute.

Sully accroche mon regard avant de commencer :

– Comme vous le savez, ces derniers mois, nous avons passé au peigne fin les traces laissées par le hacker qui a tenté de pénétrer par deux fois dans notre réseau avant le décès de Carroll. Sans aucun résultat. Jusqu'ici, nous étions partis du principe que Carroll avait surpris l'intrus et l'avait payé de sa vie. C'est aussi l'hypothèse qu'a retenue le FBI après avoir enquêté sur Carroll.

J'ai besoin d'avancer.

– Poursuivez.

– J'ai eu l'idée de pousser le disque dur de Carroll et j'ai trouvé ça. Le dossier était crypté au milieu de tout un tas de conneries qu'il ne voulait pas que sa femme trouve mais j'ai réussi à décoder.

L'Afghan fait glisser un feuillet sur mon bureau. Je peux deviner à chacun de ses muscles tendus que la situation lui échappe et il ne l'accepte pas plus que moi. Sur ce point, Sully et moi, on est pareils. Taciturnes, secrets, et sourcilleux.

– Des résultats d'essais cliniques ? Je ne comprends pas. Carroll ne bossait pas là-dessus.

C'est là où intervient Phil :

– Les résultats ont été faussés, m'annonce mon ingénieur en biotechnologie. Rien de bien grave pour MHG Synthesis puisqu'on élabore nos médicaments à partir de *mes* résultats. Vous n'aurez donc pas à vous soucier de déboires avec des associations de patients.

Je fronce les sourcils.

– De quels essais parlons-nous ?

– Celui sur les vers marins, m'informe-t-il platement en sortant de sa poche un pochon des fameuses cacahuètes enrobées.

– Dont est issue l'hémérythrine, la protéine qu'on utilise pour…

– Pour le sang artificiel, confirme-t-il avant que je finisse ma phrase. Le caractère unique de cette protéine est qu'elle est bien plus résistante aux facteurs de stress. Donc plus stable pour un substitut permanent au sang.

Je m'adresse à Sully, tout en replongeant sur le feuillet en faisant fi des bruits de mastication désagréables de mon ingénieur en biologie :

– Quand ces résultats ont-ils été faussés ?

– Au mois de juin, lors de la première attaque. La date est sur le document, m'indique-t-il en me voyant hocher la tête.

Un dimanche soir. Sully m'avait appelé à Paris alors que nous venions à peine de rentrer de chez la mère d'Alex. Le hacker nous a fait croire qu'il avait échoué, mais en fait, il a réussi ce qu'il voulait : fausser les résultats des tests.

– Donc, quand je vous ai dit de le virer, il avait déjà terminé.

– Oui.

– C'est ce que Carroll avait découvert, intervient Verdi à son tour.

Je lance alors l'hypothèse qui s'impose :

– Donc il n'a pas été tué par hasard.

– Non. Quelqu'un aura probablement voulu l'empêcher de vous parler, entérine mon officier de sécurité.

Je m'adresse de nouveau à Phil :

– OK, mais quel intérêt puisque nous produisons selon les résultats corrects ? On ne peut pas nous accuser de scandale sanitaire… Attendez ! Ce n'est pas *nous* qui sommes visés.

– Non. Nous détenons le brevet des vers marins, confirme celui-ci avant de repartir de son enthousiasme habituel. Actuellement, nos chercheurs planchent sur une version en poudre du sang artificiel qui ne présenterait pas la nécessité d'être stockée au frais. On pense notamment aux grandes catastrophes climatiques, voire aux zones de guerre…

Comme lui, je suis mon idée à voix haute sans savoir où elle va me mener :

– Nous sommes les seuls qui travaillons sur ce tissu de synthèse, en revanche nous pouvons *vendre* le procédé d'extraction ou l'utiliser pour… Oh putain !

– D'autres substituts, percute Phil à son tour sous les regards attentifs de Verdi et Sully. Ce serait un grand pas pour l'élaboration de certains vaccins qui manquent de stabilité, par exemple.

Sankyo. Je les fixe chacun leur tour.

– Le prochain labo que je convoite est Sankyo.

– Leur projet est incroyable, s'enthousiasme Phil de nouveau pris par sa passion. S'ils réussissent, ils pourraient bien éradiquer le virus Ebola dans le monde. Ce serait même génial de les aider à stabiliser leur produit. J'ai su qu'ils patinaient là-dessus.

Verdi et Sully échangent un regard.

– Pour moi, leur vaccin doit appartenir au domaine public. J'ai proposé mon aide à Mitsui mais il m'a gentiment fait comprendre que leur C.A avait un autre concurrent sur les rangs. Un concurrent qui aurait leur préférence.

– On sait qui ? revient Sully dans la conversation.

– Non, lui réponds-je, mais je doute que son ambition ait quelque chose d'humanitaire. Voyez si vous pouvez avoir des infos sur son identité. Ce sera toujours utile le moment venu pour contrer sa proposition et s'emparer de Sankyo.

Mes trois collaborateurs acquiescent de la tête. Si on laisse Sankyo aux mains d'un grand groupe pharmaceutique, le prix du médicament sera exorbitant et il faudra attendre vingt ans pour en produire un moins cher.

Combien de gens seront morts en vingt ans ?

– Cette réunion aura au moins eu le mérite de nous faire

comprendre ce qu'il veut, conclut l'Afghan impassible. Vous empêcher d'acquérir Sankyo pour l'acquérir à votre place. C'est un bon motif. Mais s'il ne s'agit que d'espionnage industriel, Drajko peut être n'importe qui.

– C'est pourquoi j'exige le silence absolu sur cette découverte. Je veux limiter les risques pour Sankyo et rendre l'opération la plus efficace possible. La réunion est terminée. Verdi, vous restez.

J'attends que les deux autres sortent.

– Monsieur ? m'interroge-t-il une fois la porte fermée.

– Je sais ce que vous pensez, Verdi. Aussi, je vous demande de me faire gagner du temps en vous dispensant d'essayer de me faire changer d'avis. Je crois savoir comment démasquer Drajko. S'il veut m'empêcher d'acquérir Sankyo en me décrédibilisant auprès des actionnaires, je vais lui donner de quoi le faire.

Les yeux noirs de mon officier de sécurité s'attardent un instant sur moi comme s'il doutait de ma santé mentale, mais je sais ce que je fais.

– Comment allez-vous procéder ? demande-t-il calmement.

– Je n'ai pas l'intention de vous le dire, mais sachez que nous partirons au Kivu après le lancement de MHG Synthesis.

Un ange passe dans la pièce.

– Nous ?

– Alexiane et moi. Et vous.

– Monsieur…

– Quoi ?

– Nous ne sommes pas dans un film d'espionnage, là. Drajko est dangereux. Nous venons de comprendre que la mort de Carroll n'était pas un accident de parcours. Que les explosions et l'empoisonnement des eaux du bâtiment étaient motivés par le but de vous exposer auprès de la presse. Je sais ce que vous tentez mais c'est risqué. Nous devrions avertir le FBI…

– Vous ne m'avez pas compris, Verdi. Si Drajko nous a réunis, Alex et moi, c'est qu'il est proche de nous. Donc, je ne peux pas tricher… Si nous avertissons le FBI, il le saura, et nous, nous serons à sa merci, parce que, comme l'a dit Sully, ça peut être n'importe qui. Sans compter les retombées d'une telle action sur l'OPA de Sankyo. Je perdrai toute crédibilité si ça s'ébruite et c'est le concurrent qui remportera la partie. Avec les intentions qu'on lui connaît. Croyez-moi, il ne sera plus question d'éradiquer Ebola de la surface de la terre en créant un vaccin à bas coût mais de faire… *du fric*. Est-ce ce que vous voulez ?

Malgré son costume strict d'officier de sécurité qui ne se permet aucune fantaisie à l'exception de son T-shirt noir, et encore moins de me regarder dans les yeux, Verdi arrête de fixer bêtement le mur pour me scruter de ses yeux limpides.

Cette mission ne le laisse pas indifférent.

– C'est tout de même un peu impitoyable, non ?

– Quoi donc ? répliqué-je en me méfiant aussitôt.

– D'exposer votre épouse pour vos intérêts financiers, me lance-t-il comme un cadeau empoisonné. Enfin, je comprends qu'il s'agit d'un vaccin important, mais… Moi, je n'exposerais pas ma fille.

Je ne bouge pas d'un poil.

C'est toute la différence entre un homme d'affaires et un homme tout court. On voit plus loin, plus ample que soi. Pour autant, je ne me gêne pas pour lui balancer ma réponse en pleine face :

– Où est-ce que vous avez vu que j'allais exposer mon épouse ? rétorqué-je en le fusillant du regard. J'ai seulement besoin d'appâter Drajko. En vérité, Alex restera en retrait dans le jet avec vous, prêt à décoller si ça tournait mal.

– Monsieur, si je puis me permettre, votre femme ne manque pas de caractère. Vous croyez vraiment qu'elle va vous laisser descendre du jet seul ?

Il est hors de question de la mettre en danger.

– Vous risquez de passer un sale quart d'heure, Zach, mais je ne compte pas lui demander son avis, lui dis-je en lui jetant un regard complice.

De mec à mec.

– Et vous ? grimace-t-il encore partagé.

– Luba assurera ma protection sur place.

Son corps se tend dans son siège.

– Monsieur, je n'aime pas ça… Vous devriez avoir une équipe à nous. Comment pouvez-vous être sûr de lui ?

Je prends une grande respiration, pas certain de vouloir tout lui dire.

– Luba est un militaire intéressé par l'argent, je le paierai.

Quelque trente minutes de négociations plus tard pour mettre au point tous les détails de l'opération, j'obtiens de Verdi ce que je voulais et le regarde sortir de mon bureau avant de me remettre au travail. J'en suis à passer au crible le dernier rapport sur les activités de Tricia et les mouvements plus qu'inintéressants dans son appartement quand un toc à la porte de mon bureau me fait lever la tête.

Barbara ne doit encore pas être à sa place, je grogne :

– Entrez !

La porte s'entrebâille prudemment.

– Monsieur, c'est Louis…

Une minute après, je prends connaissance du profilage demandé sur le meilleur ami de ma femme. Visa, green card, logement, job, fréquentations…

Louis a bien travaillé.

– Il est là pour un an, fais-je sans pouvoir quitter des yeux les photographies de Max Elio Sega enlaçant ma femme.

Rien de déplacé, c'est innocent, mais irritant quand même.

– Son proprio dit qu'il était recommandé par Lillian Sand, votre... euh... belle-mère, se hasarde maladroitement Louis se demandant sans doute s'il peut aller jusque-là. C'est un locataire sans problème. Des fêtes alcoolisées mais pas de drogue.

Je hoche la tête, compréhensif, et surprends son regard rivé sur les feuillets étalés sur mon bureau.

– Quoi ?

– Cette femme, hésite-t-il en me désignant le cliché de Tricia sortant de son immeuble.

– Oui, et alors ?

Ses yeux se plissent de concentration sans quitter la photo.

– C'est une journaliste...

– Elle a fait une école de journalisme, oui.

Il relève la tête de la photo pour me regarder.

– Elle était dans le restaurant ce midi, avec votre épouse.

Mon cœur fait un bond en avant.

– QUOI ? !

– Elle accompagnait Louisa Frank. Votre femme a parlé avec elle.

– Bordel ! Et vous n'avez rien fait pour l'empêcher ?

Le corps tendu à l'extrême, je tente de garder l'équilibre, mais je ne suis pas sûr d'y arriver. Les joues de Louis se sont empourprées en comprenant qu'il a laissé passer quelque chose d'important.

– Louis, elle est où ? OÙ EST ALEX, PUTAIN ?

Je ne reconnais plus ma voix. Blanche, tendue par la peur, l'effroi, la colère, je perds les pédales. Pendant un moment, Louis ne dit rien et se contente de me regarder comme si j'étais un animal sauvage ou comme s'il n'était pas sûr de la réponse. Il vaudrait mieux qu'il le soit, putain !

– En sécurité, bafouille-t-il. Je viens de la déposer chez vous...

Je relâche ma respiration. Personne ne peut rentrer au B-One avec le nouveau système de sécurité anti-intrusion. La protection est unique. Tous les accès sont contrôlés, vérifiés et recontrôlés. Toutefois, saisi d'une intuition désagréable, je sélectionne le numéro dans mes favoris et ma voix sort comme dans la sciure :

– Verdi ? Tracez le portable de Tricia. *Tout de suite*. Je veux savoir où elle se trouve.

Les yeux de Louis s'écarquillent en entendant ce nom. *Pas trop tôt !*

– Je vous rappelle, m'expédie mon homme de sécurité en raccrochant trop vite pour cacher sa propre inquiétude.

Il a compris. Louis a compris. J'ai compris.

– Ma femme vous a dit si elle comptait ressortir ?

– Non, elle m'a donné congé.

D'abord, j'ai besoin d'être clair avec moi-même, ayant la certitude que la présence de Tricia dans ce restaurant n'avait rien d'un hasard. Quel est le rôle de Louisa Frank ? Toutes les deux ont fait une école de journalisme dans des pays différents. Aussi, cela ne m'a pas sauté aux yeux de prime abord. Ça me revient maintenant, elles ont terminé leur cursus ensemble au NYIT, ici, à deux pas de Central Park. Où avais-je la tête ? Les conversations de Tricia m'importent tellement peu que je ne les mémorise pas. J'aurais dû.

– Garrett ! fais-je d'une voix tendue à la première sonnerie.

– Tricia est dans l'immeuble, monsieur, m'apprend la voix métallique de Verdi. Son portable a été retrouvé dans le parking où elle a garé sa Jaguar. Je viens de dépêcher une équipe pour fouiller les étages.

Je jure que mon cœur s'est arrêté de battre.

45

ALEX

Consciente que je vais devoir prendre une douche avant l'arrivée de Victoria Milan, je m'autorise à caresser l'énorme tête du boxer qui bave sur mes genoux depuis que je suis rentrée. Sexe me fait de la peine depuis le départ de Luca. Si j'avais le temps, je l'emmènerais faire une promenade dans Battery Park où il pourrait courser les canards ou trotter derrière le cul des joggeuses.

Son sport préféré.

Au lieu de quoi, je me lève du tabouret où je suis assise, récupère ma tasse de Marco Polo rouge sur l'immense comptoir blanc déserté, finis de vider la théière dans l'évier et range le tout dans le lave-vaisselle en abandonnant la totalité de mes biscuits à Sexe. Autant ne pas grignoter avant d'enfiler des robes de sirène.

Déjà que je dois être zinzin à parler à un canidae :

– Voilà ce qu'on va faire, mon pote. Je vais prendre une douche pour recevoir la beauté finnoise. D'ailleurs, à ce sujet, je t'interdis de la léchouiller.

Tout en racontant ma vie au boxer attentif, je me dirige vers la baie vitrée pour lui donner un accès à l'extérieur. Dehors, le plateau est baigné des teintes roses et bleues de fin d'après-midi. Le spectacle des derniers rayons de soleil jalonnant le New Jersey à l'horizon me rend heureuse et épanouie.

Je tente de graver cette image, ainsi que la sensation intime d'être à un tournant de ma vie. Sentiment que je ressens sans pouvoir expliquer s'il tient à Victor, qui me permet enfin de tourner une page sur ma propre enfance, ou à l'homme cabossé et rétif que j'ai épousé.

– Ensuite, j'essaie les trois robes censées faire de moi une princesse sans que tu viennes approcher tes babines humides. Tu m'attendras *là*. D'accord ?

Assis sur ses pattes arrière, le boxer prend cet air un peu « gamin » qu'il a quand il ne sait pas s'arrêter tout seul. En quelques jours à peine, j'ai appris à le connaître. Courageux, méfiant et presque aussi têtu que son maître, Sexe a besoin d'être éduqué en douceur, sans crier après lui.

Intelligent, il apprend vite, c'est un malin.

– Bon, on va dire que tu m'as comprise. Après, toi et moi, on sera libres d'aller gambader… Ça te dit ?

Sexe penche la tête sur le côté et me fixe de ses billes noires, mais ne bouge pas d'un poil.

– Grmffff…

OK, il va falloir parlementer.

– Je mets mon legging de yoga, le rose que tu aimes bien et j'accepte que tu me renifles le minou. Mais uniquement avant de sortir. Pas dans le parc.

J'imagine que le coup de langue râpeux sur ma main veut dire oui. J'attends qu'il daigne sortir pour suivre le vol d'une mouette virevoltant au-dessus de l'Hudson et referme la baie derrière lui après m'être assurée qu'il a de l'eau fraîche dans sa gamelle et son jouet préféré. Quoique j'aurais bien voulu voir la tête de la superbe Victoria si Sexe lui avait bavé dessus. Ah Ah ! Je doute que ça lui plaise.

Allez zou, à la douche !

Quinze minutes plus tard, je sors du dressing après avoir revêtu ce que j'estime être la tenue adéquate pour recevoir une styliste chez moi. J'opte pour la simplicité en choisissant une mini-robe de confection française dénichée par Luca, au toucher très doux et aux couleurs arc-en-ciel éclatantes que je porte bras et jambes nus avec des escarpins vernis rouges.

Une jeune mariée se doit d'être gaie.

Mais le choix me paraît moins bon quand je la vois passer les portes du B-One chargée de trois housses de grands créateurs dans un tailleur-pantalon immaculé d'une rare pureté avec pour seule parure une fantaisie Chanel démesurément longue enroulée autour de son cou délicat. Son look définit à lui seul les mots « femme fatale ». Je devrais m'avancer vers elle, lui souhaiter la bienvenue, je ne peux pas. Elle me terrifie.

– Mon Dieu, mais c'est charmant ici ! s'exclame-t-elle en me dépassant sans me saluer pour admirer les lieux comme si je l'y avais invitée. Je reconnais la patte d'Anouk ! C'est la meilleure décoratrice d'intérieur de tout New York, vous savez. Son travail est basé sur l'écoute et la recherche.

Comme en suspens, je contemple le mouvement gracieux de ses cheveux lisses et miel lorsqu'elle virevolte dans la pièce, allant d'un mur à l'autre, soupesant chaque objet, comme si elle était chez elle.

– Anouk a dû passer un temps infini avec Matt Garrett pour le cerner aussi bien, affirme la pimbêche en blanc d'un ton suave. Ils devaient être proches pour arriver à un aussi bon résultat, c'est évident.

Je n'arrive plus à réfléchir, hypnotisée par son culot ou son aisance. Je ne sais pas si je dois l'envier ou la détester. Ses yeux m'interrogent, signe qu'elle a réellement sous-entendu cette question déplacée et, encore plus incroyable, qu'elle attend ma réponse.

– Je ne sais pas… Vous voulez boire quelque chose ?

Elle rit de mon embarras, le son ronronnant dans ma poitrine.

– Boire ? grimace-t-elle comme si j'avais énoncé une immense connerie. Non ! Vous risqueriez de vous tâcher, darling ! Je vois que vous ne portez pas de maquillage, ça nous fera gagner du temps.

Je bats des cils, un brin décontenancée.

– Pardon.

Pourquoi je m'excuse au fait ? Loin de faire attention à moi, elle pose un œil avisé sur les deux Soulages de Matt comme si elle en évaluait la cote mais ne porte aucune attention au tableau de ma mère.

Pas digne d'intérêt probablement.

– Ces robes coûtent une fortune. La moindre goutte de transpiration et elles repartent au pressing. Alors le fond de teint, c'est la facture assurée.

Plus le temps passe, plus j'ai envie de me gifler de la laisser me parler sur ce ton. Ce n'est pas normal. Depuis qu'elle est arrivée, Victoria passe son temps à me mépriser alors qu'elle était affable au restaurant et désireuse de m'aider.

Alors pourquoi je n'ose pas me rebeller ?

Tandis qu'elle commence à ouvrir les housses sur le grand canapé face à la baie, je me faufile derrière elle pour me faire une idée de ce qui m'attend.

Peu habituée à la haute couture, j'ose lui demander :

– Quel est le prix de ces robes ?

Une lueur fauve passe dans les yeux verts.

– J'ai été payée d'avance, si je puis dire, siffle-t-elle en dézippant nerveusement la dernière fermeture Éclair.

Étrangement, sa nervosité m'aide à me détendre. De plus, le choix de Victoria est engageant car, pour une fois, il me ressemble. Sans être trop ostentatoire, c'est frais, ingénu et audacieux. Bref, simple mais avec du caractère.

La styliste les étale l'une à côté de l'autre afin que je puisse les voir et se recule pour me laisser choisir, ce que j'apprécie aussi.

Tout ça me semble cependant très irréel.

– Elles sont sublimes… Ça va être difficile.

C'est sincère, Victoria a vraiment ciblé dans le mille. Il faut juste que j'arrête de raisonner comme une petite provinciale et que je me fasse à l'idée de me voir dedans. Alors que je décide d'éliminer la noire, trop sorcière de Salem, qui ne manquerait pas de me faire passer pour la vamp que je ne suis pas, Victoria se penche vers moi.

– Allez, quel est votre premier choix, darling ?

– Celle-là, réponds-je en désignant le fourreau le plus éblouissant que j'aie jamais vu.

Une robe longue à la teinte orange éclatante, de coupe d'apparence classique mais fendue sur le devant jusqu'à mi-cuisse et aussi pourvue d'un élégant dos ouvert mettant en valeur les épaules. J'adore.

– J'en étais sûre ! Cette robe convient à une fille simple.

Simple, ce fourreau ? D'un coup, le mot ne sonne pas pareil. Pourquoi j'entends gourdasse dans sa bouche ? Et le pire, c'est qu'elle ne cherche pas à me vanner. Elle a dit ça naturellement, sans méchanceté, comme si c'était vrai.

Seulement, *c'est vrai.* Je suis une fille simple qui n'appartient pas au monde raffiné de son époux et n'a jamais fréquenté les gens de la haute.

Exactement ce que me reproche ma belle-mère.

– Vous ne m'aimez pas beaucoup, lui dis-je sans quitter ledit fourreau des yeux.

Les mots m'ont échappé mais je ne les regrette pas. Cette robe, c'est moi comme j'aimerais me voir dans mon nouveau rôle. Gaie et confiante.

J'ai juste besoin de savoir ce qu'elle pense. Parce qu'il y a de grandes chances que ce soit justement ce que tout le monde pensera. Mais Victoria se tait. Elle me considère un moment comme si elle hésitait à répondre, puis :

– Vous savez, je ne veux pas vraiment me mêler de ce qui ne me regarde pas, mais je n'ai pas compris que vous lui ayez pardonné. Une fille comme vous… Je croyais que vous auriez plus de jugeote.

Je suis frappée en pleine face par sa remarque qui non seulement manque de tact mais est tout à fait déplacée envers son client.

– Pardonné quoi ?

Victoria hausse les épaules, comme pour dire que ça lui est égal.

– Laissez tomber. Lui non plus ne veut pas en parler, ça l'oppresse, élague-t-elle en détournant le regard vers l'escalier menant aux chambres, ne se rendant pas compte qu'il est trop tard.

Ou au contraire, s'en rendant compte.

– Pardonné quoi ? insisté-je lourdement, lui touchant le bras afin qu'elle me regarde moi.

C'est vrai. De quoi parlerait-il avec elle ? De moi ? De ma gaucherie ? Des progrès qui me restent à faire pour être digne de lui ? Qu'est-ce qui l'oppresse ? Loin de moi l'idée de l'enfoncer vis-à-vis de son précieux client, enfoncer les gens ne mène nulle part. Mais dans ses yeux, j'ai l'impression d'avoir quatre ans et d'avoir commis une bêtise impardonnable.

Si j'ai commis une erreur, je veux le savoir.

– Victoria, s'il vous plaît…

– La vidéo sur le Net, souffle-t-elle alors comme à regret.

Je la lâche pour m'accrocher au dossier du canapé.

– Quoi ?

Là, tout de suite, j'ai un mauvais pressentiment.

– Enfin, il a quand même détruit votre carrière, non ?

Je me décompose un peu plus en réalisant de quoi elle parle.

– Après les études que vous avez faites… Votre mère doit terriblement lui en vouloir, me reproche-t-elle alors que je suis toujours aussi abasourdie.

Et surtout ce qu'elle suggère.

– Je n'aurais jamais cru Matt Garrett du genre à apprécier les mères Teresa adeptes du sacrifice, enchaîne-t-elle sans se démonter. Croyez-moi, darling, en toute amitié, les filles qu'il choisit d'habitude sont tout sauf des saintes.

Mon cœur me remonte dans la gorge. Je dois écarter cette accusation et faire confiance à Matt cette fois. Je l'ai déjà quitté pour cette raison et Margo m'a assuré que j'avais tort. C'est le seul échange qu'elle a consenti à avoir avec Rob et ce dernier lui a confirmé que son frère n'était pas l'auteur de la vidéo.

– Vous vous trompez, Matt n'a rien à voir avec ça, dis-je en essayant de toutes mes forces de faire abstraction de la seconde partie de sa tirade.

N'y pense pas, Alex ! N'y pense pas. Ces filles-là, c'était des avant-Alex.

Tu savais qu'il avait eu une vie, alors tu ne vas pas faire un drame maintenant. Ce serait immature. Mes yeux s'accrochent aux siens pour chercher bêtement une explication à son attitude, mais il y a plus dans ce regard à présent.

Victoria s'est comme allumée.

– Mon Dieu, il ne vous a rien dit ! réalise-t-elle soudain.

Je ne peux que la fixer pour obtenir un regain de force tandis que sa voix monte dans les aigus :

– Quelque part, ça ne m'étonne pas, il doit se régaler avec vous.

– Pourquoi ?

Dans ses yeux, je vois à quel point j'ai l'air bête.

– Vous ne voyez pas ce qu'il fait ? C'est presque trop facile. Matt est un incurable psychopathe. Si vous le laissez faire, il va vous effacer. C'est ce qu'il a fait avec la vidéo. Votre carrière ne lui plaisait pas, il s'en est chargé.

Je reste là, sans réaction. Choquée. Cette fille est folle, perdue, désespérée ou la meilleure actrice de thriller du monde. Je la verrais bien jouer dans *Liaison fatale* le rôle de la timbrée qui égorge le lapin de la gentille famille de son amant.

– Qui êtes-vous ?

– Je suis la personne qui a mis la vidéo en ligne, m'avoue-t-elle droit dans les yeux.

– Quoi ?!

Ce regard rivé sur moi, je dois tenir le coup pour ne pas l'exploser tout de suite. Combien de fois ai-je rêvé d'être face à la personne qui avait bousillé impunément ma carrière et réduit mon honneur à néant ? J'ai tout imaginé, ce que je ferais, ce que je dirais... Mais *là*, rien ne me vient.

– C... Comment avez-vous fait ?

Elle me lance avec un demi-sourire :

– Matt ne vous l'a pas dit ? Nous avons déjeuné ensemble à Paris et il m'a montré votre vidéo pour afficher sa dernière conquête. Il a utilisé deux mots pour vous définir. Gentille et innocente.

Soudain, je me sens salie par son regard posé sur moi.

– Il vous a dit que j'étais innocente ?

– Vierge ? Oui, bien sûr. Matt et moi n'avons aucun secret.

Je lutte pour ne pas m'effondrer. Ça n'aiderait pas, je crois. Elle cherche à me faire mal et à nous séparer – aucun doute – mais le doute s'insinue sournoisement dans mon esprit.

– Donc, Matt sait que vous l'avez postée sur…

Ma gorge se serre trop pour continuer.

– Sur un de ses sites préférés ? termine-t-elle à ma place. Oui, bien sûr. C'était un jeu, Alex. Et Matt adore jouer, vous savez…

Après tout, Matt jouait avec les femmes. Je repense aux joueuses de l'île du Kodò et à ses mots. *Joueuse ne veut pas dire jouet, Alex.* Il me semble que ces paroles m'interdisent de la croire. Ce qu'elle dit est faux. Les jeux étaient libertins, pas cruels. Certes, il m'y a emmenée et j'ai accepté qu'il m'attache, mais est-ce que ça fait de moi une personne avec qui on peut… *jouer* ?

À moins qu'il m'ait épousée par culpabilité ? Alors que le mariage devrait me rassurer, c'est l'inverse qui se produit. Il peut aussi se justifier ainsi : Matt joue, ça va trop loin, il s'en veut, il m'épouse. Le connaissant, ce ne serait pas incohérent.

Mais moi, je ne veux pas de ça.

– Depuis quand le connaissez-vous ? lui dis-je sans savoir ce que cela va m'apporter.

– Depuis toujours. J'ai été son premier amour.

C'est à cet instant que je comprends.

– Oh mon Dieu ! vous êtes… Tricia.

Et là, il se produit un truc encore plus fou.

Je me mets à rire, à rire de façon hystérique alors que mes yeux s'embuent de larmes. Une grande tristesse me submerge. Matt a choisi de m'imposer cette femme en lui demandant de s'occuper de moi. Il l'a placée d'emblée entre nous. Si ce n'est pas un aveu de sa perversion, je ne sais pas ce que c'est.

Soudain, la nausée me gagne.

– Qu'y a-t-il entre vous aujourd'hui ?

Peut-être répondra-t-elle à cette question puisque lui a toujours refusé. J'ai besoin de savoir jusqu'où il m'a roulée. Jusqu'où il s'est foutu de ma gueule.

– Un enfant. Jensen a quinze ans aujourd'hui.

Mais je ne m'attendais pas à ça.

Je prends un violent coup dans le ventre. Mon bonheur va-t-il s'arrêter comme ça ? Avec le goût amer de la trahison sur la langue ? La sensation de couler comme une pierre au fond d'un lac ? La grande plongée vers le fond ? Je suis happée par l'image de mon mari avec elle.

– C'est faux !

Sans rien dire, Victoria sort un papier de son sac, comme si elle avait prévu le coup. Et je comprends bien trop tard à quel point Tricia m'a manipulée pour abattre sa dernière carte.

– J'en ai la preuve. Jensen a été reconnu par son père. Regardez !

Sans le vouloir, mes yeux tombent dessus. C'est un acte de naissance français. Authentique. L'air quitte mes poumons. Ce n'est pas réel, ce n'est pas la réalité. Ou alors je la refuse. Comment a-t-il pu me mentir à ce point ? Me cacher la vidéo passe encore, mais un enfant ? Me faire croire que sa petite amie avait couché avec son père ? Alors que tout porte à croire que c'est avec lui qu'elle a couché si j'en crois la date de naissance portée sur ce document officiel.

Tout se brouille devant mes yeux.

Je me projette en avant, en bombe pour l'abattre. Mes chaussures glissent sur le sol brillant manquant me faire chuter, mais dans ma tête c'est Walter que j'entends me coacher durant nos séances de Krav Maga.

J'attaque. Fort.

La trahison me donne des ailes de colère. J'entends ses os craquer, ses hoquets, sa surprise, mais ça ne me suffit pas. J'ai toujours mal. Quelqu'un doit payer pour tout ce que j'ai enduré. Elle manque de souffle puis crie comme un chien enragé mais ça ne suffit toujours pas. Nous tombons à terre, en luttant sous les insultes.

– Tu vas payer pour ce que tu m'as fait, Civilité ! m'invective-t-elle en me tirant les cheveux de toutes ses forces. Ça t'étonne que je sache ton p'tit nom, hein ?

– Civilité ne veut pas dire civilisée, salope !

Même blessée, elle n'accuse aucun signe de fatigue, n'a aucune méthode de combat mais n'abandonne pas. Au contraire, elle se bagarre comme si elle était sûre de l'emporter. Une telle hargne, j'en ai le souffle coupé. Elle sort littéralement de ses gonds. Cette fille est folle, possédée.

– J'ai lui ai consacré *toute* ma vie, je connais par cœur comment il faut le prendre, tout... Ce connard était incapable de tomber amoureux, espèce de pute ! Au lieu de le démasquer, tu me l'as volé !

Elle m'écœure à parler de lui ainsi. Profitant de mon effarement, elle me décoche un violent coup de genou dans la poitrine qui m'oblige à rouler sur le côté. Je commence à me sentir mal. Le malheur transforme les gens parfois, mais elle, elle n'est pas humaine. Il faut qu'on arrête avant que ça dégénère.

– Comme c'est mignon ! ricane-t-elle froidement. Tu as mal aux nichons maintenant ?

Horrifiée par la flèche qui me transperce, je me tords de douleur. Sexe jappe comme un fou derrière la baie vitrée, plus conscient du danger que moi mais je ne peux rien faire. Elle en profite pour retourner la situation et monter à genoux sur moi par-derrière, bloquant mes bras avec ses cuisses et ma respiration. Je ne peux plus me défendre et suis à sa merci.

La peur s'empare de moi.

Victoria me chevauche. Sexe aboie, grogne, saute sur ses pattes arrière, en vain. Le bras droit de Tricia vient enserrer mon cou par-devant pour me maintenir contre elle, cambrée à mort, la trachée comprimée.

J'ai du mal à respirer.

– Et toi, la petite paysanne arriviste qui ne le connaît même pas, tu réalises qu'il t'a emmenée dans son jet… dans des chambres à plus de 10 000 dollars la nuit… que tu as porté SON collier à 2 millions de dollars… Je sais TOUT, pétasse. TOUT !!!

Son bras serre mon cou plus fort, comme si elle voulait le broyer. De son autre main, elle tire méchamment sur mes cheveux pour me forcer à ployer la tête, sa force décuplée, ma gorge exposée.

Je vais y passer.

– Tout se serait déroulé comme prévu si tu n'étais pas revenue, mais non, il a fallu que tu rappliques…

Des points blancs dansent devant mes yeux. Ensuite, des taches noires de plus en plus larges et la lumière disparaît. La sensation d'avaler ma propre langue. Ce n'est pas comme si c'était inconfortable, elle a toujours été là dans ma bouche. C'est juste bizarre parce qu'elle prend toute la place…

– Louis ! Vite ! Vite ! Elle va la tuer !

Puis, d'un coup, la pression s'allège et l'air passe à nouveau dans ma gorge. Mon torse se cambre violemment vers le plafond comme s'il avait pris un électrochoc, mes yeux s'ouvrent sur la lumière et, avant même que je m'en aperçoive, je suis à un mètre du sol, dans les bras solides de mon mari.

– Alex ! Nom de Dieu ! Comment est-elle entrée ici ?

Je lui en veux tellement que je le repousse de toutes mes forces.

– Lâche-moi, salaud ! Je sais tout ! J'ai baissé ma garde. J'ai lutté comme une dingue pour te faire confiance, et pendant tout ce temps, toi, tu me mentais ! Tu jouais le rôle de quelqu'un que tu n'es pas !

– Arrête ! blêmit-il, ses traits se décomposant. Tu sais *qui* je suis.

En me déposant sur mes pieds, son regard tombe sur les traces sanguinolentes laissées par les ongles de Tricia sur mes bras et je lis la colère dans ses yeux.

– Putain ! Je vais la tuer cette fois-ci.

Le verbe me fait réagir d'un coup.

– Non ! crié-je en l'agrippant par le bras pour le retenir.

Surpris, il me regarde dans les yeux.

– Qu'est-ce que tu vas faire ? La frapper encore une fois ? L'amener à l'hôpital et aller te dénoncer ensuite ? Tu vaux mieux que ça, non ?

Son mensonge me donne la nausée tout autant que le regard que je lui porte doit l'achever mais il hoche la tête pour me dire qu'il m'a entendue.

– Bouge pas ! gronde-t-il avant de déporter sa colère vers la blonde au look nettement moins immaculé. Tricia, c'est le moment de parler. Qu'est-ce que tu nous veux ? Dis-le !

Matt attend, les yeux suspendus aux lèvres de la styliste. Étrangement immobile comme s'il était prêt à lui injecter son venin au premier mouvement suspect de sa part. Je regarde Tricia. Elle a les yeux voilés, encore sous le choc de s'être fait surprendre par Matthew. Je crois que je commence à comprendre. Elle voulait m'effrayer pour que je le quitte mais sans qu'il le sache.

Mais alors pourquoi a-t-elle dit que je devais le démasquer ?

– Pardon Matt, je suis stressée, roucoule-t-elle comme la manipulatrice qu'elle est. Moi aussi, j'y ai cru à son petit numéro quand elle m'a interrogée sur la vidéo, faisant comme si elle t'avait pardonné. Mais à ce que je vois, pas tant que ça.

Mon époux et moi échangeons des regards lourds de sens et j'ai du mal à avaler. Je secoue la tête pour lui dire que c'est faux.

– Ce que je dis à ma femme ne te regarde pas, lui rétorque-t-il froidement.

Piquée, Tricia poursuit sur le même ton et je dois bien lui reconnaître du courage. J'ai beau avoir fait de nombreux stages dans les prisons avec des gens pas très fréquentables et même carrément méchants, jamais encore je n'avais vu sur un visage une détermination aussi réfrigérante que celle de mon époux en ce moment.

– Tu as raison. D'ailleurs, je lui ai dit que je ne voulais pas m'en mêler, se disculpe Tricia, me rappelant par la même occasion que je l'y ai poussée. Mais elle souhaitait connaître ta petite histoire pour s'emparer de tes millions…

Au lieu de l'écouter, j'examine mon mari.

De ses yeux sombres, il passe en revue ma tenue débraillée, mes blessures, mon cou, comme s'il établissait un rapide inventaire. Il fait de même pour elle et ça m'énerve. Les larmes roulent sur mes joues de me voir au milieu de ce triangle amoureux. Je ne suis pas sûre d'être faite pour ça. Tricia ne se plantait pas, je suis une fille simple qui veut une histoire simple.

– Qu'est-ce qu'on t'a fait, Tricia ? lui demande-t-il. Qu'est-ce que tu veux ?

Silence de la blonde qui me fixe sans rien dire.

– Si tu as besoin d'argent, je peux t'aider, ajoute-t-il. Parle-moi.

Elle s'avance d'un pas mais il recule.

– Presque quinze ans emmurée dans le silence, tu comprends, il fallait que j'en sorte, lui oppose-t-elle. C'est trop lourd. Tu dois être honnête avec elle, bébé.

Bébé ? Je suis à deux doigts de lui faire ravaler son « bébé ». De quel droit l'appelle-t-elle ainsi. Et lui ? Pourquoi il ne dit rien ? Matt cligne des yeux, l'air de ne pas savoir où elle veut en venir.

– C'est une question ?

– J'ai été stupide de lui parler de Jensen, abat-elle sournoisement, la culpabilité rongeant sa voix. J'avais besoin qu'elle sache ce qu'elle nous inflige. Nous sommes une famille, tu comprends ?

Un vide abyssal se creuse sous ma poitrine. Je ne veux pas être cette femme qu'elle décrit. Jamais je n'éloignerai un enfant de son père. J'en ai trop souffert. Impuissante, je m'accroche au regard de Louis planté dans le mien et j'y lis toute la peine qu'il ressent pour moi. Lui aussi me dit que je ne suis pas à ma place.

– Jensen ? C'est qui ? Ton mec ?

Louis et moi écarquillons les yeux de surprise.

– Mon Dieu, Matt, fait-elle choquée. Est-ce que tu comprends qu'on a assez payé ?

Moi, je ne cherche plus à comprendre, juste à suivre ce qui est en train de se passer. Comme assommée d'assister à cette scène entre mon mari et la mère de son enfant.

– Qui ça, ON ? s'énerve ce dernier toujours aussi largué.

Dans ses yeux, je peux voir le combat qu'il est en train de mener. Qu'est-ce qui peut bien le mettre dans un tel état ? Est-il insensible à ce point ?

– Ton fils et moi, tente-t-elle avec douceur.

Le Guerrier recule d'un pas, comme pris de vertige. S'il était au courant, je lui proposerais bien de se reconvertir dans le cinéma, tant sa surprise semble crédible. Il est pâle, bouche entrouverte mais muet comme une tombe. Ses yeux hagards fixent le mur en face de lui, comme assommé.

– T'es complètement folle ! finit-il par sortir. J'ai pas d'enfant.

Tricia soupire de lassitude.

– C'est ce que disent les hommes qui les abandonnent, murmure-t-elle comme une pauvre mère esseulée mais en s'assurant du regard que je l'ai entendue.

Le regard de Matt sur elle est si saturé de dégoût que tout mon corps se met à trembler. À croire qu'il la déteste physiquement. Comment peut-on détester la mère de son enfant ?

– Tu as un enfant, toi ?! Pauvre gosse ! Depuis quand ?

Sans se départir de son air pitoyable de femme abandonnée, Tricia lui glisse l'acte de naissance entre les mains. Il en prend rapidement connaissance dans un silence de mort. Rien ne trahit son visage. Cependant, lorsqu'il lève la tête, le regard de Matthew s'est fait encore plus dur. Glacial. Mais le plus inquiétant dans tout ça, c'est cette façon détachée dont il lui parle :

– Tu crois vraiment que tu peux jouer à ça avec moi ? Je n'ai ni le temps ni la patience pour ça. Et si je les perds, lui promet-il en lui rendant le document, crois-moi, ça risque de ne pas te plaire.

– Matthew… tenté-je d'intervenir.

Ce qui a le don de le mettre hors de lui :

– Ce document est un faux ! Je n'ai jamais reconnu cet enfant ! m'aboie-t-il soudain dessus. Je n'étais même pas en France à cette époque, putain !

– Il a été enregistré par l'officier d'état civil, pourtant, allègue l'autre pimbêche.

Elle a beau essayer de le masquer, je vois bien qu'elle triomphe intérieurement.

– Explique-moi comment ce serait possible, putain ! se déchaîne-t-il sur elle. À moins que tu te prennes pour la nouvelle Immaculée Conception sans faute et sans souillure, ce que nous savons tous les deux que tu n'es pas, je ne vois pas comment !

Tricia ne pipe mot. Même Louis n'ose plus nous regarder, il doit se demander dans quoi il a atterri, le pauvre. Au fond de moi, je ne pourrai jamais admirer et aimer un homme qui abandonne son enfant. Mon père ne m'a pas reconnue. C'est le genre de lâcheté que je ne pourrai tolérer. Je fais signe à Louis que je veux m'en aller au moment où Matt intercepte notre échange avec mon chauffeur.

Ses lèvres frémissent imperceptiblement :

– Alex, je sais de quoi ça a l'air, dit-il en me regardant, mais…

Je ne l'ai jamais vu si vulnérable, si exposé.

– Tu as un enfant maintenant…

Ma remarque le fait exploser de plus belle.

– Putain, NON ! Je n'ai pas couché avec elle ! Pourquoi tu ne me fais pas confiance ? Tu ne vois pas que c'est un piège ? Ce gosse, c'est celui de mon père ou de je ne sais pas qui. Pas le mien.

– Il y a un acte de naissance, Matt… C'est un acte *officiel* !

Et tu m'as menti.

– Bordel, tu ne peux pas te battre un peu pour moi, là ?

La colère me gagne à mon tour, c'est injuste.

– Avoir besoin des autres, c'est une force, Matt. Pas une faiblesse. Quand vas-tu le comprendre ? Si tu veux que je me batte pour toi alors donne-moi de quoi !

Il s'arrête net. Je l'ai déstabilisé. Sans le vouloir, je l'ai renvoyé à son enfance solitaire. Pire, je la lui ai reprochée.

– « *If you leave me now* », m'envoie-t-il en dernier recours, me rappelant notre promesse de ne pas nous quitter échangée dans la Rolls de Dries.

C'est comme s'il me disait « Si tu me quittes maintenant, tu sais ce qui va arriver. On l'a déjà expérimenté. Es-tu sûre que c'est ce que tu veux, chérie ? » Tout ce qu'il veut, c'est me faire réagir. N'importe quoi qui lui prouve que notre relation est solide. Maintenant. Devant la difficulté. Je n'ai plus le choix.

C'est *maintenant* qu'on doit se faire confiance.

Alors je le choisis lui.

– D'accord. Laisse-moi le temps de me remettre de mes émotions, soupiré-je. La panic room est faite pour ça, non ?

Ses mâchoires se crispent mais il en convient.

Au final, j'en profite pour m'éloigner et tourner les talons, mortifiée de devoir accorder ce rôle à cette maison que j'aurais voulu tout autre. Mais comment faire autrement ? J'ai besoin de temps. Le dernier truc que j'entends dans mon dos est sa voix qui se déchaîne sur Tricia, mais je refuse d'entendre les mots.

C'est leur histoire, pas la mienne.

Dans l'ascenseur qui nous ramène, Louis et moi, au rez-de-chaussée, le miroir dans lequel je me regarde me rappelle durement que la chance insolente que j'avais de fréquenter Matt Garrett ne devait pas durer éternellement.

Je suis moche avec ma tignasse en bataille, le visage noir de maquillage séché, griffée de partout, ma robe déchirée. Je suis carrément flippante même.

– J'ai une trousse de premiers secours dans la Bentley, déclare mon chauffeur en regardant fixement le sang séché sur mes bras.

Je hausse les épaules pour ne pas paraître impolie, mais ce n'est pas ce qui me préoccupe le plus. Je ne peux me résoudre à faire de cette maison une panic room. Ce serait condamner notre histoire. La figer définitivement. Et quand on est immobile, la peur pousse mieux.

Cette réalité me traverse comme un courant.

46

ALEX

En sortant de la tour MHG la pluie s'abat sur moi.

Des trombes d'eau et de frustration. Face aux petits tracas conjugaux du quotidien, vous croyez qu'on estime à l'humanité dont elle fait preuve une femme qui s'autorise à craquer seulement de temps en temps ? Non. Une femme ne se doit pas d'être parfaite en toutes circonstances. Il y a des limites quand même.

Mensonge.

Carrière bousillée.

Enfant surprise et ex tarée.

Sauf Bree Van de Kamp[17], mais sérieusement, qui veut jouer le rôle ? De toute façon, mon brushing n'est pas impeccable, je serais recalée au casting.

En attendant de savoir où aller, je glisse mes écouteurs et la jolie Meredith Brooks dans mes oreilles pour me remonter le moral. « Bitch ! » Tout à fait ce que j'ai envie d'être, là, tout de suite. Après tout, la dernière fois que j'ai cherché la salope en moi, il m'a épousée, alors…

Marcher.

Marcher une heure, deux heures, plus, qu'importe. Ne pas me

17. Héroïne parfaite de la série *Desperate Housewives*.

retourner. Ne pas contempler l'ampleur des dégâts. Avancer droit devant. Il sera toujours temps de vivre la confrontation avec la vérité. Pour l'instant, je lui en veux trop.

Arrivée devant le Tribeca Grill de Greenwich, j'hésite à me diriger vers le Pier 25 à gauche, pour voir l'Hudson. Ce qui serait une mauvaise idée. Ma robe est déjà trempée jusqu'à ma culotte quand Louis surgit derrière moi au volant de la Bentley et se range le long du trottoir. Je baisse le son par politesse en voyant la vitre passager s'abaisser.

– On va boire un verre ? suggère-t-il d'un air coquin.

Est-ce que j'ai la tête à aller boire un verre ? Franchement !

– Barrez-vous, Louis.

Quelle journée ! Ce matin, elle m'appartenait, et ce soir, l'homme que j'aime se rapproche dangereusement d'une femme de son passé qui ne m'inspire absolument pas confiance. OK, il ne peut pas la blairer. Seulement voilà, ils ont un enfant ensemble. C'est le genre de truc qui rapproche, non ?

Combien de couples a-t-on vu se remettre ensemble à cause d'un enfant ? Ma poitrine se serre. Matt Garrett est bien le genre à agir par devoir et je ne pourrais même pas le lui reprocher. Est-ce que je vais le perdre ?

D'une manière évidente, le risque existe.

– Allez, ne faites pas votre tête de mule, m'envoie Louis. Vous savez que je vais vous suivre en voiture jusqu'à ce que vous capituliez. Et ça ne réglera rien. Au contraire, encore un kilomètre et vous ressemblerez à…

Je stoppe net, les mains sur les hanches.

– À quoi ? le défié-je d'un regard mauvais.

Comme si je ne voyais pas qu'il se mord les joues ! A-t-il conscience des efforts que je fais au moins ? Je l'observe en silence alors qu'il continue lui aussi à me fixer. La pluie s'est arrêtée laissant place à la lourde humidité des rues mouillées d'une fin d'été et, d'un coup, tout me semble si lourd à porter. *Écrasant.*

Je me penche à la portière pour qu'il m'entende :

– Pas la panic room alors.

– Alexiane…

Ses lèvres se pincent, semblant jauger la situation autour de nous. Avec la fin de la pluie, la rue s'anime progressivement. Il me semble même entendre un groupe de garçons ricaner en passant dans mon dos.

– Vous voulez vraiment qu'un paparazzi vous photographie trempée comme une soupe et le visage ravagé de larmes ? Debra m'a averti que le groupe a confirmé votre mariage à la presse ce matin…

L'argument fait mouche.

– OK, mais vous m'emmenez où je veux.

– OK, mais je vais devoir lui dire où vous êtes, m'avertit-il d'un ton ferme.

Pour certaines, ce serait tout un honneur d'avoir un mari aussi soucieux de la sécurité de sa femme. Pour moi, ça commence très sérieusement à me taper sur les nerfs. Heureusement pour lui, les hommes de sécurité qu'il choisit sont aussi beaux à regarder qu'agréables à vivre. Je n'aurais pas assumé sinon.

– Pas tout de suite, Louis. Accordez-moi la soirée.

Je tiens bon, un air de défi plaqué sur mon visage. Si je fléchis alors que Matt vient de me trahir, les chances de parvenir un jour à voir cette maison autrement que comme un refuge se réduiront de façon vertigineuse.

– Vous avez intérêt à pas faire de connerie, je risque mon poste, capitule mon chauffeur de mauvaise grâce en se penchant pardessus la console centrale pour m'ouvrir la portière.

J'apprécie encore plus qu'il ne fasse pas le tour pour l'ouvrir.

Encouragée par notre nouvelle proximité, je m'assois à l'avant. Il fait chaud dans l'habitacle de la Bentley où flotte une légère odeur de transpiration masculine. Louis enclenche la climatisation et me tend la trousse de secours avant de s'engager dans la circulation et de tourner le dos à la MHG Tower.

– Il faut désinfecter vos blessures, me dit-il sobrement.

Comme s'il avait compris mon besoin d'espace, il choisit de longer l'Hudson sans me demander une seconde où aller.

– Vous voulez écouter votre playlist ?

– Non, ça ira.

J'aime bien Louis. C'est non seulement un chauffeur agréable et discret mais il est aussi fin psychologue. Ou alors il a déjà traversé ce que je traverse avec son copain Luke et il compatit.

– Le silence alors, finit-il par dire sans quitter la route des yeux.

– Ouais, le silence.

J'ouvre la trousse et commence à nettoyer mes plaies en m'efforçant de ne pas grimacer au passage de l'antiseptique, et surtout, en m'interdisant de penser que mon mari puisse s'occuper de nettoyer celles de l'autre pimbêche.

Je ne le supporterais pas.

– Tant pis, je vais le dire, rouscaille alors le beau blond, brisant le silence plombé de l'habitacle, mais aussi son devoir de réserve.

Surprise, je tourne mon visage vers lui.

Le sien ayant pris une teinte rouge pivoine inhabituelle.

– Vous êtes une fille super, Alexiane. Ne laissez personne vous faire croire que vous méritez de souffrir dans une baraque à l'écart. Que ce soit un milliardaire talentueux ou une espèce de dingue, si sublime soit-elle. Des milliers d'hommes seraient fous de joie d'être à vos côtés. Je vous conduis où ?

La vie ne cessera jamais de m'étonner.

– Brooklyn. J'ai un copain médecin qui vient d'y emménager.

Je vais le prévenir qu'on arrive et m'assurer qu'il est chez lui, dis-je en plongeant dans mon sac.

– Celui du resto ? percute Louis en hochant la tête, me faisant comprendre par la même occasion qu'il connaît déjà la réponse. J'ai son adresse, avoue-t-il pour finir.

Mon portable vibre dans mon sac depuis une heure et vu la cadence des appels entrants, je me doute bien de qui il s'agit mais j'ai décidé de l'ignorer. Je ne sais pas si c'est une volonté de ma part de l'emmerder ou de le punir pour ce qu'il m'a fait, mais je ne veux pas lui répondre.

Alors pourquoi je le fais ?

[Je ne réponds plus en dehors des heures de travail.
J'ai un patron, passe par lui après 19 heures.
Tu as besoin de temps et moi aussi.]

La réponse arrive dans la seconde. Énervante :

[Viens avec moi à Toronto. G]

[Demande à Tricia, C****** !]

Elle serait trop contente.

[Je l'ai virée, chérie. Verdi l'a raccompagnée chez elle.
Tu l'as sacrément amochée, dis donc. J'ai agi par culpabilité
avec elle. Ce putain de cadeau empoisonné
me fait faire plein de conneries.]

C'est sa façon merdique de s'excuser. Ce baratin pathétique marcherait peut-être s'il n'y avait pas le sort d'un enfant en jeu, mais là, je suis à deux doigts d'éteindre mon portable. Quand va-t-il se comporter normalement et montrer un peu de compassion aux autres ?

Mais avant que j'éteigne, le flash surgit à nouveau :

[Pour ton info, j'ai mandaté mon avocat pour initier
la procédure de contestation de filiation et le titre établissant
la paternité de Jensen. Je n'ai jamais signé ce document.
Quelqu'un s'est présenté à ma place à l'état civil.
Je ne suis pas le père, Alex. G]

Quelque chose me dicte aussi de ne pas m'impliquer, de ne pas risquer de passer pour la méchante et de les laisser régler ça entre eux. Aussi, ma réponse est celle d'une avocate. Désintéressée, claire et concise.

[Trop tard ! Jensen a 15 ans. Le délai pour contester
est de 10 ans à compter de l'établissement de la paternité.
Y compris pour le père déclaré. L'enfant, lui, peut la contester
entre ses 18 et 23 ans. Tu devrais le rencontrer.]

Enfin, j'essaie de ne pas remarquer l'accélération des battements de mon cœur, ni le regard anormalement embarrassé que me jette Louis.

Reste professionnelle, Alex ! Imagine un cas pratique.

[Selon mon avocat, il s'agit d'une reconnaissance
frauduleuse. Je dois aussi savoir qui s'est présenté à ma place.
J'ai comme un mauvais pressentiment. Rodney dit que mon
père n'a pas pu le faire seul. Il fallait un père de mon âge. Il
faut que tu sois avec moi, Alex, je t'en prie !]

Mon cœur fissure toutes mes réserves en comprenant ce qu'il redoute. Paul, qu'as-tu fait ? Matt peut-il encore revivre la trahison d'un proche ? Est-ce que tout ça ne va pas faire remonter ses démons et le bloquer définitivement dans les abysses de son passé ? Pitié, pas ça, je suis impuissante mais je donnerai tout pour lui éviter ça.

[Je serai là chaque fois que tu auras besoin de moi, Guerrier.]

[À mon retour de Toronto, on parlera. Je te promets.
Plus de secret entre nous, Civilité.
En attendant, reste éloignée de Tricia ! G]

[Pourquoi ?]

[Parce que je serai prêt à tuer le premier qui te touche.
Parce que si on t'abîme, je ne m'en remettrai pas.
Parce qu'il m'est absolument insupportable
que tu doutes de moi !]

Il y a quelque chose de douloureux dans le ton, de tendu dans ses tournures de phrases qui m'émeut aux larmes et me fait oublier tout le reste. Si son instinct protecteur de connard égoïste m'énerve, son inquiétude de connard cabossé me désarme. Un truc m'échappe dans cette histoire.

[Tu as aidé Tricia financièrement pendant toutes ces années ?]

J'espère qu'il ne va pas me croire vénale, mais la panique s'est faufilée dans mon cerveau habitué à tout décortiquer. C'est plus fort que moi. À l'idée d'avoir manqué quelque chose qui, hélas, m'apparaît de plus en plus clair.

[J'ai été généreux, en effet. Tu sais pourquoi. G]

La salope.

[Alors elle t'a eu. Tricia va évoquer l'argent pour arguer la possession d'état. Si Rodney ne te l'a pas encore expliqué, possession d'état veut dire que le parent qui a contribué à l'éducation de l'enfant – que ce soit en qualité de père ou non – l'a reconnu de fait. La contestation n'est alors plus jamais possible. C'est cuit. Jensen est ton fils, que tu le veuilles ou non.]

Cette fois pas de réponse.

L'idée de laisser gagner Tricia me révolte et je commence à croire à la version de Matthew. On l'a tenu dans l'ignorance pour l'empêcher de contester. Logique. Si Jensen avait été *son* enfant, Tricia n'aurait pas eu besoin de le cacher. Ce qui rend le piège encore plus terrifiant. Qui est capable d'aller jusque-là ?

Et pourquoi ?

– Ce ne serait pas son fils, alors ? intervient timidement Louis au moment où je réalise que nos textos se sont tous affichés à l'ordinateur de bord de la Bentley.

Je comprends mieux son air gêné à présent.

– Non. Luke vous l'expliquera. Si c'était son fils, elle n'aurait pas eu besoin d'attendre le délai de dix ans ni de faire culpabiliser Matthew pour le faire payer.

Les traits du chauffeur se durcissent sans le vouloir.

– Quelle horrible garce ! Tout ça pour avoir un héritier. Cette femme est prête à tout, ma parole. Elle ne vous approchera plus, Alex. Je vous le promets.

Voilà le mobile. *MHG Industrie.*

Je reste silencieuse, me demandant si mon époux, en homme d'affaires avisé, a le même raisonnement que moi. Matt Garrett n'a jamais voulu d'enfant et ne s'en est jamais caché. Le calcul de Tricia prend alors tout son sens.

Un seul héritier pour un empire colossal.

– Mais pourquoi a-t-il payé ? se risque Louis en me voyant regarder dehors.

– C'est une longue histoire, Louis.

Louis hoche la tête énergiquement sans insister.

À vrai dire, le silence de Matt me fait mal parce que je sais qu'il entrevoit tout ce qui va lui tomber dessus et qu'il ne me demandera jamais de le consoler. Trop fier pour cela. Trop solitaire. Trop célibataire encore.

– Je monte avec vous ? me tire Louis de mes pensées en se rangeant le long du trottoir.

Je sors de ma torpeur pour lui répondre :

– Vous avez une minute ? J'envoie un message à Max.

[Coucou bogosse ! Tu hébergerais une copine qui se lave
au savon pour bébé et refuse d'en changer ?]

Presque immédiatement.

[Tu rigoles ! On sait, toi et moi,
qu'elle est plus jolie que l'autre.
Donne-moi 5 minutes, je la vire.]

Louis ne peut s'empêcher de rire.

– C'est un marrant votre copain !

– C'est surtout le meilleur ami qui soit, admets-je en reprenant un peu du poil de la bête.

Preuve que je suis allée au bon endroit. Soulagée qu'il soit là, je ne résiste pas à le vanner :

[Depuis quand as-tu besoin de 5 min pour inventer un râteau, Granola ?]

– Vous appelez votre copain Granola et il est encore ami avec vous ? s'étonne Louis qui n'a rien compris à nos codes « petits biscuits ».

– « *Granola, ne pariez jamais que vous n'en mangerez qu'un !* » Pour Max, monogamie est un gros mot. Son père le lui a enseigné depuis tout petit. Sa mère était furax mais elle n'a rien pu faire.

Le beau blond hoche la tête avec respect au moment où la réponse surgit simultanément dans ma main et sur le tableau de bord.

[Accorde-moi 5 minutes pour agir en douceur.
Trucbidule croit qu'elle est la femme de ma vie.
Et moi, je ne suis pas un sauvage !]

– Hétéro ? s'avance Louis avec gourmandise.

– 100 %, Louis. Je ne lui connais aucune aventure avec un mec.

– Dommage, se permet mon chauffeur décidément hors de sa réserve.

Cinq minutes plus tard, une jolie brunette tout en jambes sort de la cage d'escalier avec le rictus piqué de quelqu'un qui vient de se faire rembarrer et un énorme sac en toile hypertendu d'où émergent des goulots de bouteilles. Elle regarde le ciel puis décide de s'engager dans la rue.

– La voie est libre, commente Louis. Je viens vous chercher demain pour aller au boulot. 9 heures, OK ?

– Merci Louis. Merci pour tout.

À ma grande surprise, le beau blond dépose un baiser chaste sur ma joue et un conseil à mon oreille avant de m'ouvrir la portière.

– Tequila Sunrise ce soir, Alex ! Il vous faut de la couleur.

***

L'immeuble de Max, proche de Prospect Park, est adorable. Un bâtiment en grès brun de quatre étages avec des pergolas colorées, situé dans une allée de maisons, à deux blocs du gymnase qui va accueillir très bientôt le Fil rouge. Le quartier est jeune et populaire.

Devant la porte d'entrée, je croise une autre jeune femme brune, pleine de tatouages celle-là, et les bras chargés de cartons. Je me précipite pour l'aider à stabiliser sa cargaison avant la catastrophe.

– Vous voulez de l'aide ?

La jolie brunette jette un œil rapide aux griffures sur mes avant-bras mais a le bon goût de ne pas commenter.

– Déménager est plus compliqué que je l'aurais cru, se lamente-t-elle en m'indiquant du menton le camping-car garé le long du trottoir d'en face. Vous pouvez porter celui-ci ?

Je m'empare du carton rempli de casseroles et autres ustensiles posé sur le sol pour bloquer la porte.

– Comment faites-vous pour quitter un si bel endroit ? dis-je en traversant avec elle.

– Oui, n'est-ce pas ? Je quitte cet endroit pour un mec. Pourtant je n'ai pas pu me résoudre à vendre mon deux-pièces. Cet appartement m'a été offert par mon père juste avant sa mort, alors… C'est comme si je me séparais de lui une deuxième fois.

Elle ouvre la porte du camping-car pendant que j'adresse un

petit signe discret à Max, debout à sa fenêtre, qui ne semble pas comprendre ce que je fabrique.

– Celui-ci est le dernier, soupire la brunette en me prenant le carton des mains. Il ne me reste plus qu'à mettre l'appart sur le Web pour le louer en meublé. Je trouve ça plus sage si mon… « arrangement » ne devait pas marcher.

En y pénétrant, je découvre que son camion est chargé de cartons empilés les uns sur les autres n'importe comment et je commence à les ranger en me disant qu'ils ne résisteront pas au démarrage. Durant ce laps de temps, ma nouvelle comparse ouvre un pack de bières. Une fois terminé, elle m'invite à m'asseoir sur le trottoir et sort une cigarette roulée de sa poche arrière. Max étant toujours à sa fenêtre, j'agite ma main pour lui dire que j'arrive pendant que la brunette à mon côté allume son pétard. L'odeur âcre me prend à la gorge.

– C'est ton mec, le toubib du quatrième ? me questionne-t-elle avec suspicion.

Je ris en songeant à ce qu'elle a dû voir défiler.

– Mon meilleur ami. Bien trop cavaleur pour que je songe à plus, crois-moi.

Nerveuse, elle tire une taffe. Ce qui me laisse supposer qu'elle n'a peut-être pas été aussi fidèle à son « arrangement » que ça.

Max, qu'as-tu fait encore ?

– Ouais, c'était un peu… bruyant, concède-t-elle sans me regarder. J'habite en dessous. Au fait, je m'appelle Chance.

Je regarde la silhouette de Max qui maintenant a revêtu un T-shirt et fume lui aussi à sa fenêtre tandis qu'elle ajoute :

– Je serai peut-être la vôtre. Vous avez l'air d'en avoir besoin, proclame-t-elle avec un regard insistant à mes avant-bras. Toi aussi, tu aimes quand c'est hard ?

Ne sachant pas si sa remarque s'adresse à moi ou à Max et

n'ayant aucune envie d'imaginer mon meilleur ami dans ses exploits, je décide tout simplement de changer de sujet :

– Prévoyez une clause pour récupérer l'appartement au cas où, lui dis-je en me maudissant tout de suite car ma remarque pourrait tout aussi bien être mal prise.

D'ailleurs, elle me reprend à la volée :

– Merci de me prévenir ! grimace-t-elle, un peu piquée.

– Je suis désolée, je ne voulais pas dire ça, mais... Si tu loues en meublé, c'est plus difficile pour récupérer...

– Tu as tout à fait raison, me coupe-t-elle. Avec tous ces connards d'avocats prêts à te tomber dessus. Et les « arrangements » qui foirent, ça arrive... Jusqu'ici, les miens ont tous foiré du reste, mais bon... Je dois être conne.

Déjà que d'ordinaire je ne suis pas la plus spirituelle des femmes, quand j'ai le bourdon je peux carrément devenir cynique :

– Loue-le-moi ! dis-je soudain sur l'impulsion. Si ton arrangement ne marche pas, je te le rends. Sans aucun préavis, j'ai déjà une adresse.

Ce n'est pas si débile que ça en a l'air ! Sauf si on considère que je suis en train de choisir ma panic room à moi.

– Vrai ?

– Ouais, je débarrasserai le plancher dans l'heure.

– Alors, c'est d'accord. Malgré tes griffures, tu m'as l'air honnête.

– Je peux avoir les clefs ce soir ?

– Tu auras juste à trouver des draps.

Je texte à Max :

[J'emménage en dessous de chez toi ! Tu es prêt pour faire quelques courses avec moi ? Shampoing, draps, Tequila, quelques vêtements pour demain et un bon repas pour ce soir. Sand]

J'attends qu'il ait fini de pianoter, toujours à sa fenêtre, la cigarette coincée au coin des lèvres.

[Mon lit te fait peur à ce point, Petit Biscuit ?
Tu pourras toujours m'emprunter le sel et le citron, bécasse.
J'arrive ! Sega]

Cette fois, j'ai trouvé ma pièce de survie.

47

MATT

Ce que j'ai pu être con ! Même pas con, bête.

D'une connerie à finir sur la paille. Incommensurable !

N'importe quel mec sensé aurait évité cette rencontre. Eh bien moi, il a fallu que je les présente l'une à l'autre ! Besoin urgent de me défouler sur quelque chose. De me bourrer la gueule, de baiser ou de boxer. Vite ! Fort ! Bien ! Partagé que je suis entre colère noire et frustration grandissante.

J'ai beau être un connard en permanence, je n'imagine pas une seule seconde qu'Alex puisse me quitter définitivement à cause de tout ce bordel. Toutefois, la perspective que ce soit quand même le cas provoque chez moi un trouble insupportable. Ce qui est loin de me rassurer, étant donné que d'habitude je me fous de tout ! Qu'est-ce qu'elle me reproche, en fait ?

Le chiard de mon père ou la vidéo ?

Ne pas lui avoir balancé d'emblée l'identité d'une ex cinglée à la figure ?

En demandant à Tricia de s'occuper d'Alex en tant que styliste, il y avait chez moi cette volonté de montrer à la jeune maladroite ce qu'elle pouvait gagner à devenir une femme carrément à tomber. Comment aurais-je pu prévoir que l'autre tarée allait s'allier à Drajko et me sortir un gosse de quinze piges ?

Bon, OK, j'admets.

En lui cachant l'implication de Tricia dans la vidéo, j'ai voulu envoyer balader une fois pour toutes la perspective qu'elle se mette en danger en exerçant sa profession auprès de tous ces branquignols impurs qui ne la méritent pas.

Connaissant Alex, sûr qu'elle y aurait passé ses nuits ! Sa mère aurait été ravie. Victor aurait dansé le *sensual move* là-haut en se foutant de notre gueule à tous. Et moi, j'aurais balisé à mort. Et puisque Tricia s'en était chargée, eh bien… C'était très bien comme ça ! « *Pour lire le rouleau ne doit-on pas briser le sceau ?* » comme le rabâche souvent Adelphe à ses ouailles ? Eh bien moi, je l'ai brisée, elle, pour avoir la paix. Tout le reste me laisse complètement indifférent.

Résultat des courses ? Planté comme un con sur la desserte de LaGuardia dans le silence le plus hypocrite de mes deux officiers de sécurité, j'expire la fumée de ma cigarette vers le haut, scrutant dans le noir les feux de signalisation de Chuck qui indiquent notre départ imminent.

Un jour, j'arrêterai ces conneries qui tuent à petit feu.

En attendant, les volutes bleues se fondent dans la nuit. Est-ce que tout peut disparaître aussi facilement ? Il est 3 heures du matin, le tarmac est désert et à l'exception de nous et de deux aiguilleurs en combinaison fluo jaune et cagoule orange, pas une âme qui vive. Même pas une voiture de sécurité ou un de ces Éléphants d'entretien qui, petit, me faisaient rêver.

Il y a quelques minutes, Chuck est sorti de l'aire de maintenance courante, paré pour son point fixe. Je devrais attendre à l'intérieur du jet, confortablement installé dans mon canapé, mais j'avais besoin d'une tige avant de décoller et, de toute manière, on n'est pas au complet.

La voix de Verdi fend l'humidité ambiante :

– La dernière fois qu'on s'est posés à Pearson International, j'ai vu le City of Bristol de la RAF britannique stationné au salon nord. Bel engin ! tente le grand Black à l'intention de Sully qui fait les cent pas de façon erratique.

Un simple hochement de tête de l'intéressé, pourtant féru d'aviation militaire.

Personne n'aime attendre, c'est bien connu. Et là, entre la maintenance surprise imposée par le HUB et Debra qui n'arrive pas, l'attente se fait longue. En plus, voir l'Afghan faire les cent pas en bourdonnant toutes les trente secondes me donne le sentiment d'être victime de harcèlement. Un vrai limier, Sully. Ce gars a comme un sixième sens pour sentir arriver les emmerdements. Qu'est-ce qu'il renifle encore ?

– Des nouvelles de Drajko ?

Son regard quasi meurtrier me fait cependant marrer.

– Avec ce que vous préparez, ça ne devrait pas tarder, grognasse l'Afghan.

Un truc que j'ai tiré de mon enfance barrée, c'est que sans angoisse, il n'y aurait pas de folie innovante. Je dirais même qu'il n'y aurait pas d'homme d'affaires. On est meilleur quand on a peur.

– C'est le but, Sully, c'est le but…

Drajko veut m'atteindre sans que j'en connaisse la raison, alors je vais lui donner une bonne raison de m'atteindre, putain ! L'Afghan braque son regard sombre sur moi, indéfinissable comme toujours, et mon sourire s'étire malgré moi.

– Depuis quand suis-je une proie facile, Sully ? Je veux qu'il se découvre. Tout change à découvert, les forces s'équilibrent, admettez-le !

L'Afghan ne le sait que trop bien pour avoir combattu à la fois les forces de l'ISAF et les talibans dans son pays. On est beaucoup plus dangereux invisible. Mon responsable informatique passe une main dans ses cheveux brillants, lustrés par la nuit, et ses yeux s'étrécissent, luisant dans l'obscurité comme ceux des bêtes qui suivent leur proie à la trace. Il finit par hocher la tête pour en convenir.

– Je vais me connecter dans l'appareil, décide-t-il, et tenter une triangulation des données de vos proches. On verra bien qui bouge après votre interview.

Pour ma part, j'essaie de me concentrer comme je peux sur ce voyage en évitant justement de penser à mes proches.

Le programme établi avec les partenaires du corps médical, les enjeux d'une implantation au Canada pour le groupe MHG, et dans un registre plus mineur, l'arrivée de ma mère et de Lars par un vol commercial.

Mais l'élément clé de ce déplacement reste ma petite surprise à Drajko. Une interview devant toute la presse canadienne réunie. Moi qui n'en accorde jamais, on devrait faire le buzz. Avec la magie Internet, l'info devrait mettre quelques secondes pour être relayée par les médias du monde entier.

Le coup de pied à la fourmilière.

– Debra vient d'arriver à LaGuardia, m'informe enfin Verdi tout en tapotant son oreillette, elle se gare au parking et nous rejoint. Je la guide.

Je projette mon mégot loin de la zone formellement interdite et me dirige à mon tour d'un pas décidé vers Chuck en lançant à l'homme de Quantico :

– Pas trop tôt. On va pouvoir enfin décoller !

On était censé décoller plus tard dans la matinée mais ça n'a plus d'importance, vu que ma femme a déserté le B-One pour sa panic room dont les travaux n'ont même pas eu le temps de commencer.

Je ne pensais pas qu'on en aurait besoin si vite, merde.

Bien entendu, je n'aime pas l'idée qu'elle m'ait fui, même si je peux admettre qu'il lui faille du temps pour digérer tout ce merdier. Mais putain, je vais péter un câble si je ne la baise pas rapidement pour m'assurer que tout va bien et remettre de l'ordre dans mon monde. Juste la baiser. *Après*, elle pourra réfléchir.

Faut pas trop m'en demander d'un coup, hein ?

Certes, j'éprouve en permanence ce besoin ridicule d'être en elle, mais là, c'est presque humiliant. Verdi, qui m'a emboîté le pas, a pris un nouvel appel que je n'écoute pas. Jusqu'à ce qu'il se racle la gorge pour attirer mon attention.

Clairement embarrassé.

– Quoi ? l'exhorté-je.

– Raph vient de me dire que Louis avait annulé le vol de Mme Garrett pour Martha's Vineyard.

Je m'arrête net au pied de la passerelle pour lui faire face.

– Vous dites ? Qu'est-ce qu'il n'a pas compris dans mon SMS ? « Filez-lui au train » ou « Conduisez mon épouse à Teterboro » ? Vous êtes sûr que cet abruti de motard sait lire ?

Et voilà ! Toutes mes bonnes résolutions parties en fumée.

Ça me plaît, chérie ! Je ne t'en désire que davantage.

Je ne peux qu'imaginer à quel point les retrouvailles seront débridées. Ce n'est plus une ardeur dans mes veines, c'est la colère tout entière de la voir se mettre en danger. Sans même me prévenir, bon Dieu !

Elle n'a pas idée des efforts que je fais, putain !

Depuis la première fois que je l'ai vue, cette foutue bonne femme me fait passer par toute la gamme des émotions. Pour quelqu'un qui n'en a pas, je découvre TOUT en même temps. La palette complète, bordel ! De l'allégresse tant repoussée à la jalousie la plus féroce en passant par l'amertume et l'angoisse, et tout ce qu'il y a entre les deux. Le désir, l'amour, la peur… Ah si ! Il manque l'ennui ! La seule chose que je ne connais pas avec elle, c'est l'ennui !

Je hurle presque :

– ELLE EST OÙ, VERDI ? Et ne me dites pas que vous ne savez pas parce que…

Je ne sais même pas comment finir ma phrase.

La voir faire n'importe quoi commence très sérieusement à me rendre dingue, m'ôte les mots. Est-ce qu'elle cherche réellement à se mettre en danger ou bien juste à m'emmerder pour m'emmerder ? Je dois me retenir pour ne pas en foutre une à mon officier de sécurité pour avoir embauché un abruti pareil.

Pas sûr que je gagne mais je brûle d'essayer, là !

– Chez son copain, affirme celui-ci en reculant, se tenant le plus éloigné possible sans paraître discourtois.

Je cesse presque de respirer, ne comprenant rien à la régression animale qui s'empare de moi à cet instant.

– Kabbani ? avancé-je froidement, prêt à dépecer la bête.

– Non. Le toubib français, répond mon officier de sécurité presque soulagé avant de coincer sur la suite. Elle a…

L'attente déchirante me broie le ventre.

– Elle a QUOI, putain ? Depuis quand faut-il vous arracher les mots, Zach ?

À la façon dont le grand Black déglutit, je sens que ça ne va pas me plaire. Je le sens. Ça va venir.

– Elle a pris un appart en location dans son immeuble, crache-t-il d'une seule traite.

Je reçois l'info en pleine poitrine.

Putain. Merde. Je ne m'attendais pas à ça. Mais qu'est-ce qu'elle a en tête ? Je savais avec l'expérience précédente qu'elle allait avoir du mal à me pardonner l'histoire de la vidéo, mais là, c'est complètement exagéré. C'est insensé, je n'ai jamais fait d'efforts pour prouver à qui que ce soit que j'étais quelqu'un de bien.

Cependant, pour elle, j'aimerais clairement y parvenir.

– Louis est viré ! tranché-je sans ciller. Trouvez quelqu'un pour le remplacer. Et s'il arrive quelque chose à Alexiane, vous l'êtes aussi, Verdi. C'est compris ?

Mon plus intime collaborateur me regarde, stupéfait. *Rien à foutre !*

C'est trop pour moi. Injuste et sans fondement. Alex a pardonné à son père, elle respecte le choix qu'il a fait de ne pas l'élever, presque elle le vénère, mais elle est incapable de ME comprendre et encore moins de ME soutenir.

Ce n'est pas encore mon lot.

Quant au mien, je regrette juste que ce fumier ait fait un jour parti de ma vie. Je l'aurais défiguré devant Alex sans réfléchir aux conséquences s'il avait été là lorsque j'ai appris son dernier coup tordu. Ça ne doit pas arriver. Impossible.

Besoin de baiser, putain !

Comment ça, c'est cuit ? Le dernier texto d'Alex me revient en pleine face, comme si ces derniers mots ne tournaient pas déjà suffisamment en boucle dans ma cervelle, s'amusant à me torturer, et à quel point j'ai dû prendre sur moi en les lisant pour ne pas péter mon portable contre la première surface verticale.

[C'est cuit. Jensen est ton fils, que tu le veuilles ou non.]

Eh bien, il n'en est pas QUESTION !

Je suis un leader. Un capitaine d'industrie florissante. Je manage les hommes comme personne. Nul ne me dira ce que je dois accepter ou pas. Ça me rappelle les premiers jours de notre rencontre quand Alex défendait bec et ongles ce qu'elle avait appris bêtement comme une gentille fille à sa maman. Foutaise ! Si le droit ne défend pas la vérité alors à quoi bon y croire ?

C'est à se cogner la tête contre les murs.

✗ Père d'un enfant qui n'est pas le mien, rien que l'idée m'est difficilement supportable.
✗ Rien à battre de ce gosse ! Je le plains déjà d'avoir une telle mère, c'est suffisant.
✗ Alors un père comme moi de surcroît ? Vaut mieux pas !
✗ On m'a abandonné. Qui dit que je n'abandonnerai pas à mon tour ?
✗ On m'a maltraité. Qui dit que je ne maltraiterai pas à mon tour ?

Je ne veux pas prendre le risque.

Un homme qui se croit chargé d'une mission divine en se sentant père n'est pas loin de se prendre pour Dieu lui-même. Moi, j'irai en enfer. Aucun doute là-dessus ! Alors qu'on me fiche la paix avec ces histoires de paternité. C'est un fait établi, je suis incapable de comprendre ce genre de lien.

Je ne connais pas le regard plein de tendresse qu'un vrai père pose sur son enfant. Je ne connais pas l'expression aimante qu'il reçoit en retour. Je ne connais rien de tout ça. Mais le pire, c'est la peur inexplicable que je ressens lorsque j'imagine à quoi nous ressemblerions, Alex et moi, en vrais parents. Au point que j'ai dû tout baliser avec ce fichu prenup.

Même Rodney m'a traité de dingue !

Et il en a vu dans sa longue vie professionnelle de star du prenup !

Pas grave ! J'aime innover. Même si on est bancals, Alex est la seule famille que je n'ai jamais eue. Il suffit que je sois en elle pour me sentir chez moi. Aucune envie d'élever l'enfant de mon père. Élever un enfant, c'est de l'héroïsme quotidien. Alors celui de son propre père, c'est de la folie ! Quasiment incestueux !

Putain, je vais le tuer pour m'avoir fait un coup pareil.

Ma décision est prise, les mots sortent sans que je le veuille :

– Trouvez-moi le numéro de Kabbani !

– Vous êtes sérieux, monsieur ? hallucine Verdi. Kabbani était à CDG quand Alex vous a quitté. Drajko était à CDG. Qui dit qu'il ne s'agit pas de la même personne ?

Est-ce que je m'apprête réellement à le rayer de la liste des suspects ?

– Kabbani est un Nawashi, Verdi ! Moi aussi. Nous ne pouvons pas nous nuire. Il est temps de le lui rappeler.

Qui j'essaie de convaincre, là ? Je suis le premier à dire que les règles sont faites pour être transgressées, bon sang !

– J'espère qu'il en a conscience, parce que si c'est lui Drajko, vous allez la précipiter droit dans ses bras, fait valoir Verdi.

De toute évidence, je n'ai pas le choix puisqu'Alex a décidé de rester à Manhattan et qu'elle ira certainement bosser avec lui dans quelques heures.

Pour moi, la notion de confiance implique le rejet de hasard. J'espère ne pas me tromper en révisant ce jugement et fixe mon officier de sécurité jusqu'à ce qu'il m'envoie la fiche demandée. 3 h 28. Tant pis pour lui. S'il ne répond pas, j'envoie quelqu'un péter sa porte et lui coller le portable à l'oreille !

Avant de changer d'avis, j'appuie sur le numéro affiché.

– Putain, mec, t'as vu l'heure ? se met à grogner l'autre enfoiré encore dans les vapes. Qui que tu sois, retourne te coucher !

Soirée fortement alcoolisée, je peux sentir son haleine d'ici rien qu'à l'entendre. J'observe Verdi en silence pour éviter de raccrocher. La confiance chez moi est quelque chose de totalement inconnu. Comment je fais pour faire ça ?

– Kabbani, c'est Garrett !

Bruit d'une tête qui heurte violemment un montant de bois, puis :

– Merde, pas Sand ! tremble-t-il. Garrett, qu'est-ce qui se passe ?

Je dois penser à Alex. Rien qu'à Alex. Et chasser ces terribles pensées qui me font régresser. Il doit bien y avoir dans le cerveau humain un crible caché qui tamise la jalousie et retient la confiance, non ? Il faut que je le trouve.

Allez, on y va !

– C'est sympa de t'inquiéter, connard, mais vu que tu es chiant à vouloir te la faire, j'ai besoin de te poser une question avant. De Nawashi à Nawashi, nous ne pouvons pas nous nuire, tu es d'accord ?

Kabbani prend un moment, surpris. Ou perplexe, cherchant le piège. Je peux d'ici voir sa tête. Qui aurait cru qu'on pouvait faire alliance tous les deux ? Est-ce qu'il est suffisamment sobre au moins ?

– Tu peux parler, m'accorde l'autre tocard qui n'y comprend rien.

Le malaise que je ressens à faire confiance est indéfinissable, complètement étranger. Je n'ai jamais appris à faire confiance. Pour faire confiance, il faut un modèle qui en soit digne en face. Alex est la première.

Les mots se rétractent mais je les dis quand même :

– J'ai besoin que tu envoies Alex loin de New York pendant que je suis à Toronto. La Citadelle serait une bonne idée. L'endroit est parfaitement bien gardé et ton père pourrait la protéger.

Le tutoiement entre nous me donne encore plus l'impression d'être un oiseau migrateur arrivé en pays lointain, ne se posant là qu'avec la plus grande méfiance.

– Elle ne va jamais marcher ou alors tu ne la connais pas si bien que ça. On est en plein rush pour toi, là ! Et elle abat un boulot de fou. Jamais vu quelqu'un bosser autant. Elle est partout, vérifie tout… Elle partira pas, mec.

L'angélisme et le désespoir. Voilà ce que nous sommes, Alex et moi. Deux tentations symétriques et funestes attirées l'une par l'autre. Le charme de cette fille sur moi n'a aucune limite. Pour elle, je change en permanence.

– Tu es son employeur. Débrouille-toi ! Invente un client au Maroc, je t'aiderai à l'obtenir.

Silence sur la ligne, je dois vérifier que je n'ai pas perdu l'appel.

– Dis-moi ce qui se passe ! me somme soudain le Saoudien d'une voix chargée d'inquiétude mais ferme.

D'homme à homme, je le lui dis :

– Elle est en danger, c'est tout ce que je peux te dire. Je pensais l'éloigner mais elle a changé mes plans à la dernière minute. Aussi, je n'ai pas le choix. Tu as sa confiance alors je t'accorde le bénéfice du doute. Pour elle.

Alex est une plaie qui ne guérira jamais, je le sais maintenant.

– En danger comment ? Tu parles d'une ex à toi ou… ?

Rien que l'évoquer à voix haute est une torture :

– Un gars nommé Drajko nous menace. L'ennui, c'est qu'il peut l'approcher par une ex à moi sans se découvrir. Et cette ex est à Manhattan. Elle s'appelle Victoria Milan. Si tu la vois, il ne faut pas qu'elle approche Alex. Alex et elle se sont déjà battues hier après-midi et…

L'image me brûle la gorge, la perce tel un râle agonisant, comme si mes sentiments pour elle augmentaient la taille des choses.

– Son chauffeur et moi sommes arrivés juste à temps avant qu'elle l'étrangle.

J'entends son hoquet d'horreur suivi de :

– Putain ! C'est quoi cette folle ? crache Kabbani abasourdi.

Sa surprise semble sincère. Je reste silencieux et je la vois, je l'absorbe, je la subis cette putain de culpabilité de les avoir présentées l'une à l'autre.

– Drajko, c'est un pseudo de jeu vidéo ça, réfléchit le Saoudien. Je crois avoir vu un profil dans le genre sur Mortal Kombat. Attends, ça ne serait pas en rapport avec le gars qui est mort chez toi en juin dernier ?

Frais et dispo le Kabbani, à présent ! C'est fou comme au réveil le monde devient clair quand la peur s'invite dans les vapeurs d'alcool.

Je note quand même de dire à Sully de vérifier les joueurs de jeux vidéo même si je doute que le mec soit aussi con !

– Si, c'est le même.

– Tu sais qui il est ?

– Non.

Le silence à nouveau, j'attends. Ça ne rate pas !

– Bordel ! Tu vas l'attirer à toi, percute-t-il une fraction de secondes plus tard.

– Je veux qu'elle soit à l'abri. Tu peux faire ça pour elle ?

Aucune hésitation.

– Je m'en charge, Matt ! Il ne lui arrivera rien, tu as ma parole !

L'emploi de mon prénom n'est pas innocent. Sa voix transpire le respect. Lui comme moi n'avons aucun intérêt à nous épuiser l'un l'autre, à chercher des coupables. On s'efforce tout juste d'aller jusqu'à demain.

– Je vais demander à mon père de me prêter son jet et quelques gros bras et je la dégage de là le plus tôt possible, m'affirme-t-il. Liam et Marcus géreront les dernières mises au point pour le lancement de MHG Synthesis. Je pars avec elle.

Ma main tremble d'une vraie douleur près de mon oreille, je dois lui dire :

– Tu sais que c'est un avion de ton père qui m'a emmené au

Kivu ? J'avais quinze ans.

Ma remarque me paraît misérable mais j'ai besoin de savoir.

– Mon père est clean, Garrett. Il t'admire. Je l'ai entendu un jour parler à Victor de ce qui t'était arrivé. Ils ont tout fait pour t'exfiltrer. Tout ! Et pour tout te dire, gosse, j'en étais jaloux. Si tu savais comme je t'ai détesté…

Le soulagement, la douleur, la tristesse, je dois dépasser ça, et me concentrer sur Drajko. Rester froid.

– Donc, tu sais que j'ai déjà tué.

– Ce n'est pas une question, n'est-ce pas ?

– Non. Une mise au point, touche-la… et tu es mort ! Compris ?

La violence de mes paroles ne m'émeut même pas. C'est sincère.

– Je ne suis pas un salaud, Garrett !

Alors tout se retranche en moi.

Au moment où je raccroche, Debra se pointe enfin, essoufflée, au pied de la passerelle dans un tailleur-pantalon flammé qui pique les yeux et confie son trolley cabine de grande marque à Verdi sans lui demander son avis.

– Merci Verdi, lui glisse-t-elle distraitement en arrangeant quelques mèches blondes qui n'ont pas résisté à sa marche rapide.

– Madame Dermot, grimace mon homme de sécurité.

Son regard passe au-dessus de moi.

– Première fois que tu m'invites dans ton jet, Matt ! minaude-t-elle fièrement en admirant la silhouette élégante du Falcon blanc.

Je lui fais un léger sourire d'indifférence.

– Ne te réjouis pas trop vite, ça ne se reproduira pas. J'ai besoin que tu m'organises une interview pendant le vol. Je recevrai les journalistes au Four Season de Toronto dès notre arrivée. C'est-à-dire dans moins de deux heures. Vois avec leur direction pour obtenir un salon.

Ses sourcils parfaitement épilés se bloquent en position haute.

– Tu ne donnes jamais d'interview, invoque-t-elle avec perplexité.

Je la fixe sans rien dire pendant qu'elle sort de son sac un calepin et un stylo.

– Qu'est-ce qui est urgent à ce point ? farfouille-t-elle. J'ai raté quelque chose ?

– Dépêchons-nous d'embarquer d'abord.

Je ne voudrais pas avoir à demander un autre créneau à la tour. À 4 heures du matin, les contrôleurs ne sont pas aussi bien disposés à nous satisfaire.

Mon hôtesse de l'air nous devance en haut de la passerelle par curiosité typiquement féminine. Aucune femme en dehors de ma mère, Lizzie ou Alexiane, n'a été conviée dans mon jet et quelque chose me dit que Marion est terriblement jalouse de son territoire.

Je fais les présentations :

– Debra, voici ma chef de cabine, Marion. Marion, voici Debra Dermot, ma RP, dis-je en regardant les deux femmes se saluer, ou plutôt se jauger comme si elles étaient en compétition.

Comme toujours dès qu'il m'aperçoit et encore plus depuis le départ d'Alexiane, Sexe vient réclamer sa ration de caresses. Rien qu'à la façon dont il salive exagérément, je sais que le boxer a besoin d'être rassuré. Des émotions comme l'anxiété ou le stress, chez lui, et il se met à baver. Ce qui ne manque pas d'attirer l'attention de ma RP et de la détourner de sa curiosité pour la cabine.

– Matt, j'adore les animaux dans les reportages quand il s'agit de faire passer une image positive, mais on va à Toronto avec ton chien ? Il bave, non ? dit-elle sur un ton désagréable.

J'observe en silence sa moue dégoûtée.

– En quoi ça te dérange ? fais-je d'un ton sec.

Un mot de plus et je lui prends une place en éco sur un vol commercial. Je n'allais pas le laisser seul au penthouse ; Sexe ne s'est pas encore remis de l'agression d'Alex. Elle lui manque autant qu'à moi.

– Installe-toi qu'on puisse travailler, lui dis-je, me détournant d'elle. Marion, épargnez-nous le speech habituel sur les conditions de vol et dites à Raph de décoller si nous sommes encore dans le slot time.

Un sourire vainqueur naît sur la bouche en cœur de mon hôtesse de l'air.

– Il nous reste cinq minutes, monsieur, avance celle-ci d'un air supérieur en caressant mielleusement la grosse tête du boxer qui se laisse faire. Plus les dix minutes de battement, ce devrait être bon. Attachez votre ceinture s'il vous plaît, lance-t-elle plus sèchement à Debra, prête à exploser.

Mon sourire en coin à faire tomber les culottes naît malgré moi. Je ricane de les voir faire, comme toutes ces nanas qui ne s'intéressent qu'à ma gueule ou à mon compte en banque. Que savent-elles de moi ? Je suis prêt à parier qu'elles s'enfuiraient en courant si elles savaient à qui elles ont affaire.

Peut-être vais-je pouvoir m'amuser pendant le vol finalement ?

Nous nous installons dans l'espace travail, Sexe prenant place à mes pieds dans l'allée pendant que Verdi rejoint Sully toujours penché sur son laptop au fond de l'appareil. D'un regard, je sais qu'il n'a rien de neuf. C'est trop tôt. J'attends que Chuck se mette à rouler sur le taxiway et que Debra soit prête à noter pour reprendre :

– Bien ! Point n° 1 de l'interview, je modifie les statuts du Fil rouge. On ouvre à quelques associations choisies et on s'occupe aussi des garçons du Kivu.

Ici aussi, ses sourcils se relèvent, je continue :

– Point n° 2. Alexiane va entrer au conseil d'administration. Je lui confie le rôle d'administratrice en charge de la gouvernance juridique de la fondation. Je garde la main sur les finances mais j'exige la transparence totale pour tous les autres partenaires. Alexiane est scrupuleuse, je sais qu'elle y veillera.

Même si je ne m'attends pas à ce qu'elle discute mes décisions, je marque une pause pour capter sa réaction. Je connais bien Debra. Partie de rien, issue d'un milieu extrêmement pauvre, elle ne fait aucun cadeau aux jeunettes. Ma RP relève la tête, me regarde. Pas de commentaire. Preuve que ma femme l'a déjà convaincue de ses capacités. J'attends encore que Chuck prenne son couloir aérien et je poursuis, faisant signe à Marion de ne pas nous déranger :

– Point n° 3. Alexiane supervisera le nouveau programme d'action pluriannuel. En échange, je l'emmènerai visiter le Kivu à mon retour de Toronto. Je veux apporter un éclairage à cette région.

Mon père, Kabbani père et Cameron, c'est fait !

– Ravie de l'apprendre ! Ça va couper l'herbe sous le pied à cette peste de Louisa Frank ! se réjouit-elle tout en prenant note dans son calepin. Autre chose ?

Au tour de Jake et Jun à présent.

Ces deux-là n'avaient pas l'air de se voir pour la première fois lors de leur dîner chez moi, comme si ça m'avait échappé.

– Point n° 4. Je vais annoncer une OPA amicale. Mitsui est malade et Sankyo m'intéresse. La semaine prochaine, je prendrai contact avec leur conseil d'administration pour exposer mon projet.

– Quoi ? s'exclame la blonde. Ton truc, c'est plutôt les OPA hostiles, non ?

– Exact, mais il n'est jamais trop tard pour faire une exception. Mitsui m'a aidé un jour, je lui renvoie l'ascenseur. Grâce à notre brevet sur les vers marins, on peut l'aider à stabiliser son vaccin contre Ebola. Je ne vais pas laisser ça entre les mains d'un requin.

– Vu ta réputation, comment crois-tu qu'ils vont t'accueillir ? fait valoir Debra.

– Comme ils veulent, ça m'est égal en fait ! Si le projet est bien perçu, alors leur conseil d'administration fera en sorte que l'OPA se passe bien. Sinon…

Le tailleur flammé hoche la tête énergiquement, d'un air entendu.

– *La Déferlante* ! J'ai tout noté, Matt. La presse va adorer ! Je ne sais pas ce qui t'est arrivé, mais si tu continues comme ça, on va enfin pouvoir bosser normalement.

Elle n'a aucune idée à quel point c'est faux.

– C'est tout. L'interview s'arrêtera là.

Je l'observe en silence, la mâchoire si serrée que mes dents me font mal.

– C'est *Elle*, n'est-ce pas ? L'auteure de ce changement.

Je ne réponds pas.

Jusqu'à l'intervention de Tricia, j'avais fini par admettre que le bonheur était possible pour moi aussi. De toute évidence, ni Tricia ni Drajko ne s'attendait à ce qu'on se marie en provoquant notre rencontre. Ce qui me rend encore plus fier de ce mariage. Au moins, en se mariant à Vegas, on a cloué le bec à tous ceux qui auraient été contre. L'ennui, c'est que cette histoire d'héritier donne aussi à Tricia une bonne raison d'éliminer ma femme. Plus de 53 milliards de raisons pour être exact. Et elle a Drajko de son côté. Je ne dois pas l'ignorer.

Je m'oblige à prendre un air calme, désinvolte presque.

– Comment s'appelle cette île grecque où a eu lieu le tournage de ce film que les femmes adorent ?

Debra plisse les yeux.

– *Mamma Mia* ?

Je hoche la tête.

– C'est le film préféré d'Alex.

– Skiathos, l'endroit est idyllique à ce qu'il paraît, s'enflamme la blonde, des étoiles dans les yeux.

– Trouve-moi quels sont les propriétaires du coin.

Les iris de ma RP s'écarquillent de stupeur mais je ne m'y attarde pas. Je me lève pour rejoindre le canapé au fond de l'appareil et mes hommes de sécurité en plein taf, suivi par Sexe à qui j'ouvre la porte de ma chambre.

– Monsieur ? m'interroge Verdi en me voyant arriver.

Je l'ignore sciemment, encore trop en colère contre lui. On peut me craindre, m'accuser d'être indifférent et même me détester, mais tout ça reste très exagéré tant qu'on n'a pas vu dans mes yeux la guillotine.

– Sully, faites courir le bruit sur le Net qu'Alexiane et moi cherchons une propriété dans le Nevada avec accès privé au lac Tahoe pour y abriter notre future vie de famille.

Et ça, c'est pour Tricia !

Maintenant, il ne reste plus qu'à attendre que Drajko sorte du bois. Qui qu'il soit, je lui ai donné de quoi réagir. Quand on joue à la roulette russe avec ce genre d'individu, la prudence n'a rien à foutre là. Il faut être fou.

Aussi fou que lui pour brouiller tous les codes.

Ça tombe bien, il n'y a pas homme plus habité des cohortes de la folie que moi. Non seulement j'ai un grain, mais j'ai des couilles en acier, mec ! Je n'ai pas encore la preuve qu'il s'agisse d'un proche, je ne sais toujours pas QUI il est, mais je suis sûr d'une chose, nous partageons la même folie.

Le génie d'un esprit démoniaque. Le mépris des règles. Le goût du défi stratégique. La maîtrise des risques. Nous les avons tous les deux. Donc, la seule chose qui nous différenciera, ce sont les couilles !

J'espère que les tiennes sont bien accrochées, salopard !

48

ALEX

J'avais besoin de solitude pour faire retomber ma colère.

Depuis que j'ai quitté le B-One, j'ai la sensation étrange que le temps refuse de s'écouler, comme si je n'étais plus vivante. Avec l'arrivée de cet enfant dans la vie de Matthew, tout s'est éteint à l'intérieur de moi et au-dehors, je ne sais même plus ce que je veux.

Après une nuit blanche dans mon tout nouvel appart, le premier où j'habite seule, sans mère ni colocataires ni époux, j'ai bien essayé d'effacer les images produites par mon imagination par une bonne douche chaude salvatrice, mais je n'ai récolté que de l'eau tiède et pas de pression.

À une époque pas si lointaine, sa trahison aurait sonné le glas de notre relation, mais depuis notre mariage et la vidéo de Victor nous donnant quasiment sa bénédiction, pour une raison encore inconnue, je sais que ce ne sera pas le cas.

Tout au fond de moi, je sais que ma vie est définitivement liée à la sienne et que je me battrai pour ce mariage. Bien que personne ne semble comprendre comment nous fonctionnons, cette sensation est ce que j'ai de plus précieux dans la tourmente. Je dois m'y accrocher.

Le quartier de Park Slope dans Brooklyn où se situe mon nouveau clapier est très animé. Même si je n'ai pas encore eu l'occasion de trop y traîner, rien que ma virée shopping d'hier soir en compagnie de Max m'a appris que sa nonchalance toute familiale constitue une formidable alternative. D'une part, le prix des logements est plus bas, et d'autre part, il est bien plus charmant et verdoyant, et au moins aussi sûr que les quartiers de Manhattan.

Quant à ma nouvelle panic room, il s'agit d'un studio ne contenant que très peu de meubles mais assez propret. Un canapé rouge betterave entouré de grosses plantes vertes, deux caisses en bois qui ont dû contenir un jour lointain du bon bordeaux en guise de table basse. Un coin cuisine minuscule. La salle de bains ressemble à un placard et la chambre est spartiate mais bien éclairée.

9 heures passées à ma montre, je dois me presser.

Dehors, le temps est au beau fixe. Les rayons de la matinée caressent la carrosserie de la Bentley GT Speed qui m'attend rangée le long du trottoir. Louis assis sur le capot, deux frappuccinos café plantés dans les mains.

Ce qui manque fortement de modestie, il faut bien l'admettre. Personne ici n'a son chauffeur, encore moins un chauffeur blond et sexy tournant les têtes des passantes et des mères de famille, et qui vous apporte le petit-déjeuner en sachant que vous avez dû camper chez vous.

J'essaie de me fondre dans le décor lorsqu'il m'ouvre la portière.

– Vous faites une drôle de tête, Louis, lui dis-je en prenant place sur le siège passager.

J'attends qu'il fasse le tour et se mette au volant.

– C'est mon dernier jour, Alexiane, m'annonce-t-il mal à l'aise en démarrant le moteur de la Bentley.

– Quoi ? Pourquoi ?

Je fronce les sourcils, étonnée par son calme.

– Votre époux m'a viré, m'apprend-il sans aucune agressivité, tout en s'engageant dans l'allée bordée d'arbres. Verdi était furieux hier soir quand il a appris que j'avais annulé le vol pour Martha's Vineyard.

– Oh Louis ! Je suis désolée… C'est ma faute.

Mes mains se glissent sous mes cuisses, comme pour me retenir de ne pas en dire trop ou d'appeler Matt. C'est injuste. Louis a déménagé de Chicago mais pas seulement. Son copain Luke aussi l'a suivi, quittant certainement le cabinet d'avocats pour lequel il travaillait et sa famille.

– Je vais lui parler, lui dire que c'était mon idée.

Pas sûr qu'il m'écoute.

– Ce sera inutile, Alexiane, vous le savez très bien.

Je détourne le regard, sans trouver quoi répliquer.

J'allume mon portable pour voir si j'ai un SMS de sa part. Mais non. En dehors d'un texto de Margo surchargé de smileys explosifs m'annonçant son arrivée pour la semaine prochaine, il n'y a rien.

– Vous savez où se trouve Matthew ?

Un truc cloche. Pourquoi ne m'a-t-il pas appelée s'il est en colère ?

Ce n'est pas du tout son genre. Le vrai Matt Garrett aurait explosé comme il l'a fait lorsque je me suis rendue à Marrakech sans le lui dire. À cette époque, j'avais reçu un véritable délire épistolaire de SMS me sommant de rentrer de toutes les manières possibles. Menace, contrat de travail, rappel pervers d'obéissance, aveu touchant, tout y est passé. Là, rien.

– Actuellement en pleine conférence de presse, m'informe Louis. Le jet est arrivé à Toronto tôt ce matin. Ne vous inquiétez pas, je reste avec vous jusqu'à son retour. Je ne vous quitterai pas avant de m'assurer que vous avez un remplaçant.

Encore plus étonnant.

Matt ne m'aurait jamais laissée sans protection, trop soucieux de ma sécurité. Même avant l'empoisonnement de Carroll, il m'a fait protéger. Dès notre retour du Japon, en fait. Ou alors il a peut-être décidé en fin de compte qu'il avait des devoirs envers Jensen et sa mère et s'avoue vaincu. Serait-il prêt à me quitter ?

Merde. Est-ce qu'il y pense ?

D'humeur maussade, je laisse mon regard se perdre dans la circulation de l'I478. En bon professionnel, Louis utilise les deux voies du milieu pour ne pas rester bloqué avant de tourner pour prendre l'Hudson et remonter devant la tour MHG. Je ne peux m'empêcher de lever les yeux vers le penthouse au sommet.

Ma maison. Pour combien de temps ?

– Que vous a dit Verdi ? ne puis-je m'empêcher de le questionner avec une sensation de danger immédiat désagréable.

– J'ai pour mission de vous conduire chez LabelK et d'attendre devant votre bureau.

Je cligne des yeux, à moitié rassurée qu'il ne m'abandonne pas complètement.

– À l'intérieur ?

Louis me scrute quelques instants, essayant de déceler la trace d'inquiétude sur mon visage que je ne veux pas lui montrer, après avoir parfaitement garé la Bentley bleue dans la 11th Street.

– Oui, m'dame, me taquine-t-il, les mains sur le volant. M. Garrett ne veut pas que Tricia puisse vous approcher et moi non plus.

Est-ce que cette folle viendrait jusqu'ici ?

Alors que je pénètre dans la brownhouse de briques ocre de LabelK avec le beau blond qui attire sans le vouloir tous les regards des assistantes présentes, j'aperçois Kar faire les cent pas au rez-de-chaussée.

Ce qui n'est pas habituel chez lui. Mais ce n'est pas ce qui me stupéfie en ce moment. Ce qui me stupéfie, en revanche, c'est son expression hermétique, identique à celle de son père – là, ils se ressemblent – et la façon avec laquelle il s'empare de ma main pour m'entraîner dans l'escalier.

– Eh bien, bonjour, lui dis-je d'un ton léger, repérant tout de suite que quelque chose ne va pas.

De plus, je note qu'il porte encore sa veste, comme s'il n'avait pas eu le temps de l'enlever ou la présence d'esprit de le faire.

– Tu m'attendais ? On a un problème ? J'ai fait une bêtise ?

C'est presque un réflexe d'éprouver la culpabilité du travail mal fait chez moi. D'un coup, je m'en veux d'être partie plus tôt hier et de ne pas avoir pris la peine de boucler mon taf de la journée comme j'aurais dû le faire. Tout ça pour trouver une robe. Est-ce pour cela qu'il m'en veut ? Pourtant, Karim ne moufte rien avant d'être arrivé sur le palier du premier étage.

Ce n'est même pas à moi qu'il répond :

– Louis, c'est ça ? Allez attendre en bas et ne vous éloignez pas, s'il vous plaît.

Louis m'interroge du regard mais je suis tellement déstabilisée que je ne trouve rien à redire lorsque je vois ce dernier redescendre et disparaître dans l'escalier.

– Tu me prends pour un con, Sand ? rugit alors la voix grave sur ma gauche. Je ne sais pas ce que tu imagines mais j'aimerais que tu arrêtes de me prendre pour un con !

Même pas le temps d'objecter, ma bouche est trop occupée à s'ouvrir en grand pour le faire. De toute manière, mon boss me tire jusqu'à son bureau et referme la porte derrière nous avant de plonger ses yeux de chat-huant dans les miens, me dominant de toute sa hauteur. Sans un mot, c'est pire.

Je recule, toujours aussi sonnée.

– Écoute, je sais pas… Tu…

Il me regarde bafouiller mais il est clair qu'il a autre chose en tête.

– Je ne sais pas ce que tu me reproches, reformulé-je pour rompre notre silence.

– Pourquoi tu ne m'as pas parlé de cette folle avec qui tu t'es battue ?

Ah, c'est ça ! C'est presque un soulagement.

Cette fois, Kar a parlé à voix basse, sans quitter ma bouche du regard, mais ce qu'il me demande n'a aucun sens. Pourquoi lui en aurais-je parlé ? Ça ne le regarde pas. Et comment l'a-t-il su d'abord ? Est-ce que cette folle est venue faire un scandale sur mon lieu de travail ? Alors que son visage n'est qu'à quelques centimètres du mien, ses lèvres se soulèvent en un rictus mesquin.

– Dis-moi pourquoi, alors que nous sommes amis et que je respecte ma part du marché, je dois l'apprendre par ton mari ?

Le pire des scénarios est en train de se dessiner dans ma tête. Est-ce que Matt tient à ce que je me rapproche de Karim pour avoir le champ libre avec Tricia et son ado de quinze ans ? Non, je dois avoir l'esprit tordu.

Faites que j'aie l'esprit tordu, pitié !

– Et lui, pourquoi il te l'a dit ? sourcillé-je, essayant de paraître confiante alors que les battements de mon cœur ne cessent d'accélérer.

Un sourire arrogant naît sur ses lèvres.

– Amusant, n'est-ce pas ? Qu'il te confie à la personne qui a le plus envie de coucher avec toi et zéro gramme de culpabilité.

Pas si tordu que ça, en fait.

– Me confier à toi ? sors-je sans trop savoir ce qu'il entend par là.

Je n'arrive pas à y croire. Comment, en une nuit, tout peut-il changer autant ?

– Garrett ne veut pas que tu restes à Manhattan et je suis

d'accord avec lui, poursuit Kar alors que les larmes me montent aux yeux. Cette fille a des appuis qui ne plaisantent pas, crois-moi.

Là, je me rends compte que je ne sais rien de Tricia.

– Quels appuis ? Genre pègre et tout ça ?

C'est tout ce que je trouve à dire même si ça me semble ridicule. Le coup est trop rude, mon cerveau n'est plus en état de fonctionner. Je pensais avoir vécu le pire avec l'annonce de Tricia hier, mais peut-être pas.

– Ouais, un gros méchant qui se fait appeler Drajko.

Ma respiration se coupe net, c'est sérieux.

– C'est qui ? À qui est-ce qu'il en veut ? À Matt ?

Pas de réponse. Je vois bien à son regard noir et à ses poings serrés que Karim cherche avant tout à dominer sa peur pour moi et non pour mon mari, mais je ne comprends pas ce retournement dans leur relation. Pourquoi Matt Garrett et Karim Kabbani feraient-ils équipe ? Du coup, je ne suis même pas sûre de devoir me réjouir de leur nouvelle complicité.

– On s'en va. J'ai tout réglé en t'attendant.

– Attends ! Matt a perdu la tête. Et MHG Synthesis ? On est à trois jours du lancement…

Kar me coupe la parole, irrité :

– Donne-moi ton ordinateur portable et ton téléphone !

– Non !

Son ton est d'une telle autorité que d'instinct je recule d'un pas. Est-ce qu'il cherche à m'ébranler ? Pourquoi Matt ne m'a-t-il rien dit des appuis de Tricia ? Veut-il me préserver ou me quitter ? Et enfin, POURQUOI mon mari ne me dit-il jamais rien DU TOUT ? Je ne suis pas *fragile*. Est-ce qu'il me traite comme une poupée de porcelaine quand il couche avec moi ? Non. Alors ?

Arrrrgh…

– Putain, Sand, ne m'oblige pas à employer la force ou on va finir par terre à baiser comme des fous et tant pis pour toi si c'est meilleur qu'avec ton mec.

Ma respiration se bloque.

– Reste où tu es ! le préviens-je en le voyant s'avancer.

Sans le vouloir, je jette un regard vers la porte fermée à clef.

– Quoi ? Tu as peur de...

Sans un mot de plus, il se dirige vers la porte et la déverrouille, comme s'il prenait conscience qu'il vient de m'effrayer. Parce que franchement, il y a de quoi. Toute cette situation n'a aucun sens. Plus rien n'a de sens depuis vingt-quatre heures.

Je lance dans son dos :

– Est-ce que Matt est en danger ?

Mon corps se met d'instinct sur ses gardes en le voyant revenir.

– Mais arrête de t'inquiéter pour lui ! rouscaille-t-il. Garrett a ses deux chiens de garde avec lui. Il ne lui arrivera rien. J'ai pris des infos sur le fameux Sully, je suis sûr que tu ne veux pas savoir ce qu'il a fait aux mecs qui ont tué sa femme et ses enfants. Quant au grand Black qui le suit partout, c'était un des meilleurs agents du FBI. C'est pour *toi* que Garrett s'inquiète, et moi aussi.

– Que veux-tu faire avec mon portable et mon ordi ?

Perso, je suis à deux doigts de craquer.

– Les éteindre et les enfermer ici, explique-t-il en me montrant du doigt le coffre-fort de l'agence contenant les chéquiers et les contrats de campagnes.

Le coffre-fort de l'Apocalypse est déjà ouvert, comme s'il m'attendait.

Un jour Kar m'a expliqué qu'il provenait de Syrie où il avait servi à préserver les graines des pins d'Alep menacés par la guerre parce qu'aucune onde ne pouvait le transpercer. Ça m'avait semblé amusant, mais aujourd'hui tout ça me semble à des kilomètres. Comment une telle chose peut-elle m'arriver *à moi* ?

J'étais une fille simple qui n'avait jamais fait parler d'elle et puis tout a changé. Matt Garrett, voilà ce qui a changé. Je ne l'aurais pas rencontré, mon existence serait restée ordinaire… *et grise*.

– Personne ne doit pouvoir te tracer là où on va, m'explique calmement Karim. Allumé ou éteint, tu sais que c'est un jeu d'enfant de tracer un portable. Mieux vaut qu'on ne sache pas où tu es.

Je comprends alors que je n'ai plus le choix.

Kar est là, en face de moi, en train de songer au pire, et Matt l'a probablement convaincu qu'il y avait de quoi. Vaincue, je lui confie mon portable et mon MacBook Air, mais mon geste est perdu, désemparé, plus qu'obéissant ou craintif. Je n'arrive pas à croire que je suis en danger. Je veux dire réellement en danger.

Épuisée, je lui demande :

– On va où ?

– Au Kivu. On part cet après-midi avec le jet de mon père. Cameron est prévenu, il vient avec nous et nous rejoindra à LaGuardia.

Un court silence s'installe, durant lequel je réalise que j'ai envie d'y aller. Ne voulais-je pas prendre du recul ? Quoi de mieux pour le faire que de s'intéresser à moi. Envie aussi de résoudre la charade-devinette de mon père, la dernière.

Comme un dernier devoir que je lui rends.

– Et si Matt veut me joindre ?

Quelque chose me dérange dans l'éclat de ses yeux.

– Il passera par moi, m'assène-t-il.

Kar ne fait aucun geste comme s'il me laissait le temps d'enregistrer l'information. Mais cet éclat sauvage, c'est le genre de regard qui défie la gent féminine derrière un mur d'enceinte. Il ne dit pas tout. Dans l'impulsion du moment, je m'empare de mon portable avant qu'il ne referme la porte du coffre pour un dernier message.

– Tu ne vois donc aucun inconvénient à ce que j'avise mon mari ?

Je texte déjà, n'hésitant pas un seul instant, alors que Kar me prévient :

– Sois prudente, n'en dis pas trop. Vos conversations peuvent être surveillées.

Argument recevable. Je hoche la tête pour lui dire que j'ai entendu.

[Désolée, Guerrier. Je suis une mauvaise femme.
Et tu es un mauvais mari à me cacher des choses.
Prends soin de toi, je t'aime. On se retrouve samedi. Civilité]

Une fois la porte blindée refermée sur ma précieuse technologie, je me dirige vers celle du bureau à présent grande ouverte.

– J'ai des contrats à terminer pour Marcus, ensuite je passerai faire ma valise et Louis m'accompagnera à LaGuardia. À quelle heure dois-je vous rejoindre ?

Agacée de ne plus pouvoir me connecter nulle part.

– Cameron y sera vers 17 heures, dit-il alors que je disparais dans le couloir.

Sans qu'il me voie, je dresse mon majeur en l'air pour soulager mon agacement et j'entre dans mon bureau me remettre au boulot. Plus tard, alors que je quitte l'immeuble de LabelK pour rejoindre Louis et la Bentley, une voix provenant de la terrasse du Spotted Pig me fait sursauter.

– Alex !!

La silhouette qui s'avance vers moi ne m'est pas inconnue, et pourtant sa présence ici à m'attendre m'étourdit. Habillé d'un jean brut et d'une veste de saison sur un T-shirt blanc, Paul ne m'a jamais semblé aussi grand ni aussi dur avec ses cheveux longs tirés en arrière et ses joues creusées par son man bun.

– Paul ! Tu m'attendais ?

– Désolé. Je n'ai pas eu le temps de prévenir ma belle-sœur que j'allais passer, me tacle-t-il gentiment. Il fallait que je prenne rendez-vous ?

Ses iris bleu ciel parcourent ma petite robe à fleurs achetée à la hâte avec Max.

– Euh… Non.

Paul se penche vers moi afin de m'embrasser sur la joue, mais j'ai un mouvement instinctif de recul qui lui vaut un geste vague de la main vers la rue.

– De quoi as-tu peur, ma jolie ? Nous sommes dans une rue passante avec des gens autour. Mon père m'a demandé de venir te voir pour essayer d'arranger les choses avec Matt.

J'ai parfaitement entendu mais je n'arrive tout simplement pas à y croire. Machinalement, je scrute son visage, interdite, méfiante, pendant qu'il me renvoie un sourire en disant :

– C'est notre intérêt à tous, tu sais. Je sais que tu veux son bonheur et Matt ne sera complètement heureux que lorsqu'il aura fait la paix avec son père et sa mère. Il t'a toi maintenant, mais il serait temps de former une famille. Papa pense pareil et il veut que tu l'aides.

Est-ce qu'il dit vrai ? Est-ce que Vincent est sincère ? Je déteste Vincent pour ce qu'il a fait subir à son fils aîné. Il l'a détruit physiquement mais aussi émotionnellement et je ne sais pas ce qui est le pire. Comment le croire dans ces conditions ? Un homme peut-il changer à ce point ? Et pourquoi *maintenant* ?

– On devrait marcher un peu tous les deux. Dis à ton chauffeur de nous suivre, fait-il avec un petit signe de tête vers la Bentley.

Je prends alors conscience que Louis est descendu de voiture, prêt à intervenir, ainsi que de ma position défensive, les bras croisés sous ma poitrine, sans comprendre ce qui me met mal à l'aise.

– Matt est à Toronto, lui dis-je en tentant de lui cacher mon trouble.

– Je sais. Papa a suivi sa conférence en direct.

Une petite voix me dicte de me méfier, une autre me crie que je suis parano. Je connais Paul, j'ai travaillé avec lui, mais là… J'ai le sentiment que ce n'est plus le même homme. Est-ce parce qu'il travaille à présent avec Vincent ou la politique qui l'a changé ? Est-ce que je lui en fais injustement payer le prix ?

Puis soudain les événements d'hier soir me reviennent.

– Qui te dit que moi, je veux discuter avec toi ? Si tu as quelque chose à voir avec l'acte de paternité, c'est avec Matt que tu devrais le faire.

Aucune surprise chez lui. Il sait à quoi je fais référence, n'est pas surpris non plus que je le sache, mais choisit de m'ignorer :

– Tu tiens à mon frère, non ? Après la haine, il y a l'indifférence, Alex. Le néant. Matt est indifférent. Pas mon père. Tu ne peux pas le laisser s'enfermer ainsi. Il faut qu'ils essaient. *Tous les deux.*

À contrecœur, j'adresse un petit signe à Louis. Paul baisse la tête et s'apprête à poser sa main sur mes reins pour m'inviter à traverser mais je fais un nouvel écart de côté.

– Tu m'en veux pour quoi exactement ? s'escrime-t-il agacé.

Je l'observe une nouvelle fois tout en marchant à son côté. Il sourit toujours mais c'est un sourire las qui n'a rien d'arrogant comme avait l'avocat sûr de lui quand je l'ai rencontré.

Ce n'est en aucun cas mon rôle de m'immiscer dans vos relations, lui dis-je convaincue de la justesse de ce propos.

Je ne devrais pas m'en mêler. Comment Matt le prendrait-il s'il découvrait que je discute dans son dos avec le frère qu'il suppose l'avoir trahi ?

Mal, très certainement.

– D'abord, je n'ai jamais eu l'occasion de te le dire, mais sache que je suis heureux que mon frère se soit marié avec toi, me glisse-t-il sans me regarder. Tu étais ce qui pouvait lui arriver de mieux.

– Merci. Mais on n'est pas là pour parler de moi, si ?

– Non.

Marcher près de Paul dans la lumière de fin d'après-midi me donne l'occasion de percevoir autre chose : ses traits fatigués et ses yeux cernés, mais aussi une certaine forme de colère rentrée. Paul a l'air d'avoir souffert de s'être senti obligé de faire un choix en quittant le groupe MHG, et ce n'est jamais drôle d'avoir à choisir entre deux personnes qu'on aime.

Il mérite que je l'écoute.

– Alors dis-moi ce que tu me veux, Paul. Je ne suis ni naïve, ni stupide.

Ma remarque lui arrache son premier vrai sourire.

– Archambault s'en souvient encore, raille-t-il en faisant référence à l'avocat qui voulait envoyer Jonathan en prison et contre lequel j'ai plaidé.

– Comme tu le sais, les images de ce procès m'ont valu d'être bannie de la profession. Si je n'avais pas plaidé dans ce tribunal, il ne se serait jamais retrouvé dans cette horrible vidéo avec moi et j'aurais pu prêter serment.

Le silence se fait lourd, pesant, pendant quelques pas.

– Tu aurais dû porter plainte et te défendre auprès de l'Ordre, le rompt-il au bout d'un instant. Mon frère ne méritait pas que tu te sacrifies de la sorte.

– Ce n'est pas lui qui a mis cette vidéo en ligne.

– Je sais, soupire-t-il en sortant son paquet de Marlboro de sa poche arrière et en tapant d'un coup sec pour faire remonter une cigarette. Je l'ai toujours su. Matt est capable de beaucoup de choses mais pas de ça !

Je lui laisse le temps d'allumer sa clope afin de mieux observer sa réaction.

– C'est Tricia, lui dis-je bien en face.

Il tire une taffe et crache la fumée vers le bas.

– Tricia est une peste pourrie gâtée ! Elle a sabordé les relations entre mon père et mon frère. Rien n'aurait pris cette importance si elle n'avait pas couché avec papa ce jour-là.

Alors, Paul n'est au courant de rien ? Comment pourrait-il affirmer cela s'il avait connaissance de la maltraitance à laquelle son père s'est livré sur son frère aîné ? Et des conséquences qu'elles ont entraînées ?

– Rob et moi avons couché avec elle, tu sais, mais pas Matt, continue-t-il sans paraître remarquer mon ébranlement. Jamais il n'a pu la toucher.

J'ai bien entendu mais encore une fois, j'ai du mal à y croire, à la fois soulagée et écœurée par ce que je viens d'apprendre.

– Tu pars au Kivu, n'est-ce pas ? Matt l'a dit à papa.

Je n'ai d'autre choix qu'acquiescer puisque c'est la stricte vérité. Même si ça m'étonne de la part de mon mari si secret d'ordinaire.

– J'ai regardé sa conférence dans l'avion, Debra a dû vivre la pire journée de sa vie. En revanche, la presse accueille plutôt bien sa décision.

– Quelle décision ?

– C'est chouette que tu t'occupes de la fondation. Je suis sûr que tu seras parfaite. Bien plus que Matt, rigole-t-il. Les autres, ça n'a jamais été son truc.

Je fronce les sourcils sans comprendre à quoi il fait référence. Matt m'a bien fait part de son intention de m'impliquer dans le Fil rouge mais rien n'a été décidé pour l'immédiat, me semble-t-il.

– Je veux venir avec toi, ajoute Paul comme si c'était logique.

– En quoi ça te concerne ?

Bien que nous ayons ralenti le rythme, Paul m'arrête et se

penche vers moi, me scrutant avec insistance pendant une seconde avant de dire :

– Je savais que tu réagirais ainsi.

– Ah oui ? Et pourquoi donc ?

– Matt aurait réagi comme toi. Tu ne t'en rends pas compte mais, quelque part, vous êtes pareils tous les deux. Aucun de vous ne s'est dit que l'histoire de nos trois pères m'intéressait moi aussi ?

Il se tait un instant, attendant ma réaction qui ne vient pas. Je ne sais pas quoi dire tant c'est vrai. Personne, ni Matt ni moi, Rob encore moins, ne s'est jamais demandé comment Paul avait vécu tout ça.

Son ton amer m'indique qu'on aurait dû.

– J'adore mon père, Alex. C'est un crime ?

– Je ne partage pas ton point de vue, me permets-je sobrement. Mais je te comprends, si j'avais connu mon père, je l'aurais aimé imparfait.

Paul hoche la tête en regardant par-dessus mon épaule. Le voir si las, si tourmenté me donne envie de le prendre dans mes bras mais rien ne me prépare à sa confession :

– Quand j'étais gamin, mon père sortait tous les soirs avec ses potes. Je détestais Victor et Badi pour l'influence qu'ils avaient sur lui. Papa rentrait saoul et irritable, ma mère pleurait de le voir tout casser. Et puis elle est morte… Avec Matt, on a cru qu'il allait s'arrêter.

Je retiens mon souffle, n'osant l'interrompre par le simple fait de respirer.

– Mais non. Chaque fois qu'ils sortaient tous les trois, Matt restait enfermé dans sa chambre, imperturbable comme d'habitude. En revanche, moi, je ne l'étais pas. Je buvais en cachette. Après le départ de Matt pour le Kivu, je ne tenais même pas debout. J'en voulais à mon frère de m'avoir abandonné, alors je me suis vengé.

– Vengé comment ?

– Vengé connement. J'étais ivre quand je me suis présenté à l'état civil en me faisant passer pour mon frère.

Je le dévisage, stupéfaite. Bordel !

– Tu étais alcoolique ?

Un petit rire sec, méprisant, glaçant.

– Tu n'as pas remarqué que je ne touche jamais à l'alcool ? Quand Matt commande des Dalmore, je commande un WhisSin sans alcool. L'illusion est parfaite. Ni Rob ni Matt ne s'en aperçoit. Quels tocards ! Ça fait six ans que je ne bois plus et ils ne voient rien.

– Mon Dieu, Paul…

L'espace d'un instant, je vois une souffrance dans ses yeux, une souffrance tellement profonde qu'elle me bouleverse malgré moi.

– Tu crois que mon frère va me haïr ? revendique-t-il.

Un bref silence s'instaure entre nous.

– Aide-moi, Alex, mon frère est tout pour moi. Je replongerai aussi sec s'il me condamne. Tu sais ce que ça fait de replonger après six ans d'arrêt ?

Je cligne des yeux, écrasée par le poids de la responsabilité qu'il me donne, la gorge serrée pour étouffer le sanglot que je sens monter pour Paul.

Ce serait tellement injuste. Seulement, je suis presque sûre que Matt ne lui laissera aucune chance. Pas la moindre.

– C'est pour ça que tu es là ? Tu comptes sur moi ?

– J'ai tort ?

Je l'observe, impuissante, tandis qu'il cherche presque avec désespoir sur mon visage quelque chose qui lui permette d'y croire. Je voudrais bien mais Matt n'est pas quelqu'un d'influençable, ni du genre à tolérer qu'on le manipule, tout le monde le sait. Moi la première pour avoir déjà essuyé ses réactions. Si j'étais ce genre de fille à vouloir le changer, il en arriverait vite à ne plus me blairer.

– C'est à lui qu'il faut que tu parles. Vous êtes frères. Il t'aime, tu ne peux pas savoir…

À ma grande surprise, mon beau-frère part d'un grand éclat de rire.

– Qu'est-ce qui est drôle ?

– Toi ! Matt est un psychopathe. Tu crois que je ne sais pas qu'il te dira jamais les mots que tu attends ? Matt est incapable de ressentir quoi que ce soit. Il n'y a que toi qui ne le vois pas.

Choquée, je ne réagis pas tout de suite. Comment Paul peut-il dire quelque chose d'aussi affreux de son propre frère et l'aimer en même temps ? Puis je comprends. Paul ne sait rien des mauvais traitements.

– Tu te trompes, dis-je le plus posément possible. Matt ressent des choses. C'est juste qu'il les exprime *autrement*.

Mais plus je suis calme, plus il est cinglant, comme si je l'avais blessé.

– Tu crois que mon frère a dit « je t'aime » à quelqu'un ? me coupe-t-il d'un ton amer. Jamais. Même pas à moi. Même pas quand on était gosse. Je le lui ai dit des milliers de fois. Et lui, en retour, il se contentait de me regarder de son regard froid comme s'il me détestait. Je le voyais dans son regard. Il me détestait de lui dire que je l'aimais. Tu le crois ça ?

Mes jambes se dérobent au point que Paul doit me retenir. En une seconde, la Bentley s'immobilise sur les clous et Louis est dehors.

– Ça va, Alexiane ? m'interroge ce dernier visiblement inquiet.

Les yeux brillants de Paul foudroient mon chauffeur.

– Elle va bien, crétin ! Rentre dans la bagnole !

Jamais je n'avais entendu Paul irrespectueux. Lorsqu'il me

regarde à nouveau, ses traits n'expriment plus qu'une incompréhension grandissante tandis qu'il me fixe presque avec désespoir. Signe qu'il ne va pas bien *du tout*. À cet instant, je comprends à quel point il pourrait vraiment craquer.

– Alexiane, je vous raccompagne, insiste Louis sans bouger d'un iota.

Je ne peux pas laisser Paul ainsi.

– Viens avec nous au Kivu, m'entends-je décider.

Je n'aurais jamais cru ressentir ce soulagement indescriptible en l'invitant, mais c'est le cas. Le fait que Paul nous accompagne au Kivu n'est pas forcément une mauvaise chose. Ce dernier a besoin de combler les blancs durant cette période où ils ont été séparés et je ne laisserai pas les deux frères s'éloigner.

Vincent aurait dû empêcher Paul de se livrer à cette trahison contre son frère. Pire encore, je suis prête à parier qu'il en a initié l'idée chez l'adolescent ivre pour sauver sa peau. Paul n'a que six mois de moins que Matt. Il est facile de manipuler un garçon de quatorze ans, qui plus est ivre.

– Merci, Alex.

– Je n'ai rien fait.

– Si. Tu viens de m'écouter. Pas sûr que mon frère en fasse autant, déclare-t-il avec lucidité.

Sans grande conviction, je monte dans la Bentley mal garée, laissant Paul s'éloigner et disparaître au coin de Washington.

– Où allons-nous, Alexiane ?

– Vous m'emmenez au B-One, Louis. Je dois récupérer quelques affaires avant de rejoindre LaGuardia.

– LaGuardia ? Vous partez quelque part ?

– Oui, Louis. Au Kivu. Matthew est au courant.

Le beau blond fronce les sourcils, réfléchit, mais ne dit rien.

Difficile de prévoir comment le Guerrier va réagir !

49

ALEX

Le jet Kabbani Corporate n'a rien à voir avec celui de Matt. *Rien.*

Au pied de l'appareil, je contemple, ébahie, l'Airbus A340-300 qui sert de jet privé à Badi Kabbani pendant que Kar s'entretient avec les jumeaux de Gaza chargés d'assurer notre protection. Pas que je sois habituée aux gardes du corps, non, mais ceux-là sont… *étranges.*

Malgré leurs prénoms, Minion et Tarzan ont plus l'air de sortir d'un conte des *Mille et Une Nuits* dans le désert que d'un comics. Sandales aux pieds et ongles vernis de noir, bracelets de force leur mangeant la moitié des avant-bras, ils sont phénoménaux. Et leurs tignasses… Mon Dieu, que dire ?

À côté d'eux, Sean Connery serait presque imberbe. Deux spectaculaires silhouettes à la crinière charbon, longue et hirsute, et à la barbe presque bleue à force d'être noire. Avec, au milieu de tous ces poils, pénétrant et souligné de khôl, un regard vert comme de l'eau.

Pendant que Kar joue les dompteurs, je n'ose même pas imaginer la valeur d'un tel moyen de transport. Bizarrement, Paul n'a pas la même réaction. Comme s'il en savait plus sur la famille Kabbani que moi. Mon beau-frère me scrute sans rien dire, attendant que je prenne la parole.

– Que fait ton père dans la vie exactement ? dis-je à Karim lorsqu'il revient vers nous.

Ce dernier jette un regard à Paul qui ne moufte toujours pas, avant de répondre avec beaucoup d'hésitation, semble-t-il :

– Mon père est le principal actionnaire d'un groupe exportateur d'armes classiques en termes de valeur.

Waouh ! Ça craint. Et moi qui ai profité de plusieurs séjours chez lui, à aucun moment, je n'ai imaginé que ce confort provenait du sang et des larmes d'autres gens. Du coup, je suis tellement déstabilisée que je ne trouve rien à dire.

Je n'y avais pas pensé une seconde mais tout devient logique à présent. La Citadelle gardée comme une forteresse jour et nuit, la discrétion de cet homme que j'ai toujours mise sur le compte de ses origines et non de ses affaires.

– Sa société exerce une grande influence sur les négociations avec l'ONU, admet Kar en me fixant bizarrement.

Soudain, le sang quitte mon visage pour descendre dans mon estomac.

– C'est cet avion qui a emmené Matt au Kivu…

Dans l'affolement, je jette un œil à Paul, et brusquement je m'en veux. Paul ne sait rien de la torture qu'a vécu son frère. Vingt coups de fouet.

Et pas n'importe quel fouet.

Le Chat à neuf queues est le pire instrument de torture que cette terre ait porté. Pour preuve, la cicatrice en pattes d'écrevisses cachée sous le tatouage du Dragon Noir Guerrier. Qu'allons-nous découvrir en trouvant Ancalagon ?

Quelque chose me dit que Vincent n'a pas envoyé son fils là par hasard.

– C'est cet avion, Kar ? fais-je avec plus d'insistance.

– Pas celui-ci, non, un autre. Plus gros. Le Condor Antonov de mon père est un avion-cargo énorme, capable de porter 170 tonnes d'armes, de vivres et de médicaments, souligne-t-il fièrement. Mais si la question est : est-ce mon père qui y a conduit ton mari ? La réponse est oui.

J'avais beau m'y attendre, le choc me rend muette. Voilà ce que Paul savait sur la famille Kabbani et qu'il ne disait pas. Je le lis sur ses lèvres pincées.

– Et alors ? Tu vas me le faire payer ? me harangue Karim d'un ton amer.

J'ai du mal à cacher mon écœurement.

Les images se forment dans mon esprit. Presque trop réelles. Bien que je n'aie jamais vu aucune photo de lui, je vois Matt adolescent avec encore plus de désordre dans sa crinière et moins de muscles. Je le vois monter dans l'avion de l'ami de son père en toute confiance. Libre de s'éloigner de son bourreau pour la première fois de sa vie. La fin de la maltraitance pour lui.

Du moins est-ce ce qu'il croyait.

Je le vois enlever sa chemise et se mettre à courir à sa descente d'avion en sautant par-dessus les nids-de-poule, tel l'ado insouciant qu'il aurait dû être.

Sa chemise à bout de bras comme un drapeau claquant au vent. Le bruit de ses baskets frappant la terre battue du Kivu, ne se doutant pas une seconde de ce qu'il allait lui arriver. Et l'envie de m'enfuir me prend aux tripes.

De courir le rejoindre à Toronto pour le prendre dans mes bras.

Mon cœur déborde d'amour pour ce mec arrogant, ce connard égoïste. J'aime l'homme blessant parce qu'il est blessé. J'aime le Guerrier impitoyable parce qu'il s'est relevé. J'aime l'enfant confiant parce qu'il est naturellement bon. L'adulte solitaire qui, à son image, a appelé son appartement le B-One. L'amant qui me fait l'amour doucement pour me satisfaire alors qu'il lui faut plus de brutalité dans l'acte pour basculer. J'aime tout en lui. Tous les Matt Garrett.

Qu'est-ce que je fiche ici ?

J'ai l'impression de le trahir rien qu'en montant dans cet avion. Comment pourrais-je regarder à nouveau Badi en face ? C'est impossible. Il peut vendre des armes, soutenir des rebelles contre des régimes en place qui n'en valent pas la peine, distribuer des médicaments, je m'en moque.

Ce qu'il a fait à Matt n'autorise pas le pardon.

– Tu as entendu la question ? m'attrape Karim pour m'empêcher de reculer, ce que je faisais sans m'en rendre compte. En quoi suis-je responsable, Sand ? C'est mon père. J'ai choisi une autre voie que lui.

Même s'il a raison, je ne peux que tirer sur mon bras pour qu'il me lâche.

– Elle s'appelle Garrett ! tonne Paul en me faisant passer derrière lui. Et si tu étais un peu malin, tu la laisserais respirer.

– Ne te mêle pas de ça, Paul ! Ton frère n'avait qu'à le lui dire au lieu de faire comme si elle ne faisait pas partie de sa vie.

Tout se mélange dans ma tête. Soudain, j'éprouve une profonde angoisse qui m'empêche de respirer mais qui doit s'estomper au plus vite. Pourquoi Matt ne m'a-t-il rien dit sur Badi ? On a beau être mariés, inconsciemment il se conduit toujours comme s'il était célibataire. C'est injuste. Disproportionné.

Matt ne me laisse aucune chance, alors que moi, oui.

À chaque fois, je lui pardonne, je lui dis tout, pensant me montrer plus mature, faire un pas vers la confiance aussi obligatoire et nécessaire que le plaisir physique lorsqu'on veut réussir un mariage. J'ai même été jusqu'à visionner la vidéo posthume de mon père avec lui alors que rien ne m'y obligeait.

Une telle solitude, c'est frustrant. Vexant.

– Je… J'ai besoin de marcher un peu et… d'aller aux toilettes, dis-je à Karim afin de me donner un peu de temps pour réfléchir. Je reviens.

Kar fait un pas en avant.

– Pour aller où ? Tu ne dois pas rester seu…

– Je l'accompagne ! le coupe Paul en s'interposant. Elle n'est pas seule, c'est la femme de mon frère, mon gars. Plante-toi ça dans le crâne, lui oppose-t-il sur un ton qui n'appelle aucune discussion alors que je m'éloigne déjà.

J'accélère le pas car je ne veux plus les entendre. Encore moins les voir se disputer à cause de moi. Avec ou sans Matt, je dois agir. Victor ne m'aurait pas envoyée là-bas pour rien. Il y a forcément un truc.

– Viens, Alex, je te conduis au Lounge, débite Paul en me rattrapant et en s'emparant de ma main, non sans adresser un doigt d'honneur à mon boss de l'autre. Tu pourras aller te rafraîchir au calme.

– Je ne suis pas sûre que ce soit une bonne idée que tu viennes avec nous, Paul.

– Ne dis pas de sottise, belle-sœur !

À présent, je dois trotter derrière lui.

Le Centurion Lounge est bondé d'hommes d'affaires perdus devant leur laptop, ou mieux, tapant sur leur clavier tout en conversant au téléphone. L'endroit est raffiné mais un poil trop bruyant pour que je puisse me détendre. En réalité, tout ce que je voulais, c'était marcher à l'air libre.

Alors que je me dirige vers un emplacement vide au comptoir qui fait face aux avions du terminal B, Paul m'oriente vers la zone des salons privés et m'invite à m'asseoir dans un canapé vert anis, très années 1950, à l'écart du reste de la clientèle. Table tulipe basse blanche et moquette grise, l'endroit est feutré.

– Jus d'orange et yaourt au muesli ? me propose-t-il.

Je regarde sans le voir l'écran télé accroché au mur où défilent les titres de la journée tout en poussant un coussin pour me faire de la place, me rendant compte que je n'arrive toujours pas à respirer.

Si j'avais mon Smartphone j'appellerais Matt, rien que pour entendre le son de sa voix. Sa voix est la seule chose qui arrive à m'apaiser. Mais répondrait-il ?

– Jus d'orange, c'est tout, merci.

Mes mains orphelines me rendent anxieuse. Sans portable, c'est comme si je ne pouvais plus m'étendre nulle part, comme si je n'avais plus personne. Le manque, la peur, plus de famille. Je réalise alors que je n'ai averti personne de mon départ.

Ni ma mère ni Joanna.

Et je me promets une chose en rentrant du Kivu : quel que soit ce que j'y découvrirai, d'organiser un dîner au B-One avec mon mari, ma mère et mes grands-parents. Ils ne pourront pas dire non.

– Alex ?

L'accent asiatique familier me fait sursauter et sortir de mes réflexions.

– Jun ? Que fais-tu ici ?

– J'attends mon vol pour Tokyo.

Je plisse les yeux, sentant son regard de lynx peser sur moi.

– Mais tu n'étais pas à Toronto ? J'ai cru que…

Jun étant un scientifique, tout naturellement j'ai pensé que sa présence serait requise auprès des partenaires de santé. C'est bien à ça que sert Toronto, non ? Matt m'a expliqué qu'il ne pouvait pas réunir scientifiques et people par respect pour leur travail. J'avise son look décontracté : blouson, T-shirt Def Leppard et jean délavé troué aux cuisses, sac à dos en cuir souple très masculin siglé d'une grande marque. On ne peut pas faire moins professionnel.

– Matt n'a plus besoin de moi, j'ai terminé, m'apprend-il.

– Ah.

– Ouais. Les soirées mondaines, la presse petits-fours, le champagne à gogo, tout ça, c'est pas mon truc. Je préfère rentrer chez moi.

Je hoche la tête, bêtement.

– Et toi ? Tu vas où ? me questionne-t-il dans la foulée.

Les yeux rivés l'un à l'autre, nous nous exprimons simplement d'un ton presque indifférent pendant qu'il range dans son bagage à main un MacBook Pro identique à celui de Matt, puis les câbles d'alimentation, et enfin un disque dur, prouvant qu'il ne vient pas d'arriver mais devait travailler dans l'espace business.

Sans plus de manières, je lui explique que je me suis découvert un père récemment et que je me rends pour un voyage éclair au Kivu, en une sorte de pèlerinage afin d'en apprendre plus sur lui.

– Tu ne seras pas au bras de Matt à la soirée de lancement ? s'étonne-t-il. Cet insolent m'a dit qu'il voulait montrer à tout le monde qui était sa femme.

Mon cœur s'étale dans ma poitrine.

– Si, bien sûr, nous rentrerons juste à temps. Ce sera un voyage éclair.

Mais au fur et à mesure que les mots sortent, mon corps se couvre de sueur comme si des petites alarmes s'allumaient un peu partout.

– Tu ne dois pas y aller, déclare-t-il d'un calme refroidissant.

– Quoi ? Et pourquoi ?

Perplexe, je jette un œil vers le bar où Paul est en train de converser avec une jolie blonde qui a tout l'air de le connaître intimement. Première fois que je le vois avec quelqu'un. D'après Rob, Paul est aussi cavaleur que lui mais discret. Or, là, mon beau-frère se laisse ouvertement draguer. La blonde pose sa main sur son torse pour le palper, s'attarde, ce qui le fait sourire, beau joueur.

– Tu oublies que tu es Bombay, me ramène le ton sérieux de Jun.

« Ne dis jamais à personne que tu es Bombay. » Tels ont été les mots de Matt quand j'ai appris que j'appartenais à ce groupe sanguin très rare. La panique ressentie quelques instants plus tôt, ajoutée à son propos actuel, me plonge dans une profonde incompréhension.

– Je ne comprends pas le rapport.

– Le Kivu n'a pas de banque du sang, m'objecte-t-il en laissant le silence s'installer.

Ça veut dire quoi ? Est-ce qu'il fait référence aux poches de sang congelées sans lesquelles je ne devrais pas me déplacer ? Je n'arrive toujours pas à me faire à cette idée. Franchement, qui pense à un truc pareil ?

– Il ne va rien m'arriver, dis-je pour dédramatiser.

– Qu'en sais-tu ?

Nos regards se synchronisent sur les griffures que portent encore mes avant-bras et qui continuent à me secouer. Jun joue des sourcils en une question muette. « Et ça, tu veux en parler ? » *Non.*

– Matt ne doit pas le savoir, conclut-il devant mon obstination, il ne t'aurait jamais laissée partir sans ta came.

Quelque chose me frappe dans ce qu'il vient de dire mais, encore préoccupée par ce que je viens de découvrir sur l'implication des Kabbani dans le drame de mon mari, je n'arrive pas à discerner quoi. Mon cerveau se noie dans la brume des événements des dernières quarante-huit heures. Jun avise le tableau des départs où s'affiche la porte du vol pour Tokyo et l'heure d'embarquement, puis ses iris noirs de lynx, très difficiles à soutenir, reviennent se poser sur mon visage.

– Accorde-moi quelques minutes, dit-il sans plus d'explication.

Interloquée, je le fixe sans comprendre ce qu'il attend de moi mais il baisse les yeux et balaye l'écran de son portable.

– Qu'est-ce que tu fais ?

– Je viens avec toi.

– Quoi ? Non !

Effarée, je le regarde taper un texto et ranger son portable.

– Alex, je suis hématologue, m'énonce-t-il bien en face.

– Et alors ? Tu n'es pas mon médecin traitant ! Ni mon baby-sitter.

Sa poitrine se soulève pour retomber aussi sec.

– Le don gratuit n'existe pas au Kivu, insiste-t-il comme si cela devait m'évoquer quelque chose de précis.

Je prends un moment de réflexion, maudissant mon cerveau embrumé.

– Je ne vois toujours pas le rapport.

– Tu le verrais mieux si je te disais qu'une poche de ton sang vaut 9000 dollars ?

Ma mâchoire tombe à s'en décrocher.

Pas que ça m'étonne, durant mes études, j'ai déjà traité des cas pratiques relatifs aux ventes d'organes, avec, souvent, l'absence d'accord éclairé du « donneur ». Du trafic d'organes, en clair.

C'est le cas dans les pays où la législation est plus floue qu'en Europe ou en Amérique, voire *inexistante*. En revanche, pour moi, le don du sang est un acte naturel qui se rapproche du don pour le don.

Nécessairement gratuit donc.

– Tu es en train de me dire que le sang se vend ? Comme les organes ?

Tout va très vite dans ma tête quand je rapproche ça à l'histoire de mon mari. Je m'étais arrêtée aux traitements contre le sida pour effacer sa culpabilité d'avoir baisé Thérèsa dans l'église de Kembe pendant que d'autres femmes se faisaient violer par des Kadogos séropositifs, mais…

Est-ce ça qui a incité Matt à fabriquer du sang artificiel ?

Et si oui, pourquoi se sent-il responsable, *lui* ?

J'oppose à Jun ce que je sais :

– Depuis 1991, la position de l'OMS est pourtant claire. « Le corps humain et les parties du corps humain ne peuvent faire l'objet de transactions commerciales. »

– À d'autres ! m'écarte-t-il d'un ton suffisant. Tu oublies qu'il n'existe aucune législation en Afrique. Ensuite, le législateur a exclu le sang de cette disposition.

J'ouvre des yeux ronds.

– Comment ça, il l'a exclu ? Tu es biologiste. Le sang fait partie du corps humain, oui ou non ?

Un bref mouvement de tête pour confirmer. On est d'accord, il en fait partie ! Mais Jun ne semble pas vouloir en rester là :

– La symbolique du sang est forte, Alex. Le sang peut être médicament, filiation, violence ou rédemption. Le législateur a beaucoup de mal avec le sang. Parce qu'il est ce qui nous définit le mieux. Pour ne pas avoir de problème, il l'a donc exclu. En clair, vendre son sang n'a rien d'illégal.

– C'est idiot ! Autoriser ça, c'est la meilleure façon de dire aux gens « Hé, la populace, ne donnez plus votre sang gratuitement ! Quand vous en aurez besoin, on vous le fera payer ».

Magistral, Jun dresse trois doigts devant mon visage.

– En fait, tu as tort. Ça ne change rien. Il existe trois blocages au don gratuit dans cette région. Un, la religion interdit le mélange du sang. Deux, les croyances magiques portent les hommes à penser qu'ils ne pourront pas rejoindre le paradis si une part d'eux reste sur Terre. Alors tu imagines quand on leur dit qu'on congèle leur sang pour le stocker ! Impossible. Trois, le don dirigé est juridiquement interdit chez nous, mais là-bas, on s'en fout !

Bref, pas de banque du sang !

– Ces gens n'ont pas d'argent. Qui achète ?

Ma question peut sembler bête mais je sens que tout est là.

– La population pratique le don d'échange par solidarité familiale.

– Et quand elle ne peut pas ? Quand il n'y a pas de famille ou que toute la famille est atteinte du sida, par exemple ?

Pas de réponse cette fois. *Mutisme total.*

– Ton sang n'est pas *rare*, Alex, bifurque Jun, il est *génétiquement rarissime*. Crois-moi quand je te dis que tu vas avoir besoin de moi.

Pour avoir vécu avec un mec rétif comme Matt Garrett, je reconnais parfaitement la stratégie de l'évitement. Je ne me trompe pas, c'en est une.

Toutefois, en dépit de la montée d'irritation que je sens poindre en moi, je ne peux qu'admettre que Jun a raison. Je ne maîtrise pas toutes les implications liées à mon groupe sanguin et cette idée me paraît absurde.

– D'accord. Viens avec nous.

Mais ça me révolte. On finira par ne plus rien faire bénévolement.

Quand on est amoureux, on se met à admirer de drôles de choses chez l'autre. Souvent débiles, sans réelle valeur. Moi, j'admire mon mari d'employer son argent à trouver des solutions même si ce qui le guide prend sa source ailleurs.

Quel mal y a-t-il à cela ?

– OK. Je vais appeler Phil pour qu'il nous fasse apporter très rapidement quelques munitions.

Autrement dit, des poches congelées. Absurde !

– Inutile, je m'en suis occupé, lance alors la voix de Paul, nous apprenant de la même façon qu'il est au courant et qu'il nous a entendus. Les poches d'Alex sont déjà dans le frigo du jet des Kabbani. Qu'est-ce que tu crois, Jun ?

Le regard de mon beau-frère m'interroge discrètement en déposant mon jus d'orange mais je m'applique à l'ignorer et tourne la tête de l'autre côté. Par lâcheté ou par simplicité, je descends le jus bien frais, laissant à Jun le soin d'expliquer lui-même sa présence. Ce qu'il fait avec brio et me permet d'apprendre que Paul n'est pas Bombay. *Quelle chance !* De mieux en mieux. Ce petit club fermé très sélect est juste réservé à Matt et moi.

Lorsque je repose mon verre, Paul s'adresse à moi :

– Kar vient de m'appeler. Cameron est arrivé. Nous allons pouvoir embarquer.

Moins de cinq minutes plus tard, nous retrouvons Cameron et mon boss dans l'habitacle principal du jet des Kabbani, perchés sur des tabourets de bar plus exactement. Encore une fois, la déco et le luxe de cet appareil n'ont rien à voir avec celui de Chuck. Ici, tout fait riche et puissant.

Un véritable bar en bois sombre est disposé sur un côté. En face, au lieu de l'espace travail très clair de Matt, sont alignés plusieurs canapés en cuir noir garnis de coussins rouges. Au fond, la chambre de Badi et Jemila dont la porte reste fermée. Minion et Tarzan étant assis à l'écart, casques sur la tête et yeux rivés sur leur ordi portable, hyperconnectés.

Alors que j'hésite à aller embrasser Cameron qui n'a pas bougé d'un pouce pour m'accueillir, Karim réagit à la silhouette de Jun derrière moi.

J'imagine que c'est à moi de faire les présentations.

– Kar, voici Jun Tamani. Jun est hématologue. Il travaille pour Matt à Tokyo.

En même temps, je me souviens que Jun est aussi Nawashi. Comme Matt et Karim. Devrais-je le leur dire ou dois-je me montrer discrète ? J'observe les deux hommes se saluer d'une solide poignée de mains et en déduis qu'ils ne semblent pas se connaître.

Donc je laisse filer.

– J'ai besoin qu'il m'accompagne, continué-je sur ma lancée, parce que j'ai le même groupe sanguin que mon père.

Après tout, tout le monde ici a un père Bombay. Sauf Jun. Mais Jun est l'hématologue qui m'a diagnostiquée de ce groupe alors… Tout va bien.

Enfin presque.

L'expression de Cameron s'est durcie et l'ambiance refroidie. Preuve qu'il m'en veut toujours et n'est pas prêt à partager son père avec moi.

– Bon. Allez, on s'installe, commande Karim, nous désignant les canapés, pour mettre fin à ce malaise. Cam', tu connais le jet. Alex, il y a une salle d'eau invités à l'avant et une autre, plus grande, dans la chambre à l'arrière.

Je hoche la tête bien qu'il ne me voie pas, occupé à décrocher le téléphone mural entre deux sofas pour rentrer en communication avec le cockpit et annoncer que nous sommes prêts à décoller.

La logique me pousse à m'asseoir avec Paul, face à Karim et Cameron. Jun entre nous. Est-ce que cet arrangement préfigure du reste du voyage ? J'espère que non. J'aimerais tellement mieux connaître mon demi-frère. Savoir pourquoi Leila a eu cette réaction en me voyant. Éventuellement, les aider à communiquer s'ils traversent un mauvais moment. Comme Paul n'ignore pas que je redoute les décollages, à peine arrivés sur la piste et alors que les moteurs vrombissent à mort, il sort une photo de son portefeuille et me la montre.

– Ne lui dis jamais que je t'ai montré ça. Matt me tuerait, blague-t-il.

Tandis que l'Airbus s'arrache du sol et que Jun discute de l'importance de la famille dans l'entreprise au Japon avec Cameron et Karim, je prends l'image entre mes doigts. Sidérée et émue de découvrir mon mari enfant.

– Il avait quel âge ?

– Six ans. Elle a été prise dans notre jardin à Durham.

Quand je vois le petit garçon maigre comme un clou assis sur son muret, les genoux remontés sous son menton et le regard vide vers l'objectif, mon cœur se brise instantanément. Je remarque immédiatement cet air de complet détachement sur son visage. Comment la personne qui a pris la photo n'a-t-elle pas deviné à quel point cet enfant était démoli ?

– Et ça, c'était son doudou ?

Combien de fois Matt m'a-t-il confié que mon odeur lui rappelait la peluche de son enfance ? Sa main tient l'oreille d'un chien en peluche habillé d'une cape de super-héros pour se rassurer, mais il n'y a aucune espérance dans ce geste pourtant anodin. Paul acquiesce d'un sourire chargé de tendresse.

– Thor ! Mon Dieu, il a traîné ce chien partout. Je suis sûr qu'il l'a encore. Un jour il a failli me cogner quand j'ai menacé de lui couper une oreille.

Je dois faire un effort considérable pour sourire à Paul.

– C'était méchant de ta part, lui dis-je pour éviter de sombrer. Je ne te croyais pas si cruel, Paul.

– Je voulais le faire réagir. Matt était tellement… Enfin, il ne ressentait rien.

– Thor, c'est un drôle de nom pour une peluche.

Paul rigole.

– Thor était son super-héros préféré. Si tu ne connais pas, Thor est un dieu guerrier. Le plus fort de tous. Matt disait que le tonnerre le protégeait et moi j'avais peur de l'orage. Quand je me plaignais à mon père, il me disait que personne ne se souvient d'un ciel bleu. Par contre, on oublie rarement un orage. Garde-la si tu veux, conclut-il avec un signe de tête vers la photographie.

Un vent de mauvaise conscience m'envahit soudain mais je ne sais pas comment l'exprimer. En considérant le cadeau que vient de me faire Paul, je choisis la franchise.

– Matt ne t'a jamais raconté ce qu'il a vécu au Kivu…

Son visage se referme.

– Non. En revanche, Rob et moi savons que tu as tout deviné. Matt était tellement en colère contre toi quand vous vous êtes séparés qu'il nous a raconté votre petit combat de titans, un soir où il était trop éméché. Et tu sais quoi ?

– Quoi ?

– Je le savais. Quand j'ai lu ton dossier scolaire, tes choix étranges pour le droit des victimes, je me suis dit que c'était le destin qui vous avait réunis. Pour ne pas te mentir, je me suis procuré tous tes mémoires. Quand j'ai lu celui sur les armes du terrorisme international, tu m'as fait flipper. *Grave, Alex !* Je me suis inquiété pour vous. Parce que je ne savais pas ce que tu allais en faire et que je connais mon frère. Poussé à bout, Matt est dangereux.

Je souris intérieurement, plutôt fière de moi.

– J'imagine que tu ne me diras rien ? tente alors Paul.

Je secoue la tête.

– L'ASA, Paul. Tu l'oublies ? Je suis toujours sous le coup de l'accord de confidentialité que tu as rédigé.

Son expression se fige.

– Tu veux rire ! Merde ! Il ne l'a pas déchiré ?

– Non, réponds-je le cœur serré.

Bien plus tard, alors que nous venons de terminer notre repas et que chacun a tenté de dérider Cameron, Karim me sert un expresso au bar pendant que les trois autres prennent un peu de repos étalés de tout leur long sur les canapés.

– Ça va ? demande-t-il en posant la tasse devant moi.

Je me perche sur le tabouret, observant ses larges épaules de dos pendant qu'il enclenche une nouvelle capsule dans la machine.

– Tu crois que Cam' me détestera toujours ?

Si je voulais garder mes pensées pour moi, c'est réussi ! Mais au moins, je les ai confiées à la seule personne qui peut peut-être m'expliquer. Tout en buvant son café, Kar observe un instant son meilleur ami assoupi dans le canap' avec son ordi portable posé sur le ventre, avant de déclarer à voix basse :

– Laisse-lui du temps. Tout cela est totalement nouveau pour lui, souffle-t-il songeur. Il s'y fera. Il n'a pas le choix.

C'est étrange comme en disant cela, Karim a l'air ailleurs.

– Pas sûr…

Son regard de chat-huant revient se poser sur moi.

– Je ne le laisserai pas te rejeter, Sand. Je lui accorde du temps, c'est tout. De plus, je ne veux pas l'accabler en ce moment.

– À cause de Leila ?

Karim hoche la tête pour confirmer mais son expression se referme aussitôt.

– Qu'est-ce que tu ne dis pas ?

– Rien. Laisse tomber !

– Dis-moi ce qui se passe, Kar. Je l'ai croisée hier avec Max et elle… Leila a fait celle qui ne me voyait pas. Que Cam' me déteste, je peux comprendre, mais pas Leila. Ça fait beaucoup *là*…

Nouveau coup d'œil à Cameron, embarrassé. Maintenant, c'est clair, il y a quelque chose qu'il ne dit pas, dont il hésite à se défaire. Même avec moi.

– Leila est enceinte.

– Quoi ?

Le choc, l'incrédulité. Encore un peu, je partais à la renverse.

– Max est son gynéco. Il est tombé sur elle par hasard au Mount Sinaï, ajoute Kar avec prudence. Nos parents ne savent rien. C'est moi qui règle les factures, sinon elle ne m'aurait rien dit.

J'attends que l'information se diffuse en moi.

– Et Cameron alors ?

Kar soupire profondément tandis qu'un cortège de sentiments divers se met en marche dans ma tête. L'air devient épais lorsque j'essaie de l'avaler comme si ma gorge se remplissait de sable. Comment Leila, si prompte à s'épancher, a fait pour n'en parler à personne ? Ni à Margo ni à moi.

– Cam' n'est pas prêt à bouleverser son mode de vie.

– Merde.

Voilà pourquoi. Elle panique. Sans que je sache pourquoi, je flippe pour elle. Une grossesse si soudaine, si jeune, c'est intense et dévastateur. Surtout lorsqu'elle n'est pas bien accueillie et qu'elle doit être portée seule.

– Tu devrais aller t'allonger dans la chambre, me conseille Kar. Il nous reste encore pas mal d'heures de vol et tu as l'air épuisé.

– Mais non. Et toi ? dis-je au moment où un bruit de moteur s'élève dans mon dos, nous fixant tous les deux dans notre conversation.

Jusqu'à ce que le vacarme recommence.

– Tu entends ? C'est quoi ce bruit de tondeuse à gazon ?

Kar rejette sa tête en arrière en riant silencieusement.

– Ils sont bien partis, rigole-t-il avec un signe de tête vers les trois garçons dont les ronflements se font entendre de plus belle dans le silence de la cabine. Je vais certainement faire comme eux dans peu de temps, Sand !

Blagueuse, je lui tape sur l'épaule.

– Quelle horreur ! Tu ronfles ?

– Ouaip. Allez, file !

Ce que je fais en riant moi aussi.

Une fois dans la chambre des parents de Karim, j'ôte mes

chaussures mais décide de me coucher habillée. Le lit king size de ladite chambre est si grand que je me réfugie sur un bord en remontant mes jambes sous mon menton.

Impossible de rentrer dans ces draps.

La pudeur, le sentiment de profanation m'en empêche.

Mais alors que je devrais m'inquiéter pour mon amie enceinte et seule, un voile d'appréhension me tombe dessus comme une chape de plomb. Sans raison puisque je prends ma pilule et que je ne l'ai jamais oubliée. Au point que je doive me retenir de partir en courant. *Ridicule.* Pour aller où de toute façon ?

Nous sommes dans un avion au beau milieu de l'Atlantique.

Avec aucune échappatoire.

50

MATT

Fondu enchaîné.

Nous sommes vendredi matin, on s'apprête à décoller de Pierson International après avoir quitté le Four Season aux aurores et tout va de travers.

– Répétez-moi ça, Verdi !

Marion dépose rapidement mon café sur la tablette, préférant s'esquiver dare-dare, tandis que Sully frappe frénétiquement sur les touches de son ordi, ce qui me tape encore plus sur les nerfs.

– La tour de contrôle est formelle, monsieur. Le jet des Kabbani qui conduisait Mme Garrett à Marrakech vient d'atterrir à Goma. Ce n'est pas le Maroc, monsieur, mais bien le Kivu.

Putain de merdier de bordel de merde !

Comme si la situation entre nous n'était pas assez merdique ! Elle ne peut pas me faire ça. Pas à moi. Pas après que je l'ai épousée. Merde. Elle n'a *pas* le droit de se casser sans mon accord. Je dois le répéter à voix haute pour y croire :

– Alex est au Kivu…

– J'en ai bien peur, monsieur.

Voilà ce qui n'allait pas. Ce truc pénible que je sentais tout au fond des tripes et qui m'empêchait de me détendre durant ces dernières vingt-quatre heures. Je ne savais pas quoi. Je ne savais pas quand. Je savais juste qu'un putain de truc merdique allait arriver. Je *déteste* ce sentiment qu'il n'y a rien qu'on puisse faire pour éviter ce qui va forcément se produire. Moi, j'aime le contrôle.

Ça, c'est elle tout craché. *La fuite.*

Lorsqu'elle m'en veut, Alex est capable de faire n'importe quoi et surtout de déserter n'importe où ! Elle ne réfléchit plus. Et comme d'habitude, le seul responsable de son comportement, c'est moi. Si au moins elle avait conscience à quel point elle est ridicule en fuyant comme ça à tout bout de champ ! Là, tout de suite, je serre les poings pour ne pas foutre un coup au hasard autour de moi.

Mon ordi, mon téléphone ou ce fichu café qui me nargue, voire la déco du jet ! Si elle attend que je la supplie de rentrer à la maison, elle se goure.

Aucune envie de m'excuser, putain !

Exaspéré, j'attrape mon portable.

– Qu'attendons-nous pour décoller, bordel ? fais-je de mauvais poil en tapant le numéro de Kabbani.

Lui, par contre, il va m'entendre. Je le tiendrai comme seul responsable de ce changement de programme. Et c'est d'ailleurs sans aucun doute le cas.

– Raph dit que l'avion devant nous a un problème avec ses bagages en soute, monsieur. Deux passagers ont dû être débarqués à la dernière minute.

Putain. Putain. Putain.

Évidemment, ce petit con ne répond pas à son stupide portable. Je délivre mon message à sa boîte vocale comme un imbécile lambda et claque le couvercle de mon ordi posé devant moi. Putain de Saoudien. Traître. Qu'il aille se faire foutre !

Je beugle :

– Alors, qu'est-ce que ce naze fout sur le taxiway ?

En décidant de quitter New York pour Toronto quelques heures après l'agression d'Alex, j'avais réussi à prendre sur moi comme clairement jamais je ne l'avais fait. Mais je l'ai fait. Persuadé que si on se retrouvait tous les deux, dans une pagaille pareille, je n'y arriverais plus. Alex prendrait en plein dans la gueule tout ce que j'avais contenu jusque-là, et notre relation n'y résisterait probablement pas. Non seulement à cause d'elle mais aussi des autres.

Pour avoir autorisé Tricia à entrer au B-One malgré toutes les précautions que j'avais prises, par exemple. Ou pour avoir eu l'idée géniale de se prendre un appart sordide alors que j'ai dépensé des millions de dollars inutiles pour une putain de panic room dans une île de rêve.

Et j'en passe.

Par ailleurs, Toronto était l'alibi parfait pour provoquer Drajko. Sauf que Tricia a clairement dépassé les bornes en s'en prenant physiquement à Alex. J'aurais pu profiter de ce prétexte pour la faire coffrer, direz-vous.

Eh bien, pas du tout !

Le hic, c'est qu'elle n'est pas entrée par effraction. Oh non ! Grâce à ma femme, elle y a été *conviée*. Ce qui rend toute action légale difficile. En effet, comment justifier une mesure d'éloignement alors qu'on l'a soi-même invitée ?

On me rirait au nez.

Mieux ! Tricia pourrait dire qu'on l'a piégée pour l'agresser et c'est Alex qui aurait des ennuis. Que devais-je faire ? Envoyer ma femme en taule ? Je n'avais pas d'autre choix que de la laisser filer. Et, bordel, je pensais chaque mot que je lui ai dit en la faisant raccompagner par Verdi :

« *Je ne déposerai pas plainte. Ni pour la tentative de meurtre sur ma femme, ni pour le coup tordu que tu viens de me faire.*

Jensen n'est pas mon fils et tu le sais très bien. Mais sache que c'est la dernière chose que je fais pour toi. À partir de maintenant, tu es morte pour moi. »

Savoir que cette pute a posé ses sales pattes manucurées sur mon Alex m'a rendu littéralement fou de rage et j'ai dû m'interdire d'y penser durant tout mon séjour à Toronto pour ne pas raconter n'importe quoi à nos partenaires.

Un exploit !

Mais là, en apprenant qu'Alex va se pointer à Ancalagon, je suis épuisé. Épuisé de toute cette haine féroce contre mon père dont je n'arrive pas à me défaire.

Tout ça, c'est à cause de lui.

Alors que Chuck roule enfin sur la piste, je résiste à l'envie d'appeler Marion pour qu'elle me dégote un truc bien raide dans le bar. Je pourrais descendre une bouteille de Dalmore à moi tout seul, là ! Il faut que je me calme les nerfs.

C'est primordial.

Notre couloir de vol arrive trop lentement à mon goût, on rame alors que j'éprouve une furieuse envie de vitesse. Je dois savoir au plus vite. Comment Alex va-t-elle réagir devant Ancalagon, sans moi pour atténuer le choc ? Que va-t-elle penser de son père ? Et du mien ? Et si elle me quittait à cause de ça ?

Mon cœur bat à toute blinde. Je fais signe à Marion de venir.

– Monsieur ? Ça va ?

Ça ira quand j'aurai bu mon vitriol habituel, pétasse !

– Dalmore. Ni eau ni glace. Demandez à Raph le temps de vol pour Goma.

L'étonnement de mon hôtesse de l'air est justifié.

Jamais je n'ai dérouté un avion de sa feuille de route. Encore moins pour le Kivu où je n'ai pas foutu les pieds depuis mes quinze ans. Rien que de l'évoquer, ma jambe est prise d'un tremblement nerveux, impossible à contenir. Je dois presser ma paume sur ma cuisse.

Deux minutes plus tard, j'ai la réponse :

– Environ treize heures, monsieur. Et si les vents sont favorables, un peu moins. Raph attend vos ordres.

Enculé de Kabbani, il savait ce qu'il faisait ! Même en déroutant Chuck maintenant, Goma-Bukavu ne leur prendra que quatre ou cinq heures de trajet en voiture.

Encore moins par le lac.

– Merci, Marion, on ne change rien.

Inutile de modifier ma feuille de route puisque de toute façon j'arriverai trop tard. J'aurais voulu être là, bordel. Quelque chose me dit que je dois m'inquiéter. Grave. Même si je n'ai rien à voir avec tout ce merdier.

Alex est idéaliste, jeune, insouciante et toujours prompte à défendre la terre entière avant elle-même. Pas sûr qu'elle ne me colle pas ça sur le dos, surtout si l'autre connard fait sonner les violons !

Kabbani connaît Alex depuis bien plus longtemps que moi, et, chose acquise à présent, il est prêt à tous les coups pourris pour la récupérer. Ce mec est cinglé, je ne vois pas d'autres explications. Tant mieux, ça me donnera moins de scrupules lorsque je lui démolirai le portrait. Pour de bon cette fois.

Bien sûr, j'ai ma part de responsabilité.

J'assume complètement de ne lui avoir rien dit. Car plutôt crever que de ressembler à mon père ou qu'elle puisse me comparer à lui. Même par mégarde ! Vincent incarne tout ce que je hais, tout ce que je méprise. Tyrannique, dépendant à l'alcool et aux femmes, adorant et destructeur. Et il continue à me pourrir la vie alors même que j'ai tout fait pour qu'il s'éloigne de moi. Pour qu'il dégage de mon existence. C'était tout un art sans froisser Paul et j'y suis arrivé. Deux repas l'an. L'excuse du « mail de refus ». Un cerbère pour les appels vocaux.

Il a renoncé.

Sauf qu'avec le coup qu'il vient de me faire en me faisant endosser son mioche, il a clairement dépassé les bornes.

Tout ce dont nous avons besoin avec Alex, c'est l'un de l'autre. J'ai épousé la seule femme qui m'était destinée et qui était capable de s'emparer de mon cœur pour en faire quelque chose. Du moins si ce n'était pas trop tard. Sans le vouloir, je repense à nos vœux de mariage au moment où j'allais dire oui.

« T'es conscient que c'est pour toujours, hein, Guerrier ? Tu vas pas me laisser sur la route... »... « Peu importe ce que la vie nous lancera à la figure, Civilité. Je ne t'abandonnerai pas. Et toi ? Tu vas me laisser sur la route ? »

La peur de l'abandon, toujours. On ne change pas sa nature.

– Retour de manivelle, grand chef !

Je lève la tête pour découvrir Sully, planté devant moi, ne montrant aucune émotion alors que je suis prêt à lui tomber dessus pour avoir osé m'appeler comme ça. Qu'est-ce qui lui prend ?

– Parlez. Et après, barrez-vous, Sully !

– Drajko s'est connecté, m'annonce-t-il platement.

Le silence qui nous tombe dessus est glaçant.

– Où ? dis-je en me doutant de la réponse.

– Il est au Kivu.

Putain, il m'a eu.

– Comment ?

Comment l'avez-vous su ? Comment s'est-il connecté ? Impossible de formuler ma question plus correctement. L'air que j'inhale devient brûlant et m'empêche de m'exprimer. Sully capte tout de suite :

– Drajko vient de télécharger une vidéo où on voit Alex monter dans un SUV. Je pense qu'il s'apprête à vous l'envoyer.

– Quoi d'autre sur la vidéo ?

Sa mâchoire se durcit pour la réponse :

– Alex est entourée des jumeaux de Kabbani Corporate. Ces gars sont d'anciens mercenaires de la firme américaine Blackwater, célèbre pour ses massacres de civils en Afghanistan…

Nos regards s'accrochent l'un à l'autre, prudents. Lui comme moi savons ce que ça lui évoque. La culpabilité d'avoir été en prison au moment où sa famille s'est fait abattre. Femme et enfants. Il s'en veut toujours.

– Ce sont les gars que vous recherchez, Sully ? je lui demande droit dans les yeux afin de mieux prévoir quelle sera sa réaction lorsqu'on interviendra.

Neutre ou pas.

Mais l'Afghan hausse les épaules pour dégager la question.

– Preuve que le père Kabbani prend la menace au sérieux, biaise l'intéressé, me faisant comprendre ainsi qu'il ne répondra pas. J'espère pour vous que Drajko n'est pas Kabbani. Sinon on est mal !

Les poings serrés, je suis à deux doigts de mettre un coup dans le mur, juste pour oublier ce qu'il vient de dire.

– Je vous avais prévenu qu'il y avait un risque à le provoquer, se permet-il, retournant sciemment le couteau dans la plaie. C'est *Elle* que Drajko a choisie comme cible, pas vous. N'importe qui peut voir qu'elle est votre point faible à des milliers de kilomètres.

L'envie de l'insulter est trop forte mais j'essaie de me contenir :

– Si vous pouviez éviter les « je vous l'avais bien dit », ça m'arrangerait ! Quand on touche au point faible d'un homme dangereux, on lui donne une vraie raison de l'être encore plus, Sully ! Vous êtes bien placé pour le savoir.

Silence de l'Afghan.

– Montrez-moi la vidéo. Je suis certain que vous avez trouvé un moyen de la récupérer sans vous faire repérer.

Quand il ouvre mon portable pour m'y connecter, je ne suis pas capable de la regarder plus d'une minute. Ça fait mal. On y voit Alex à plusieurs instants. À sa descente d'avion, montant dans un gros 4x4 Cadillac aux vitres teintées étrangement singulier pour la région. Endormie sur un lit ensuite dans le jet des Kabbani. Rien que cette image me tue. *Elle a confiance, putain.*

Sully referme le lien et l'écran redevient noir.

– Tout n'est pas négatif, tempère-t-il. Maintenant, on sait que Drajko était dans cet avion avec votre femme. Ça réduit la liste des suspects.

Ma culpabilité endolorie se réveille malgré moi.

– Et ça donne ?

– Ils sont quatre. Karim. Cameron. Jun et…

La jonction se fait dans mon esprit.

– Sankyo ! Jun veut m'empêcher d'avaler Sankyo.

Sauf qu'il n'a pas un flèche. Ça ne tient pas. Au lieu de me répondre, l'Afghan ravale le dernier nom, ses yeux plantés dans les miens comme s'il redoutait ma réaction.

C'est bien le moment, tiens !

– Le quatrième, Sully ! m'énervé-je, sentant que cela ne va pas me plaire.

– Votre frère, Paul.

Là, je suis frappé de mutisme.

Que vient faire Paul dans cette affaire ? Mon père n'aurait *jamais* envoyé Paul au Kivu. Il a bien trop à perdre. Paul est avocat, il ne mettra pas longtemps à comprendre. Je n'arrive qu'à ouvrir les lèvres et à les refermer. Je regarde Sully fixement durant une minute. À douter, hésiter, repousser.

Il y a certains moments où l'on attend seulement une chose.

Qu'ils prennent fin. Ce qui, bien sûr, est totalement absurde. C'est le propre des tempêtes. Lorsqu'elles se lèvent, il n'y a rien à faire. Juste se mettre à l'abri. Je ne préfère même pas imaginer que ce soit Paul. Ça me tuerait, je crois.

Quel genre de salaud se ferait trahir par son frère ?

Tu as ce que tu voulais, Garrett ! Drajko est sorti du bois à présent.

J'essaie d'empêcher la panique de percer dans ma voix mais, rien à faire, il faut que j'élimine Paul de la liste des suspects :

– On peut allumer un de leurs Smartphones à cette distance ? Celui de Paul, par exemple ?

– Non. Trop loin. On est hors de portée.

Le mien vibre sur la tablette devant moi signalant l'arrivée d'un mail sur ma boîte personnelle. Je le consulte sur mon Mac sans perdre de temps et mon sang se glace en découvrant l'adresse mail qui s'affiche : drajko@mkmail.com

– C'est lui. Il prend contact.

Sully se déplace derrière moi en disant :

– Enfin, on va savoir ce qu'il veut. Moi, je dis du fric.

– Si cet abruti pense que je vais verser une rançon pour pouvoir mieux me doubler, c'est qu'il ne me connaît pas !

La vidéo est bien là. Sully se penche en avant pour prendre connaissance du message qui l'accompagne. En même temps que moi.

[Ta petite femme est très jolie, Matt ! Tu te souviens ?
Il n'y a pas si longtemps je te faisais une promesse.
Tu as le choix. La sauver, elle. Ou te sauver, toi.
Qui vas-tu choisir, égoïste ?]

– Pas de rançon, fais-je d'une voix défaite.

Même si, par principe, je n'aurais pas payé, quelque part ç'aurait été plus simple d'avoir affaire à un taré attiré par l'argent.

– Il manque un élément, réfléchit Sully, les sourcils froncés.

Je plisse les yeux pour une deuxième lecture. Je ne capte que dalle mais je sens que ça va me mettre en rogne.

– Des conneries, putain ! Le message qu'il avait laissé dans mon appartement disait qu'il allait me prendre tout ce qui me reste. J'ai cru que j'avais affaire à une sorte de prophétie de trader fou, mais j'étais à des kilomètres. Il ne veut pas mon fric, c'est Alex qu'il veut me prendre. Et c'est un putain de gros problème !

J'avais raison, je suis en rogne. Pour de bon.

– Alors, pourquoi vous donner la possibilité de la sauver ? m'oppose logiquement Sully.

– Parce que c'est un sadique ! Comment la sauver si je suis coincé dans cet avion ?

La colère me dévore. Une colère comme j'en ai rarement ressenti auparavant, qui ébranle toute ma capacité à raisonner mais qui, étrangement, met toutes les pièces manquantes en place. Aussi lumineux que si j'étais dans sa tête.

– Putain, ce connard sait où je suis !

Oh, bon sang !

– Il a un complice qui le renseigne. Nous avons avancé notre départ de Toronto. Qui savait que le mail arriverait alors que nous avions décollé ?

Encore perplexe, Sully se gratte la nuque.

– Debra, Raph et sa copilote, Marion, Verdi, vous et moi.

Une conversation avec Debra s'impose. Ça ne fait aucun doute, vu qu'elle est la seule à ne pas être dans cet avion.

– D'ailleurs où est Verdi ?

Je m'en veux de soupçonner tout le monde mais je n'ai pas le choix.

– Avec Marion, avoue à regret mon responsable informatique d'un signe de tête explicite vers l'avant.

À cet instant précis, le grand Black nous rejoint.

– « Houston, on a un problème », entonne l'inconscient. Je vous la fais Hollywood parce que j'ai toujours rêvé de dire ça, mais c'est sérieux.

L'avertissement perceptible dans le ton de sa voix me met encore plus à vif. Parce que si c'est pour s'excuser de brancher mon hôtesse de l'air au lieu de bosser pour moi, ça risque de ne pas me plaire.

– Raph dit que le jet a eu un problème technique après le décollage et qu'il ne peut pas atteindre l'altitude normalement requise, délivre-t-il plus sérieusement.

Je secoue la tête, sûr de moi.

– Impossible. Le jet a subi une maintenance courante à LaGuardia avant de quitter New York. Qu'est-ce qui cloche ?

– Justement. Raph a appelé Pierson pour le savoir. Un ingénieur international a été saisi de l'enquête. Il nous demande de faire demi-tour pour procéder à une fouille minutieuse de l'avion.

– Quelle enquête ? Il est hors de question qu'on fasse demi-tour, putain !

– On n'a pas le choix, m'oppose Verdi. La sécurité a arrêté un faux technicien, mais le type reste muet. Depuis, ils ont rappelé trois autres jets pour procéder au check technique. En gros, il est possible que Chuck ait été saboté à LaGuardia et qu'on risque l'explosion des réacteurs si on force l'altitude.

– Quoi ?

Si mon regard pouvait tuer, Verdi serait déjà dans une housse mortuaire.

– Répète ça ! lui lance l'Afghan qui s'est mis debout.

Singulièrement, pour quelqu'un qui n'a jamais eu peur de

mourir, j'ai des frissons en pensant que je pourrais ne plus jamais revoir Alex.

Alors qu'il y a quelques mois en arrière, je n'en aurais rien eu à battre.

– L'ordre est formel, monsieur. Nous devons nous poser au plus vite. Le HUB de LaGuardia dit qu'il n'y a jamais eu de maintenance enregistrée pour Chuck.

Sonnés, nous nous regardons une seconde comme des gens condamnés à vivre leur dernier instant ensemble, avant que je me décide à rompre le silence :

– Drajko.

– Sûrement, acquiesce Verdi. Ça prouve qu'il n'est pas seul et qu'il est très organisé. La fausse maintenance n'a duré qu'une trentaine de minutes mais ils ont eu le temps de monter à bord.

Je serre les dents à m'en faire mal. On était juste à leurs pieds pendant qu'ils sabotaient Chuck. Comment est-ce possible ? Je ne sais pas ce qui me retient de foutre un procès au cul de l'aéroport.

– De la merde, putain ! On entre dans ces aéroports comme dans un moulin. Leur sécurité ne vaut pas un clou. Il suffit qu'un connard vole un badge, et la sécurité n'y voit que du feu ! Voilà pourquoi il nous fallait notre propre aérodrome.

Je me lève. Il faut absolument que je joigne Alex, que je m'assure qu'elle va bien. Mais rien à faire, son portable ne répond pas. Tout ce que j'obtiens, c'est sa boîte vocale. Direct. Elle a dû l'éteindre. Je marche en catastrophe.

J'ai besoin d'air pur à respirer, d'espace pour penser, et je suis dans une putain d'atmosphère pressurisée, piégé comme un lion en cage. L'envie de balancer un coup de poing dans les murs est si forte que je dois m'obliger à faire les cent pas dans l'allée pour ne pas y céder.

– Calmez-vous, monsieur…

Je fusille Verdi des yeux.

– Ne me dites pas de me calmer, putain ! Je vous connais, Verdi. Vous rouleriez sur les passants dans une allée piétonne pour sauver votre fille.

Je me retourne vers Sully.

– À vous ! Pourquoi les réacteurs n'ont pas explosé sur le vol aller ?

– Il peut s'agir d'un sabotage à déclenchement, répond-il tout de suite. Un système est mis hors-service et un autre suit.

– Et on obtient un « scénario du pire », fais-je, me rappelant mes propres manuels de pilotage.

– Voilà. Il conviendrait de savoir lequel il a mis hors service en premier. Ça peut être le pilote automatique, l'informatique, les transmissions satellitaires. Ou carrément un explosif. Il existe plein de facteurs qui…

J'ai autre chose à foutre que d'écouter son baratin lénifiant sur la meilleure façon de faire sauter un jet. Ce n'est pas comme flanquer mon poing dans la gueule de Drajko jusqu'à ce qu'il arrête de respirer.

Ça, ça me branche davantage !

– Tout ça nous fait une belle jambe, Sully. Pendant ce temps, ce salaud est avec ma femme avec Dieu sait quelles intentions ! Bon Dieu, si je sors de cet avion vivant ce sera pour aller en taule !

– Depuis le temps que vous voulez vous le payer, je vous crois, acquiesce l'Afghan échauffé.

– Personne n'ira en prison si on fait ça comme il faut, intervient Verdi d'un air pénétré. En échange, je revendique le droit d'un dernier coup de pied dans les boules de ce salopard. Rien que pour m'avoir fait imaginer ma fille orpheline.

– S'il est encore vivant, Verdi. S'il est encore vivant.

Ce qui à mon avis ne sera pas le cas quand j'en aurai fini avec lui.

Pendant que Sully télécharge le plan des circuits du jet sur son ordi, je jette un coup d'œil à la tablette où reposent le mien et mon Smartphone. Je sais très bien que je dois me débarrasser de cette rage si je veux avoir une chance de reprendre les choses en main. Je le dois à Alex.

L'ennui c'est que mon côté rationnel s'est évaporé quand ce salaud a mentionné ma « petite femme ». Qui est-il putain ? Lequel est-ce ? Que va-t-il lui faire ? La faire souffrir pour me tuer à petit feu ? Je ne suis pas certain de pouvoir le supporter. L'envie de les démolir tous les quatre est si forte que je dois m'accroupir pour chasser les images d'Alex, confiante, avec un tel sadique près d'elle, et m'obliger à respirer.

Respire, connard ! Sers-toi de ton cerveau.

Sur qui puis-je compter ? Est-ce que je peux au moins compter sur l'un d'eux ? Exactement comme dans les cauchemars de mon enfance. Aucun d'entre eux ne volait à mon secours quand les coups pleuvaient. Ni ma mère qui m'avait abandonné, ni mon oncle pourtant pédopsychiatre, ni mon frère. J'étais seul.

La famille, c'est vachement surfait, putain !

Encore une preuve que je ne suis pas fait pour ça. Je me frotte le visage en me relevant et je me dis que je ne vaux pas mieux que ma mère si j'abandonne ma femme alors qu'elle est en danger. Alex est la chose la plus pure que la vie m'ait offerte. Aussi pur que doit l'être un enfant qui vous confie sa vie, son droit de vivre. Je fais mon possible pour chasser ce doute.

Quelle ironie du sort, Garrett !

Alors que je ne pensais qu'à une chose : savoir comment faire retomber ma colère contre elle pour m'avoir désobéi. Maintenant, je ne songe qu'à aller la chercher et la ramener à la maison, dans notre monde à nous, avec Luca et Sexe.

Avant que ma culpabilité n'occupe tout l'espace de la cabine, je me dirige vers l'espace travail où Sully a installé son matos. Je reste assis un moment, silencieux, en face de lui, ignorant le claquement agaçant des touches et les tremblements nerveux de ma jambe. Ma poitrine me fait mal. Je dois lutter, faire un bras de fer avec moi-même pour remonter le couvercle de mon MacBook où m'attend ce que je comprends être un autre mail de Drajko lorsque je sors l'écran de sa veille.

Je lis et une gorgée de bile acide me remonte alors dans la gorge.

– Cherchez plus. C'est l'altitude. Les réacteurs de Chuck exploseront si on redescend en dessous des 10 000 pieds, leur dis-je d'une voix caverneuse.

Autrement dit, on ne peut plus atterrir.

Je ne sais pas si notre situation est meilleure ou pire que celle qui attend Alex mais, en une seconde, Verdi et Sully lisent au-dessus de mon épaule le second mail de l'autre pourriture.

[Chine. Bolivie. Pérou. Népal ? Tu as le choix.
Voici la liste des aéroports où tu peux te poser.
Tu m'excuseras, aucun n'est au Kivu.
Fais le bon choix, Matt ! L'heure tourne…
Sais-tu qu'ici le sang de ta belle vaut plus cher que le crack ?]

Plus que la mienne, la frayeur de ce qui pourrait lui arriver me frappe comme un raz-de-marée, en plein ventre, et me coupe les jambes.

Peur, inquiétude, amour, perte, abandon, prudence.

Toutes ces émotions me tombent dessus d'un coup. Pour quelqu'un qui n'est pas habitué, je reste planté là, paralysé par cette image d'amour à couper le souffle. Je n'arrive pas à respirer. Je n'arrive pas à parler. Et pourtant, les sentiments en moi sont d'une telle violence que je me force à ouvrir les yeux à la recherche d'un infime espoir. *Raté !*

Verdi me lance un regard plein de reproches.

– Voilà ce que je redoutais, s'exclame-t-il. Combien de fois ai-je dit que cette information ne devait *en aucun cas* circuler. Comment voulez-vous que je vous protège si on leur fourbit les armes ?

La rengaine est connue mais quelque chose dans sa remarque m'accroche et le flash passe dans mon esprit trop secoué. Je n'arrive pas à le retenir.

– Lequel des quatre avait l'info sur le groupe sanguin d'Alex, me questionne Sully, plus pondéré.

C'était important mais j'essaie de rassembler mes pensées pour lui répondre.

– Les quatre. Jun le sait puisqu'il a effectué le prélèvement à Tokyo. Alex m'a dit qu'elle en avait discuté avec Kar durant notre séparation pour savoir si lui et Leila étaient du même groupe. Et je l'ai dit à Paul. Rob est au courant aussi, bien sûr, mais il n'est pas concerné. Le seul dont je ne suis pas sûr, c'est Cameron. Cependant, j'imagine qu'il le sait lui aussi.

Le silence qui se répand alors dans la cabine est un poison qui contamine tout ce qu'il touche, désigne tout le monde. La sensation de la peur s'installe dans mon ventre. Quinze ans que je n'en ai pas senti l'odeur. Mourir, c'est une chose – je n'ai pas peur de mourir – mais la laisser entre les mains d'une pourriture…

Je sens la rage couler en moi.

– Ma femme n'est pas quelque chose que je suis disposé à perdre. Que ce soit clair, régler *définitivement* le sort de ce monstre ne me posera aucun problème.

Seuls leurs regards me parlent.

On est d'accord.

– L'aéroport de La Paz est à plus de 13 000 pieds et à moins de sept heures de vol, reprend Sully après un instant en tournant son écran vers nous. La Paz-Goma, il faut dix heures. Ça pourrait le faire.

La Bolivie est en effet la meilleure solution.

– OK pour La Paz. Verdi, contactez Rob et dites-lui d'envoyer le Challenger d'MHG Industrie sur place. Avec le plein et un prévol pour le Kivu. En revanche, on disparaît des radars. Dites à Raph d'avertir la tour que c'est un acte délibéré. Inutile qu'ils nous cherchent. À partir de maintenant, c'est silence radio pour Drajko. On doit sortir de là et rejoindre Alex.

– Pourquoi le silence radio ?

– Pour gagner du temps. Étant donné que ce sadique veut me torturer en me donnant Alex en spectacle, il prendra son temps. L'idéal serait peut-être même qu'il nous croie morts.

Pendant que Verdi se dirige vers le cockpit pour exécuter mes ordres, je fais signe à Marion de venir qui, si j'en crois la pâleur excessive de son visage et la démarche mal assurée, a tout entendu de notre conversation.

– Monsieur, je…

– Nous allons atterrir, Marion. Le jet a peut-être été saboté mais tous les appareils fonctionnent. Apportez-moi le GSM de Raph, j'ai besoin de passer un appel en toute discrétion. Ensuite, vous éteindrez tous les portables. Y compris le vôtre.

Sully pointe son doigt vers la bouteille de Dalmore que Marion a discrètement laissée à disposition sur la tablette de l'espace travail.

– Vous partagez ?

– Servez-vous, Sully. Il semble qu'on soit dans la même merde. Désolé.

Ses prunelles s'assombrissent tel un puits sans fond, sans lumière. À cet instant, Sully a tout pour rivaliser avec le diable.

Tout en haut de la chaîne du mal.

– Ne le soyez pas. Moi je n'ai personne à perdre et… ces deux mecs-là, les jumeaux, hésite-t-il, ça fait un moment que je les cherche.

La boule au ventre de savoir Alex avec eux sans pouvoir dire si c'est un bien ou un mal, je me contente de hocher la tête en me servant de liquide ambré à mon tour, que nous dégustons en silence, face à face, d'homme à homme.

Finalement, Alex et sa grand-mère ont raison.

Contrairement aux buveurs de bière ou de Tequila qui sont ennuyeux et bruyants, les buveurs de whisky prennent leur temps. *Pour tout*. Le whisky, comme la vengeance ou le sexe, se boit doucement.

– J'ai éteint tous les autres, m'informe Marion en me tendant le GSM de Raph.

– Merci, Marion, le mien est éteint.

– Le mien aussi, déclare Sully.

Pour la première fois de ma vie de buveur de whisky, le breuvage qui coule sur ma langue est aussi robuste physiquement qu'émotionnellement.

Et *ça*, c'est grâce à Alex.

– Qui allez-vous appeler ? se soucie Sully lorsque Marion repart.

Je prends le temps d'explorer la marque laissée sur le verre avant de décider si je vais répondre. Peu importent les circonstances, j'ai sauvé sa femme un jour.

– Luba. Il est temps qu'il me renvoie l'ascenseur.

Ancien colonel du précédent régime, l'homme régnait sur la région d'une main de fer lorsque j'avais quinze ans. Craint, redouté, détesté. Pour certains, tyran odieux, diabolique. Peu importe. Je ne l'ai jamais jugé.

Quand les gens vivent dans un environnement malsain et dangereux, quand il n'existe de solution nulle part, il leur faut des vices pour s'en sortir. J'en sais quelque chose. Son truc à lui, c'était le candaulisme et peut-être un trop grand amour pour une femme qui ne le méritait pas. Mon tort à moi a été de me laisser embarquer. Je pourrais sans problème tuer à nouveau, massacrer celui qui oserait la blesser. Tout ce qui peut m'arriver, j'accepterai.

Je ne suis pas spécial, mais…

J'ai besoin d'Alex pour rester humain.

51

ALEX

Je me mets à transpirer.

Bientôt cinq heures qu'on a quitté l'aéroport de Goma et je n'avais encore jamais éprouvé cela. Quand on transpire abondamment, sans bouffée de chaleur ni élévation de la température, et que les frissons se répandent dans tout le corps alors qu'il fait au moins 40 °C dehors. Quand le rythme cardiaque s'accélère et vous donne des vertiges. *L'angoisse.*

Pas l'angoisse raisonnée qui se justifie par quelque chose, non. Celle aux antipodes dont on reste prisonnier. Une sorte de sonnette d'alarme qui ne me lâche pas. Comme si je pressentais qu'un accident va arriver à ma famille, mes proches, et que je ne pourrai rien y faire. Ce n'est pourtant pas de moi.

Qu'est-ce qui m'arrive ?

La voix de Paul s'élève dans l'habitacle du SUV :

– Les coordonnées GPS fournies par Alex pour trouver Ancalagon indiquent clairement le Sud-Kivu, ronchonne mon beau-frère qui, comme nous tous, n'en peut plus de rester assis. Alors pourquoi sommes-nous passés en territoire rwandais ? Quelqu'un m'explique ?

Douze heures de vol plus cinq heures de route. Ça fait beaucoup d'affilée mais nous manquions trop de temps pour nous reposer dans un hôtel de Goma et repartir le lendemain. Aussi a-t-on décidé à l'unanimité d'aller dormir sur place.

Enfin, au plus proche, étant donné qu'on ne sait pas à quoi s'attendre. D'après les indications fournies par le GPS, Ancalagon est situé non loin de la ville de Bukavu, tout près du parc national de 600 000 hectares où Cameron et Kar veulent faire leur randonnée. On ne devrait pas avoir de mal à se loger.

– De l'autre côté la route est coupée, réplique ce dernier au volant.

Perdu dans ses pensées, grillant cigarette sur cigarette, mon boss conduit les yeux rivés à la route. Un panneau de signalisation indique :

« Entrée en République démocratique du Congo »

– Dans tes rêves, mec ! Où vois-tu une route ici ? grogne mon beau-frère alors que le SUV vient de franchir un nid-de-poule plus gros que les autres, nous faisant tous rebondir vers le plafond et lui donnant partiellement raison.

Le front collé à la vitre, je tente de remettre de l'ordre dans mes pensées et décide que ce voyage m'offre une pause bienvenue loin du stress de la maison, de cette folle de Tricia et de mon merveilleux mari si sexy mais tellement compliqué et secret qu'il m'épuise. En outre, cette échappatoire à point nommé me donnera une occasion de rencontrer des gens que je n'aurais jamais croisés autrement. Ce qui me sera forcément utile pour rafraîchir la fondation de Matt.

– Vous êtes complètement tarés. À cette allure, on risque de dormir dans la bagnole, rigole Jun. Dans une heure, il fera nuit.

Pas faux. Il n'est que 17 heures, heure locale, mais la lumière décline vite dans l'hémisphère austral et les ombres se répandent sur la route non éclairée, comme pour mieux nous avaler.

– Les jumeaux nous suivent toujours, lance Cameron qui vient de jeter un œil inquiet au rétroviseur extérieur placé de mon côté, faisant tout son possible pour ne pas croiser mon regard.

J'essaie d'ignorer son indifférence en laissant mon esprit s'évader par la fenêtre. S'il ne veut pas de moi pour sœur, c'est son problème. Par contre, s'il rejette ma copine, il n'y coupera pas ! Leila est une crème. Une fille adorable qui attend le prince charmant depuis ses six ans et ne mérite absolument pas de subir son dédain. Que va dire Margo quand elle apprendra sa grossesse ?

Je l'entends déjà « Les hommes, on les connaît ! Entre les lâches, les traîtres et les mufles, mieux vaut des relations sans lendemain ! Au moins, on reste maître à bord. » Je ne donne pas cher de la peau de Cameron quand elle apprendra qu'il est les trois à la fois.

Assise à l'arrière du SUV près de Paul, lui-même assis à côté de Jun, je me perds dans la contemplation des paysages qui défilent. Une palette complète de paysages variés d'une extrême beauté où des couloirs de forêts verdoyantes s'allient à une chaîne de volcans arides toujours en activité. Mais le clou du spectacle reste le lac éponyme de la région du Kivu.

Sombre. Silencieux. Inquiétant. Envoûtant.

Depuis qu'on le longe, j'observe les villas construites çà et là en bordure. Leur allure proprette, confortable et blanche contraste étonnamment avec les villes que nous avons traversées, qui, elles, semblent toutes sorties de l'enfer.

À côté de cela, cette étendue d'eau grise immense a quelque chose de magique, d'immortel, comme si quelque part la nature tentait d'absorber le choc vécu par les Kivutiens. Sa beauté me réconforte. Je n'arrive pas à le quitter des yeux, écoutant seulement d'une oreille distraite leur conversation :

– Hé, Paul, tu connais la dernière frasque de Rob ? lance Cameron en se tournant vers nous.

Tout en évitant mon regard, bien sûr.

– Qu'est-ce que j'en sais, moi ? Mon frère est canon, les filles le trouvent sympa, il fait beaucoup la fête, n'a aucune morale, mais il s'en sort toujours. Tu vas me dire qu'il a énervé le mauvais mec ?

– Une rumeur circule comme quoi il péterait un câble pour une meuf qui ne veut pas coucher avec lui. Résultat, il s'en prend à la terre entière partout où il va et il n'est pas très vigilant côté gens qu'il ne vaut mieux pas provoquer.

Paul jure mais hoche la tête.

– Que veux-tu, la frustration sexuelle fait de lui un con. Il est pas habitué. Je lui ai toujours dit que je ferai ses divorces…

Après un bref coup d'œil à Jun, qui depuis un moment préfère écouter sa playlist plutôt que leurs jacasseries, je me contente de dévisager Cameron. Essayant de juger la validité de ses propos par rapport à ce que je sais de l'éphémère relation de Rob avec Margo. Mais rien ne dit qu'il s'agisse d'elle.

– En parlant de frustration, Kar, tu as fait exprès de donner à ton GPS la voix de Jane Birkin ? lui décoche Paul en s'agitant sur son siège. Non, parce que j'ai l'impression qu'elle me chuchote à l'oreille des trucs cochons.

– Ouais, moi aussi, ricane Cameron.

En tout cas, voyager avec quatre garçons bourrés de testostérone au milieu des chips et des sodas riches en caféine n'est pas chose facile. Sans compter l'odeur.

Le SUV transpire le sexe, la sueur et la cigarette.

Moins d'une heure plus tard, « Jane Birkin » nous annonce que nous sommes arrivés, mais en fait, j'ai plutôt l'impression que nous sommes perdus.

Perdus car je ne m'attendais pas à ça.

Rien à voir avec ce que nous avons traversé jusqu'ici. La ville de Bukavu est bâtie sur cinq presqu'îles formant un arc de cercle dans la baie, mais adossées à de hauts massifs de végétation luxuriante. Des pins. Des palmiers. Des versants fleuris. On a l'impression d'être au milieu des Alpes, alors que la forêt équatoriale des parcs naturels n'est pas loin... *L'Italie*. Matt m'avait dit que le Kivu ressemblait à la Suisse et j'avais eu du mal à le croire.

Moi, je dirais l'Italie.

– C'est vraiment beau ici, laissé-je échapper.

Si la voie d'accès affichée par le GPS s'enfonce dans le massif verdoyant, n'indiquant rien de ce que nous allons découvrir en nous y engageant, notre situation en aplomb du lac procure à l'endroit un panorama à couper le souffle.

– Ouais, la zone est moins instable aussi, ce qui vaut à Bukavu d'être prise d'assaut par les humanitaires, me répond Kar aussi subjugué que moi devant ce spectacle surprenant. Dont une importante présence de l'ONU, selon mon père.

– Tu veux dire qu'il y a encore des conflits ?

– Au Nord, oui. Les rebelles du M23 sont très actifs près du parc des Virunga en ce moment. Dans le Sud, on est tranquilles.

Mais alors que je m'apprête à demander pourquoi précisément en ce moment, Cameron me coupe la parole :

– Cool, Kar ! On va pouvoir se faire le parc du coin, se réjouit-il égoïstement. Tu te souviens de notre randonnée dans le Caminito del Rey ? Le défilé m'a filé la frayeur de ma vie.

À ce moment-là, une moto trial chevauchée par deux jeunes garçons en jean et chemises blanches, coiffés de vieux casques intégraux rouges auxquels il manque les visières, nous contourne pour s'engager dans le chemin de terre devant lequel Karim a stoppé le premier de nos deux énormes SUV. Fortement impressionnés par les deux Cadillac au chrome rutilant mises à disposition par Badi, les deux gamins admiratifs marquent un temps d'arrêt.

– Hé, les gars ! leur lance Karim.

La trial s'immobilise à hauteur de la portière.

– La vache, mec, c'est une Cadillac, lui retourne le conducteur.

– Ce bijou, c'est la perfection, mec ! enchaîne le passager accroché à sa taille.

– Ouais ! Un vrai bijou à conduire, t'as raison. Tu vas où comme ça ?

– Bah, on rentre à la maison, répond le premier.

– Tu viens du boulot ?

– Ha han, on est chauffeurs nous aussi, balance fièrement le premier.

– Ah oui ? Vous bossez pour qui ?

– Moi pour le Bureau de la sécurité des Nations unies, lui pour un cinéaste. Un mec connu qui a fait des tonnes de films.

– Et c'est cool ?

– C'est super cool, mec ! On balade tous les humanitaires et les stars du coin. Ils sont généreux aussi côté dollars.

– Content pour toi, vieux ! Tu connais Ancalagon ?

– Tu y es ! Le domaine est au bout du chemin.

Au bout du chemin en question, je fixe les dessins du portail ouvragé en fer forgé noir au fur et à mesure qu'il s'ouvre avec une incrédulité absolue. Ce n'est pas tant ce qu'il pourrait y avoir derrière qui retient à cet instant mon attention, mais les motifs du dessin. Un dragon noir entouré de flammes formant le sceau.

L'exacte réplique du Dragon Noir Guerrier tatoué dans le dos de Matt. Le même que celui de la vidéo de Victor. *On y est !*

– Nom de Dieu…

C'était la voix totalement abasourdie de Paul. Quel choc ce doit être pour lui de découvrir l'endroit où son père a envoyé son frère après la dispute avec Tricia !

– Alors, c'est là qu'il était…

Je me contente de presser sa main doucement pour l'empêcher d'en dire plus devant les autres. Geste qu'il me rend pour me dire qu'il a compris. En seulement un instant, ce contact sur ma peau hypersensible suffit à anéantir toute appréhension chez moi. Un peu comme si Matt était là grâce à Paul.

Néanmoins, je sens le regard des autres sur nous.

– Qu'est-ce qui ne va pas ? demande Kar d'une voix perçante en fixant nos mains enlacées dans le rétro intérieur.

Je lui lance un regard contrarié.

– On est tous concernés par cet endroit, Kar.

Une fois le portail ouvert, les deux gros SUV se remettent à rouler au pas en suivant la trial blanche qui pétarade et nous sert d'éclaireur, nous offrant tout loisir de découvrir l'endroit.

La première chose qui me frappe est l'aspect village de vacances aux larges pelouses engazonnées parsemées de massifs fleuris. Quelques véhicules sont garés, des motos. Si j'avais cru un jour qu'il s'agissait d'un camp de réfugiés comme on en voit dans les reportages humanitaires, j'étais loin du compte.

Une dizaine de maisons coloniales en bois, toutes sur pilotis et disposées à flanc de colline, font face au lac. À l'exception d'une seule, plus grande, placée au centre, partiellement camouflée par des grandes fleurs de bananiers mais dont les murs ont été abattus et remplacés par d'étranges baies vitrées permettant à chacun d'en saisir la fonction de salle à manger commune. Des silhouettes féminines s'activent d'ailleurs à l'intérieur. Dehors, quelques enfants ont pris d'assaut deux baby-foot, d'autres forment des cercles bruyants autour des joueurs. Plus loin, des cages délimitent un terrain de foot rudimentaire.

La seconde chose étonnante est l'aspect cosmopolite de sa population, mais je n'ai pas le temps de m'attarder car mon regard se fixe sur un point très précis comme s'il y avait été attiré. Un homme à la carrure développée nous aperçoit au loin, se redresse brusquement, et vient à notre rencontre. Difficile de lui donner un âge, il est trop impressionnant.

Un corps massif, des yeux couleur nuit, une peau d'ébène.

– Vous vous êtes perdus ? nous apostrophe-t-il de façon peu amène.

De près, je m'aperçois que son sourcil droit est barré d'une horrible cicatrice qui lui descend sur la joue jusqu'au menton. La plaie m'évoque tout de suite celle d'une machette. Il a eu de la chance de garder son œil intact.

– D'après le sceau sur votre portail, je dirais que non, lui répond Karim en posant son coude à la portière. Ancalagon, c'est ça ?

– La propriété est privée, lui fait remarquer le grand Noir tout en saluant d'une tape sur l'épaule le conducteur de la trial pour lui dire de dégager.

L'agacement et la violence contenus dans sa voix étaient évidents. Les deux gamins redémarrent leur moto et disparaissent derrière un hangar sans demander leur reste. Le chef du camp assurément.

– Je comprends, n'en démord pas Karim.

– Parfait. Alors, barrez-vous !

– Mon nom est Kabbani. Mon ami, là, s'appelle Brauer et derrière, nous avons un Garrett. Est-ce suffisant pour entrer ?

Tout son corps massif se fige à l'annonce des trois noms de famille. Le regard noir et sans fond de l'homme balaye l'intérieur de la première voiture, jette un coup d'œil à la seconde derrière nous conduite par les jumeaux qui n'ont toujours pas bougé et suivent la scène avec circonspection, puis revient se poser sur moi.

Ce regard est si noir, si exempt de lumière qu'un frisson me parcourt.

– Vous n'avez pas besoin de garde du corps ici, déclare l'homme avec un signe de tête au second Crossover. Ce camp est rempli d'enfants. Eux restent dehors.

Nos regards se croisent dans l'habitacle tandis que l'homme maintient le sien sur moi, faisant naître des picotements dans mon cou et m'obligeant à baisser la tête. *Redresse-toi, bon sang !*

– Et vous êtes ? hésite Karim, faisant signe par la portière aux jumeaux de sortir de l'enceinte.

– Suivez-moi !

Quelques minutes plus tard, notre gros Crossover est garé devant le même hangar que la trial a contourné précédemment, le portail et son sceau géant s'étant refermés sur le second à l'extérieur. L'homme attendant quelques mètres plus loin, j'en profite pour me dégourdir les jambes avec l'envie pressante de faire pipi.

La chaleur est sèche mais la végétation humide apporte la fraîcheur nécessaire. Tout en cherchant un lieu adéquat autour de moi pour me soulager, j'écoute Kar donner ses instructions aux jumeaux au téléphone, faisant lui aussi les cent pas pour une autre raison. Il est inquiet.

– Apparemment, on n'a pas le choix, râle-t-il dans son BlackBerry. Trouvez-vous de quoi dormir les gars, et ne vous éloignez pas trop…

La main lourde de Paul m'entraîne à l'écart.

– Eh bien, mon frère a l'air d'avoir pris des vacances, renaude-t-il. Moi qui croyais qu'il en avait bavé ! Je m'attendais à un camp de misère dans la boue avec des habitations de fortune et, regarde ça, putain !

Brusquement, je suis fatiguée.

Même si Paul n'a pas tort et que j'ai eu moi aussi la même réaction en arrivant, Matt a été fouetté, torturé. Il n'a pas pris des « vacances ». Je me sens *nulle* d'être liée par un contrat de confidentialité avec mon mari. Sans parler du prenup.

Y en a marre !

– C'est ça que tu voulais en venant ici ? Te dédouaner ?

Paul dégage mon menton d'un geste brusque pour m'obliger à le regarder.

– Oh, mais c'est qu'on est vive, mignonne ! Je suis ici parce que mon père m'y a *envoyé*, appuie-t-il avec le sourire. Alors que nous sommes en pleine campagne électorale, il se fait du *souci* pour toi. Tu pourrais dire merci !

La chaleur de son regard bleu m'immobilise, me fascine.

– C'est quoi cet endroit au juste ? prolonge-t-il.

Surprise de l'intérêt soudain que je suscite de la part de Vincent, je n'ai pas d'autre choix que de dire la vérité :

– Matt m'a dit que c'était une sorte de ferme expérimentale pour sauver la biodiversité du Kivu. Les combats ont été violents dans les parcs naturels, paraît-il. Les Kadogos ont commis de gros dégâts et la population des gorilles de montagne a bien failli être décimée.

Paul m'observe une seconde comme si j'étais stupide.

– Tu veux dire qu'on est ici à cause de King Kong ?

Sa réaction ne me vexe pas, là aussi j'ai réagi comme lui.

– C'est bête à dire mais, en temps de guerre, ces parcs constituaient un espoir.

Comme il m'écoute, je continue :

– Pour nos pères, ces parcs devaient rester immortels. C'est ce que m'a expliqué Matt. Ils ont créé Ancalagon pour cela.

– Immortels ? réfléchit Paul.

– Ouais. Qu'on la gagne ou qu'on la perde, la guerre est épuisable. Alors que la faune et la flore sont une ressource inépuisable. Des générations et des générations verront ces parcs. D'ailleurs nos pères auraient obtenu le soutien de l'ONU et de plusieurs sociétés savantes.

Concentré dans ses réflexions, Paul prend le temps de reformer son man bun avant de poursuivre :

– C'est étrange, formule-t-il à juste titre. Pourquoi papa n'en parle pas dans sa campagne ? Ça lui apporterait les voix des écologistes.

Justement.

– Moi non plus, je n'y crois pas. Et ce que tu viens de dire le prouve.

– J'ai du mal à te suivre, dit-il en plissant les yeux.

Il y a tant d'émotions différentes qui traversent son visage que j'hésite à lui confier le fond de ma pensée.

– À moins que nous ne voyions pas la valeur de ces parcs, il y a… autre chose. Une intention cachée de nos parents. Sinon, je ne vois pas pourquoi le mien m'aurait fortement encouragée à m'y rendre. Pour que je sois fière de lui ? Alors qu'il m'avait abandonnée ? Ça n'a pas de sens. Je crois aussi que Vincent y a envoyé Matt avec une intention obscure. Pas seulement pour le punir.

Cette fois, Paul se met en colère :

– Mon père a éloigné Matt pour des raisons précises, Alex. La fille avait quatorze ans. Tu es avocate. Tu sais comme moi ce que risquait mon père si ça s'était su. Le détournement de mineur coûte cher dans la profession. Mais pas seulement. Le casier de Matt l'aurait poursuivi toute sa vie ou pire…

– Que veux-tu dire par « pire » ?

– Quelqu'un l'aurait attendu dans une ruelle sombre un soir et on aurait tremblé pour lui le restant de ses jours.

– Quoi ?

Paul s'avance d'un pas et je vois que son regard est traversé d'émotions distinctes, mais c'est surtout l'inquiétude qui prévaut.

– Tu ne connais pas les Milan, Alex, ces gens sont tarés. Avec l'argent que mon père lui a filé, le père Milan a menacé d'engager un gros bras pour lui péter les deux rotules si mon père ne reconnaissait pas son gosse. Que fallait-il faire ? Laisser un bâtard de plus dans la nature ? Attendre de voir mon père dans un fauteuil roulant ? Que la profession le bannisse comme elle t'a bannie à cause de ta sextape avec Matt ? Tout le monde n'a pas le goût du sacrifice, chérie !

Parfait, je vais pouvoir lui faire admettre leur connerie.

– Ça non ! Aucun risque. Surtout quand on voit la façon dont Vincent s'est débarrassé de son fils dans une zone de combats où les garçons de son âge ont des armes à faire frémir les voyous de Harlem et aucun jugement sur ce qu'ils font.

– Tu racontes n'importe quoi, putain !

Je veux le faire sortir de ses gonds, je veux lui faire admettre que Matt n'est qu'une victime, que c'est Vincent le bourreau.

Je hurle presque :

– Ah oui ? Et toi ? Tu sais quoi des armes du terrorisme international à part ce que tu as lu dans mon mémoire. Tu connais les blessures engendrées par le Chat à neuf queues ? C'est *ça* que Matt a subi ici. La torture d'un fouet aux pointes de métal qui taillent dans ta chair. Il suffit de vingt coups pour que ce soit fatal.

Toute couleur disparaît de son visage.

– C'est sûr, ton père n'a pas le goût du sacrifice, conclus-je emportée par mon élan. Du tout !

En m'entendant attaquer son père chéri et irréprochable, sa bouche s'incurve d'un rictus mauvais et j'entrevois sa ressemblance avec Vincent.

– Matt sait que t'es une garce moralisatrice ? Non, parce que tu sais, avec des mecs comme nous, il faut voir au-delà d'une bonne baise, chérie. *Ça*, on en a à la pelle. Si tu veux rester une Garrett, c'est plus sûr.

C'est tellement grossier que mes yeux clignent pendant quelques secondes. Un bruit de bottes nous parvient alors avec une odeur de terre mouillée.

– Oh là ! Qu'est-ce qui se passe ici ? intervient l'homme au visage balafré, arrivant sur moi dans la seconde alors que Kar, Jun et Cameron restent médusés sur place à nous regarder. Lâche-la !

Ce n'est qu'à cet instant que je réalise que tout le monde nous a entendus.

– Fais pas chier, putain ! se dégage Paul d'un geste brusque.

L'homme se plante devant lui.

– Doucement, mon gars. Va boire un verre pour te détendre, lui conseille-t-il en pointant la maison commune. Belvina va t'en servir un.

Le cou de Paul est rouge, gonflé par la colère. Il est clair qu'il n'a plus aucun contrôle sur rien du tout.

– C'est ça, ouais, je vais goûter ton poison local, putain ! me fusille Paul au passage d'un air entendu.

Non. L'agitation au fond de moi me revient avec force. Paul est un ancien alcoolique. Je me mets à trembler. Qu'est-ce qui m'a pris de tout lui balancer ? J'aurais voulu l'entraîner par le fond que je n'aurais pas fait mieux.

– Paul, s'il te plaît… dis-je en avançant le bras vers lui.

Mais il recule pour éviter que je le touche. Ses iris bleu clair se posent brièvement sur moi, totalement vides, et c'est encore pire. Pire que sa colère. Je ne sais pas du tout ce qu'il pense sinon qu'il s'est retranché quelque part où plus personne ne l'atteindra.

– Écoute, tout ce que j'ai fait, je l'ai fait pour garder ma famille hors de l'eau, m'accorde-t-il quand même. C'est moche pour Matt mais il s'en est sorti et mon père aussi, jette-t-il avant de tourner les talons et de s'en aller.

À cet instant, le monde extérieur n'existe plus, je me moque qu'on nous ait entendus, que le secret de Matt ait été dévoilé. L'urgence, c'est Paul. Il n'y a plus que lui, moi et les conséquences.

Mais alors que je vais pour lui courir après, la lourde main de Karim se pose sur mon épaule.

– Eh bien, je comprends que Garrett…

– Arrête, Kar ! aboyé-je en me dégageant. Arrête tout de suite !

Confus, il hoche la tête.

– OK.

Je regarde la silhouette de Paul disparaître dans la maison et je m'en veux tellement que je dois résister à le rejoindre.

– Paul a un problème avec l'alcool, je n'aurais pas dû…

Son regard de chat-huant se noie dans le mien, à moins que ce soit l'inverse et que je lui demande son aide. Si Paul se remet à boire, je m'en voudrais tellement que je ne suis pas sûre de pouvoir à nouveau regarder Matt en face.

– Allez viens ! Tu n'es pas responsable, Barbie Girl. Ni de ça. Ni du reste, affirme mon boss en m'obligeant à rejoindre les autres. Paul est un adulte. C'est à lui de régler ça avec son frère. Pas à toi.

Si au moins c'était aussi simple !

La jolie petite guesthouse dans laquelle nous pénétrons est une des plus surélevées du camp, mais aussi celle qui semble avoir été construite en dernier. Adossée à une colline verdoyante où paît le bétail en toute tranquillité, elle offre un panorama hallucinant sur la beauté du lac.

C'est magnifique.

À cette heure de la soirée, la brume se fond dans les eaux grises, absorbant chaque bruit et rendant tout plus intense. Comme si rien d'autre autour n'existait que le lac. Viande, produits laitiers, légumes… Tout est à portée de main. Je comprends mieux pourquoi Matt évoquait une ferme expérimentale.

Nos pas sur les marches de bois brisent quelque peu l'atmosphère tendue depuis mon esclandre avec Paul. L'homme balafré, dont on ne connaît toujours pas le nom, nous précède sans un mot et contourne un bureau placé dans l'entrée pour récupérer trois clefs dans le tiroir. Son regard passe de l'un à l'autre avant de s'arrêter encore une fois sur… moi.

– Nous n'avons que trois chambres libres en ce moment. Il va falloir vous arranger. Ça ira ma jolie ?

La question s'adresse à moi mais, avant que je puisse répondre, Karim le fait à ma place, d'autorité.

– Cam' et moi en partagerons une. Jun et Paul, la seconde. Alex, tu as droit à la chambre seule.

Tout le monde étant d'accord à l'exception de Paul toujours absent, le balafré nous lance les clefs, j'attrape la mienne d'une seule main.

– Nous prenons nos repas en communauté et à l'heure, enchaîne-t-il tout en se dirigeant vers la sortie. Aucune exception ne sera tolérée et vous aiderez à ranger. Vous n'êtes pas des invités. Compris ?

Je suis tellement furieuse contre moi-même de ne pas avoir réalisé ce que je faisais à Paul qu'il me faut une minute pour rattraper les autres dans le couloir qui mène à nos chambres. La mienne est minuscule, composée d'un lit une place adossé contre un mur. Une pile de draps est posée sur le matelas en mousse. Pas de rideaux ni de volets, une chaise de jardin dans un angle et quelques cintres métalliques dans un renfoncement creusé dans le mur. Rien d'autre.

Un accent asiatique me fait me retourner :

– Toc toc, je peux entrer ou tu vas me flinguer ? me vanne Jun, planté sur le seuil dont la porte est restée ouverte. J'ai récupéré ton sac dans le Crossover.

– Oh, c'est gentil, merci Jun.

Je le déleste de mon bagage et lui fais signe d'entrer pour ne pas paraître impolie, redoutant quand même qu'il m'interroge sur Matt. Mais non.

– Au moins, ma chambre a deux lits, ricane-t-il en montrant le mien du doigt. Je n'aurais pas pu partager mon lit avec le man bun de Paul.

– Il est revenu ? dis-je en ouvrant mon sac sur le matelas.

– Non, mais j'ai récupéré ses affaires et la glacière. C'est d'ailleurs un problème, grimace-t-il. Il n'y a aucun frigo dans ce baraquement pour assurer la conservation de tes poches. Avec la température extérieure, elles vont vite être bonnes à jeter.

Je m'interromps, un T-shirt de rechange dans les mains.

– Ils doivent bien en avoir dans la maison commune…

Jun lève les yeux au ciel.

– Tu n'as rien écouté de ce que je t'ai dit, hein ? On ne peut pas leur confier tes poches sans placarder le prix de ton sang dans ton dos. Ni laisser le moteur de la Cadillac tourner. Ça éveillerait les soupçons. Dans deux heures tes munitions ne serviront plus à rien.

Je ne prends même pas la peine de commenter. Ni de m'encombrer de sa présence pour terminer de défaire mes affaires.

– Tu sais où sont les toilettes ?

– La dernière porte au fond du couloir. On a une salle de bains commune, si ça te tente…

Le sous-entendu sexuel me laisse froide, je décide d'aller soulager ma vessie qui l'a plus que mérité après cinq heures de route sans aucun arrêt.

– Ferme la porte en sortant, veux-tu ? Je vous rejoins directement dans la salle à manger pour le repas et si tu vois Paul avec un verre, confisque-le-lui.

Je n'écoute pas sa réponse et m'enfonce dans le couloir.

Quelques minutes plus tard, sans prendre la peine de repasser par ma chambre, je me dirige vers la maison commune, uniquement dirigée par sa lumière dans l'obscurité ambiante. Quand une main poilue noire m'attrape la jambe et me fait pousser un cri strident. Cri qui en suscite d'autres encore plus aigus en écho.

Animal, cette fois.

– Maisha !

Mon agresseur ne mesure guère plus d'un mètre quarante.

– Hé, mais c'est...

– Une femelle gorille des plaines, me confirme avec calme un adolescent blond et frisé en la tirant par la main. Maisha est inoffensive, s'empresse-t-il d'ajouter. Elle est en chaleur en ce moment, c'est ce qui l'a attirée vers toi.

– Ah bon.

Mon cœur bat si vite que je dois m'asseoir par terre sans me préoccuper de savoir si je dois me vexer ou non pour cette allusion non déguisée à mon odeur corporelle. De son côté, la boule de poils, plus longs sur le sommet du crâne et les épaules, résiste pour m'observer de ses billes noires, aussi effrayée que moi.

– Tout va bien, Maisha, la caresse l'adolescent.

Si cet animal est en chaleur, moi je n'ai pas mes règles grâce à ma pilule en continu. Je ne vois donc pas ce qui peut l'attirer chez moi. Ça existe des gorilles lesbiennes ? Pourtant, ses petits yeux incroyablement maternels ne me quittent pas, comme si elle était désolée.

– Je m'appelle Emmanuel mais tout le monde m'appelle Manu, et toi ?

– Alex... Tu es sûr que... Enfin, elle a l'air plus forte que toi.

Sans rire, cette bestiole doit bien faire 100 kilos mais c'est surtout l'envergure de ses bras qui me fiche la frousse. Deux mètres à vue d'œil. On a l'impression qu'elle pourrait me rompre en deux rien qu'en me faisant un câlin.

– Maisha a été confisquée à des braconniers à trois ans. Elle en a dix aujourd'hui.

– Ah ! Dix ans...

L'adolescent rigole en sortant de sa poche un tube de Pringles paprika.

– Elle mange des chips ??

– Non, les gorilles se nourrissent de feuilles et de fruits mais elle sait qu'on est amis si on lui en propose. On ne peut pas l'obliger à faire quelque chose sinon. Elle est intelligente, tu sais ?

Pour m'en convaincre, il me tend le paquet de Pringles ouvert.

– Tiens ! Donne-lui-en une. Comme ça, elle saura que tu es son amie.

Mais alors que je me risque à tendre le bras sous l'œil fortement intéressé de Maisha, Manu continue ses explications :

– Luba a essayé de la rendre au parc, seulement elle ne s'est jamais acclimatée. Quand les tirs des M23 se font entendre, elle vient se blottir contre nous. Elle a besoin d'amour, alors on l'a gardée avec nous.

– Luba ?

Au fond de moi, comme un vieux réflexe de survie, un signal d'alarme intérieur s'allume en entendant ce nom. Il évoque tant de choses contradictoires.

Les viols dans l'église de Kembe qu'il a laissé commettre par perversion.

Le candaulisme dont j'ignorais jusqu'au nom.

Sa femme partagée avec mon mari par faiblesse pour elle.

Et surtout, le respect de Matt pour cet homme, aussi étonnant que cela puisse paraître. Comme si les deux hommes se comprenaient au-delà d'une scène de sexe débridé. Mais ils se comprendraient sur quoi ?

– C'est le patron ici. Il vous a accueillis quand vous êtes arrivés.

Pourquoi ça ne m'étonne pas ? Si j'avais dû m'imaginer Luba, c'est comme le balafré que je l'aurais fait. Beau et effrayant.

Je prends un moment de réflexion pour moi.

En venant au Kivu, il y avait une personne que je voulais rencontrer : Adelphe, le prêtre qui a aidé Matthew. Et une que je voulais éviter : Luba, celui qui l'a conduit à sa perte. Et voilà que je fais l'inverse. Peu importe le respect que Matt a pour lui, je hais ce type. Viscéralement.

– Merci Manu, je vais aller dîner, fais-je d'une voix blanche.

Et pourtant, je me relève.

– À tout à l'heure alors, je vais raccompagner Maisha dans ses appartements et j'arrive. Goûte le fromage surtout, il est fait à la ferme et il est excellent.

Je continue d'avancer comme un automate vers la salle à manger. *Vers lui.*

Sachant que si je veux un jour vivre en paix avec le Guerrier comme avec moi-même, je dois, une fois pour toutes, crever l'abcès. Ni par soif de vengeance, ni par esprit de morale, juste pour affronter en face ma répugnance.

Les jambes tremblantes, je m'arrête devant sa table sans m'apercevoir que j'ai dépassé celle où sont assis Karim, Jun et Cameron. Pas de Paul.

Je me penche, posant mes deux mains sur la surface en bois, face à lui, pour qu'il me regarde. Moi, et pas son assiette. Je ne suis pas censée me trouver ici à le défier mais je m'en moque. Ses yeux noirs se lèvent sur moi, faisant frémir la cicatrice au niveau de son sourcil.

– Je sais qui vous êtes, lui dis-je lentement.

– Moi aussi.

Un petit rire sec m'échappe.

– Comment le sauriez-vous ?

La réponse, je la lis dans son regard implacable.

– Vous n'avez rien à faire ici, me retourne-t-il après une seconde.

Matthew lui a dit qui j'étais, c'est évident. Lui seul pouvait le faire. Mais *pourquoi* ne m'a-t-il rien dit *à moi* ? Sa femme. L'unique être droit qu'il a peut-être croisé dans sa vie. Ça m'énerve. Si je dois foutre ma vie en l'air pour un cabossé pareil, inaccessible et solitaire, autant sauter à pieds joints, putain !

Je décide de le provoquer :

– Parce que je suis une fille, je suis censée tout ignorer ? C'est ça ? Ça marche comme ça ici aussi ?

Pas de réponse. Des tonnes d'incompréhensions autour de lui. Je jette un œil à la salle, aux femmes qui m'observent avec curiosité, alors que les hommes font semblant de m'ignorer. Soumise ! Voilà ce que je lis dans son regard noir rivé sur moi. Ça m'agace qu'on fasse de ce mot une insulte. On se soumet quand on veut, pour le plaisir. Les hommes ont l'air de croire que le vide de notre cerveau leur meuble les couilles. Abrutis !

– La virilité, c'est bon pour les faibles, Luba. Pas pour moi.

Je jurerais entrevoir un petit frémissement de sa lèvre avant qu'il se fâche :

– Retournez vous asseoir ! C'est un ordre, gamine ! Pas une gentillesse. Je ne suis pas gentil, compris ?

Sauf que, manque de bol pour lui, cette nouvelle autorité n'a pas de prise sur moi. J'ai déjà eu affaire à celle du Guerrier, après lui je ne crains personne. J'apprécie même son autorité parce que je ne me couche pas.

L'ancienne loque d'Alex se serait couchée. Pas la nouvelle moi, dépoussiérée par Matt Garrett. J'ai affronté le Guerrier, sa mère, sa folle d'ex-petite amie, mon Ordre choqué, le Net et ses sites pornos, je suis prête. Au fond d'elle, la nouvelle Alex sait que c'est inutile de se coucher.

Aussi, je prends mon temps pour le toiser.

– Transmettez mon bonjour à Thérèsa. Enfin, si elle ne fuit pas soigneusement la vérité !

Un peu garce, je l'admets. En même temps, cette femme adulte et responsable a couché avec mon mari et l'a fait fouetter à mort alors qu'il n'avait que quinze ans. *Belle moralité, putain !*

– Thérèsa est morte l'an passé, siffle Luba d'une voix atone qui ne dit rien qui vaille. Vous ne pouviez pas savoir. En revanche, avisez-vous de prononcer son nom *une fois encore* et je m'appliquerai à vous le faire regretter.

Il ne prend même pas la peine de déguiser sa menace. Dans ses yeux, je lis tout ce qu'il pourrait me faire. Le pire surtout.

– Qui que vous soyez, précise-t-il pour finir. C'est clair ?

Les jambes en coton, je fais tout pour ne pas lui montrer à quel point il me terrorise. Cet homme est le diable en personne. Aussi malfaisant que Lucifer lui-même. Mais il souffre d'avoir perdu sa femme. Et ça, je ne peux le nier.

Ni le lui reprocher.

Aussi, fais-je demi-tour et regagne notre table en regrettant ma grossièreté.

– T'as des penchants suicidaires ou quoi ?

J'ignore la remarque de Karim et le regard impressionné de Cameron.

– Personne n'a vu Paul ?

– Il a dû aller se coucher, me répond Jun.

Super !! Une autre goutte d'eau parmi toutes celles qui viennent me ronger ces derniers temps. Pour faire diversion ou chasser mon inquiétude, je m'applique à manger en me servant dans les plats déposés sur la table. La nourriture est bonne mais, alors que je me réjouissais de ce voyage au Kivu, maintenant que j'y suis, je n'arrive pas à me réjouir de quoi que ce soit. J'ai besoin de ce sentiment de sécurité que procure une bonne nuit de sommeil.

Aussi suis-je soulagée quand le repas se termine et que chacun regagne ses pénates dans la nuit noire et le vrombissement des moustiques en volant.

– Demain, lever aux aurores, nous annonce Kar tout en marchant. Programmez vos réveils. On décolle du camp à 4 heures. Luba est d'accord pour nous conduire dans le parc voir le travail des rangers d'Ancalagon.

Moi qui voulais dormir…

– Un de vous devra venir me réveiller, je n'ai pas de portable, me plains-je en réalisant que je suis bien la seule dans ce cas.

– Compte sur moi pour tambouriner à ta porte, Barbie Girl.

– J'aurais préféré qu'on y aille seuls, avoue Cameron presque à regret. Ce Luba ne m'inspire pas confiance.

Karim lui décoche un coup d'épaule, moqueur.

– Allez, mon pote, mon père dit qu'on peut lui faire crédit. Sans lui, le Kivu serait balkanisé par les puissances étrangères.

– Parce que tu crois qu'il s'en met pas plein les poches ?

– Et alors ? Où est le mal ? Le Congo a été privatisé par les compagnies minières des puissances étrangères sans que la population en profite. Son indépendance, il la doit aux militaires et aux mercenaires. Luba a été les deux. Il s'est enrichi mais il aime son pays.

Je n'écoute pas car j'ai besoin d'un moment de paix.

Aussitôt arrivée dans ma chambre, je me jette sur la pile de draps pour faire le lit et attrape ma trousse de toilette avant que les garçons n'envahissent la salle de bains. C'est bête à dire mais j'ai besoin de ma douche quotidienne pour aller dormir et j'ai horreur de passer après quelqu'un.

Par chance, personne ne rôde dans le couloir.

J'entends leurs voix étouffées provenant de leurs chambres, la musique d'un portable, rien d'autre que la normalité, alors que moi, j'attends d'être dans la douche pour m'autoriser à pleurer. C'est juste les nerfs, j'ai besoin d'évacuer.

Dans la douche, on peut pleurer sans que personne n'en sache rien, sans forcément que ce soit un drame. Mais avant de pouvoir me laisser aller, je pousse un sifflement de douleur lorsque l'eau brûlante tombe en cascade sur mes griffures. Je tente de tourner le robinet. Aucun réglage n'est possible dans cette douche. L'eau est soit *brûlante*, soit *glaciale*.

Je choisis donc le moindre mal et laisse la vapeur de l'eau chaude évacuer ma frustration. Je peux la sentir. Comme une compagne qui me tient la main. C'est de plus en plus dur d'aimer ce Guerrier si compliqué. Si imparfait qu'il m'en émeut davantage à chaque faux pas qu'il fait. Comme s'il testait mes limites pour savoir *quand* je vais l'abandonner et non pas *si* je vais l'abandonner.

Enroulée dans une minuscule serviette de bain, je me sèche, tête en bas, et brosse mes cheveux, quand la porte s'ouvre subitement.

– Paul ?

Je reste pétrifiée en découvrant la fausseté de son sourire et ses yeux injectés de sang scrutant mon corps de haut en bas. *Il a bu.*

– T'as passé une bonne soirée, chérie ? dit-il en avançant d'un pas vers moi.

Je m'efforce de ne pas reculer ; il a besoin d'aide, pas de rejet.

– Pas terrible.

– Je pourrais l'améliorer si tu me le demandes…

Même si je sais qu'il a bu, le sous-entendu sexuel me choque énormément de sa part. Paul est mon beau-frère. Il a le visage anguleux et séduisant de Matt mais ça s'arrête là. Je prends le temps de le jauger, faisant tout mon possible pour ne pas me tortiller sur place avec ma serviette ridiculement petite.

– Tu as bu…

Petit sourire ironique aux lèvres, montrant qu'il n'est pas mécontent de l'incongruité de la situation, il pose sa main sur ma nuque, et avant que j'aie le temps de réagir, sa bouche s'écrase sur la mienne pour un baiser brûlant.

Dans un éclair de lucidité, je le repousse violemment :

– Va te faire foutre, Paul !

– Ouais, toi aussi, rigole-t-il.

Son air salopard me retient sur place. Malgré sa silhouette efflanquée bien moins imposante, ce côté connard que rien n'arrête, c'est Matt à fond.

L'ennui, c'est qu'il prend mon trouble pour un encouragement et me soulève brusquement sur ses hanches dans un mouvement rotatif pour me plaquer au mur, faisant retomber ma serviette entre nous, me maintenant quasi nue entre lui et la cloison. Je pousse un cri :

– Ça suffit, Paul ! Lâche-moi !

Sauf qu'il me coince de plus belle et glisse sa langue dans ma bouche, inondant celle-ci de ses saveurs sucrées d'alcool. *Tequila.*

– Tu as bon goût, chérie, et deux petits tétons durcis qui ne demandent qu'à être sucés. Je sais ce qui plaît à mon frère maintenant.

Mes yeux s'emplissent de larmes en sentant le désir alimenter le feu de ses paroles et ma langue se mélanger à la sienne, malgré moi.

– C'est ça que tu veux ? Tu me veux moi qui bande ? Me regarder… Regarder mon énorme verge… en train de te tirer…

– Putain, mais tu es dégueulasse ! tonne alors une voix dégoulinante de dégoût. C'est la femme de ton frère, connard !

Karim.

Dans la seconde qui suit, Paul est projeté contre le mur opposé, ce qui me laisse entièrement nue et exposée à leur vue. Je tente de ramasser ma serviette tombée sur le sol. Trop tard. Leurs deux regards salaces balayent l'intégralité de mon corps, de haut en bas, sans aucune gêne.

– Bordel ! Sors d'ici, Sand, grogne Karim, les joues rouges et gonflées.

Honteuse, j'attrape mon vieux T-shirt sur le lavabo et m'en couvre n'importe comment avant de me ruer dans le couloir. En même temps que les portes s'ouvrent sur Cameron et Jun, j'entends leurs voix derrière moi :

– Mais qu'est-ce que vous avez dans cette famille ? aboie Karim. Ça ne suffit pas que ton père saute la copine de ton frère, tu fais pareil avec sa femme ?

– Mêle-toi de tes affaires, Kar !

Le bruit des coups dans la chair me fait comprendre qu'ils en sont venus aux mains, mais cette fois, je m'en moque. Paul n'a que ce qu'il mérite. Je claque la porte de ma chambre et cale la chaise de jardin derrière, même si je sais qu'elle n'arrêtera rien, au moins elle me préviendra. Ridicule.

Jamais je n'ai autant regretté d'être sans portable.

52

ALEX

J'ai vu assez de gorilles pour tout le reste de ma vie.

Vrais ou faux.

Parfois, je me demande si certains hommes comme Vincent ou Luba ne sont pas en descendance directe avec ces hominidés. Sauf peut-être au niveau de la taille du pénis. Ridiculement petit chez le gorille.

Exagérément obsessionnel chez l'homme.

– Charlie 5, ici Rodrigue, on a localisé les tirs ? À vous.

On a beau être en pleine forêt de bambous, dense et humide, peuplée d'oiseaux piaillant de toutes parts, la radio grésille à côté de moi :

– Négatif, Rodrigue. Retournez dans la plaine et soyez prudents.

Ledit Rodrigue fait signe au reste de la troupe. Les jumeaux, étrangement silencieux en présence des hommes de Luba, et nous. Tout en descendant vers la plaine plus alpine que subsaharienne, je me penche pour ramasser des brins de bruyère suivie de près par Kar et Cameron.

– Pourquoi y a-t-il encore des tirs dans les parcs ?

– Du pétrole a été découvert à l'Est, me répond le ranger d'un air naturel.

Sans trop savoir pourquoi, je cherche à situer Paul qui a essayé de s'excuser ce matin, mais je n'étais pas d'humeur. Je le repère à l'arrière cherchant du réseau pour son portable avec le visage de quelqu'un qui n'a pas dormi. Au moins, il est sobre. Je reviens vers Rodrigue :

– Du pétrole ici ?

– Non, dans le parc des Virunga au Nord mais c'est tout comme. Les rangers ont deux ennemis maintenant. Les braconniers classiques et les M23 sur lesquels s'appuie la TRAP. Bref, c'est un peu comme si la guerre avait recommencé.

– Trap ? Tu veux dire piège ?

– Ici, on l'appelle comme ça, mais TRAP International est une société anglaise d'exploration pétrolière et gazière. Sa spécialité est d'extraire dans les zones instables comme le Viêtnam ou l'Afrique.

Chacun de ses mots me porte un coup au ventre.

– Attends. Tu es en train de me dire qu'une société *britannique* se sert d'un groupe de rebelles constitué principalement de Kadogos pour ses activités ? C'est-à-dire d'*enfants-soldats* ?

– Ouais.

Arrivés près de nos voitures, je suis obligée de m'asseoir.

Ce qui tombe très bien puisque le groupe a besoin de faire une pause avant de se séparer. Luba doit retourner à ses activités et Kar a accepté de me conduire à l'église de Kembe rencontrer Adelphe avant de repartir.

Je pose mes fesses sur les marches d'un vieux pick-up, buvant à petites gorgées la bouteille d'eau fraîche offerte par Rodrigue avant de nous quitter, essayant de faire le tri dans ces nouvelles informations.

Je ne sais toujours pas pourquoi mon père m'a envoyée ici. J'ai beau creuser, fouiller dans tous les recoins, refuser d'échouer à sa dernière charade-devinette, je ne vois pas. La découverte du pétrole aurait pu être une piste, mais, aussi choquante soit-elle, je suis obligée de l'écarter car elle est sans aucun doute postérieure au décès de Victor. Alors quoi ? Quand la silhouette de Paul se plante devant moi. Blême. Et là, je comprends tout de suite qu'un truc ne va pas.

– Qu'est-ce qui se passe ?

Il me tend son BlackBerry.

– Rob veut te parler, fait-il d'une voix blanche.

Mon pouls s'emballe.

– Tu as appelé Rob ?

Pitié, qu'il n'ait rien dit, c'est déjà assez compliqué !

– Rob n'a pas arrêté d'essayer de me joindre mais on n'avait pas de réseau.

Mon sang ne fait qu'un tour et toute l'angoisse ressentie lorsque nous avons atterri au Kivu revient avec force. La tête qui tourne, la sensation de chaleur et de frissons dans tout le corps, l'impression de me noyer… C'est dingue mais je *sais*, je *sens*, que l'accident que je redoutais est arrivé.

Lentement, je porte le Smartphone à mes lèvres :

– Allô ? fais-je d'une voix fragile.

– Alex ? Surtout n'écoute pas les infos, se dépêche Rob sans aucun préambule.

– Pourquoi ?

– Le jet de Matt a disparu des écrans radars il y a plus de quinze heures maintenant. Les médias répandent l'info qu'il s'est crashé.

Ma poitrine se soulève dans un hoquet.

Par instinct de survie, je prends une goulée d'air comme on gobe la dernière. Je dois serrer le BlackBerry de Paul pour ne pas le laisser s'échapper lorsque la question qui s'impose se forme sur mes lèvres :

– Dis-moi qu'il est vivant, Rob !

Les regards curieux de Kar, Cameron et Jun se portent alors sur moi.

– Je ne peux pas te l'assurer mais… Écoute, j'ai eu l'ingénieur saisi de l'enquête. Le jet a été saboté.

Un sanglot rauque sans larmes m'échappe. Tout ne peut pas s'arrêter là, c'est impossible. Matt et moi avons fait tant de progrès l'un vers l'autre. Nous ne pouvons pas avoir fait seulement un bout de route ensemble sans qu'il m'appartienne vraiment. Je le refuse.

– Alex, il y a autre chose dont je dois te parler. Éloigne-toi ou alors, joue la comédie. Personne ne doit deviner ce que je vais te dire. Tu comprends ?

Rien du tout. Ça fait beaucoup en une seule phrase pour un cerveau qu'on vient de griller. Toutes mes pensées sont recroquevillées dans mon cœur. J'ai peur. Peur que ma mémoire l'efface. Peur de ne plus voir son visage, d'entendre son rire, de sentir son odeur de vent. Peur de l'oublier.

Est-ce que mon bonheur va s'arrêter comme ça ?

– Alex ? Tu dois tenir le coup, me rappelle la voix urgente dans le combiné. Dis-moi quand tu es prête.

Non, je ne suis pas prête. Je ne le serai jamais, tu ne comprends pas ?

– Vas-y.

Je prie pour obtenir un regain de force, c'est tout ce que je peux faire. Perdre Matt, ça ne se peut pas. C'est un Guerrier, une force de la nature. Il est indestructible. Seigneur, faites que ce soit vrai !

– Contrôle ton visage, on y va. Tu as entendu parler de Drajko ?

À trop vouloir masquer mes réactions, je fais « oui » bêtement de la tête avant de me rendre compte que Rob ne peut pas me voir.

– Oui, répété-je la gorge nouée.

– Il est avec toi.

C'est plus fort que moi, mes yeux s'agrandissent d'effroi.

Pas que j'ai peur pour moi, non, c'est la trahison qui se profile pour mon homme qui me fait peur. Tous les gens présents sont d'une façon ou d'une autre des proches. Soit parce qu'ils travaillent avec lui, soit par liens familiaux. Même Cameron est concerné par alliance. J'essaie de ne pas les regarder mais c'est dur.

Trop.

Je lève les yeux vers Paul qui suit notre échange à quelques centimètres de moi en me demandant ce que Rob lui a révélé, *à lui*. Puis, dans son expression défaite, je lis la réponse. *Rien*.

– C'est l'un des hommes qui t'accompagnent, m'assène sa voix dans le combiné.

– Comment le sais-tu ?

– Sully s'est débrouillé pour crypter un message avant que le jet disparaisse des écrans. Jonathan l'a décrypté.

Jonathan, repenser à ce gamin me fait du bien.

– Le message disait deux choses. Un, de ne pas lancer de recherches, ce qui me fait penser qu'ils ne se sont pas crashés mais ont disparu volontairement.

Je fais oui de la tête, bêtement.

– Deux, que Drajko leur a envoyé une vidéo te montrant dans le jet des Kabbani pour que je puisse t'alerter direct. Mais ton portable est éteint et introuvable donc… j'ai dû passer par Paul.

Le coffre-fort de l'Apocalypse, c'est logique.

Je hoche la tête, bêtement encore.

Et je décide de m'accrocher à cet espoir. Même si une question me brûle les lèvres : « Quel genre de sabotage ? » Évidemment, je ne peux pas la poser sans vendre la mèche, mais Rob est intelligent, non ? Alors pourquoi il ne me dit rien là-dessus ? Ça ne me plaît pas du tout.

– Pour te faciliter la tâche, j'ai fait parler Paul pour connaître leurs identités.

Je regarde Paul sans le vouloir.

– Confirme-moi ce qu'il m'a dit, et s'il en a oublié un, dis « Margo » dans une phrase. OK ?

– OK.

– Ils sont quatre. Karim. Cameron. Jun et Paul. C'est ça ?

– Oui.

– Bien. L'un d'eux a-t-il eu un comportement anormal ?

Putain de question.

Elle me place en porte-à-faux. Si j'évoque ce qui s'est passé hier soir avec Paul, non seulement je trahis Paul et sa confession sur son alcoolisme, mais je risque de perdre Matt qui ne manquera pas de revivre la trahison de son père couchant avec Tricia. Pour les deux frères, ce serait terrible !

Je ne peux pas faire ça.

– Non.

Silence embarrassé sur la ligne. Il y a quelque chose que Rob ne dit pas.

– Alex… Je sais ce que tu vas dire mais il faut que tu ne te fies qu'à toi-même dans cette histoire, et à Matt. Tu dois lui faire confiance. La presse a aussi révélé autre chose…

– Je t'écoute, Rob.

– Voilà, comme tout le monde pense que Matt est… mort, Tricia a donné une conférence de presse où elle a révélé qu'il y avait un…

Sans les entendre, les mots se forment dans mon esprit.

– Putain, j'y crois pas que je te dis ça, jure mon beau-frère. Matt a un héritier, Alex. Tricia a un acte officiel. Elle sait aussi pour le Kivu. Ce qui est arrivé à Matt, je veux dire. Elle s'y est rendue avec Louisa Frank pour son article. Toute la presse ne parle plus que de ça et du crash.

Mon sang se met à bouillir dans mes veines. Ce n'est pas un hasard, j'en suis sûre. Tout s'enchaîne trop bien pour ne pas avoir été orchestré. On s'est fait manipuler. Quelque chose me dit que le sabotage du jet est réel.

Alors, comment je fais pour répondre avec autant de calme ?

– Je suis au courant.

– N'en dis pas plus, putain ! Tu te mets en danger.

Sans les voir, je sens tous les regards braqués sur moi, mais ce sont mes propres larmes qui sont le plus difficile à ignorer.

– Prends l'air anéanti, Alex, me conseille Rob. Joue la comédie, il faut que tu sois effondrée. Paul est au courant pour le crash, et les autres aussi probablement. À l'heure qu'il est, c'est sur tous les portables.

Ce ne sera pas difficile.

– Je le suis.

– Je vais raccrocher, Alex. Si je parle plus ce sera louche.

Sans réfléchir, je coupe la communication la première.

C'est trop dur d'avoir cette question sur la langue sans pouvoir la poser. C'est trop dur d'entendre sa douleur et de ressentir la mienne en écho. D'aimer trop. Au point que la perte de l'autre ne fait même plus mal. Tellement on sait qu'on va mourir sans lui. *Avec lui.*

Karim est à genoux devant moi dans la seconde, confirmant les suppositions de Rob. Tous les visages savent.

– Sand, laisse aller, laisse-toi aller, dit-il en ployant ma tête contre son épaule.

Les larmes inondent mon visage, trempent son T-shirt, ce n'est pas difficile. Je n'ai pas besoin de jouer la comédie, je suis terrorisée. Mais je ne peux même pas me fier à son accent de sincérité.

Je ne sais pas qui est Drajko.

Ce pourrait être lui. Il pourrait être bon comédien. Je dois rester en vie pour Matt. Je dois m'accrocher à ça. Mon mari va avoir besoin de moi quand il découvrira ce qui l'attend. Garce de Tricia. Enfin, j'espère qu'il le découvrira parce que ça voudra dire qu'il est vivant et sorti d'affaires et que le jet n'a pas explosé quelque part. Cette éventualité bien réelle me terrasse.

– Rob t'a confirmé l'explosion ? me demande doucement Cameron en venant s'asseoir près de moi pour la toute première fois.

Entendre ces mots… J'ai l'impression que mon souffle, mes pensées et mon âme sont comme aspirés vers lui. La plaine se met lentement à tourner.

Je dois bouger si je ne veux pas m'évanouir.

– Emmène-moi à l'église voir Adelphe, dis-je à Karim en lui prenant la main. Je voudrais prier.

Je n'ai jamais prié de ma vie, je ne connais aucune prière. Ma mère n'a jamais cru bon de m'obliger à aller au catéchisme et je n'ai jamais insisté non plus.

Je le regrette à présent.

C'est curieux comment on est avec la foi. D'abord, on jette dessus plein de silences parce qu'on n'en a pas besoin ou qu'on a peur d'être ridicule, et ensuite, on veut éprouver la volupté du réconfort sans se poser de question parce qu'il n'y a rien d'autre à quoi s'accrocher. La preuve. Paul me propose son aide pour me relever, et cette fois je ne le repousse pas. Lui aussi souffre, autant que moi.

Enfin, j'espère.

Parce que si Drajko, c'est lui, alors Matt ne s'en sortira pas.

CHAPITRE MANQUANT

DRAJKO

Putain de psychopathe ! Il ne pouvait pas la garder ?

C'est le début des vacances d'été et je ne comprends toujours pas pourquoi je suis là ! À Chicago. Enfin si, je sais, Tricia a déconné.

Toutefois, il aurait pu rattraper le coup, ce connard. La désigner comme coupable en mettant ça sur le compte de la jalousie et s'en sortir en récupérant les dégâts auprès de son Ordre. Vu sa position, ça lui aurait été facile. Eh bien, même pas ! Il a laissé sa copine se sacrifier pour lui sans broncher.

C'est tellement lui.

Je m'expose là.

Garrett et Sand sont séparés depuis un mois, je perds mon temps. Quand j'ai inclus la jolie brunette aux yeux océan dans mon équation, je m'attendais à ce qu'elle le séduise et qu'elle le détruise.

En plein vol. *Pull !*

J'étais bien renseigné sur elle. Un cerveau brillant, pas facile à allonger les cuisses écartées, une tronche de bibliothèque évinçant tous les connards autour d'elle sans aucun ménagement, un corps sublime, peur de rien, mais jeune.

Suffisamment jeune pour l'affronter direct sans précaution.

Parce que la belle est orgueilleuse et pugnace. Prête à relever n'importe quel défi intellectuel qui se présente, mais *zéro* défi sexuel. Bref, une garce glaciale du genre qu'on déteste. Rien à voir avec les chiots énamourés qui lui lèchent la bite d'habitude et qu'il oublie dès qu'elles ont rentré leur langue.

Ce cher Matt allait péter les plombs avec une fille pareille !

Victor l'avait bien programmée pour dézinguer Vincent. Un vrai petit drone téléguidé, Alex Sand. Sauf que grâce à moi, c'était son fils qu'elle allait dézinguer. Et avec Matt, elle avait de quoi faire.

J'aurais aimé le connaître ce Victor Brauer !

Faire de sa fille la « puce » visant à détruire son meilleur pote, une interférence magnétique à retardement, il faut admettre que le mec a du cran. Une idée de génie qui m'a inspiré ! Seulement voilà…

Détournement de missile, Victor !

Je quitte Lake Shore Dr et coupe les gaz de ma MV-Agusta de location sur le parking. Une chance d'avoir pu trouver cette belle italienne, j'ai un faible pour les sanguines. En grimpant les marches quatre à quatre, je lève les yeux vers le fronton de pierre. *John G. Shedd Aquarium.*

J'entre, me frayant un passage parmi les écoliers qui font sans doute leur dernière sortie de l'année, et me dirige droit vers le bassin des bélugas, mes écouteurs glissés dans mes oreilles me disant où aller.

– Théodor, ne te penche pas trop, chéri ! Tu risques de tomber dans l'eau.

– Ça va papa, je sais nager quand même.

– Théo… Ne discute pas.

– Tu crois que le grand béluga est le papa de tous ces bébés ?

– Faudrait demander à la mère, mon fils, déchante la voix masculine, légèrement sarcastique.

Rien n'est plus simple qu'allumer un portable à distance afin d'entendre la conversation environnante. Je me repère rapidement sur « Plans » et descends les marches qui serpentent jusqu'au bassin en contrebas. Peu de gens s'aventurent jusqu'aux baleines blanches, il faut connaître.

Parfait, le père et l'enfant sont seuls.

Tandis que le garçonnet mitraille les eaux du bassin du téléphone portable de son père par-dessus la barrière en béton, je m'avance vers l'homme à l'allure de Viking blond, assis sur son banc, penché en avant pour lire ce qui semble être les pages business du *Chicago Tribune*, et je m'adresse à lui :

– Le *Globe and Mail* a rapporté que le fabricant québécois demande l'annulation pure et simple du contrat accordé au consortium. Vous pensez vous aussi qu'il y a eu ingérence ?

Parfait la bourse comme entrée en matière. Une chance que j'ai potassé sa partie pour mieux l'endormir. Surpris, l'homme lève la tête vers moi, examine mon look et ma Breitling au poignet, puis répond sans façon :

– C'est ce qu'ont l'air de dire les syndicalistes.

J'en profite pour m'asseoir près de lui en faisant semblant de jeter un coup d'œil à l'article, sans avoir l'air trop intrusif quand même.

– Ça craint !

– Ouais, fait-il, reprenant sa lecture.

Je prends le temps de regarder les cheveux carotte et bouclés de son gosse en essayant d'imaginer la mère, mannequin d'après ce que je sais.

– C'est votre fils ?

– Hum hum, m'accorde-t-il sans lever les yeux de son journal.

L'enfant est chétif, pas très grand, alors que son père l'est. Anormalement pâle, alors que l'homme à mon côté a la peau plutôt mate. Je suis prêt à parier que sa sueur est salée et que si je m'approche plus, je pourrai distinguer les cristaux de sel sur sa peau.

– Ce n'est la faute de personne, vous savez.

– Quoi donc ? demande-t-il distraitement.

Il n'a toujours pas levé la tête.

– Ni sa mère ni vous n'êtes responsables.

Bingo ! Cette fois, il la lève.

– Quoi ?

– Votre fils est atteint de mucoviscidose. D'accord, c'est une maladie génétique et la situation est douloureuse, mais personne ne peut être tenu pour responsable.

L'homme abandonne son journal, surpris.

– Vous êtes médecin ?

– Non.

– Alors, comment avez-vous deviné ?

Ça, mon vieux, tu ne le sauras pas !

– Vous pouvez éprouver des sentiments de colère et de frustration difficiles à vivre, mais il est nécessaire de les accepter et de les assumer, Jake, reprends-je posément. Vous y parvenez ?

Les yeux plissés du Viking m'examinent un moment. Son cerveau s'est enclenché en m'entendant l'appeler par son prénom. J'attends qu'il fasse le lien…

– Nous nous connaissons ?

– Non.

À ce moment-là, le garçonnet tousse à plusieurs reprises, pris d'une quinte grasse entre deux respirations difficiles qu'il s'oblige à allonger comme on le lui a certainement appris, pestant dès qu'il peut contre cette corvée.

– Mettez-le au sport. Les activités sportives l'aideront à tousser et à se débarrasser des sécrétions qui encombrent ses poumons.

À la manière qu'il a de s'interdire d'intervenir tout en s'agitant sur son siège, le père est en train de craquer. Ça se sent.

– Ça va, Jake ? Vous tenez le coup ?

– On a tout essayé, s'épanche-t-il. Les antibiotiques, les enzymes, les vaccinations, la kinésithérapie. Ça l'épuise.

– Théodor est un garçon courageux, Jake.

– Je sais, mais l'an dernier, c'est son pancréas qui s'est bloqué. Là, ce sont ses poumons, se lamente-t-il sans se rendre compte que j'ai aussi utilisé le prénom de son fils. Ça s'aggrave.

– La greffe pulmonaire est l'ultime solution lors d'une aggravation, lui glissé-je l'air de rien. Vous devriez l'inscrire en liste d'attente. On vous en a parlé ?

– C'est fait, oui.

– Reste le problème du rejet, soulevé-je innocemment.

– C'est un risque, je sais. De toute façon, j'ai écumé toutes les associations. Actuellement, l'attente des patients peut durer des années. Et il faudra toujours qu'un enfant meure pour sauver le mien le moment venu.

– Je pourrais vous aider…

– Quoi ?

Je répète en le regardant droit dans les yeux :

– Je pourrais vous aider le moment venu.

– Que voulez-vous ? De l'argent ? J'en ai.

Nous y voilà.

– Ce ne sera pas utile. Vous pouvez m'aider vous aussi.

Ses sourcils broussailleux se froncent au-dessus de son nez.

– Qui êtes-vous ? fait-il de plus en plus intrigué.

– La providence ?

Le Viking jette alors un œil paternel à son fils toujours occupé à jouer.

– Quel genre d'aide ? finit-il par accrocher.

J'allonge mes jambes devant moi dans un geste machinal pour lui montrer que j'ai tout mon temps. *Moi, pas son fils.*

– Alex Sand, vous connaissez.

Ce n'est pas une question. Dans ses yeux où j'ai fait naître l'espoir, il sait que je ne suis pas là par hasard.

– Vous lui avez trouvé du travail chez votre ami, Tarquin Stew.

– Qui êtes-vous ? insiste-t-il.

– C'est une question, Jake ?

– Non, je…

– Bien. Alors voilà ce que j'ai à vous demander. Tout d'abord, je veux que votre ami appelle le P.-D.G. de MHG Industrie sous un prétexte quelconque pour lui faire savoir discrètement où elle travaille.

Son corps se tend sur le banc, il secoue la tête.

– Pourquoi ? Je connais Matt Garrett. Elle est mieux sans lui.

– C'est gênant pour vous ?

Nouveau regard à son fils, puis à moi, pour essayer de deviner mes motivations. Son cerveau carbure à toute allure.

– Non.

– Excellent ! Ensuite, Alex a pris rendez-vous chez une gynécologue. Ici, à Chicago. Sur vos conseils, semble-t-il.

J'ajoute avant qu'il réfléchisse trop :

– Heureusement qu'elle n'est pas votre copine ! Vous l'avez carrément adressée à la gynéco de votre ex. Ce ne sont pas des choses à faire, Jake. Une telle bourde, c'est dangereux.

– Arrêtez de jouer avec moi ! s'emporte-t-il blessé dans son ego comme je m'y attendais. Une fois pour toutes, qu'est-ce que vous voulez ?

On y est. C'est presque trop facile.

Je sors de ma poche la boîte marquée *Professional sample. Not for sale.*

Et je la lui tends.

– Le docteur lui a prescrit cette pilule et a eu la gentillesse de lui fournir un échantillon professionnel gratuit pour les trois premiers mois. Alex l'a dans son sac. Je tiens à ce que vous échangiez son traitement avec celui-ci. N'oubliez pas d'ôter les comprimés qu'elle aura avalés.

Son regard examine l'emballage recto verso avant de revenir sur moi.

– C'est la même boîte ?

– Oui.

– Qu'y a-t-il là-dedans ? Et ne me dites pas que c'est le même traitement parce que je me lève et je m'en vais lui raconter notre petit entretien.

Je ricane, sachant d'avance qu'il n'en fera rien. Mais si ça peut l'aider à soulager sa conscience…

– Des vitamines.

– OK, je m'en vais, fait-il en faisant mine de se lever mais sans appeler son fils.

Prends-moi pour un con, Jake !

– À vous de voir, mais votre fils n'aura pas la même chance que vous de décider de ce qui est juste ou pas dans la vie.

Après un soupir, il se rassoit.

– Alex est une chic fille. Je ne vais pas lui refiler un traitement qui pourrait la tuer. J'aime mon fils, c'est vrai, je ferais n'importe quoi pour qu'il arrête d'endurer cette merde, mais je ne suis pas un meurtrier, putain.

– Ce n'est pas ce que je vous demande.

Après plusieurs secondes d'hésitation à regarder la boîte, moi et son fils, Jake hoche la tête et glisse ladite boîte dans sa poche.

– Voici mon adresse mail. Envoyez-moi le dossier médical de votre fils et le moment venu vous aurez un donneur.

– Comme ça ! doute-t-il.

– La pénurie n'est pas la même partout, Jake. Des enfants meurent sur cette planète. Ici 1 %. Ailleurs 90 %. N'ayez pas mauvaise conscience. La mauvaise conscience, c'est l'enfer des vivants, et vous avez déjà vous-même votre propre enfer.

– Papa ! Viens voir ! Il y a trois bébés bélugas qui sont nés cette année. Que des filles !

– Une dernière chose, Jake, dis-je avant qu'il se lève.

J'attends qu'il me regarde à nouveau.

– Si on doit se croiser à nouveau, vous ne me connaissez pas.

Le laissant à ses réflexions, je disparais.

ÉPILOGUE

ALEX

Surnommé le « Prêtre noir » alors qu'il est blanc en dit long sur l'implication d'Adelphe auprès de la population. Quant à l'église de Kembe, je l'ai si souvent imaginée, je me suis si souvent demandé comment je réagirais en découvrant l'endroit abominable où Matthew avait baisé des nuits durant pendant que d'autres femmes se faisaient violer, puis s'était fait attacher et fouetter, et s'était transformé en tueur – allais-je tenir plus de cinq minutes ? – que m'y trouver aujourd'hui alors qu'il est porté disparu ne me fait plus ni chaud ni froid.

– Un peu de thé ? me propose Adelphe d'une main tremblante tenant un mug au liquide verdâtre peu inspirant.

Du thé dans une église ?

Depuis qu'il a découvert avoir été piégé par Louisa Frank et sa copine Tricia, et les conséquences que cela a entraînées pour son protégé, le vieux missionnaire ne sait plus où se mettre, ni quoi faire pour réparer. J'essuie mes larmes, le remercie et pose le mug sur le sol dallé de pierres.

– Vous pensez qu'il va m'en vouloir ? se préoccupe-t-il à voix basse.

Je jette un œil rapide aux garçons restés près des bénitiers de l'entrée.

– Je ne sais pas, Adelphe. Il faudrait déjà qu'il s'en sorte…

– Il va s'en sortir, mon petit. Le Fil rouge probablement pas, en revanche. La presse dit que c'est la fin de la fondation, se reproche le vieil homme, mortifié.

Mon regard se pose sur la statuaire du Christ suspendue dans le chevet en tentant d'ignorer la souffrance dans mon cœur et, plus prosaïquement, celle de mes genoux sur le sol froid et dur de ce sanctuaire. Depuis quinze bonnes minutes, je m'évertue à ressentir autre chose que cette peur mercantile qui nous ferait acheter n'importe quel réconfort bienvenu, mais je n'y arrive pas.

Je ne suis pas sincère. Je suis *égoïste* et *intéressée.*

Ça ne va jamais marcher.

– Je ne sais pas prier, soupiré-je à voix basse.

Voilà, c'est confessé et je n'ai même pas honte. Je m'en fous. Preuve de mon égotisme, je me fous de tout sauf de Matthew. Je veux que *quelqu'un*, n'importe quelle connexion *céleste*, *humaine* ou *technologique*, me dise qu'il va bien.

Encore plus gênant, le vieil homme vient s'agenouiller avec moi devant l'autel en grès noir africain. La même roche qui a servi aux statuaires d'après ce que je vois. Si je n'étais pas aussi mal, j'aurais la politesse de l'en dissuader.

– Non ? fait-il en contemplant à son tour le Christ sur sa croix. Dieu n'est pas exigeant, vous savez. Laissez parler votre cœur.

– Je n'ai pas la foi, Adelphe. Je suis égoïste.

– Alors, vous aussi, vous ne faites confiance à personne ?

Sa repartie m'arrache un soupir.

– Je… Je ne comprends pas.

– La foi, mon petit, c'est comme la confiance. Il faut faire le premier par vers l'autre et lui donner sa chance. Ensuite, ça vient tout seul.

Je songe à Matt et à moi, à notre incapacité à nous faire confiance depuis le départ et je réfléchis. Si j'accorde toujours une seconde chance aux gens, je n'ai jamais ouvert mon cœur au Guerrier, de peur qu'il le broie, ou par crainte de lui faire mal tant le verbe « aimer » lui rappelle autre chose. Quand lui ai-je donné ma confiance ? Jamais. Je l'ai suivi. Je lui ai pardonné. Je l'ai encouragé à ouvrir le sien mais je n'ai jamais ouvert le mien.

D'un coup, je me sens bête.

– Parlez-moi de Matthew, s'il vous plaît.

– C'est un homme bien.

– Je sais, mais comment était-il la première fois que vous l'avez vu ?

Les yeux gris d'Adelphe planent un moment dans le chœur puis sur les colonnes de la nef, et je me demande ce qu'il y cherche car je doute qu'il ait vu les images de son protégé attaché par Thérèsa.

– C'était un fauve blessé, murmure-t-il ensuite. Je l'ai compris tout de suite à la façon qu'il a eue de courir devant mon vieux pick-up. Des fauves ici, on en a. Des blessés, mutilés, sacrifiés aussi, mais ce garçon n'avait jamais connu la liberté.

Je souris à l'intérieur de moi parce que j'ai eu la même vision.

Je m'assieds sur une fesse pour mieux le regarder et soulager mes genoux par la même occasion. Tant pis si ça ne se fait pas. Le prétexte de m'isoler pour prier m'a au moins apporté d'être à distance des quatre garçons qui m'accompagnent.

J'ai du mal à croire que l'un d'entre eux est Drajko et qu'il pourrait me faire du mal. En les observant discuter entre eux, je sais qu'ils organisent notre départ, qu'ils commentent la situation, et que les jumeaux nous attendent dehors, prêts à prendre la route, mais je ne sais toujours pas ce que le fameux Drajko a l'intention de faire. Ni quand il le fera.

Lorsque mes yeux se posent à nouveau sur Adelphe, je m'aperçois que lui aussi m'observe, cherchant sans doute à deviner ce qui me ronge ou quel pacte avec le diable j'ai pu passer durant ma courte vie. Que sait-il de moi ?

Peut-être croit-il que je suis du genre à demander un Mentos à la place d'une hostie ? Ou à chanter « Highway to Hell » pendant la messe ? À finir toutes mes phrases par « Nom de Dieu ! », la plupart des gens me voient comme une pimbêche ennuyeuse enfermée dans un monde que tous s'appliquent à ignorer.

Seul Matthew m'a vue autrement.

– Vous avez connu mon père biologique ? Victor était un des trois fondateurs d'Ancalagon.

Au lieu de me répondre tout de suite, Adelphe se relève péniblement, maudissant ses rhumatismes, afin d'aller s'asseoir plus confortablement sur un banc tandis que je reste assise sur le sol. Le moment est intime, rare, et même agréable, ce qui est assez surprenant vu le contexte. Avant de venir, j'aurais dû taper sur Google « Choses à éviter dans une église pour ne pas casser l'ambiance ». Enfin, si j'avais eu un portable.

Je suis sûre que ça existe !

– Bien sûr. Victor est venu me rendre visite quand il a appris sa maladie. Les médecins lui donnaient une chance de s'en sortir avec une greffe mais il avait besoin de faire le point sur sa vie. Il m'a parlé de vous, vous savez. D'ailleurs, il m'a laissé quelque chose…

Le cœur serré, je me lève pour aller récupérer le pli qu'il me tend.

Une enveloppe kraft en papier recyclé gris, au charme désuet. Je retourne retrouver ma place sur le sol où finalement je ne suis pas si mal que ça et défais le lien de coton permettant de la réutiliser plusieurs fois. Le pli contient plusieurs feuillets recouverts d'une écriture manuscrite tracée à l'encre.

✗ Les statuts d'Ancalagon signés à Cambridge par les trois étudiants.
✗ Les comptes de l'association.
✗ Une longue liste de noms de famille avec juste en face des dates et lieux de naissance.

Intriguée, je commence par le début. Les statuts :

Article 1 – Nom

Il est fondé entre les adhérents aux présents statuts une association régie par le « Compact »[18] *passé entre les gouvernements suivants : Angleterre, Écosse, Pays de Galles et Irlande du Nord, et chaque secteur associatif, ayant pour titre : Ancalagon.*

Article 2 – But & objet

Cette association a pour objet d'œuvrer au maintien de la diversité dans son ensemble. Que ce soit la biodiversité des parcs naturels menacés dans l'intérêt des futures générations, comme la diversité des caractéristiques propres à chaque être humain (origines, sexe, groupes sanguins).

Le but de ce dernier objet étant de recenser et de rassembler autant que possible les individus de sang rare dits « Bombay » en vue de leur apporter soutien et aide le moment venu.

Cet accord inclut, entre les adhérents fondateurs et les nouveaux membres, un code de bonne pratique basé sur le volontariat afin de permettre une meilleure reconnaissance des droits et responsabilités de chaque partie. En échange, et s'il le souhaite, chaque nouveau membre pourra profiter

18. L'Angleterre n'ayant qu'une constitution non codifiée, le Compact désigne le pacte associatif avalisé par les pouvoirs publics britanniques, concrétisant un partenariat entre ceux-ci et le monde associatif, sans nécessairement avoir de force légale.

des installations et des soins de santé mis à disposition par Ancalagon qui s'engage à assurer leur sécurité.

Article 3 – Siège social

Le siège social de l'association est fixé à Bukavu. Région Kivu-Sud, en République démocratique du Congo.

Article 4 – Durée

La durée de l'association est illimitée. Seule la réunion des trois membres fondateurs ou de leur descendance pourra y mettre un terme.

Article 5 – Composition

Les membres fondateurs sont :

– Vincent Garrett

– Victor Brauer

– Badi Kabbani

Les membres bienfaiteurs sont :

– Diverses sociétés savantes

– Les membres actifs ou adhérents

Article 6 – Admission

L'admission est ouverte à tous les individus de sang dit « Bombay » sans condition de ressources. Pour faire partie de l'association, il faut être agréé par le conseil d'administration et en accepter les règles et conditions :

– offrir son sang sur simple demande ;

– se soumettre au programme de santé d'Ancalagon ;

– s'engager à choisir son partenaire de vie dans la communauté d'Ancalagon ;

– faire naître et grandir sa famille dans l'enceinte protégée d'Ancalagon ;

– offrir son travail en retour et son aide à la protection des parcs.

Les mots me manquent.

Voilà comment Matt s'est sorti de sa fracture costale. La côte avait traversé la rate selon Karim, augurant de la violence du coup porté par Vincent à son fils de dix ans. Une rupture de rate saigne *beaucoup*. De grandes quantités de sang se répandent dans la cavité abdominale provoquant le décès du patient.

Matt aurait dû mourir.

Comprenant que c'est Ancalagon qui lui a sauvé la vie, je relâche ma respiration, m'apercevant à cet instant seulement que je l'avais bloquée. Puis je lève mon visage vers celui d'Adelphe sans arriver à y croire.

– Vous saviez ?

Dans ses yeux brillants et fatigués d'en avoir trop vu, j'ai la réponse.

Je comprends tout à présent. Pourquoi mon père a voulu m'alerter. Moi et pas Cameron. Pourquoi il m'a sournoisement guidée dans mes études. Pourquoi, alors qu'il était malade, il a refusé la greffe qui pouvait le sauver. Pourquoi Vincent a choisi d'envoyer son fils aîné *ici* et non à un travail d'intérêt général.

Pourquoi Luba a eu un tel ascendant sur Matt.

Tout devient affreusement limpide dans ma tête.

Y compris ce que je ne veux pas encore voir.

Matt ne peut en aucun cas ignorer ce qui se trame ici. Et pourtant, il avait accepté d'y venir avec moi. Pour amoindrir le choc sûrement. Pas pour le cacher. Voilà ce qui lie le père et le fils. Vincent s'engageant en politique devient fragile, exposé. Ce qui lui fait encore plus craindre les révélations de son fils devenu puissant. Voilà pourquoi Vincent a voulu le décrédibiliser auprès de l'opinion. Et pour ça, il s'est servi de Tricia.

Bravo Vincent ! Joli marathon électoral.

– Qu'est-ce que c'est ?

La question précède d'une seconde l'ombre qui surgit derrière moi et le sentiment de n'être qu'une cible sur pattes me revient avec force. Profitant de l'effet de surprise, Paul a le temps de lire avant que je me reprenne.

– Donne-moi ça ! Ces documents peuvent causer du tort à mon père.

– Non.

Par réflexe, je serre les feuillets contre mon ventre.

– Mon frère a disparu et toi tu lis... *ça* ? Je croyais que tu priais, lâche-t-il déçu.

Cette dernière remarque sonne le glas de ma patience.

– Je n'ai pas de comptes à te rendre sur mon chagrin, Paul.

– Comment les as-tu eus ? m'ignore-t-il d'un ton sec.

– C'est moi qui les lui ai donnés, intervient alors le prêtre. Victor me les avait remis pour elle. Le jour où elle viendrait me voir.

Galvanisée par le souvenir de la mission qui m'a été confiée, j'ose affronter mon beau-frère, aveuglé par la loyauté qu'il voue à son père :

– Dis-moi que je me trompe, Paul. C'est ça que ton père t'envoie chercher ? C'est la raison de ta présence ici, n'est-ce pas ? Vincent se doutait que ces documents allaient sortir un jour ou l'autre et il t'a envoyé les récupérer.

– Vincent est ton beau-père aujourd'hui, Alex.

C'est un aveu. Les jambes en coton, je tente de me redresser pour être à sa hauteur mais les pas des trois autres résonnent dans la nef. Une seule question tourne en boucle dans ma tête : lequel est Drajko ?

– Qu'est-ce qui se passe ici ? tonne Karim, comprenant qu'une nouvelle dispute se prépare.

– *Ta* famille, Alex, me supplie Paul du regard.

Secrètement, il me demande de me taire, de cacher les papiers, de protéger son père, de toutes ses forces, et un moment, je doute de ce qu'il convient de faire. Matt ne l'a-t-il pas protégé en se taisant pendant toutes ces années ? Comment pourrais-je avoir une chance d'appartenir à cette famille un jour si je n'en prends pas soin ? Au moment où je m'apprête à ranger les feuillets dans leur enveloppe, mon regard tombe sur un nom de la liste qui retient ma curiosité.

Elisabeth Crawford. *Lizzie.*

Je cligne des yeux pour m'assurer que j'ai bien lu correctement. Sans trop savoir ce que je cherche, je remonte dans la liste et je trouve.

Alexiane Sand.

Plus haut encore. *Matthew Garrett.*

Aucun doute, les enfants « Bombay » sont bien recensés sur cette liste, nés à Ancalagon ou ailleurs. C'est logique. Mais que vient faire Lizzie là-dedans ?

– Qu'est-ce que c'est ? m'interroge alors Cameron pour la première fois.

Son doigt pointe vers la liste.

– Une banque de sang vivante.

Mais alors que je m'apprête à me lever, un claquement métallique dans ma nuque m'en dissuade, réduisant la peur à une simple pulsation au creux de mon cou. Je n'ai pas besoin de me retourner pour savoir que j'ai le canon d'une arme sur le crâne, je n'ai qu'à voir les visages blêmir devant moi.

Maintenant, je sais qui est Drajko.

Et j'en suis presque soulagée.

– Jun, qu'est-ce que tu fous ? lui lance Paul, stupéfait.

Je vais mourir.

Je pense à ma mère, à Joanna et à Matt, et je regrette juste l'époque où mes seules préoccupations étaient d'aller en cours et où je me comportais comme si je n'avais pas le moindre problème.

– Debout, Alex. *Lentement.*

Mes genoux ankylosés par la peur et le froid du sol ne veulent rien savoir.

– Et vous autres, pas d'entourloupe, je descends le premier qui bouge.

Sa voix est métallique, froide, méconnaissable. Il le fera.

– Ne crois surtout pas qu'on va te laisser l'emmener, mec ! lui jette Karim, un ton trop fort.

Jun rigole dans mon dos.

– Si tu crois qu'en haussant la voix tu vas alerter tes jumeaux, tu te goures, Kar. Je m'en suis chargé, il y a à peine cinq minutes. Les cyanures sont l'un des poisons les plus rapides au monde et totalement indétectables dans certains fruits.

Putain, il les a tués.

Ma gorge est tellement serrée que j'ai du mal à respirer. Mais quitte à mourir, je veux savoir pourquoi. Faute de pouvoir encore tenir sur mes jambes, je pivote sur mes genoux pour lui faire face. Le regard qu'il me lance alors répond à toutes mes questions.

Il va me tuer.

– Qu'est-ce que je t'ai fait, Jun ?

– Toi ? Rien, répond-il d'un ton sec sans détourner ses yeux de lynx.

Cet homme est un prédateur, un vrai. Un mélange d'excitation et de sang-froid que j'ai déjà rencontré chez les criminels. Comment ai-je fait pour ne pas le voir avant ?

– Alors, tu travailles pour Vincent ?

J'ai lancé ma plus grande crainte au hasard mais ça le fait ricaner.

– Tu t'accordes beaucoup d'importance, chérie ! L'autre abruti, là, aurait suffi s'il s'était agi de récupérer des documents compromettants, siffle-t-il en désignant Paul du bout de son arme avant de la pointer à nouveau sur moi.

Soudain, tout s'éclaire.

– Le pétrole ! Vincent a le soutien de TRAP pour sa campagne, j'en suis sûre, dis-je emportée par mon élan. C'est pour cette raison qu'il ne se sert pas d'Ancalagon pour avoir les voix des écologistes.

À la manière dont les traits du visage de Paul se défont, je sais que lui aussi vient de faire le lien. TRAP finance Vincent Garrett. Preuve que Paul ne savait rien. Son père ne lui a rien dit. Mais est-ce que Matt le savait ?

Je ne dois pas me déconcentrer.

– Quel est ton intérêt, à toi ? continué-je sur ma lancée.

Silence de l'intéressé.

– C'est Tamani, n'est-ce pas, Jun ? Matt a blessé Tam.

Les paupières de Jun battent avec une expression presque respectueuse. Je regarde Kar, Paul et Cameron… Si je pouvais le déstabiliser, juste un instant, c'est notre seule chance.

– Ce salaud ne l'a pas blessée, il l'a carrément tuée, crache mon agresseur avec hargne.

– Quoi ? résonne ma voix.

C'est sincère, je ne m'attendais pas à ça.

– T'es futée pourtant, me lance Jun d'un ton amer. Mais je comprends que tu aies du mal avec lui. Tu sais que je l'ai déjà vu baiser ?

La tension électrique dans l'église vient de grimper de quelques degrés ainsi que dans la main qui tient l'arme. Jun a les yeux d'un fou. Bien que ce ne soit pas la chose la plus prudente à faire, je tente comme je peux de lui rappeler l'article du *Japan Times* sans le braquer complètement.

– Tu as sûrement une bonne raison de lui en vouloir mais ce que tu dis n'est pas possible. Tam est morte dans un accident de voiture. Son moteur a explosé contre un arbre et elle avait bu. Matt était à New York à cette date.

Et ça marche. Il me semble voir mollir son bras au pli du coude, même si l'arme est toujours dirigée vers moi.

– C'est pareil ! Elle s'est tuée *à cause* de lui, proteste-t-il. Le moteur allait très bien, elle sortait d'une soirée mais elle était sobre. Ce que tu ne sais pas, c'est qu'elle l'a appelé à plusieurs reprises pour lui dire qu'elle était enceinte et qu'il n'avait qu'un mot à dire pour qu'elle avorte. Ce salopard ne l'a jamais prise. Il n'a même pas décroché, bordel ! Trop occupé à gagner ses millions.

J'ai brusquement envie de vomir.

– E… Elle était enceinte… de Matt ?

Ça fait beaucoup, là, Alex.

– Non, putain ! De moi. C'est mon gosse qu'elle a envoyé contre l'arbre. Tu trouves ça juste ? Pendant que lui montait sa boîte et se faisait plein de fric et que je devais voir la gueule du petit stagiaire génial dans les journaux. Pendant que mon oncle ne jurait que par lui alors que sa propre fille se mourait de chagrin, moi j'enterrais les miens. Mon fils et la femme que j'aimais.

– Jun, je suis désolée…

– Lève-toi, putain, je veux qu'il…

J'ai tout juste le temps de voir la carrure puissante de Karim le charger.

Tout se passe en même temps. Un autre corps massif me plaque au sol, cognant ma tête contre quelque chose de dur, le craquement et la détonation se font entendre en même temps, suivis d'un râle étouffé plus loin. Derrière moi. Le bruit d'un corps qui s'affaisse. Et puis, plus rien. Le noir total. La grande plongée vers le fond, une plongée à travers un certain Guerrier et les paroles d'une chanson. Une plongée ascensionnelle qui peut amener à une sorte d'élévation. Je peux dormir enfin. Penser à le rejoindre.

« *If you leave me now…* »

Je dois juste me reposer avant. Juste un peu.

À plus d'impatience…

Remerciements

Nous voici donc au deuxième volume de cette série.

C'est un peu fou quand on publie son premier roman de parler du suivant quelques mois plus tard. Je dois être folle alors, ou totalement perchée, car écrire cette trilogie, passer du temps avec les personnages, alors que j'étais cloîtrée avec mon ordinateur, m'ont rendue tellement tellement heureuse.

Pour ne rien vous cacher à propos de cette saison 2, plonger dans l'univers intime du Guerrier, m'efforcer de le comprendre, alors même qu'il était blessé par la fuite d'Alex en fin de saison 1 et se la jouait connard brut de décoffrage, m'ont rendue totalement raide dingue de lui.

Il a réussi à m'émouvoir bien plus que lors du premier volume et j'en voulais toujours plus pour mieux comprendre ce qu'Alex lui trouvait, parce que, sérieusement, j'avais l'impression que ce que ressentait Alex, je le ressentais.

Preuve que quelque chose ne va pas bien chez moi.

Mais la plus belle rencontre que ce livre m'a permis de faire, c'est celle que j'ai faite avec vous. Je veux remercier toutes celles à qui j'ai pris des heures de sommeil, qui n'ont pas terminé leur vaisselle, ou qui ont essuyé les remarques de leurs enfants et conjoints, etc. Parce qu'elles étaient avec moi.

Toutes ces charmantes blogueuses aussi qui dépensent une énergie folle à lire un maximum d'ouvrages pour nous permettre de trouver LE livre qui nous fera vibrer, ou à défaut, ceux avec lesquels nous passerons un bon moment.

Un grand MERCI à vous toutes.

Je Vous Vague, les Surfeuses !

Chacune de vos pensées, chaque avis sur les plateformes, chaque petite étoile ont été pour moi une exception à la règle.

Vous avez su entendre ce qui n'était pas écrit. Vous n'avez pas eu peur que les émotions sombres que j'ai pu utiliser dans le passé du Guerrier laissent des traces dans vos cœurs. Vous avez non seulement donné de l'amour au livre mais vous m'avez aussi aidée à m'améliorer.

Cela compte beaucoup.

Ensuite et parce que je ne peux vous oublier, un grand MERCI aussi à :

Ma famille. *« Non, on n'a pas perdu maman ! »*

Mes copines à qui j'ai interdit de me lire pour me tenir la tête hors de l'eau mais qui ont de plus en plus de mal.

Mes nouvelles complices dans la Vague. Sophie, Noémie et Émilie.

Mon compère dans le Rouge. Jacques.

Qui nous rappelle que le don du sang est un don pour le don. Peut-être le plus bel acte gratuit que l'on puisse faire. Toujours.

À plus d'impatience.

Jana

Si vous souhaitez contacter l'auteur :

https://www.facebook.com/JanaRouzeofficiel/
https ://twitter.com/JanaRouze
https://www.instagram.com/janarouze/

Extrait

Emma M. Green

FALLAIT PAS ME CHERCHER

1

PRISONNIÈRES

Valentine

Madagascar, côte Nord-Est, région d'Analanjirofo

Selon mes lointains cours de biologie, le corps humain est composé à 60 % d'eau ; pourtant, à cet instant précis, dans cette cabane en tôle avec cet homme fou furieux brandissant sa machette sous mon nez, je me sens sur le point de défier toutes les lois de la nature en me transformant en flaque à ses pieds. Au diable mes supposés 40 % de matière solide, j'ai une telle trouille que je suis en train de me liquéfier. Recroquevillée sur le sol de terre battue, je glapis :

– Aïna ! Merde ! Donne-lui ce qu'il demande !

– Mais ils m'ont dé-dé-déjà tout pris ! répond en claquant des dents ma meilleure amie aux prises avec un jeune Malgache qui la secoue comme un shaker. Qu'est-ce que tu crois ? Que je planque une vidéo dans mon string ?

– Fais ce que tu veux avec ta lingerie mais débrouille-toi pour convaincre ces dingues !

– On n'a plus rien ! leur crie Aïna en malgache pour la énième fois depuis hier. Tout est sur la carte SD et la clé USB ! Vous avez tout ! Tout ! On n'a rien caché ailleurs ! Je le jure ! Les photos, les films ! Je n'ai plus aucune preuve contre vous !

Le type à la machette me hurle dessus en gesticulant vers elle, son arme danse sous mes yeux paniqués au rythme syncopé de ses invectives. Il parle un dialecte du sud, auquel je ne comprends rien, mais je n'ai pas besoin de dictionnaire pour deviner qu'il ne nous croit pas et qu'il n'est pas content. Mais alors pas content du tout.

– Sois plus convaincante ! piaillé-je en pédalant frénétiquement dans la poussière pour me soustraire au fil tranchant de la machette qui vient de passer à quelques centimètres de ma gorge.

– Je voudrais t'y voir ! répond-elle tandis qu'elle se débat contre le jeune Malgache qui la fouille brutalement. Et toi, vire tes sales pattes de là ! s'énerve-t-elle quand il glisse une main dans son short.

Je m'apprête à mourir dans d'atroces souffrances quand il insiste et qu'elle lui retourne une baffe à lui dévisser la tête. Mais contre toute attente, la scène semble amuser son comparse, qui en oublie de vociférer et de me menacer, pour ne pas perdre une miette du spectacle. Le jeune ne lâche pas l'affaire pour autant, et Aïna a beau se débattre en feulant et griffant comme un chat sauvage, il n'y a pas un centimètre carré de son corps qu'il n'inspecte pas. D'inquiétude, je me mords les lèvres jusqu'au sang ; même si le jeune ne paraît pas animé d'autre intention que de s'assurer qu'elle ne dissimule plus rien, un rien peut faire déraper la situation et nous basculer dans l'horreur. Aïna est jolie, c'est même une petite bombe, à mon humble avis, et aucun mec normalement constitué ne peut la toucher comme ça sans qu'il lui vienne des idées moralement condamnables. Je retiens mon souffle en priant toutes les divinités passées et présentes, de Zeus à Bouddha, de nous tirer de là *fissa*. Indemnes, de préférence.

Quand la fouille s'achève, Aïna est dans un tel état de fureur qu'elle en a momentanément oublié sa peur, et le type est si égratigné de toute part qu'on le croirait sorti d'un roncier maléfique. Cependant, il paraît satisfait de son inspection, et malgré le plaisir évident qu'il a pris à cette fouille poussée, il en reste là. Le gaillard à la machette met fin à notre interrogatoire, non sans m'avoir sèchement sommée de retourner mes poches à mon tour. Je m'exécute sans tergiverser, les mains et jambes tremblantes, et les deux affreux partent enfin en refermant la porte branlante derrière eux.

– Ouf ! soupiré-je en m'affalant mollement dans un coin de la cabane, comme si tous mes os avaient fondu. J'ai bien cru ma dernière heure arrivée.

– Pas trop de risque pour l'instant, répond Aïna en passant à l'anglais, afin de ne pas être comprise de nos geôliers qui, comme la plupart des Malgaches, entendent parfaitement le français mais beaucoup moins l'anglais.

Elle s'écroule à son tour à mes côtés, vidée de tout courage et de toute énergie maintenant qu'elle n'est plus portée par l'adrénaline. Ces types-là ne sont que des sous-fifres, des pêcheurs, des paysans, embauchés pour les basses tâches ; ils n'ont aucun pouvoir de décision et ne peuvent pas se permettre de tuer des *vazaha* sans en avoir reçu l'ordre des barons, les chefs des trafiquants. Trucider des étrangers crée trop de problèmes avec les ambassades et c'est mauvais pour les relations diplomatiques.

Sûr qu'avec ma peau claire et mon accent à couper au couteau, on ne risque pas de me prendre pour une autochtone. J'aurais « produit d'importation 100 % *vazaha* » tatoué sur le front que ce ne serait pas plus évident. Mais, si ma nationalité étrangère m'assure une certaine immunité, qu'en est-il d'Aïna, avec ses cheveux noirs tressés, sa belle peau caramel et ses yeux en amande typiquement malgaches ?

– Et toi, alors ? m'inquiété-je.

– Moi, je suis née sous une bonne étoile, répond-elle en essayant de sourire. Il faudra bien que ça suffise.

– Blague à part, dis-je, évidemment pas rassurée pour autant. Que vont-ils faire de nous ?

– Il vaudrait mieux qu'on ne soit plus là quand les barons arriveront, avoue-t-elle après un silence. Ni moi, ni toi. Le trafic de bois de rose est très lucratif ; ils n'hésiteront pas à nous découper en morceaux et à faire brûler nos restes sur la plage s'ils nous soupçonnent d'avoir gardé la moindre preuve de leur commerce illégal.

– Tu déconnes ?! m'étranglé-je, à nouveau paniquée.

– J'en ai l'air ? demande-t-elle, mortellement sérieuse.

– Mais on ne tue pas des gens pour du bois !

– C'est une essence rare et précieuse…

– Même !

– … dont la contrebande rapporte des millions de dollars. Beaucoup assassineraient pour moins que ça. Regarde cette vieille à Brooklyn qui s'est fait poignarder le mois dernier. C'était dans tous les journaux. Le mec qui l'a braquée a emporté son alliance et son porte-monnaie avec à peine trente dollars dedans. Alors que le bois de rose, c'est garanti *High profit, low risk*, gros profit, petit risque, comme on dit dans le jargon du crime écologique. C'est une forme de criminalité aussi rentable mais moins périlleuse que le trafic d'armes ou de drogue, elle a le vent en poupe. Ces barons ne vont pas laisser deux nanas réduire leur empire en miettes avec trois vidéos et quelques photos.

– Mais puisque tu leur as tout rendu ! Pas besoin de nous débiter en rondelles !

– On connaît les visages de leurs hommes, l'emplacement de leurs camps, de leurs lieux de coupe et le circuit des rondins. De plus, rien ne leur garantit qu'une fois en sécurité dans notre pays, on ne témoignera pas contre eux, même si on le leur jure sur la tête de notre cochon d'Inde.

– On n'a pas de cochon d'Inde, marmonné-je, soucieuse mais pas tout à fait hermétique à l'humour désespéré de mon amie.

– Raison de plus pour eux pour ne pas nous croire, conclut-elle.

Chacune se perd dans ses réflexions et le silence tombe sur la cabane. Il n'y a aucune fenêtre dans notre prison improvisée ; l'air est étouffant et la semi-obscurité permanente me déprime. Je pense à mes parents, restés chez nous, en Californie, dans notre immense villa sécurisée et confortable, avec vue sur la baie de Santa Monica. Dire qu'ils me croient en train de photographier des lémuriens et manger du zébu au lait de coco… J'ai une furieuse envie de pleurer. Du bout du doigt, je trace des arabesques dans la poussière du sol ; des rayons de lumière percent à travers les tôles disjointes et s'invitent sur mes dessins. Aïna prend ma main et se rapproche jusqu'à se blottir contre moi. Elle tremble violemment. Le contrecoup du choc la rattrape soudain. Je passe un bras autour de ses épaules et nous essayons de nous réconforter l'une l'autre, aussi proches et soudées que des sœurs.

– Je m'en veux tellement de t'avoir embarquée dans cette galère, Valentine, chuchote-t-elle… Tellement. Tellement…

– Chut… Calme-toi.

– C'était même pas prémédité, je te promets. Je voulais seulement filmer des lémuriens. C'est juste que je ne pouvais pas détourner les yeux comme si de rien n'était pendant que ces sales types, tu sais, pillaient mon île…

– Je sais. Ne t'en fais pas. On va s'en tirer.

– Je ne vois pas comment, sanglote-t-elle. Oh, pardonne-moi, Valentine, je nous ai mises dans une merde noire ! J'aurais mieux fait de m'en tenir aux portraits de varis et de sifakas ! Tout ça pour quelques bouts de bois !

– Non, tout ça pour dénoncer la corruption et les trafics qui gangrènent ta terre d'origine. Je suis fière de toi, et fière de participer à la résistance qui s'organise, même si ça me flanque une trouille mortelle.

C'est important pour les gens d'ici de ne pas laisser des trafiquants razzier les richesses naturelles de leur pays.

– Mais regarde où ça nous mène…

– J'ai connu des lieux de villégiature plus confortables et avec un meilleur *room service*, je te l'accorde. Mais si ces barons aiment tant l'argent, je dois pouvoir négocier avec eux. Je suis persuadée qu'ils trouveront plus intéressant d'obtenir une rançon de mon père que de nous transformer en barbecue géant.

– Encore faut-il qu'ils acceptent de t'écouter avant d'ordonner notre exécution…

J'essaie de réprimer les frissons qui m'assaillent à cette perspective et je serre plus fort la main d'Aïna. Au loin, j'entends l'agitation du camp, le rugissement des tronçonneuses, les cris des hommes qui s'interpellent, le choc des rondins quand ils les chargent dans les containers, le vrombissement des camions qui les livreront aux ports pour les embarquer sur les bateaux…

L'obscurité envahit la cabane, la nuit tombe rapidement. Je gratte mes jambes nues et sales, constellées de boutons. Voilà ce qu'on gagne à se balader avec un short trop court au paradis des moustiques. J'essaie de comprendre comment nos vacances entre copines ont pu dégénérer à ce point. Aïna est ma meilleure amie depuis l'enfance, c'est une écolo passionnée, une fan absolue de l'acteur Tom Hardy et une fille géniale. On a grandi ensemble, en France, depuis que sa famille a emménagé dans l'appartement voisin du nôtre, avant que je m'installe en Californie pour reprendre l'empire industriel de mon père. Tous les étés, depuis nos 18 ans, selon un rituel immuable, nous abandonnons tout derrière nous pour nous accorder quelques semaines de congé dans un coin ou l'autre de la planète. Chaque année, une destination différente. Cette fois, Aïna, nostalgique de son pays natal, a proposé Madagascar. Et pourquoi pas ? C'est une île magnifique, ensoleillée, peuplée de gens adorables. Sauf si on tombe nez à nez avec des trafiquants qu'on décide de filmer et photographier pour dénoncer leurs activités criminelles. La perspective de perdre des millions de dollars et dix ans de leur vie en prison tend à les rendre grincheux, comme nous avons pu le constater à nos dépens.

J'étends mes jambes ankylosées devant moi et je songe avec nostalgie à ma salle de bains en marbre dans la villa de mon père, à ma chambre qui domine la plage, mon lit douillet aux draps de soie, le chant des vagues le matin au réveil, les couchers de soleil sur la mer… Je soupire :

– Dire qu'en ce moment, je pourrais être aux Seychelles, sans avoir rien à affronter de plus désagréable qu'un cocktail tiède ou une connexion trop paresseuse pour lire mes messages Facebook pendant que Milo, une rose entre les dents, me masserait les pieds au bord d'un lagon paradisiaque…

– Tu détestes Facebook, me rappelle Aïna en bâillant.

– À cet instant, je suis certaine que je pourrais l'aimer de tout mon cœur…

– Au fait, c'est vrai ça : pourquoi tu n'as pas sauté sur la proposition de Milo ? Quinze jours dans les îles en tête à tête avec un playboy plein aux as, ça ne se refuse pas. Tu m'as toujours dit que c'était le mec idéal.

– La croisière de luxe, l'hôtel cinq étoiles, le flirt sous les palmiers… ça ne me paraissait pas assez excitant. Si tu savais comme je m'en mords les doigts !

– Je vendrais mon âme pour un jus d'orange avec des glaçons, une douche fraîche et des WC équipés d'un bloc désodorisant à la lavande, soupire-t-elle à son tour en fronçant le nez vers le seau en plastique qui nous sert de lieu d'aisance depuis ces deux jours de captivité.

– Et moi pour un spray antimoustiques, ronchonné-je en me grattant les jambes de plus belle. La nuit va être interminable…

Nous discutons encore un moment, avant de sombrer dans un sommeil agité, blotties l'une contre l'autre. Le moindre bruit me fait sursauter et mes soubresauts réveillent Aïna. Nos estomacs vides grondent et nous buvons beaucoup pour tromper notre faim. J'ai hâte que le jour se lève enfin, que les ombres disparaissent.

Soudain, des cris et un fracas assourdissant nous arrachent au sommeil et nous font glapir d'effroi. D'instinct, nous nous calons dans un angle de la cabane, serrées l'une contre l'autre. Il fait grand jour, la lumière nous éblouit quand la porte s'ouvre brusquement, dans un crissement d'enfer. Elle rebondit et claque contre la cloison en tôle. Dans son encadrement, je reconnais notre gardien, celui à la machette, plus terrifiant que jamais. Il ne nous accorde pas un regard mais hurle des ordres aux hommes groupés derrière lui. J'ai le temps de penser que les barons sont enfin arrivés et qu'ils ont ordonné notre exécution, sans même nous avoir ni vues ni parlé. Aïna se cramponne à moi si fort que j'ai peur qu'elle ne m'arrache un bras, mais je ne songe pas à protester. Je me contente de la serrer à mon tour et de fermer les yeux ; une méthode assez répandue mais particulièrement inefficace pour vaincre le danger.

Mais qu'est-ce que je fais là, moi ? Milo, Milo, Milo, pourquoi ne m'as-tu pas embarquée de force aux Seychelles ? S'il te plaît, mon Dieu, donne-moi une seconde chance, on efface tout, on oublie ces derniers jours et on recommence, OK ? Promis, je ne provoquerai plus mon père, je ne jouerai plus au poker en ligne, je ne mangerai jamais plus de deux pots d'Häagen-Dazs d'affilée, mais s'il te plaît, s'il te plaît, s'il te plaît, ramène-nous une semaine en arrière !

Pitié !

Alors ?

Deal ?

J'ouvre un œil en grimaçant quand Aïna pousse un cri suraigu à trois centimètres de mon oreille. Rien n'a changé pendant ma prière, je n'ai pas été exaucée. Toutefois, il se pourrait bien que ce ne soit pas encore l'heure de mourir. En effet, nos geôliers ne nous accordent aucun intérêt, c'est même à se demander s'ils ne nous ont pas oubliées tant ils sont occupés à pousser dans notre minuscule cabane un type grand comme une montagne qui les envoie valser chaque fois qu'il s'ébroue. Ils sont quatre ou cinq Malgaches à le houspiller rageusement, à coups de pied, de bâton, ou du plat de leurs machettes, jusqu'à le faire avancer suffisamment pour tirer et verrouiller la porte derrière lui. Et l'enfermer avec nous, dans notre étouffant cocon rendu à la semi-obscurité.

Planté au milieu de la pièce, les mains liées dans le dos, il garde la tête basse, comme sonné ; ses cheveux blonds pendent en un épais rideau devant son visage, dissimulant ses traits. Il est tellement imposant qu'il semble occuper tout l'espace. Son tee-shirt beige est crasseux, imbibé de sang séché à hauteur de son flanc gauche. Il doit sortir d'une belle baston… Enfin, sans nous accorder un regard, il part s'écrouler dans un coin.

Puis le silence s'abat sur notre cabane, seulement troublé par sa respiration rapide et forte. Il semble mal en point. Tout est figé. Aïna se redresse et je m'agrippe à elle.

– Hey, dit-elle doucement en se penchant vers lui. Ça va ?

Comme il ne réagit pas, elle se rapproche et insiste gentiment, en haussant la voix. Sans plus de résultat. Peut-être est-il trop sonné pour bouger ou parler ? Sur un côté de son crâne, ses cheveux sont poisseux de sang. Aïna répète sa question, en français, en anglais, en malgache, en espagnol… en pure perte.

– Ils ont dû lui taper dessus avec un peu trop d'enthousiasme, dis-je. Tu pourrais tout aussi bien essayer de communiquer avec un céleri-rave.

– Dommage. Il a l'air assez costaud pour démolir cette cahute et aplatir nos gardes, si on le chatouille comme il faut.

– Super. Et s'il s'en prend à nous, dans la foulée ? On ne le connaît pas, ce type. C'est peut-être un trafiquant concurrent, ou un assassin, un violeur… Bref, sois gentille : évite les guili-guili.

Aïna hausse les épaules :

– C'est peut-être tout bêtement un photographe malchanceux, lui aussi.

– Ouais, et moi je suis Cendrillon, grommelé-je. J'attends simplement minuit pour sauter dans mon carrosse et me tirer d'ici.

Aïna a la bonne grâce de sourire, puis elle attrape notre seau d'eau et, malgré mes protestations, s'approche de lui.

– Hey, lui dit-elle encore. De l'eau propre. Si tu as soif.

Cette fois, il réagit. Il se redresse, pesant de tout son poids contre la tôle, qui grince dans son dos. Il étend ses longues jambes devant lui, fait rouler sa tête et ses épaules dans un sens, puis dans l'autre, avant de lever vers nous son visage baigné d'ombre. Je m'attends à croiser le regard vide d'un homme abruti par la douleur, mais il a des yeux vifs et attentifs, d'un gris étonnant, ourlés de cils comme recouverts de givre.

– *Takk. Har du ingen roligere rom ?* interroge-t-il d'une voix incroyablement grave.

– Hein ? répondons-nous dans un bel ensemble.

– *Er frokosten inkludert ?*

– Qu'est-ce qu'il raconte ? me demande Aïna.

– Bouge pas, je consulte Google Translate et je te dis ça tout de suite, bougonné-je.

– On croirait une langue nordique, poursuit Aïna, ignorant mon sarcasme. De Scandinavie, Suède, ou un de ces pays pleins de neige avec des rennes et des lutins à chaque coin de rue.

– En tout cas, je sais ce que je te dirais, moi, si j'étais à sa place…

– Ah oui ?

– Parfaitement. Je te dirais : « Et comment veux-tu que je boive, mignonne, avec mes mains attachées dans le dos ? En lapant ? Tu trouves que j'ai une gueule de chaton ? »

Éditions A Addictives

Romans déjà parus et à paraître

Lucy Allen
Secret Love

Rose M. Becker
Le Bébé, mon milliardaire et moi
Désirs & Désastres
Sex Friends, et plus si affinités
Noël, mon milliardaire et moi
Protège-moi… de toi
Agaçant, sexy & dangereux
Cède-moi

Anna Bel
Spicy Games

Eva M. Bennett
Sex Friends, Chloé et Alistair
Sex Friends, Lucy et Arthur

Phoebe P. Campbell
Tes ordres sont mes désirs – volumes 1 à 3
Promets-moi ! Au mariage du milliardaire
Oui, je le veux ! Au mariage du milliardaire
Lui résister… ou pas – volumes 1 et 2
Coffret *Tes ordres sont mes désirs*

Anna Chastel
Toute à toi

Olivia Dean
À lui, corps et âme – volumes 1 et 2
Tous ses désirs – volumes 1 et 2
Beautiful Mistake
Dangerous Rider (à paraître en avril 2017)

Lola Dumas
Lui, moi et le bébé

Juliette Duval
Ma rock star, son chat et moi
Bad Games

Stuart Evans
Roméo & Jules
Sea, sex & you (à paraître en avril 2017)

Emma M. Green
Cent facettes de Mr Diamonds – volumes 1 et 2
Toi + Moi – volumes 1 à 3
Coffret *Toi + Moi*
Call me Baby – volumes 1 et 2
Call me Bitch
Coffret *Call me Baby/Call me Bitch*
Bliss. Le faux journal d'une vraie romantique – volumes 1 et 2
Jeux interdits
Jeux insolents
Fallait pas me chercher! – volumes 1 et 2
Corps impatients

Emma M. Green et Felicity Stuart
Love me if you can
Kiss me if you can

Kim Grey
Ma vie, mes rêves et lui
Sexy comédie – Recherche (fausse) fiancée

Megan Harold
Tout pour lui – volumes 1 et 2
Sublime-moi!
Juste toi et moi – volumes 1 et 2
Coffret *Tout pour lui*
Insupportable… mais à tomber!
Arrogant Player

Kate B. Jacobson
Aime-moi. Corps et âme
Révèle-moi – volumes 1 et 2
Famous Bastard – volumes 1 et 2

Amber James
Emprise
Contrôle-moi
Moonlight. Bloody Lily – volumes 1 et 2
Addictive Player

Lucy K. Jones
Mr Fire et moi – volumes 1 et 2
Envoûte-moi!
Encore!

Alice H. Kinney
Dark Light. Vampire Brothers
Dark Light. À lui pour toujours

Sienna Lloyd
Mords-moi !
Mords-moi ! Captive du vampire – édition augmentée avec textes inédits

Nina Marx
Soumets-moi ! – volumes 1 à 3
Diamonds Private Club
Prétentieux, insolent, mais irrésistible – volumes 1 et 2
Rock You. L'intégrale de la trilogie *Soumets-moi !*
Night Fires

June Moore
Déshabillez-moi ! – volumes 1 et 2
Étreinte – volumes 1 à 3
Étreinte. L'intégrale

Heather L. Powell
Je te veux – volumes 1 et 2
Le Jeu du milliardaire

Mina Shepard
Je t'aime… toi non plus
Mon milliardaire, mon mariage et moi

Ève Souliac
Le milliardaire était (presque) parfait

Lisa Swann
Possédée
Adore-moi ! – volumes 1 et 2
Dark Fever. Sublime mais dangereux
Résiste-moi !
Attractive Bastard (à paraître en avril 2017)

Hannah Taylor
Désire-moi ! – volumes 1 et 2
Je suis à toi

Lindsay Vance
Kidnappe-moi

Chloe Wilkox
Ordonne-moi ! – volumes 1 à 3
Soul Lights – volumes 1 et 2
Prête à tout ?

Et dans la même collection, découvrez chez Luv les talents français que vous allez adorer !

Toi & moi à cet instant précis, **Gabriel Simon**

Une histoire d'âmes sœurs que rien ne peut empêcher de se retrouver !

Lorsqu'Emily Green croise la route de Max Whitman, c'est le coup de foudre ! Tous les deux sont créa dans la pub sur Madison Avenue, passionnés par leur travail et à la pointe de l'innovation.
Emily est drôle et intelligente, Max est beau à tomber et dévore la vie à pleines dents. C'est une évidence, ils sont faits l'un pour l'autre !
Le problème ?
Elle vit en 2015, lui en 1963…

Auteure : Jana Rouze

Edisource - Éditions Addictives
100, rue Petit, 75019 Paris
Imprimé par FINIDR – Lipova cp. 1965 – 73701 Cesky Tesin, République tchèque
Dépôt légal : avril 2017 – Achevé d'imprimer : janvier 2017
ISBN : 978-2-37126-141-9
Réf. contrats : ZEDV_004, ZEDV_005, ZEDV_006